La canción de Shannara

Primera edición en este formato: abril, 2022
Título original: *The Wishsong of Shannara*

© Terry Brooks, 1985
© de la traducción, María Alberdi, 2016
© de esta edición, Futurbox Project, S. L., 2022

Traducción publicada bajo acuerdo con Ballantine Books, sello de The Random House Publishing Group, una división de Random House, Inc.

Publicado por Oz Editorial
C/ Aragó, 287, 2.º 1.ª
08009, Barcelona
info@ozeditorial.com
www.ozeditorial.com

ISBN: 978-84-17525-58-3
THEMA: FM
Depósito Legal: B 5773-2022
Preimpresión: Taller de los Libros
Impresión y encuadernación: Liberdúplex
Impreso en España – *Printed in Spain*

SHANNARA

LIBRO 3
LA CANCIÓN DE SHANNARA

TERRY BROOKS

TRADUCCIÓN DE
María Alberdi

EDITORIAL

Para Lester del Rey
Experto

1

El cambio de estación se cernía sobre las Cuatro Tierras a medida que el verano daba paso al otoño. Los días de calor abrasador de mediados de año, que ralentizaban la vida y en los que parecía haber tiempo para todo, quedaban ya lejos. A pesar de que las altas temperaturas persistían, los días habían comenzado ya a acortarse, la humedad del aire había desaparecido, y la vida comenzaba a recordar sus necesidades más primarias. Las señales de cambio se respiraban en el ambiente; las hojas de los árboles ya habían empezado a amarillear en el Valle Sombrío.

Brin Ohmsford se detuvo junto a los macizos florales que bordeaban el sendero principal que conducía a su casa. Quedó ensimismado unos instantes mientras observaba el follaje carmesí del viejo arce que cubría el patio con su sombra. Su figura ancha y su tronco nudoso se alzaban majestuosos. Brin sonrió; ese viejo árbol le traía innumerables recuerdos de la infancia. De manera impulsiva abandonó el sendero y se encaminó hacia él.

Era una joven de alta estatura. Más alta que sus padres y su hermano Jair, y casi tanto como Rone Leah. Y a pesar de su delicada apariencia, en realidad era tan fuerte como cualquiera de ellos.

Jair, por supuesto, nunca admitiría algo así, aunque únicamente porque para él era difícil aceptar su papel de hermano pequeño. Una chica, al fin y al cabo, no era más que eso: una chica.

Pasó las yemas de los dedos sobre la corteza del arce; parecía estar acariciándolo. Luego alzó la vista, perdiéndola entre la espesura de intrincadas ramas sobre su cabeza. Una negra y larga cabellera indicaba, sin género de dudas, de quién era hija. Veinte años atrás Eretria exhibía exactamente el mismo aspecto que hoy ofrecía su hija: piel tostada y ojos negros, así como unos rasgos suaves y delicados. Si algo no había heredado Brin de su madre era el ardor. En eso más bien se asemejaba a su padre, con su temperamento frío, disciplinado y de una enorme confianza en sí mismo. En una ocasión, una de las travesuras más reprensibles de Jair llevó a Wil Ohmsford, no sin pesar, a comparar a sus dos hijos. Llegó a la conclusión de que Jair era capaz de hacer cualquier cosa, mientras que Brin, aunque igual de capaz, solo emprendería acciones tras sopesarlas en profundidad previamente. De esta reflexión, Brin todavía no estaba segura de cuál de los dos había salido peor parado.

Apartó las manos del tronco y las dejó caer a sus costados. Recordó la vez en que había utilizado la Canción de los Deseos con el viejo árbol. Todavía era una niña que experimentaba con la magia élfica. Había sucedido a mediados de verano y la había utilizado para cambiar el color de las hojas de un verde estival por el de un carmesí más propio del otoño. Su mente infantil no concebía nada nocivo en ello, ya que para ella el rojo era un color mucho más bonito que el verde. Su padre, en cambio, se enfureció, pues el arce tardó casi tres años en recuperar sus ciclos biológicos tras aquella brutal alteración de su sistema. Aquella fue la última vez que Jair o ella utilizaron la magia con sus padres delante.

—Brin, ven a ayudarme con lo que queda de equipaje, por favor —le reclamó su madre.

Dio una palmadita al viejo arce y se encaminó hacia la casa.

Su padre nunca había confiado demasiado en la magia élfica. Unos veinte años atrás, con el fin de proteger a la Elegida Amberle Elessedil en su búsqueda del Fuego de Sangre, había utilizado las piedras élficas que el druida Allanon le había entregado. Aquello había producido un profundo cambio en él. Fue consciente en el mismo momento de utilizarlas, aunque desconocía en qué consistía aquel cambio. Solo conoció el alcance tras los nacimientos de Brin primero y, más tarde, de Jair. No fue él quien percibió aquellos cambios derivados de la magia, sino sus hijos. Ellos fueron quienes adquirieron los efectos palpables de la magia. Ellos, y quién sabe si las futuras generaciones de los Ohmsford. Aunque todavía no existía modo de asegurar que la magia de la Canción de los Deseos fuera a perdurar más adelante.

Brin la había llamado así: Canción de los Deseos. Deséalo, cántalo, y será tuyo. Aquello fue lo que sintió al descubrir por primera vez su poder. Pronto aprendió que podía condicionar el comportamiento de los seres vivos con su canción. De esta manera había cambiado el color de las hojas del viejo arce. Podía tranquilizar a un perro enfurecido, hacer que un pájaro se posara en su muñeca, transformarse en parte de cualquier ser viviente, y también convertirlo en parte de sí misma. No sabía muy bien cómo conseguía hacer todo aquello, pero el caso es que podía hacerlo. Cantaba, y sin planearlo ni ensayarlo, la música y las palabras siempre acudían a ella, como la cosa más natural del mundo. Siempre era consciente de lo que cantaba, y a la vez estaba completamente ajena mientras permanecía con la mente ocupada en unos sentimientos y unas sensaciones indescriptibles. La atravesaban como purificándola y, en cierta manera, la renovaban mientras el deseo se hacía realidad.

Era el regalo de la magia élfica o, tal vez, su maldición. Cuando su padre descubrió que ella la poseía, pensó que se trataba de una maldición. En el fondo Brin sabía que él estaba asustado por lo que las piedras élficas podían hacer, y por el cambio que su uso había producido en su interior.

Después de que Brin hiciese que el perro de la familia persiguiera su propia cola hasta la extenuación, y de que secara un huerto entero de verduras, su padre reafirmó de manera apresurada su decisión de que nunca nadie volvería a utilizar las piedras élficas. Las ocultó en un lugar que solo él conocía, y ahí habían permanecido desde ese momento. O al menos eso creía el padre, aunque ella no estaba segura del todo. Unos meses atrás, cuando alguien habló de la piedras élficas escondidas, Brin había intuido una sonrisa burlona en Jair. Por supuesto no esperaba que lo admitiera, pero sabía lo complicado que era ocultar algo a su hermano, y por ello sospechó que había encontrado el escondrijo.

Encontró a Rone Leah en la puerta principal, alto y esbelto. Tenía el cabello castaño rojizo que le llegaba por los hombros, y lo llevaba recogido con una diadema ancha en la nuca. Sus maliciosos ojos eran grises.

—¿Por qué no me ayudas? Lo estoy haciendo yo todo y ni siquiera soy miembro de la familia.

—Mientras permanezcas aquí ese es tu deber —le reprendió Brin—. ¿Qué más hay que hacer?

—Solo queda sacar estos bultos; con esto deberíamos acabar. —Había varios baúles de piel y bolsas más pequeñas apilados en la entrada. Rone cargó con el más grande—. Creo que tu madre quiere que vayas al dormitorio.

Desapareció pasillo abajo, y Brin entró en su casa hacia los dormitorios, ubicados en la parte de atrás. Sus padres se estaban preparando para partir en su peregrinación bianual hacia las lejanas comunidades del sur del Valle Sombrío. Un viaje que los mantendría lejos de su hogar durante más de dos semanas. No existían muchos sanadores que poseyeran la destreza de Wil Ohmsford, y ninguno a menos de quinientas millas del valle. Por eso dos veces al año, en primavera y otoño, su padre viajaba a aquellas alejadas aldeas para prestar sus servicios allá donde fueran necesarios. Eretria siempre iba con él pues, con una experiencia casi tan rigurosa como la de su marido, se había convertido en una ayuda más que competente en el cuidado de heridos y enfermos. Otros hubieran evitado hacer esos viajes, pero a ellos les impulsaba el deseo de paliar el dolor. Los padres de Brin poseían un gran sentido del deber. Sanar era la profesión a la cual ambos habían consagrado sus vidas, y era un compromiso que no se tomaban a la ligera.

En su ausencia durante estos viajes, a Brin se le encomendaba el cuidado de Jair. En esta ocasión, sin embargo, Rone Leah había viajado desde las tierras altas para ocuparse de ambos.

Cuando Brin entró en el dormitorio, su madre dejó de empaquetar sus últimas cosas y dirigió una amplia sonrisa a su hija. Su larga y negra melena caía sutilmente por sus hombros. Se lo echó hacia atrás, descubriendo un rostro en apariencia no mucho mayor que el de su hija.

—¿Has visto a tu hermano? Ya casi estamos listos para irnos.

Brin negó con la cabeza.

—Creía que estaba con nuestro padre. ¿Puedo ayudarte con algo?

Eretria asintió al tiempo que la agarraba por los hombros, e hizo que se sentara junto a ella en la cama.

—Quiero que me prometas una cosa, Brin; quiero que me prometas que ni tú ni tu hermano usaréis la Canción de los Deseos mientras tu padre y yo no estemos.

Brin sonrió.

—Yo apenas la uso —sus oscuros ojos buscaron la complicidad de los de su madre.

—Ya lo sé. Pero Jair sí lo hace, aunque él piense que no me entero. En cualquier caso, mientras no estemos, tu padre y yo no queremos que ninguno de los dos la utilice. ¿Está claro?

Brin dudó un instante. Su padre entendía que la magia élfica era parte de sus retoños, pero no por ello aceptaba que esta fuera buena o necesaria. Argumentaba que sus hijos eran ingeniosos e inteligentes, y que por eso no necesitaban valerse de artificios para salir adelante. Sed quienes podáis sin recurrir a la canción. Eretria, por su parte, ejercía de eco, aunque le costaba menos que a él admitir que muchas veces eran simplemente ignorados.

Por desgracia, en el caso de Jair resultaba difícil contar con su discreción. Era impulsivo y obstinado. Cuando deseaba utilizar la Canción de los Deseos, no podía evitar el capricho, siempre y cuando pudiera salirse con la suya. Además, Jair sentía la magia élfica de manera diferente...

—¿Brin?

—Madre, no veo qué problema hay en que Jair use la Canción de los Deseos —respondió la joven, exteriorizando sus pensamientos—. Es solo un juguete.

Eretria negó con un movimiento de cabeza.

—Incluso un juguete puede ser peligroso si se utiliza de manera irresponsable. Además, ya deberías conocer la magia élfica lo bastante como para darte cuenta de que nunca es inofensiva. Y ahora escúchame: tú y tu hermano sois lo suficientemente mayores como para no necesitar que vuestros padres os vigilen de manera constante. Pero una pequeña advertencia tal vez no os venga mal: no quiero que utilicéis la magia cuando no estemos. Llama la atención sin necesidad. Prométeme que tú no la usarás, y que evitarás que lo haga Jair.

Brin asintió despacio.

—Esto es por los rumores sobre los caminantes negros, ¿verdad?

Había oído las historias. En la posada se hablaba mucho sobre ello en los últimos días. Caminantes negros: seres silenciosos y sin rostro, nacidos de la magia negra y que no procedían de ningún lado. Algunos decían que el Señor de los Brujos y sus secuaces estaban de vuelta.

—¿Tiene que ver con eso?

—Así es. —Ante la perspicacia de Brin, su madre perfiló una sonrisa—. Ahora prométemelo.

—Te lo prometo.

Brin le devolvió la sonrisa, a pesar de creer que todo aquello era un sinsentido.

Tardaron media hora más en terminar de hacer el equipaje y entonces Wil y Eretria estuvieron listos para emprender el viaje. Jair llegó justo en ese momento de la posada, donde había ido a comprar un dulce especial para regalárselo a su madre, pues a ella le gustaban esas cosas. Se dijeron adiós.

—No olvides lo que me has prometido, Brin —susurró Eretria a su hija mientras la besaba en la mejilla y la abrazaba con fuerza.

Después subieron al carro en el que harían su viaje, y este comenzó a avanzar con pausa por la polvorienta carretera en busca de su destino.

Brin se quedó observándolos hasta que desaparecieron.

Brin, Jair y Rone Leah salieron de excursión aquella misma tarde por los bosques del Valle Sombrío, y no pensaron en dar media vuelta y emprender el camino de vuelta a casa hasta bien avanzado el día. Cuando se dispusieron a regresar, el sol ya estaba poniéndose tras las montañas que circundaban el valle, y las sombras de los árboles se alargaban anunciando el ocaso. Tenían una hora de camino hasta la aldea, pero los dos Ohmsford y el montañés habían transitado ya tantas veces por aquellos senderos forestales que no corrían peligro de perderse ni siquiera en la más oscura de las noches. Por ello caminaban con calma, disfrutando los últimos momentos de lo que había sido un bello día otoñal.

—¿Qué os parece salir de pesca mañana? —sugirió Rone mientras sonreía ampliamente a Brin—. Con un tiempo como este, no importa si pescamos algo o no.

Al ser el mayor de los tres, Rone abría la marcha a través de los árboles. Llevaba cruzada a la espalda la desgastada vaina que envolvía a la espada de Leah, que se adivinaba vagamente bajo su capa. En otros tiempos, esta espada la llevaba el heredero del trono de Leah, aunque hacía tiempo que había dejado de cumplir esa función y había sido reemplazada. Pero Rone siempre había admirado ese viejo acero, que ya su bisabuelo Menion había portado cuando salió en busca de la espada de Shannara. Dado lo mucho que admiraba el arma, su padre se la había regalado. Un pequeño gesto que simbolizaba su posición como príncipe de Leah, aunque fuera el más joven de los príncipes.

—Te olvidas de una cosa —respondió Brin con desaprobación—. Acordamos que mañana haríamos las reparaciones en la casa que le prometimos a mi padre que haríamos mientras estaba fuera.

—Ya trabajaremos otro día —dijo Rone encogiéndose de hombros—. La casa tampoco se va a hundir.

—Deberíamos explorar los confines del valle —dijo Jair Ohmsford. Delgado y esbelto, había heredado los rasgos élficos de su padre: ojos estrechos, cejas en ángulo y orejas ligeramente puntiagudas, cubiertas por una mata embrollada de cabello rubio.

—Creo que deberíamos buscar algún rastro de los mordíferos.

Rone esbozó una sonrisa.

—¿Y qué sabes sobre los caminantes, tigre? —le preguntó. Tigre era el sobrenombre cariñoso de Jair.

—Lo mismo que tú, supongo. En Valle Sombrío escuchamos las mismas historias que tú en las tierras altas —respondió el joven vallense—. Caminantes negros, mordíferos... seres procedentes de la oscuridad. En la posada no se habla de otra cosa.

Brin dirigió una mirada de reproche a su hermano.

—Eso no son más que cuentos. Nada más.

—¿Y tú qué piensas? —preguntó Jair a Rone.

Ante la sorpresa de Brin, el joven de las tierras altas se encogió de hombros.

—Tal vez sí. Tal vez no...

La joven contestó repentinamente con un tono furioso.

—Rone, historias como esa nunca han faltado desde que el Señor de los Brujos fue destruido, y no hay una sola palabra de verdad en todas ellas. ¿Por qué tendría que ser distinto esta vez?

—No lo sé. Yo solo creo que hay que ser precavido. Recuerda que nadie creía las historias de los Portadores de la Calavera en la época de Shea Ohmsford. Hasta que fue demasiado tarde.

—Por eso creo que deberíamos echar un vistazo por los alrededores —repitió Jair.

—¿Para qué? —preguntó Brin con voz cortante—. ¿Para encontrarnos a alguno de esos seres, que se supone que son tan peligrosos? ¿Qué harías entonces? ¿Recurrir a la Canción de los Deseos?

Jair se ruborizó.

—Si fuera necesario lo haría. Podría emplear la magia...

—La magia no es un pasatiempo, Jair —le cortó en seco—. ¿Cuántas veces tengo que decírtelo?

—Yo solo he dicho que...

—Sé bien lo que has dicho. Piensas que la Canción de los Deseos puede hacer cualquier cosa por ti, pero estás totalmente equivocado. Mejor si pusieras más atención a lo que padre dice acerca del uso de la magia. Algún día te ocasionará problemas.

—¿Por qué te enfadas? —preguntó Jair mientras clavaba su mirada en ella.

La joven se dio cuenta de que realmente estaba enojada, y de que no ganaba nada con ello.

—Lo siento —se disculpó—. Prometí a madre que ninguno de los dos utilizaría la Canción de los Deseos mientras ellos estuvieran fuera.

Supongo que por eso me molesta el oíros hablar de salir en busca de los mordíferos.

Un destello de indignación resplandeció en los ojos de Jair.

—¿Y a ti quién te ha autorizado a hacer promesas en mi nombre, Brin?

—Nadie, supongo. Pero nuestra madre...

—Nuestra madre no lo entiende...

—¡Calmaos, por favor! —Rone Leah les imploró juntando las manos—. Este tipo de discusiones hacen que me alegre de alojarme en la posada en lugar de en vuestra casa. Olvidemos todo esto ahora y volvamos al tema original. ¿Vamos de pesca mañana o no?

—Vamos a pescar —dijo Jair.

—Sí. Vayamos a pescar —agregó Brin—. Pero después de acabar con algunas de las reparaciones.

Caminaron en silencio un rato. Ella seguía dándole vueltas a la creciente afición de Jair de utilizar la Canción de los Deseos. Su madre estaba en lo cierto; Jair practicaba la magia siempre que tenía ocasión. La percibía de manera menos peligrosa que Brin, puesto que en ella funcionaba de manera distinta. La Canción de los Deseos utilizada por Brin tenía efectos reales; usada por Jair, en cambio, solo producía una ilusión. Cuando utilizaba la magia, sus efectos eran mera apariencia. Eso le concedía mayor libertad, y alentaba sus deseos de experimentación. Lo hacía de manera secreta, pero lo hacía. Ni siquiera Brin estaba demasiado seguro de qué era lo que Jair había aprendido a hacer.

La tarde se disipó por completo y la noche ocupó su lugar. La luna llena parecía un faro de luz blanca en el horizonte del este, y las estrellas empezaron a parpadear. Al llegar la noche el aire comenzó a enfriarse rápidamente, y los olores del bosque se intensificaron con el perfume de las hojas secas. El rumor de insectos y pájaros nocturnos lo invadió todo.

—Creo que igual deberíamos pescar en el río Rappahalladran —dijo Jair de repente.

Todos se quedaron callados durante un instante.

—No sé —respondió finalmente Rone—. Podríamos probar suerte en las charcas de Valle Sombrío también.

Brin miró al joven de las tierras altas con expresión de extrañeza. Sonaba como preocupado.

—No si queremos pescar truchas —insistió Jair—. Además, quiero acampar en el bosque de Duln una o dos noches.

—Podemos hacer eso en el valle también.

—Pero el valle sería como estar en el patio trasero —puntualizó Jair mientras su irritación aumentaba—. El bosque de Duln tiene, al menos, un par de sitios que todavía no hemos explorado. ¿De qué tienes miedo?

—De nada —contestó a la defensiva el joven de las tierras altas—. Solo pienso que... Mira, es mejor que lo discutamos más tarde. Déjame que te diga lo que me sucedió cuando me dirigía hacia aquí. Casi me pierdo. Había un perro lobo...

Brin se quedó rezagada mientras hablaban. Seguía desconcertada ante la inesperada resistencia de Rone a acampar un par de noches en el bosque de Duln, una excursión que ya habían hecho docenas de veces. ¿Acaso pasaba algo fuera de Valle Sombrío que debieran temer? Frunció el ceño al recordar la preocupación que había mostrado su madre; ahora Rone también parecía intranquilo. Al contrario de lo que había hecho ella, el joven de las tierras altas no se dio demasiada prisa en tildar de rumores infundados aquellas historias sobre los mordíferos. De hecho, se había mostrado inusualmente comedido, cuando lo que habría hecho normalmente habría sido reírse de aquellas historias sin sentido. ¿Por qué no había sido así entonces? Cabía la posibilidad, pensó, de que existiera alguna causa que le hiciera creer que aquel no era asunto de risa.

Media hora después, las luces de la aldea comenzaron a filtrarse entre los árboles del bosque. Ya era de noche, y los tres jóvenes avanzaban con cautela por el sendero, ayudados por el brillo de la luz de la luna. La senda descendía hacia la resguardada depresión en donde se ubicaba la aldea, haciéndose ancha hasta convertirse en una carretera. Las primeras casas aparecieron. Se oían voces salir de su interior. Brin sintió los primeros síntomas de cansancio. En ese momento le habría encantado escurrirse hasta el confort de su cama, y abandonarse a una buena noche de sueño.

Caminaron en dirección al centro de Valle Sombrío pasando frente a la vieja posada, gestionada durante varias generaciones por la familia Ohmsford. Los Ohmsford todavía poseían el establecimiento, aunque desde que Shea y Flick fallecieron ya no vivían en él. Ahora lo dirigían unos amigos de la familia, que compartían ingresos y gastos con Wil Ohmsford. Brin sabía que su padre nunca se había sentido cómodo viviendo en la posada, pues su vinculación al negocio era inexistente. Prefería la vida de curandero a la de mesonero. Solo Jair mostraba cierto interés por las cuestiones relacionadas con la posada, ya que disfrutaba yendo allí a escuchar las historias que contaban los viajeros de paso por el Valle Sombrío. Relatos con la necesaria dosis de aventura como para satisfacer el espíritu de un joven inquieto como él.

La posada estaba llena aquella noche. Sus grandes puertas se abrieron de golpe; las luces del interior caían sobre las mesas, y su larga barra aparecía atestada de viajeros y aldeanos que bebían cerveza mientras bromeaban y reían en aquella fría noche de otoño. Rone sonrió por encima del hombro a Brin, y sacudió la cabeza con resignación. Nadie deseaba que aquel día acabara.

Poco después llegaron al hogar de los Ohmsford. Una casita hecha de piedra y mortero, emplazada sobre una pequeña colina rodeada de árboles. Estaban a mitad de camino en el sendero de guijarros flanqueado de setos y ciruelos en flor que llevaba a la puerta de entrada, cuando Brin les ordenó de manera repentina que se detuvieran.

Había una luz en la ventana de la habitación delantera.

—¿Alguien ha dejado esta mañana alguna lámpara encendida? —preguntó con tranquilidad, conociendo ya la respuesta.

Ambos negaron con la cabeza.

—Tal vez alguien se ha detenido a hacernos una visita —apuntó Rone.

—La casa estaba cerrada —respondió Brin.

Se miraron el uno al otro sin mediar palabra. Una sensación difusa de inquietud crecía en su interior. Jair, por su parte, permanecía tranquilo.

—Bueno, pues entremos y veamos quién anda ahí —dijo él al tiempo que reemprendía la marcha.

—Un momento, valiente —dijo Rone mientras tiraba del hombro del joven—. No nos precipitemos.

—¿Quién crees que nos espera dentro, uno de los caminantes? —preguntó Jair a la vez que se soltaba y volvía a mirar hacia la luz.

—¡Para de decir tonterías! —ordenó tajantemente Brin.

—Eso crees, ¿a que sí? —preguntó Jair mientras sonreía—. ¡Crees que un caminante negro ha entrado a robarnos!

—Muy cortés por su parte el encender una luz para que nos percatáramos de su presencia —comentó Rone lacónico.

Miraron nuevamente hacia la ventana iluminada sin decidirse.

—No podemos quedarnos aquí toda la noche —dijo finalmente Rone mientras empuñaba la espada de Leah—. Echemos un vistazo.

Vosotros permaneced detrás de mí; si pasa algo, corred a la posada y traed ayuda. —Titubeó—. Aunque no va a suceder nada.

Continuaron la marcha hasta llegar a la puerta, donde se detuvieron a escuchar. La casa estaba en silencio. Brin le entregó la llave a Rone y entraron. El recibidor estaba negro como el carbón, salvo por una estrecha franja de luz amarillenta que se expandía por el pasillo que conducía al interior. Tras unos momentos de duda atravesaron el recibidor y entraron en la primera habitación.

Estaba vacía.

—Vale, pues aquí no hay ningún mordífero —dijo Jair—. No hay nada salvo...

No llegó a terminar la frase. Una alargada sombra se proyectó sobre la zona iluminada desde el salón del lado opuesto. Era un hombre de más de dos metros, envuelto en una capa negra. Retiró la capucha hacia atrás, dejando al descubierto un rostro curtido y delgado de expresión firme. Una barba y unos cabellos negros moteados de gris pendían de su cabeza y su mentón. Pero eran sus ojos, hondos y penetrantes, lo que realmente lo distinguían. Desde la profunda sombra de su ancha frente daban la impresión de verlo todo; incluso aquello escondido.

Rone Leah alzó la espada en el acto, pero la mano del forastero, que salió de entre sus ropas, lo detuvo.

—No vas a necesitar eso.

El joven de las tierras altas dudó. Miró durante un instante los oscuros ojos de su oponente y bajó la espada. Brin y Jair estaban inmóviles, completamente incapaces de huir o de hablar siquiera.

—No hay nada que temer —retumbó grave la voz del forastero.

Ninguno de los tres se sintió particularmente tranquilizado tras aquella afirmación, aunque se relajaron levemente cuando comprobaron que la negra figura no presentaba intención de acercarse a ellos. Brin miró con rapidez a su hermano y lo encontró observando al forastero con toda su atención. Como si tratara de descubrir algo. El hombre alto miró al muchacho, luego a Rone y, finalmente, a ella.

—¿Ninguno me reconoce? —preguntó mediante un suave murmullo.

Hubo un momento de silencio. De repente Jair asintió con la cabeza.

—¡Allanon! —exclamó mientras asentía con la cabeza y la excitación se esbozaba en su rostro—. ¡Eres Allanon!

2

Brin, Jair y Rone Leah se sentaron juntos en la mesa del comedor, acompañados de aquel extraño que ahora sabían que era Allanon. Nadie, al menos que ellos supieran, lo había visto en veinte años, y Wil Ohmsford había sido de los últimos. Sin embargo, todos conocían las historias que se contaban de él; un vagabundo enigmático y oscuro que había viajado hasta los confines más lejanos de las Cuatro Tierras. Filósofo, maestro e historiador de las razas; el último de los druidas, y hombre de conocimiento que había dirigido a las razas desde el caos que había seguido a la destrucción del viejo mundo a la civilización que florecía a día de hoy. Fue él quien había guiado a Shea, Flick Ohmsford y Menion Leah en la búsqueda de la legendaria espada de Shannara, hacía ya más de setenta años, con el propósito de destruir al Señor de los Brujos.

Fue también él quien había visitado a Wil Ohmsford cuando el vallense estudiaba en Storlock para ser curandero. Quien lo convenció para que fuera guía y protector de la elfa Amberle Elessedil cuando había salido en busca de los poderes requeridos para devolver la vida a la moribunda Ellcrys, y así encarcelar de nuevo a los demonios que campaban a sus anchas por las Tierras de Occidente. Conocían bien las historias sobre Allanon, y sabían que el hecho de que el druida apareciera de nuevo no podía significar otra cosa más que problemas.

—He recorrido un largo camino hasta encontrarte, Brin Ohmsford —dijo el hombre alto con voz grave y cansada—. Es un viaje que nunca pensé que tendría que hacer.

—¿Por qué me buscas? —preguntó Brin.

—Porque necesito la Canción de los Deseos.

Un interminable silencio siguió a sus palabras. La joven vallense y el druida cruzaron sus miradas por encima de la mesa.

—Es extraño —musitó finalmente Allanon—. No comprendí hasta hace poco que el paso de la magia élfica a los hijos de Wil Ohmsford pudiera tener un propósito tan importante. Pensé que no era más que un efecto secundario inevitable del uso de las piedras élficas.

—¿Para qué necesitas a Brin? —añadió Rone con preocupación; aquello no le gustaba nada.

—¿Y por qué necesitas la Canción de los Deseos? —preguntó a su vez Jair.

—¿No están tus padres aquí? —preguntó Allanon clavando su mirada en Brin.

—No. Y tardarán al menos dos semanas en volver. Están atendiendo enfermos en las aldeas del sur.

—No tengo dos semanas; ni siquiera dos días —susurró el gigante—. Debemos hablar ahora, y tú deberás tomar una decisión sobre qué hacer. Y si decides lo que creo que debes decidir, me temo que esta vez tu padre no me perdonará.

Brin comprendió al fin de qué estaba hablando el druida.

—¿Tengo que acompañarte? —preguntó con calma.

—Déjame que te hable de un peligro que amenaza a las Cuatro Tierras —continuó Allanon sin responder a la pregunta de Brin—. Un mal tan vasto como ninguno a los que jamás se enfrentaron Shea Ohmsford o tu padre. —Cruzó las manos sobre la mesa que había frente a sí y se inclinó hacia ella—. En el mundo antiguo, en los albores de la raza humana, existían criaturas fantásticas que utilizaban magia benigna y maligna. Estoy convencido de que tu padre debe de haberte contado la historia. Ese mundo tocó a su fin con la llegada del hombre. Las criaturas que empleaban la magia maligna fueron encerradas tras el muro de la Prohibición, mientras que aquellas que utilizaban la magia benigna se acabaron perdiendo con la evolución de las razas. Todas, a excepción de los elfos. Pero un libro de esa época sobrevivió. Un libro de magia negra, de un poder tan inverosímil que incluso los magos elfos del mundo antiguo lo temían. Se llamaba Ildatch. Su origen era incierto; parece que surgió temprano, cuando la vida fue creada. El mal lo utilizó durante un tiempo, hasta que los elfos lograron apoderarse de él. Tan grande era su atractivo que, pese a conocer su poder, varios magos elfos se atrevieron a examinar sus secretos. Todos murieron. Fue entonces cuando los magos supervivientes determinaron que el libro debía ser destruido. Pero antes de que pudieran hacerlo, desapareció. Durante los siglos posteriores hubo numerosos rumores sobre su uso aquí y allá, aunque ninguno pudo confirmarse. —El druida frunció el ceño—. Y entonces las Grandes Guerras arrasaron el viejo mundo. Durante dos mil años la existencia del hombre fue reducida a su nivel más primitivo. Nada cambió hasta que los druidas convocaron el Primer Consejo en Paranor, con el propósito de compilar todos los conocimientos del viejo mundo que pudieran ser de utilidad en el nuevo. Todo el conocimiento que se hubiera preservado a lo largo de los años, ya fuera de transmisión oral o estuviera contenido en los libros, fue llevado al consejo, quien lo analizó con la intención de desvelar sus secretos. Por desgracia no todo lo preservado era bueno. Entre los libros hallados por los druidas se encontraba el Ildatch. Lo descubrió un brillante, ambicioso y joven druida llamado Brona.

—El Señor de los Brujos —espetó Brin susurrante.

—Se transformó en el Señor de los Brujos cuando el poder del Ildatch lo trastornó —prosiguió Allanon asintiendo con un gesto—. Él y sus seguidores se perdieron en la magia negra, y durante casi un milenio amenazaron la existencia de las razas. No fue hasta que Shea Ohmsford dominó el poder de la espada de Shannara, que Brona y sus seguidores fueron destruidos. —Hizo una pausa—. Pero el Ildatch desapareció de nuevo. Lo busqué entre las ruinas del Monte de la Calavera cuando el reino del Señor de los Brujos se derrumbó, mas no lo encontré. Pensé que era bueno que se perdiera; que era mejor que quedara enterrado para siempre. Pero me equivoqué. De algún modo fue recuperado por una secta de humanos, seguidores del Señor de los Brujos; presuntos hechiceros de las razas de hombres, no sometidos al poder de la espada de Shannara y que, por tanto, no fueron destruidos junto al Maestro. Aún no sé cómo, pero descubrieron el lugar donde el Ildatch estaba enterrado y lo trajeron de vuelta al mundo de los hombres. Lo llevaron hasta las profundidades de su guarida en la Tierra del Este y allí, escondidos de las razas, comenzaron a indagar en los secretos de su magia. Eso tuvo lugar hace más de sesenta años; ya puedes suponer lo que les ha sucedido.

Brin, completamente pálida, se inclinó hacia adelante.

—¿Estás diciendo que todo ha comenzado de nuevo? ¿Que hay otro Señor de los Brujos y otros Portadores de la Calavera? —acertó finalmente a decir.

—Esos hombres no eran druidas como Brona y sus seguidores, y tampoco ha pasado tanto tiempo desde que quedaron trastocados —respondió Allanon negando con la cabeza—. Pero la magia perturba de manera inadecuada a quienes la manipulan. La diferencia está en la naturaleza de esa perturbación; cada vez es de una manera distinta.

—No lo entiendo —dijo Brin mientras gesticulaba con la cabeza.

—Diferente —repitió Allanon—. La magia, sea buena o mala, se adapta a quien la utiliza, y este se adapta a ella. La última vez, las criaturas nacidas bajo su influjo volaban...

La frase quedó en suspenso, mientras los oyentes cruzaban miradas fugaces.

—¿Y en esta ocasión? —preguntó Rone.

—Esta vez el mal camina —respondió el druida entrecerrando sus ojos negros.

—¡Mordíferos! —espetó Jair secamente.

Allanon asintió con la cabeza.

—Así es como llaman los gnomos a los que otros llaman espectros o caminantes negros. Son otra forma de la maldad misma. El Ildatch los ha convertido, tal y como ya hiciera con Brona y sus seguidores, en víctimas de la magia. Como consecuencia son esclavos del poder. Están perdidos para el mundo de los hombres; sumidos en la oscuridad.

—Entonces son ciertos los rumores —farfulló Rone Leah. Sus ojos grises buscaron los de Brin—. No te lo había dicho antes para no preocuparte de manera innecesaria, pero unos viajeros que pasaron por Leah me dijeron que los caminantes habían llegado al oeste desde el país del río de Plata. Es por eso que cuando Jair propuso acampar más allá del Valle Sombrío...

—¿Los mordíferos han llegado tan lejos? —le interrumpió Allanon con premura. Su voz denotaba preocupación—. ¿Cuánto hace que te enteraste, príncipe de Leah?

—Hace varios días —respondió Rone titubeante—. Justo antes de llegar al valle.

—Entonces tenemos menos tiempo del que creía. —Las arrugas del rostro del druida se acentuaron.

—Pero ¿qué hacen aquí? —preguntó Jair.

—Supongo que andan buscándome —respondió Allanon mientras alzaba su rostro sombrío.

El silencio se expandió por la casa oscura. Nadie habló; la mirada del druida les hizo permanecer inmóviles.

—Escuchad con atención. La fortaleza de los mordíferos se halla en lo más profundo de la Tierra del Este, justo en lo alto de las montañas que ellos conocen como del Cuerno del Cuervo. Es una fortaleza antigua e imponente, construida por trolls en el transcurso de la Segunda Guerra de las Razas. Se llama Marca Gris. La fortaleza está asentada en el reborde de un conjunto de montañas que rodean un profundo valle.

Es en el interior de ese valle donde el Ildatch fue ocultado. —Respiró profundamente—. Hace diez días me encontraba en los confines del valle. Estaba decidido a adentrarme en él, hacerme con el Ildatch, sacarlo de su escondite y destruirlo. El libro es el origen del poder de los mordíferos. Si es destruido, perderán su poder y la amenaza habrá terminado. Permíteme que te diga algo sobre esa amenaza; los espectros no han permanecido inactivos desde la caída de su Maestro. Hace seis meses, una nueva guerra por motivos fronterizos estalló entre los gnomos y los enanos. Durante años las dos naciones han combatido en los bosques de Anar, así que el hecho de que se reactivaran los enfrentamientos no sorprendió a nadie en un principio. Esta vez, sin embargo, existe una diferencia desconocida para la mayoría; la mano de los mordíferos está guiando a los gnomos. Tras la derrota del Señor de los Brujos, las tribus de gnomos fueron vencidas y diseminadas. Ahora, de nuevo, han sido esclavizadas por la magia negra, aunque esta vez bajo el dominio de los espectros negros. La magia les proporciona una fuerza que de ningún otro modo podrían tener por sí mismos. Es así como han conseguido hacer retroceder constantemente a los enanos hacia el sur desde que los enfrentamientos en la frontera comenzaron de nuevo. La amenaza es grave. Hace poco el río de Plata comenzó a desprender pestilencias, envenenado por la magia negra. La tierra comienza a agonizar. Cuando sucumba, los enanos también morirán, y la Tierra del Este estarán perdidas. Elfos de las Tierras del Oeste y habitantes de la frontera de Callahorn ya han acudido en ayuda de los enanos, pero su apoyo no es suficiente para resistir de manera eficaz la magia de los mordíferos. Solo la destrucción del Ildatch pondrá fin a lo que está sucediendo.

—¿Recuerdas los relatos que te contó tu padre, que a su vez a él se los contó el suyo, y a este, a su vez, el suyo, Shea Ohmsford, sobre el avance del Señor de los Brujos por la Tierra del Sur? —preguntó girándose hacia Brin—. Conforme avanzaba el mal, la oscuridad lo envolvía todo. Una sombra se cernía sobre la tierra, y todo lo que encontraba a su paso se mustiaba y moría. Nada que no fuera maligno podía sobrevivir bajo el influjo de aquella sombra. Pues eso es lo que empieza otra vez, muchacha; pero esta vez en el Anar.

—Diez días atrás —continuó Allanon mirando hacia otro lado— estaba frente a los muros de la Marca Gris, resuelto a buscar y destruir el Ildatch. Fue entonces cuando descubrí lo que los caminantes negros habían hecho. Utilizando su magia, habían instituido en el valle una ciénaga boscosa que protege el libro. Un Maelmord en el lenguaje de los duendes; una barrera tan maligna que aplasta y engulle cualquier cosa extraña que trate de entrar en ella. Comprende que esa selva oscura está viva; respira y piensa. Nada puede atravesarla. Yo lo intenté, pero ni siquiera mi extraordinario poder fue suficiente. El Maelmord me repelió, y los caminantes negros me descubrieron. Fui perseguido, pero logré despistarlos. Y ahora siguen buscándome...

Su voz se quebró por momentos. Brin miró a Rone fugazmente; parecía contrariado.

—Si te están buscando al final llegarán aquí, ¿me equivoco? —aprovechó para decir el joven de la montaña, gracias al hueco en la narración que abrió la pausa del druida.

—Sí. Pero eso sucederá independientemente de que ahora me persigan o no. Entiende que tarde o temprano tratarán de eliminar cualquier cosa que suponga una amenaza para su poder sobre las razas. Y es muy probable que la familia Ohmsford lo sea.

—¿Debido a Shea Ohmsford y la espada de Shannara? —preguntó Brin.

—Indirectamente sí; los caminantes negros no son criaturas de ilusión como lo era el Señor de los Brujos. Siendo así, la espada no puede dañarlos. Pero quizá las piedras élficas sí puedan. Esa magia es una fuerza que ha de tenerse muy en cuenta, y los caminantes habrán oído hablar acerca de la búsqueda de Wil Ohmsford del Fuego de Sangre. —El druida hizo una pausa—. Pero la verdadera amenaza para ellos es la Canción de los Deseos.

—¿La Canción de los Deseos? —Brin estaba atónita—. ¡Pero si es solo un pasatiempo! ¡No tiene el poder de las piedras élficas! ¿Por qué iba a ser una amenaza para esos monstruos? ¿Cómo va a asustarlos algo tan inocente?

—¿Inocente? —los ojos de Allanon destellaron por un instante. Luego los cerró como si quisiera ocultar algo; su rostro sombrío se volvió inexpresivo. Fue en ese instante cuando Brin realmente se asustó.

—¿Allanon, por qué has venido? —le preguntó de nuevo, tratando de evitar que sus manos temblaran.

Los ojos del druida se abrieron de nuevo. En la mesa justo detrás de él, la llama de la lámpara de aceite crepitaba débilmente.

—Quiero que me acompañes a la guarida de los caminantes negros, en la Tierra del Este. Quiero que utilices la Canción de los Deseos para penetrar en el Maelmord, que llegues hasta el Ildatch, y me lo entregues para que lo destruya.

Todos lo miraron enmudecidos.

—¿Cómo? —logró preguntar finalmente Jair.

—La Canción de los Deseos puede subvertir incluso la magia negra —respondió Allanon—. Puede trastocar el comportamiento de cualquier ser viviente. Incluso puede forzar al Maelmord a aceptar a Brin; abrirle el paso como si fuera uno de los suyos.

—¿La canción puede hacer todo eso? —preguntó Jair mientras sus ojos se agrandaban asombrados.

—La canción no es más que un juguete —repitió Brin mientras negaba con la cabeza.

—¿Solo un juguete? ¿O es que tú la has utilizado solo como tal? —preguntó el druida—. No, Brin Ohmsford; la Canción de los Deseos es magia élfica, y posee el poder de la magia élfica. Tú no lo has constatado todavía, pero te aseguro que es así.

—¡No me importa lo que sea o deje de ser! ¡Brin no va a ir! —intervino Rone manifiestamente enfadado—. ¡No puedes pedirle que haga algo tan peligroso!

—No me queda otra alternativa, príncipe de Leah —respondió Allanon impertérrito—. No más que cuando pedí a Shea Ohmsford que partiera en busca de la espada de Shannara, o cuando le dije a Wil Ohmsford que iniciara la búsqueda del Fuego de Sangre. El legado de la magia élfica que correspondió por vez primera a Jerle Shannara ahora pertenece a los Ohmsford. Me gustaría, al igual que a ti, que todo esto fuera distinto. Podríamos desear también que la noche fuese día... pero el caso es que la Canción de los Deseos pertenece a Brin, y ahora le corresponde a ella utilizarla.

—Brin, escúchame —Rone se giró hacia la joven del valle—. Más allá de los rumores que te he mencionado, también se habla de lo que los caminantes negros les han hecho a los hombres; de ojos y lenguas extirpados; de mentes desprovistas de todo rastro de vida; de un fuego que quema hasta el tuétano. Todo eso lo había descartado hasta ahora. Pensaba que no eran más que cuentos de borrachos de los que se explican junto al fuego durante la noche. Pero el druida ha hecho que cambie mi forma de pensar. No irás con él. No puedes.

—Los rumores de los que hablas son ciertos —reconoció Allanon con voz suave—. El peligro existe. Incluso cabe la posibilidad de morir. Pero ¿qué vamos a hacer si no vienes? ¿Vas a esconderte y esperar que los caminantes negros se olviden de ti? ¿Pedirás a los enanos que te protejan? ¿Qué ocurrirá cuando ya no estén? Como ya sucediera en tiempos del Señor de los Brujos, el mal penetrará en esta tierra y se expandirá hasta que no quede nadie que pueda plantearle resistencia.

—Brin, si tienes que ir, permite al menos que te acompañe... —le pidió Jair mientras la cogía del brazo.

—¡Por supuesto que no! —le espetó Brin de inmediato—. Ocurra lo que ocurra, tú te quedas aquí.

—Nos quedamos todos aquí —se enfrentó Rone al druida—. No va a ir nadie. Tendrás que buscar otra solución.

—No es posible, Príncipe de Leah —respondió Allanon mientras negaba con la cabeza—. No hay otra manera.

Se quedaron todos en silencio. Brin se recostó en la silla confusa y asustada. Se sentía atrapada por la responsabilidad que el druida le había hecho sentir; por la maraña de obligaciones que le había impuesto. Todo aquello daba vueltas en su cabeza, y los mismos pensamientos iban y venían una y otra vez. La canción solo es un juguete. Magia élfica, sí; pero nada más que un juguete. ¡Inofensivo! ¡No un arma contra un mal que ni siquiera Allanon puede derrotar! Sin embargo, su padre siempre había expresado pavor hacia la magia, y le había prevenido contra su utilización. Le había advertido de que no era algo con lo que jugar. Incluso ella misma había tomado la decisión de no incitar a Jair a usar la Canción de los Deseos...

—Allanon —dijo con calma. El enjuto rostro del druida se volvió hacia ella—. Yo he usado la canción solo para realizar pequeños cambios, para modificar el color de las hojas o el florecimiento de las flores. Cosas diminutas. Y encima hace muchos meses que no la empleo ni siquiera para cosas así. ¿Cómo voy a usarla para influir sobre algo tan maligno como esa ciénaga que contiene el Ildatch?

Hubo un instante de vacilación.

—Yo te enseñaré —respondió el druida.

—Mi padre se ha opuesto siempre al uso de la magia —dijo Brin al tiempo que asentía—. Nos ha advertido acerca de confiar en ella, porque él ya lo hizo una vez y eso cambió su vida. Si él estuviera aquí, Allanon, habría hecho lo mismo que Rone al aconsejar que me opusiera. De hecho, creo incluso que me lo habría ordenado.

—Lo sé, vallense —respondió el druida. Su rostro serio denotaba visibles huellas de cansancio.

—Cuando mi padre volvió de su búsqueda del Fuego de Sangre en las Tierras del Oeste, ocultó las piedras élficas para siempre —prosiguió Brin mientras trataba de aclarar sus ideas—. En una ocasión me dijo que ya entonces supo que la magia élfica lo había cambiado, aunque no sabía cómo. Se prometió a sí mismo que jamás volvería a utilizar las piedras élficas.

—Eso también lo sé.

—¿Y sabiendo todo eso me pides que te acompañe?

—Sí.

—¿Aunque no pueda pedirle permiso? ¿Sin que pueda esperar su regreso? ¿Sin siquiera poder darle alguna explicación?

—Voy a ponértelo fácil, Brin Ohmsford —respondió el druida con rostro enfadado—. Lo que te pido no es nada agradable o razonable; nada que tu padre aprobara sin discrepar. Te pido que lo arriesgues todo solo porque te doy mi palabra de que es imperativo que lo hagas. Te pido que confíes en mí, aunque es probable que no tengas muchos motivos para ello. Te pido todo esto sin prometerte nada a cambio. Nada.

Allanon se inclinó entonces hacia adelante alzándose ligeramente de su silla. Su rostro se tornó oscuro y amenazante.

—¡Pero también te digo una cosa: si reflexionas en detalle sobre este asunto te darás cuenta de que, por muchas objeciones que tengas, aun así debes venir conmigo!

En esta ocasión, incluso Rone decidió no contradecirlo. El druida se mantuvo en su posición amenazadora durante unos instantes más. Sus vestiduras negras se extendían holgadamente mientras permanecía apoyado sobre la mesa. Después, de manera pausada, volvió a su postura previa. Su aspecto evidenciaba un gran cansancio; una suerte de desesperación silenciosa. No era algo característico de aquel Allanon que su padre tantas veces había descrito a Brin. Ello la asustaba.

—Pensaré en ello con detenimiento, tal y como me pides —dijo con un hilo de voz—. Pero necesito al menos esta noche. Tengo que aclarar mis sentimientos.

Allanon pareció dudar por un instante. Finalmente asintió con la cabeza.

—Hablaremos de nuevo por la mañana. Piénsalo bien, Brin Ohmsford.

Ya se ponía en pie cuando Jair se interpuso en su camino. Su cara élfica estaba encendida.

—Bien, ¿y qué pasa conmigo? ¿Qué ocurre con lo que yo pueda pensar de este asunto? ¡Si Brin se va contigo, yo también! ¡No vais a dejarme atrás!

—Jair, no debes olvidar que… —comenzó a decir Brin, pero Allanon la cortó con una mirada. Se levantó y rodeó la mesa hasta ponerse frente a su hermano.

—Eres valiente —le dijo con suavidad, mientras apoyaba su mano sobre el hombro delgado del joven del valle—, pero tu magia no es necesaria en este viaje. Tu magia es ilusión, y no puede abrirnos paso a través del Maelmord.

—Pero podrías estar equivocado —insistió Jair—. ¡Además, yo quiero ayudar!

—Puedes ayudarnos. Hay algo que deberás hacer mientras Brin y yo no estemos —respondió Allanon con un gesto de aprobación—. Te ocuparás de que tus padres estén a salvo, y velarás por que los caminantes negros no los encuentren antes de que logremos destruir el Ildatch. Si se presentan, deberás utilizar la canción para protegerlos. ¿Lo harás?

A Brin no le gustó que el druida diera por hecho que iba a acompañarlo a la Tierra del Este. Y mucho menos que alentara a Jair a utilizar la magia élfica como arma.

—Si es lo que debo hacer, así lo haré —respondió Jair a regañadientes—, pero preferiría ir con vosotros.

—En otra ocasión, Jair —le dijo Allanon palmeándole el hombro con la mano.

—Puede que tenga que haber otra ocasión para mí también —puntualizó Brin, sarcástica—. Todavía no he tomado una decisión, Allanon.

Su rostro sombrío se giró lentamente hacia ella.

—No la habrá para ti, Brin —respondió el druida con suavidad—. Tu ocasión es esta. Debes venir conmigo; mañana por la mañana lo entenderás.

Se despidió con una inclinación de cabeza y se dirigió hacia la puerta principal mientras se ceñía sus negras vestiduras.

—¿Adónde vas, Allanon? —preguntó la joven del valle.

—Estaré cerca —respondió el druida sin aminorar sus pasos. Un instante después desapareció.

—¿Y ahora qué? —preguntó Rone.

Brin lo miró.

—Pues ahora nos vamos a la cama —respondió levantándose de la mesa.

—¿A la cama? —El joven de las tierras altas estaba estupefacto—. ¿Cómo puedes pensar en dormir después de todo esto? —preguntó mientras señalaba en la dirección en que el druida se había marchado.

Se echó el pelo hacia atrás, mientras una tímida sonrisa se dibujaba en su rostro.

—¿Qué otra cosa puedo hacer, Rone? —preguntó—. Estoy cansada, confusa y asustada. Necesito descansar.

—Quédate aquí esta noche —le dijo, besándolo suavemente en la frente. Besó también a Jair y lo abrazó.

—Marchaos los dos a la cama.

Brin entró en su dormitorio y cerró la puerta tras de sí.

Durmió un rato. Un sueño inquieto plagado de pesadillas, en las que los temores de su subconsciente tomaron forma y la persiguieron como si fueran fantasmas. Se despertó aterrorizada con un sobresalto. La almohada estaba empapada en sudor. Entonces se levantó, se vistió apresuradamente y atravesó las lóbregas habitaciones de su casa sin hacer ruido. Encendió una lámpara de aceite en la mesa del comedor, bajó la intensidad de la llama al mínimo y se sentó en silencio rodeada de sombras.

Se sentía bajo asedio y desamparada. ¿Qué debía hacer? Recordaba bien las historias que su padre le había contado, e incluso las que contaba su bisabuelo Shea Ohmsford cuando ella era solo una niña. Lo que ocurrió cuando el Señor de los Brujos bajó de la Tierra del Norte y sus ejércitos destruyeron Callahorn, propagando la oscuridad por toda la tierra. Allá por donde el Señor de los Brujos pasaba quedaba un rastro de tinieblas. Ahora volvía a ocurrir lo mismo: guerras fronterizas entre gnomos y enanos; emponzoñamiento de las aguas del río de Plata, y por extensión de sus terrenos colindantes; la oscuridad cerniéndose sobre la Tierra del Este. Todo estaba ocurriendo tal cual había sucedido setenta y cinco años atrás. En esta ocasión, del mismo modo que entonces, existía una manera de impedirlo, y detener el avance de la oscuridad. Y de nuevo era un Ohmsford al que se recurría para que realizara el trabajo. Al parecer, porque no había otra esperanza.

Se encogió en el calor de sus ropas.

Parece ser… esa era la frase clave con respecto a Allanon. ¿Qué, de todo lo que le había contado, era lo que parecía ser? ¿Qué de aquello era verdad y qué verdad a medias? Las historias de Allanon eran siempre las mismas. El druida poseía un poder y unos conocimientos asombrosos, pero solo compartía una mínima parte de ellos. Decía solo aquello que consideraba necesario y nada más. Manipulaba a los demás para conseguir sus propósitos, y con frecuencia ocultaba esos propósitos con celo. Cuando uno viajaba con Allanon, uno era consciente de que lo hacía completamente a ciegas.

Aunque la ruta de los caminantes negros podía ser todavía más oscura, si es que en realidad eran otra forma del mal destruido por la espada de Shannara. Brin debía valorar la oscuridad de una parte y otra. Allanon podía ser retorcido y manipulador en sus relaciones con los Ohmsford, pero era un guardián de las Cuatro Tierras. Todo cuanto hizo fue para defender a las razas, no para hacerles daño. Y siempre había acertado en sus advertencias de peligro. No existía razón que pudiera llevar a pensar que ahora estaba equivocado.

¿Pero era la Canción de los Deseos lo suficientemente poderosa como para atravesar la barrera concebida por el mal? Brin encontraba aquella idea disparatada. ¿Qué era la canción sino un efecto secundario de la utilización de la magia élfica? No tenía la fuerza de las piedras élficas; no era un arma. No obstante, Allanon la entendía como la única manera en que la magia negra podría ser superada; el único medio para hacerle frente, ya que incluso su poder había sucumbido ante ella.

El sonido de unos pies descalzos provenientes del comedor la sobresaltó. Rone Leah salió de entre las sombras, se dirigió a la mesa y se sentó.

—Yo tampoco puedo dormir —murmuró mientras parpadeaba frente a la luz de la lámpara de aceite—. ¿Qué has decidido?

—Nada —respondió sacudiendo la cabeza—. No sé qué hacer. No paro de preguntarme qué haría mi padre.

—Es fácil —farfulló Rone—. Te diría que ni se te ocurriera ir. Que es demasiado peligroso. Te diría también, como ya ha hecho otras tantas veces, que Allanon no es de fiar.

—No me has oído bien, Rone —contestó Brin, mientras colocaba su pelo hacia atrás y esbozaba una tenue sonrisa—. He dicho que no puedo dejar de preguntarme sobre qué haría mi padre, no qué me aconsejaría mi padre que hiciera yo. No es lo mismo. Si le hubiese pedido a él que lo acompañara, ¿qué habría hecho? ¿No habría ido, tal y como ya hizo hace veinte años cuando fue a buscarlo a Storlock, aun sabiendo que el druida no era completamente sincero y que ocultaba más de lo que decía? Él también sabía que solo él poseía la magia que era necesaria.

—Pero, Brin, la canción es… bueno, no es lo mismo que las piedras élficas —repuso intranquilo el joven de las tierras altas cambiando de posición—. Lo dijiste tú misma. Es solo un juguete.

—Lo sé. Eso es lo que lo hace más difícil; eso, y que mi padre se enfadará al enterarse de que estoy dispuesta a utilizar la magia como arma. —Hizo una breve pausa—. Pero la magia élfica es algo extraño. Su poder no siempre se ve con claridad. A veces es oscuro. Tal y como sucedió con la espada de Shannara. Shea Ohmsford no comprendió la manera en que algo tan pequeño podía derrotar a un enemigo tan poderoso como el Señor de los Brujos, no hasta que fue puesto a prueba. Si llegó hasta donde llegó, fue movido por la fe…

—Voy a repetirlo una vez más: este viaje es demasiado arriesgado —dijo Rone de súbito—. Los caminantes negros son muy peligrosos. Ni siquiera Allanon puede derrotarlos; ¡él mismo te lo confesó! Sería distinto si pudieras usar las piedras élficas. Por lo menos tienen poder suficiente para destruir criaturas de ese tipo. ¿Qué vas a hacer con la canción si tienes que enfrentarte a ellos? ¿Cantarles, igual que al viejo arce?

—No te rías de mí, Rone —dijo Brin, entornando los ojos.

—No me río de ti —respondió Rone negando con la cabeza—. Estoy demasiado preocupado por ti como para hacerlo. Pero es que no creo que la canción pueda protegerte de los caminantes.

Brin apartó la mirada de él y la dirigió hacia las ventanas que daban a la oscuridad del bosque, donde las sombras de los árboles se movían rítmicamente por la acción del viento.

—Ni yo tampoco —acabó admitiendo.

Se sentaron largo rato en silencio, abstraídos en sus propios pensamientos. El fatigado y oscuro rostro de Allanon tomó forma en la mente de Brin. Un inquietante fantasma que repetía obstinadamente: «Debes venir conmigo. Lo entenderás por la mañana». Le escuchó decir aquellas palabras de manera tan clara como cuando las había pronunciado realmente. Pero ¿qué era aquello que debía persuadirla? El razonamiento no había hecho más que aumentar su confusión. Todos los argumentos para acompañar o no a Allanon estaban allí; nítidamente expuestos. Pero la balanza todavía no se decantaba en ninguno de los dos sentidos.

—¿Tú irías? —le preguntó a Rone de súbito—. Es decir, ¿lo harías, si tuvieras el poder de la canción?

—En absoluto —respondió el joven de las tierras altas sin dudar un instante. Tal vez demasiado rápido, o con demasiada frivolidad.

Estás mintiendo, Rone, pensó la joven del valle. Para protegerme, porque no quieres que vaya a Maelmord; estás mintiendo. Si hablaras con sinceridad, confesarías que compartes mis dudas.

—¿Qué ocurre? —preguntó una voz fatigada proveniente de la oscuridad.

Se giraron y vieron a Jair en el vestíbulo. Los miraba con ojos soñolientos. Se aproximó a ellos y se quedó de pie examinando sus rostros.

—Solo estábamos hablando, Jair —le dijo Brin.

—¿Acerca de ir a por el libro mágico?

—Sí. ¿Por qué no vuelves a la cama?

—¿Vas a ir? A por el libro, quiero decir.

—No lo sé.

—No lo hará si todavía le queda una pizca de sentido común —refunfuñó Rone—. Es un viaje extremadamente peligroso. Díselo, tigre. Es la única hermana que tienes, y supongo que no querrás que los caminantes negros la hagan prisionera.

Brin le cortó con una tajante mirada.

—Jair no tiene nada que decir en esto. Así que para de intentar asustarlo.

—¿A él? ¿Quién trata de asustarlo? —El delgado rostro de Rone se ruborizó—. ¡Si es a ti a quien trato de asustar!

—Sea como sea, los caminantes negros no me asustan —afirmó Jair de manera firme.

—Bueno, pues deberían —dijo Brin.

—Tal vez deberías esperar a hablar con padre. Podríamos enviarle un mensaje o algo así —dijo Jair, encogiéndose de hombros y bostezando.

—Al fin alguien dice algo inteligente —exclamó Rone satisfecho—. Espera al menos hasta que Wil y Eretria tengan la ocasión de hablar contigo sobre esto.

—Ya has escuchado lo que Allanon ha dicho. No hay tiempo suficiente para eso —suspiró Brin.

El joven de las tierras altas se cruzó de brazos.

—Él podría conseguir tiempo si fuera necesario —insistió—. Brin, es posible que tu padre tenga una visión muy distinta de este asunto. Después de todo, él cuenta con la ventaja de la experiencia. Y ya ha utilizado la magia élfica.

—¡Brin, él podría emplear las piedras élficas! —Los ojos de Jair se abrieron bruscamente—. Podría ir contigo y protegerte con las piedras, tal y como protegió a la elfa Amberle.

Brin lo comprendió entonces; aquellas palabras le dieron la respuesta que había estado buscando. Allanon estaba en lo cierto; debía acompañarlo. Pero no por los motivos que había considerado hasta ese momento. Su padre se empecinaría en acompañarla. Sacaría las piedras élficas de su escondrijo y viajaría con ella para protegerla. Y justamente eso era lo que debía evitar. Su padre se vería obligado a romper su compromiso de no volver a emplear la magia jamás, y trataría de ir en su lugar para que su esposa e hijos permanecieran a salvo.

—Quiero que vuelvas a la cama de inmediato, Jair —dijo Brin de repente.

—Pero si solo...

—Acuéstate, por favor. Ya hablaremos mañana por la mañana de esto.

—¿Y tú qué? —replicó Jair.

—Yo me acostaré en unos minutos, te lo prometo. Quiero estar sola un rato.

Jair observó a su hermana con recelo durante unos momentos.

—Está bien —dijo al fin—. Buenas noches. —Dio media vuelta y se internó en la oscuridad—. Pero recuerda lo prometido; no tardes en volver a la cama.

Las miradas de Brin y Rone se encontraron. Se conocían desde que eran niños, y había ocasiones en las que uno sabía lo que el otro pensaba sin necesidad de mediar palabra. Aquella era una de esas ocasiones.

El joven de las tierras altas se levantó con lentitud de la mesa. Su rostro reflejaba preocupación.

—Vale, Brin. Yo también lo veo así. Pero iré contigo, ¿entendido? Estaré contigo hasta que todo esto termine.

La joven del valle asintió. Sin decir palabra, Rone desapareció por el pasillo del vestíbulo. La dejó a solas.

Pasaron los minutos. Pensó y pensó en todo el asunto, considerando cuidadosamente cada uno de los argumentos. Su conclusión fue la misma al final: no podía permitir que su padre rompiera su juramento por su culpa. Que se arriesgara a utilizar de nuevo la magia élfica de la que había abjurado. Simplemente no podía.

Tras alcanzar esta resolución se levantó y apagó de un soplo la lámpara de aceite. Caminó, aunque no hacia su dormitorio, sino hacia la entrada principal. Descorrió el pestillo sin hacer ruido y salió a la oscuridad de la noche. El viento, fresco y cargado de aromas otoñales, la golpeó en la cara. Permaneció quieta un instante mientras escrutaba las sombras. Después rodeó la casa hacia los jardines de la parte de atrás. Los sonidos nocturnos colmaban el silencio; una constante cadencia de vida invisible. Cuando llegó al borde del jardín se detuvo bajo un roble gigantesco. Miró a su alrededor expectante.

Un minuto después apareció Allanon. De algún modo sabía que lo haría. Negro como las sombras a su alrededor, se deslizó silencioso desde detrás de los árboles y se detuvo frente a ella.

—Ya he decidido —dijo con voz suave pero firme—. Iré contigo.

3

La mañana llegó pronto. Una luz pálida y plateada se filtraba a través de la niebla que precede al amanecer en el bosque, y proyectaba las sombras hacia el oeste. Los miembros de la casa Ohmsford se levantaron tras un sueño intranquilo. Una hora después iniciaron los preparativos para la partida de Brin a la Tierra del Este. A Rone lo enviaron a la posada en busca de caballos, arneses de montar, armas y provisiones. Brin y Jair empacaron la ropa y el material de acampada. Todos fueron metódicos y eficientes. No hablaban casi; no tenían mucho que decir y ninguno sentía deseos de iniciar una conversación.

Jair Ohmsford tenía pocas ganas de hablar. Se desplazaba por la casa haciendo su trabajo en silencio. Estaba molesto porque Brin y Rone se fueran con Allanon y lo dejaran atrás. Eso había sido lo primero que habían decidido aquella mañana, poco después de levantarse. Se habían juntado en el comedor, tal y como habían hecho la noche anterior, y habían discutido brevemente sobre la decisión de Brin de ir al Anar. Una decisión, pensó Jair, que todos parecían conocer ya. Todos excepto él. Fue en esa reunión cuando se determinó que Brin y Rone irían junto a Allanon, mientras que él se quedaría. Lo cierto es que el druida no parecía demasiado contento con Rone insistiendo en la idea de que si Brin debía ir, entonces él debía acompañarla. Argumentaba que Brin necesitaría a alguien en quien confiar. No; el druida no estaba nada satisfecho con ello. De hecho, solo accedió cuando Brin admitió que, en efecto, se sentiría mucho mejor con Rone cerca. Pero cuando Jair insinuó que aún se sentiría mejor si también la acompañaba él, debido a que poseía la magia de la canción para protegerla, los tres se negaron de una manera firme y tenaz. Brin alegó que era muy peligroso, a lo que Rone añadió que el viaje era demasiado largo y arriesgado. Allanon le recordó que era allí, en su casa, donde realmente se le necesitaba. Tienes una responsabilidad con tus padres, le dijo, debes usar tu magia para protegerlos.

Acto seguido, Allanon desapareció. No hubo más oportunidad de discutir el asunto con él. Rone siempre había creído que Brin era el centro del universo, así que, desde luego, no iba a llevarle la contraria. De modo que no había nada que hacer. Parte del problema con su hermana era, claro estaba, que ella no le comprendía. De hecho, Jair ni siquiera estaba seguro del todo de que se comprendiese a sí misma. Mientras concluían los preparativos, con Allanon todavía en paradero desconocido y Rone en el pueblo, sacó a colación la cuestión de las piedras élficas.

—Brin —dijo mientras plegaban las mantas en el suelo del salón para envolverlas en telas impermeables—. Yo sé dónde nuestro padre tiene escondidas las piedras élficas.

Ella levantó un momento la vista.

—Imaginaba que lo sabrías.

—Bueno, lo llevó tan en secreto que...

—Y a ti no te gustan los secretos, ¿no es cierto? ¿Las has sacado alguna vez?

—Solo para mirarlas —admitió mientras se inclinaba hacia adelante—. Brin, creo que deberías llevarlas contigo.

—¿Para qué? —respondió la joven con un matiz de enfado en la voz.

—Por protección. Y por su magia.

—¿La magia de las piedras? Ya sabes que solo nuestro padre puede utilizarla.

—Bueno, pero tal vez...

—Además, ya sabes lo que opina sobre las piedras élficas. Ya es bastante problema el que deba emprender este viaje como para, encima, llevarme las piedras. Creo que no piensas con claridad, Jair.

—Eres tú la que no piensa con claridad —respondió Jair enfadado—. Ambos sabemos lo peligroso que esto va a ser para ti. Necesitarás toda la ayuda que puedas conseguir; y las piedras pueden resultarte muy útiles. Solo necesitas descubrir cómo hacer que funcionen. Estoy seguro de que tú puedes utilizarlas.

—Nadie, a excepción del portador legítimo, puede...

—¿Conseguir que las piedras funcionen? —Jair acercó su rostro al de su hermana—. Pero tal vez eso no sea así con nosotros, Brin. Después de todo, nosotros ya poseemos la magia élfica; tenemos la Canción de los Deseos. ¡Tal vez podamos lograr que las piedras funcionen!

Tras sus palabras, se produjo un silencio largo e intenso.

—No. Prometimos a nuestro padre que nunca trataríamos de usarlas...

—También nos hizo prometerle que no utilizaríamos la magia élfica, ¿lo recuerdas? Pero lo hacemos; tú también. ¿Y acaso no es eso lo que Allanon va a exigirte una vez lleguéis a la fortaleza de los caminantes negros? ¿No es eso? Entonces, ¿cuál es la diferencia entre usar la Canción de los Deseos y las piedras élficas? ¡La magia élfica es magia élfica!

Brin lo miraba en silencio. Su mirada era distante, y se perdía en la inmensidad de sus ojos oscuros.

—No importa —respondió finalmente Brin, al tiempo que retomaba su actividad con las mantas—. No las voy a coger. Ven; ayúdame a atar esto.

Y eso fue todo, igual que había pasado cuando rechazó su propuesta de acompañarla a la Tierra del Este. Sin darle ninguna explicación aceptable; se había limitado a decir que no llevaría las piedras élficas, tanto si podía utilizarlas como si no. Jair no lo entendía. No comprendía a su hermana. En su lugar, él no hubiera dudado un instante en cogerlas y buscar la manera de utilizarlas, ya que eran un arma poderosa contra la magia negra. Pero Brin... Brin parecía no ser capaz siquiera de ver lo absurdo de aceptar la utilización de la magia de la canción, y negarse a utilizar la magia de las piedras élficas.

Pasó lo que restaba de mañana tratando de hallar algún sentido a las razones que pudiera tener su hermana para negarse a utilizar las piedras. Las horas pasaron rápidas. Rone regresó con caballos y provisiones; cargaron los fardos y luego tomaron un almuerzo ligero bajo los robles del patio de atrás. Entonces Allanon apareció de repente. Su aspecto era tan sombrío a esas horas del día como en la noche más oscura. Esperaba con la paciencia de la muerte misma, pero el tiempo ya se había agotado. Rone estrechó la mano de Jair, le propinó unas cordiales palmadas en la espalda y le hizo prometer que cuidaría de sus padres cuando regresaran. Luego Brin lo abrazó con fuerza.

—Adiós Jair —susurró—. Recuerda que te quiero.

—Yo también te quiero —logró decir él. Luego la volvió a abrazar.

Poco después ya descendían por el polvoriento camino a lomos de sus caballos. Agitaban sus brazos arriba y abajo en señal de despedida. Jair esperó hasta que ya no estuvieron a la vista para enjugarse una inoportuna lágrima que le corría mejilla abajo.

Esa misma tarde bajó a la posada. Lo hizo pensando en la posibilidad mencionada por Allanon de que los caminantes, o sus aliados gnomos, buscaran al druida en las tierras al oeste del río de Plata. Si sus enemigos alcanzaban el Valle Sombrío, el primer lugar en el que buscarían sería la casa de los Ohmsford. Además, era mucho más interesante estar en la posada, con sus habitaciones repletas de viajeros procedentes de todas las tierras, y cada uno con un relato distinto que contar o una noticia diferente que compartir. Jair prefería la emoción de los relatos contados en la taberna frente a un vaso de cerveza al aburrimiento de una casa vacía.

Mientras caminaba hacia la posada, el calor del sol de la tarde sobre su rostro aliviaba ligeramente el disgusto de haber sido dejado atrás. Tenía que admitirlo: había buenas razones para dejarlo allí. Alguien debía explicar a sus padres a su regreso dónde estaba Brin. Y eso no sería tarea sencilla. Visualizó durante un breve instante el rostro de su padre al escuchar lo que había sucedido. Agitó su cabeza con preocupación; su padre no iba a recibir una alegría al conocer la noticia. De hecho, era muy probable que se empeñara en ir detrás de Brin, llevando consigo incluso las piedras élficas.

Un gesto de determinación se esbozó en su rostro. Si eso sucedía, él también iría. No podía permitir que lo dejaran atrás por segunda vez.

Dio una patada a las hojas que cubrían el camino, esparciéndolas en una paleta de colores diversos. Su padre se opondría de manera frontal a sus pretensiones, así como su madre. Pero tenía dos semanas enteras para urdir una estrategia para convencerlos de que él también debía ir.

Prosiguió su camino un poco más despacio, dejándose imbuir por ese pensamiento. Entonces lo rechazó. Lo que se suponía que debía hacer era decirles lo que había sucedido con Brin y Rone, y luego acompañarlos a Leah, donde se quedarían bajo la protección del padre de Rone hasta que la búsqueda concluyera. Era eso lo que debía hacer y lo que, por tanto, haría. Wil Ohmsford podría elegir no llevar a cabo el plan, por lo que Jair, que al ser su hijo lo conocía bien, debía esperar que tratara de imponer cualquier otra idea.

Esbozó una mueca de disgusto y aceleró el paso. Tendría que trabajar en ello.

Pasó el día y llegó la noche, y Jair Ohmsford cenó en la posada con la familia que administraba el negocio de sus padres. Se ofreció a echarles una mano en el trabajo al día siguiente y luego fue al salón a escuchar los relatos de los viajeros que estaban de paso en Valle Sombrío. Más de uno mencionó a los caminantes negros, los mordíferos vestidos de negro que nadie había visto, pero cuya existencia todos admitían. Seres malignos que arrebataban la vida con tan solo una mirada. Vienen de la oscuridad de la tierra, aseguraban las distintas voces entre entrecortados susurros. Todas las cabezas asentían. Es mejor no toparse nunca con algo como aquello. Incluso Jair comenzó a sentirse intranquilo ante aquella posibilidad.

Se quedó escuchando las historias de los viajeros hasta pasada la medianoche. Después volvió a su habitación. Durmió profundamente, se levantó al alba y pasó toda la mañana trabajando en la posada. Ya no se sentía tan mal por haber tenido que quedarse. Al fin y al cabo, la parte que le correspondía en todo aquello también era importante. Si los caminantes negros conocían la existencia de las piedras élficas y se acercaban a Valle Sombrío en su busca, Wil Ohmsford correría tanto peligro como su hija; probablemente hasta más. Correspondía a Jair entonces mantener los ojos bien abiertos, a fin de que no le ocurriera nada malo a su padre antes de que pudiese estar prevenido.

Hacia el mediodía Jair ya había terminado el trabajo que le habían encomendado. El posadero, tras agradecerle su colaboración, le dijo que podía tomarse algún tiempo libre. Anduvo hasta los bosques que se alzaban tras la posada, se internó en ellos y estuvo experimentando durante horas con la Canción de los Deseos. Utilizó la magia de diversas maneras y quedó satisfecho del gran control que tenía sobre ella. Pensó de nuevo en las constantes recomendaciones de su padre sobre la conveniencia de no utilizar la magia élfica. Pero su padre no podía comprenderlo; la magia formaba parte de él, y su uso era algo tan natural como el utilizar brazos y piernas. ¡No podía pretender que la dejara de lado! Sus padres no paraban de advertirle de que la magia era peligrosa, y hasta Brin se lo había dicho en una ocasión aunque, evidentemente, con mucha menor convicción, pues ella también seguía empleándola. Estaba convencido de que se lo decían tantas veces solo porque era más joven que Brin y se preocupaban más por él. Pero él no había visto indicio alguno que confirmase tal peligro y, mientras no lo observara, seguiría usándola.

Al regresar a la posada, cuando las primeras sombras de la tarde comenzaban a deslizarse con la luz del ocaso, pensó en que debía comprobar que todo estaba en orden en su casa. La había cerrado con llave, por supuesto, pero no estaba de más echar un vistazo. Después de todo, ahora él era el responsable del cuidado del hogar.

Reflexionó sobre ello mientras caminaba. Al final decidió dejar la inspección para después de la cena. Comer algo le pareció más urgente en ese momento. El uso de la magia siempre le daba hambre.

Continuó andando por los senderos del bosque que llevaban a la posada. Respiraba el olor de aquel día de otoño e imaginaba ser un rastreador. Aquellos seres le fascinaban; eran una raza especial de hombres, capaces de averiguar los movimientos de cualquier ser vivo con tan solo observar la tierra por la que había pasado. Muchos de ellos se sentían más cómodos en el campo que en comunidades establecidas, y preferían la compañía de los de su especie. Jair, hacía ya algunos años, había tenido la oportunidad de hablar con uno de ellos. Era ya anciano, y lo habían llevado a la posada unos viajeros que lo habían encontrado en un camino con la pierna rota. Estuvo en la posada casi una semana, esperando a que su pierna se recuperase y así poder marcharse. Al principio, a pesar de la insistencia de Jair, lo había evitado, al igual que a todos los demás. Pero entonces Jair le enseñó algo de su magia y el anciano, intrigado, había accedido a hablar con él. Muy poco al principio; pero lentamente fue animándose. Y qué historias contaba aquel hombre...

Jair salió a la carretera junto a la posada. Se dirigió a la entrada lateral mientras sonreía al recordar aquel episodio. Fue entonces cuando vio al gnomo. Durante un segundo creyó que sus ojos le engañaban y se paró en seco con el picaporte en la mano. Miró con atención al otro lado de la carretera, cerca del establo donde estaba aquella figura amarilla. En ese momento, el rostro acartonado de aquel ser se giró hacia él, buscando con sus ojos penetrantes los del muchacho; supo entonces que no estaba equivocado.

Abrió rápidamente la puerta de la posada y entró. En la soledad del pasillo, se apoyó contra la puerta y trató de calmarse. ¡Un gnomo! ¿Qué estaba haciendo un gnomo en Valle Sombrío? ¿Sería un viajero? Pocos gnomos seguían aquella ruta. Era raro que se aventuraran más allá de los confines de la Tierra del Este, así que era poco probable que estuviera de viaje. Pero ahora allí había uno. Y tal vez hubiera más.

Se alejó rápidamente de la puerta y bajó por el vestíbulo hasta una ventana que daba a la carretera. Miró con cautela al exterior, con su rostro élfico en tensión, y examinó con cuidado el patio de la posada y la cerca de más allá. El gnomo seguía en el mismo sitio, todavía mirando a la posada. Jair entonces inspeccionó con la mirada los alrededores; no parecía haber ningún otro.

Apoyó de nuevo la espalda contra la pared. ¿Qué debía hacer ahora? ¿Era casualidad la presencia de un gnomo en el Valle Sombrío, poco después de que Allanon les hubiera advertido de que los mordíferos podían estar buscándolo? Jair se esforzó por calmar la respiración. ¿Cómo podía averiguarlo? ¿Cómo podía tener la certeza?

Respiró profundamente. Lo primero que debía hacer era calmarse; un gnomo no era ninguna amenaza. Un aroma de estofado de buey al fuego en esos momentos le recordó lo hambriento que estaba. Dudó un instante, pero luego se dirigió a la cocina. Lo mejor que podía hacer era pensar sobre el asunto mientras cenaba: trazaría un plan de acción mientras comía bien. Asintió con la cabeza mientras caminaba. Trataría de ponerse en el lugar de Rone y pensar como él, ya que si hubiera estado allí, habría sabido perfectamente qué hacer. Jair debía intentar hacer lo mismo.

El estofado de buey era exquisito y Jair estaba hambriento. Aun así, no pudo disfrutarlo, pues sabía que aquel gnomo estaba fuera observando. A media comida recordó su casa, vacía y completamente desprotegida, con las piedras élficas escondidas en su interior. Si el gnomo estaba allí a las órdenes de los caminantes negros, era tan posible que su objetivo fueran las piedras élficas, como los Ohmsford o Allanon. Y podía haber otros buscando...

Apartó el plato a un lado, apuró su vaso de cerveza y salió a toda prisa de la cocina de nuevo hacia la ventana. Se asomó con cautela; el gnomo ya no estaba.

Sintió su corazón acelerarse. ¿Y ahora qué? Dio media vuelta y regresó corriendo al vestíbulo. Tenía que ir a casa para asegurarse de que las piedras estaban seguras, entonces... se detuvo a media zancada; no sabía qué hacer una vez allí. Ya lo vería. Apresuró su marcha. Lo importante ahora era comprobar si alguien había intentado entrar en la casa.

Pasó junto a la puerta lateral por la que había entrado antes, y fue hacia la parte de atrás del edificio. Seguiría otro camino por si el gnomo realmente lo estaba buscando y también, si no era así, para evitar levantar sospechas dado el interés que el vallense había mostrado por él. No debí haberme parado de esa manera a mirarlo, se reprochó. Tenía que haber actuado con mayor disimulo. Ahora ya es demasiado tarde.

El corredor terminaba en una puerta situada en la parte trasera del edificio principal. Jair se detuvo a escuchar un instante. Estando en esas, no pudo evitar reprenderse mentalmente el ser tan idiota. Abrió la puerta y salió al exterior. Las sombras crepusculares se fundían con los árboles del bosque, alargándose oscuras y frías sobre los campos, y tiñendo las paredes y el tejado de la posada. Sobre su cabeza el cielo ya oscurecía. Jair echó un vistazo rápido a su alrededor antes de encaminarse hacia los árboles. Iría a su casa a través del bosque para atajar, y así se mantendría alejado de los caminos hasta estar seguro de que...

—¿Dando un paseo, muchacho?

Jair se quedó helado. El gnomo había salido en silencio de la oscuridad de los árboles que había frente a él. Sus facciones, duras y desagradables, forzaron una sonrisa de tono malicioso. El gnomo lo había estado esperando.

—¡Ah, te he visto, muchacho! Te he visto enseguida; te he reconocido por la mezcla de tus rasgos, entre élficos y humanos. No hay muchos como tú. —Se detuvo a media docena de pasos de él, con sus manos nudosas apoyadas en las caderas y una sonrisa fija. Vestía la indumentaria de piel característica de los hombres del bosque; botas y puños tachonados de hierro, y varios cuchillos y una espada corta colgaban de su cinto—. Eres el joven Ohmsford, ¿a que sí? El pequeño, Jair.

—Aléjate de mí —le advirtió el joven vallense asustado. Trataba desesperadamente de que su voz no transluciera temor.

—¿Que me aleje de ti? —El gnomo rio con fuerza—. ¿Y qué harás si no lo hago, medio elfo? ¿Tirarme al suelo? ¿Desarmarme? Eres un valiente, ¿no es cierto?

Soltó otra carcajada, baja y gutural. Por primera vez, Jair fue consciente de que el gnomo se dirigía a él en la lengua de los habitantes de la Tierra del Sur y no en el rudo idioma de los de su raza. Los gnomos raramente utilizaban otra lengua distinta de la suya propia, porque eran una raza que vivía aislada sin querer saber nada de otras tierras. Este debía de haber estado mucho tiempo fuera de la Tierra del Este, pues hablaba con mucha fluidez.

—Ahora, muchacho —dijo el gnomo interrumpiendo sus pensamientos—, seamos sensatos. Busco al druida. Dime dónde está y me iré.

—¿Druida? —vaciló Jair—. No conozco ningún druida. No sé lo que estás...

—¿Tienes ganas de jugar? —dijo el gnomo mientras suspiraba y agitaba la cabeza en signo de desaprobación—. Peor para ti, muchacho; tendremos que ir por las malas.

Extendió las manos y comenzó a avanzar hacia él. Jair, de manera instintiva, se retiró. Entonces utilizó la Canción de los Deseos;

dudó un instante porque nunca antes la había utilizado contra otro humano, aunque finalmente lo hizo. Emitió un sonido bajo y agudo, y entonces un gran número de serpientes aparecieron enroscadas alrededor de los brazos extendidos del gnomo. Este comenzó a gritar aterrado, mientras agitaba las extremidades con fuerza tratando de zafarse de los reptiles. Jair miró a su alrededor, y vio una rama de árbol partida del tamaño de un bastón. La agarró y golpeó al gnomo en la cabeza. Este lanzó un gruñido y, acto seguido, se derrumbó y quedó inmóvil en el suelo.

Jair soltó la rama. Le temblaban las manos. ¿Lo había matado? Se arrodilló con cuidado junto a él y agarró una de sus muñecas. El pulso todavía le latía. El gnomo no estaba muerto; solo inconsciente. Jair se enderezó. ¿Qué debía hacer ahora? El gnomo estaba buscando a Allanon y sabía que había estado en Valle Sombrío y en el hogar de los Ohmsford, sabía... ¡quién sabe qué cosas más! Fuese lo que fuese, demasiado como para que Jair se quedara en Valle Sombrío. Y más ahora que había empleado la magia. Sacudió la cabeza con rabia; había recurrido a la magia, cuando debía haberla mantenido en secreto. Ahora ya era demasiado tarde para arrepentimientos. No creía que el gnomo estuviera solo. Debía de haber otros, y con toda probabilidad estarían en su casa. Allí debía dirigirse, porque allí estaban escondidas las piedras élficas.

Ordenó sus pensamientos con rapidez mientras miraba a su alrededor. A escasos metros había una leñera. Agarró al gnomo por los pies, lo arrastró hasta allí y lo encerró en el interior. A continuación cerró la puerta y la aseguró con la barra de metal. No pudo evitar esbozar una sonrisa leve. Aquel depósito estaba bien construido y al gnomo no le sería fácil escapar.

Regresó rápidamente a la posada. A pesar de las prisas, debía hacerle saber al posadero que se marchaba. Sino toda la comunidad lo buscaría por el valle y alrededores.

Justificar la desaparición de Brin y de Rone había sido sencillo: solo había sido necesario decir que habían ido a visitar a Leah y que a él no le había apetecido acompañarlos. Pero que él desapareciera sería algo completamente distinto, pues no había nadie más para apoyarlo con una coartada. De este modo, con apariencia despreocupada y sonrisa de disculpa, comunicó al posadero que había cambiado de opinión y que partiría para las tierras altas a primera hora de la mañana. Aquella noche la pasaría en casa para hacer el equipaje. Cuando el

posadero le preguntó por curiosidad por el motivo que le había llevado a cambiar tan abruptamente de opinión, explicó que había recibido
un mensaje de Brin y, antes de que pudiera hacerle nuevas preguntas,
salió por la puerta.

Se internó rápidamente en el bosque y echó a correr hacia su casa
en medio de la oscuridad. Sudaba abundantemente, acalorado por la
agitación y la expectativa. De momento no estaba asustado. Tal vez
porque todavía no había tenido tiempo suficiente como para darse
cuenta de lo que estaba haciendo. Además, se dijo a sí mismo, lo que
había sucedido con el gnomo le obligaba a mover ficha.

Las ramas le golpeaban en la cara. Continuó corriendo sin preocuparse de esquivarlas, con los ojos fijos en la oscuridad que le salía al
paso. Conocía bien aquella parte del bosque e incluso en aquella creciente negrura halló el camino con facilidad. Se desplazaba de manera
felina, escuchando con atención los sonidos a su alrededor.

A unos cincuenta metros de la casa se introdujo en silencio en un
pinar. Continuó la ruta hasta que distinguió la oscura silueta del edificio entre las agujas y las ramas. Se dejó caer sobre manos y rodillas
y observó en la noche. No se escuchaba nada, ni había movimientos o
señales de vida; todo parecía en orden. Se detuvo y apartó un mechón
de pelo que le cubría la cara. Era sencillo: todo cuanto debía hacer
era entrar en la casa, coger las piedras élficas y salir. Así de fácil. Si no
había nadie vigilando…

Justo en ese momento algo se movió entre los robles de la parte
trasera de la casa. Una leve sombra; luego, nada. Respiró profundamente y esperó. Los minutos seguían pasando. Los insectos pululaban
hambrientos a su alrededor, pero los ignoró. Entonces se produjo el
movimiento una segunda vez. En esta ocasión con mayor claridad. Era
un hombre. No, un hombre no; un gnomo.

Se inclinó ligeramente hacia atrás; fuera un gnomo o no, él tenía
que entrar en la casa. Y si había uno debía de haber más a la espera, vigilantes. Pero no sabían si él volvería, ni cuándo. El sudor corría por su
espalda y tenía la garganta seca. El tiempo se le echaba encima; debía
salir ya de Valle Sombrío, pero no podía dejar las piedras élficas allí.

No le quedaba otra alternativa que usar la Canción de los Deseos.

Le llevó un momento preparar su voz para lo que se proponía:
reproducir el zumbido de los mosquitos que estaban por todas partes,
subsistiendo todavía en aquel calor de principios de otoño. Luego se
deslizó desde el pinar hacia una zona menos densa del bosque. Ya ha-

bía utilizado aquel truco un par de veces, pero nunca en condiciones tan forzadas. Se movió con sosiego, dejando que su voz lo convirtiese en parte de la noche del bosque. Sabía que, si todo salía bien, sería invisible para los ojos que lo acechaban. Poco a poco se acercaba a la casa. Vio de nuevo al gnomo vigilante entre los árboles de la parte trasera del sombrío edificio. Después vio a otro más lejos, justo a su derecha, junto a unos arbustos altos que quedaban frente a la casa. Y otro al otro lado de la carretera, junto al abeto. Ninguno miraba hacia su posición. Quiso correr con la rapidez del viento nocturno hasta guarecerse en la oscuridad de la casa, pero mantuvo el ritmo de sus pasos y el zumbido de su voz constantes. No dejes que me vean, rogó. No dejes que me miren.

Cruzó el jardín de árbol en árbol, con los ojos alerta a fin de descubrir la presencia de cualquier otro gnomo. La puerta de atrás, pensó, sería la más sencilla de alcanzar, ya que estaba cubierta por la espesa sombra de unos prominentes arbustos que aún conservaban las hojas.

Una llamada repentina desde algún lugar más allá de la casa le produjo un abrupto sobresalto. Se detuvo. El gnomo que había detrás del edificio salió de entre los robles, y un rayo de luna hizo destellar el cuchillo que empuñaba. La llamada se repitió, seguida de unas risas; bajó el cuchillo. Eran unos vecinos caminando por la carretera, hablando y bromeando en la cálida noche otoñal después de cenar. El sudor empapaba la túnica de Jair; por primera vez sintió miedo. A una docena de metros de su posición el gnomo que había salido de entre los robles dio media vuelta y desapareció de nuevo. La voz de Jair tembló, aunque la reafirmó de nuevo, manteniéndose oculto. Siguió aproximándose a la casa.

Se detuvo frente a la puerta y dejó que la canción se apagase momentáneamente. Trató de calmarse. Buscó torpemente en sus bolsillos hasta que encontró la llave de la puerta, la metió en la cerradura y la giró lentamente. La puerta se abrió sin proferir ruido alguno. Se detuvo de nuevo en la oscuridad del interior; algo no iba bien. Podía sentirlo más que describirlo. Era una sensación que le calaba hasta los huesos… algo andaba mal. La casa no estaba como siempre; era distinta… Permaneció en silencio, esperando a que sus sentidos le descubrieran lo que ocurría. Poco a poco fue siendo consciente de que había algo más en la casa. Algo tan terrible y maligno que su sola presencia lograba cargar el aire de terror. Fuese lo que fuese, parecía estar a la vez en todas partes. Como una especie de horroroso paño oscuro esparciéndose por el hogar de los Ohmsford a modo de mortaja. Un ser, susurró para sí, un ser...

Un caminante negro.

Su respiración se entrecortó. ¡Un caminante en su casa! Ahora estaba realmente asustado. La certeza sobre su sospecha acabó con el poco valor que todavía conservaba. Sintió cómo le esperaba en la habitación contigua, oculto entre las sombras. Ya debía de saber que estaba allí, por lo que no tardaría en atacarlo. ¡Pero él no tenía las fuerzas necesarias para enfrentarse a aquel ser!

Durante un momento pensó que echaría a correr dominado por el pánico. Pero entonces pensó en sus padres, quienes al regresar estarían indefensos. Y en las piedras élficas, la única arma ante la que los demonios negros se amedrentaban, escondidas a escasos metros de donde se hallaba.

Dejó de pensar y pasó a la acción. Como una sombra muda se dirigió a la chimenea de piedra de la cocina, mientras seguía con los dedos el contorno áspero de la piedra allá donde se curvaba en un recoveco con estantes. Al fondo de la tercera repisa, la piedra se desplazó al tocarla, y su mano se cerró alrededor de una pequeña bolsa de piel. En ese instante, algo se movió en la otra habitación.

Entonces la puerta trasera se abrió bruscamente y un ser se materializó ante sus ojos. Jair se pegó a la pared de la chimenea, oculto entre las sombras, preparado para huir. Pero aquel ser pasó sin detenerse, con la cabeza gacha hacia el suelo como si buscara el camino. Entró en la sala de estar y una voz gutural murmuró algo a la criatura que esperaba dentro.

Al segundo Jair salió corriendo por la puerta, que seguía abierta. Se ocultó entre las sombras de los arbustos. Se detuvo el tiempo suficiente como para comprobar que el gnomo que había entrado en la casa era el mismo que antes vigilaba entre los robles. A continuación, salió corriendo fiado en la protección de los árboles. ¡Más deprisa, más deprisa!, se decía en silencio.

Y, sin mirar atrás, emprendió la huida al amparo de la noche.

4

Fue una huida sobrecogedora. Los Ohmsford ya habían huido de Valle Sombrío durante la noche en otra ocasión, perseguidos por seres negros que después los hostigarían a lo largo y ancho de las Cuatro Tierras. Habían pasado más de setenta años desde que Shea y Flick Ohmsford salieron de su hogar en la posada de Valle Sombrío huyendo del monstruoso Portador de la Calavera que envió el Señor de los Brujos para deshacerse de ellos. Jair conocía la historia; siendo un poco mayores de lo que él era ahora, habían escapado hacia el este hasta alcanzar la ciudad de Culhaven y a los enanos. Pero Jair Ohmsford no estaba menos capacitado que ellos. Él también se había criado en Valle Sombrío, y sabía cómo sobrevivir en un país desconocido.

Ahora huía a través de los bosques de Valle Sombrío, llevando consigo poco más que la ropa que llevaba puesta, el cuchillo de caza que todos los vallenses portaban colgado en el cinto y la bolsa de piel con las piedras élficas oculta en su túnica. Confiaba en su capacidad para llegar sano y salvo a su destino. En ningún momento sintió pánico en su huida; solo había padecido una aguda sensación de curiosidad. Solo había sentido miedo de verdad cuando estuvo en la cocina de su casa, oculto en silencio entre las sombras de la gran chimenea, conocedor de que en la habitación contigua había un caminante negro y sintiendo como su maldad impregnaba hasta el aire que respiraba. Pero eso había quedado atrás, y ahora se perdía en el pasado conforme él corría hacia el futuro. Volvía a pensar con claridad y determinación.

Decidió poner rumbo a Leah. Era un viaje de tres días, pero ya lo había hecho antes, por lo que no corría el riesgo de perderse. Además, allí encontraría más ayuda que en el Valle Sombrío.

Valle Sombrío no era más que una pequeña aldea, y sus habitantes no estaban preparados para enfrentarse a los caminantes negros ni a sus aliados gnomos. En cambio, Leah era una ciudad; estaba regida por una monarquía y contaba con un ejército permanente. El padre de Rone Leah era el rey y un buen amigo de la familia Ohmsford. Jair le explicaría todo lo que había ocurrido, le rogaría que enviase algún destacamento al sur en busca de sus padres para advertirles del peligro que corrían en Valle Sombrío, y luego los tres esperarían en la ciudad el regreso de Allanon, Brin y Rone. Jair estaba orgulloso de su plan y, por mucho que pensara, no era capaz de encontrar una sola razón que fuese a impedirle llevarlo a cabo con éxito.

En cualquier caso, el joven del valle no estaba dispuesto a dejar nada al azar. Por eso llevaba consigo las piedras élficas; si no las hubiera cogido, los caminantes negros podrían haberlas encontrado en su escondite. Ahora su padre sabría que conocía el lugar donde estaban escondidas. Pero era mejor así.

Mientras corría a través de los bosques de Valle Sombrío hacia las montañas que circundaban el valle, trató de recordar todo lo que el viejo rastreador le había enseñado en sus charlas sobre las distintas maneras de no dejar huellas que orientaran a los perseguidores. Jair y el anciano se habían tomado aquello como un juego, ideando nuevos trucos para despistar a perseguidores imaginarios. Para el rastreador, la experiencia era la clave de su gran habilidad. Para Jair, su imaginación desbordante. Ahora el juego se había convertido en realidad, por lo que ya no le bastaba solo con la imaginación. Necesitaba la experiencia del anciano, y se esforzó por recordar el mayor número de detalles posible.

El tiempo era lo que más le preocupaba. Cuanto antes alcanzara las tierras altas, antes partiría el destacamento en busca de sus padres. Pasara lo que pasara, debía evitar por todos los medios que regresasen a Valle Sombrío totalmente desprevenidos. Por lo tanto, no podía perder mucho tiempo camuflando las huellas que apuntaban que iba hacia el este. Además, el comprender que sus habilidades eran muy limitadas y que no estaba seguro de que los gnomos y el caminante oscuro lo estuvieran persiguiendo, reforzó su decisión. Pensaba que lo harían, desde luego, especialmente después de que hablaran con el gnomo que había dejado encerrado en la leñera. Pero todavía tendrían que buscar su rastro, y eso les retrasaría bastante, incluso aunque fueran capaces de adivinar la dirección que había tomado. Les llevaba ventaja, y no debía desaprovecharla. Corría con rapidez y seguridad, pues tenía claro su destino, mientras sus perseguidores tendrían que encontrarlo.

Además, en caso de que consiguieran alcanzarlo, todavía contaba con el recurso de la canción para defenderse.

Cerca de la medianoche alcanzó las montañas de la pared oriental del valle. Sin detenerse un instante, escaló la ladera salpicada de rocas hasta la cima, y se internó en el bosque de Duln. Sirviéndose de la luz de la luna y las estrellas para orientarse, avanzó a través de la oscura arboleda. Ralentizó un poco la marcha para dosificar sus fuerzas. Estaba cansado, ya que no había dormido desde la noche anterior, pero no descansaría hasta haber cruzado el río Rappahalladran. Eso le obligaba a caminar hasta el amanecer; la jornada sería dura. El Duln era una zona boscosa difícil de atravesar incluso en condiciones óptimas, y en la oscuridad podía convertirse en un laberinto traicionero. En cualquier caso, Jair ya había viajado por el Duln en varias ocasiones durante la noche. Confiaba en ser capaz de encontrar el camino. Continuó caminando con los cinco sentidos puestos en la enmarañada espesura que se abría ante él.

El tiempo pasaba lentamente. Al final el oscuro cielo nocturno comenzó a clarear y dio paso al amanecer. Jair estaba exhausto; su delgado cuerpo estaba agarrotado por la fatiga, y sus manos y su rostro tenían cortes y magulladuras por el roce con el ramaje de los árboles. Pero todavía no había alcanzado el río Rappahalladran. Por primera vez le preocupó haberse equivocado de dirección y haber caminado hacia el norte o hacia el sur. Ahora lo hacía en dirección este, pues el sol ascendía directamente frente a él. Pero ¿dónde estaba el río Rappahalladran? Ignorando el cansancio y su creciente ansiedad, siguió caminando.

Cuando alcanzó la ribera del río, el sol había salido hacía ya una hora. El Rappahalladran se agitaba salvaje y profundo en su recorrido hacia el sur a través de la sombría quietud del bosque. Jair ya había renunciado a sus planes de cruzar el río en aquel momento. La corriente era muy peligrosa y era imposible cruzarlo sin haber recuperado antes fuerzas. Vio un pequeño pinar cerca del agua. Se recostó bajo la sombra fresca de sus ramas y se quedó dormido al instante.

Despertó de nuevo en el ocaso. Estaba desorientado y algo inquieto. Le llevó un momento recordar dónde estaba y por qué se encontraba allí. Entonces se percató de que el día prácticamente había terminado y se alarmó por haber dormido tanto tiempo. Pensaba descansar solo hasta mediodía antes de proseguir la marcha; un día entero era demasiado. Había concedido a sus perseguidores una gran oportunidad para alcanzarlo.

Se acercó a la orilla, se lavó la cara con agua fría para despejarse y buscó algunos frutos para calmar su hambre. Se dio cuenta de repente de que no había comido nada en las últimas veinticuatro horas. Entonces deseó haberse detenido tan solo un momento para coger una hogaza de pan y un poco de queso. Mientras buscaba entre los árboles, resignado a tener que alimentarse de bayas y raíces, pensó de nuevo en sus supuestos perseguidores. Tal vez se estaba preocupando por nada; quizás nadie seguía sus pasos. Al fin y al cabo, ¿qué conseguirían con su captura? Era Allanon a quien querían. El gnomo se lo había dicho. Lo más probable era que, tras su huida de Valle Sombrío, hubiesen continuado por otro camino, buscando al druida en otro lugar. Y si eso era así, se estaba esforzando de manera inútil.

Pero si estaba equivocado...

Las bayas silvestres escaseaban en otoño. Jair tuvo que comer raíces y algunos tallos de ruibarbo. Aunque aquella dieta le disgustara, lo cierto es que se sintió mucho mejor cuando terminó de comer. Rone Leah no lo habría hecho mejor, pensó. Había derrotado al gnomo, recuperado las piedras élficas ante las mismas narices de un caminante y de una patrulla de cazadores gnomos, huido de Valle Sombrío y ahora se dirigía triunfal hacia Leah. Se imaginó por un instante la cara de sorpresa que pondría su hermana cuando le contara todo lo que le había sucedido.

Entonces, de repente, una espantosa idea cruzó su cabeza: no sabía si volvería a verla. En aquel mismo momento su hermana acompañaba a Allanon hacia el mismísimo corazón del mal. El mismo mal que había asaltado su casa y que lo había obligado a huir del Valle Sombrío. Recordó la terrible sensación de pánico que había sentido ante la presencia de aquel mal. Y Brin se dirigía al lugar donde aquella maldad habitaba. Donde no había solo un caminante negro, sino muchos, y ante los que solo podría defenderse con la magia del druida y su propio cantar. ¿Cómo iba Brin a resistir ante esos enemigos? ¿Qué sucedería si la descubrían antes de que pudiera hacerse con el libro...?

No fue capaz de seguir pensando en ello. A pesar de sus diferencias de carácter y comportamiento, los dos estaban muy unidos. Él la quería y no le gustaba la idea de que pudiera pasarle algo malo. Deseó más que nunca haberla acompañado al Anar.

Miró hacia el oeste, donde el sol se ponía tras las copas de los árboles. La luz se apagaba rápidamente ahora y era el momento de cruzar y continuar con su viaje hacia el este. Cortó varias ramas con su largo cuchillo y las unió con tiras de corteza de pino para construir una pequeña balsa donde colocó sus ropas. No deseaba caminar con las ropas mojadas en la fresca noche de otoño, por lo que cruzaría a nado sin ropa y se vestiría al llegar a la orilla opuesta.

Cuando acabó de construir la balsa la arrastró hasta la orilla. Recordó entonces una de las lecciones que el viejo rastreador le había enseñado cuando hablaron sobre distintas maneras de zafarse de los perseguidores: el agua es el mejor disfraz para unas huellas, había dicho el anciano con su peculiar estilo metafórico. Es imposible seguir un rastro a través del agua. A no ser, claro está, que el sujeto sea tan estúpido como para tratar de despistar a su perseguidor en una corriente de agua poco profunda, y sus huellas queden marcadas en el fango del fondo. Pero en aguas profundas no hay problema; la corriente siempre te arrastrará río abajo, e incluso si tu perseguidor sigue tu rastro hasta la orilla y se percata de que has cruzado —aunque no sea obligatorio cruzar… pero ese ya es otro truco—, todavía tendrá que encontrar tu rastro en el otro lado. Por tanto, si la presa es inteligente, ascenderá por el río contra corriente, para luego cruzarlo un poco más arriba del punto en que sus huellas terminan en la otra orilla. El cazador también sabe que lo normal es que la corriente te arrastre río abajo, así que… ¿dónde comenzará a buscar de nuevo la pista? Nunca más arriba de donde terminan las huellas.

A Jair se le había quedado grabado ese pequeño truco, así que decidió ponerlo en práctica. Tal vez no lo estuvieran persiguiendo, pero él no lo sabía. Todavía estaba a dos días de camino de Leah, por lo que, si estaban siguiéndole el rastro, la argucia del anciano rastreador le procuraría una gran ventaja.

Se quitó las botas, se las puso bajo un brazo junto con la balsa y franqueó el río varios cientos de metros corriente arriba, hasta donde el cauce se estrechaba. Ya es suficiente, pensó. Se quitó el resto de las ropas, las colocó en la balsa y la empujó hacia las frías aguas.

La fuerza de la corriente lo atrapó al instante, arrastrándolo río abajo a gran velocidad. Jair se dejó llevar, nadando en la dirección de la corriente mientras agarraba fuertemente la balsa con la otra mano. Avanzaba en ángulo dando fuertes brazadas hacia la orilla opuesta. Pedazos de madera seca y matorral se arremolinaban ásperos y fríos a su alrededor, y los sonidos del bosque se disiparon en el sordo murmullo de la convulsa corriente. Sobre él, el cielo se iba oscureciendo mientras el sol se escurría tras la línea de los árboles. Jair movía los pies sin descanso; la otra orilla ya estaba cerca.

Finalmente sus pies tocaron fondo. Arañó primero el blando lodo y luego se incorporó. La brisa fría de la noche rozó su piel. Cogió sus ropas de la balsa, la empujó nuevamente hacia la corriente y la observó alejarse dando vueltas. Poco después estaba de nuevo en tierra firme. Puso cuidado en secarse antes de vestirse. Los insectos zumbaban junto a él como rasgaduras de sonido en la oscuridad. En la orilla que había dejado atrás, los árboles se desvanecían borrosos entre la densa niebla nocturna.

Algo se movió entre aquellos trazos borrosos y oscuros.

Jair se quedó inmóvil. Fijó sus ojos en el lugar donde había observado el movimiento, pero no vio nada. Fuese lo que fuese ya no estaba allí. Tomó aire. Por un momento le había parecido ver a un hombre.

Retrocedió con cautela hacia la protección de los árboles que había a su espalda, mientras permanecía con la mirada fija en la otra orilla esperando que aquel movimiento se repitiese. Pero no fue así. Terminó de vestirse a toda prisa, se cercioró de que las piedras élficas seguían en su túnica, dio media vuelta y se adentró en el bosque sin hacer ningún ruido. Probablemente se había equivocado, pensó.

Caminó toda la noche, confiando de nuevo en que la luna y las estrellas, visibles a través de pequeños claros del bosque, le mostrasen la dirección a seguir. Avanzaba a paso ligero por las zonas donde el bosque era menos denso porque ya no estaba tan seguro de que no lo estuvieran siguiendo. No sentía miedo cuando recordaba el momento que había pasado en su casa junto a aquel ser oscuro. Sin embargo, la sola idea de que alguien o algo estuviera cerca, siguiendo sus pasos, le hizo sentir pánico. A pesar de que era una noche fría de otoño, sudaba. El miedo agudizaba sus sentidos. Pensaba en Brin una y otra vez, y la imaginó tan sola como lo estaba él; sola y perseguida. Deseó tenerla allí, junto a él.

El amanecer lo sorprendió caminando. Todavía no había cruzado el Duln, por lo que la sensación de desasosiego todavía lo acompañaba. Estaba cansado, aunque no tanto como para necesitar un descanso. Prosiguió su camino mientras el sol se elevaba frente a él, rodeado de una neblina dorada y dispersando sus estrechos rayos luminosos entre las sombras grises del bosque. Las hojas secas y el musgo esmeralda despedían los colores del arco iris. De vez en cuando, de manera instintiva, miraba hacia atrás.

Varias horas después la espesura terminó y dio paso a unas praderas ondulantes; era el comienzo del paisaje azul típico de las tierras altas. El ambiente era cálido, agradable y mucho más respirable que el del bosque. Jair se tranquilizó un poco. A medida que se internaba en las praderas, comenzó a reconocer la campiña que lo rodeaba. Había seguido aquella ruta cuando visitó Leah el año anterior y Rone lo había llevado a su cabaña de caza que se alzaba al pie de las tierras altas. Allí se habían alojado mientras pescaban en los lagos envueltos en la niebla. El refugio se encontraba a unas dos horas en dirección este, pero al menos le ofrecía una cama blanda y refugio para el resto del día. Es decir: tenía la posibilidad de recuperar fuerzas antes de retomar el viaje al caer la noche. La idea de la cama le sedujo, y finalmente tomó la decisión de ir hacia allí.

A pesar del cansancio, Jair prosiguió su marcha hacia el este a través de las praderas. Las tierras altas se abrían ante él a medida que se aproximaba. Miró hacia atrás un par de veces, hacia la extensión de campo que ya había atravesado. Pero siempre lo encontró vacío.

Era mediodía cuando llegó a la cabaña de caza: una casa de madera y piedra que se alzaba entre pinos, y que lindaba con los bosques de las tierras altas. Estaba construida sobre una pendiente desde la que se veían las praderas, pero a la vez estaba oculta por los árboles; solo era visible desde muy cerca. Jair subió tambaleándose a causa del cansancio los escalones de piedra que llevaban a la puerta de la cabaña. Se giró en busca de la llave que Rone dejaba oculta en una grieta de las piedras y vio que la cerradura estaba rota. Levantó el pestillo con cautela y miró al interior; no había nadie.

Por supuesto que estaba vacía, se reprochó a sí mismo, ¿por qué no iba a estarlo? Los párpados le pesaban por el cansancio acumulado.

Cerró la puerta tras de sí. Echó un breve vistazo por el interior inmaculado, decorado con muebles de madera y piel, estantes llenos de provisiones y artículos de cocina, barra de cerveza y chimenea de piedra. Se dirigió satisfecho hacia el diminuto pasillo situado al fondo de la sala principal. Conducía a los dormitorios. Se detuvo ante la primera puerta que encontró, la abrió, entró y se abalanzó sobre una amplia cama con colchón de plumas.

Se durmió al instante.

Oscurecía cuando despertó. El cielo de otoño había adquirido un tono azul oscuro de agonizantes rayos de sol plateados, que se colaban a través de las cortinas de la ventana del dormitorio. Lo había despertado un ruido producido, al parecer, por unas botas que pisaban de manera enérgica los listones de madera.

Sin pensarlo se levantó y, todavía adormilado, se dirigió a la puerta del dormitorio. Miró hacia fuera; la habitación principal de la cabaña, bañada en sombras, estaba vacía. Jair parpadeó indagando en la oscuridad. Fue entonces cuando vio algo más: la puerta de entrada estaba abierta.

Dio un paso hacia el vestíbulo; no daba crédito a lo que veía. Sus ojos todavía estaban medio cerrados por el efecto del sueño.

—¿Dando otro paseo, muchacho? —preguntó una voz conocida a sus espaldas.

Se giró tan rápido como pudo, pero era demasiado tarde. Algo le golpeó en la cara y, entonces, cientos de luces estallaron ante sus ojos. Se desplomó al instante, quedando sumergido en las tinieblas.

5

Todavía era verano en el punto donde el río Mermidon descendía de Callahorn y desembocaba en la vasta extensión de las aguas del lago del Arco Iris. Era un lugar verde y fresco; una mezcla de praderas, bosques, colinas y montañas. El agua del río y una docena de sus afluentes nutrían la tierra, manteniéndola húmeda. La bruma del lago viajaba hacia el norte con cada amanecer, hasta que se dispersaba y se asentaba sobre la tierra, permitiendo que naciera vida más allá del verano. El aire flotaba colmado de olores dulces y húmedos. El otoño todavía era un extraño en aquellas latitudes.

Brin Ohmsford sentía una inmensa paz interior; estaba sentada a solas, sobre una pequeña colina desde la que observaba cómo el río Mermidon vertía sus aguas en el lago. El día tocaba a su fin, y el sol se había convertido en una llamarada rojiza visible en el horizonte occidental. Su luz escarlata teñía las aguas plateadas que se extendían ante sí. Ni una leve ráfaga de viento perturbaba la calma de aquel anochecer y la superficie del lago semejaba un espejo. Sobre su cabeza, las bandas de color eran de una tonalidad más intensa y contrastaban con el gris de la parte oriental de un cielo ya oscurecido. El maravilloso arco iris que daba nombre al lago se combaba de orilla a orilla, y las grullas y los gansos planeaban graciosamente en la menguante luz quebrando el silencio con sus gritos.

El pensamiento de Brin iba a la deriva; hacía ya cuatro días que había salido de su hogar hacia el este, rumbo al profundo Anar. Nunca había ido tan lejos. Parecía extraño que supiese tan poco sobre el viaje, incluso en aquel momento. Habían pasado cuatro días y ella era poco más que una niña que coge de la mano a su madre y confía ciegamente en ella. Desde Valle Sombrío habían ido en dirección norte a través del Duln, después se habían desviado hacia el este siguiendo el curso del río Rappahalladran, luego de nuevo hacia el norte, para finalmente encaminarse hacia el este siguiendo la orilla del lago del Arco Iris hasta la desembocadura del río Mermidon. Durante esos días el druida no le había dado ni la más mínima explicación.

Tanto Rone como ella habían pedido al druida una y otra vez que les dijera algo más, pero había sido en vano: Allanon se había negado a contarles nada. Todavía no es el momento; limitaos a seguirme, había dicho el druida. Y eso hacían, cada vez más recelosos y disgustados, prometiéndose a ellos mismos que obtendrían esas explicaciones antes de alcanzar la Tierra del Este.

Sin embargo, el druida no les daba motivos para confiar en que fuera a ser así. Enigmático y retraído, guardaba las distancias. De día, cuando viajaban, cabalgaba unos metros por delante de ellos, dando a entender que prefería estar solo. Cuando acampaban por la noche, los abandonaba para internarse en las sombras. Tampoco comía ni dormía, lo que acentuaba todavía más lo distinto a ellos que era y lo alejaba incluso más. Los vigilaba como un halcón a su presa y no les dejaba nunca deambular solos.

Hasta ahora, se corrigió ella. Al atardecer del cuarto día Allanon se ausentó inesperadamente. Habían acampado junto al río Mermidon, justo en la desembocadura en el lago del Arco Iris. En cuanto pararon, el druida se había internado en los bosques que bordeaban las aguas del río sin darles explicación alguna. La joven del valle y el muchacho de las tierras altas lo habían visto marcharse y lo habían seguido incrédulos con la mirada. Al final, cuando quedó claro que los había abandonado, decidieron no perder más tiempo preocupándose por él y se dedicaron a preparar la cena. Después de tres días comiendo pescado, primero del río Rappahalladran y después del lago del Arco Iris, el entusiasmo por aquel manjar se les había agotado. Por ello, armado con un arco y flechas de fresno, arma utilizada en sus tiempos por Menion Leah, Rone partió en busca de algo distinto para comer. Brin recogió leña para el fuego y después se acomodó en el lugar donde ahora se encontraba. Allí dejó que el sentimiento de soledad la embargase.

¡Allanon! Era un enigma de difícil resolución. Estaba comprometido con la conservación de la tierra, era amigo de su gente, benefactor de las razas y las protegía de un mal al que no podían hacer frente solas. Pero ¿qué amigo utilizaba a la gente del modo en que Allanon lo hacía? ¿Por qué ocultaba con tanto recelo las razones de todo cuanto emprendía? En ocasiones parecía tan hostil, malvado y destructivo como aquello a lo que combatía.

El propio druida le había contado a su padre la historia del mundo antiguo de la magia, de donde procedían todos los poderes mágicos y las criaturas que se valían de ellos. Fuera buena o mala, o blanca o negra, la magia era la misma, en el sentido de que su poder estaba arraigado en la fuerza, la sabiduría y la voluntad de quien la utilizaba. Después de todo, ¿cuál había sido la diferencia entre Allanon y el Señor de los Brujos en su disputa por la espada de Shannara? Ambos eran druidas, y ambos habían aprendido la magia en los libros del mundo antiguo. La diferencia radicaba en el carácter de cada uno de ellos: el Señor de los Brujos había sido corrompido por el poder, mientras que Allanon había permanecido puro.

Tal vez sí, pero tal vez no. Sabía que su padre no opinaba de esa manera, y mantenía que, en realidad, Allanon estaba tan corrompido por el poder como el Señor Oscuro, aunque de una manera distinta, pues la vida del druida también estaba gobernada por el poder que ejercía y los secretos de su uso. Que su sentido de la responsabilidad fuese mayor y su propósito menos egoísta, no lo eximía de estar sometido a él. En realidad había algo misteriosamente triste en Allanon, a pesar de su dura y, de algún modo, amenazadora forma de ser. Pensó un buen rato en el sentimiento de tristeza que el druida le transmitía; una tristeza que probablemente su padre nunca había sentido. Se preguntó por qué esa sensación era tan profunda en ella.

—¡Ya estoy aquí!

Se giró sobresaltada; era solo Rone llamándola desde abajo, en el pinar que crecía cerca de la colina, donde estaba el campamento. Se levantó y comenzó a bajar de la pequeña colina.

—Veo que Allanon no ha regresado aún —dijo el joven de las tierras altas mientras ella se acercaba. Llevaba un par de gallinas silvestres colgando del hombro. Las dejó caer al suelo—. Quizá tengamos suerte y no vuelva.

—Puede que eso no fuera una suerte, precisamente —comentó la joven mirándolo fijamente.

—Depende de cómo lo veas —respondió Rone, encogiéndose de hombros.

—Pues dime cómo lo ves, Rone.

—De acuerdo —respondió el joven de las tierras altas mientras fruncía el ceño—. Yo no confío en él.

—¿Y puedo saber el porqué?

—Por lo que pretende ser: protector contra el Señor de los Brujos y contra los Portadores de la Calavera; protector contra los demonios que huyeron del antiguo mundo de la magia; y ahora protector contra los mordíferos. Pero siempre, date cuenta de esto, necesita la ayuda de la familia Ohmsford y de sus amigos. Yo también conozco la historia, Brin; es siempre la misma. Aparece de manera inesperada e informa de la existencia de un peligro que amenaza a las razas. Acto seguido dice que solo un miembro de la familia Ohmsford podrá acabar con ese peligro. Los Ohmsford son descendientes de la casa élfica de Shannara, y por tanto herederos de las magias que pertenecen a ese linaje. Primero fue la espada, luego las piedras y ahora la canción. Pero nunca las cosas son como parecen al principio, ¿no es cierto?

—¿Qué insinúas, Rone? —preguntó Brin, incrédula.

—Digo que el druida llega de no se sabe dónde, con una historia que parece diseñada para conseguir la ayuda de Shea o Wil Ohmsford, y ahora la tuya. Siempre es igual: dice lo imprescindible. Muestra solo lo necesario para conseguir lo que desea y oculta todo lo demás; siempre esconde una parte. No confío en él. ¡Juega con las vidas de los demás!

—¿Y crees que está haciendo eso con nosotros?

—¿Tú no? —dijo Rone, lanzando un profundo suspiro.

—No estoy segura —respondió Brin tras permanecer un momento en silencio.

—Entonces, ¿tú tampoco confías en él?

—No he dicho eso.

—Vale, Brin. Entonces di lo que piensas. ¿Confías en él o no? —insistió el hombre de las tierras altas mientras miraba fijamente a la joven del valle. Se sentó con un movimiento pausado, cruzando sus largas piernas ante sí.

La muchacha del valle se sentó también.

—Supongo que aún no lo sé.

—Por todos los demonios, ¿entonces qué haces aquí?

—Estoy aquí porque él me necesita, Rone. De todo cuanto ha dicho, eso es lo que creo —respondió Brin, al tiempo que esbozaba una leve sonrisa—. De todo lo demás no estoy segura. Lo que mantenga oculto lo descubriré por mis propios medios.

—Si puedes.

—Encontraré la manera.

—Es muy peligroso —afirmó Rone categóricamente.

—Por eso quería que vinieses conmigo, Rone Leah. Para que fueras mi protector. ¿No es por eso por lo que has venido? —contestó Brin esbozando una sonrisa. Después se puso en pie y se acercó a él. Le dio un beso en la frente. El muchacho de las tierras altas se ruborizó, adquiriendo un intenso color escarlata. Murmuró algo ininteligible y ella se rio a pesar suyo.

—¿Por qué no dejamos esta discusión para más tarde y hacemos algo con esas gallinas? Estoy muerta de hambre.

Ella encendió una pequeña hoguera para cocinar, mientras Rone desplumaba las gallinas. A continuación las cocinaron y comieron, acompañadas de queso y cerveza. Estuvieron en silencio, sentados sobre la pequeña loma mientras contemplaban el oscuro cielo de la noche, las estrellas y la creciente luna que desparramaba su pálida luz plateada sobre las aguas del lago. Cuando terminaron ya era noche cerrada y Allanon seguía sin aparecer.

—Brin, ¿recuerdas lo que dijiste hace un instante sobre mi presencia aquí para protegerte? —preguntó Rone al volver a la hoguera.

Ella asintió.

—Es cierto; estoy aquí para protegerte. No permitiré que nada te ocurra. Nunca. —Vaciló un instante y añadió—: Supongo que lo sabes.

—Lo sé —contestó ella, esbozando una sonrisa en la oscuridad.

—Bien —dijo Rone, moviéndose inquieto mientras manoseaba la malograda vaina que cubría la espada de Leah—. Además, tengo otro motivo para estar aquí; espero que lo entiendas. Estoy aquí para probarme algo a mí mismo. —Titubeó de nuevo mientras buscaba las palabras adecuadas con que expresarse—. Soy príncipe de Leah, pero eso tan solo es un título; viene conmigo de nacimiento, igual que lo tienen mis hermanos. Y todos ellos son mayores que yo. Esta espada, Brin, en realidad no es mía, sino de mi bisabuelo —dijo mientras alzaba el arma a la altura de sus hombros—. Es la espada de Menion Leah; desde que la llevó en la búsqueda de la espada de Shannara lo ha sido. Por eso la llevo siempre conmigo, al igual que el arco de fresno; porque Menion los llevaba siempre y quisiera parecerme a él. Pero no me parezco en absoluto.

—Eso no lo sabes —respondió ella.

—Esa es la cuestión —prosiguió—. Nunca he hecho nada por descubrir qué podría ser. Y ese es el segundo motivo por el que estoy aquí: necesito saberlo. En su papel como protector de Shea Ohmsford en la búsqueda de la espada de Shannara fue como Menion Leah lo descubrió. Tal vez yo pueda hacer algo parecido.

—Tal vez —respondió Brin, esbozando una sonrisa—. En cualquier caso, me alegro de que me lo hayas contado. —Guardó silencio un instante—. Ahora te confiaré un secreto. Yo accedí a venir por lo mismo. También hay algo que me gustaría probarme a mí misma. No sé si seré capaz de hacer lo que Allanon espera que haga; no sé si soy lo bastante fuerte. Nací con la canción, pero nunca supe qué debía hacer con ella. Creo que hay una razón para haber nacido con el don de la magia. Es posible que la conozca ahora, gracias a Allanon. —Apoyó su mano sobre el brazo de Rone—. Ya ves: no somos tan distintos después de todo.

Estuvieron hablando un rato más, pero a medida que avanzaba la noche el cansancio del viaje pesaba más y más. Al final las palabras dieron paso al silencio y se dispusieron a dormir. Limpia y fría, la noche otoñal acabó por envolverlos en su soledad. Se acostaron cerca de las brasas de la hoguera y se cubrieron con las mantas.

En pocos minutos ambos dormían. Ninguno de ellos reparó en la alta figura vestida de negro que se erguía en la oscuridad de los pinos, justo más allá de la zona iluminada por el fuego.

Cuando al día siguiente despertaron Allanon estaba allí. Permanecía sentado en un tronco partido a escasos metros de distancia. Su figura alta y delgada hacía que pareciera un fantasma en la grisácea luz del amanecer. Observó en silencio cómo se levantaban, lavaban y desayunaban. No les dijo dónde había estado. En más de una ocasión la joven del valle y el muchacho de las tierras altas lo miraron con descaro, pero él no pareció darse por aludido. Hasta que no hubieron empacado camas y utensilios de cocina y ensillado los caballos él no se levantó. Se acercó hasta donde se encontraban.

—Hay un cambio de planes —les dijo. Lo miraron en silencio—. Ya no vamos al este; a partir de ahora nos dirigiremos al norte, hacia los Dientes del Dragón.

—¿Los Dientes del Dragón? —espetó Rone mientras apretaba la mandíbula—. ¿Por qué?

—Porque es necesario.

—¿Necesario para quién? —replicó el joven príncipe de las tierras altas.

—Será solo durante un día o así. —Allanon puso su atención en Brin mientras ignoraba al enfadado Rone—. Debo hacer una visita. Cuando acabe volveremos a dirigirnos hacia el este.

—Allanon. —Brin pronunció su nombre con delicadeza—. Dinos por qué tenemos que ir al norte.

El druida dudó un momento. Entonces su cara se oscureció más todavía. Después asintió.

—Está bien. La pasada noche recibí un mensaje de mi padre. Me pide que me reúna con él y debo hacerlo. En vida fue el druida Bremen. Ahora su forma se manifiesta desde el otro mundo a través de las aguas del Cuerno del Hades, en el Valle de Esquisto. Dentro de tres días, antes del amanecer, hablará allí conmigo.

Bremen, el druida que se salvó de la masacre del Consejo de Paranor cuando el Señor de los Brujos vino desde la Tierra del Norte y lo arrasó todo a su paso durante la Segunda Guerra de las Razas. Bremen, que había forjado la espada de Shannara. De eso hacía mucho tiempo... Luego, recordó Brin, hacía aproximadamente unos setenta años, Shea Ohmsford había ido con Allanon al Valle de Esquisto, y allí había visto el alma de Bremen emerger de las aguas del Cuerno del Hades para conversar con su hijo, advertirle sobre lo que se avecinaba y profetizar...

—Él puede ver el futuro, ¿no es cierto? —preguntó Brin, recordando en ese momento que el alma de Bremen había pronosticado el destino de Shea—. ¿Hablará de lo que está por venir?

—Es posible —respondió Allanon, dubitativo—. En cualquier caso, solo desvelaría fragmentos de lo que va a suceder, pues el futuro no está formado por completo todavía y necesariamente ha de permanecer en la incertidumbre. Son pocas cosas las que pueden saberse. Además, no siempre se presenta con la claridad suficiente para que podamos descifrarlo. —Se encogió de hombros—. En cualquier caso, me ha llamado. Estoy convencido de que no lo habría hecho si no fuera importante.

—Esto no me gusta nada —dijo Rone—. Perderemos tres días... o incluso más. En ese tiempo podríamos llegar al Anar y volver. Tal y como tú mismo nos dijiste, los espectros andan buscándote. Si vamos al Valle de Esquisto estaremos dándoles facilidades para que te encuentren. Y también a Brin.

—No corro riesgos innecesarios con la seguridad de la muchacha vallense, príncipe de Leah —respondió el druida, fijando su mirada fría y firme sobre él—. Ni tampoco con la tuya.

Rone enrojeció de la enorme furia que sintió al escuchar estas palabras. Brin tomó su mano.

—Espera, Rone. Puede que ir al Cuerno del Hades sea una buena idea. Tal vez el enterarnos de ciertos aspectos del futuro resulte útil.

—¡Lo que de verdad nos ayudaría sería tener un poco más de información sobre lo que estamos haciendo! —contestó el joven de las tierras altas irritado, sin apartar la mirada de Allanon.

—Bien —dijo Allanon, convirtiendo la palabra en un susurro suave y veloz. Dio la sensación de que la alta figura del druida aumentaba de tamaño de manera repentina—. ¿Qué parte de la verdad quieres que revele, príncipe de Leah?

—La mayor parte posible, druida —respondió Rone, firme—. Dijiste a Brin que debía ir contigo a la Tierra del Este puesto que careces del poder necesario para traspasar la barrera que protege al libro de la magia negra. Tú, guardián de los secretos de los druidas, que posees la fuerza suficiente para derrotar a los Portadores de la Calavera y a los demonios, requieres la ayuda de una muchacha. ¿Y qué tiene ella que tú no tengas? La Canción de los Deseos. ¡Nada más que eso! ¡Ni siquiera cuenta con el poder de las piedras élficas! ¡Solo tiene un juguete mágico que sirve para cambiar el color de las hojas de los árboles, y para que florezcan las flores! ¿Qué clase de protección es esa?

Allanon miró en silencio al joven de las tierras altas durante un instante. Luego esbozó una sonrisa pesarosa y sutil.

—¿Qué tipo de poder tiene? —susurró el druida, mientras dirigía su mirada hacia Brin—. ¿Tú también tienes las mismas dudas que el príncipe de Leah? ¿Buscas comprender la canción de manera más profunda? ¿Quieres que te enseñe algo sobre lo que eres capaz de hacer?

El druida había hablado con frialdad, pero Brin asintió.

—Ven entonces; te lo mostraré, muchacha —dijo Allanon mientras se alejaba de ella a grandes pasos. Cogió las riendas de su caballo y se montó en él.

Cabalgaron en silencio hacia el norte, siguiendo el curso del río Mermidon. Serpentearon a lo largo de la rocosa tierra y los espesos bosques, con la luz del amanecer irrumpiendo entre los árboles a su izquierda y la sombra de las montañas de Runne, como una pared sombría, a su derecha. Cabalgaron durante más de una hora, en procesión triste y silenciosa. Entonces el druida hizo la señal de alto. Bajaron de sus monturas.

—Dejad los caballos —ordenó.

Se internaron en el bosque en dirección oeste. El druida guió sus pasos colina arriba. Después bajaron hacia una depresión en la que el bosque se espesaba todavía más. Tras varios minutos de lucha para abrirse paso a través de la maleza enmarañada, Allanon se detuvo y se giró.

—Está bien, Brin —señaló hacia un matorral—. Imagina que esta depresión es la barrera de magia negra que debes atravesar. ¿Cómo usarías la canción?

—No estoy segura... —respondió, indecisa.

—¿No estás segura? —insistió Allanon de manera impaciente—. Piensa en los diferentes usos que le has dado a tu magia. ¿La has empleado, tal y como ha dicho el príncipe de Leah, para dar un color otoñal a las hojas de un árbol? ¿La has utilizado para hacer florecer a los capullos, que las hojas broten y que las plantas crezcan? —Brin asintió—. Entonces la has empleado para cambiar el color, la forma y la conducta de las plantas. Utiliza el mismo método, entonces; haz que la maleza se aparte para ti.

Ella lo miró un instante y luego asintió. Era más de lo que nunca se había exigido a sí misma y no estaba segura de lograrlo. Además, había pasado mucho tiempo desde la última vez en que había empleado la magia. Pero lo intentaría. Empezó a cantar con tranquilidad. Su voz era baja y uniforme; se fusionó con los sonidos del bosque. Entonces, de manera paulatina fue cambiando el tono, subiéndolo hasta que todo lo demás quedó reducido al silencio. Las palabras brotaron de manera espontánea y, de algún modo, su intuición le indicó lo que cantar al llegar frente al matorral que le impedía el paso. La barrera se retiró lentamente; las hojas y las ramas se encogieron hasta convertirse en cintas ondulantes de un elegante color verde.

Un momento después, el camino hasta el centro de la hondonada estaba despejado.

—Ha sido fácil, ¿no crees? —dijo Allanon.

Brin sabía que, en realidad, no era una pregunta-

—Veamos adónde nos lleva tu camino —prosiguió el druida.

Empezó a avanzar mientras se ceñía las negras vestiduras. Brin echó un vistazo rápido a Rone, que se encogió de hombros. Siguieron a Allanon. Poco después el druida se detuvo de nuevo; ahora señalaba hacia un olmo de tronco curvado y enclenque, ensombrecido por un roble más alto y ancho. Las ramas del olmo habían crecido entre las del roble, retorciéndose hacia arriba en un intento vano por alcanzar la luz del sol.

—Ahora una tarea un poco más complicada, Brin —dijo Allanon—. El olmo estaría mucho mejor si pudiera recibir la luz del sol. Quiero que lo enderezes y lo desenredes del roble.

—No creo que pueda hacerlo —dijo tras mirar dubitativa a los árboles. Estaban completamente entrelazados.

—Inténtalo.

—La magia no es lo bastante poderosa…

—Inténtalo en cualquier caso —la interrumpió Allanon.

Ella comenzó a cantar. La Canción de los Deseos ocultó todos los sonidos del bosque hasta que no se escuchó nada más, elevándose majestuosa en el aire de la mañana. El olmo se estremeció y sus ramas se agitaron. Brin elevó el tono de su melodía, sintiendo que el árbol oponía resistencia. Entonces el raquítico tronco del olmo se separó del roble, con sus ramas quebrándose y el movimiento arrancando las hojas de sus tallos.

Luego, de manera brusca, el árbol pareció elevarse y explotar en una lluvia de ramas rotas, astillas y hojas, que se dispersaron a lo largo y ancho de la hondonada. Brin, atónita, retrocedió. Se cubrió el rostro con las manos y dejó que la canción se apagara. Si no hubiese sido por Allanon, se habría caído. La cogió en brazos y la protegió hasta que la lluvia de escombros escampó. Después la puso frente a él, mirándola a la cara.

—¿Qué ha pasado…? —empezó a decir, aunque el druida la mandó callar con un dedo sobre sus labios.

—El poder, muchacha —murmuró—. El poder de tu canción es mucho más grande de lo que tú podrías suponer. Ese olmo no podía desenredarse del roble; sus ramas eran demasiado rígidas y estaban demasiado entrelazadas. Sin embargo, no fue capaz de resistir la fuerza de tu canto. Tenía que liberarse… aunque ello supusiera su propia aniquilación.

—¡Allanon! —exclamó Brin, moviendo la cabeza con incredulidad.

—Tienes ese poder, Brin Ohmsford. Pero como sucede con todas las cosas mágicas, tiene dos caras: una oscura y otra luminosa. —El druida acercó su rostro al de ella—. Jugaste a cambiar los colores de las hojas de un árbol. Piensa en qué hubiese sucedido si hubieses llevado el cambio estacional que causaste hasta sus últimas consecuencias; si hubieses hecho que el árbol pasara del otoño al invierno, y del invierno a la primavera una y otra vez. Al final habría recorrido todo su ciclo vital… y habría muerto.

—Druida…

Rone avanzó hacia ellos, pero una simple mirada oscura de los ojos de Allanon hizo que detuviera sus pasos.

—Alto, príncipe de Leah. Deja que escuche la verdad. —Los ojos negros de Allanon se encontraron de nuevo con los de Brin—. Jugaste con la Canción de los Deseos como lo hubieras hecho con un juguete extraño porque esa era toda la utilidad que le veías. Pero sabías que había algo más; siempre lo supiste. La magia élfica no podía ser solo eso. La magia de las piedras es tuya, al pasar de la sangre de tu padre a la tuya tomando una nueva forma. Existe un poder en tu interior que supera todo lo anterior. Tal vez haya estado latente, es cierto; pero su potencial no deja lugar a dudas. Valora por un instante la naturaleza de la magia que manejas. ¡La canción puede alterar el comportamiento de cualquier ser vivo! ¿No imaginas lo que eso significa? Está en tus manos conseguir que un matorral se aparte, abriéndote un camino que antes no existía. Puedes hacerlo también con árboles incapaces de doblarse, aunque se rompan del esfuerzo. Si puedes hacer que las hojas tomen color, también puedes quitárselo; si puedes hacer que los capullos florezcan, también puedes hacer que las flores se marchiten; si puedes dar vida, Brin, también puedes quitarla.

—¿Qué estás diciendo? —murmuró bruscamente; sus ojos brillaban de horror—. ¿Que la canción es capaz de matar? ¿Que podría usarla para matar? ¿Crees…?

—Me pediste que te enseñara lo que podía hacer —dijo Allanon, cortando en seco sus protestas—. Yo solo he hecho lo que me has pedido. Ahora ya no tendrás la más mínima duda de que la magia que manejas es mucho más potente de lo que imaginabas.

—No me queda duda, Allanon —respondió Brin, con su sombrío rostro encendido por la ira—. Y tú no debes dudar de que, pase lo que pase, jamás utilizaré la canción para matar. ¡Nunca!

—¿Ni tan siquiera para salvar tu propia vida? —preguntó el druida mientras sostenía su mirada, aunque suavizó un poco sus duras facciones—. ¿Tampoco para salvar al joven de las tierras altas? ¿Ni siquiera eso?

—Nunca —dijo ella, sin apartarle la mirada.

Allanon le aguantó la mirada, como si de algún modo estuviera evaluando la solidez de su compromiso. Después se giró bruscamente y comenzó a subir la cuesta para salir de la hondonada.

—Ya has visto suficiente, Brin. Debemos retomar nuestro camino. Piensa en lo que has aprendido.

Su negra figura desapareció entre los matorrales. Brin se quedó donde la había dejado y entonces se percató de que le temblaban las manos. ¡Ese árbol! La forma en que se había quebrado…

—Brin.

Rone estaba de pie frente a ella. La agarró por los hombros, haciendo que la joven del valle se estremeciese al contacto con sus manos.

—No podemos continuar con él; ya no. Está jugando con nosotros, tal y como hizo con todos los demás. Déjalo; abandónalo a él y a su estúpida búsqueda y vuelve conmigo a Valle Sombrío.

Ella se quedó mirándolo fijamente a los ojos. Entonces hizo un gesto de negación.

—No. Necesitaba ver esto.

—¡Nada de esto es necesario, por todos los demonios! —Las grandes manos del muchacho se replegaron para agarrar la empuñadura de la espada de Leah—. Si vuelve a hacer algo así, no me lo pensaré dos veces...

—No, Rone. —Puso sus manos sobre las de él, dándose cuenta de que ya estaba calmada. Se percató de repente de que se le había pasado algo por alto—. Lo que ha hecho no pretendía asustarme o intimidarme. Más bien quería enseñarme, y lo ha hecho así porque es necesario darse prisa. Estaba en sus ojos. ¿No lo has visto?

—No he visto nada —respondió el joven de las tierras altas negando con la cabeza—. ¿Y por qué es necesario apresurarse?

—Algo va mal —respondió la joven del valle, mirando hacia donde el druida se había marchado.

Pensó en la destrucción del árbol, en las palabras de advertencia del druida y en su compromiso solemne. ¡Nunca! Miró a Rone.

—¿Crees que podría usar la canción para matar? —le preguntó con tranquilidad.

—No —contestó el joven de las tierras altas tras dudar un instante.

¿Ni aún para salvarte a ti?, pensó ella. ¿Y qué ocurriría si no fuese un árbol lo que te amenazara, sino una criatura viviente? ¿La destruiría para salvarte? ¡Oh, Rone! ¿Qué pasaría si fuera un ser humano?

—¿Seguirás conmigo en este viaje? —preguntó.

Rone le devolvió su sonrisa más seductora.

—Hasta que consigamos ese condenado libro y lo hagamos pedazos.

Luego se inclinó y la besó ligeramente en los labios. Ella lo abrazó con fuerza.

—No nos pasará nada —oyó que él le decía.

—Lo sé —respondió Brin.

Pero, en realidad, no estaba segura.

6

Cuando Jair Ohmsford recobró la conciencia se encontraba maniatado al tronco de un árbol. Ya no estaba en la cabaña de caza, sino en un claro del bosque resguardado por abetos que se alzaban sobre él apretados como filas de vigilantes centinelas. A unos dos metros delante de él una hoguera crepitaba, extendiendo su débil resplandor por la sombría oscuridad de los árboles silenciosos. La noche cubría la tierra.

—¿Ya despierto, muchacho?

La voz, conocida y desagradable, provenía de su izquierda. Volteó la cabeza lentamente. Una figura inmóvil estaba de cuclillas junto al límite del resplandor que el fuego despedía.

Jair fue a contestar. Entonces advirtió que, aparte de inmovilizado, también estaba amordazado.

—¡Oh, sí, disculpa! —dijo aquella figura—. He tenido que amordazarte. No habría podido retenerte si hubieras utilizado tu magia contra mí otra vez. ¿Lo entiendes, verdad? ¿Sabes el tiempo que me llevó salir de aquella leñera?

Jair se apoyó en el árbol y recordó lo que había pasado. El gnomo de la posada lo había seguido, lo había alcanzado en la cabaña de caza de Rone y lo había capturado. Le había atacado por la espalda...

Hizo una mueca de dolor al notar cómo le latía un lado de la cabeza.

—Bonito truco el de las serpientes.

El gnomo rio entre dientes. Se levantó, se acercó a la zona iluminada por el fuego y se sentó con las piernas cruzadas cerca de su prisionero. Sus ojos verdes y estrechos estudiaron a Jair con meticulosidad.

—Creí que eras inofensivo, muchacho; no un aprendiz de druida. Mala suerte para mí, ¿eh? Estaba absolutamente convencido de que te asustarías tanto que me dirías al instante lo que quería averiguar; que me lo contarías todo con tal de librarte de mí. Pero en vez de eso me encontré con serpientes enrolladas en los brazos y una rama de metro y medio estampada en mi cabeza. ¡Tengo suerte de seguir vivo!

—Ladeó ligeramente su rostro amarillo—. Sin duda, ese fue tu mayor error. —Le apuntó con el dedo—. Debiste acabar conmigo. Pero no lo hiciste, lo que me dio una nueva oportunidad. Supongo que es tu forma de ser, viniendo del Valle Sombrío.

—En cualquier caso, cuando logré salir de la leñera te perseguí como un zorro a un conejo. Algo malo para ti, pues por nada del mundo iba a permitir que te escaparas después de lo que me habías hecho. Esos otros idiotas habrían permitido que huyeras... pero yo no. Te he seguido durante tres días. A punto estuve de darte alcance a orillas del río, pero ya lo habías cruzado cuando llegué, y me fue imposible encontrar tu rastro en la oscuridad de la noche. Tuve que esperar a que amaneciese. Al final te encontré durmiendo en esa cabaña, ¿no es así?

Se rio con frivolidad mientras Jair se ruborizaba de ira.

—¡Oh, no te enfades conmigo! —continuó el gnomo—. Solo hago mi trabajo. Además, era una cuestión de orgullo. Nadie en veinte años me había hecho algo así. Y mucho menos un muchacho. No podría vivir con eso. Tuve que golpearte y dejarte sin sentido... Tal y como ya te he dicho, no podía arriesgarme a que usaras la magia. —Se levantó y se acercó unos pasos. Su tosco rostro denotaba una palpable curiosidad—. Fue magia, ¿verdad? ¿Cómo aprendiste a hacer eso? Está en tu voz, ¿no es cierto? Atraes a las serpientes con la voz; un buen truco. Me asusté y no supe cómo reaccionar; pensaba que ya quedaban pocas cosas que pudieran asustarme. —Hizo una pausa—. Nada salvo los caminantes negros.

Los ojos de Jair brillaron por el terror que le produjo la mera mención de los mordíferos. El gnomo se dio cuenta e hizo un gesto de asentimiento.

—Son seres a los que temer, desde luego —dijo—. Completamente negros; oscuros como la medianoche. No desearía que fueran detrás de mí. No entiendo cómo lograste pasar inadvertido para el que estaba en la casa...

Se interrumpió y miró al muchacho con curiosidad antes de continuar:

—¿Tienes hambre, muchacho? —preguntó inclinándose hacia delante.

Jair asintió. El gnomo reflexionó un instante y luego se puso en pie.

—Te diré lo que haremos —dijo—. Voy a quitarte la mordaza y te daré de comer. Pero has de prometerme que no utilizarás la magia contra mí. En cualquier caso, no te serviría de mucho estando atado al árbol. A no ser que esas serpientes puedan cortar las cuerdas con los dientes. Te daré de comer y así podemos charlar un poco. Los otros no llegarán hasta mañana por la mañana. ¿Qué te parece?

Jair pensó en ello un momento. Asintió al instante… estaba muerto de hambre.

—Tenemos un trato, entonces. —El gnomo se acercó y le quitó la mordaza. Antes de que pudiera decir nada, una de sus manos agarró con fuerza la barbilla de Jair—. Ahora dame tu palabra: nada de magia.

—Nada de magia —repitió Jair, con una mueca de dolor.

—Bien, bien. —El gnomo lo soltó—. Estoy convencido de que eres una de esas personas que cumple con su palabra. Un hombre vale tanto como su palabra, ¿lo sabías? —Se llevó la mano al cinto en busca de una especie de botella de cuero endurecido. Quitó el tapón y la acercó a los labios del joven del valle—. Bebe. Vamos, da un trago.

Jair dio un trago de aquel líquido desconocido. Tenía la garganta seca y dolorida. Era una cerveza, amarga y fuerte; le abrasó todo el esófago. Jair se atragantó, echándose hacia atrás. El gnomo tapó la botella y la colgó nuevamente de su cinturón. Se sentó con las piernas cruzadas y gesto risueño.

—Me llamo Slanter.

—Jair Ohmsford. —El joven del valle todavía intentaba tragar—. Aunque supongo que ya lo sabes.

—Sí, claro —respondió Slanter asintiendo—. Aunque parece ser que habría sido mejor si hubiera puesto más empeño en completar mi información; me has obligado a emprender una cacería.

—¿Cómo me has alcanzado? —preguntó Jair, frunciendo el entrecejo—. No creí que nadie pudiera hacerlo.

—¡Oh, eso! —El gnomo aspiró por la nariz—. Bueno, era complicado para cualquiera. Pero yo no soy un cualquiera.

—¿Qué quieres decir?

El gnomo se rio con fuerza.

—Quiero decir que soy un rastreador, muchacho; me dedico a esto. Y además, soy el mejor de los que quedamos vivos. Es por eso que me eligieron, y es por eso que estoy aquí: para seguir un rastro.

—¿El mío? —preguntó Jair, estupefacto.

—No, el tuyo no; el del druida. Ese al que llaman Allanon. Era a él a quien buscaba. Tú solo te has cruzado en mi camino en el momento más inoportuno.

El desconcierto iluminó el rostro del joven del valle. ¿Aquel gnomo era un rastreador? No era de extrañar que no hubiese podido esquivarlo como a cualquier otro. Pero ¿siguiendo el rastro de Allanon...?

—Te lo explicaré todo, pero primero comamos algo —dijo Slanter como disculpándose y poniéndose en pie—. Te he traído a hombros desde esa cabaña de caza unos tres kilómetros y, aunque no eres demasiado corpulento, pesas más de lo que parece. Mi apetito ha aumentado mientras tú descansabas. Estate quieto y cocinaré algo.

Slanter trajo un macuto del otro lado del claro, sacó algunos utensilios de cocina y en unos minutos puso al fuego un estofado de buey y verduras. El olor de la comida se propagó por el aire de la noche hasta llegar a la nariz de Jair. La boca se le hizo agua. Estaba hambriento; desde el día en que abandonó la posada no había comido de manera decente. Además, si quería escapar del gnomo, necesitaba conservar las fuerzas. Y es algo que pensaba intentar en la primera oportunidad que se le presentara.

Cuando estuvo listo el estofado, Slanter se acercó hasta donde estaba atado y le dio de comer. El gnomo también comió. El guiso estaba delicioso, por lo que terminaron con todo, acompañándolo de un trozo de pan y un poco de queso. Slanter bebió cerveza, aunque a Jair le dio agua.

—No estaba mal; he de alabarme a mí mismo —comentó el gnomo mientras limpiaba la olla cerca del fuego—. He aprendido bastantes cosas útiles con el paso de los años.

—¿Desde cuándo eres rastreador? —preguntó Jair, intrigado.

—Casi toda mi vida. Comencé el aprendizaje cuando tenía tu edad. —Terminó de limpiar los aperos de cocina, se levantó y se acercó nuevamente al joven del valle—. ¿Qué sabes tú de los rastreadores?

De manera resumida, Jair le explicó todo lo que sabía sobre el viejo rastreador que había conocido en la posada. Le contó las conversaciones y los juegos de rastreo con que se habían entretenido mientras la pierna del anciano se curaba. Slanter escuchaba en silencio, con un interés obvio reflejado en sus facciones amarillas y arrugadas. Cuando terminó, el gnomo se sentó; tenía una mirada distante en sus ojos afilados.

—Hace mucho tiempo yo era como tú; no pensaba en otra cosa que no fuera convertirme en rastreador. Al final, un buen día dejé mi hogar acompañando a un anciano de la frontera. En aquel momento yo era más joven que tú. Me fui de casa y salimos de la Tierra del Este en dirección a Callahorn y la Tierra del Norte. Estuve fuera más de quince años. He viajado por todas las tierras en uno u otro momento, ¿sabes? Y hay tantas cosas de ellas en mí como de gnomo de la Tierra del Este. Es curioso cómo eso me ha convertido en una especie de apátrida. Los gnomos no confían en mí porque he estado lejos de ellos demasiado tiempo; he visto muchas cosas, por lo que ya no soy como ellos. Un gnomo que no es un gnomo. He aprendido más de lo que ellos aprenderán nunca, incomunicados en los bosques de la Tierra del Este. Ellos lo saben, y por eso les cuesta soportarme, aunque tenga su respeto por ser el mejor en lo que hago. —Dirigió una mirada fugaz a Jair—. Por eso estoy aquí: porque soy el mejor. El druida Allanon, ese tipo que no conoces... ¿recuerdas?, se adentró en las montañas del Cuerno del Cuervo y en la Marca Gris, e intentó penetrar en el Maelmord. Pero hasta ahora nadie, ni druida ni demonio, ha logrado llegar hasta ese foso. Los espectros detectaron su presencia y lo persiguieron; éramos un mordífero, una patrulla de cazadores gnomos y yo para rastrear. Llegamos hasta tu aldea y esperamos a que apareciera alguien. Cuando estaba claro que el druida ya se había marchado del poblado, apareciste tú.

La mente de Jair trabajaba a mil por hora. ¿Hasta dónde sabía en realidad? ¿Conocía los motivos por los que Allanon había ido hasta Valle Sombrío? ¿Sabía algo de...? De golpe recordó las piedras élficas que había escondido en su túnica al huir de Valle Sombrío. ¿Las tenía todavía? ¿O Slanter las había encontrado?

Mirando fijamente al gnomo, se estiró con lentitud dentro de sus ataduras, tratando de sentir la presión de las piedras élficas contra su cuerpo. Pero era imposible; los nudos estaban bien ceñidos a sus ropas, lo que le impedía averiguarlo. No obstante, no se atrevió a mirar hacia abajo.

—¿Te hacen daño las cuerdas? —preguntó Slanter.

—Solo trataba de acomodarme —respondió el joven del valle negando con la cabeza, conminándose a relajarse y cambiar de tema—. ¿Por qué te has molestado en seguirme si a quien buscas es a Allanon?

—Porque estoy siguiendo las huellas del druida para descubrir adónde se dirige. Y eso es lo que he hecho —contestó Slanter, ladeando la cabeza—. Él fue a tu pueblo a visitar a tu familia. Ahora va hacia la Tierra del Este, ¿no es así? ¡Oh, no hace falta que contestes! Por lo menos a mí. Ya responderás a los que me acompañan cuando lleguen aquí mañana por la mañana. Son lentos, pero llegarán seguro. He tenido que dejarlos atrás para darte alcance. Están muy interesados en saber el motivo por el que vino Allanon. Aunque, desafortunadamente para ti, quieren saber algo más.

Se detuvo significativamente fijando su mirada en Jair.

—¿Acerca de la magia? —preguntó el joven del valle mientras respiraba profundo.

—Chico listo —dijo Slanter perfilando una sonrisa firme.

—¿Qué pasará si me niego a responder?

—Eso sería estúpido —contestó el gnomo con tranquilidad.

Se miraron el uno al otro sin mediar palabra.

—El espectro me forzará a confesar, ¿no es cierto? —preguntó Jair.

—El espectro no es tu problema —resopló Slanter—. Ahora mismo se dirige hacia el norte, tras los pasos del druida. Pero el sedt sí es tu problema.

—¿El sedt? ¿Qué es un sedt?

—Un sedt es un líder gnomo. En este caso es Spilk, quien está al mando de la patrulla. Un individuo bastante fastidioso, no como yo. Él es un verdadero gnomo de la Tierra del Este. Si por él fuera, tan pronto como te viera te rebanaría la garganta sin sentir el más mínimo remordimiento; él es tu verdadero problema. Te recomiendo que respondas a las preguntas que te formule. —Se encogió de hombros—. Además, una vez le hayas dicho todo lo que quiere saber, yo intervendré y haré todo lo posible para que te deje libre. Al fin y al cabo, nuestra lucha no es contra la gente de Valle Sombrío, sino contra los enanos. No quiero desilusionarte, pero tú no nos importas, sino tu magia. Responde a las preguntas y te liberarán sin demora.

—No te creo —respondió Jair con suspicacia.

—¿Que no me crees? Bueno, pues entonces te doy mi palabra, que vale tanto como la tuya —arguyó el gnomo, al tiempo que arqueaba sus pobladas cejas—. Acéptala, muchacho.

Jair guardó silencio un instante, sorprendido al darse cuenta de que realmente creía que el gnomo decía la verdad. Si prometía que trataría de liberarlo, es que lo haría; si creía que lo soltarían tras responder al interrogatorio, es que probablemente fuera así. Pero mirando las cosas desde otra perspectiva, ¿por qué iba a confiar en un gnomo?

—Estoy confuso —masculló.

—¿Confuso? —Slanter hizo un gesto de decepción—. Debes pensar que tienes elección, muchacho. Pero si no contestas, Spilk acabará contigo. Y si no logra hacer que hables, te entregará a los caminantes. ¿Qué crees que pasará entonces?

A Jair se le helaron los huesos. No había pensado en qué ocurriría entonces.

—Pensaba que eras más espabilado —prosiguió el gnomo con una mueca—. Desde luego eres astuto, por la forma en que lograste escapar de los otros. Incluso del caminante. Por eso creo que debes seguir comportándote con inteligencia. ¿Qué importa ahora lo que puedas llegar a confesarle a alguien? ¿Qué importancia tiene que le digas al sedt el motivo por el cual os visitó el druida? En cualquier caso, el druida está lejos, y es poco probable que le demos alcance a este lado de la Tierra del Este. Él no debe haberte dicho nada decisivo, ¿cierto? Y en cuanto a la magia, solo quieren averiguar cómo la aprendiste. ¿Te la enseñó el druida o fue otra persona? —Quedó a la espera de una respuesta, pero Jair no abrió la boca—. Vale, pues dedícate a decir cómo la aprendiste y cómo la utilizas; es bastante sencillo y no te pasará nada. Olvídate de trucos; di solo la verdad. Si haces eso te dejarán en paz.

Esperó una respuesta por parte de Jair, pero de nuevo este guardó silencio.

—Bueno, pues piensa en ello —insistió Slanter, encogiéndose de hombros con resignación. Acto seguido se puso en pie, se estiró y se acercó a Jair. Volvió a amordazarlo mientras sonreía alegremente—. Siento que tengas que dormir con estas incomodidades, pero no puedo arriesgarme contigo. Ya me demostraste de lo que eras capaz.

Todavía sonriente cogió una manta del otro lado del claro, la echó sobre Jair y lo enrolló en ella. Ató las esquinas con las cuerdas que lo mantenían sujeto al árbol para que no se moviera. Luego se acercó al fuego y lo apagó. La débil luz de las ascuas permitió a Jair observar aquella figura robusta sumirse en la oscuridad.

—Quedar reducido a tener que perseguir a jóvenes del valle —farfulló el gnomo—. Qué manera de derrochar mi talento... ¡ni tan siquiera a un enano! Al menos podrían pedirme rastrear un enano. U otra vez al druida. ¡Bah! El druida ha vuelto a ayudar a los enanos, y yo estoy sentado aquí: vigilando a un chaval...

Continuó murmurando un rato más, pero Jair ya no pudo entender casi nada. Luego su voz se desvaneció por completo.

Jair Ohmsford, solo en la oscuridad, se preguntó qué podría hacer al llegar la mañana.

Durmió mal, agarrotado y contusionado por las cuerdas que lo sujetaban, sin parar de darle vueltas a lo que le esperaba. Mirase a donde mirase, su futuro era bastante sombrío. No podía confiar en que sus amigos lo ayudaran, pues nadie sabía dónde estaba. Sus padres, Brin, Rone y Allanon creían que se encontraba a salvo en la posada en Valle Sombrío. Tampoco podía esperar que sus captores fuesen especialmente benevolentes con él. A pesar de las garantías que Slanter le había dado, no tenía demasiadas esperanzas de que lo dejaran libre; ni tan siquiera aunque contestara a todas las preguntas. Al fin y al cabo, ¿qué respondería a las que le hicieran relacionadas con la magia? Slanter pensaba que era algo que le habían enseñado. En cuanto los gnomos supiesen que no era algo adquirido, sino que era un don con el cual había nacido, querrían saber más. Lo llevarían a la Tierra del Este, ante los mordíferos...

De este modo las horas de la noche pasaron. A ratos quedaba aletargado, cuando el cansancio se imponía ante el malestar y la preocupación. Pero siempre durante poco tiempo. Por fin, cuando el amanecer estaba cerca, logró conciliar el sueño, víctima de la extenuación.

No había amanecido del todo cuando Slanter lo despertó bruscamente.

—Levántate —le ordenó—. Ya están aquí.

Jair parpadeó al abrir los ojos. Miró de soslayo hacia el gris que precede al alba, que cubría en ese momento el bosque de las tierras altas. A pesar de la manta que lo cubría, el aire era frío y húmedo. Una sutil neblina de otoño cubría los oscuros troncos de los abetos. Todo estaba sumido en una tranquilidad mortal; el bosque todavía no había despertado. Slanter se inclinó sobre él. A continuación desató las cuerdas que lo sujetaban al árbol. No había otros gnomos a la vista.

—¿Dónde están? —preguntó nada más verse liberado de la mordaza de su boca.

—Cerca: a un centenar de metros ladera abajo. —Slanter agarró la túnica del joven del valle por la parte delantera y lo puso en pie—. Nada de trucos ahora; guárdate la magia. Te he desatado para que puedas presentarte ante ellos con la dignidad de un hombre. Volveré a atarte si me causas algún problema. ¿Lo entiendes?

Jair asintió. Todavía tenía atados pies y manos, y sus extremidades estaban tan entumecidas que le costaba tenerse en pie. Permaneció con la espalda apoyada en el abeto y sus músculos agarrotados y doloridos. En el estado en que se encontraba, por mucho que consiguiera huir no llegaría demasiado lejos. Su mente estaba turbada por un súbito temor y la fatiga, así que esperó a que sus fuerzas regresaran. Responde las preguntas, le había aconsejado Slanter; no seas necio. ¿Pero qué podría decir? ¿Qué respuestas iban a aceptar como válidas?

En ese momento, una línea de imprecisas figuras tomó forma en la penumbra. Caminaban pesadamente entre los árboles del bosque. Dos, tres, media docena, ocho; Jair observó como iban emergiendo de uno en uno tras la niebla. Formas voluminosas, envueltas en gruesas capas de lana; gnomos de facciones toscas y macilentas que se vislumbraban a simple vista bajo las capuchas, con manos de gruesos dedos sujetando lanzas y garrotes. No soltaron una sola palabra al aparecer en el claro, pero sus ojos agudos se clavaron en el joven del valle cautivo. Sus miradas no expresaban precisamente amabilidad.

—¿Es este?

El que habló iba al frente de los demás. Era de constitución fuerte, cuerpo musculado y tórax enorme. Clavó el extremo de su garrote en la tierra del bosque, asiéndolo con sus nudosos dedos repletos de cicatrices y curvándolo lentamente.

—Bien, ¿es este?

El gnomo miró fugazmente a Slanter, que asintió. El gnomo volvió a mirar a Jair y se quitó con lentitud la capucha de su capa. Sus facciones toscas e irregulares destacaron entonces en su ancha cara. Unos ojos despiadados estudiaron al joven del valle sin emoción, tratando de descubrir sus cualidades.

—¿Cuál es tu nombre? —le preguntó.

—Jair Ohmsford —respondió Jair de inmediato.

—¿Qué hacía el druida en tu casa?

Jair titubeó, tratando de medir sus palabras. Un brillo desagradable destelló en los ojos del gnomo. Con un veloz e imprevisto movimiento de manos barrió con el garrote los pies del joven del valle, haciéndolo caer. El gnomo quedó en pie sobre él en silencio; luego estiró el brazo, lo agarró por la parte delantera de la túnica y lo levantó.

—¿A qué fue el druida a tu casa? —volvió a preguntar.

—Vino en busca de mi padre —mintió Jair, tragando saliva y tratando de disimular el miedo que le embargaba.

—¿Por qué?

—Mi padre guarda las piedras élficas, y Allanon pretendía utilizarlas contra los mordíferos.

Se produjo un dilatado silencio; Jair ni siquiera respiraba. Si Slanter había encontrado las piedras élficas escondidas en su túnica, su mentira quedaría al descubierto y estaría acabado. Esperó con los ojos clavados en el gnomo.

—¿Dónde se encuentran ahora el druida y tu padre? —preguntó finalmente el gnomo.

—Han ido hacia el este —respondió Jair. Dudó un instante para finalmente añadir—: Mi madre y mi hermana están de visita en las aldeas del sur de Valle Sombrío. Se suponía que yo debía quedar a la espera en la posada hasta que regresasen.

El gnomo gruñó reticente. Miraba atento a Jair, y el joven no le apartó la mirada. No puedes demostrar que miento, pensó. No puedes.

—¿Tienes el don de la magia? —preguntó el gnomo, levantando un dedo enjuto del garrote.

—Yo... —Jair observó los rostros sombríos de aquellos que le rodeaban.

Levantó el garrote y un veloz y fuerte golpe sacudió de nuevo a Jair entre las rodillas. Se desplomó otra vez. El gnomo esbozó una sonrisa irónica y volvió a levantar a Jair.

—Respóndeme, ¿practicas la magia?

Jair asintió, incapaz de decir nada a causa del dolor. Apenas podía mantenerse en pie.

—Demuéstralo —le ordenó el gnomo.

—Spilk —intervino Slanter—. Creo que deberías reconsiderar esa petición.

Spilk fulminó con la mirada a Slanter. Lo desestimó y volvió a fijar sus ojos en Jair.

—¡Muéstralo!

Jair dudó. El garrote se elevó de nuevo. A pesar de que esta vez el joven estaba preparado, no pudo moverse con suficiente rapidez como para esquivar el golpe; le atizó en toda la cara. Un intenso dolor le embargó, y un torrente de lágrimas anegó sus ojos. Se desplomó arrodillado, pero las manos de Spilk agarraron su túnica una vez más obligándolo a permanecer de pie.

—Muéstralo —ordenó el gnomo por tercera vez.

A Jair le invadió la ira; una ira tan intensa que abrasaba. No pensó en qué hacer; simplemente actuó. Un agudo grito ensordecedor emanó de sus labios, convirtiéndose al instante en un terrible silbido. Entonces Spilk apareció cubierto por enormes arañas de color gris. El sedt gnomo bramó desesperado, tratando de librarse frenéticamente de aquellos enormes insectos con pelo. Cayó de espaldas ante Jair. Los gnomos que estaban tras de sí se dispersaron, al tiempo que golpeaban la tierra con las lanzas y los garrotes tratando de mantener a las arañas alejadas. El sedt se revolcaba por el suelo del bosque, intentando deshacerse frenéticamente de aquellos espantosos insectos que se adherían a su cuerpo. Sus gritos inundaban el aire de la mañana.

Jair cantó un poco más y después enmudeció. Si no hubiese estado maniatado, ni se hubiese sentido tan mareado por los golpes que le había asestado Spilk, hubiera aprovechado el desconcierto creado por la canción para escapar. Pero Slanter ya se había encargado de que no pudiese correr.

Spilk continuó girando sobre sí mismo por el suelo un rato más. Entonces, de manera súbita, se percató de que las arañas habían desaparecido. Se arrodilló con esfuerzo mientras respiraba con dificultad y de manera irregular. Su maltrecho rostro buscó entonces los ojos de Jair. Se levantó profiriendo un aullido y se abalanzó sobre el joven del valle. Extendió sus nudosas manos. Jair se tambaleó hacia atrás, consecuencia de sus piernas trabadas con las cuerdas. Un instante después, el gnomo estaba encima de él, atizándole con los puños de manera salvaje. Docenas de golpes cayeron sobre el rostro y la cabeza de Jair, que sintió como si los hubiera recibido todos a la vez. El dolor y la sorpresa lo estremecieron.

Entonces la oscuridad lo invadió todo.

Poco después despertó. Slanter estaba junto a él de rodillas, humedeciendo su cara con un paño empapado en agua fría. Las heridas le escocían, por lo que Jair se retorcía bruscamente al tacto del paño.

—Tienes más valor que cerebro, muchacho —le susurró el gnomo, inclinándose sobre su cara—. ¿Estás bien?

Jair asintió mientras se llevaba la mano a la cara para comprobar los daños. Slanter se la apartó con brusquedad.

—Estate quieto. —Lo humedeció un poco más con el paño y luego sonrió toscamente—. Casi matas del susto al viejo Spilk... ¡Casi lo matas!

Jair dirigió su mirada más allá de Slanter, en busca del lugar donde el resto de la patrulla se encontraba. Se apiñaban en el extremo opuesto del claro, mirándolo fijamente. Spilk permanecía un poco más alejado de los demás; su cara denotaba una furia irreprimible.

—He tenido que quitártelo yo mismo de encima —le dijo Slanter—. Si no lo hubiera hecho, te habría matado a golpes.

—Me dijo que le enseñase la magia —susurró Jair, tratando de tragar saliva con dificultad—. Yo me limité a obedecerle.

Aquel razonamiento pareció hacerle gracia al gnomo, que esbozó una sonrisa tratando de ocultarla de los ojos del sedt. Luego pasó su brazo por los hombros de Jair y lo alzó hasta sentarlo. Sirvió una pequeña cantidad de cerveza del recipiente que colgaba de su cintura y dio de beber a Jair. Aceptó sin reservas y tragó, no sin esfuerzo. Notó como el calor lo recorría hacia el estómago.

—¿Mejor?

—Mejor —respondió Jair.

—Escucha entonces. —La sonrisa había desaparecido de su rostro—. Tengo que amordazarte otra vez. Eres mi responsabilidad; los otros no quieren saber nada de ti. Irás atado y amordazado mientras no tengas que comer. Compórtate; será un viaje largo.

—¿Un viaje largo adónde? —Jair no ocultó las señales de alarma que se dibujaron en su rostro.

—Al este: al Anar. Serás llevado ante los mordíferos. Eso es lo que Spilk ha decidido; quiere enseñarles tu magia. —El gnomo hizo un gesto de solemnidad—. Lo siento, pero no puedo hacer nada por ti. Y menos después de lo que has hecho.

Antes de que Jair pudiese decir nada, Slanter lo amordazó de nuevo. Luego, tras desatar la cuerda que lo sujetaba por los tobillos, lo puso en pie. Acto seguido cogió un trozo corto de cuerda, anudándola de un extremo al cinturón de Jair y del otro al suyo.

—Listos, Spilk —avisó al sedt.

El sedt gnomo se giró en silencio y comenzó a andar hacia el bosque. Toda la patrulla lo siguió.

—Lo siento, muchacho —repitió Slanter.

Juntos, avanzaron por el claro, internándose en la niebla de las primeras horas de la mañana.

7

A lo largo de aquella jornada, los gnomos avanzaron con Jair hacia el norte, atravesando el país de colinas boscosas que bordeaba el perímetro occidental de Leah. Evitaron con cuidado las carreteras más transitadas que cruzaban las tierras altas, y transitaron bajo la densa cobertura de los bosques para rehuir cualquier tipo de contratiempo. Fue un día largo y agotador para el joven del valle, agravado por el modo en que lo habían atado, pues las cuerdas dificultaban sus movimientos a cada paso. Es posible que su dolor no pasase inadvertido a la cuadrilla de gnomos, pero ninguno trató de atenuarlo, ni tampoco mostraron la más mínima preocupación por los problemas que su ritmo de marcha pudiera ocasionarle. Eran corpulentos y vigorosos veteranos de las guerras fronterizas de la Tierra del Este, y estaban más que acostumbrados a las marchas forzadas a través de las regiones más escabrosas en las condiciones más desfavorables... marchas que a veces se prolongaban durante varios días. El estado físico de Jair era óptimo, pero no podía competir con el de aquellos hombres.

Al anochecer, cuando llegaron a orillas del lago del Arco Iris, bajaron hasta una cala aislada y establecieron allí su campamento. En ese momento, Jair apenas podía caminar. Lo ataron a un árbol, y le dieron una comida ligera y un poco de cerveza. Al concluir la cena, el joven del valle se durmió al instante.

El día siguiente transcurrió de manera similar. Lo despertaron al alba y prosiguieron la marcha hacia el este, siguiendo las orillas del lago, circundando el norte de las tierras altas hasta alcanzar la protección de los Robles Negros. Ese día, los gnomos detuvieron la marcha en tres ocasiones para descansar; una a media mañana, otra a mediodía y la última a media tarde. El resto del tiempo estuvieron caminando, y Jair con ellos, a pesar de tener el cuerpo dolorido y los pies plagados de ampollas. Llevado hasta el límite de lo que podía aguantar, se negó a darles el placer de verle desfallecer. Esta determinación le dio energía para continuar.

Durante toda la travesía a lo largo de las tierras altas no paró de pensar en la posibilidad de fugarse. En ningún momento se le pasó por la cabeza que fuera imposible huir; el problema estaba en elegir la ocasión más propicia. Incluso sabía cómo podría hacerlo; solo debía volverse invisible. Eso era algo que no esperaban, pues debían de pensar que su magia se limitaba a hacer aparecer arañas y serpientes imaginarias. No sabían que también era capaz de hacer otras cosas. Tarde o temprano llegaría su oportunidad. En cualquier momento lo liberarían el tiempo suficiente como para poder volver a emplear la magia. Solo necesitaba un breve instante para evaporarse. Aquella certeza iluminaba su interior.

La necesidad de fugarse se volvió más apremiante cuando se enteró, a través de Slanter, de que el caminante que había estado en Valle Sombrío con la patrulla de gnomos se dirigía al este en busca de Allanon. ¿Cómo iba a saber Allanon que el mordífero seguía sus pasos? Solo él podría prevenirlo.

Estaba completamente absorto en sus planes de fuga cuando, a última hora de la tarde, penetraron en los Robles Negros. Los grandes y oscuros troncos se alzaban a su alrededor como una empalizada que bloqueaba la luz del sol. Se internaron en aquella arboleda, siguiendo una senda que discurría paralela a la orilla del lago. Luego torcieron en dirección este, penetrando en la penumbra. Como si de una caverna que desciende hacia las profundidades de la tierra se tratase, el bosque los engulló. El lugar era fresco y silencioso.

A la caída del sol, las tierras altas habían quedado ya muy atrás. Acamparon en un diminuto claro, resguardado por robles y unos riscos que se extendían en dirección norte hasta el agua. El joven vallense se sentó y apoyó la espalda contra un tronco cubierto de musgo que lo superaba en estatura una docena de veces. Todavía atado y amordazado, observó como Slanter servía un plato estofado de carne de una cacerola que hervía al fuego de una pequeña hoguera. Aunque fatigado e indispuesto, Jair se dedicó a estudiar al rastreador, analizando las contradicciones que observaba en su carácter. Había pasado dos días junto a él, por lo que había podido observarlo bien, y continuaba tan intrigado como la primera vez en que habló con él tras haber sido capturado. ¿Qué tipo de persona era? No cabía duda de que era un gnomo, pero, al mismo tiempo, no lo parecía. No era, claramente, un gnomo como los de la Tierra del Este. Tampoco era un gnomo como los otros que formaban parte de la patrulla, y ellos parecían darse cuenta. Se percibía en el modo en que se comportaban con él; lo toleraban, pero al mismo tiempo lo evitaban. Por otro lado, el propio Slanter lo había reconocido la primera vez que habló con Jair. Para aquellos gnomos, Slanter era tan excepcional como el propio joven del valle. Pero, además, existía algo más en aquel gnomo que lo hacía parecer un ser distinto. Puede que fuera su carácter, o quizás su inteligencia. No cabía la menor duda, en cualquier caso, de que era mucho más listo que el resto. Probablemente, eso se debiera a que había hecho cosas que los demás ni se plantearían. Era un rastreador avezado, que había viajado a lo largo y ancho de las Cuatro Tierras; un gnomo que, sin duda, había roto con todas las tradiciones de su pueblo al salir de su tierra natal. Había visto cosas que ellos ni siquiera soñaban, y entendía muchas cosas que los demás nunca podrían llegar a imaginar. En resumen: había aprendido.

No obstante, a pesar de todo, Slanter estaba allí. ¿Por qué motivo?

El rastreador se retiró del fuego, se acercó a Jair con parsimonia llevando un plato de estofado en la mano y se sentó de cuclillas a su lado. Le apartó la mordaza y comenzó a darle de comer.

—Nada mal, ¿eh? —le preguntó el gnomo mientras clavaba sus ojos en él.

—La verdad es que no... Está muy bueno —respondió el joven del valle.

—Si quieres hay más —dijo Slanter, removiendo el estofado con aspecto abstraído—. ¿Cómo te encuentras?

—Me duele todo el cuerpo.

—¿Y los pies?

—Sobre todo los pies.

—Deja que eche un vistazo —dijo el rastreador, dejando el estofado. Le quitó las botas y los calcetines e inspeccionó sus pies plagados de ampollas. Puso cara de preocupación. Acto seguido se acercó a su zurrón y extrajo una lata pequeña. La abrió, metió los dedos, y los sacó recubiertos de un ungüento rojizo que comenzó a aplicar al instante sobre las heridas. Era fresco y aliviaba el dolor.

—Calma el ardor y endurece la piel al caminar —dijo. Frotó un poco más y alzó la mirada un momento; su tosco y amarillento rostro bosquejaba una sonrisa triste. Luego bajó la vista de nuevo—. Eres duro, ¿eh?

Jair no dijo nada. Se limitó a observar cómo el gnomo terminaba de aplicar el ungüento y luego volvía a darle de comer. Estaba realmente hambriento, por lo que tomó dos platos de estofado.

—Bebe un poco de esto —dijo Slanter, poniéndole la botella de cerveza en los labios al terminar de comer.

—¡No, otra vez esa bebida infecta no!

—No sabes lo que es bueno para ti —le dijo el gnomo.

El joven tomó varios tragos mientras hacía muecas.

—Escuché algo hace un rato que creo que deberías saber —dijo Slanter, poniéndose nuevamente de cuclillas a su lado—. No son buenas noticias para ti. —Hizo una breve pausa y miró por encima de su hombro—. Nos reuniremos con un caminante en cuanto salgamos de los Robles Negros. Nos estará esperando; eso dijo Spilk.

A Jair se le heló la sangre.

—¿Cómo lo sabe?

—Supongo que es un encuentro acordado de antemano —respondió Slanter mientras se encogía de hombros—. En cualquier caso, pensé que debías saberlo. Llegaremos mañana.

—¿Mañana?

Jair sintió desvanecer sus esperanzas. ¿Cómo podría fugarse en tan poco tiempo? Según sus cálculos, todavía tardarían una semana, o incluso más, en llegar al Anar profundo y a la fortaleza de los caminantes negros. Pero... ¿mañana? ¿Qué podía hacer?

—Lo siento, muchacho. A mí tampoco me gusta esta situación —dijo Slanter, como si estuviera leyendo sus pensamientos.

—¿Por qué no me dejas escapar? —preguntó Jair al rastreador, mirándole a los ojos e intentando que su voz no manifestara la desesperanza que le invadía.

—¿Dejarte escapar? —Slanter esbozó una sonrisa amarga—. Parece que olvidas el tipo de sujetos para los que trabajo, ¿verdad? —prosiguió mientras suspiraba y daba otro trago largo a su cerveza.

—¿Y por qué lo haces, Slanter? —le interrogó Jair, reclinándose hacia adelante—. Tú no eres como ellos. Tú no encajas con ellos. Tú no...

—¡Muchacho! —el gnomo le interrumpió bruscamente—. Muchacho, tú no sabes absolutamente nada sobre mí. ¡Nada! Por lo tanto, no me digas cómo soy ni con quién debo juntarme. ¡Ocúpate solo de ti mismo!

Hubo un largo silencio. En el centro del claro, los otros gnomos se concentraban alrededor del fuego. Bebían cerveza de una gran bota de cuero. Jair veía cómo brillaban sus ojos cuando lo miraban de vez en cuando. Reflejaban un enorme recelo.

—Tú no eres como ellos —repitió en un susurro.

—Es posible —admitió Slanter mirando hacia la oscuridad—. Pero sé lo suficiente como para no ir contra corriente. La dirección del viento ha cambiado; ahora sopla del este y destruirá todo lo que encuentre a su paso. ¡Todo! Aún no has visto ni la mitad de lo que está sucediendo. Los caminantes negros tienen un poder que jamás habría imaginado, y controlan toda la Tierra del Este. Y eso es solo hoy; mañana... —Negó con la cabeza con sosiego—. Este no es el momento más propicio para que un gnomo sea algo distinto a un gnomo.

Bebió de nuevo de su cerveza. Después se la ofreció a Jair. El joven del valle la rechazó. Su mente trabajaba frenéticamente.

—Slanter, ¿podrías hacerme un favor? —le preguntó.

—Depende.

—¿Podrías desatarme las cuerdas de brazos y manos? Serán solo unos minutos. —Los ojos negros del gnomo se entrecerraron—. Necesito frotarlas un poco; tratar de restablecer la circulación. Las llevo puestas desde hace dos días y, en estos momentos, apenas puedo sentir ya los dedos. Te doy mi palabra de que no utilizaré la magia ni intentaré huir. Por favor...

—Hasta ahora has cumplido siempre tu palabra —dijo Slanter mientras lo analizaba de arriba abajo.

—Y seguiré haciéndolo. Si quieres, puedes dejarme las piernas atadas, dame solo un instante.

Slanter lo escrutó con la mirada. Después asintió. Se echó hacia delante y desató las cuerdas que sujetaban los brazos y las muñecas del joven del valle. Cayeron a sus pies. Jair comenzó a masajearse cuidadosamente comenzando por sus manos. Continuó con las muñecas, los brazos y, finalmente, todo el cuerpo. En la oscuridad vio que el cuchillo de Slanter destellaba. Se mantuvo con la mirada gacha y los pensamientos ocultos. Se movía con tranquilidad mientras pensaba: No permitas que lo adivine; no dejes que se dé cuenta...

—Ya es suficiente.

La voz de Slanter sonó tosca y precipitada. Apretó las cuerdas de nuevo. Jair permaneció quieto y sin ofrecer resistencia. Tras afianzar las cuerdas, Slanter se puso frente a él.

—¿Estás mejor?

—Mucho mejor —respondió Jair con calma.

—Hora de dormir un poco —dijo el rastreador asintiendo. Bebió una vez más de la botella de cerveza y después se cercioró de que las cuerdas estaban bien atadas—. Siento el modo en que todo está sucediendo, muchacho. Créeme que a mí me gusta tan poco como a ti.

—Entonces ayúdame a escapar —suplicó Jair susurrando.

Slanter lo miró fijamente sin pronunciar una sola palabra, con el rostro completamente inexpresivo. Acto seguido, colocó con cuidado la mordaza en la boca de Jair. Se puso en pie.

—Ojalá no te hubiese encontrado nunca —murmuró. Entonces se giró y se alejó de él.

En la oscuridad, Jair se apoyó contra el roble. Mañana; un día más y luego estaré en manos de los mordíferos. Comenzó a temblar. Debía escapar antes de entonces. De algún modo, debía encontrar la manera.

Inhaló profundamente el aire fresco de la noche. Ahora al menos sabía algo que había ignorado hasta entonces. Algo muy importante; Slanter no había desconfiado de él. Le había concedido un momento de libertad. Lo suficiente para que la sangre volviera a circular por sus miembros entumecidos; para que el dolor y el malestar que sentía se le aliviara... el tiempo necesario para constatar que las piedras élficas seguían en su poder.

El amanecer llegó con demasiada rapidez. O al menos eso le pareció a Jair. La luz de la aurora irrumpió entre las melancólicas sombras de los Robles Negros. Por tercer día consecutivo, los gnomos anduvieron hacia el este. Los cálidos rayos del sol eran detenidos por bancos de nubes negras que se aproximaban desde el norte. Entre los árboles soplaba un viento furioso y violento que, con su frialdad, anunciaba la venida del invierno. Envueltos en sus capas cortas, los gnomos agacharon la cabeza para protegerse del remolino de polvo y hojas. Avanzaban con dificultad.

¿Cómo puedo escapar? ¿Cómo?

Esta pregunta se repetía una y otra vez en la mente del joven del valle. Mientras tanto, intentaba mantener el ritmo que sus captores le imponían. A cada paso que daba, estaba más cerca del fatídico momento; cada segundo, cada minuto u hora que pasaba, la distancia que restaba para encontrarse con el espectro negro se reducía. A lo largo de aquel día que acababa de comenzar debía encontrar la manera de deshacerse de la mordaza y utilizar la Canción de los Deseos. Solo necesitaba un momento.

Hasta ese momento no había dudado acerca de que, tarde o temprano, se le presentaría alguna oportunidad... ¡Pero ahora el tiempo se le escapaba de las manos! Ya era casi media mañana y llevaban varias horas caminando. Se recriminó en silencio el no haber aprovechado la oportunidad que Slanter le había dado la noche anterior, cuando accedió a desatarle los brazos y las manos. En ese momento había tenido el tiempo suficiente para escapar de sus secuestradores. Unos segundos para dejarlos paralizados, otros pocos para cubrirlos con algo repugnante que les impidiera pensar en nada más mientras él se deshacía de sus ataduras de los tobillos, y unos pocos más para cambiar el tono de voz y volverse invisible. De ese modo lo habría conseguido. Era enormemente peligroso, sí. Pero podría haberlo hecho... si no hubiera dado su palabra. El haberle hecho esa promesa a un gnomo, ¿le eximía de cumplirla?

Suspiró; en realidad no estaba exento. Debía cumplir su promesa sin importar a quien se había hecho, aunque fuera un gnomo. La palabra tenía un valor y significaba algo cuando se daba; era una cuestión de honor. Uno no puede romper una promesa según le conviene, como si se tratase de una prenda de ropa que uno se pone o quita según la estación. Si alguna vez se incumple, aunque sea solo una vez, se abría la puerta a un torrente de excusas futuras para no cumplirla nunca más.

Además, no estaba seguro de haber podido hacerle eso a Slanter, aunque fuese un gnomo. Por extraño que le resultase, sentía un cierto aprecio por aquel tipo. Aunque tal vez él no lo hubiera descrito como afecto, exactamente. Era más bien una especie de respeto. O tal vez era que había visto algo de sí mismo en aquel gnomo, ya que ambos eran unos personajes bastante peculiares. Fuese como fuese, no se creía capaz de engañar a Slanter de esa manera. Ni siquiera con el propósito de huir de lo que se le venía encima.

Pateó las hojas del camino mientras avanzaba en aquel sombrío día de otoño. Supuso que Rone Leah, de estar en su posición, ya habría confeccionado un plan de fuga. Y probablemente uno bueno. Pero Jair no tenía ni idea de cómo podría hacerlo.

La mañana se extinguió. El viento se apaciguó al llegar el mediodía, aunque el aire del bosque siguió siendo frío. El terreno que se presentaba ante ellos era mucho más accidentado. La tierra estaba agrietada y rocosa, mientras la cordillera se desviaba en dirección sur. Una serie de barrancos describían una curva descendente. La barrera de robles se prolongaba más allá de donde la vista alcanzaba; impávidos gigantes, inmunes al tiempo que por ellos ya había pasado. Insensibles a una vida diminuta como la mía, pensó Jair al alzar la vista hacia las copas de aquellos prominentes monstruos negros. Me cierran el paso para que no pueda escapar.

El camino se terminó, dando paso a un inclinado terraplén. La patrulla siguió aquel oscuro surco en la tierra. Entre los robles crecía un grupo solitario de pinos y abetos, que se apiñaban entre aquellos enormes troncos negros, cercados como cautivos, rígidos y temerosos. Los gnomos avanzaron con dificultad a través de ellos, prorrumpiendo irritados gruñidos al sentir los pinchazos y arañazos que las afiladas ramas les producían. Jair inclinó la cabeza y siguió sus pasos, recibiendo en cara y manos los rasponazos de aquellas largas agujas.

Un poco después, tras atravesar aquella maraña, llegaron a un amplio claro. Había una laguna en la base del barranco, que se alimentaba de una pequeña corriente que emanaba de entre las rocas. Un hombre permanecía de pie junto a ella.

Los gnomos se detuvieron sobresaltados. El hombre bebía agua de una taza metálica y tenía la cabeza gacha. Iba totalmente de negro. Vestía una túnica holgada, pantalones, capa y botas. Junto a él, en el suelo, había un morral de piel negra y, a su lado, reposaba un largo bastón de madera. Incluso el bastón, de nogal pulido, era negro. El hombre los miró fugazmente. Tenía aspecto típico de un habitante de la Tierra del Sur; un viajero. Su rostro aparecía tostado y curtido por la acción del sol y el viento, y su cabello rubio era casi color de plata. Sus ojos, pétreos y plomizos, pestañearon; luego los apartó. Podía haber sido un viajero más de los cientos que atravesaban aquella zona a diario. Pero desde el mismo momento en que Jair lo vio, su intuición le dijo que no lo era.

Spilk también percibió algo anormal en aquel hombre. El sedt miró rápidamente a los gnomos a ambos lados, como queriendo asegurarse de que eran nueve contra uno. Después miró a Jair. Estaba manifiestamente molesto, pues aquel extraño había visto a su prisionero. Dudó un instante y luego continuó: Jair y los otros lo siguieron.

Sin mediar palabra, la patrulla se dirigió al extremo opuesto de la laguna. No apartaron en ningún momento la mirada del extraño, aunque este no les prestó ninguna atención. Adelantándose unos pasos a sus compañeros, Spilk llenó la cantimplora de agua en el fino chorro que emanaba de las rocas. Bebió con ansia. Uno por uno, los demás gnomos hicieron lo mismo, a excepción de Slanter, que se quedó de pie, totalmente inmóvil, junto a Jair. El joven del valle lo miró y vio como observaba fijamente al hombre de negro. Había algo extraño reflejado en su cara, algo…

¿Reconocimiento?

De repente el extraño levantó su mirada y la dirigió hacia Jair. Sus ojos aparecieron impasibles y carentes de expresión. Durante un breve instante permanecieron fijos en los suyos. Acto seguido, el hombre se giró hacia Spilk.

—¿Un largo viaje? —preguntó.

—No te metas donde no te llaman —respondió Spilk tras escupir el agua que tenía en la boca.

El extraño se encogió de hombros. Acabó el agua de su taza, y se acuclilló para guardarla en el morral. Al incorporarse tenía en su mano la vara negra.

—¿Es el joven vallense realmente tan peligroso?

Los gnomos lo miraron con suspicacia. Spilk dejó a un lado su cantimplora, agarró su garrote con fuerza y rodeó la laguna hasta que estuvo al frente de sus hombres.

—¿Quién eres tú? —preguntó.

—Nadie a quien quieras conocer —respondió el forastero, encogiéndose de hombros de nuevo.

—Entonces fuera de mi vista ahora que aún estás a tiempo —dijo Spilk, sonriendo con frialdad—. Este asunto no es de tu incumbencia.

El extraño no se movió. Parecía estar reflexionando sobre la situación.

—He dicho que no te incumbe —insistió Spilk, dando un paso adelante.

—¿Nueve cazadores gnomos de viaje por la Tierra del Sur, con un joven del valle amordazado y atado como si fuera un cerdo? —preguntó el forastero mientras esbozaba una leve sonrisa—. Tal vez tengas razón; puede que no sea de mi incumbencia.

Se agachó para recoger su morral, se lo echó al hombro con un movimiento veloz y comenzó a alejarse del estanque. Pasó por delante de los gnomos. Jair sintió cómo sus esperanzas, resucitadas durante unos instantes, se evaporaban. Había creído que el hombre pretendía ayudarlo. Empezó a avanzar hacia el estanque para calmar su sed, pero Slanter le impidió el paso. Sus ojos todavía seguían los movimientos del extraño. Levantó su mano con lentitud y agarró a Jair del hombro; lo llevó consigo unos cuantos pasos alejándolo de la patrulla.

—Por otro lado, puede que estés equivocado —dijo el extraño, deteniendo sus pasos a apenas dos metros de Spilk—. Tal vez, después de todo, sí que me interese este asunto.

El morral del extraño resbaló por su hombro y cayó al suelo. Sus ojos plomizos se clavaron en Spilk. El sedt le devolvió la mirada. En su rostro se dibujó una mueca de incredulidad e ira. Los otros gnomos que lo acompañaban se miraron con preocupación.

—Ponte detrás de mí —le dijo Slanter con un susurro, mientras avanzaba para colocarse delante de él.

—¿Por qué no dejas que el joven del valle se vaya? —sugirió el extraño a Spilk, mientras se acercaba aún más a él.

Spilk enarboló su pesado garrote contra la cabeza del extraño. Aunque fue rápido, el otro lo fue todavía más, logrando bloquear el golpe con su bastón. El extraño avanzó de manera grácil. Alzó su bastón y golpeó varias veces al sedt. El primer golpe impactó en el estómago, haciéndole doblarse. El segundo fue directo a la cabeza, haciendo que se desplomara al suelo como una piedra.

Durante un instante todos quedaron inmóviles. Poco después, los gnomos se lanzaron al ataque desenfundando sus espadas y empuñando hachas y lanzas entre alaridos de consternación. Siete hombres fornidos se abalanzaron sobre la solitaria figura negra. Jair mordió con fuerza la mordaza que lo mantenía mudo, al presenciar lo que ocurría. Ágil como un gato, el forastero rechazó el ataque, haciendo girar el bastón negro a toda velocidad. Dos gnomos se desplomaron allí mismo con los cráneos abiertos y los otros cinco profirieron estocadas ciegas cuando el forastero se retiró de un salto. Un resplandor metálico emergió de debajo de su capa negra; el extraño empuñaba una espada corta. Unos segundos más tarde, otros tres atacantes cayeron desplomados al suelo, sangrando a borbotones.

Ya solo quedaban dos de los siete atacantes. El extraño se agachó frente a ellos, haciendo una finta con la espada corta. Los gnomos se miraron entre sí y recularon. Entonces, uno de ellos vio que Jair se medio escondía detrás de Slanter. Abandonando a su compañero, saltó sobre el joven del valle. Para su sorpresa, Slanter se interpuso en su camino, amenazándolo con un cuchillo largo. El atacante gritó de ira al darse cuenta de la traición. A veinte pasos, el extraño se movía como un torbellino blandiendo su arma. Con la agilidad de una serpiente, el extraño extendió su brazo hacia adelante y su cuchillo atravesó limpiamente la garganta del gnomo que lo acometía. El atacante quedó rígido e inmóvil; segundos después se desmoronó de manera sorda.

Aquello acabó de disuadir al único gnomo que quedaba con vida. Desentendiéndose de todo, huyó a través del valle y se perdió en el bosque.

Solo quedaron Jair, Slanter y aquel completo desconocido. El gnomo y el extraño se miraron en silencio, con las armas en posición. El bosque estaba sumergido en un profundo silencio a su alrededor.

—¿Tú también? —preguntó el extraño con calma.

—Yo no —respondió Slanter, negando con la cabeza y bajando el arma—. Sé quién eres.

El extraño no pareció sorprendido y se limitó a asentir. Señaló a los gnomos que yacían entre ellos con su espada.

—¿Y qué pasa con tus amigos?

—¿Amigos? —inquirió Slanter, mirando a los cadáveres—. No lo creo… Los infortunios de la guerra hicieron que nos juntáramos, y ya habíamos viajado juntos demasiado tiempo. Eran un puñado de imbéciles. —Sus ojos oscuros se encontraron con los del extraño—. Para mí el viaje ha terminado. Ya es hora de emprender una ruta distinta.

Acto seguido cortó las cuerdas que retenían a Jair con el cuchillo largo que llevaba en la mano. Lo enfundó y le quitó la mordaza.

—Parece que es tu día de suerte, muchacho. ¡Te acaba de liberar Garet Jax!

8

Incluso en una aldea tan diminuta de la Tierra del Sur como es Valle Sombrío se había oído hablar de Garet Jax.

También era conocido con el apodo de «el maestro de armas»; un hombre con tal destreza en el combate cuerpo a cuerpo, que se decía que no tenía rival. Se eligiese el arma que se eligiese, aunque simplemente fuesen las manos o los pies, era mejor que cualquier hombre vivo sobre la tierra. Algunos incluso iban más allá y consideraban que era el mejor que jamás había existido.

Las historias sobre él se habían convertido en leyendas. Los relatos sobre Garet Jax se escuchaban en tabernas mientras los trabajadores bebían al concluir su jornada, en posadas de pueblo, relatadas por viajeros provenientes de tierras lejanas, o en torno a fuegos de campamento u hogares al caer la noche. Nadie sabía de dónde procedía; esa parte de su vida quedaba envuelta por la más pura especulación. Pero todo el mundo sabía al menos un lugar en el que hubiera estado y conocía una historia asociada a él. Casi todo lo que se decía era cierto y siempre había testigos para confirmarlo. Algunas historias eran muy populares y se contaban una y otra vez a lo largo y ancho de la Tierra del Sur, e incluso también en las otras tierras.

Jair Ohmsford se las sabía todas de memoria.

Una de ellas, tal vez la primera de todas, hablaba de unos bandidos gnomos que asaltaban las aldeas aisladas de Callahorn, en las tierras fronterizas orientales. Repelidos en una ocasión por la Legión Fronteriza, se fraccionaron en grupúsculos de menos de una docena de hombres cada uno, y continuaron atacando las granjas más desprotegidas. Patrullas de la Legión recorrían las tierras de manera periódica, pero los bandidos permanecían ocultos hasta que se marchaban. Un día, un grupo de unos diez hombres asaltó la casa de un granjero al sur de la confluencia de los ríos Mermidon y Rabb. No había nadie en la casa excepto la esposa del granjero, sus hijos pequeños y un viajero muy joven al que habían alojado esa noche a cambio de que les ayudara en algunos trabajos. Cuando los asaltantes trataron de penetrar en la casa, el forastero hizo que la familia se escondiera en el sótano que utilizaban para refugiarse de las tormentas. Acto seguido se enfrentó a ellos; mató a ocho antes de que los dos que restaban emprendiesen la huida. Se dijo que, tras aquel asalto fracasado, los ataques disminuyeron. Todo el mundo, desde ese momento, comenzó a hablar de Garet Jax.

Otras historias eran igual de famosas. En Arborlon, el maestro de armas había entrenado a una unidad especial de la Guardia Real para que defendiese al rey elfo Ander Elessedil. En Tyrsis había instruido unidades especiales de la Legión Fronteriza, y a otras en Kern y Varfleet. Había combatido durante un tiempo en las guerras fronterizas que enfrentaron a gnomos y enanos, adiestrando a estos en el uso de las armas. Luego había viajado por la Tierra del Sur, combatiendo en las guerras civiles entre los estados miembros de la Federación. Se decía que había matado allí a muchos hombres... y lo cierto es que hizo muchos enemigos. Ya no podía volver a lo más profundo de la Tierra del Sur.

Jair detuvo sus pensamientos al advertir que el hombre tenía sus ojos clavados en él; parecía como si estuviera leyendo sus pensamientos. Su rostro se enrojeció.

—Muchas gracias —dijo con esfuerzo.

Garet Jax no dijo nada; sus pétreos ojos plomizos siguieron escrutándole. Después desvió la mirada. Ocultó la espada corta entre los pliegues de su capa y se agachó para inspeccionar los cuerpos de los gnomos que yacían dispersos a su alrededor. Jair le observó un instante, y acto seguido miró de manera furtiva a Slanter.

—¿Es realmente Garet Jax? —murmuró.

—Eso he dicho, ¿no? Es difícil olvidar a alguien como él. Lo conocí hace cinco años, cuando entrenaba a unos soldados de la Legión en Varfleet. Por aquel entonces yo trabajaba como rastreador para la Legión. En ese momento yo era duro como el hierro, pero a su lado... —Se encogió de hombros—. Recuerdo una ocasión en que unos tipos estaban furiosos porque en los entrenamientos él los había derrotado o algo así. En cuanto Jax les dio la espalda, se abalanzaron contra él armados con picas. Él ni siquiera tenía un arma y ellos eran cuatro; todos más altos y fuertes. —El gnomo negó con la cabeza incrédulo, con la vista perdida en la distancia—. Mató a dos de ellos y los otros dos huyeron. Todo sucedió tan rápido que apenas pude verlo. Y eso que estaba al lado...

Jair miró de nuevo a la figura negra. Decían que era una leyenda, aunque también le llamaban otras cosas. Le llamaban asesino; mercenario sin lealtad hacia nadie, salvo hacia quien le paga. No tenía compañeros; Garet Jax siempre viajaba solo. No tenía amigos; era demasiado peligroso y duro como para tenerlos.

Entonces, ¿por qué motivo había ayudado a Jair?

—Este aún vive —dijo el maestro de armas, inclinado sobre Spilk.

Slanter y Jair se miraron. Se acercaron rápidamente al lugar donde el gnomo moribundo estaba tendido.

—Un cráneo grueso —murmuró Garet Jax, levantando la vista cuando estuvieron a su lado—. Ayudadme a levantarlo.

Entre todos arrastraron al inconsciente Spilk hasta un extremo del claro. Una vez allí lo apoyaron contra un pino. El maestro de armas lo maniató con las cuerdas que antes habían inmovilizado a Jair. Satisfecho, se alejó unos pasos del gnomo y se giró hacia ellos, que se limitaban a observar lo que hacía.

—¿Cómo te llamas, joven del valle? —preguntó a Jair.

—Jair Ohmsford —respondió, incómodo ante la mirada de aquellos misteriosos ojos grises.

—¿Y tú? —preguntó a Slanter.

—Me llaman Slanter —respondió el rastreador.

Un matiz de desagrado atravesó el rostro del maestro de armas.

—¿Por qué no me explicas qué hacían nueve cazadores gnomos con este joven del valle?

Slanter hizo una mueca de disgusto, pero enseguida comenzó a relatarle todo lo que había sucedido desde que encontró a Jair por primera vez en Valle Sombrío. Con asombro por parte del joven del valle, le relató incluso el truco de magia que había empleado para huir de él. Garet Jax escuchaba en silencio totalmente absorto.

—¿Es eso verdad? —preguntó el maestro de armas, girándose hacia Jair cuando el rastreador hubo terminado su relato.

Jair vaciló un instante para, justo después, afirmar con un gesto. Por supuesto, no se amoldaba a la realidad por completo, pero era la parte de la historia que había ideado para Spilk, y no había razón alguna para cambiarla en ese momento. Preferiblemente, ambos debían pensar que su padre estaba con Allanon y que llevaba consigo las piedras élficas. Al menos hasta que estuviera seguro de que podía confiar en ellos.

Siguió una larga pausa, en la que el maestro de armas aprovechó para reflexionar sobre el asunto.

—Bueno, no creo que deba dejarte solo en estas tierras, Jair Ohmsford. Y mucho menos en compañía de este gnomo. —Slanter enrojeció como un tomate, pero no dijo nada—. Creo que es mejor que vengas conmigo; solo así sabré que estás seguro.

—¿Ir contigo adónde? —preguntó el joven del valle dubitativo.

—A Culhaven. Tengo una cita allí y tú vendrás conmigo. Si ese druida y tu padre han ido a la Tierra del Este, es muy probable que los encontremos allí. Y si no es así, conseguiremos al menos a alguien con el que puedas viajar.

—Pero yo no puedo... —empezó a decir Jair, aunque luego se contuvo. No podía decir nada sobre Brin, pero tampoco podía ir hacia el este—. No puedo hacer eso —dijo finalmente—. Mi madre y mi hermana están de visita por las aldeas del sur de Valle Sombrío y no saben nada de lo ocurrido. Tengo que regresar para advertirles.

—Demasiado lejos; no tengo tanto tiempo —respondió Garet Jax mientras negaba con la cabeza—. Iremos hacia el este. Luego, cuando tengamos la oportunidad, les enviaremos un mensaje. Además, si lo que me has dicho es cierto, es más peligroso retroceder que proseguir hacia adelante. Los gnomos y los espectros ya saben de ti y dónde vives. Cuando descubran que has huido irán a buscarte allá. No te he rescatado para que vuelvan a capturarte en cuanto me vaya.

—Pero...

—Está decidido —concluyó el maestro de armas, petrificándolo con su mirada fría y dura—. Vienes conmigo al este. —Miró de soslayo a Slanter—. Tú ve donde quieras.

Caminó por el claro hacia su morral y su bastón y los recogió. Jair lo siguió con la mirada, embargado por la indecisión. ¿Debía ser sincero y decirle la verdad o, por el contrario, debía acompañarlo hacia el este? Pero, si le decía la verdad a Garet Jax, ¿qué ganaba? El maestro de armas no lo acompañaría durante el viaje de regreso en ningún caso.

—Bueno, pues buena suerte para ti, muchacho —le dijo Slanter con gesto de pena—. Espero que no me guardes ningún rencor.

—¿Adónde vas? —le preguntó Jair, mirándole.

—¿Y eso qué importa? —dijo el gnomo mientras echaba una mirada envenenada sobre Garet Jax. Se encogió de hombros—. Mira, tú te llevas con él mucho mejor que yo. Debí haber seguido mi propio camino hace ya bastante tiempo.

—No olvido que has estado ayudándome durante todo el viaje, Slanter —dijo Jair—. Y creo que me ayudarías de nuevo si lo necesitase.

—¡Te equivocas! —interrumpió el gnomo—. Solo porque sintiese lástima por ti no significa... Mira, yo te hubiera entregado a los caminantes como lo hubiera hecho Spilk; eso era lo que más me convenía. ¡Tú y este maestro de armas no sois capaces de entender a lo que os vais a enfrentar!

—Vi cómo esperabas cuchillo en mano, dispuesto a defenderme cuando un gnomo se acercó —insistió Jair—. ¿Qué hay de eso?

Slanter resopló fuertemente mientras se giraba furioso.

—Si hubiera sido mínimamente inteligente, habría dejado que te cogiera. ¿Sabes lo que me he hecho a mí mismo? ¡Ahora ni siquiera puedo volver a la Tierra del Este! El gnomo huido contará a todo el mundo lo que he hecho. Y si no lo hace él, lo hará Spilk en cuanto logre librarse de las ataduras. —Levantó las manos impotente—. Pero bueno, ¿a quién le importa? En realidad ya no es mi tierra. No soy de allí desde hace muchos años. Los caminantes no pueden preocuparse de seguir la pista de un pobre gnomo. Caminaré hacia el norte y estaré allí una temporada, o tal vez hacia las ciudades del sur. Dejaré que las cosas sigan su curso.

—Slanter...

El gnomo se giró. Su voz se convirtió en un susurro.

—Pero ese... —gesticuló furioso hacia donde se encontraba Garet Jax bebiendo agua en el estanque—. ¡Ese me trata como si yo fuera el responsable de todo eso! ¡Como si fuera cosa mía! Y yo ni siquiera sabía de tu existencia, muchacho. Yo solo seguía el rastro del druida. A mí no me gustaba tener que darte caza, ni tener que entregarte a los espectros.

—¡Slanter, espera un momento! —El mencionar a los mordíferos recordó al joven del valle algo que casi había olvidado al recuperar la libertad—. ¿Qué ocurre con el caminante con el que debíamos encontrarnos al salir de los Robles Negros?

—¿Qué pasa con él? —preguntó Slanter, con expresión contrariada por la interrupción.

—Aún debe estar esperándonos, ¿no? —inquirió Jair, sin el menor signo de preocupación. El gnomo vaciló un momento antes de asentir.

—Sé lo que piensas. Sí: todavía estará a la espera —dijo el gnomo, frunciendo el ceño—. Toma otro camino; rodéalo.

—Supongamos que *él* decide ir por allí —dijo Jair, avanzando unos pasos y señalando disimuladamente a Garet Jax.

—Entonces habrá un maestro de armas menos —respondió Slanter mientras se encogía de hombros.

—Y un joven del valle menos.

Se miraron en silencio.

—¿Qué quieres de mí, muchacho? —preguntó finalmente el gnomo.

—Que vengas con nosotros.

—¿Qué?

—Tú eres rastreador, Slanter. Puedes ayudarnos a eludir al caminante. Por favor: acompáñanos.

—No —respondió Slanter, negando enérgicamente con la cabeza—. Eso supondría ir a la Tierra del Este. No puedo volver allí; no ahora. Además, quieres que yo te guíe hasta Culhaven... ¡Yo! ¡A los enanos les encantaría!

—Solo hasta la frontera, Slanter —insistió Jair—. Luego haz lo que quieras; solo te pido eso.

—¡Oh... agradezco que solo sea eso! —dijo el gnomo, con ironía. Mientras tanto Garet Jax se acercó a ellos—. ¿Sabes cuál sería el problema en cualquier caso? Que ese jamás me aceptaría.

—Eso no lo sabes —insistió Jair, volviéndose hacia el maestro de armas justo cuando llegó a su altura—. Escucha, dijiste que Slanter podía ir adonde quisiera, ¿no? Pues dile que puede acompañarnos si así lo desea.

Garet Jax miró al gnomo. Luego volvió su mirada hacia Jair.

—Es un rastreador —precisó Jair—. Nos sería de enorme ayuda para evitar a los caminantes, y para encontrar una ruta segura hacia el este.

—Suya es la elección —respondió el maestro de armas al tiempo que se encogía de hombros.

Se produjo un silencio largo e incómodo.

—Slanter, si lo haces, te enseñaré el modo en que la magia funciona —prometió Jair.

Los ojos sombríos del gnomo reflejaron un repentino interés, aunque trató de disimularlo.

—Bueno, eso suena interesante... —se detuvo en seco—. ¡No! ¿Qué tratas de hacerme? ¿Crees que puedes comprarme? ¿Eso crees?

—En absoluto —dijo Jair—. Yo solo...

—Pues no puedes —le interrumpió—. ¡Yo no acepto sobornos! ¡Yo no soy de esa clase de...! —farfulló hasta quedar en silencio, incapaz de encontrar las palabras adecuadas para describirse. Luego, ya más sereno, dijo—: Si significa tanto para ti; si es tan importante, está bien. iré. Si quieres que te acompañe, te acompañaré, pero no por ningún soborno. Si lo hago es porque quiero hacerlo. ¿Entiendes? Y solo hasta la frontera. ¡Ni un paso más allá! ¡No quiero saber nada de los enanos!

Jair lo observó con estupor un instante. Acto seguido extendió la mano; Slanter se la estrechó con solemnidad.

Decidieron dejar a Spilk tal como estaba, pues a pesar de que necesitaría mucho tiempo para liberarse, al final lo acabaría logrando. En el peor de los casos, podría roer las cuerdas con los dientes, sugirió Slanter de manera siniestra. Si gritaba pidiendo auxilio, tal vez alguien podría oírlo. Pero debía ir con cuidado: los Robles Negros estaban habitados por una especie de lobos muy peligrosa, y era posible que al gritar los atrajera. Por otro lado, los lobos podían ir a beber en cualquier momento...

Spilk ya había recobrado la conciencia cuando comentaron todo esto, por lo que pudo oírlo. Jair y sus compañeros se preparaban para partir. Furioso y mareado, el corpulento gnomo los amenazó con un final espeluznante si volvía a encontrárselos, y les aseguró que haría todo lo posible para que así fuera. Lo ignoraron por completo, aunque Slanter no pudo evitar sentir cierta inquietud. Poco después dejaron atrás la voz del sedt, que se perdió en la lejanía.

Jair ahora viajaba con una compañía bien extraña: un gnomo que lo había perseguido, capturado y mantenido como prisionero durante tres días, y un legendario aventurero que había matado con sus manos a más hombres que años de vida tenía. Allá iban los tres... el joven vallense pensó que aquella alianza era bastante desconcertante. ¿Qué hacían esos dos con él? Garet Jax podía haber proseguido su camino sin preocuparse lo más mínimo, pero no lo hizo. Por su propio riesgo había rescatado a Jair y luego había decidido convertirse en su guardián temporal. ¿Por qué alguien como Garet Jax hacía algo así? Y Slanter podía haber rechazado perfectamente su petición de ayuda, evitando así cualquier peligro que pudiera acecharles en su camino hacia el Anar. Era perfectamente consciente del riesgo que corría y también sabía que Garet Jax desconfiaba de él, por lo que vigilaría cada uno de sus movimientos. No obstante, de forma imprevista y casi contradictoria había decidido ir con ellos. ¿Por qué motivo?

Pero, en realidad, sus propios motivos eran los más sorprendentes; se dio cuenta al comenzar a analizarlos. Después de todo, si la decisión de acompañarlo era desconcertante, ¿cómo podría calificar la suya propia? ¡Slanter había sido su carcelero hasta hacía nada! Y sentía miedo de Garet Jax, a pesar de que aquel hombre le había salvado la vida. No paraba de pensar una y otra vez en el enfrentamiento del maestro de armas con los gnomos; rápido, letal, estremecedor... negro como el mensajero de la muerte.

La escena quedó fija un instante en la mente del joven del valle, pero la ahuyentó enseguida.

Los viajeros avanzan juntos, entre otros motivos, por cuestiones de seguridad, y Jair pensó que esa debía ser la manera de enfocar la situación. Debía preservar su clarividencia. Al fin y al cabo ahora era libre y, de momento, no corría ningún riesgo. Podría desaparecer en un santiamén; una nota de la canción, mezclada con el murmullo del viento, era suficiente. Pensar en ello le proporcionaba cierta sensación de seguridad. Si no fuera porque en ese momento se encontraba tan metido en los Robles Negros, si no fuera porque los mordíferos andaban buscándolo, y si no fuera también por su desesperada necesidad de encontrar ayuda en algún lugar...

Enterró sus pensamientos; especular sobre lo que podría haber sucedido no tenía sentido alguno. Ya tenía bastantes cosas de las que preocuparse. Ante todo, debía evitar hacer la más mínima mención a Brin y a las piedras élficas.

Llevaban caminando aproximadamente una hora por los Robles Negros cuando llegaron a un claro en el que confluían media docena de senderos. Slanter, que había encabezado la marcha a través del bosque, se detuvo y señaló un sendero que iba hacia el sur.

—Por ahí —dijo.

Garet Jax lo miró con curiosidad.

—¿Al sur?

—Al sur —respondió Slanter mientras fruncía sus pobladas cejas—. El caminante vendrá por la región del río de Plata, a través de la Ciénaga Brumosa. Es el camino más fácil y directo. Al menos para esos diablos; no les asusta nada que habite en la ciénaga. Si queremos reducir el riesgo, deberemos continuar hacia el sur rodeando la Ciénaga Brumosa sin abandonar los Robles Negros. A continuación nos desviaremos hacia el norte por encima de las tierras bajas.

—Un camino muy largo, gnomo —observó el maestro de armas.

—Pero os llevará donde queréis —contestó el rastreador.

—Quizá podríamos evitarlo.

—¡Y tal vez podríamos volar! —replicó Slanter, llevándose las manos a las caderas—. ¡Ja! ¡No tienes ni idea de lo que dices!

Garet Jax no respondió; se limitó a clavar su mirada en el gnomo. En ese momento, el gnomo pareció darse cuenta de que su actitud no había sido la correcta. Miró a Jair de reojo, carraspeó con nerviosismo y contrajo los hombros.

—Bueno, vosotros no conocéis a los caminantes negros como yo; no habéis vivido entre ellos ni visto de lo que son capaces. —El gnomo respiró hondo—. Son como algo robado de la oscuridad; como si cada uno de ellos fuera un fragmento arrancado de la misma noche. Cuando pasan, ni los ves ni los escuchas. Solo los sientes; sientes su llegada.

Jair sintió un escalofrío al recordar su encuentro con el caminante en Valle Sombrío y su presencia invisible, justo al otro lado de la pared.

—No dejan huella al pasar —continuó Slanter—. Aparecen y desaparecen tal y como su nombre indica: mordíferos, caminantes negros, espectros.

Hizo una pausa, haciendo un gesto con la cabeza. Garet Jax miró a Jair. El joven vallense seguía inmerso en el recuerdo de lo que había sentido cuando encontró a uno de aquellos seres esperándolo.

—No quisiera correr el riesgo de toparme con alguno de ellos —dijo en voz baja.

—Entonces vayamos hacia el sur —dijo el maestro de armas, recolocándose el morral sobre los hombros.

Estuvieron toda la tarde caminando en dirección sur a través de los Robles Negros. Seguían un camino que serpenteaba entre los árboles. El atardecer se filtró a través de los árboles, y la luz gris del día se desvaneció con rapidez en la noche. Una tenue y húmeda niebla comenzó a colarse por los huecos que se abrían entre los árboles. Poco a poco fue ganando en densidad. El sendero se hizo difícil de seguir, desapareciendo por completo a cada tanto al asentarse la niebla. De la oscuridad emergieron los sonidos de la noche, y no eran apacibles.

Slanter ordenó un alto en el camino. ¿Debían parar durante la noche? Quería saberlo. Los dos hombres miraron a Jair. Rígido y extenuado, el joven del valle miró a su alrededor. Los inmensos robles se alzaban en torno a ellos, y sus troncos negros y resplandecientes los envolvían como muros de una enorme torre. La niebla y las sombras se expandían por todos lados, y en algún lugar de su interior acechaba un caminante negro.

Jair Ohmsford apretó la mandíbula; estaba fatigado y dolorido. Finalmente negó con la cabeza. La pequeña compañía prosiguió su camino.

La noche alcanzó también al claro donde Spilk permanecía atado al gran roble. Había estado luchando toda la tarde con las cuerdas que lo mantenían prisionero, aflojando los nudos para tratar de escapar. Aquel día no había sucedido nada relevante en el claro: ni viajeros ni animales habían pasado por allí. Ni tan siquiera a beber agua. Los cuerpos sin vida de sus compañeros de patrulla yacían en el mismo lugar donde habían caído exánimes, como bultos sin forma en la penumbra.

Sus crueles facciones se tensaban con el esfuerzo por librarse de las ataduras. Una hora más o menos y lograría soltarse. Entonces perseguiría con ahínco a los que le habían hecho aquello. Les daría caza hasta las últimas consecuencias...

Una sombra lo envolvió. Levantó la cabeza. Una silueta negra y alta se apareció frente a él, encapuchada y envuelta en una capa. Parecía un ser de muerte salido de la mismísima noche. Spilk sintió un frío tan profundo que le heló los huesos.

—¡Maestro! —susurró ronco.

La figura negra no respondió. Permaneció allí, quieta y mirándole fijamente. El sedt comenzó a hablar nervioso, amontonando las palabras una sobre otra en su prisa por contarlo todo. Contó lo que había sucedido; el extraño de negro, la traición de Slanter y la huida del joven del valle que poseía la voz mágica. Su cuerpo musculado se removía incómodo entre las ataduras que le impedían moverse libremente, y sus palabras eran insuficientes para atajar el miedo que emanaba de su garganta.

—¡Lo intenté, Maestro, lo intenté! ¡Libérame! ¡Por favor, libérame!

Su voz se quebró, y el torrente de palabras decayó hasta volverse silencio. Agachó la cabeza; los sollozos le hicieron convulsionar. Por un instante, la figura de negro quedó inmóvil. Acto seguido, extendió una huesuda mano enfundada en un guante negro y la apoyó en la cabeza del gnomo. Se produjo una explosión de fuego rojo. Spilk articuló un simple pero terrible alarido.

La figura de negro retiró la mano, dio media vuelta y desapareció en la oscuridad de la noche. No hizo el más mínimo ruido a su paso.

En el claro vacío, la forma sin vida de Spilk yacía desplomada, conservando todavía sus ataduras. Sus ojos estaban abiertos, como mirando al vacío.

9

Sobre la imponente y escarpada cordillera de los Dientes del Dragón, el cielo nocturno había pasado de azul oscuro a gris. La luna y las estrellas comenzaban a perder su esplendor y el horizonte, al este, empezaba a prenderse con el fulgor tenue de la aurora.

Los oscuros ojos de Allanon recorrieron el impenetrable muro de montañas que se alzaba ante él. Contemplaba la sucesión de peñascos y picos de monstruosas rocas, yermas y erosionadas por la acción del viento, la lluvia y el hielo. Entonces agachó la mirada con rapidez, casi con ansiedad hacia donde la piedra se dividía ante él. Justo debajo se encontraba el Valle de Esquisto; acceso a la prohibida Sala de los Reyes, hogar de los espíritus de otras épocas. Permaneció en el borde, con las ropas negras ceñidas a su alto y enjuto cuerpo. Su rostro denotaba una aflicción acuciante. Una masa de roca negra, resplandeciente como un cristal oscuro, molida y diseminada, se extendía hasta el valle en forma de senda zigzagueante. En el centro de la roca se vislumbraba un lago, con sus lúgubres aguas teñidas en un enlodado negro verdoso. Su superficie se arremolinaba indolente en un silencio vacío y sin viento. Giraba como un envase repleto de fermentos, removido de forma pausada y mecánica por una mano invisible.

—Padre —murmuró de manera casi imperceptible.

Un repentino crujido de botas pisando la gravilla le hizo girar la cabeza. En ese momento se acordó de sus dos compañeros de viaje, quienes, justo en aquel instante, emergieron de entre las sombras proyectadas por las rocas situadas más abajo y se reunieron con él. Observaron el valle que se extendía al fondo sin pronunciar palabra.

—¿Es este? —preguntó Rone Leah.

Allanon asintió. Percibía la desconfianza en las palabras y en los ojos del joven de las tierras altas. Siempre era obvia, pues no hacía el menor esfuerzo por ocultarla.

—El Valle de Esquisto —dijo el druida lentamente. Acto seguido comenzó a descender por la sinuosa ladera salpicada de rocas—. Debemos apresurarnos.

También en los ojos de la joven del valle se reflejaban la desconfianza y la sospecha, aunque ella sí trataba de disimularlas. La suspicacia siempre acompañaba a quienes viajaban con él hasta aquel lugar. Ya había estado allí con Shea Ohmsford y con Flick en el transcurso de la búsqueda de la espada de Shannara, así como con Wil Ohmsford y la elfa Amberle durante la búsqueda del Fuego de Sangre. Tal vez lo mereciera; la confianza no es algo que se conceda a ciegas, sino que debe ganarse y, para ganarla, uno ha de ser franco y honesto. Él no era así, y quizás nunca podría llegar a serlo. Guardaba secretos que no podían compartirse con nadie, y debía siempre enmascarar la verdad, pues esta no podía decirse, sino que debía aprenderse. Le resultaba difícil guardarse lo que sabía, pero hacer otra cosa supondría traicionar la confianza que se le había entregado y que, con tanto esfuerzo, se había ganado.

Miró hacia atrás un instante para asegurarse de que la joven del valle y el muchacho de las tierras altas le seguían. Después volvió a centrarse en las rocas que se esparcían a sus pies, prosiguiendo el camino en un silencio intencionado. Lo más fácil era renunciar a la confianza que le habían depositado, y revelar todo lo que en realidad sabía acerca del destino de aquellos a los que orientaba; destapar los secretos que poseía, y dejar que los acontecimientos se desarrollasen de manera distinta a la que había previsto.

Pero sabía que nunca lo haría. Respondía ante un código de conducta y del deber mucho más elevado. Era su vida y su propósito. Si para ello debía soportar suspicacias, tendría que hacerlo. Por alto que fuera el precio a pagar por ello, era necesario.

Pero estoy tan cansado, pensó. Padre, estoy muy cansado.

Se detuvo al llegar al valle. La joven vallense y el muchacho de las tierras altas se detuvieron a su lado. Él se volvió para observarlos. Levantó un brazo de entre los ropajes negros y señaló en dirección a las aguas del lago.

—El Cuerno del Hades —susurró—. Mi padre está allí esperando, debo llegar hasta él. Vosotros permaneceréis aquí hasta que os llame. No os mováis; ocurra lo que ocurra, no lo hagáis. A excepción de vosotros dos y yo, aquí moran solo los muertos.

Nadie objetó nada. Asintieron a modo de aceptación, mientras miraban intranquilos hacia las aguas arremolinadas del Cuerno del Hades. El druida escrutó sus rostros un instante; luego se alejó.

Cuando se aproximó al lago le invadió una extraña sensación de expectación, casi como si hubiese concluido un largo viaje. Siempre ocurría así; era la sensación que se siente cuando uno vuelve a casa. Hubo un tiempo en que Paranor había sido la tierra de los druidas. Pero ahora todos los demás se habían ido y Allanon sentía más como su hogar el valle que la Fortaleza de los Druidas. Todas las cosas comenzaban y terminaban allí; era aquí donde regresaba para reencontrarse con el sueño que renovaba su vida cada vez que concluía un viaje a través de las Cuatro Tierras, con su cuerpo mortal suspendido a medio camino entre este mundo y el mundo de la muerte. Aquí los dos mundos se tocaban; un diminuto punto de intersección que le proporcionaba un efímero acceso a todo lo que había sido y todo lo que iba a ser. Y lo más importante de todo: allí estaba su padre.

¡Atrapado, exiliado y esperando la liberación!

Alejó de su mente este pensamiento. Sus ojos oscuros se alzaron brevemente hacia el frágil resplandor del cielo oriental. Después volvió a mirar hacia el lago. Shea Ohmsford ya había estado allí en una ocasión hacía muchos años, con su medio hermano Flick y el resto de miembros del pequeño grupo que buscaba la espada de Shannara. Se profetizó que uno de ellos se perdería, y así sucedió; Shea cayó por las cascadas situadas bajo la Arruga del Dragón. El druida recordó el recelo que los otros habían mostrado hacia él. Aun así, al final se había encariñado con Shea, Flick y Wil Ohmsford. Shea fue casi como un hijo para él. Y tal vez lo hubiese sido, si se le hubiese permitido tener un hijo. Wil Ohmsford fue más bien un compañero de armas, que compartió la responsabilidad en la busca que lograría restituir la vida al árbol Ellcrys y salvar a los elfos.

Su rostro sombrío se arrugó de inquietud. Ahora estaba con Brin, una muchacha cuyo poder superaba con creces el de cualquiera de sus antepasados. ¿Qué sería él para ella?

Llegó a la orilla del lago. Entonces se detuvo. Quedó ensimismado un instante, contemplando las profundas aguas. Acto seguido alzó los brazos hacia el cielo con gran parsimonia y la energía empezó a irradiar de su cuerpo. El Cuerno del Hades comenzó a agitarse de manera inquietante. Las aguas se arremolinaron más y más rápido, comenzando a hervir y sisear mientras columnas de vapor se alzaban hacia el cielo. Todo en torno al druida se estremeció. El valle, desierto, retumbó como si despertase de un largo letargo sin sueños. Entonces se escucharon terribles y sordos gritos saliendo de las profundidades del lago.

Ven a mí, lo convocó el druida sin pronunciar palabra. Sé libre.

Los gritos aumentaron su volumen, estridentes e inhumanos; almas atrapadas clamando por su libertad, debatiéndose por conseguirla. El valle entero se inundó con sus lamentos, y el vapor de las lóbregas aguas del Cuerno del Hades siseó con aguda impaciencia.

¡Ven!

La sombra de Bremen emergió de entre las agitadas aguas oscuras. Su cuerpo esquelético se presentó en forma de gris transparencia, que contrastaba con la oscuridad de la noche. Estaba contraído y menguado por la edad. Aquella terrible figura, ya fuera del agua, se situó junto a Allanon. El druida bajó los brazos lentamente, con sus ropas ceñidas como buscando el calor. Dentro de la capucha, su oscuro rostro se alzó para encontrar los ojos vacuos y ciegos de su padre.

Aquí estoy.

El fantasma levantó sus brazos. A pesar de que ni siquiera llegaron a rozarle, Allanon sintió su abrazo frío como la muerte. La voz de su padre le llegó lenta y pesarosa.

—La época toca a su fin; el círculo está cerrado.

El frío en su interior se intensificó, y lo heló por completo. Las palabras manaron de su boca juntas como una sola y, aunque fue capaz de captarlas todas con una precisión dolorosa, parecían atadas y tensas como los nudos a una cuerda. Las escuchó en desesperado silencio, temeroso como nunca antes lo había estado. Finalmente comprendió lo que estaba destinado a ser, tenía que ser y lo que sería.

Sus duros ojos negros se inundaron de lágrimas.

En un terrorífico silencio, Brin Ohmsford y Rone Leah permanecían en el mismo sitio en el que el druida los había dejado, contemplando cómo el espíritu de Bremen surgía de las profundidades del Cuerno del Hades. Sintieron un intenso helor, no achacable a ningún viento pasajero, pues que no lo había, sino que lo provocaba la presencia de la sombra. Lo observaron juntos, de pie frente a Allanon, con su silueta escuálida cubierta de harapos. De igual modo, vieron que levantaba los brazos como queriendo rodear y arrastrar hacia abajo a la negra figura del druida. No eran capaces de escuchar lo que decía; el aire rugía, cargado de los agudos gritos que el lago había liberado. La roca se estremeció y crujió bajo sus pies. Si hubiesen podido, habrían huido de allí sin mirar atrás. En ese momento estaban convencidos de que la muerte había sido liberada para pasearse junto a ellos.

Entonces, de manera abrupta, todo aquello terminó. El fantasma de Bremen dio media vuelta y se sumergió lentamente en las sórdidas aguas. Los gritos arreciaron y pasaron a ser frenéticos lamentos de angustia justo antes de que el silencio se impusiera de nuevo. El lago se agitó e hirvió durante un instante; después se apaciguó y sus aguas volvieron a su estado previo de sosiego.

En el este, el sol apareció sobre las irregulares cumbres de los Dientes del Dragón. Su luz plateada se dispersó sobre los moribundos espíritus de la noche.

Brin escuchó la respiración agitada de Rone; lo tomó de la mano. Allanon cayó de rodillas, con la cabeza agachada, en la orilla del Cuerno del Hades.

—¡Rone! —exclamó Brin preocupada echando a andar hacia el druida.

El montañés la agarró del brazo, recordando lo que el druida les había dicho, pero ella logró zafarse y corrió hacia el lago. Rone fue tras ella.

Corrieron hacia el druida. Resbalaron al detenerse sobre las rocas sueltas y se inclinaron junto a él. Tenía los ojos cerrados, y una palidez intensa cubría su oscuro rostro. Brin tocó su mano; estaba fría como el hielo. El druida parecía estar en trance. La joven vallense miró a Rone dubitativa. Él le respondió con un gesto de impotencia. Ignorándolo, puso sus manos sobre los hombros del druida y lo sacudió con suavidad.

—Allanon —dijo con suavidad.

Parpadeó. Acto seguido, los ojos opacos del druida se abrieron para encontrarse con los de la muchacha. Por un instante ella fue capaz de ver en el interior del druida; leyó una intensa angustia, miedo y también incredulidad. Quedó tan impresionada que tuvo que apartarse rápidamente de él. Entonces todo aquello que había visto desapareció y dio lugar a la ira.

—Os dije que no os movierais —les reprochó, poniéndose en pie.

—¿Qué ha pasado, Allanon? —interrogó la joven del valle, ignorante de la ira del druida—. ¿Qué es lo que has visto?

El druida no dijo nada. Sus ojos quedaron fijos en las turbias aguas verdes del lago. Ladeó la cabeza lentamente.

—Padre —susurró.

Brin miró fugazmente a Rone. El joven de las tierras altas frunció el entrecejo.

107

Preguntó de nuevo, tirando suavemente de la manga del druida:

—¿Qué te ha dicho?

—Que el tiempo huye de nosotros, vallense —respondió Allanon totalmente inexpresivo—. Que nos dan caza por todos lados, y que será así hasta el final. Ese final está ya escrito, pero no quiso contármelo. Se limitó a decirme que llegará, que tú lo verás, y que eres la salvación y a la vez la destrucción de nuestra causa.

—¿Y eso qué significa, Allanon? —preguntó Brin boquiabierta.

—Lo desconozco —respondió mientras negaba con la cabeza.

—Eso nos es de gran ayuda —intervino Rone, enderezándose y mirando hacia las montañas.

—¿Y qué más te dijo, Allanon? —insistió Brin, mirando al druida sin apartarse de su lado.

—Nada más; eso fue todo —respondió el druida, negando con la cabeza.

¡Mentía! Brin lo supo al instante. Algo más había sucedido entre ellos; algo oscuro y tenebroso que no pensaba revelar. Esto la asustó, pues confirmaba su sospecha de que sería utilizada para un propósito que no alcanzaba a comprender, tal y como había sucedido con su padre y su bisabuelo.

Su mente se centró en las últimas palabras que había dicho el druida. Salvadora y destructora de su causa; ella sería ambas cosas, había dicho el espíritu. Pero ¿cómo era posible eso?

—Me dijo algo más —confesó Allanon de repente. Brin, sin embargo, supo que no se refería a aquello que sentía que les ocultaba—. Paranor ha sucumbido ante los mordíferos. Han logrado abrir sus puertas, y han irrumpido a través de la magia que guarda sus pasadizos. Eso sucedió hace dos noches. Ahora, en sus estancias, andan en busca de las historias de los druidas y los secretos de los antiguos. Utilizarán lo que encuentren para aumentar su poder. —Miró a Brin y después a Rone—. Y lo encontraran, tarde o temprano, si nadie lo impide. Hay que evitar por todos los medios que eso suceda.

—No esperarás que los detengamos *nosotros*, ¿no? —inquirió Rone.

—Nadie más puede hacerlo —respondió el druida, entrecerrando los ojos.

—¿Y cuántos son? —preguntó el joven de las tierras altas, enrojeciendo de ira.

—Una docena de espectros y una compañía de gnomos.

—¿Y vamos a detenerlos nosotros? —Rone no daba crédito a lo que oía—. ¿Brin, tú y yo? ¿Solo nosotros tres? ¿Y cómo se supone que vamos a hacer eso?

Los ojos del druida brillaron con ira de manera repentina. Rone Leah comprendió que se había excedido, pero ya no podía retractarse de lo dicho. Se mantuvo firme cuando el druida se acercó a encararse con él.

—Príncipe de Leah, desde el primer momento has dudado de mí —le dijo—. Lo dejé pasar porque, al fin y al cabo, cuidas de la muchacha; ese es el motivo por el que estás aquí. Pero se acabó:. ¡Tu cuestionamiento constante de mis propósitos y necesidades debe terminar! ¡A las claras veo que tu mente ya está determinada en mi contra!

—Yo no estoy en tu contra, sino a favor de Brin —respondió Rone, manteniendo un tono de voz firme—. Cuando hay conflicto entre tus intereses y los suyos, defiendo los suyos, druida.

—¡Entonces deberás defenderla! —gritó Allanon atronador, mientras le arrebataba al joven montañés la espada de Leah que guardaba en la vaina cruzada a su espalda. Rone palideció, convencido de que el druida se disponía a matarlo: creyó que iba a matarlo. Brin se abalanzó sobre el druida gritando, pero la mano de Allanon se alzó rápidamente para detenerla—. Mantente al margen; este es un asunto entre el príncipe de Leah y yo.

»¿La protegerías del modo en que yo lo haría, joven de las tierras altas? —preguntó el druida con los ojos clavados en Rone—. Si fuera posible, ¿lucharías como mi igual?

Las facciones de Rone se endurecieron en su aterrorizado rostro.

—Lo haría.

—Entonces te daré el poder necesario para ello —repuso Allanon.

Asió con fuerza a Rone por el brazo. Lo llevó sin esfuerzo hasta la orilla del Cuerno del Hades. Allí le devolvió la espada y señaló hacia las turbias aguas verdes.

—Hunde la hoja de la espada en las aguas, sin llegar a introducir la mano ni la empuñadura, príncipe de Leah —le ordenó el druida—. El más mínimo contacto con las aguas del Cuerno del Hades por parte de un mortal significa la muerte instantánea.

Rone lo miró incrédulo.

—¡Hazlo! —gritó brusco el druida.

Rone apretó la mandíbula. Lentamente sumergió la hoja de la espada de Leah, hasta que estuvo por completo bajo la superficie del agua. No le costó esfuerzo alguno, como si el lago no tuviese fondo y la orilla fuera el inicio de una caída vertical. Cuando el metal tocó la superficie del lago, las aguas de su alrededor comenzaron a hervir, siseando y burbujeando como si se tratase de un ácido royendo el metal. A pesar de estar aterrado, Rone se obligó a sí mismo a mantener la hoja dentro del agua.

—Ya está bien —dijo el druida—. Sácala.

Rone la sacó despacio. La hoja, que antes era de hierro pulido, ahora era negra. Las aguas del Cuerno del Hades se habían adherido a su superficie, moviéndose por ella como si tuvieran vida.

—¡Rone! —musitó Brin con horror.

El joven de las tierras altas sostuvo la espada ante sí con firmeza. La hoja permanecía alejada de su cuerpo, y sus ojos estaban fijos en el agua que se agitaba en la superficie de metal.

—¡Ahora mantente firme! —ordenó Allanon, sacando un brazo de entre las vestiduras negras—. ¡No sucumbas, príncipe de Leah!

De sus dedos brotó un fuego azul en forma de afilado rayo. Recorrió la hoja, prendiendo el agua y el metal hasta fundirlos en uno. La llamarada azul fulguró en un estallido de luz ígnea, pero el calor no pasó de la hoja a la empuñadura. Rone sostuvo la espada sin vacilaciones, pero dejó de mirarla, deslumbrado.

Un instante después, el fuego había desaparecido y el brazo del druida había vuelto a sumergirse en sus ropajes. Rone Leah observó la espada; la hoja estaba limpia. Su aspecto era pulido y brillante, y los filos aparecían endurecidos y cortantes.

—Mírala de cerca, príncipe de Leah —le conminó Allanon.

Hizo lo que le dijo. Brin se inclinó junto a él, y ambos escrutaron la superficie negra y deslumbrante. En lo más profundo del metal se agitaban perezosas manchas de turbia luz verde.

—Es la magia de la vida y de la muerte combinadas —dijo Allanon, acercándose a ellos—. Es un poder que ahora es tuyo, joven de las tierras altas. A partir de ahora es tu responsabilidad; ahora eres el protector de Brin Ohmsford tanto como lo soy yo. Tendrás mi mismo poder. La espada te lo proporcionará.

—¿De qué manera? —preguntó Rone susurrante.

—Como sucede con todas las espadas, esta corta y bloquea, pero no carne, sangre, hierro o piedra, sino magia: la magia maligna de los mordíferos. La corta o la bloquea, y así impide que la magia pueda actuar. Ese es tu cometido: debes ser el escudo que proteja a esta muchacha desde ahora hasta que el viaje finalice. Querías protegerla y yo te he dado el poder necesario para que puedas hacerlo.

—Pero ¿por qué... por qué ibas a darme...? —balbuceó Rone.

El druida le dio la espalda y comenzó a alejarse. Rone lo siguió con la mirada, con una mueca de aturdimiento dibujada en el rostro.

—¡Esto no es justo, Allanon! —gritó Brin a la figura que ya se desvanecía. Estaba furiosa por lo que le había hecho a Rone y comenzó a caminar tras él—. ¿Qué derecho tienes...?

No pudo terminar de formular la pregunta. Hubo una terrible explosión que la levantó por los aires y la arrojó al suelo del valle. Un torbellino de fuego rojo rodeó a Allanon. El druida desapareció.

Varios kilómetros al sur, con el cuerpo fatigado y dolorido, Jair Ohmsford dejó atrás las sombras de la noche y se sumergió en un amanecer de brumas espeluznantes y luz escasa. Los árboles y la negrura parecían retirarse, haciéndose a un lado como si fueran una gran cortina. Llegó un nuevo día, que aparecía inmenso y vacío, como una bóveda aberrante de densa niebla que aprisionaba al mundo entre sus impenetrables paredes. Comenzaba a unos cincuenta pasos de donde él se encontraba, y todo lo demás terminaba allí. Miró soñoliento el camino salpicado de madera seca y agua verdosa que se perdía en la niebla, sin entender del todo qué pasaba.

—¿Dónde estamos? —murmuró.

—En la Ciénaga Brumosa —contestó Slanter.

Jair miró al gnomo en silencio. Este le devolvió la mirada con ojos cansados.

—Nos hemos acercado demasiado a sus estribaciones y hemos topado con un banco de niebla —continuó—. Tendremos que volver atrás y rodearlo.

Jair asintió e intentó ordenar sus ideas. Garet Jax, negro y silencioso, apareció de pronto a su lado. Sus ojos, duros y reservados, escrutaron los suyos. Luego se volvió hacia la ciénaga. Sin decir nada, el maestro de armas asintió con la cabeza. El gnomo, de manera instantánea, dio media vuelta, seguido de Jair. No había rastro de fatiga en los ojos de Garet Jax.

Pasaron la noche caminando. Una infinita y agotadora marcha a través de la maraña que conformaban los Robles Negros de la que ahora, en la mente del joven vallense, no quedaba más que un recuerdo borroso y distante, un pequeño fragmento de tiempo que se perdía en la extenuación. Solo su determinación lo mantenía en pie. Incluso el miedo había desaparecido, pues la amenaza no parecía inminente. Tenía la impresión de que incluso se había dormido caminando, pues no era capaz de recordar nada de lo ocurrido. Pero sabía que, en realidad, no habían tenido tiempo para dormir; solo habían andado.

Una mano lo agarró y tiró de él hacia atrás cuando inadvertidamente se acercó demasiado al borde de la ciénaga.

—Mira por dónde andas, joven del valle —le dijo Garet Jax.

Él murmuró una respuesta y continuó adelante torpemente.

—Está exhausto —oyó susurrar a Slanter, aunque no recibió ninguna respuesta.

Se frotó los ojos. El gnomo estaba en lo cierto; ya casi no le quedaban fuerzas. No podría continuar así durante mucho tiempo.

Y aun así lo hizo; continuó caminando durante lo que le parecieron horas. Avanzó a través de la niebla y la penumbra gris con enormes dificultades, oscilando a un lado y a otro detrás de la sólida figura de Slanter, con la consciencia imprecisa pero constante de la presencia cercana de Garet Jax. Perdió la noción del tiempo. Solo era consciente de que aún estaba en pie y de que seguía su camino. Un paso tras otro, un pie, luego otro… Cada vez un esfuerzo separado y distinto. Y el camino no concluía.

Hasta…

—¡Maldito fango! —murmuró Slanter.

De súbito, toda la ciénaga pareció explotar y elevarse. Agua y lodo salieron disparados hacia arriba como un enorme surtidor y cayeron como gotas de lluvia sobre el estupefacto joven del valle. Un rugido crudo y ensordecedor rompió el silencio de la madrugada. Algo enorme se elevó, casi directamente encima de Jair.

—¡Un habitante de los troncos! —oyó aullar a Slanter.

Jair retrocedió tambaleándose. Estaba confuso y asustado, consciente de la enorme y espantosa criatura que tenía frente a él. Su cuerpo escamoso chorreaba agua putrefacta de la ciénaga, sus fauces abiertas dejaban al descubierto enormes dientes y sus miembros acababan en terribles garras. Quiso huir, pero las piernas no le obedecieron; estaban demasiado entumecidas por el cansancio como para responder. La terrorífica criatura se cernía sobre él y su sombra cerraba el paso a la escasa luz del amanecer. Su aliento era fétido y penetrante.

Entonces algo se abalanzó sobre él desde uno de los lados, apartándolo de las garras del monstruo. Algo aturdido, vio a Slanter de pie donde él estaba antes, blandiendo con violencia la espada corta frente a la enorme criatura. Pero aquella era un arma completamente insuficiente; de un simple golpe, el monstruo desarmó al gnomo. Al instante, lo agarró con su enorme zarpa.

—¡Slanter! —gritó Jair mientras intentaba ponerse en pie.

Garet Jax acudió en su ayuda. Saltó como una sombra veloz, introduciendo su bastón negro en la enorme boca de la criatura. Lo clavó con fuerza en el tejido blando de la garganta. El habitante de los troncos bramó de dolor; cerró sus mandíbulas de golpe, partiendo en dos el bastón. Entonces trató de arrancarse con las garras las astillas que habían quedado clavadas en su garganta y tuvo que liberar a Slanter.

Con la espada en la mano, Garet Jax se abalanzó de nuevo sobre la criatura. Con un movimiento tan rápido que Jair apenas se percató, se montó sobre el hombro del monstruo, fuera del alcance de sus ávidas garras, y hundió el metal hasta la empuñadura en la parte baja de la garganta de la criatura. Un chorro de sangre oscura brotó de la herida. El maestro de armas se apartó de un salto. El habitante de los troncos estaba herido de gravedad, como se deducía de sus alarmantes alaridos. Se giró bruscamente y se perdió en la oscura niebla dando tumbos.

Slanter, confundido y tembloroso, trató de incorporarse. Garet Jax se acercó a Jair y lo puso en pie de un tirón. El joven del valle miraba con los ojos muy abiertos al maestro de armas, asombrado.

—¡Nunca había visto... nunca había visto a nadie moverse... tan rápido! —dijo tartamudeando.

Garet Jax lo ignoró. Con una mano fija en el cuello de la túnica, tiró del joven vallense hacia los árboles. Slanter siguió sus pasos a toda prisa.

En cuestión de segundos dejaron atrás el claro.

El fuego rojo ardía en torno al druida, envolviéndolo en espirales carmesí y centelleando de manera tétrica en contraste con la luz grisácea del amanecer. Aturdida y medio cegada por la explosión, Brin se desplomó sobre sus rodillas y se protegió los ojos con la mano. Dentro del fuego, el druida se echó al suelo sobre la resplandeciente roca negra que formaba la superficie del valle. Una sutil aura azul lo mantenía separado de las llamas en las que estaba inmerso. Un escudo, pensó la joven del valle; su protección contra el horror que lo destruiría.

Buscó desesperadamente al responsable de aquel espanto. Lo encontró a menos de veinte metros. Allí, rígida, contrastando con la dorada y frágil luz del sol que se extendía desde el horizonte, había una alta figura negra con los brazos alzados y extendidos, lanzando fuego rojo. ¡Un mordífero! Lo supo de inmediato. Los había alcanzado sin hacer ruido alguno y, con un ataque por sorpresa, había conseguido coger desprevenido al druida. Allanon había sobrevivido gracias a su instinto, pues no había tenido ninguna posibilidad de defenderse.

Brin se levantó de un salto. Comenzó a gritar furiosamente a la negra criatura que atacaba al druida, pero el mordífero ni se inmutó y su fuego rojo siguió emanando en un torrente constante de luz y calor desde sus manos alzadas hacia donde estaba el druida hecho un ovillo. Envolvía el cuerpo de Allanon y arremetía contra la débil coraza azul que lo protegía. Una luz escarlata refulgía en el cielo desde la bruñida superficie de la roca del valle. Todo se tiñó del color de la sangre.

En ese momento Rone Leah dio un salto fugaz, colocándose frente a Brin. Se quedó allí de pie como una bestia a punto de atacar.

—¡Demonio! —gritó con furia.

Alzó la hoja negra de la espada de Leah, sin pararse a reflexionar sobre a quién iba a ayudar, o en la razón por la que ponía su vida en peligro. En ese momento era el bisnieto de Menion Leah, tan rápido y osado como había sido su antepasado, y el instinto había pasado por delante de la razón. Profiriendo el grito de batalla que sus antepasados habían lanzado durante siglos, atacó.

—¡Leah! ¡Leah!

Se abalanzó hacia el fuego, cortando con la espada el círculo que mantenía aprisionado a Allanon. Inmediatamente, las llamas se quebraron como si fueran de cristal y cayeron como esquirlas alrededor de la figura contraída del druida. El fuego continuaba brotando de las manos del mordífero y, del mismo modo en que un imán atrae al hierro, se precipitaba en una curva descendente hacia la hoja esgrimida por el joven montañés. Sin embargo, a pesar de eso, no alcanzaba las manos de Rone; era como si la espada lo absorbiera. El príncipe de Leah se mantenía interpuesto entre el espectro y el druida, con la espada de Leah en posición vertical ante sí. El fuego carmesí danzaba en la hoja.

Allanon se levantó, negro e imponente, como la criatura que lo había mantenido prisionero. Libre de las llamas que lo inmovilizaban, alzó sus delgados brazos desde debajo de sus vestiduras, y un fuego azul irradió de ellas y golpeó al mordífero, al que hizo volar por los aires, lanzándolo hacia atrás como si un ariete lo hubiese golpeado. Las negras vestiduras se ahuecaron en el aire y un alarido terrible y sordo reverberó en la mente de Brin. Una vez más, el fuego del druida estalló, y segundos más tarde el ser negro había quedado reducido a polvo. El fuego se extinguió entre columnas de humo y cenizas, y el Valle de Esquisto volvió a quedar en silencio. Rone bajó la espada de Leah, que emitió un sonido metálico al chocar contra la roca. El joven de las tierras altas bajó la cabeza; sus ojos brillaban aturdidos en busca de Brin. Ella se acercó y lo envolvió entre sus brazos.

—Brin —susurró Rone—. Esta espada... el poder...

No pudo terminar la frase; Allanon apoyó su mano sobre el hombro del joven en muestra de agradecimiento.

—No temas, príncipe de Leah —lo interrumpió con voz cansada pero reconfortante—. El poder te pertenece por derecho propio; lo acabas de demostrar. Eres el verdadero protector de la joven del valle... y, al menos en esta ocasión, también el mío.

Mantuvo su mano apoyada unos instantes sobre el hombro del joven de las tierras altas. Después el druida anduvo hacia el camino que les había llevado hasta allí.

—Solo había un mordífero —dijo, girándose hacia ellos—. Si no ser así, ya habríamos visto a los otros. Vayámonos; nuestra misión aquí ha concluido.

—Allanon... —comenzó a decir Brin detrás de él.

—Vamos, muchacha. Nos quedamos sin tiempo. Paranor necesita toda la ayuda que podamos ofrecerle; debemos ir cuanto antes.

Empezó a subir por el camino que salía del valle sin mirar atrás. Brin y Rone Leah siguieron sus pasos resignados y en silencio.

10

Al mediodía, Jair y sus compañeros salieron de los Robles Negros. Frente a ellos se expandía un paisaje ondulante de colinas al norte y llanuras al sur. No lo contemplaron durante mucho rato; exhaustos casi hasta el punto de perder el conocimiento, solo lo escudriñaron el tiempo suficiente para localizar un grupo de arces escarlata de hoja ancha en el que refugiarse. Al poco, estaban profundamente dormidos.

Jair no supo si alguno de sus compañeros se había quedado vigilando mientras él dormía, pero fue Garet Jax quien lo despertó con el atardecer ya muy avanzado. Todavía inquieto por encontrarse demasiado cerca de la Ciénaga Brumosa y de los Robles Negros, el maestro de armas quería encontrar un lugar más seguro en el que pasar la noche. Puesto que las Tierras Bajas de Monte Batalla eran muy peligrosas, se encaminaron al norte, en dirección a las colinas. Más o menos recuperados tras medio día de descanso, siguieron caminando hasta la medianoche. Entonces acamparon en una arboleda de frutales silvestres invadida parcialmente por la maleza. Esta vez, Jair insistió en que los tres debían turnarse la guardia.

Al día siguiente siguieron hacia le norte. A última hora de la tarde llegaron al río de Plata. Claro y resplandeciente a la luz crepuscular, zigzagueaba en su camino hacia el oeste a través de sus orillas colmadas de árboles y bancos rocosos. Durante varias horas, los tres viajeros siguieron el curso del río hacia el Anar, en dirección este. Al caer la noche ya estaban bastante lejos de la Ciénaga Brumosa y de los Robles Negros. No se cruzaron con ningún otro viajero a lo largo de su marcha ni descubrieron rastro alguno de gnomos o caminantes negros. Parecía que, al menos de momento, no les seguía nadie.

Era de noche de nuevo cuando llegaron a un pequeño espacio protegido por arces y nogales, en una loma junto al río. Instalaron allí el campamento. Decidieron correr el riesgo de encender una pequeña hoguera e hicieron un pequeño fuego sin apenas humo, lo que les permitió comer algo caliente. Se quedaron observando cómo languidecían las brasas hasta convertirse en ceniza. La noche era clara y suave. Sobre sus cabezas, las estrellas comenzaban a resplandecer, agrupadas en brillantes motivos que destacaban sobre el oscuro telón abovedado. Los pájaros nocturnos cantaban y los insectos zumbaban a su alrededor. El sutil discurso de las aguas del río se oía en la distancia, y las hojas secas y los arbustos desprendían un olor melifluo y húmedo en la fría oscuridad.

—Creo que voy a recoger un poco de leña —dijo Slanter, que guardaba silencio hacía ya un rato.

Se levantó con lentitud.

—Yo te ayudo —dijo Jair.

—¿Te he pedido ayuda? —inquirió el gnomo, mirándole molesto—. No necesito que nadie me ayude a recoger leña, muchacho. —Acto seguido se adentró en la oscuridad con gesto huraño.

Jair cruzó sus brazos sobre el pecho y se recostó de nuevo. Aquello representaba el modo en que habían ido las cosas desde que los tres iniciaran la marcha; nadie decía demasiado sobre nada en concreto y, cuando tenían que hacerlo, era en aquel tono brusco y desagradable. Con Garet Jax no importaba, pues era de naturaleza taciturna, y que presentara aquella reticencia a comunicarse era algo que podía suponerse. Pero Slanter era un tipo locuaz, y su actitud reservada resultaba inquietante. Jair lo prefería como se había mostrado previamente: efusivo, directo y sincero. Pero ahora ya no era así. Parecía retraído, como si le resultara desagradable viajar con Jair.

Bueno, y de algún modo lo era, supuso el joven del valle tras recapacitar brevemente en el asunto. Al fin y al cabo, en un primer momento Slanter no había querido hacer aquel viaje. Solo lo había emprendido tras haber sido presionado por él. Y ahora aquí estaba: un gnomo viajando con un muchacho que había sido su prisionero y con otro hombre del que no se fiaba un pelo. Y todo con el único propósito de que ambos llegaran a salvo a un pueblo que estaba en guerra con el suyo. Y no habría hecho nada de todo esto de no ser porque al ayudar a Jair había puesto en entredicho su lealtad, lo que lo convertía, a ojos de los suyos, en un marginado.

Y luego estaba el asunto del habitante de los troncos. Slanter lo había ayudado en un acto de gallardía que aún le desconcertaba pues, al fin y al cabo, no dejaba de ser un episodio inesperado viniendo de alguien tan tremendamente oportunista y egoísta como el gnomo. Había fallado en su intento de frenar al habitante de los troncos y se había convertido en víctima, viéndose forzado a tener que confiar en

Garet Jax para conservar la vida. Tal vez esa fuera la causa por la que se mostraba molesto. Slanter era un rastreador, y los rastreadores eran una raza orgullosa. Eran ellos quienes, en teoría, debían proteger a la gente que guiaban, y no a la inversa.

El fuego crepitó de repente, llamando su atención. A una docena de pasos, apoyado contra un viejo tronco, Garet Jax se estiró y alzó la vista. Sus misteriosos ojos se toparon con los de Jair. Este se sorprendió de nuevo por el carácter del maestro de armas.

—Supongo que debería agradecerte una vez más el haberme salvado de esa cosa en la ciénaga —le dijo mientras se llevaba las rodillas al pecho.

Garet Jax miró de nuevo hacia el fuego. Jair esperó un momento, pensando si debía añadir algo más.

—¿Puedo hacerte una pregunta? —dijo al fin.

El maestro de armas gesticuló con indiferencia.

—¿Por qué me salvaste? Y no me refiero a la criatura de la Ciénaga Brumosa, sino antes, de los gnomos que me habían capturado. —La dura mirada del hombre volvió a clavarse en él. Se dispuso a proseguir para no darle espacio al arrepentimiento—. Es simplemente que no acabo de entender el motivo; al fin y al cabo, no me conocías. Podrías haber seguido tu camino.

—Y es lo que hice —respondió Garet Jax, encogiéndose de hombros.

—¿A qué te refieres?

—Que mi camino era el tuyo; eso es lo que quiero decir.

—Pero tú no sabías adónde nos dirigíamos —insistió Jair, frunciendo el ceño.

—Al este. ¿Hacia qué otra dirección podía dirigirse una patrulla de gnomos con un prisionero?

Jair se mostró todavía más confuso; no podía discutir aquella deducción, pero aun así, nada de lo que había dicho el maestro de armas explicaba por qué se había molestado en rescatarlo.

—Sigo sin entenderlo —insistió.

—Está claro que no te parezco alguien demasiado altruista ni generoso, ¿verdad? —inquirió el maestro de armas, sonriendo levemente.

—No he dicho eso.

—No hacía falta. Pero, en cualquier caso, sí: tienes razón. No lo soy.

Jair dudó, mirándole inquisitivamente.

—Digo que no lo soy —repitió Garet Jax. Su melancólica sonrisa se había esfumado—. No hubiera vivido tanto tiempo si lo fuese. Y mantenerme con vida es lo que mejor se me da.

Un largo silencio siguió a sus palabras. Jair no sabía cómo proseguir con aquella conversación. El maestro de armas se echó hacia delante, inclinándose hacia el calor del fuego.

—Pero tú me interesas —dijo con pausa. Su mirada se detuvo en Jair—. Supongo que por eso te rescaté. Me interesas, y pocas cosas quedan ya que me interesen...

Su voz se apagó. Una mirada distante se perfiló en sus ojos. Pero solo un segundo después ya se había esfumado; ahora estudiaba de nuevo a Jair.

—Allí estabas tú: atado, amordazado y vigilado por una patrulla de gnomos armados hasta los dientes. Eso me intrigó. Quería saber qué hacía que te temieran tanto. —Se encogió de hombros—. Así que pensé que valdría la pena liberarte.

Jair lo miró. ¿Curiosidad? ¿Por eso había acudido en su ayuda Garet Jax? ¿Por curiosidad? No, pensó: había algo más.

—Temían mi magia —dijo de repente—. ¿Te gustaría ver cómo funciona?

—Tal vez luego —respondió Garet Jax mientras miraba al fuego fijamente—. El viaje aún no ha concluido.

No parecía tener el más mínimo interés por el tema.

—¿Es por eso que llevas contigo a Culhaven? —insistió el joven del valle.

—En parte —respondió misterioso.

Jair lo miró inquieto.

—¿En parte? ¿Cuáles son las otras razones?

El maestro de armas no respondió; ni siquiera lo miró. Simplemente se recostó contra el tronco caído, se envolvió en su manto negro y se centró en las llamas de la hoguera.

—¿Y qué pasa con Slanter? —preguntó Jair, intentando una aproximación distinta—. ¿Por qué lo ayudaste? Podías haberlo dejado en manos del terrible habitante de los troncos.

—Podría haberlo hecho —respondió Garet Jax suspirando—. ¿Te habría hecho eso más feliz?

—Claro que no. ¿A qué te refieres?

—Parece ser que crees que soy un hombre que no hace nada por nadie si no espera obtener algo a cambio. No deberías creer todo lo que escuchas; eres joven, pero no idiota.

Jair se sonrojó, abochornado.

—Bueno, pero a ti no te gusta mucho Slanter, ¿no es cierto?

—No le conozco lo suficiente como para que me guste o deje de gustarme —respondió Garet Jax—. He de admitir que no les tengo un cariño especial a los gnomos. Pero también es cierto que Slanter se puso dos veces en peligro por tu causa; eso lo convirtió en alguien digno de ser salvado —miró a Jair de reojo—. Además, a ti te gusta y no quieres que le ocurra nada malo, ¿no es así?

—Sí. Tienes razón.

—Bueno, eso también parece bastante curioso, ¿no crees? Como te he dicho antes, me generas interés.

—Tú también me interesas —respondió Jair, tras reflexionarlo unos instantes.

—¡Bien! Siendo así, ambos tendremos algo en qué pensar de camino a Culhaven.

Garet Jax se dio la vuelta y dio por concluida la conversación; Jair hizo lo mismo. La explicación del maestro de armas sobre por qué los había ayudado a él y a Slanter seguía sin convencerlo, pero resultaba obvio que aquella noche no sacaría nada en claro. Garet Jax era un enigma difícil de resolver.

El fuego ya casi se había extinguido cuando Jair se percató de que Slanter aún no había regresado con la leña. Tras dudar un instante, se giró hacia Garet Jax.

—¿No le habrá pasado algo a Slanter, no? —preguntó—. Se fue hace ya un buen rato.

—Sabe cuidar de sí mismo —respondió el maestro de armas, negando con la cabeza. Se levantó y pisó las ascuas hasta que se apagaron—. Ya no necesitamos el fuego.

Volvió junto al tronco caído, se acomodó junto a él, se envolvió en su capa y se durmió enseguida. Jair se quedó en silencio escuchando la pesada respiración de Garet Jax. Su vista permaneció clavada en la oscuridad. Finalmente él también se envolvió en su capa y se dispuso a dormir. Todavía estaba un poco preocupado por Slanter, pero supuso que el maestro de armas estaba en lo cierto al afirmar que sabría cuidar de sí mismo. Además, estaba exhausto. Respiró profundamente el aire cálido de la noche y cerró los ojos. Por un instante su mente vagó libre; se encontró pensando en Brin, Rone y Allanon, e interrogándose sobre dónde estarían.

Poco después sus pensamientos se dispersaron y se durmió.

Sobre una elevación desde la que se dominaba el río de Plata, agazapado entre las sombras de un viejo sauce, Slanter también meditaba.

Creía que el momento de marcharse había llegado; los había acompañado hasta allí porque el condenado muchacho le había hecho sentir vergüenza y casi le había obligado. ¡Le había ofrecido un soborno! Como si fuera a rebajarse a aceptar sobornos de muchachos. No obstante, creía que lo había hecho con buena intención. Sinceramente deseaba su compañía, y él apreciaba eso. Era un tipo duro, ese joven.

Se hizo un ovillo y se abrazó las rodillas mientras pensaba. Sin embargo, era insensato seguir con esta misión. Iba directo hacia los dominios de sus enemigos. Los enanos, claro está, no eran sus enemigos personales; no le preocupaban lo más mínimo. Pero en ese preciso instante estaban en guerra con las tribus de gnomos y dudaba de que sus sentimientos personales hacia ellos fueran a importarles un comino. En aquellas circunstancias, les bastaría con ver que era un gnomo.

Negó con la cabeza. El riesgo era demasiado grande, y todo por aquel muchacho que, con toda probabilidad, cambiaba su forma de pensar a diario. Además, se había comprometido a acompañarlo solo hasta los confines del Anar, y ya casi habían llegado. Al día siguiente, cuando anocheciese, llegarían a los bosques. Había cumplido su parte del trato.

Bien. Respiró hondo y se puso en pie; la hora de partir había llegado. Siempre había vivido así, al modo de los rastreadores. Puede que el muchacho se sintiese triste al principio, pero se sobrepondría enseguida. Además, dudaba de que fuera a correr grandes peligros estando al cuidado de Garet Jax. Quizá incluso estuviera mejor sin él.

Meneó la cabeza con irritación; ya no había motivos para llamar muchacho a Jair. Era mayor de lo que él había sido cuando se marchó de casa. Si él pudo cuidar de sí mismo, Jair también sería capaz. No necesitaba a Slanter, ni al maestro de armas, ni a nadie en absoluto. No mientras dispusiera de esa magia para protegerse.

Slanter todavía vaciló un instante, valorando los pros y contras. No podría aprender nada sobre la magia, claro; eso era una pena. La magia lo intrigaba, la forma en que la voz del joven podía... No: la decisión ya estaba tomada. Un gnomo en la Tierra del Este no tenía nada que hacer cerca de los enanos; estaría mejor entre su propia gente... pero ahora tampoco contaba con esa opción. Lo mejor que podía hacer era regresar al campamento, recoger sus cosas, cruzar el río y encaminarse al norte, hacia las tierras fronterizas.

Frunció el ceño. Tal vez era que el joven del valle parecía solo un muchacho...

¡Slanter, no te detengas!

Se levantó con rapidez, esfumándose entre las sombras de la noche.

Los sueños inundaron las horas de descanso de Jair. Cabalgaba por las colinas a lomos de un caballo, atravesando praderas y bosques oscuros e insondables. El viento silbaba en sus oídos. Brin iba a su lado, con su larga melena negra como la noche ondeando al viento. No intercambiaban palabras, aunque cada uno conocía a la perfección los pensamientos del otro. Cabalgaban sin descanso atravesando paisajes vibrantes, salvajes e inmensos que nunca antes habían visto. El peligro acechaba por todas partes: un habitante de los troncos, enorme y pestilente; gnomos de rostros amarillos con aviesas intenciones; mordíferos con formas espectrales, indeterminadas y pavorosas deslizándose en la oscuridad. Además, había otros: seres informes que solo podían sentirse. La opresión de su presencia era todavía más terrible que cualquier rostro que pudiera verse. Aquellos seres malignos querían atraparlos y desgarraban el aire con sus zarpas y mandíbulas. Sus ojos brillaban como brasas ardientes en la noche más oscura. Las criaturas trataban de abatirlos de sus monturas para arrancarles la vida. Pero siempre eran demasiado lentas; siempre llegaban unos segundos tarde, y los veloces caballos ponían a Jair y a Brin fuera de su alcance.

Pero la persecución nunca terminaba; continuaba en una carrera interminable hacia el horizonte a través de unos campos. A pesar de que las criaturas nunca conseguían alcanzarlos, siempre surgían otras nuevas, agazapadas a lo largo del camino. Al principio rebosaban entusiasmo; llenos de vida, libres... nada podía tocarlos. Hermano y hermana, capaces de superar cualquier cosa que tratara de derribarlos. Pero tiempo después la cosa cambió. Se produjo una transformación que fue embargándoles de manera insidiosa y paulatina, hasta que finalmente alcanzó su interior. Supieron entonces cuál era su misión. Aquella sensación no tenía nombre; les susurró lo que debía suceder: no podrían zafarse de aquellos seres que les perseguían porque eran parte de ellos mismos. Ningún caballo, por rápido que fuera, podría llevarlos a un lugar seguro. Mirad lo que son, susurró la voz, y veréis la verdad.

¡Vuela!, gritó furioso Jair. Apremió a su caballo para que galopara más rápido. Pero la voz seguía murmurando en su oído, y el cielo se oscurecía a su alrededor. El color de la tierra se desvanecía y todo quedaba gris y sin vida. ¡Vuela!, gritó de nuevo. Se giró hacia Brin, sintiendo en cierto modo que tenía problemas. Entonces se apoderó de él un sentimiento de horror: Brin ya no estaba allí. Había sido alcanzada y devorada por un terrible monstruo que se acercaba... se acercaba... Jair despertó de golpe. Su cara chorreaba sudor y sus ropas estaban empapadas bajo la capa que lo envolvía. Las estrellas relucían levemente sobre su cabeza y la noche era tranquila y apacible. Pero aquel sueño, vívido e intenso, todavía persistía en su mente.

Solo entonces se percató de que el fuego volvía a arder con fuerza. Sus llamas crepitaban en la oscuridad sobre leña nueva; alguien lo había vuelto a encender.

¿Slanter?

Se quitó la capa con premura y se incorporó. Sus ojos observaron a su alrededor expectantes; Slanter no estaba en ninguna parte. A unos metros de él Garet Jax dormía plácidamente. Nada, a excepción del fuego, había cambiado.

Entonces una figura emergió de la oscuridad de la noche. Era un anciano enjuto y de aspecto quebradizo, con la espalda encorvada y vestido de blanco. Sus cabellos y su barba plateados enmarcaban un rostro amable y curtido. Andaba apoyándose en un bastón. Sonriendo con afecto, se acercó a la luz y se detuvo.

—Hola, Jair —saludó.

El joven vallense lo miró anonadado.

—Hola —respondió finalmente.

—Ya sabes que los sueños pueden ser visiones de lo que está por venir, así como advertencias sobre lo que debemos evitar.

Jair se quedó mudo. El anciano se volvió y se acercó al fuego. Avanzó con cautela hasta que quedó frente al joven del valle. Entonces se sentó en el suelo.

—¿Sabes quién soy, Jair? —preguntó el anciano. Su voz era poco más que un leve murmullo—. Deja que tu memoria hable.

—No lo... —empezó a decir Jair, parándose en seco; pareció como si la pregunta hubiese desencadenado algo en su interior. Supo entonces quién era aquel hombre que se sentaba frente a él.

—Di mi nombre —le dijo el anciano con sonrisa cordial.

—Eres el rey del río de Plata —respondió Jair tragando saliva.

—Ese soy yo —respondió el anciano asintiendo—. Y también soy tu amigo, como lo fui un día de tu padre y antes de tu bisabuelo. Hombres cuyas vidas persiguieron un propósito, entregados a la tierra y a lo que la tierra necesitaba.

Jair lo miraba totalmente en silencio. De repente reparó en Garet Jax, que dormía a su lado. ¿Se despertaría?

—Dormirá mientras hablamos —respondió el rey del río de Plata a su pregunta no formulada—. No nos molestará nadie esta noche, niño de la vida.

¿Niño? Jair se ofendió. Pero al cabo de un instante su enojo se había esfumado, desplazado por los sentimientos que evocaba la expresión que reflejaba el rostro del anciano: bondad, amabilidad, amor. No cabía el enfado o la ira frente a aquel anciano. Solo el respeto.

—Ahora escúchame —susurró el anciano—. Te necesito, Jair. Deja que tus pensamientos tengan ojos y oídos para que puedas entenderme.

Entonces le pareció que todo a su alrededor se disolvía. En su mente comenzaron a formarse imágenes diversas. Escuchaba la voz del anciano, que mediante palabras misteriosamente pausadas y tristes daba vida a las visiones que se construían frente a él.

Los bosques del Anar se aparecieron ante sus ojos. Se hallaba en las montañas del Cuerno del Cuervo, un macizo vasto e irregular que se alzaba negro y desolado bajo un sol púrpura. El río de Plata zigzagueaba entre las montañas; una franja delgada y reluciente de luz que contrastaba con la oscura roca. Siguió hacia arriba el curso del río, adentrándose en las montañas, hasta que alcanzó el lugar donde nacía, en la cumbre de un solitario e imponente pico. Surgía de una oquedad, brotando sus aguas de las profundidades de la tierra, para acto seguido ascender por la roca, desaguar e iniciar su largo viaje hacia el oeste.

Pero había algo más al otro lado de aquella oquedad. Bajo el pico, escondida entre la niebla y la oscuridad, había una gran depresión circundada por abruptos muros de roca. La depresión y el pico se comunicaban a través de una escalera larga y sinuosa; una fina cinta de piedra que se elevaba en espiral. Los mordíferos caminaban por allí con oscuros propósitos. Avanzaron una tras otro hasta que alcanzaron la cima. Una vez en el pico se pusieron en una hilera, hombro con hombro, y dirigieron sus miradas hacia las aguas del pozo. Acto seguido avanzaron juntos como si fueran un solo ser y tocaron el agua con sus manos, contaminándola al instante; su aspecto cristalino se tornó en un color negro repugnante. Fluyó desde las montañas hacia el oeste, a través de los grandes bosques del Anar donde moraban los enanos. Luego siguió su curso hacia la tierra del rey del río de Plata y luego hasta Jair...

¡Envenenado! Esta palabra tomó cuerpo en forma de grito en la mente del joven del valle. El río de Plata había sido envenenado y la tierra estaba muriendo...

Las imágenes se esfumaron. Jair parpadeó; el anciano estaba de nuevo frente a él, y en su rostro curtido se esbozaba una tímida sonrisa.

—Desde las entrañas del Maelmord, los caminantes negros ascendieron por el camino que ellos denominan Croagh hasta la Fuente Celeste, el manantial que da vida al río de Plata —susurró—. Poco a poco, el veneno se ha extendido. Ahora existe el riesgo de que las aguas se emponzoñen por completo. Cuando eso ocurra, Jair Ohmsford, toda la vida que depende y sustenta el río de Plata, desde el Anar hasta el Lago del Arco Iris, se extinguirá.

—Pero ¿no puedes detenerlos? —preguntó consternado el joven del valle, con una mueca de disgusto en el rostro al rememorar lo que acababa de ver—. ¿No puedes detenerlos antes de que sea demasiado tarde? ¡Seguro que eres más poderoso que ellos!

—Así es en mi propia tierra —respondió el rey del río de Plata tras un largo suspiro—. Pero solo allí; fuera pierdo las fuerzas. Hago todo lo que puedo por mantener las aguas limpias dentro del país del río de Plata, pero no puedo hacer nada más allá de sus fronteras. Tampoco tengo el suficiente poder para contrarrestar de manera indefinida el veneno que se filtra corriente abajo. Tarde o temprano, fallaré.

Se produjo un momento de silencio. Los dos cruzaron sus miradas a la luz oscilante de la hoguera. La mente de Jair iba a toda velocidad.

—¿Y qué pasa con Brin? —dijo de repente—. Allanon y ella se dirigen ahora mismo hacia la fuente del poder de los espectros para destruirla. Cuando lo hayan logrado, ¿no cesará el envenenamiento?

—El druida y tu hermana han aparecido en mis sueños —respondió el anciano mientras miraba fijamente a los ojos del joven del valle—. Fracasarán. Son como hojas mecidas por el viento. Los dos se perderán.

Jair se quedó helado. Miró en silencio al anciano. ¡Perdida! Brin, desaparecida para siempre...

—No —farfulló el anciano—. Te equivocas; ella tiene posibilidades de salvarse. Tú puedes salvarla.

—¿De qué manera? —preguntó Jair.

—Debes ir a buscarla.

—¡Pero no sé dónde está!

—Debes ir adonde sabes que va a estar. Te he elegido a ti para que ocupes mi lugar como salvador de la tierra y de su vida. Como sabes, hay hilos que nos unen a todos, pero ahora mismo están enmarañados. El que tú sostienes es el único que puede desenredar el resto.

Jair no entendió lo que el anciano decía, aunque no le importó. Solo quería ayudar a Brin.

—Dime qué debo hacer.

—Para empezar, deberás entregarme las piedras élficas —respondió el anciano asintiendo con la cabeza.

¡Las piedras élficas! Jair se había olvidado una vez más de que las tenía consigo. ¡Su magia era lo que necesitaba para contrarrestar a los mordíferos y destruir cualquier demonio que tratara de detenerlo!

—¿Puedes hacer que funcionen conmigo? —preguntó el joven del valle con precipitación, extrayéndolas de su túnica—. ¿Puedes mostrarme cómo desbloquear su poder?

—No puedo —respondió el Rey negando con la cabeza—. Su poder no te pertenece. Solo funciona con aquellos a los que se les haya entregado la magia de manera libre. Y ese no es tu caso.

Jair se echó hacia atrás abatido.

—Entonces, ¿qué voy a hacer? —preguntó—. ¿Para qué sirven las piedras si...?

—Pueden ser de gran utilidad, Jair —lo interrumpió el anciano—. Pero primero debes entregármelas y renunciar a ellas para siempre.

Jair lo miró receloso. Por primera vez desde que se apareciera ante él, desconfió de sus intenciones. Había arriesgado la vida para sacar las piedras élficas del interior de su casa. Las había protegido una y otra vez, con el único propósito de encontrar la forma de emplearlas y ayudar a su familia contra los mordíferos. Y ahora le estaba pidiendo que le entregara la única arma real con que contaba. ¿Cómo iba a hacer eso?

—Entrégamelas —repitió el anciano de manera amable.

Jair se debatió un instante entre conservarlas o entregarlas pero, finalmente, se las dio a regañadientes al rey del río de Plata.

—Bien hecho —dijo el anciano—. Eres juicioso, y tienes un carácter digno de tus antepasados. Te he elegido precisamente por poseer dichas cualidades. Gracias a ellas estarás a salvo.

El anciano guardó las piedras élficas en un pliegue de sus vestiduras y extrajo de él una bolsita.

—Este saquito contiene polvo de plata —prosiguió—. Devolverá la vida a las aguas del río de Plata. Debes llevarlo hasta la Fuente Celeste y derramarlo en las aguas envenenadas. En cuanto lo hagas, el río recobrará su pureza. Entonces encontrarás el modo de que tu hermana vuelva a ser ella misma.

¿Que vuelva a ser ella misma? Jair negó con la cabeza para mostrar su incomprensión. ¿Qué quería decir eso?

—Ella se perderá a sí misma. —El rey del río de Plata parecía capaz de nuevo de leer sus pensamientos—. Tuya es la voz que la ayudará a encontrar el camino de vuelta.

Jair seguía todavía sin entenderlo. Comenzó a hacer preguntas, pero el anciano le mandó callar llevándose el dedo a los labios.

—Escucha lo que voy a decirte. —Extendió su brazo delgado hacia él y puso en sus manos el saquito con el polvo de plata—. Ahora hay un vínculo entre nosotros. Una confianza mutua. Gracias a eso, nuestra magia también es de ambos. Tu magia es tan inútil para ti, como lo es para mí la mía. Por eso me quedo la tuya y te entrego la mía.

Introdujo de nuevo la mano en sus ropajes.

—Las piedras élficas son tres —continuó—: una para la mente, otra para el cuerpo y la tercera para el corazón. Son magias que se entrecruzan, y de ese modo conforman el poder de las piedras. Por tanto, deberás recibir tres magias.

En su mano apareció un cristal brillante pendiente de una cadena plateada. Se la entregó a Jair.

—Para la mente, un cristal de la visión. Cántale y te mostrará el rostro de tu hermana esté donde esté. Empléalo cuando quieras saber qué está haciendo. Y tendrás necesidad de saberlo, pues debes llegar a la Fuente Celeste antes de que ella alcance el Maelmord.

A continuación posó su mano sobre el hombro de Jair.

—Para el cuerpo, fuerza para sobreponerte a los problemas que puedan surgir en tu viaje al este, y para combatir los peligros que te asediarán. Deberás encontrar esa fuerza en aquellos que viajen contigo, por lo que no deberás realizar ese viaje a solas. Un toque de magia, entonces, para cada uno. Empieza y concluye aquí. —Señaló a Garet Jax, que continuaba dormido—. Cuando lo necesites, estará a tu lado; te protegerá hasta que alcances la Fuente Celeste.

»Y finalmente, niño, la magia final para el corazón. Será la de mayor utilidad —continuó el anciano volviéndose de nuevo hacia Jair—. Solo podrás recurrir una vez a la Canción de los Deseos. Y no para obtener ilusión, sino realidad. Es la magia que salvará a tu hermana. Úsala cuando te encuentres en la Fuente Celeste.

—Pero ¿cómo debo hacerlo? —preguntó Jair—. ¿Qué debo hacer?

—No puedo decirte algo que deberás decidir tú mismo —respondió el rey del río de Plata—. Cuando hayas derramado el polvo de plata en la Fuente Celeste y las aguas vuelvan a estar claras y limpias, acto seguido arroja al río también el cristal de la visión. Allí encontrarás la respuesta.

»Pero ten cuidado —se inclinó hacia delante, alzando su frágil mano—. Debes alcanzar la Fuente antes de que tu hermana entre en Maelmord. Está escrito que será así, pues la fe del druida en la magia de ella es muy fuerte. Deberás estar allí cuando eso suceda.

—Lo estaré —afirmó Jair, agarrando con fuerza el cristal de la visión.

—He depositado toda mi confianza en ti —dijo el anciano, asintiendo—. Las tierras y las razas dependen ahora de ti; no debes fallarles. Tienes valor y serás leal a tu misión. Repítelo, Jair.

—Seré leal —dijo el joven del valle.

El rey del río de Plata se levantó con cautela, como si fuera un fantasma en la noche. Una enorme fatiga embargó de repente al joven del valle. Se vio obligado a abrigarse con su capa de viaje. El calor y el confort penetraron en su cuerpo lentamente.

—Tú, sobre todo, formas parte de mí —oyó que decía el anciano con palabras débiles y distantes—. Niño de la vida, la magia te hace esto; todo cambia, pero el pasado continúa hacia adelante y se convierte en lo que ha de ser. Así es como sucedió con tu bisabuelo y con tu padre, y así ocurre contigo.

Se estaba desvaneciendo, como el humo a la luz del fuego. Jair trató de seguirlo con la vista, pero sus ojos estaban tan nublados por el sueño que no pudo enfocarlos bien.

—Cuando despiertes, todo será como hasta ahora, salvo por mi visita. Ahora duerme, niño; queda en paz.

Los ojos de Jair se cerraron. Acto seguido se durmió.

11

Cuando Jair despertó, hacía tiempo que había amanecido. Los rayos del sol acariciaban desde un despejado cielo azul la tierra todavía húmeda por el rocío. Se desperezó con desgana y respiró el olor del pan y la carne cocinados al fuego. De rodillas junto a la hoguera del campamento, de espaldas al joven del valle, Garet Jax preparaba el desayuno. Jair miró a su alrededor. No vio a Slanter por ningún lado.

Todo será como hasta ahora...

Recordó de repente todo lo que había ocurrido la noche anterior y sintió miedo. El rey del río de Plata... ¿o tal vez no había sido más que un sueño? Miró sus manos; no tenía ningún cristal de la visión. Cuando se había dormido lo tenía en sus manos... suponiendo que existiese. Palpó el suelo buscándolo. Luego se sacudió la capa con el mismo propósito... nada. Había sido solo un sueño. Rebuscó apresuradamente en los bolsillos de su túnica. En uno encontró un bulto del tamaño del saco donde guardaba las piedras élficas... ¿o era la bolsita con el polvo de plata? Cacheó el resto de su cuerpo con las manos.

—¿Qué buscas?

Levantó la cabeza y vio que Garex Jax estaba mirándolo.

—No, yo solo... —balbució, negando como quien se excusa.

Entonces sus ojos detectaron un resplandor metálico sobre su pecho, justo en la parte donde se abría la túnica. Miró hacia abajo, inclinando la barbilla hacia atrás. Era una cadena de plata.

—¿Quieres algo de comer? —le preguntó Garet.

Jair no le escuchó. Después de todo no había sido un sueño, sino algo real; todo había sucedido justo como recordaba. Pasó la mano por la cadena de plata hasta llegar al cristal que colgaba de ella.

—Pero ¿quieres algo de comer o no? —repitió Garet Jax con tono de impaciencia.

—Sí... sí, claro —respondió Jair, acercándose al maestro de armas. Este le pasó un plato con comida del caldero. El joven del valle comenzó a comer, ocultando la excitación que sentía.

—¿Dónde está Slanter? —preguntó poco después, al recordar de nuevo al gnomo ausente.

Garex Jax se escogió de hombros.

—No ha regresado —respondió—. He explorado los alrededores antes de preparar el desayuno. Sus huellas llegan hasta el río y luego giran hacia el oeste.

—¿Al oeste? —Jair paró de comer—. Pero si ese no es el camino hacia el Anar.

El maestro de armas asintió.

—Me temo que tu amigo ha decidido que ya nos había acompañado demasiado. Ese es el principal problema con los gnomos; que no son de fiar.

Jair sintió una punzada de desilusión. Slanter había decidido seguir su propio camino, eso le parecía bien. Pero ¿por qué tenía que haberse escabullido de esa manera? ¿Por qué no había dicho nada? Pensó en ello un momento más. Después se forzó a continuar comiendo y trató de apartar de su mente el desencanto. Tenía cosas más urgentes de las que ocuparse esa mañana.

Pensó de nuevo en todo lo que le había dicho el rey del río de Plata. Tenía una misión que cumplir; debía entrar en el Anar, en las montañas del Cuerno del Cuervo y la guarida de los mordíferos, y llegar al pico llamado Fuente Celeste. Sería un viaje largo y peligroso hasta para un rastreador experimentado. Jair fijó la mirada en el suelo. Iría, por supuesto, no cabía duda al respecto. Pero a pesar de estar dispuesto y decidido, debía admitir que estaba lejos de ser un rastreador experto... o experto en cualquier cosa. Iba a necesitar ayuda. Pero ¿de dónde la sacaría?

Miró a Garet Jax con curiosidad. Este hombre será tu protector, había dicho el rey del río de Plata. Le doy la fuerza necesaria para oponerse a los peligros que te asediarán en tu viaje. Cuando lo necesites, él estará contigo.

¿Sabía Garet Jax algo de eso?, se preguntó Jair frunciendo el ceño. No lo parecía. Era obvio que el anciano no se había manifestado ante el maestro de armas del modo en que lo había hecho ante él. De lo contrario ya le habría hecho algún comentario. Eso quería decir que tendría que explicárselo él. Pero ¿cómo se supone que iba a convencer al maestro de armas para que fuera con él al Anar profundo? ¿Cómo debía convencerlo de que no había sido más que un sueño?

Reflexionaba sobre este asunto cuando, de repente, Slanter emergió de entre los árboles.

—¿Queda algo en la cazuela? —preguntó, arrugando el entrecejo.

Garet Jax le acercó un plato sin mediar palabra. El gnomo soltó el morral que llevaba, se sentó junto a la hoguera y se sirvió una ración generosa de pan y carne. Jair lo miraba fijamente. Estaba pálido y susceptible, como si no hubiera dormido en toda la noche.

—¿Qué te preocupa? —preguntó de repente el gnomo, al darse cuenta de su fijación.

—Nada —contestó Jair apartando su mirada. Pero al segundo volvió a mirarlo—. Solo me preguntaba dónde habías estado.

Slanter seguía abocado sobre su plato de comida.

—Decidí dormir cerca del río. Se estaba más fresco; aquí el fuego calienta demasiado. —Los ojos de Jair se centraron entonces sobre su morral. El gnomo se percató—. Cogí el morral para explorar un poco río arriba. Pensé que era mejor que nada... —Paró en seco—. ¡No tengo que darte explicaciones, muchacho! ¿Qué importa lo que estuviera haciendo? Estoy aquí ahora, ¿no es así? ¡Pues déjame en paz!

El gnomo volvió a concentrarse en su desayuno, devorándolo con rabia. Miró a Garet Jax disimuladamente, pero el maestro de armas parecía indiferente a lo que ocurría a su alrededor. Se giró de nuevo hacia Slanter. Estaba mintiendo: eso era evidente. Sus huellas se dirigían río abajo. Eso había dicho Garet Jax. ¿Por qué había regresado? A menos que...

La idea era tan absurda que le costaba reconocerla, pero tal vez el rey del río de Plata había utilizado sus poderes para que el gnomo regresara. Podía haber sido así, pensó Jair, y que Slanter nunca hubiera sido consciente de lo que realmente lo empujaba a tomar esa decisión. Podía ser que el anciano se hubiese dado cuenta de que Jair necesitaba al rastreador; a un gnomo que conociera la Tierra del Este al detalle.

Entonces se le ocurrió la posibilidad de que, tal vez, había sido también el rey del río de Plata quien había propiciado el encuentro con Garet Jax, y que el maestro de armas le habría ayudado en los Robles Negros influenciado también por el anciano. ¿Era eso posible? ¿Era eso lo que había movido a Garet Jax a rescatarlo, y que el propio maestro de armas lo ignorara por completo?

Jair se sentó, asombrado ante sus propios pensamientos, y olvidó por completo la comida que tenía en el plato. Eso explicaría por qué ambos eran tan reticentes a discutir los motivos de sus actos; ni siquiera ellos eran capaces de comprenderlos del todo. Pero si todo aquello era cierto, él mismo podía haber sido también manipulado.

¿Cuánto de todo lo que le había sucedido podía achacarse al influjo del anciano?

Garet Jax terminó su desayuno y apagó el fuego. Slanter se puso en pie sin decir palabra y recogió su morral. Jair miró atentamente a los dos. Se preguntó qué debía hacer; sabía que no podía permanecer callado.

—Hora de irse —dijo Garet Jax, indicándole que se pusiera en pie. Slanter se encontraba ya al borde del claro.

—Esperad... esperad un segundo. —Se giraron y lo miraron mientras se ponía en pie con lentitud—. Tengo que deciros algo.

Les contó todo. Hubiera preferido que fuese de otro modo, pero una cosa llevó a la otra para explicarla, y antes de que se diese cuenta había contado la historia completa. Les habló del encuentro con Allanon en Valle Sombrío y lo que les había dicho sobre el Ildatch, de cómo Brin y Rone se habían marchado al este con el druida para adentrarse en el Maelmord y, finalmente, les detalló la aparición del rey del río de Plata y la misión que le había sido encomendada.

Al terminar el silencio lo invadió todo. Garet Jax volvió al tronco caído y se sentó. Sus ojos grises brillaban con intensidad.

—¿Yo debo ser tu protector? —le preguntó con tranquilidad.

—Él dijo que lo serías —respondió Jair asintiendo.

—¿Y qué sucede si decido otra cosa?

Jair sacudió la cabeza.

—No lo sé.

—En mi vida he escuchado un buen número de relatos estrafalarios... ¡Pero este es, con diferencia, el más grotesco que he tenido la desventura de oír! —intervino Slanter—. ¿Qué tramas con todos estos disparates? ¿Qué te propones? ¿No pensarás que Garet Jax y yo nos creemos una sola palabra de lo que nos acabas de decir, verdad?

—Cree lo que quieras, pero es la verdad —insistió Jair, manteniéndose firme en su posición cuando el gnomo avanzó hacia él.

—¡La verdad! ¿Y qué sabes tú de eso? —Slanter no daba crédito—. Hablaste con el rey del río de Plata, ¿no es así? Te dio la magia, ¿verdad? Y ahora se supone que nosotros debemos ir felices como perdices a pasear por lo más profundo del Anar. Y no solo eso, ¡sino que debemos penetrar en la fortaleza de los caminantes negros! ¡En el Maelmord! ¡Estás como una cabra, muchacho! ¡Esa es la única verdad en todo esto!

Jair rebuscó dentro de su túnica y sacó el saquito con los polvos de plata.

—Este es el polvo que me entregó, Slanter. Y esto también. —Se quitó del cuello la cadenita de plata de la que pendía el cristal de la visión—. ¿Ves? Tengo las cosas que el anciano me entregó, tal y como os dije. Míralo tú mismo.

—¡No quiero! —dijo Slanter, tapándose el rostro con las manos—. ¡No quiero saber nada más de esto! ¡Ni siquiera sé qué hago aquí! —Se dio la vuelta de repente—. Pero te diré algo: ¡yo al Anar no voy! ¡Ni con un millar de cristales como ese, o toda una montaña de polvo de plata! ¡Busca a alguien que esté cansado de la vida y a mí me dejas en paz!

Garet Jax se había puesto en pie de nuevo. Se acercó hasta Jair, cogió la bolsa de plata, aflojó los cordones que la mantenían cerrada y miró en su interior. Acto seguido clavó su mirada en Jair.

—Parece simple arena —dijo.

Jair echó un vistazo. En efecto, el contenido de la bolsa presentaba el mismo aspecto que la arena. Aquel supuesto polvo de plata no presentaba ningún destello plateado.

—Claro que es posible que el color sea una manera de enmascararlo y protegerlo de los ladrones —dijo el maestro de armas, reflexivo y con la mirada distante.

—No creerás de verdad que… —intervino Slanter espantado.

—Yo no creo mucho en nada, gnomo —lo cortó Garet Jax. Sus ojos habían recobrado su perfil duro habitual cuando se giró hacia Jair—. Probemos esta magia; saca el cristal de la visión y cántale.

Jair vaciló un instante.

—No sé cómo hacerlo —respondió finalmente.

—¿Que no sabes cómo hacerlo? —preguntó Slanter con desdén—. ¡Increíble!

—Este parece un buen momento para aprender, ¿no te parece? —dijo Garet Jax, completamente inmóvil.

Jair enrojeció y miró al cristal. Ninguno de los dos creía una sola palabra de lo que había relatado. Pero no los culpaba; él tampoco lo hubiera creído si no le hubiera suedido a él. Pero el caso es que había sido así, y todo había sido tan convincente que tenía que ser real.

—Lo intentaré —dijo al fin, respirando hondo.

Comenzó a cantarle al cristal con delicadeza. Lo mantenía en la cavidad de sus manos como un objeto frágil, mientras la cadena de plata colgaba entre sus dedos. Cantó sin saber qué debía cantar ni cómo dotar al cristal de vida. Dulce y tenue, su voz imploró pidiendo que le mostrara a Brin.

Respondió de manera casi instantánea; una luz resplandeció en la cavidad formada por sus palmas, sorprendiéndolo de tal manera que casi deja caer el cristal. Tenía vida. Despidió un pequeño fulgor blanco brillante que se propagó hasta adquirir el tamaño de una pelota. Garet Jax se inclinó; en su rostro delgado se dibujaba una mueca de excitación. Slanter se acercó corriendo desde el otro lado del claro. Entonces, de manera abrupta, el rostro de Brin Ohmsford, oscuro y hermoso, se apareció dentro de la luz, enmarcado por montañas de laderas baldías y empinadas, en un amanecer menos cautivador que el que ellos disfrutaban.

—¡Brin! —musitó Jair.

Su rostro era tan real dentro del haz de luz, que durante un instante pensó que le respondería. Pero sus ojos veían cosas distantes y sus oídos estaban cerrados a su voz. Entonces la visión se evaporó; Jair había dejado de cantar a causa de la emoción, y la magia del cristal se había esfumado. La luz desapareció también en ese momento.

—¿Dónde estaba? —preguntó nervioso.

—No estoy seguro —respondió Garet Jax, negando con la cabeza—. Tal vez... —No acabó la frase.

Jair se volvió hacia Slanter, quien también negaba con la cabeza, asombrado.

—No lo sé; ha sido todo demasiado rápido. ¿Cómo has hecho eso, muchacho? Es la canción, ¿no? Esa es tu magia.

—Y la magia del rey del río de Plata —añadió Jair apresuradamente—. ¿Me crees ahora?

Slanter sacudió la cabeza con más vehemencia.

—Yo no pienso ir al Anar —dijo Slanter, haciendo un gesto negativo y desapacible.

—Te necesito, Slanter.

—Tú no me necesitas. No necesitas a nadie con una magia como esa. —El gnomo apartó la vista—. Simplemente ábrete camino por el Maelmord cantando, como tu hermana.

Jair trató de calmar la ira que crecía en su interior. Guardó de nuevo el cristal y la bolsa de polvo de plata en su túnica.

—Entonces iré solo —afirmó acaloradamente.

—Todavía no hace falta que vayas solo. —Garet Jax se colgó el morral en el hombro y comenzó a atravesar otra vez el claro—. Primero, el gnomo y yo te llevaremos sano y salvo a Culhaven. Luego puedes contar a los enanos esa historia. El druida y tu hermana ya habrán pasado entonces por allí. Si no es así, estoy convencido de que los enanos tendrán noticias de ellos. Sea como sea, averiguaremos si alguien comprende algo de lo que nos has estado contando.

—¿Quieres decir que crees que me lo he inventado todo? —respondió Jair, caminando tras él—. Escúchame un segundo. ¿Por que iba a hacer algo así? ¿Qué razón podría tener? Vamos... ¡dime!

—No pierdas el tiempo diciéndome lo que pienso o dejo de pensar —respondió Garet Jax tranquilamente, mientras recogía la capa y la manta del joven del valle, y se las entregaba para que no las dejara allí—. Yo mismo te lo diré cuando sea el momento.

Se internaron juntos en el bosque, siguiendo el sendero que llevaba hacia al este a lo largo del curso del río de Plata. Slanter los miró con una mueca de disgusto dibujada en su rostro amarillo, hasta que se perdieron de vista. Pero al final cogió su morral a toda prisa y se apresuró a seguirlos, mascullando entre dientes de manera ininteligible mientras caminaba.

12

Durante casi tres días, Allanon, Brin Ohmsford y Rone Leah cabalgaron hacia el norte, en dirección a la fortaleza de Paranor. El camino escogido por el druida era largo y sinuoso; un viaje duro y lento a través de una región escarpada y llena de cuestas empinadas y resbaladizas, pasos angostos y espesos bosques. Pero, al mismo tiempo, el camino estaba libre de la presencia de gnomos, mordíferos, o cualquier otro tipo de males que pudieran acosar a un viajero desprevenido. Por eso Allanon había tomado aquella decisión. Aunque tuvieran que soportar el terreno agreste en su ruta hacia el norte, estaba decidido a no someter a la joven del valle a ningún riesgo innecesario.

Por eso había decidido no llevarlos a través de la Sala de los Reyes, como ya hiciera en otros tiempos con Shea Ohmsford. Un camino que los habría obligado a prescindir de sus caballos y proseguir a pie por las catacumbas que guardaban los cuerpos de los reyes antiguos, y donde a cada paso era probable encontrar una trampa, o ser atacados por los monstruos que las defendían de extraños. Tampoco los condujo por las llanuras de Rabb hacia el paso de Jannisson; un viaje por campo abierto donde podían ser descubiertos con facilidad y que los acercaría demasiado a los bosques de la Tierra del Este y, por tanto, al enemigo que querían evitar. En lugar de eso, escogió una ruta hacia el oeste a lo largo del curso del río Mermidon, que atravesaba los densos bosques que cubrían las laderas bajas de los Dientes del Dragón desde el Valle de Esquisto hasta las montañas boscosas de Tyrsis. Cabalgaron hacia el oeste hasta alcanzar el desfiladero de Kennon, un sendero de alta montaña por el que se adentraron en los Dientes del Dragón, y del que emergieron algunos kilómetros más al norte, dentro de los bosques que rodeaban la Fortaleza de Paranor.

Al alba del tercer día salieron del desfiladero de Kennon y entraron en el valle. Era un amanecer plomizo, nuboso y frío que cortaba como el acero. Cabalgaron en fila mientras atravesaban el paso estrecho que se abría entre las montañas yermas que se recortaban en el cielo del amanecer. Parecía como si cualquier rastro de vida se hubiese esfumado. El viento golpeaba la roca vacía con furiosas rachas, y ellos bajaban la cabeza para defenderse de su fuerza. Abajo, el boscoso valle de la Fortaleza de los Druidas se expandía oscuro y amenazador. La niebla se arremolinaba ante sus ojos y ocultaba la lejana torre de la Fortaleza.

Mientras cabalgaban, Brin Ohmsford luchaba contra una sensación de que era inminente que se produjera un desastre. En realidad, esa premonición le acompañaba desde que habían abandonado el Valle de Esquisto. La perseguía con tenacidad, como una sombra lóbrega y fría como la tierra por la que cabalgaba; como una cosa resbaladiza que se escondía tras las rocas y peñascos, cambiando de un escondite a otro, y que acechaba cada uno de sus pasos con propósitos secretos y malignos. Cubierta con su capa de montar se esforzó por conservar el calor entre sus gruesos pliegues y dejó que su montura siguiese su camino por el estrecho sendero. Sintió el peso de la presencia cuando se le aproximó.

Pensaba que el caminante había sido el causante de dicha premonición, por encima de lo ingrato del día, el misterioso plan del druida o el miedo que ahora le producía el poder de su canción. Allanon le había asegurado que no había otros. Pero aquellos seres malignos, oscuros, que llegaban silenciosamente y atacaban de forma veloz y terrible para luego esfumarse tan rápido como habían llegado sin dejar tras de sí más que cenizas, eran como seres venidos a la vida desde la muerte, que se aparecían, sin rostro, sin forma y sin identidad. Absolutamente terroríficos.

Habría otros, pero no le importaba en absoluto saber cuántos. Sin duda, eran muchos. Y todos andaban buscándola; su instinto se lo decía. Mordíferos: estuviesen donde estuviesen y cualesquiera que fuesen sus oscuros propósitos, todos la estaban buscando. Según el druida no había más cerca, pero el caso es que uno los había encontrado. Y si él lo había hecho, también los otros podrían hacerlo. ¿Cómo los había encontrado? Allanon había esquivado la pregunta, respondiendo que había sido mera casualidad; de algún modo se había cruzado en su camino y había ido tras ellos, atacándoles justo en el momento en que el druida estaba más débil. Pero Brin creía que era muy probable que aquel ser hubiese seguido el rastro del druida desde que había salido de la Tierra del Este. Si eso era así, habría ido primero a Valle Sombrío. ¡Hacia donde estaba Jair!

Era extraño, pero había habido un momento breve y fugaz, cuando zigzagueaba por la penumbra de la madrugada abstraída en sus pensamientos y su soledad, en que había sentido la presencia de su hermano. Fue como si él la viera y su mirada hubiese traspasado de algún modo la distancia que los separaba, encontrándola en el camino que partía de los enormes peñascos de los Dientes del Dragón. Pero su presencia se había evaporado de repente, y Jair había vuelto a estar tan lejos como el hogar cuya vigilancia ella le había confiado.

Aquella mañana le preocupaba la seguridad de Jair. Podía ser que el espectro hubiese estado antes en Valle Sombrío y que hubiese descubierto a Jair, a pesar de lo que había dicho Allanon. El druida había desechado esa posibilidad, pero no podía confiar plenamente en que fuera así realmente. Allanon era un guardián de secretos, y solo desvelaba lo que le interesaba que se supiese; ni un ápice más. Había sido siempre así con los Ohmsford desde la vez primera en que fue a buscar a Shea.

Pensó de nuevo en el encuentro del druida con el fantasma de Bremen en el Valle de Esquisto. Algo había sucedido en aquella reunión que el druida había decidido mantener en secreto; algo terrible. A pesar de afirmar lo contrario, le había dicho algo que le había producido una enorme inquietud, que incluso lo había asustado. ¿Podía ser algo relacionado con Jair?

La idea la obsesionaba. Si el druida sabía que a su hermano podía sucederle algo, estaba convencida de que lo mantendría en secreto; no iba a permitir que nada interfiriese en la misión que se le había encomendado. Era tan enigmático y terrible en su determinación como el enemigo al que buscaban derrotar. Y en ese aspecto, la asustaba tanto como los caminantes. Todavía estaba preocupada por lo que le había hecho a Rone.

El príncipe de Leah la amaba. Era algo entre ellos dos que nunca se había dicho, pero era así. La acompañaba en aquel viaje por el amor que le profesaba, para asegurarse de que ella tuviera a alguien en quien pudiera confiar. Rone no creía que se pudiera confiar en Allanon. Pero el druida había trastocado las intenciones de Rone y, a la vez, había silenciado sus críticas. Había desafiado a Rone en su papel de protector que él mismo se había otorgado, y cuando el joven había aceptado el reto lo había convertido en una versión menor de sí mismo al dotar a la espada de Leah de magia.

La espada era una reliquia vieja y maltrecha que Rone llevaba consigo como un símbolo del legado de valor y fortaleza que se atribuía a la casa de Leah. Pero el druida la había convertido en un arma con la que el montañés podría aspirar a realizar él mismos las hazañas con las que tan frecuentemente soñaba. Al hacer aquello, Allanon había estipulado que el papel de Rone como protector fuera mucho más importante de lo que ella y el joven de las tierras altas hubieran jamás esperado. Y eso podía destruir perfectamente a Rone Leah.

—Es algo que nunca hubiera podido imaginar —le reveló cuando se encontraron a solas la noche después de abandonar el Valle de Esquisto.

Estaba un tanto inseguro al hablar, aunque muy emocionado. Hasta entonces no se había visto capaz de hablar sobre lo sucedido.

—Fue como si el poder estallara en mi interior —dijo luego—. Brin, todavía no sé por qué lo hice; simplemente me lancé. Vi a Allanon atrapado en medio del fuego, y me limité a actuar. Cuando la espada cortó las llamas, sentí su poder. Yo era parte de él. En ese momento me sentí capaz de hacer cualquier cosa. ¡Cualquier cosa!

Su rostró se sonrojó al recordarlo.

—¡Brin, ni siquiera el druida me asusta ya!

La muchacha del valle levantó la vista para explorar los oscuros bosques que se extendían frente a ella, todavía envueltos en la bruma de la media luz del otoño. Su premonición se escurría entre las rocas y doblaba cada curva del camino con la agilidad y la seguridad de un gato. No se manifestará hasta el momento en que esté sobre nosotros, pensó. Entonces nos destruirá. En cierto modo sé que es así. La voz susurra en mis pensamientos sobre Jair, Rone y Allanon, y de manera especial sobre los mordíferos. Susurra secretos que me están siendo ocultados, en la opresión gris de este día y en la brumosa oscuridad que nos aguarda.

Seremos destruidos; todos nosotros.

Al mediodía se internaron en los bosques. Cabalgaron toda la tarde, entre niebla y penumbra, por sendas estrechas como agujas que se deslizaban entre enormes árboles y opresivos matorrales. Era un bosque vacío, sin vida ni color, y de un gris otoñal compacto como el hierro. Las hojas habían mudado su color del verde a un marrón sucio, y se rizaban a causa del frío como si temblaran de miedo. En otros tiempos los lobos habitaban aquellos bosques; gigantescos monstruos grises que atacaban a todo aquel que osaba adentrarse en la tierra de los druidas. Pero los lobos ya no estaban desde hacía mucho tiempo, y ahora solo quedaba quietud y calma. Una sensación de que algo estaba muriendo lo impregnaba todo.

La luz empezaba a desaparecer del cielo cuando Allanon ordenó el alto. Estaban fatigados y doloridos tras cabalgar todo el día. Ataron los caballos a unos robles gigantes y les dieron una ración pequeña de agua y pienso para evitar que tuvieran calambres. Luego siguieron a pie. La oscuridad que despuntaba creció hasta traer la noche, y el silencio cedió a un rumor sordo y distante que parecía flotar en el aire. El druida los condujo por el camino con la seguridad de alguien que conoce bien la región. Silenciosos como las sombras a su alrededor, los tres se escurrieron entre los árboles y matorrales, indistinguibles de la misma noche.

¿Qué vamos a hacer ahora?, se preguntó Brin. ¿A qué oscuro propósito del druida serviremos esta noche?

Los árboles crecían ahora más separados. Más allá de la gris penumbra se alzaban, imponentes y altísimos, los riscos de Paranor. En la cima se encontraba el antiguo castillo de los druidas, conocido como la Fortaleza. Se mostraba prominente, como un monstruoso gigante de piedra y hierro que hundiera sus profundas raíces en la tierra. Del interior de la Fortaleza y de la propia montaña volvió a surgir el clamor que habían oído antes. Sonaba cada vez más fuerte a medida que se aproximaban. Era el sonido cadente y monótono que produce una máquina. Las antorchas ardían como ojos de demonio dentro de los estrechos ventanucos con rejas metálicas del castillo. Su color rojizo resaltaba en la oscuridad de la noche y su humo se mezclaba con la niebla. En otros tiempos, los druidas recorrían aquellas salas. Era una época de ilustración y grandes promesas para las razas del hombre. Pero esa época ya había pasado. Ahora en Paranor solo había gnomos y mordíferos.

—Escuchadme —susurró Allanon. Los otros se acercaron para oír mejor—. Escuchad lo que voy a deciros y no hagáis preguntas. El fantasma de Bremen nos ha advertido: Paranor está ahora en manos de los mordíferos. Entre sus muros buscan las historias secretas de los druidas a fin de fortalecer su poder. La fortificación ha sido invadida varias veces, pero siempre ha sido reconquistada. Pero esta vez eso no podrá ser así. Eso marca el final de todo lo que ha sido: la era toca a su fin y Paranor debe desaparecer de la faz de la tierra.

El muchacho de las tierras altas y la joven vallense miraron al druida con asombro.

—¿Qué estás diciendo, Allanon? —le preguntó Brin acaloradamente.

—Que nunca más en mi vida, ni en la vuestra, la de vuestros hijos y tal vez la de los hijos de vuestros hijos, ningún hombre volverá a poner los pies en el interior de la Fortaleza de los Druidas después de esta noche —respondió el druida, con ojos que resplandecían en la oscuridad—. Nosotros seremos los últimos. Entraremos a través de los pasadizos de la parte de abajo, que los caminantes negros y los gnomos todavía no conocen. Iremos al lugar donde, durante siglos, ha residido el poder de los druidas y con ese poder aislaremos la fortaleza de los hombres. Debemos hacerlo rápido, pues aquello que se encuentre en su interior esta noche morirá... incluso nosotros, si no nos damos prisa. Una vez desencadenemos la magia necesaria, tendremos poco tiempo para escapar.

—No lo entiendo —respondió Brin, negando con la cabeza—. ¿Por qué debemos hacer eso? ¿Por qué nadie podrá acceder de nuevo a Paranor después de esta noche? ¿Qué pasará con tu misión?

—Mi misión ha concluido —el druida acarició la mejilla de Brin con suavidad.

—Pero el Maelmord, el Ildatch...

—Nada de lo que vayamos a hacer aquí nos servirá de ayuda en nuestra búsqueda —casi no oía la voz de Allanon—. Lo que hagamos aquí tiene otra finalidad.

—¿Y qué sucederá si nos descubren? —interrumpió Rone.

—Deberemos luchar para abrirnos paso —respondió Allanon—. Recuerda que tu cometido es proteger a Brin. No te detengas, ocurra lo que ocurra. Cuando la magia se haya producido, no te gires ni te demores. —Se encorvó hacia delante, acercando su delgado rostro al del joven de las tierras altas—. Recuerda que ahora también posees el poder de la magia de los druidas en tu espada. Nada puede detenerte, príncipe de Leah. Nada.

Rone Leah asintió con solemnidad. En esta ocasión no puso ningún reparo. Brin negó lentamente con la cabeza... y la premonición bailó frente a sus ojos.

—Muchacha —le dijo finalmente el druida. Sus ojos se levantaron en respuesta—. Mantente cerca del príncipe de Leah y de mí. De ese modo podremos protegerte de cualquier peligro que tengamos que afrontar. No hagas nada que ponga tu vida en peligro. Tú, más que nadie, debes permanecer a salvo, ya que eres imprescindible para destruir el Ildatch. Esa misión queda en tu futuro, y deberás completarla. —La asió suavemente por los hombros—. Entiéndelo; no puedo dejarte aquí sin que corras un gran peligro, si pudiera, lo preferiría a que nos acompañaras. Aquí correrías más peligro que entrando con nosotros en la Fortaleza. Esta noche, la muerte sobrevuela estos bosques, y no podemos permitir que te encuentre.

Quedó en silencio, esperando su respuesta.

—No estoy asustada —mintió Brin.

—Empecemos entonces —dijo Allanon, retrocediendo un paso—. Ahora, silencio: no habléis de nuevo hasta que todo haya terminado.

Los tres desaparecieron como sombras en la noche.

13

Allanon, Brin y Rone avanzaron con precaución por el bosque. Con sigilo y rapidez, atravesaron un laberinto de árboles que se alzaban hacia el cielo como las púas negras de una trampa. La noche estaba tranquila a su alrededor. A través de las ramas que el otoño había desnudado de hojas, veían fragmentos nublados del cielo nocturno, en ese momento bajo y amenazante. Las llamas de las antorchas que alumbraban el interior de las torres de la Fortaleza crepitaban, produciendo reflejos carmesí.

Brin Ohmsford tenía miedo. La premonición susurraba en su mente, y esta se defendía con mudos gritos de desesperación. Árboles, ramas y matorrales se deslizaban a su lado como relámpagos en su marcha apresurada. Escapa, pensó. ¡Huye de ese ser que nos amenaza! Pero no; no hasta que hayamos acabado, no hasta... Respiraba con rapidez, y el calor del esfuerzo se transformaba en escalofríos sobre su piel. Se sentía vacía y terriblemente sola.

Llegaron entonces a los grandes riscos sobre los que la Fortaleza se asentaba. Allanon tocó rápidamente con las manos varios puntos de la pared de la piedra que tenía frente a sí. Inclinó la cabeza en señal de concentración, se desvió a la derecha media docena de pasos y palpó de nuevo la piedra, buscando algo. Brin y Rone aguardaban a su espalda. Un instante después, el druida se enderezó y apartó sus manos; algo cedió en la piedra, y una parte de la pared se deslizó, dejando al descubierto un sombrío pasaje. Mediante un gesto, Allanon les ordenó que lo siguieran. Entraron a tientas y el portal de piedra se cerró tras ellos.

Esperaron a ciegas en la oscuridad unos momentos, escuchando los leves ruidos que el druida producía con sus movimientos. Entonces una luz resplandeció, y las llamas violentaron la cabeza de una antorcha empapada en brea. Allanon se la entregó a Brin, prendió otra para Rone y una tercera para sí mismo. Estaban en una sala diminuta y aislada, de la cual una escalera ascendía serpenteando por la roca. Allanon los miró fugazmente y comenzó a subir los peldaños.

Se adentraron en la montaña. Los cientos de escalones pronto se convirtieron en miles, a medida que la escalera se prolongaba. Vieron varios túneles que dividían su camino, pero nunca abandonaron la escalera en su largo ascenso en espiral. El interior de la roca era cálido y seco. De algún lugar frente a ellos surgía el rumor constante de maquinaria de un gran horno. Brin contuvo el pánico que crecía en su interior; tenía la sensación de que la montaña estaba viva.

Unos eternos minutos después la escalera tocó a su fin frente a un gran portón, reforzado con barras de hierro y cuyas bisagras estaban empotradas en la piedra de la montaña. Se detuvieron jadeantes frente a él. Allanon se reclinó junto a la puerta, tocó con suavidad uno de los clavos que tachonaban las barras de hierro y la puerta se abrió hacia atrás. Un ruido ensordecedor los sobresaltó. El bombeo y el empuje de los pistones y las palancas atronó en el pequeño pasadizo como el bramido de un gigante tratando de liberarse. Un calor seco y áspero les golpeó en el rostro y pareció succionar todo el frío del aire. Allanon miró más allá del portal durante un breve instante. A continuación atravesó su umbral. Brin y Rone fueron tras él, protegiéndose el rostro de manera instintiva.

Estaban en la sala del gran horno. Un vasto foso negro que se abría hacia las profundidades de la tierra. En su interior, la maquinaria funcionaba de manera cadenciosa, avivando los fuegos naturales de la tierra y bombeando el calor hacia las estancias de la Fortaleza, en la parte superior. Inactivo desde los tiempos del Señor de los Brujos, el enemigo lo había activado de nuevo. Rápidamente, Allanon los guio por la angosta pasarela de metal que bordeaba el foso, hasta una de las puertas de salida de la cámara. La abrió otra vez con sus manos y entraron en otra cámara oscura. Se alejaron del terrible calor del gran horno e iluminando su camino con las antorchas, cerraron tras de sí la pequeña puerta.

Estaban en otro pasadizo. Avanzaron por él hasta que hallaron una escalera. Comenzaron a ascender nuevamente, aunque esta vez con mayor cautela, pues tenían la sensación de que algo estaba cerca. Los tres subieron en la negrura mientras escuchaban con atención...

En alguna parte, unos niveles más abajo, una puerta se cerró de golpe. Los tres se quedaron inmóviles durante un momento, con la sangre completamente helada. El eco reverberó en el silencio. Pero no escucharon nada más, así que prosiguieron su camino.

Al terminar las escaleras encontraron otra puerta. Se detuvieron frente a ella y escucharon con atención. Allanon tocó una cerradura oculta para abrirla, la traspasó y siguió adelante. Más allá había otro pasadizo que acababa en otra puerta y a continuación otro pasadizo, otra escalera, otra puerta y otro pasadizo. Los corredores secretos se multiplicaban en forma de panal en el antiguo castillo, atravesando, vacíos y oscuros, sus vetustos muros. Las telarañas y el moho llenaban el aire de un olor que hacía sentir lo antiguo del lugar. Las ratas correteaban ante ellos en la oscuridad, como pequeños centinelas que alertaban de su llegada. Pero en la Fortaleza de los Druidas nadie las escuchaba. Entonces oyeron unas voces procedentes de alguna sala de la Fortaleza y ellos permanecieron agazapados y ocultos. Sonaban hondas y apagadas, como un murmullo que primero crecía y luego se desvanecía. Estaban cerca. Brin tenía la boca tan seca que apenas podía tragar saliva, los ojos irritados por el humo de las antorchas y sentía que toda la roca que la rodeaba se le venía encima con su enorme peso... se sentía atrapada. La premonición, oculta entre la penumbra, danzaba a su alrededor.

Llegaron al final de este otro túnel. La tiniebla retrocedió, expulsada por la luz de las antorchas, y un muro de piedra les cerró el paso. A su alrededor no había ninguna puerta ni el inicio de ningún corredor. Pero Allanon no vaciló: se acercó al muro y pegó su oreja a él. Entonces se volvió hacia Brin y Rone Leah. Se llevó el dedo a los labios en señal de silencio e inclinó ligeramente la cabeza. Brin respiró hondo para mantener la calma. Lo que el druida pretendía estaba claro: estaban a punto de entrar en la Fortaleza de los Druidas.

Allanon se giró nuevamente hacia el muro. Cuando tocó la piedra, una pequeña puerta disimulada se abrió silenciosamente. La franquearon los tres de uno en uno.

Se encontraron dentro de una pequeña estancia sin ventanas, atestada de polvo y con un fuerte olor rancio. Todo en su interior estaba tirado por todas partes en total desorden. Alguien había tirado los libros de los estantes que había en las paredes de aquel estudio y los había lanzado al suelo, desencuadernando las cubiertas y arrancando muchas páginas. La tapicería de los sillones estaba desgarrada, y la mesa y las sillas de respaldo estaban volcadas. En algunos puntos incluso habían levantado los maderos del suelo.

Con su rostro oscuro lleno de ira, Allanon estudió aquel caos a la luz de las antorchas. Luego, sin pronunciar palabra, se dirigió a la pared opuesta, metió el brazo entre los estantes vacíos y accionó algo. La estantería giró hacia atrás en silencio, abriendo un pasadizo hacia una cámara abovedada. Con un gesto, el druida les indicó que esperasen fuera y entró. Colocó la antorcha en un soporte de hierro y se acercó a la pared de la derecha. Esta estaba formada por bloques de granito, pulidos y bien sellados contra el aire y el polvo. El druida comenzó a pasar los dedos por la piedra con delicadeza.

Todavía en el estudio, Brin y Rone estaban contemplando lo que hacía Allanon cuando algo llamó su atención de repente. Un sutil hilo de luz delineaba una puerta en la oscuridad de la habitación que llevaba a las salas de la Fortaleza. Desde algún lugar más allá de la puerta llegó el sonido de unas voces.

Los dedos del druida exploraban la pared granítica de la cámara y permanecía con la cabeza inclinada en actitud de concentración. De súbito, un reflejo azul oscuro se expandió por la piedra, partiendo del punto en el que sus dedos la presionaban. El fulgor se transformó en un fuego mudo que crepitó a través del granito, ardió y, finalmente, se apagó. En el lugar donde había estado el muro, emergió una estantería inmensa llena de libros enormes encuadernados en cuero; eran las historias de los druidas.

Poco a poco, las voces al otro lado de la puerta se acercaban.

Allanon cogió uno de esos grandes volúmenes y lo apoyó en la mesa de madera que había justo en el centro de la estancia. Lo abrió y comenzó a hojearlo sin llegar a sentarse. Encontró lo que buscaba enseguida y se reclinó para leerlo.

Ásperas y roncas, las voces se entremezclaban con el ruido de botas. Al otro lado de la puerta debía haber, por lo menos, media docena de gnomos.

Brin pronunció el nombre de Rone sin emitir sonido, con la luz de las antorchas revelando el miedo en su ojos. El joven de las tierras altas titubeó un instante. Acto seguido le dio la antorcha a Brin y desenvainó la espada de Leah. En dos zancadas se plantó frente a la puerta y atrancó el cerrojo.

Los gnomos al otro lado de la puerta pasaron de largo... todos menos uno. Una mano agarró la cerradura y trató de abrir la puerta. Brin reculó hacia las sombras del estudio, implorando para que aquel sujeto no viera la luz ni oliera el humo de su antorcha, y rezando para que la puerta no se abriera. El pestillo se sacudió un poco más, y entonces el que estaba fuera comenzó a forzarlo.

Rone Leah descorrió el cerrojo de manera brusca, abrió la puerta de golpe y empujó al gnomo hacia el interior del estudio. El gnomo solo pudo pronunciar un sofocado grito de sorpresa, justo antes de que la empuñadura de la espada del joven de las tierras altas golpeara su cabeza y lo dejara inconsciente en el suelo.

Rone cerró la puerta de inmediato, echó el cerrojo de nuevo y retrocedió. Brin corrió a su lado. En la cámara, Allanon dejó el tomo que había consultado en su sitio y con un veloz movimiento circular de su mano restituyó la pared de granito a su estado original. Cogió la antorcha del candelero, salió de la bóveda, colocó la estantería que ocultaba la entrada en su lugar e hizo un gesto a la muchacha vallense y al joven de las tierras altas para que lo siguieran por el pasadizo que los había conducido a aquella estancia. Volvieron sobre sus pasos y dejaron el estudio atrás.

Volvieron al laberinto de túneles, ahora con el cuerpo cubierto en sudor a causa del miedo y el esfuerzo. Todo seguía como antes a su alrededor. De vez en cuando escuchaban voces que al poco se desvanecían. Solo el sonido ronco y monótono del gran horno era constante en las profundidades, como un trueno lejano.

Allanon les ordenó detenerse de nuevo. Estaban frente a una puerta completamente sellada por una capa de polvo y telarañas. Sin proferir palabra, el druida les indicó que ahogaran las antorchas en el suelo del pasadizo. Iban a entrar de nuevo en la Fortaleza.

Pasaron de la oscuridad a un corredor alumbrado con antorchas, cuya luz se reflejaba en el bronce y la madera pulida. Aunque todo estaba cubierto de polvo en el antiguo castillo, sus ornamentos todavía brillaban como diminutas brasas en la penumbra. Un ancho corredor desaparecía en la oscuridad, con sus paredes de roble adornadas de manera exuberante con tapices y pinturas. Al lado se disponían altas hornacinas que exhibían objetos de otros tiempos. Antes de entrar, la joven del valle y el muchacho montañés lo observaron atentamente. Estaba vacío.

Allanon los condujo con rapidez por el corredor, deslizándose de sombra en sombra, rehuyendo los tramos iluminados por las antorchas o por la luz de la luna que se infiltraba por las altas ventanas enrejadas cuyos arcos apuntaban hacia el cielo que reinaba sobre las almenas. Una calma extraña ocupaba las estancias, como si fuesen ellos los únicos seres vivos que quedaran en la Fortaleza. Solo el cadencioso zumbido de la maquinaria que venía de abajo perturbaba el silencio. La mirada de Brin se volvió del oscuro corredor hacia su iluminada entrada. ¿Dónde estaban los mordíferos y los gnomos? Una mano le agarró del hombro y se asustó. Era Allanon, que la arrastraba hacia la penumbra producida por una arcada que enmarcaba una alta puerta doble de hierro.

Entonces, de repente, como si fuera una respuesta a la pregunta que la muchacha todavía no había formulado, se escuchó un estridente grito de alarma que perturbó violentamente la quietud de la Fortaleza. Brin se estremeció. Procedía del estudio del que venían. El gnomo al que habían dejado inconsciente había recuperado el conocimiento. Se oyeron pasos por todos lados, retumbando sobre el suelo de piedra. Se oyeron también algunos gritos. La espada de Rone resplandeció en la penumbra y el montañés puso a Brin tras él. Pero Allanon ya había abierto las puertas de hierro; los metió dentro de un empujón y las volvió a cerrar.

Se encontraron en un pequeño rellano, iluminado por una hilera de antorchas dispuestas a lo largo de una escalera ascendente, que se enroscaba como una serpiente por los muros de piedra de la alta torre que se alzaba sobre sus cabezas. Grandiosa y oscura, daba la sensación de que aquella torre alcanzaba alturas imposibles a la vez que, a sus pies, bajo el pequeño pórtico que los enmarcaba, descendía hacia el interior de la tierra como si fuese un pozo interminable. Salvo el rellano y la escalera, nada más rompía la homogénea superficie de los muros que se perdían entre las impenetrables sombras de modo que parecían no tener ni principio ni final.

Brin retrocedió y apoyó su espalda contra las puertas de hierro; aquella era la torre de la Fortaleza que guardaba el santuario de los Druidas. Aquellos que en otros tiempos habían acompañado a Shea Ohmsford desde Culhaven creyeron que allí se encontraba la espada de Shannara. Era algo monstruoso; parecía un pozo cavado por un gigante que atravesara toda la tierra.

Rone Leah dio un paso hacia el borde del rellano, pero Allanon lo agarró y tiró de él hacia atrás de inmediato.

—¡No te acerques ahí, montañés! —le dijo.

Fuera de allí, los gritos y el alboroto iban en aumento. Allanon comenzó a ascender por las angostas escaleras con la espalda apoyada contra el muro de la torre.

—¡Apartaos de mí! —les susurró el druida mirándoles desde arriba.

Después de ascender una docena de peldaños, se aproximó al reborde de la escalera. Sacó las manos de sus vestiduras, con los dedos encorvados como si fueran garras. De sus labios salieron una palabras que la vallense y el joven de las tierras altas no comprendieron, palabras susurradas con ira.

Un silbido emergió del abismo de la torre en respuesta. El druida bajó las manos lentamente. Un vapor acuoso emanaba de la comisura de sus labios, de sus ojos y oídos y de la piedra sobre la que se encontraba. Brin y Rone miraban con horror. Abajo, el pozo volvió a sisear terroríficamente.

Un fuego azul estalló desde las manos de Allanon, produciendo un gran estruendo de llamas que se precipitaron hacia las profundidades tenebrosas. Soltando chispas, el fuego centelleó con fuerza bien abajo, se tornó de un tétrico verde y finalmente se extinguió.

La torre quedó en silencio. Se oían voces de alarma y pisadas débiles y confusas al otro lado de las puertas de hierro. Dentro, en cambio, el silencio era absoluto. Allanon se apoyó de nuevo en el muro, rodeándose con los brazos el cuerpo y manteniendo la cabeza inclinada en señal de dolor. El vapor que emanaba de su interior había desaparecido, aunque la piedra sobre la que se apoyaba parecía chamuscada.

En ese momento el pozo emitió un nuevo silbido. En esta ocasión, la torre entera se estremeció por el ruido.

—¡Mirad en su garganta! —dijo Allanon con aspereza.

Los dos jóvenes miraron hacia el interior del pozo desde el borde del rellano. En las profundidades, una turbia niebla verde se revolvía contra los muros de la torre como si fuese fuego líquido. El silbido que emitía era como una voz espeluznante y llena de odio. Lentamente la niebla se fijó a las paredes, lamiendo la piedra como si fuera agua. Y lentamente, empezó a ascender.

—¡Está saliendo! —susurró Rone.

La niebla trepaba por los muros de piedra como si fuese algo vivo; poco a poco se acercaba a donde estaban.

Allanon volvió junto a ellos. Los apartó del borde del rellano. Sus ojos oscuros resplandecían como el fuego.

—¡Huid ahora! —les ordenó—. ¡No miréis atrás! ¡No os detengáis! ¡Huid de la Fortaleza y de la montaña!

Acto seguido abrió las puertas de la torre de un fuerte golpe y entró en las galerías de la Fortaleza. Los cazadores gnomos, que estaban por todos lados, se volvieron hacia él y sus rostros amarillos palidecieron por la sorpresa. El fuego azul volvió a brotar de las manos del druida y voló hacia ellos, empujándolos como si fuesen hojas arrastradas por un viento inesperado. De sus gargantas brotaban terroríficos alaridos cuando el fuego los alcanzaba. Se dispersaron horrorizados. Entonces apareció un mordífero, una criatura negra y sin rostro. El druida lo roció con su fuego, que lo golpeó con una fuerza asombrosa. Al cabo de un instante el malévolo ser había quedado reducido a cenizas.

—¡Corred! —gritó Allanon de nuevo, mirando hacia el portal donde Brin y Rone permanecían pasmados.

Lo siguieron a toda velocidad hacia los pasadizos por los que habían llegado hasta allí, esquivando a los gnomos caídos que se encontraban en su camino. Los salones estuvieron vacíos solo un instante; en cuestión de segundos otros gnomos aparecieron profiriendo coléricos aullidos y contraatacaron en una sólida cuña de figuras amarillas armadas con lanzas y espadas cortas que emergían de la formación como las púas de un erizo. Allanon acabó con aquel asalto de un simple fogonazo de su fuego de druida y dejó el camino despejado. Un segundo grupo se le abalanzó desde un pasillo lateral. Rone se volvió hacia ellos, alzó la espada de Leah y, lanzando el grito de batalla de sus antepasados, cargó contra ellos.

Detrás de ellos aparecieron dos espectros, y justo delante otro. Un fuego rojo emanó de sus manos negras hacia donde estaba Allanon. El druida, sin embargo, logró bloquear el asalto con su propio fuego. Las llamas se dispersaron por todas partes en una feroz lluvia, y los muros y tapices comenzaron a arder. Brin se encogió junto a una pared y se protegió los ojos con las manos. Rone y Allanon protegían sus dos flancos. Llegaban gnomos de todos lados. Y ahora había más espectros. Aquellos monstruos silenciosos y oscuros aparecían de la oscuridad y los atacaban. Rone Leah detuvo su lucha contra los gnomos y se ocupó de un mordífero que se había acercado demasiado. La hoja de ébano de la espada de Leah cayó sobre el espectro, que quedó reducido a cenizas. El cuerpo del joven estaba envuelto en llamas, pero la hoja negra absorbía la mayor parte de su impacto. Rugiendo de rabia, se abrió paso hasta donde estaba Brin. Su rostro estaba eufórico, y cúmulos de niebla verde se aglomeraban de manera salvaje en el interior del metal oscuro. Cogiéndola del brazo, la puso en pie y la empujó hacia delante. Allí Allanon luchaba con fiereza para alcanzar la puerta por la que habían salido de las catacumbas. Su negra silueta se erguía dominante sobre el humo, el fuego y los cuerpos como si la oscura sombra de la muerte hubiese cobrado vida.

—¡Por la puerta, joven de las tierras altas! —bramó el druida, mientras combatía a los asaltantes que intentaban derribarlo.

En ese instante se produjo una explosión de fuego rojo tan fuerte que los tres quedaron aturdidos. Allanon se giró; el fuego del druida salió propulsado de sus manos como un sólido muro azul que los protegió de sus perseguidores por un momento. De algún modo, lograron traspasar el fuego de los mordíferos y superaron a unos pocos gnomos que intentaron evitar que huyeran. Los gritos inundaban toda la Fortaleza de los Druidas cuando alcanzaron la puerta que buscaban. La abrieron y al instante la cruzaron sanos y salvos.

La oscuridad más intensa los rodeó como si fuera una mortaja. Detrás de la puerta todavía se escuchaban los frenéticos gritos de sus atacantes. Cogieron las antorchas que habían dejado antes allí y Allanon las volvió a encender con premura. Los tres juntos comenzaron a desandar el camino a través de las catacumbas. Corrieron bajando por pasadizos y escaleras. Tras ellos todavía se oían los gritos de sus perseguidores. Pero ahora el camino ante ellos estaba despejado. Entraron de nuevo, de manera apresurada, en la cámara del gran horno. Pasaron junto al fuego de la tierra, del que procedía el estremecedor ritmo cadencioso de la maquinaria, hacia las escaleras que los llevarían a las profundidades de la montaña. Nadie se cruzó en su camino.

Entonces, de repente, escucharon un nuevo sonido. Todavía se percibía lejano y sonaba cargado de espanto. Alcanzó sus oídos en forma de un único e interminable lamento, terrible y vivo..

—¡Ya empieza! —les gritó Allanon—. Ahora rápido... no os detengáis. ¡Corred!

Corrieron con todas sus fuerzas mientras el lamento se escuchaba cada vez más y más alto justo a sus espaldas. Los que todavía permanecían dentro de la Fortaleza estaban sufriendo algo indescriptible.

¡La niebla!, se dijo Brin.

Bajaron las escaleras que conducían a la parte baja de la montaña tan rápido como pudieron, acompañados por los alaridos desesperados de los que habían quedado atrapados en el castillo. Los escalones parecían multiplicarse hasta el infinito, pero ellos no paraban de correr.

Al fin llegaron al último peldaño. Ante ellos, nuevamente, se alzaba la entrada oculta en la roca del risco. La empujaron con apremio y Allanon los condujo a la fría oscuridad del bosque.

A sus espaldas los gritos seguían rasgando el aire.

La noche se esfumó sin que apenas se percataran. Ya comenzaba a clarear cuando alcanzaron el lugar donde habían dejado atados sus caballos. Maltrechos y agotados, se detuvieron en un afloramiento de rocas situado sobre una colina que se alzaba al este de la Fortaleza. Miraron atrás, hacia donde la niebla se concentraba impidiéndoles la vista. El cielo se despejaba, y la niebla se disipaba muy lentamente. En silencio, contemplaron cómo se diluía en el aire.

Cuando amaneció del todo, la niebla ya no estaba allí.

—Todo ha terminado —dijo Allanon, rompiendo el silencio.

Brin y Rone Leah lo miraron fijamente. Debajo, la elevación rocosa sobre la que antes se asentaba entre nieblas la Fortaleza de los Druidas, se alzaba ahora iluminada por la luz de un sol resplandeciente. Estaba yerma y vacía, a excepción de los escombros a los que el edificio había quedado reducido... La Fortaleza de los Druidas ya no existía.

—Tal como estaba escrito en las historias; tal como se había predicho —prosiguió Allanon con sosiego—. El fantasma de Bremen sabía la verdad; antes de que la Fortaleza se construyera, se concibió la magia que habría de destruirla. Ahora se ha volatilizado y sus piedras han vuelto a formar parte de la montaña. Junto a ellas han desaparecido todos los que han quedado atrapados dentro. —Había una terrible tristeza en el rostro oscuro—. Es el fin; Paranor se ha perdido.

¡Pero ellos seguían vivos! Brin sintió una gran determinación, a pesar del tono sombrío del druida. La premonición estaba equivocada y ellos seguían con vida. ¡Los tres estaban vivos!

—Es el fin —repitió Allanon suavemente.

Justo en aquel momento, sus ojos se cruzaron con los de la joven del valle. Fue como si ambos compartiesen un secreto impronunciable, que ninguno de los dos comprendía por completo. Entonces, con parsimonia, Allanon hizo dar media vuelta a su caballo. Comenzó a cabalgar hacia el este, en dirección a los bosques del Anar. Brin y Rone siguieron sus pasos.

14

Bien entrada la tarde, Jair Ohmsford y sus compañeros de viaje llegaron a la ciudad de Culhaven, habitada por enanos. En opinión del joven del valle, lo mejor del viaje era que ya había terminado. Un cielo plomizo y un viento frío los había acompañado a lo largo de todo el viaje por la región del río de Plata, e incluso los colores cambiantes de los grandes bosques de la Tierra del Este tenían un matiz gris frío e invernal. Los gansos volaban hacia el sur bajo un amenazador cielo otoñal y las aguas del río junto al cual caminaban bajaban revueltas y hostiles.

El río de Plata comenzaba a mostrar los primeros signos del envenenamiento profetizado por su Rey. Una espuma negruzca recubría sus aguas, ahora turbias en lugar de plateadas. Flotaban sobre su superficie peces muertos y pequeños roedores y pájaros envenenados. El río aparecía recubierto de madera putrefacta y maleza. Hasta su olor era molesto, un tufo fétido y rancio que agredía sus fosas nasales cada vez que cambiaba el viento. Jair recordaba las historias que su padre le había contado sobre el río de Plata; relatos que se habían transmitido de generación en generación desde tiempos de Shea Ohmsford. Lo que ahora veía le causaba una inmensa pesadumbre.

Garet Jax y Slanter no contribuían a mejorar su estado de ánimo. Incluso sin el recordatorio constante de la enfermedad del río e incluso si el día no hubiese tenido aquel aspecto tan desapacible, a Jair le habría costado sonreír o conversar de manera jovial con sus compañeros de viaje. Retraídos y taciturnos, caminaban a su lado con el entusiasmo de un cortejo fúnebre camino al velatorio. Desde que habían reanudado la marcha a primera hora de la mañana, no habían intercambiado ni una docena de palabras ni habían esbozado una mera sonrisa. Con la mirada fija en el camino, proseguían su ruta empujados por una determinación rayana en el fanatismo. Jair había tratado de entablar conversación en una o dos ocasiones, pero había recibido un gruñido como única respuesta. La comida del mediodía se tornó en un ritual necesario tan tenso e incómodo que hizo a Jair añorar cuando caminaban en silencio. Saber que ya estaban cerca de Culhaven fue un gran alivio para el joven del valle. Al menos, en breve tendría la posibilidad de conversar con alguien cortés. Aunque no le faltaban motivos para dudar incluso de eso. Los enanos los habían detectado muy al oeste, en la misma frontera del Anar, y los habían vigilado sigilosamente, sin hacer el menor esfuerzo para que se sintieran bienvenidos. A lo largo del camino había habido patrullas de cazadores enanos; vigorosos hombres, embutidos en chalecos de cuero, armados y de caminar decidido. Ninguna de ellas los saludó, ni se detuvo para entablar la más mínima charla. Todas pasaron junto a ellos y prosiguiendo su camino sin hacer preguntas. Pero habían seguido a los visitantes con los ojos, y sus miradas no habían sido precisamente amistosas.

Cuando Jair y sus compañeros de viaje se internaron en el pueblo de los enanos, todos los que se cruzaron en su camino se quedaron mirándolos sin disimular, con clara suspicacia. Abriendo el paso, Garet Jax parecía ajeno a las inquisitivas miradas que los acompañaban, pero Slanter empezaba a ponerse nervioso y Jair estaba casi tan incómodo como él. Garet Jax los llevó por el camino que atravesaba la aldea. Parecía conocer bien aquella comunidad y sus alrededores. El camino por el que transitaban estaba circundado por casitas y tiendas cuidadas con esmero, de construcción robusta y con jardines frente a la fachada cuyos parterres rebosaban flores. Las familias y los tenderos los observaron al pasar, algunos con las herramientas de trabajo en la mano y otros mientras descansaban de sus tareas. Pero incluso allí había hombres armados; cazadores enanos con expresión hostil y armas colgando del cinto, que hacían sentir a Jair, a pesar de encontrarse en una comunidad civil, como si estuvieran en un campamento militar.

Finalmente, al llegar al centro de la villa, una patrullas los detuvo. Garet Jax se puso a hablar con uno de los centinelas. El enano se alejó a toda prisa. El maestro de armas reculó hasta donde estaban Jair y Slanter. Los tres se quedaron observando al resto de miembros de la patrulla en silencio, mientras esperaban. Unos niños enanos corretearon a su alrededor con enorme curiosidad mientras miraban a Slanter fijamente. Este los ignoró durante un rato, aunque al final se cansó del juego y emitió un gruñido repentino que los ahuyentó en busca de refugio. El gnomo los siguió con mirada furiosa que acabó recayendo sobre Jair.

Unos minutos después regresó el centinela con el que Garet Jax había hablado, acompañado por un enano de aspecto tosco y barba encrespada grande y negra, bigote y cabeza calva. Sin detenerse, se dirigió directamente al maestro de armas con una sonrisa en la cara y las manos extendidas a modo de saludo.

—Te has tomado tu tiempo para llegar —dijo, mientras Garet Jax estrechaba sus manos endurecidas.

Sus ojos castaños analizaban a los forasteros una y otra vez bajo sus pobladas cejas. El porte del hombre era firme y despiadado. Vestía su cuerpo fornido con prendas holgadas de distintas procedencias, con un cinturón y unas botas de piel lisa. Llevaba una hilera de cuchillos largos sujetos al cinto, y un gran pendiente de oro colgaba de una de sus orejas.

—Elb Foraker. —Garet Jax presentó al enano sin más.

—Viajas en extraña compañía, Garet —dijo Foraker, tras observarlos en silencio un instante. Se volvió hacia el maestro de armas.

—Vivimos tiempos extraños —le respondió Garet Jax mientras se encogía de hombros—. ¿Qué te parece buscar un sitio para sentarnos y comer algo?

—Sígueme —dijo Foraker, asintiendo con la cabeza.

Dejaron a la patrulla atrás y continuaron hasta un punto donde la carretera se bifurcaba a la derecha. Allí había un edificio con un gran comedor lleno de mesas y banquetas. Algunas estaban ocupadas por cazadores enanos abstraídos en su cena. Muchos de ellos levantaron la vista del plato y saludaron a Foraker. En esta ocasión nadie se mostró especialmente interesado en sus acompañantes. Jair pensó que eso se debía a quien los acompañaba en ese momento. Foraker eligió una mesa junto a un muro al fondo de la sala y pidió que les sirvieran la cena.

—¿Y qué debo hacer con estos dos? —preguntó el enano a Garet Jax cuando se sentaron.

—Directo al grano, ¿verdad? —dijo el maestro de armas a sus compañeros—. Estuvo conmigo hace diez años, mientras entrenaba a cazadores enanos para una escaramuza fronteriza en las montañas Wolfsktaag. Nos encontramos de nuevo en Callahorn, hace ya unos cuantos años. Por eso estoy aquí ahora; me pidió que viniera y no acepta un no como respuesta. —Miró nuevamente a Foraker—. El joven del valle es Jair Ohmsford. Está buscando a su hermana y a un druida.

—¿Un druida? ¿Qué druida? —preguntó Foraker frunciendo el ceño, mientras se recostaba en su silla—. Ya no quedan druidas. No hay druidas desde…

—Desde Allanon. Lo sé —lo interrumpió Jair sin poder permanecer callado ni un segundo más—. A él es precisamente a quien busco.

—¿Es eso verdad? —preguntó Foraker, mirándolo fijamente—. ¿Y qué te hace pensar que lo encontrarás aquí?

—Me dijo que iría hacia la Tierra del Este. Mi hermana va con él.

—¿Tu hermana? —El enano pareció asombrado—. ¿Allanon y tu hermana? ¿Y se supone que tienen que estar aquí, en algún lugar?

Jair asintió; una presión punzaba su estómago. Foraker lo miraba como si estuviese loco. Luego miró a Garet Jax.

—¿Dónde te encontraste a este muchacho?

—Por el camino —respondió el maestro de armas vagamente—. ¿Y qué sabes del druida?

—Sé que nadie ha visto a Allanon en la Tierra del Este desde hace más de veinte años. Ni solo ni acompañado —respondió Foraker, encogiéndose de hombros.

—Vale; entonces es que no sabes mucho —dijo Slanter, con un tenue matiz de mofa en su voz—. ¡El druida ha ido y venido justo delante de tus narices!

—Si yo fuera tú, pensaría antes de hablar, gnomo —dijo Foraker con cara de pocos amigos. Se volvió hacia Slanter.

—Siguió la pista del druida antes de que alcanzara la Tierra del Este —intervino Garet Jax, con sus ojos plomizos vagando de manera indiferente por la sala vacía—. Siguió sus huellas desde el Maelmord hasta la misma casa del joven del valle.

—Te lo preguntaré una vez más, ¿qué se supone que debo hacer con estos dos? —dijo Foraker, mirándolo obstinadamente.

—He estado pensando en eso. ¿No se reúne el Consejo esta noche? —respondió Garet Jax, mirándole de nuevo.

—En estos días, todas las noches.

—Deja entonces que el joven del valle hable a los consejeros.

—¿Y por qué iba a hacer eso? —preguntó Foraker con desaprobación.

—Porque tiene algo que decir que creo que van a querer escuchar. Y no solo relacionado con el druida.

El enano y el maestro de armas se miraron en silencio.

—Tendría que solicitarlo —dijo Foraker tras un dilatado silencio. Su falta de entusiasmo era indudable.

—Ahora parece un buen momento para hacerlo —dijo Garet Jax poniéndose en pie.

Foraker lo miró y se levantó con él. Observó a Jair y Slanter desde arriba.

—Vosotros seguid comiendo. No os alejéis. —Vaciló un instante—. No sé nada sobre ningún druida que haya pasado por aquí. Pero haré las investigaciones pertinentes para ti, Ohmsford. —Sacudió la cabeza—. Vamos, Garet.

El enano y el maestro de armas salieron del comedor. Jair y Slanter se quedaron a solas en la mesa, pensando en sus cosas. ¿Dónde estaba Allanon?, se preguntaba Jair desesperadamente en silencio, con la cabeza gacha y contemplándose las manos contraídas. El druida dijo que se encaminaba hacia la Tierra del Este. ¿No tendría que haber pasado por Culhaven? Si no era así, ¿entonces dónde había ido? ¿Adónde había llevado a Brin?

Un enano con un mandil blanco les sirvió unos platos de comida caliente y unas copas de cerveza. Comenzaron a comer en silencio. Los minutos pasaron con rapidez mientras engullían, y Jair sintió cómo sus esperanzas se esfumaban con cada bocado; como si se estuviera tragando las respuestas que sus preguntas requerían. Apartó el plato que tenía frente a sí y rayó el suelo entarimado con la bota. Pensaba en qué debía hacer si Elb Foraker tenía razón, y Allanon y Brin habían seguido otro camino.

—¡Para! —gritó Slanter. Jair levantó la vista.

—¿Que pare el qué?

—Deja de hacer eso en el suelo con la bota. Me estás poniendo nervioso.

—Perdona.

—Y deja de mostrarte como si hubieras perdido a tu mejor amigo. Tu hermana va a aparecer.

—Es posible —respondió Jair agitando su cabeza, abstraído.

—¡Bah! —dijo el gnomo—. Soy yo el que debería preocuparse, no tú. No sé cómo permití que me metieras en este jaleo.

Jair descansó los codos sobre la mesa y apoyó la barbilla en sus manos abiertas. Su voz sonaba con determinación.

—Aunque Brin no hubiese atravesado Culhaven; aunque Allanon hubiese seguido otro camino, nosotros tendríamos que entrar en el Anar, Slanter. Y para eso debemos persuadir a los enanos para que nos ayuden.

—¿Tenemos? ¿Nosotros? —inquirió Slanter mirándolo fijamente—. Será mejor que recapacites eso de nosotros y tenemos. ¡Yo no pienso ir a ningún lado! Me voy por donde he venido antes de verme envuelto en esos líos.

—Tú eres un rastreador, Slanter —dijo Jair sin alterarse—. Te necesito.

—¡Qué pena! —respondió el gnomo, adoptando una expresión de seriedad—. ¡También soy un gnomo, por si no te habías fijado! ¿No te has dado cuenta del modo en que me miran los que están ahí fuera? ¿No viste que esos niños me observaban como si fuese una especie de animal salvaje traído del bosque? ¡Usa la cabeza! ¡Los gnomos y los enanos están en estado de guerra y no es nada probable que los enanos escuchen nada de lo que tengas que decir mientras sigas exhibiéndome como aliado! Algo que, por si fuera poco, en realidad no soy.

—Slanter, tengo que llegar a la Fuente Celeste antes de que Brin alcance el Maelmord —insistió Jair, reclinándose hacia el rastreador—. ¿Cómo voy a hacerlo sin alguien que me guíe?

—Encontrarás el modo; te conozco. Además, no puedo volver allí. Spilk habrá contado ya mi traición. Y si no lo ha hecho él, lo hará el otro gnomo que escapó. En estos momentos deben estar buscándome. Si vuelvo, alguien me reconocerá. Y cuando me capturen, los caminantes... —Paró de manera abrupta alzando sus manos—. ¡No voy a ir! Y ya está.

Volvió a concentrarse en la comida, inclinando su cabeza sobre el plato. Jair lo observó mudo, preguntándose si no estaba equivocándose al buscar con tanto empeño la ayuda de Slanter. Al fin y al cabo, era posible que el rey del río de Plata no lo considerase un aliado después de todo. Pensándolo con frialdad, Slanter no parecía un aliado; era demasiado astuto, demasiado oportunista, y su lealtad cambiaba con la frecuencia del viento. No era alguien de quien tener que depender. Sin embargo, a pesar de todo eso, había algo en el gnomo que a Jair le gustaba. Tal vez fuera su enorme tenacidad. Como Garet Jax, Slanter era un superviviente; ese era el tipo de compañero que Jair necesitaba si pretendía llegar al Anar profundo.

Miró cómo sorbía ruidosamente la cerveza que le quedaba.

—Pensaba que querías aprender sobre la magia —le dijo al terminar.

—Ya no —respondió Slanter—. Ya he aprendido todo lo que necesitaba aprender de ti, muchacho.

—Creo que lo que te ocurre es que tienes miedo —dijo Jair con desaprobación.

—Puedes creer lo que quieras: no voy a acompañarte.

—¿Y qué pasa con tu gente? ¿No te importa lo que les están haciendo los mordíferos?

—Yo ya no tengo gente. Gracias a ti... —respondió Slanter mientras lo atravesaba con la mirada. Acto seguido se encogió de hombros—. Pero ya no me importa; en realidad no tengo pueblo desde que abandoné la Tierra del Este; solo me tengo a mí.

—Eso no es verdad. Los gnomos son tu gente. Tú volviste para ayudarlos, ¿no es así?

—Las cosas cambian. Regresé porque era la cosa más inteligente que podía hacer. Si ahora no vuelvo es porque es, de nuevo, lo más inteligente que puedo hacer. —Slanter se estaba enfadando—. ¿Por qué no te olvidas de todo esto de una vez por todas, muchacho? No tengo obligación de hacer nada. Al fin y al cabo, el rey del río de Plata no me entregó el polvo de plata para que limpiase su río.

—¡Qué afortunado!, ¿no? —dijo Jair, ahora enfureciéndose él—. ¡Tienes la suerte de poder cambiar de bando cada cinco minutos cuando las cosas se ponen feas! ¡Creía que me habías ayudado en los Robles porque me habías elegido! ¡Creía que te importaba lo que me sucediera! Bien: quizás me equivoqué. ¿Y qué te importa a ti, Slanter?

—Me importa seguir vivo —respondió el gnomo perplejo—. Y debería importarte también a ti si tuvieses un poco de cerebro.

—¡Seguir vivo! —exclamó Jair completamente indignado. Se levantó a medias del asiento mientras apoyaba las manos en la mesa—. Está bien. Pues dime qué pretendes hacer cuando los mordíferos envenenen la Tierra del Este y luego se dirijan al oeste. Porque eso es lo que va a suceder, ¿no es así? ¡Eso dijiste! ¿Adónde huirás entonces? ¿Piensas cambiar de bando de nuevo? ¿Convertirte otra vez en gnomo el tiempo suficiente para engañar a los caminantes?

—Tienes la boca demasiado grande para alguien que entiende tan poco de la vida —respondió Slanter, poniéndose en pie y empujando a Jair hacia atrás—. Si hubieses vagado solo por el mundo cuidando de ti mismo, en lugar de que otros lo hiciesen por ti, no juzgarías a los demás con esa ligereza. ¡Y ahora, cállate!

Jair se quedó en silencio. No iba a ganar nada forzando el asunto. Slanter no pensaba cooperar y, por tanto, lo mejor que podía hacer era aceptarlo. Era posible que, incluso, estuviese mejor sin la compañía del gnomo.

Los dos se miraban con irritación cuando apareció Garet Jax de nuevo. Volvió solo, y se dirigió hacia ellos directamente. Si se dio cuenta de la tensión existente entre el gnomo y el joven del valle, no lo manifestó. Se sentó junto a Jair.

—Debes presentarte frente al Consejo de Ancianos —dijo con voz serena.

—No sé qué decir; tal vez no sea lo correcto —respondió Jair, ladeando la cabeza. —El maestro de armas lo fulminó con la vista.

—No tienes elección —dijo el maestro de armas, mirándolo con firmeza.

—¿Qué pasa con Brin? ¿Y Allanon?

—No hay noticias; Foraker ha hecho comprobaciones y no han estado en Culhaven. Nadie sabe nada sobre ellos. —Los ojos grises escrutaron con atención al joven del valle—. Cualquier cosa que necesites para tu búsqueda, tendrás que lograrla tú mismo.

Jair echó una mirada rápida a Slanter, pero el gnomo hizo como que no se enteraba.

—¿Cuándo debo presentarme frente al Consejo? —preguntó el joven del valle, volviéndose nuevamente hacia Garet Jax.

—Ahora —respondió el maestro de armas mientras se ponía en pie.

El Consejo de Ancianos se había reunido en la Asamblea. Era una sala amplia y lúgubre, en las entrañas de un edificio de planta cuadrada, que albergaba las oficinas donde se tramitaban los asuntos del pueblo de Culhaven. Los doce integrantes del Consejo estaban sentados detrás de una mesa alargada, dispuesta sobre una tarima al inicio de la cámara. Se emplazaban de cara a unas hileras de bancos, separadas entre sí por pasillos que iban a parar a una puerta doble situada justo delante de ellos, y que daba al exterior. Por ahí entraron Garet Jax, Jair y Slanter. La penumbra lo envolvía todo salvo la parte delantera de la Asamblea, perfectamente iluminada por unas lámparas de aceite. Los tres avanzaron hasta el límite de la zona iluminada; allí se detuvieron. Había otro grupo de personas sentadas en las banquetas más cercanas al estrado. Sus cabezas se alzaron al unísono, siguiéndolos con la mirada cuando ellos pasaron. Una nube de humo de pipa flotaba sobre el grupo de hombres, impregnando el aire con un intenso olor a tabaco quemado.

—Acercaos —ordenó una voz.

Siguieron caminando hasta sobrepasar la primera línea de bancos. Jair miró inquieto a su alrededor; los rostros que lo escrutaban no eran solo de enanos. Un puñado de ellos se disponía a su derecha, mientras que media docena de hombres de la frontera de Callahorn estaban a su izquierda, un poco más apartados. Foraker estaba entre el grupo de enanos. Apoyaba su espalda contra la pared del fondo, y su expresión era dura y contumaz.

—Bienvenidos a Culhaven —dijo la voz.

El que había hablado se levantó detrás de la mesa de la tarima; era un enano de barba grisácea bien entrado en años. Su rostro era tosco y su piel bronceada. Las arrugas se destacaban bajo la intensa luz de las lámparas. Estaba en el centro de los Ancianos del Consejo.

—Me llamo Browork; anciano y ciudadano de Culhaven, y el primero en este Consejo —informó—. Acércate, joven del valle —dijo mientras hacía señas a Jair para que se aproximase.

Jair se anticipó un par de pasos y se detuvo. Observó la hilera de rostros que lo examinaban desde arriba. Todos allí eran viejos y curtidos, aunque sus ojos conservaban la agudeza mientras lo inspeccionaban.

—¿Cómo te llamas? —le preguntó Browork.

—Jair Ohmsford —respondió él—. De Valle Sombrío.

—¿Qué tienes que decirnos, Jair Ohmsford? —preguntó de nuevo el enano mientras asentía con la cabeza.

Jair miró a su alrededor; todos aquellos rostros, completos desconocidos, esperaban con expectación. ¿Debía contarles lo que sabía? Miró al anciano de nuevo.

—Puedes hablar sin tapujos —le animó Browork al advertir su preocupación—. Los que aquí nos encontramos somos de confianza; todos somos líderes en la lucha contra los mordíferos.

Se volvió a sentar con parsimonia, y se dispuso a esperar las palabras del joven del valle. Jair miró a su alrededor de nuevo. Tomó aire con profundidad y comenzó a hablar. Poco a poco, desgranó todo lo sucedido desde que Allanon llegara a Valle Sombrío hacía ya muchos días. Les habló de la llegada del druida, de sus admoniciones acerca de los caminantes negros, de la necesidad de que Brin lo acompañase y de su viaje hacia el este. A continuación explicó su posterior huida, las aventuras que había padecido tanto en las tierras altas como en los Robles Negros, su encuentro con el rey del río de Plata y la profecía pronunciada por aquel Rey de leyenda. Contarlo todo le llevó un buen rato. Mientras hablaba, los hombres allí reunidos escuchaban en riguroso silencio. Le resultaba difícil mirarlos; tenía miedo de lo que pudiera ver en sus rostros. En lugar de eso, mantenía su mirada fija en el semblante arrugado de Browork, y en sus ojos azul intenso.

Cuando finalmente terminó, el anciano se reclinó hacia adelante. Sus manos estaban plegadas sobre la mesa y su mirada lo escrutaba con seriedad.

—Hace veinte años luché hombro a hombro con Allanon para defender la ciudad élfica de Arborlon de las hordas de demonios. Fue una batalla terrible. El joven Edain Elessedil —señaló con la mano a un elfo rubio poco mayor que Brin— no había nacido todavía. Su abuelo, el gran Eventine, reinaba entonces sobre los elfos. Esa fue la última vez que Allanon anduvo por las Cuatro Tierras. Desde entonces, joven del valle, el druida no ha vuelto a ser visto. No ha pasado por Culhaven, ni se ha adentrado en la Tierra del Este. ¿Qué dices a eso?

—No sé el motivo que puede haberle llevado a no tomar este camino —respondió Jair dubitativo—. No sé adónde ha ido; solo sé adónde se dirige. Y mi hermana va con él. También sé que ha estado en la Tierra del Este. —Se giró hacia Slanter—. Este cazador lo rastreó desde el Maelmord hasta mi propia casa.

Esperó a que Slanter confirmara sus palabras, mas no lo hizo.

—Nadie ha visto a Allanon en veinte años —repitió con sosiego el otro anciano del Consejo.

—Y nunca nadie ha hablado con el rey del río de Plata —añadió otro.

—Yo hablé con él —afirmó Jair—. Y también mi padre. Le ayudó a él y a una joven elfa a escapar de los demonios y llegar hasta Arborlon.

—Conozco a tu padre, muchacho —dijo Browork, que continuaba analizándolo—. Vino a Arborlon a ayudar a los elfos en su lucha contra los demonios. Se decía que poseía las piedras élficas, tal y como has dicho. Tú afirmas, sin embargo, que cogiste las piedras élficas de tu casa y se las entregaste al rey del río de Plata, ¿no es así?

—A cambio de un poder mágico que pudiera utilizar —respondió Jair rápidamente—. Por una oportunidad para salvar a Brin, un cristal de la visión que me permita encontrarla y dar fuerza a aquellos que me secunden.

Browork miró a Garet Jax. El maestro de armas se limitó a asentir.

—He visto el cristal del que habla; es mágico. Nos reveló el rostro de una joven; él dijo que era su hermana.

El elfo llamado Edain Elessedil se puso en pie súbitamente. Era alto y de tez clara. Su cabellera rubia le llegaba hasta los hombros.

—Mi padre me ha hablado en muchas ocasiones de Wil Ohmsford. Siempre se refirió a él como un hombre de honor. Me costaría creer que un hijo suyo dijera algo que no fuera cierto.

—A menos que mezcle fantasía y realidad —declaró otro miembro del Consejo—. Lo que nos ha contado aquí resulta difícil de creer.

—Pero las aguas del río están realmente corrompidas —inquirió otro—. Todos sabemos que, de algún modo, los mordíferos las envenenan a fin de destruirnos.

—Como ya has dicho, eso es algo que todos sabemos —replicó el primero—. No es prueba de nada.

Otras voces se alzaron en aquel momento, poniendo en duda el relato de Jair. Browork alzó sus manos con severidad.

—¡Haya paz, ancianos! ¡Recapacitemos sobre lo que está sucediendo! —Se giró hacia Jair de nuevo—. Tu búsqueda, en caso de ser cierta, exige ayuda por nuestra parte. Sin nuestro apoyo nunca podrás triunfar, joven del valle. Hay ejércitos de gnomos que se interponen entre tú lo que buscas; ese lugar al que llamas Fuente Celeste. Has de tener también en cuenta que ninguno de nosotros ha estado jamás en ese sitio, ni conoce el nacimiento del río de Plata. —Observó a su alrededor, a la espera de aprobación por parte de los ancianos. Muchas de aquellas cabezas asintieron al unísono—. Para ayudarte, debemos saber primero qué estamos haciendo; debemos creer en ello. ¿Cómo vamos a creer en algo sobre lo que no tenemos conocimiento personal? ¿Cómo podemos estar seguros de que lo que nos dices es cierto?

—Yo no mentiría jamás —insistió Jair acalorado.

—Puede que sea así de manera consciente —dijo el anciano—. Sin embargo, no todas las mentiras son intencionadas. En ocasiones, lo que creemos cierto no es más que una falsedad que nos embauca. Tal vez te haya ocurrido eso. Tal vez…

—¡Tal vez si seguimos perdiendo el tiempo hablando, luego sea demasiado tarde para hacer algo por Brin! —dijo Jair, a punto de perder por completo el control—. ¡No os he engañado en nada! ¡Todo lo que os he relatado es cierto!

Los miembros del consejo profirieron murmullos de desacuerdo. Mediante un gesto, Browork pidió calma.

—Enséñanos esa bolsa de polvo de plata, para que podamos tener al menos una prueba de que lo que dices es cierto —le ordenó.

—No os ayudará en nada —respondió el joven del valle con expresión desvalida—. El polvo parece arena común.

—¿Arena? —intervino con disgusto un miembro del Consejo—. Estamos perdiendo el tiempo, Browork.

—Deja entonces que veamos el cristal —musitó Browork.

—O muéstranos de cualquier otra manera que lo que dices es cierto —exigió otro.

Jair comprendió que la oportunidad de convencer a los enanos estaba a punto de esfumarse. Muy pocos de los miembros del consejo, por no decir ninguno, creían en lo que les había relatado. Ni Allanon ni Brin habían sido vistos, ni tampoco habían oído nunca que el rey del río de Plata hablara con alguien. Por lo que dedujo de su actitud, ni siquiera creían que existiera. Por si fuera poco, les había dicho que había intercambiado las piedras élficas por una magia que no era capaz de enseñarles.

—Estamos malgastando nuestro tiempo, Browork —repitió el anciano.

—Que otros interroguen al joven del valle mientras nosotros proseguimos con nuestras tareas —añadió otro.

Un murmullo de voces se levantó de nuevo, pero en esta ocasión Browork no consiguió contenerlas. Casi al mismo tiempo, los enanos del Consejo y todos los allí reunidos exigieron que el asunto se resolviese sin mayor dilación.

—Debería haberte dicho que esto podía suceder —susurró Slanter justo detrás de él.

Jair enrojeció de ira. Había llegado demasiado lejos y aguantado demasiado como para que ahora lo dejasen de lado. Demuéstranoslo, le decían. Haz que te creamos.

¡Bien! Él sabía cómo hacerlo.

Avanzó un paso y levantó las manos. Señaló hacia donde el pasillo se hacía penumbra y se prolongaba hasta más atrás de donde estaba él. El gesto fue tan sobrecogedor que se hizo el silencio de manera instantánea. Todos se giraron para mirar. Salvo la oscuridad, allí no había nada...

Entonces, de manera rápida y estruendosa, Jair entonó la Canción de los Deseos. De la nada emergió una figura alta y negra, cubierta con una capa y una capucha; era Allanon.

Un murmullo de asombro se levantó entre los allí reunidos. Los hombres desenvainaron espadas y cuchillos largos, levantándose de sus asientos para defenderse de aquella figura surgida de la oscuridad. Desde el interior de la capucha, un rostro moreno y flaco se alzó hacia la luz. Sus ojos se clavaron en los hombres del Consejo. Entonces Jair dejó de cantar y el druida se esfumó.

El joven del valle se giró nuevamente hacia Browork. Parecía como si los ojos del enano fuesen a salirse de sus órbitas a causa del asombro.

—¿Ahora me crees? —le preguntó Jair sereno—. Dijiste que lo conocías; que habías luchado junto a él en Arborlon. ¿Era ese el druida?

Browork asintió muy lentamente.

—Ese era Allanon.

—Pues ahora ya sabes que lo he visto —dijo Jair.

Todos los allí congregados miraban al joven del valle, inquietos y asustados por lo que acababa de pasar. Justo detrás de él, Jair escuchaba cómo Slanter se reía de manera nerviosa y en voz muy baja. Miró a Garet Jax de reojo; la mirada del maestro de armas denotaba curiosidad y sorpresa.

—Os he dicho la verdad —le dijo nuevamente a Browork—. Debo ir al Anar profundo y encontrar la Fuente Celeste. Allanon estará allí con mi hermana. Y ahora dime: ¿me ayudarás o no?

—¿Vosotros qué opináis? —preguntó Browork a los ancianos del Consejo.

—Yo le creo —dijo uno de ellos.

—Pero esto podría ser también un truco —dijo otro—. ¡Podría ser obra de los mordíferos!

Jair miró velozmente a su alrededor. Varias cabezas se inclinaban en señal de asentimiento. Bajo la humeante luz de las lámparas de aceite, el miedo y la desconfianza nublaban muchos ojos.

—Creo que el riesgo es demasiado grande —dijo otro de los ancianos.

Estamos comprometidos a prestar ayuda a cualquiera que quiera destruir a los espectros —dijo Browork mientras se levantaba. Sus ojos azules reflejaban una gran determinación—. Este muchacho nos ha contado que está aliado con otros que piensan del mismo modo y que persiguen el mismo propósito. Yo le creo. Opino que deberíamos hacer todo lo que podamos para ayudarle en su búsqueda. Solicito una votación, ancianos. Levantad las manos los que estéis de acuerdo.

Browork levantó el brazo. Media docena de manos del consejo le siguieron. Sin embargo, los disidentes no iban a ser silenciados con tanta facilidad.

—¡Es una insensatez! —vociferó uno—. ¿Quién va a acompañarlo? ¿Vamos a enviar a hombres del pueblo, Browork? ¿Quién irá con él en una locura semejante, y que tú, de manera tan imprudente, has aprobado? Si esto ha de hacerse, exijo que los que lo acompañen sean voluntarios.

Un murmullo de voces expresando su apoyo se levantó en la sala.

—Así sea entonces —respondió Browork asintiendo con la cabeza. Su mirada recorrió la cámara, escrutando cada uno de los rostros. Buscaba ver cómo alguno de ellos aceptaba el desafío.

—Yo iré.

Jair miró a su alrededor en busca del que había proferido aquellas palabras; era Garet Jax. Había dado un paso al frente, y sus ojos plomizos miraban inexpresivos al Consejo.

—El rey del río de Plata prometió al joven del valle que yo sería su protector —dijo con serenidad—. De ese modo, su promesa debe cumplirse.

—¿Quién entre vosotros irá también? —preguntó Browork de manera general mientras fijaba su atención en los demás.

Elb Foraker se separó de la pared en la que se apoyaba, colocándose junto a su amigo. Browork miró de nuevo a los allí reunidos. Al instante, entre los hombres de Callahorn se produjo cierta agitación. Un hombre gigantesco de la frontera se puso en pie; su rostro se enmarcaba en una cabellera negra y alargada, y estaba cubierto con una barba corta.

—Yo también iré —afirmó, adelantándose para unirse a los demás. Jair dio un paso hacia atrás en contra de su voluntad. El hombre de la frontera era casi tan grande como Allanon.

—Helt —intervino Browork—. Los hombres de Callahorn no necesitan hacer de esto algo propio.

—Combatimos al mismo enemigo, anciano —respondió el hombre de la frontera con estudiada indiferencia—. Me atrae la búsqueda, por lo que iré.

—Yo también iré, anciano —dijo Edain Elessedil levantándose.

—Tú eres el príncipe de los elfos, joven Edain —desaprobó Browork—. Estás aquí con tus cazadores elfos para pagar una deuda que tu padre cree que contrajo cuando los enanos lo ayudaron en Arborlon. Admiro tu implicación, pero creo pero estás elevando demasiado el precio de la deuda. Tu padre jamás aprobaría esto. Te ruego lo reconsideres.

—No tengo nada que reconsiderar, Browork —respondió el príncipe elfo, esbozando una leve sonrisa—. La deuda a pagar en esta cuestión atañe al joven del valle y su padre, y no tiene nada que ver con la deuda contraída con los enanos. Hace veinte años, Wil Ohmsford acompañó a una Elegida de los elfos en busca de un talismán para destruir a los demonios que habían logrado huir de la Prohibición. Arriesgó su vida por mi padre y por mi pueblo. Ahora tengo la oportunidad de devolvérselo a Wil Ohmsford, acompañando a su hijo para ayudarle a encontrar lo que busca. Estoy tan capacitado como cualquiera de los aquí reunidos y por eso voy a ir.

Browork no mudó su gesto desaprobatorio. Garet Jax miró a Foraker; el enano se limitó a gesticular con indiferencia. El maestro de armas miró durante un instante al príncipe elfo de manera atenta, como si pretendiese determinar la solidez de su compromiso; o quizá, tal vez, solo sus posibilidades de sobrevivir. A continuación asintió.

—Muy bien —dijo Browork—. Entonces ya sois cinco.

—Seis —interrumpió Garet Jax—. Media docena para atraer a la buena suerte.

—¿Y quién es el sexto? —preguntó Browork, mirándolo perplejo.

—El gnomo —respondió Garet Jax, volviéndose con pausa y señalando a Slanter.

—¿Cómo? —inquirió Slanter asombrado. ¡No puedes escogerme!

—Lo acabo de hacer —respondió el maestro de armas—. Tú eres el único que ha estado en el lugar al que vamos; conoces el camino y nos guiarás.

—¡Yo no os guiaré a ningún lado! —Slanter se puso pálido, contrayéndose sus facciones debido a la rabia—. ¡Este muchacho... este diablo... él te ha inducido! Está bien: ¡no tienes ningún poder sobre mí! ¡Os llevaré hasta los lobos si me obligáis a ir con vosotros!

—Eso sería muy inoportuno para ti, gnomo; los lobos te devorarían el primero —respondió Garet Jax mientras se le aproximaba con una mirada dura y fría como el invierno—. Tómate un instante y recapacita sobre ello.

Un silencio sepulcral atravesó la asamblea. El maestro de armas y el gnomo se quedaron frente a frente, totalmente inmóviles. Se escrutaban mutuamente sin proferir sonido alguno. En los ojos del hombre de negro se adivinaba la muerte; en los de Slanter, tan solo la duda. Pero el gnomo no reculó; permaneció donde estaba, totalmente encendido por la ira. Había caído en una trampa que él mismo había tejido. Su mirada buscó poco a poco a Jair. El joven del valle sintió lástima por él.

—Parece que no tengo elección —musitó Slanter entre dientes mientras asentía de un modo apenas perceptible—. Os guiaré.

—Seis —corroboró Garet Jax, girándose nuevamente hacia Browork.

—Seis —dijo casi en un susurro el anciano. Tras el instante de duda, suspiró con resignación—. Que la fortuna esté con vosotros.

15

A última hora de la mañana siguiente, en cuanto hubieron realizado los preparativos, el pequeño grupo partió desde Culhaven hacia el Anar profundo. Jair, Slanter, Garet Jax, Elb Foraker, Edain Elessedil y Helt, armados y con el avituallamiento necesario, salieron del poblado y desaparecieron casi como fantasmas. A su despedida solo fue Browork, quien reflejaba en su rostro una mezcla de suspicacia y convicción. Le prometió a Jair que enviaría a sus padres un mensajero que les advirtiera sobre la existencia de los mordíferos antes de que regresaran a Valle Sombrío. A todos los demás les dio un fuerte apretón de manos, repartiendo palabras de ánimo. Slanter fue el único en evidenciar la palpable falta de consideración en sus buenos deseos. No hubo ningún formalismo más en su partida; el Consejo de Ancianos y los otros líderes que habían participado en la asamblea de la noche precedente, ya fuesen enanos o extranjeros, seguían divididos acerca de la necesidad de una empresa semejante. La mayoría de ellos, de hecho, estaban convencidos de que la compañía estaba abocada al fracaso.

Pero la decisión ya estaba tomada, por lo que el grupo partió a la aventura. Salieron sin escolta, a pesar de la firme oposición de los cazadores elfos que habían acompañado a Edain Elessedil en su viaje al este desde la ciudad de Arborlon. Después de todo, se sentían responsables de la seguridad de su príncipe. Lo suyo no era más que una fuerza simbólica enviada a toda prisa por Ander Elessedil cuando recibió una petición de ayuda desde Browork. Se había comprometido a mandar una fuerza mayor en cuanto estuviera disponible, pero de momento eso era lo que había podido proporcionar en reconocimiento a la obligación contraída con los enanos por su ayuda en la lucha de los elfos contra los demonios de hacía veinte años. Había enviado a Edain Elessedil, su hija, en representación suya, al no existir una expectativa real de entablar batalla. A no ser que las fuerzas de los gnomos alcanzaran Culhaven. Que se ofreciera a unirse al grupo en su búsqueda en pleno centro del país enemigo fue algo completamente inesperado.

Pero los cazadores elfos, en realidad, poco podían hacer al respecto; el príncipe era libre de tomar sus propias decisiones. Había otros enanos y hombres de la frontera que se ofrecieron a ir, pero Garet Jax los rechazó. Su decisión la apoyaron los otros seis integrantes del grupo, Slanter incluido. Cuantos menos fuesen, podrían moverse con mayor discreción, lo cual se traducía en un aumento de las posibilidades de atravesar los grandes bosques del Anar sin ser detectados. A excepción de Jair, aunque él contaba con su magia, todos eran expertos profesionales, adiestrados de manera expresa para sobrevivir en entornos hostiles. Incluso a Edain Elessedil la habían formado miembros de la Guardia Especial del Rey durante su adolescencia. Todos convinieron en que no era aconsejable aumentar el número de integrantes de la compañía.

De ese modo, seis fueron los que emprendieron el viaje a pie, dado que lo espeso del bosque impedía utilizar cualquier otro medio de desplazamiento hacia el este, a lo largo de la ribera del río de Plata. Browork los siguió con la mirada hasta que se perdieron entre los árboles. Luego regresó a trabajar de mala gana a Culhaven.

Era un día claro y frío de otoño. El aire era nítido y calmo, y el sol resplandecía en el cielo. Los árboles relucían en tonos grana, dorados y marrones. Las hojas se desprendían formando una alfombra sobre la tierra del bosque, crujiente a cada paso que daban los miembros de la compañía. El tiempo transcurrió con rapidez. Antes de que se diesen cuenta, la tarde había finalizado, y el crepúsculo se cernía sobre el Anar, pintándolo con claroscuros de sombras grises y violetas.

El grupo acampó junto al río de Plata, al amparo de una diminuta arboleda de fresnos. Su parte oriental quedaba guarecida por un afloramiento de rocas. Prepararon la cena y comieron. Garet Jax pidió que se reunieran.

—Tomaremos esta ruta —dijo Elb Foraker, de rodillas en medio de todos mientras, tras retirar las hojas, dibujaba con un palo unas líneas en el suelo—. El río de Plata continúa en esta dirección —prosiguió señalándolo en la tierra—. Estamos aquí: hacia el este, aproximadamente a cuatro días, está la Ciudadela de Capaal, que pertenece a los enanos y protege las esclusas y los diques del Cillidellan. Al norte, el río de Plata desciende del Alto Bens y las prisiones de los gnomos en Dun Fee Aran. Todavía más al norte, se alzan las montañas del Cuerno del Cuervo y la Marca Gris. —Miró uno a uno a todos los miembros de la compañía—. Si nos es posible, deberemos seguir el curso del río de Plata hasta la Marca Gris. Si por lo que fuera tuviésemos que abandonar el curso del río, el camino a través del Anar es mucho más complejo debido a la vegetación salvaje de esa zona. —Hizo una breve pausa—. Los ejércitos de gnomos se despliegan por todo el norte y el este de Capaal. Una vez lleguemos, deberemos tener mucho cuidado. ¿Preguntas?

Garet Jax levantó la vista.

—Lo pintas mucho más fácil de lo que es —dijo Slanter resoplando.

—Por eso mismo te necesitamos —respondió el maestro de armas mientras se encogía de hombros—. En cuanto hayamos llegado a Capaal, tú serás el responsable de establecer la ruta a seguir.

—Si es que llegamos tan lejos —dijo Slanter, escupiendo con desprecio sobre las líneas dibujadas por Elb Foraker.

Acto seguido el grupo se separó. Cada uno buscó un lugar propicio en el que acomodar su lecho para pasar la noche. Tras vacilar un instante, Jair siguió a Slanter. Lo alcanzó en el extremo opuesto del claro.

—Slanter —le llamó.

El gnomo se giró. Al ver al joven del valle apartó la mirada. Jair avanzó un poco más hasta situarse enfrente del gnomo.

—Slanter, quisiera decirte que no fue mi idea el obligarte a que nos acompañases.

—Bueno; fuese como fuese, eso es lo que querías, ¿no? —contestó Slanter, mirándolo fríamente.

—Nunca obligaría a nadie a hacer algo que no quisiese. Ni siquiera a ti —respondió Jair, negando con un movimiento de cabeza—. Pero me alegro de que estés aquí; quiero que lo sepas.

—¡Oh! ¡Qué reconfortante! —respondió el gnomo en tono de burla—. ¡Recuerda decírselo a los caminantes cuando nos apresen!

—Slanter, no seas así. No...

—Déjame en paz —contestó el gnomo, dándole la espalda de manera brusca—. No quiero saber nada de ti; no quiero saber nada de todo esto. —Entonces se giró de nuevo hacia el joven del valle. Este vio una fuerte determinación atravesando su mirada—. ¡En cuanto pueda, muchacho, desapareceré! ¡Recuérdalo: a la primera oportunidad! ¿Todavía te alegras de que esté aquí?

Se separó de Jair airadamente. El joven del valle se quedó observando con impotencia cómo se alejaba triste y enfurecido.

—Al contrario de lo que parece, no está enfadado contigo —dijo una voz grave. Jair se volvió, encontrando a Helt a su lado. Su rostro, largo y amable, estaba inclinado hacia abajo—. Está, principalmente, enfadado consigo mismo.

—Pues a mí no me ha parecido eso —respondió Jair con gesto de duda.

El hombre de la frontera se acercó al tocón de un árbol y tomó asiento, extendiendo sus largas piernas.

—Puede ser, pero esa es la verdad. El gnomo es un rastreador; lo conocí en Varfleet. Los rastreadores no se parecen a ningún otro tipo de persona; les gusta estar solos, especialmente a Slanter. Se siente atrapado en este asunto y trata de culpar a un tercero. Parecer ser que tú eres el que tiene más a mano.

—Sí. Supongo que, de algún modo, lo soy. —El joven del valle miró cómo se alejaba el gnomo.

—No más que él —añadió el hombre de la frontera—. Él vino al Anar porque quiso, ¿no es cierto?

—Pero yo se lo pedí —respondió Jair.

—Alguien nos lo pidió a todos nosotros —repuso Helt—. No teníamos por qué haber venido y, sin embargo, decidimos hacerlo. La situación del gnomo no es distinta: él aceptó ir contigo hasta Culhaven. Es probable que quisiese venir, e incluso puede que aún lo desee, pero no es capaz de admitirlo. Tal vez eso le asuste.

—¿Y por qué tendría que estar asustado de eso? —preguntó Jair, frunciendo el ceño.

—Porque eso quiere decir que se preocupa por ti. Por más que lo pienso, no encuentro otro motivo que explique su presencia.

—No lo había pensado de esa forma. Hasta ahora creía todo lo contrario; que no se preocupaba por nadie.

—No; él se preocupa —dijo Helt, negando con un movimiento de cabeza—. Y eso a él también le asusta. Los rastreadores no se pueden permitir el lujo de preocuparse por nadie si quieren conservar su vida.

—Pareces muy seguro de esto —repuso Jair, mirando fijamente al hombre de la frontera.

—Porque lo estoy —respondió el hombre alto mientras se incorporaba—. Yo también fui rastreador.

Se volvió, sumiéndose en la oscuridad. Jair lo siguió con la vista, preguntándose qué había movido a hablar al hombre de la frontera. En cualquier caso, agradecía que lo hubiera hecho.

El día amaneció gris y sombrío. Una masa de oscuras nubes se expandía hacia el este. El viento, frío y desapacible desde el norte, golpeaba sus rostros de manera furiosa, mientras ululaba entre las ramas desnudas de los árboles. Las hojas y el polvo se aglomeraban a su alrededor al reanudar la marcha, y el aire estaba embebido de un fuerte olor a lluvia.

Jair Ohmsford caminó ese día sin despegarse de Edain Elessedil. El príncipe elfo se puso a su lado al comenzar la jornada y, de manera espontánea y sencilla, le contó lo que su padre le había dicho sobre los Ohmsford. Tenía una gran deuda con Wil, dijo el príncipe elfo mientras avanzaban a duras penas con las cabezas gachas protegiéndose del viento. Si no hubiese sido por él, la nación de los elfos podría haber perdido la guerra contra los demonios, ya que fue Wil quien acompañó a la Elegida de los elfos, Amberle, en busca del Fuego de Sangre para que la semilla de la legendaria Ellcrys pudiera ser sumergida en sus llamas, y ser devuelta así a la tierra para renacer.

Jair había escuchado la historia miles de veces, pero, en cierto modo, contada por Edain sonaba diferente, así que la escuchó con agrado. Para corresponderle, le confesó al príncipe que conocía muy poco las Tierras del Oeste, y le habló de la admiración que su padre sentía por Ander Elessedil, así como de su propio cariño por el pueblo elfo. Conforme hablaban, comenzó a desarrollarse un sentimiento de afinidad entre ambos. Tal vez fuera a causa de sus ascendientes elfos en común, o tal vez porque tenían casi la misma edad. Edain Elessedil era como Rone a la hora de conversar: tan pronto hablaba en serio como lo hacía en broma, y se precipitaba ansioso por exponer sus sentimientos e ideas y escuchar los de Jair. Sellaron su amistad en muy poco tiempo.

El anochecer llegó, y el pequeño grupo se resguardó bajo el saliente de una línea de riscos que discurría en paralelo al río de Plata. Allí cenaron algo, mientras contemplaban la sórdida corriente del río discurrir entre una serie de peñascos caídos. Enseguida comenzó a llover. El cielo se ennegreció, y el día dio lugar a una noche desapacible. Jair se sentó a cubierto del reborde mientras contemplaba la oscuridad. El fétido olor de las aguas envenenadas le embargaba por completo. Desde Culhaven, el estado del río había empeorado considerablemente. Las aguas bajaban mucho más sucias, arrastrando una gran cantidad de peces muertos y madera seca. Incluso la vegetación que crecía en las orillas mostraba claros síntomas de decadencia. La lluvia, copiosa y constante, parecía beneficiosa, aunque solo fuera por el alivio que suponía para tanta suciedad.

Al rato, los miembros del grupo se dispusieron a dormir. Como siempre, uno de ellos se quedó montando guardia. En esta ocasión le tocó a Helt. El hombre de la frontera, de pie en el extremo más lejano al afloramiento rocoso, se aparecía como una sombra descomunal en contra del movimiento gris de la lluvia. Edain Elessedil le había dicho que aquel hombre había sido rastreador durante más de veinte años. Sin embargo, nadie le había dicho por qué ya no lo era. Se decía que había dejado de serlo por haber formado una familia, aunque nadie parecía saber qué había sucedido con ella. Era un hombre afable, tranquilo y de voz suave... y a la vez también era peligroso. Era un luchador diestro e increíblemente fornido. Además, poseía visión nocturna; un sentido de la vista extraordinario que le permitía ver en la oscuridad con la facilidad con que lo hacía durante el día. Se contaban abundantes historias sobre esta cualidad: nunca nada ni nadie había logrado escabullirse de él.

Jair se encogió dentro de las mantas protegiéndose del frío. En el centro del campamento improvisado ardía una hoguera, aunque el calor no lograba imponerse sobre la humedad del lugar. Observó durante un largo rato a Helt. Tras la breve conversación que habían mantenido la noche anterior, el hombre de la frontera no le había vuelto a dirigir la palabra. Jair había pensado en retomarla en un par de ocasiones, y estuvo casi a punto de hacerlo. Pero algo le disuadía. Tal vez fuera el aspecto de aquel hombre, grande y enigmático... como Allanon. Aunque a la vez era diferente en algo que no sabía precisar muy bien.

—Deberías estar durmiendo.

La voz lo sorprendió, asustándolo y haciendo que se estremeciera. Garet Jax estaba a su lado, como una sombra negra y silenciosa envuelta en su capa.

—No tengo sueño —murmuró Jair, tratando de recuperar la compostura.

El maestro de armas asintió, mientras contemplaba caer la lluvia. Se quedaron sentados en silencio, acurrucados en la oscuridad, mientras escuchaban el sonido de las gotas de lluvia, el rumor de la corriente y el suave murmullo de las hojas y las ramas mecidas por el viento. Pasado un rato, Garet Jax se movió. Jair sintió cómo sus ojos se posaban en él.

—¿Recuerdas cuando me preguntaste por qué te había ayudado en los Robles Negros? —dijo con suavidad. Jair respondió asintiendo—.

Te dije que lo hice porque me interesaste. Y era cierto: me interesabas. Pero había algo más.

Hizo una breve pausa. Jair se giró y lo miró; los ojos del maestro de armas, duros y fríos, parecían distantes y curiosos.

—Soy el mejor en lo que hago —prosiguió el maestro de armas, con una voz que apenas era un susurro—. Siempre he sido el mejor y nadie puede competir conmigo. He viajado por todas las tierras, y nunca me he topado con un rival que me supusiera un reto. Pero sigo buscándolo.

—¿Y por qué lo haces? —preguntó Jair.

—¿Y qué otra cosa puedo hacer? ¿Qué otra finalidad tiene el ser maestro de armas, sino la de probar la habilidad que va asociada al nombre? Me pongo a prueba a diario; busco todas las maneras posibles de probarme en mi habilidad y mantenerme a la altura exigida. Nunca he fallado, por supuesto. Pero no puedo relajarme.

Volvió a desviar la mirada hacia la lluvia.

—Cuando te encontré en el claro de los Robles Negros, amordazado y atado de pies y manos, supe que tenías algo especial. No tenía ni idea de lo que podía ser, pero sí que tenías algo. Lo percibí, empleando tus propias palabras. Tú eras al que estaba buscando.

—No te entiendo —respondió Jair, negando con la cabeza.

—No; supongo que no. Tampoco yo era capaz de entenderlo en un principio; solo sentía que, en cierto modo, eras importante para mí. Por ello te liberé y fui contigo. Conforme avanzábamos por el camino, fui descubriendo cosas relacionadas con lo que me había intrigado en un principio... con lo que buscaba. Pero ninguna me ha servido para saber lo que tenía que hacer, así que he ido amoldando mis actos a mis sentimientos. —Se puso erguido y se giró hacia Jair—. Entonces, aquella mañana, te despertaste junto al río de Plata y me hablaste de tu sueño. Bueno, no el sueño, supongo... sino algo parecido. Tu búsqueda, lo llamaste. Yo tenía que ser tu protector. Una búsqueda imposible; una búsqueda en lo más recóndito de la guarida de los mordíferos, con una intención que solo tú conocías. Y yo debía protegerte.

—Pero verás: yo también soñé algo aquella noche —continuó, haciendo un gesto con la cabeza—. No te lo dije en aquel momento, pero fue tan real que creo que sería mejor hablar de visión que de sueño. En un tiempo y un espacio indeterminados, yo aparecía como tu protector. Delante de mí ardía un objeto; un objeto que al tocarlo quemaba. Una voz me susurraba desde lo más profundo de mi mente y me decía que debía combatir al fuego; que sería la batalla más terrible de mi vida. Una lucha a muerte. La voz me dijo a continuación que esta era la batalla para la que me había estado preparando toda mi vida, y que las anteriores habían sido solo un entrenamiento. —Sus ojos plomizos se avivaban con el calor de sus palabras—. Después de escuchar tu visión, pensé que tal vez la mía también procedía del rey del río de Plata. Pero procediese de donde procediese, supe que la voz no me engañaba y que aquello era lo que había estado buscando; una oportunidad que me permitiera medir mi habilidad con el mayor poder al que jamás me hubiese enfrentado, y comprobar de ese modo que, en realidad, soy el mejor.

Se miraron mutuamente en la oscuridad. Jair se asustó cuando vio lo que había en los ojos del maestro de armas: determinación, firmeza en su propósito... y algo más: locura. Un delirio controlado a duras penas y compacto como el acero.

—Quiero que lo entiendas, joven del valle —dijo Garet Jax—. Decidí ir contigo para que esa misión se materialice. Te protegeré, tal y como prometí. Haré todo lo que esté en mi mano para defenderte. Te protegeré aunque me cueste la vida. Después de todo, lo que busco es eso: ¡probar mi habilidad! —Tras una breve pausa, lo repitió—: ¡Quiero que lo entiendas!

—Creo que te entiendo —dijo Jair.

Garet Jax miró una vez más a la lluvia, replegándose en sí mismo. Como si estuviese solo, se quedó contemplando cómo el agua caía en una cortina uniforme. No dijo nada más. Al rato se levantó, adentrándose en las sombras.

Jair Ohmsford permaneció sentado un buen rato, reflexionando sobre lo que le acaban de decir, y preguntándose si realmente lo comprendía.

Al despertar a la mañana siguiente, Jair sacó el cristal de la visión para tratar de averiguar dónde estaba Brin.

El bosque aparecía envuelto en una lluvia y una niebla grises. Los miembros de la compañía se agruparon entonces alrededor del joven del valle. Mientras sostenía ante sí el cristal, comenzó a cantar. La Canción de los Deseos, dulce y misteriosa, inundó con su sonido el silencio de la madrugada. Al instante, una luz intensa resplandeció en el interior del cristal. Entonces el rostro de Brin tomó forma. Miró a los miembros de la compañía, en busca de algo que sus ojos no podían ver. Detrás de ella había montañas, desiertas y áridas a la luz de una madrugada tan triste y sombría como la que ellos presenciaban en esos momentos. Jair continuó con su canto. De repente su hermana se giró y él siguió su rostro. Allanon y Rone Leah estaban allí con ella, mirando preocupados hacia un bosque impenetrable y denso.

Entonces Jair paró de cantar y la visión desapareció al instante. Miró ansioso a los que le rodeaban.

—¿Dónde está?

—Esas montañas eran los Dientes del Dragón —dijo Helt—. No cabe duda.

—¿Y el bosque? —preguntó Garet Jax, asintiendo mientras miraba a Foraker.

—Es el Anar —respondió el enano mientras frotaba su mentón barbudo—. Va hacia allí con sus compañeros, pero desde el norte, atravesando el Rabb.

—Cuando la otra vez ya utilizaste el cristal de la visión, creo que las montañas eran las mismas: los Dientes del Dragón —dijo el maestro de armas, agarrando a Jair por el hombro—. Tu hermana y el druida estaban entonces allí; ahora se disponen a salir. ¿Qué estarían haciendo allí?

Se hizo el silencio. Se miraron las caras los unos a los otros.

—Paranor —dijo Edain Elessedil de repente.

—La Fortaleza de los Druidas —añadió Jair—. Allanon ha llevado a Brin a la Fortaleza de los Druidas. ¿Para qué habrá hecho eso?

—Si nos quedamos aquí nunca lo sabremos —dijo Garet Jax—. Las respuestas a todo esto están en el este.

Se levantaron. Entonces Jair guardó el cristal de la visión en los pliegues de su túnica. El viaje hacia el Anar se reanudó.

16

Cuatro días después de abandonar Culhaven, llegaron a La Cuña. Eran las últimas horas de la tarde y el cielo se dibujaba gris y opresivo sobre la tierra. La lluvia caía con la intensidad de los días anteriores, y el Anar aparecía empapado y frío. Los árboles, ya sin el color del otoño, se perfilaban negros y esqueléticos entre los cúmulos de niebla que pendían como fantasmas en la oscuridad. En el bosque, desierto y sombrío, no se escuchaba sonido alguno.

El terreno, que durante todo el camino se había ido elevando de forma sutil, de repente se convirtió en un amasijo de riscos y rocas. El río de Plata descendía con ferocidad, acrecentado por la acción de las lluvias y serpenteante a través de un profundo desfiladero. Las montañas se alzaban a los lados, limitándolo con despeñaderos escarpados y faltos de vegetación. El Río plateado, por acción de la niebla y la noche, pronto quedó oculto a la vista.

Se encontraban en un desfiladero que los enanos llamaban La Cuña.

Los miembros de la compañía ascendieron por la ladera sur, inclinando sus cabezas contra el viento y las capas ceñidas a sus cuerpos. El viento rugía con fuerza, lo que les impedía escuchar cualquier sonido que no fueran los producidos por ellos mismos. Todos tenían una profunda sensación de desasosegante soledad. Caminaban entre la maleza y los pinos, ascendiendo con lentitud, con la sensación de que el horizonte se cerraba a su alrededor mientras la tarde fallecía en brazos de la noche. Foraker iba al frente; este era su país y conocía sus singularidades mejor que nadie. Garet Jax le iba a la zaga, negro e indiferente como los árboles que ya habían dejado atrás. A continuación iban Slanter, Jair y Edain Elessedil. Por último, el gigantesco Helt cerraba la compañía. Nadie hablaba; en el silencio de la marcha, los minutos pasaban con cuentagotas.

Llegaron a la cima de una colina y ya se disponían a iniciar la bajada hacia un bosquecillo de abetos cuando Foraker se detuvo de repente para escuchar. Al instante ordenó al resto que se adentraran rápidamente en la arboleda. Dijo algo a Garet Jax, y entonces el enano se separó de ellos, desapareciendo entre la niebla y la lluvia.

Esperaron en silencio a que regresara. Cuando finalmente reapareció, lo hizo por el lado contrario al que se había marchado. Les hizo una señal para que lo siguieran y se adentró en el bosque profundo. Entonces todos se dispusieron en un círculo en torno a él.

—Gnomos —dijo con serenidad, a pesar de que el agua corría desde su cabeza desnuda hasta su poblada barba—. Al menos un centenar; están vigilando el puente.

Hubo un silencio cortante. El puente estaba situado en el centro de una región que creían segura, pues estaba protegida por toda una milicia de enanos con sede en la Ciudadela de Capaal. Si había gnomos en un lugar tan al oeste y tan cercano a Culhaven, ¿significaba que ese ejército había caído?

—¿Podemos rodearlo? —preguntó Garet Jax.

—No. A menos que estés dispuesto a perder tres días —respondió Foraker, negando con un gesto de cabeza—. El puente es el único acceso a La Cuña. Si no lo cruzamos, tendremos que desandar el camino a través de las montañas que hemos subido y dar un rodeo hacia el sur por tierras salvajes.

La lluvia les golpeaba en la cara.

—No tenemos tres días para perder —dijo el maestro de armas tras reflexionar un instante—. ¿Crees que conseguiremos pasar sin que los gnomos lo adviertan?

—Tal vez cuando esté oscuro —respondió Foraker, encogiéndose de hombros.

—Llévanos para que podamos echar un vistazo —dijo Garet Jax, asintiendo con la cabeza.

Ascendieron por las rocas, manteniéndose al amparo de los pinos, los abetos y la maleza. Las piedras estaban húmedas y resbaladizas a causa de la lluvia, y la niebla y la noche cada vez se cerraban más. Elb Foraker iba a la cabeza, mientras se arrastraban en silencio por la penumbra.

Entonces un destello de fuego quebró la oscuridad, aunque la lluvia lo apagó al instante. Procedía de algún lugar más allá de las rocas que tenían frente a sí. Se agacharon como si fuesen un solo hombre para evitar ser detectados y serpentearon hasta un lugar desde el que pudieron observar, por encima del borde de un saliente, lo que había detrás.

Los muros quebrados de La Cuña parecían esculpidos a cincel, recubiertos por la niebla y barridos por la lluvia. Sobre un impresionante precipicio pasaba un puente macizo de madera y hierro, anclado con firmeza a la roca del precipicio gracias a la pericia de los enanos en cuestiones de ingeniería. En el lado del puente más cercano adonde se encontraban ellos se extendía una amplia superficie de roca que llegaba hasta los riscos. Estaba escasamente poblada de árboles y totalmente cubierta en aquel momento por las hogueras alrededor de las cuales se sentaban los gnomos. Sobre sus cabezas se disponían rebordes rocosos y tiendas de lona. Estaban por todas partes: alrededor de las fogatas, así como en el interior de las tiendas, desde donde, por acción de la luz del fuego, se dibujaban sus siluetas. Al otro lado del desfiladero, casi engullidos por la oscuridad, otra docena de gnomos patrullaba por un sendero estrecho que iba desde el precipicio, sobre una colina de escasa altura, hasta una ladera extensa y arbolada que se adentraba en la selva un centenar de metros.

A ambos lados del puente, los cazadores gnomos montaban guardia. Los seis, agazapados en el saliente, observaron la escena largo rato. Poco después, Garet Jax les hizo un gesto para que se dirigieran a una especie de galería que se encontraba más abajo.

Una vez allí, el maestro de armas se volvió hacia Helt.

—¿Crees que podremos pasar al caer la noche?

—Puede que hasta el puente —respondió dubitativo el hombre grande.

—No es suficiente —dijo Garet Jax, negando con la cabeza—. Tenemos que atravesar la línea de los centinelas.

—Un hombre solo podría conseguirlo —dijo Foraker—. Arrastrándose por debajo del puente, a lo largo de los refuerzos de las columnas. Si fuera suficientemente ágil, podría llegar al otro lado, matar a los centinelas y defenderlo el tiempo suficiente como para que los demás le siguiesen.

—¡Eso es una locura! —dijo Slanter—. ¡Incluso consiguiendo eliminar a la docena de centinelas apostados al otro lado del puente, los otros caerían sobre ti en cuestión de minutos! ¿Cómo te librarías de ellos?

—Con el ingenio propio de los enanos —gruñó Foraker—. Tenemos la habilidad de construir las cosas mejor que nadie, gnomo. Ese puente está diseñado para colapsar en caso de ser necesario. Si quitas las clavijas de cualquiera de sus lados, se precipitará al vacío del desfiladero.

—¿Y cuánto tiempo llevará quitar las clavijas? —preguntó Garet Jax.

—Un minuto... tal vez dos. Hace ya un tiempo, se esperaba que los gnomos trataran de asaltar Capaal. —Hizo un gesto de negación—. Me preocupa que ya lo hayan hecho y nadie haya sido capaz de detenerlos; son demasiado precavidos como para apropiarse del puente del modo en que lo han hecho. Y que hayan decidido acampar aquí da a entender que no están excesivamente preocupados por la posibilidad de ser atacados. —Negó de nuevo con la cabeza—. Estoy preocupado por el ejército.

—Preocúpate de eso en otro momento —dijo Garet Jax mientras se enjugaba la lluvia de los ojos y miraba uno por uno a los cinco integrantes de la compañía—. Escuchad con atención: cuando termine de oscurecer, Helt nos guiará a través del campamento hasta el puente. Yo lo cruzaré por la parte de debajo. Cuando elimine a los centinelas, Elb, el gnomo y el joven del valle lo cruzarán. Helt, tú y el príncipe elfo utilizaréis los arcos largos para hacer que los gnomos se mantengan a este lado del puente hasta que hayamos desenroscado las clavijas. Luego, cuando os lo indiquemos, cruzaréis. Entonces lo haremos caer.

Elb Foraker, Helt y Edain Elessedil asintieron en silencio.

—¡Pero que ahí abajo hay más de un centenar de cazadores gnomos! —dijo Slanter—. ¡Si algo sale mal, no tendremos ninguna oportunidad!

—Eso no debería preocuparte —respondió Foraker, mirándolo fríamente—. Al fin y al cabo, siempre puedes fingir que estás con ellos.

Jair fulminó con la mirada al gnomo, pero este se retiró sin replicar.

—De ahora en adelante no quiero oír ningún ruido —dijo Garet Jax, poniéndose en pie—. Recordad lo que tenemos que hacer.

Los seis miembros del grupo ascendieron de nuevo hasta el saliente, se escondieron entre los riscos y se dedicaron a vigilar a los gnomos mientras la noche iba cayendo. Pasó una hora; luego otra. El maestro de armas seguía sin dar ninguna orden, por lo que se mantuvieron donde estaban. Finalmente, la oscuridad se adueñó del desfiladero, y la lluvia y la niebla lo traspasaron como un velo. El frío comenzó a ser más intenso, calándoles hasta entumecerlos. Abajo, las hogueras de los cazadores gnomos resplandecían en contraste con el negro fondo.

Entonces Garet Jax les hizo un gesto con el brazo y todos se pusieron en pie. Se deslizaron, apartándose de las rocas, y comenzaron a descender hacia el campamento de los gnomos. Iban en fila. Helt encabezaba la marcha con lentitud y cautela, cerciorándose de elegir el mejor camino para avanzar. El fulgor de las hogueras fue cobrando fuerza. Las voces, roncas y guturales, comenzaron a ser audibles entre el viento y la lluvia. Las seis figuras reptaron entre las sombras que proyectaban rocas y árboles, dejando atrás tiendas y hogueras. Rodearon el campamento por la izquierda, y solo la visión nocturna de Helt evitó que tomaran un desvío directo al precipicio.

El tiempo transcurría veloz, mientras su lento recorrer por el campo enemigo parecía no acabar nunca. Cuando el viento soplaba de cara, Jair era capaz de oler la comida que los gnomos estaban cocinando. Podía, de igual modo, oír sus voces, risas y gruñidos, así como distinguir sus cuerpos al pasar frente a la luz tenue de las hogueras. Puso todo su empeño en no hacer el más mínimo ruido; ni siquiera al respirar. De repente pensó que, si realmente lo deseaba, podía fundirse con las sombras de la noche, utilizando la Canción de los Deseos para hacerse invisible.

Se dio cuenta de que había encontrado una manera mucho más segura de lograr que todos atravesasen el puente.

Pero, ¿cómo se lo diría a los demás?

Habían llegado al borde del desfiladero, por lo que habían dejado atrás cualquier tipo de refugio que las rocas o los árboles pudiesen ofrecerles. Frente a ellos se abría solo la boca del precipicio. La rodearon, envueltos en las sombras de la noche. Allí no había hogueras, y la niebla y la lluvia hacían que estuvieran fuera del campo de visión de los gnomos. Frente a ellos, el inmenso puente sobresalía en la oscuridad, con sus vigas de madera resplandecientes por la acción de la lluvia. Las voces de los gnomos llegaban con sutileza desde la parte de arriba, breves e insatisfechas cuando procedían de los centinelas embozados en sus capas, mientras pensaban en el calor acogedor del campamento. Guiados por un silencio sepulcral, Helt hizo descender a la compañía hasta la parte baja del puente, donde las vigas de apoyo estaban ancladas a la roca. Un poco más allá, la Cuña se abría en un monstruoso abismo. El viento ululaba a través de su sórdido estómago al otro lado de la roca.

Se agacharon, disponiéndose en forma de corro. Jair miró a Garet Jax tratando de llamar su atención. Su mirada férrea iba de un lado a otro sin detenerse. Jair señaló al maestro de armas, luego a sí mismo y, finalmente, a los centinelas que patrullaban sobre ellos, en el puente.

Garet Jax frunció el ceño. Jair se llevó el dedo a los labios en señal de silencio y, susurrante, dijo la palabra «gnomo». Acto seguido señaló a los demás miembros de la compañía:«La canción nos posibilitará el adoptar el aspecto de un gnomo frente a los centinelas. Eso nos permitirá pasar sin ser detenidos», trataba de decir. ¿Debía susurrárselo para que lo entendiera? No: el maestro de armas había dicho que debían permanecer callados. La acción del viento podía hacer que los escuchasen; era demasiado peligroso. Repitió los mismos gestos. Los otros se acercaron todavía más a él, mirándose inquietos mientras Jair seguía haciendo señas a Garet Jax.

Finalmente, pareció que el maestro de armas entendió lo que se le decía. Dudó un instante, se acercó a Jair agarrándolo del brazo y señaló a los otros y luego al puente de arriba. ¿Podría encubrirlos a todos? Dudó; ni siquiera había pensado en ello. ¿Tenía la fuerza suficiente como para conseguirlo? Estaba oscuro, llovía y todos iban envueltos en capas y capuchas. Tardarían solo un instante. Hizo un gesto afirmativo.

Garet Jax se apoyó en sus hombros con dos manos, con sus ojos grises mirándolo insistentemente. A continuación hizo un gesto a los demás, ordenándoles que lo siguieran. Todos lo entendieron. El joven del valle iba a utilizar la canción para pasar sin ser vistos. No sabían cómo lo haría, pero ya lo habían visto utilizar su poder. Además, todos salvo Slanter confiaban en Garet Jax, e incluso el gnomo debía confiar en tales circunstancias. Si él confiaba en Jair, los otros también lo harían. Salieron de donde permanecían escondidos y comenzaron a ascender valientemente hacia el puente. Frente a ellos, un grupo de sombras oscuras mantenía una animada charla. Conscientes de su proximidad, los centinelas se dieron la vuelta de repente. Eran solo tres. Jair ya había comenzado a cantar. Su voz se fundía con el viento, generando un sonido profundo y áspero que hablaba de gnomos. Los centinelas dudaron un segundo pero, finalmente, blandieron sus armas poniéndose en guardia. Jair elevó el volumen de su canto, tratando de dar a sus compañeros un aspecto semejante al de Slanter. El rastreador gnomo debe estar pensando que me he vuelto loco», reflexionó fugazmente mientras seguía cantando.

Entonces, los centinelas depusieron las armas, haciéndose a un lado. ¿Era el cambio de guardia? ¿El relevo para los que estaban al otro lado del desfiladero? Jair y sus compañeros los dejaron con su sorpresa, mientras pasaban entre ellos con las cabezas gachas y las capas ajustadas. Llegaron al puente en tropel, golpeando secamente la madera con sus botas. Jair cantaba mientras avanzaba oculto entre los disfraces de gnomo.

De repente su voz, agotada, se extinguió. Pero ya habían traspasado la línea de centinelas, y un velo de lluvia y niebla los protegía de cualquier mirada que pudiera acecharles. Alcanzaron el centro del puente; el viento ululaba a su paso en furiosas ráfagas. De repente, Garet Jax hizo un gesto a Helt y Edain Elessedil para que retrocediesen. En ese instante, Jair vio como se dibujaba en el rostro de Slanter un gesto de profunda admiración. Acto seguido Garet Jax les indicó a ambos que se colocasen detrás de él, y volvieron a avanzar con Elb Foraker a su lado.

Entre la lluvia y la oscuridad, alcanzaron el otro lado del puente. Para los gnomos que allí estaban, no eran mucho más que sombras encapuchadas. Jair tensó su garganta. En esta ocasión, no lograrían pasar sin peligro. Ni siquiera usando la canción; había demasiados gnomos. Un grupo de rostros se volvió hacia ellos al acercarse. Por unos instantes, los centinelas, asombrados, contemplaron las figuras que se aproximaban, seguros de que solo podían ser gnomos provenientes del campamento del otro lado del precipicio. Entonces, antes de que la sorpresa se convirtiese en alarma, o de que pudiesen ser descubiertos, Garet Jax y Foraker se abalanzaron sobre ellos. Una espada corta y un cuchillo largo brillaron en la oscuridad. Antes de que los demás pudiesen ver qué sucedía, seis gnomos ya habían caído muertos. Sus atacantes se colocaron en el medio, y sus gargantas profirieron salvajes gritos de alarma, advirtiendo a los que estaban al otro lado.

Los gritos de respuesta no tardaron en escucharse. Jair y Slanter permanecían agazapados en un extremo del puente, observando la lucha y oyendo los gritos a su alrededor. El crujir agudo de los arcos de fresno de los elfos se impuso al ruido del viento y la lluvia; más cazadores gnomos cayeron.

En ese momento, un solitario gnomo emergió de la oscuridad frente a ellos, completamente maltrecho y ensangrentado. Su rostro amarillo se distorsionaba bajo la luz tenue. Corrió hacia el puente, portando en la mano un hacha de doble filo. Al ver a Slanter se detuvo confuso. Al segundo vio a Jair, lanzándose contra él. El joven del valle retrocedió oscilante, tratando de protegerse en vano; la aparición del gnomo le había cogido tan de sorpresa, que se olvidó del cuchillo largo que llevaba colgado al cinto. El gnomo levantó el arma mientras profería un grito atronador. Jair alzó sus manos para protegerse.

—No, al muchacho no, tú... —gritó Slanter.

—El gnomo gritó furioso, volviendo a levantar su hacha. La espada de Slanter descendió, y su atacante cayó arrodillado; murió al segundo. Slanter reculó, con una mirada de pasmo en la cara. Acto seguido agarró a Jair por el brazo, levantándolo de un tirón e impulsándolo hacia adelante hasta que se alejaron del puente.

Elb Foraker apareció de manera abrupta. Sin proferir palabra, serpenteó por debajo del puente hasta el lugar donde estaban las clavijas que lo soportaban. Comenzó a aflojarlas con frenéticos movimientos.

Del centro del puente llegaron más gritos. Unos pies calzados con pesadas botas golpearon los tablones de madera; entre la niebla y la oscuridad, Helt y Edain Elessedil aparecieron. Mientras estaban todavía en el puente se volvieron, haciendo silbar el viento con sus grandes arcos de fresno. De la oscuridad llegaron grandes gritos de dolor. Los arcos zumbaron de nuevo y se escucharon más gritos. El sonido de pies corriendo de un lado para otro se difuminó en la noche.

—¡Las clavijas...! ¡Date prisa! —gritó Helt.

Entonces Garet Jax apareció, dispuesto a ayudar a Elb en su cometido. Golpearon las clavijas juntos, una tras otra hasta que quedaron sueltas. Solo quedaban dos por aflojar cuando, de nuevo, se escuchó el ruido de unas botas pateando las tablas.

—¡Helt! —gritó el maestro de armas mientras trepaba por el saliente. Foraker le iba a la zaga—. ¡Salid del puente!

El hombre de la frontera y el príncipe elfo llegaron a toda prisa, inclinando sus cabezas para esquivar las lanzas y las flechas que volaban tras de sí. Edain, menos pesado y mucho más rápido, fue el primero en abandonar el puente, brincando por encima de Jair y Slanter.

—¡Ahora! —gritó Foraker a Garet Jax.

En ese momento estaban el uno en frente al otro, con las palancas apoyadas en los garfios fijados en la última de las clavijas ocultas. Aunando sus esfuerzos lograron soltarla. En ese momento Helt saltó a tierra firme.

Con un agudo crujido, las vigas de madera se desunieron de sus puntales y el puente comenzó a derrumbarse en la oscuridad de la noche. Los gnomos que estaban sobre él gritaban desesperados; era ya demasiado tarde para salvarse. El puente se descolgó de golpe y cayó, colisionando contra las rocas hasta soltarse del otro lado y desaparecer en el fondo del desfiladero.

En los riscos de la parte norte de La Cuña, seis sombras se escurrieron en la oscuridad y desaparecieron.

17

La lluvia paró aquella noche, en algún momento justo antes del amanecer. Los miembros de la compañía dormían en una cueva no demasiado profunda, situada a unos seis kilómetros al este de La Cuña. Ninguno fue consciente del momento en que la lluvia había cesado. Ni tan siquiera Edain Elessedil, quien había hecho la última guardia. Exhausto por el terrible esfuerzo de la marcha, se había quedado dormido. De ese modo, el amanecer, a parte del día nuevo, trajo consigo un cambio meteorológico. Al norte, casi extraviada entre la azulada niebla del horizonte, se alzaba la inmensa cordillera que llamaban del Cuerno del Cuervo. De sus altos picos soplaba un viento helado que anunciaba la muerte del otoño y la llegada del invierno. Áspero y severo, dispersaba las nubes hacia el sur, llevándose también con ellas la lluvia y la niebla que cubrían el río de Plata. El cielo recuperó de nuevo su color azul. Con el fin de la lluvia, la humedad también había desaparecido. La tierra empapada pronto se secó y endureció. El agua de las precipitaciones y la neblina se esfumaron con el viento, y la tierra se vio de nuevo con una claridad sorprendente, avivada por la luz tostada del sol.

Pusieron rumbo nuevamente hacia el este, al amparo de sus capas de lana, todavía húmedas, protegiéndose del frío viento. Despeñaderos y colinas cubiertas de hierba cercaban el río de Plata, cuyas aguas inquietas se agitaban entre sus arboladas orillas. Conforme avanzaban, el Anar se extendía más y más a sus pies. A lo largo del día, se dibujó frente a sus ojos los agrupados picos de Capaal, emergiendo sobre las copas de los árboles como puntas de lanza listas para horadar el cielo. Cuando iniciaron la marcha al amanecer se hallaban muy lejanos. Conforme los horas pasaban, se encontraban más y más cerca. A media tarde alcanzaron las laderas y comenzaron el ascenso.

Todavía no habían ascendido demasiado, cuando Edain Elessedil les pidió que se detuvieran.

—¡Escuchad! —dijo con brusquedad—. ¿Lo oís?

Se quedaron inmóviles y en silencio en la ladera, mirando en dirección este, hacia los picos que el príncipe elfo señalaba. El viento soplaba furioso entre las rocas y no se escuchaba otro sonido más que su triste lamento.

—Yo no oigo nada —murmuró Foraker. Continuaron expectantes. El sentido del oído del elfo estaba más desarrollado que el del enano.

De repente, el viento viró. Todo quedó en silencio, lo cual les permitió percibir un retumbar rítmico y profundo, procedente de algún lugar lejano. Llegaba débil y atemperado, perdiéndose entre los innumerables recodos y laberintos de las rocas.

—¡Tambores gnomos! —dijo Foraker, mudando su barbudo rostro en una expresión sombría.

Retomaron la marcha con prudencia, examinando cada uno de los riscos y hondonadas que se abrían frente a ellos. El sonido de los tambores aumentó en intensidad, palpitando en contra del embate del viento y levantando ecos en la tierra.

Cuando la tarde menguaba y la sombra de los picos se alargaba más allá de donde se encontraban, percibieron un nuevo sonido. Era un ruido extraño; una especie de aullido estremecedor que, en un principio confundieron con el viento, pero que no tardaron en diferenciar por su tono y violencia. Descendió por las laderas de la montaña desde las lejanas cumbres. Se miraron en silencio los unos a los otros. Entonces, finalmente, Garet Jax se atrevió a romper aquel tenso mutismo.

—Es el sonido de una batalla.

—¡Han atacado Capaal! —exclamó Foraker asintiendo y reemprendiendo la marcha.

Se encaramaron a una cumbre montañosa, a través de un laberinto de rocas que se enmarañaba cada vez más a base de grietas, pedruscos y deslizaderos. La luz del sol iba menguando mientras la tarde tocaba a su fin. Las sombras se estiraban en dirección sur. El viento también amainó y el frío que transportaba decreció en intensidad. El silencio se instauró en la tierra. En sus recovecos, el eco de los tambores y el griterío de la batalla rebotaban de manera áspera. Más allá del lugar en el que se encontraban, bandadas de grandes pájaros de presa volaban en círculos entre las brechas de los áridos picos. Eran aves carroñeras, vigilando la abundante fuente de alimento que habían encontrado; solo tenían que esperar.

Finalmente, el grupo coronó la cúspide más próxima, penetrando en un desfiladero profundo y sombrío que discurría entre rocas hacia las primeras sombras de la noche. Estaban cercados por los muros de los riscos. Forzaban la vista en la oscuridad, en busca de cualquier indicio de movimiento. Pero el camino por el que transitaban estaba libre, y toda la vida que habitaba en aquellas rocas parecía haberse desplazado al lugar en el que la batalla estaba teniendo lugar.

Al rato salieron del desfiladero y se detuvieron. Las paredes de la garganta habían concluido, lo que hizo que el campo de visión se abriera y vieran aquello que había más allá.

—¡Maldita sea! —exclamó Foraker con severidad.

Las esclusas y las presas de Capaal se alzaban sobre el río de Plata, que transcurría a lo largo de las montañas. Su blancura sorprendente contrastaba con las renegridas rocas. Enormes y abruptas, se erigían en el interior de la cordillera, recogiendo las aguas del Cillidellan como si fuesen gigantescas manos. Sobre su ancha y llana cumbre, que se dividía en tres niveles, se alzaba la fortaleza construida para su protección; un conglomerado de torres, murallas y almenas. La mayor parte de la ciudadela se asentaba en el límite norte del complejo, de cara a una llanura que se expandía con una suave inclinación hacia los picos que la protegían en aquella dirección. En el extremo donde los picos descendían hasta las orillas del embalse, había una pequeña atalaya a la que solo podía accederse por una senda estrecha.

Era allí donde se había iniciado la batalla. El ejército de los gnomos se diseminaba por toda la planicie, así como por los senderos y declives rocosos que conducían a los muros de la esclusa. Era un ejército gigantesco, lanzando furiosos ataques contra las almenas de piedra de Capaal. Parecía una ola de cuerpos oscuros embozados en sus armaduras, con las lanzas levantadas, buscando abrir una brecha en los muros de la fortaleza. A la luz del ocaso, las catapultas lanzaban enormes piedras humeantes que caían con una fuerza abrumadora sobre los cuerpos de los defensores enanos. Los bramidos resonaban por encima del fragor del hierro y, a lo largo de la fortaleza, los muertos se contaban por docenas en la fortaleza. Frente a las almenas, los enanos y los gnomos luchaban con furioso ardor, engrosando la carnicería resultante.

—¡Así que esto es lo que los gnomos le han hecho a Capaal! —exclamó Foraker—. ¡La han asediado! ¡No me extraña que los batallones que estaban en La Cuña pareciesen tan despreocupados!

—¿Los enanos están cercados? —preguntó Jair ansioso, tratando de ver mejor—. ¿No pueden escapar?

—Podrían hacerlo con relativa facilidad, pero no quieren. —Elb Foraker cruzó su oscura mirada con la del joven del valle—. Existen unos túneles que llegan hasta las montañas por ambos lados; pasadizos secretos construidos para poder escapar en caso de que la fortaleza caiga en manos del enemigo. Pero no hay ejército capaz de abrir una brecha en los muros de Capaal, Ohmsford. Por tanto, los enanos se quedarán dentro defendiéndose.

—¿Y por qué?

—Las esclusas y los diques —respondió Foraker señalando con el dedo—. ¿Ves las aguas del Cillidellan? El veneno de los mordíferos las ha corrompido. Los diques impiden que esas aguas lleguen a las tierras situadas al oeste, y las esclusas controlan el flujo. Si los enanos abandonasen la fortaleza, esas infraestructuras pasarían a estar en manos del enemigo. Los gnomos abrirían las compuertas, haciendo que el Cillidellan se desbordase. Las tierras del oeste quedarían anegadas de aguas corruptas, envenenando los campos y acabando con todo aquello que habitase en ellas. Eso es lo que pretenden los espectros. Se perdería incluso Culhaven. —Hizo un gesto preocupado—. Los enanos no lo permitirán jamás.

Jair contempló de nuevo la batalla que se estaba librando debajo. Quedó impresionado por aquella lucha tan feroz. ¿Lograrían los enanos resistir las acometidas de esa ingente cantidad de gnomos?

—¿Cómo vamos a superar este caos? —preguntó Garet Jax mientras observaba el precipicio.

—Cuando oscurezca, nos dirigiremos hacia el este por las montañas —respondió el enano, abstraído en sus pensamientos—. De ese modo os mantendréis sobre el campamento de los gnomos. Cuando hayáis pasado el Cillidellan, bajad hasta el río y atravesadlo. Entonces girad hacia el norte; en ese momento ya estaréis bastante seguros. —Se levantó, tendiéndole la mano—. Te deseo suerte, Garet.

—¿Suerte? —preguntó rígido el maestro de armas—. No estarás planteándote el quedarte, ¿no?

—No me estoy planteando nada —respondió el enano, encogiéndose de hombros—. Ya está decidido.

—Aquí no puedes ayudar, Elb —insistió Garet Jax mientras lo miraba fijamente.

—Alguien deberá informar a la guarnición de que el puente de La Cuña ha sido destruido —repuso Foraker afirmativo—. De lo contrario, si Capaal cae en manos de los gnomos, podrían tratar de huir a través de las montañas en esa dirección, viéndose atrapados. —Se encogió de hombros—. Además, Helt puede dirigiros mejor que yo en la oscuridad. Sea como sea, mis conocimientos de la región terminan en Capaal; el gnomo tendrá que guiaros.

—Los seis hicimos un pacto —dijo fríamente el maestro de armas—. Nadie irá por separado; te necesitamos.

—Ellos también me necesitan —respondió el enano, apretando con fuerza las mandíbulas.

Los restantes miembros del grupo presenciaban el enfrentamiento entre el enano y el maestro de armas, manteniendo un silencio incómodo. Ninguno daba la menor muestra de ir a reconsiderar su decisión.

—Deja que se vaya —dijo Helt con suavidad—. Tiene derecho a elegir.

—La decisión ya la tomó en Culhaven —respondió Garet Jax, dirigiendo una mirada fría al hombre de la frontera.

Jair sintió cómo un nudo le oprimía la garganta. Quería decir algo; cualquier cosa que rompiese la tensión entre el enano y el maestro de armas, pero no hallaba la frase apropiada. Miró a Slanter con la intención de averiguar qué pensaba el gnomo, pero Slanter parecía totalmente impasible a la discusión.

—Tengo una idea —dijo Edain Elessedil. Todos se giraron hacia él—. Puede que no funcione, pero merece la pena intentarlo. —Se inclinó hacia adelante—. Si lograra acercarme lo suficiente a la fortaleza, es posible que pudiera atar un mensaje a una flecha y lanzarla al interior. De ese modo informaríamos a los defensores de lo sucedido en La Cuña.

—¿Tú qué opinas? —preguntó Garet Jax, dirigiéndose a Foraker.

—Es peligroso —respondió el enano, frunciendo el ceño—. Hay que acercarse más de lo que la prudencia aconseja... mucho más.

—Entonces yo iré —dijo Helt.

—Yo he tenido la idea —dijo Edain Elessedil—. Yo iré.

—O todos o ninguno —dijo Garet Jax, alzando las manos—. Si nos separamos en estas montañas, no nos volveremos a encontrar nunca. —Miró a Jair—. ¿De acuerdo?

—De acuerdo —respondió Jair asintiendo.

—¿Y tú, Elb? —El maestro de armas se encaró de nuevo con el enano.

—Está bien —respondió Elb Foraker.

—¿Y si conseguimos hacer que el mensaje llegue a la guarnición?

—Entonces nos encaminaremos hacia el norte —respondió el otro asintiendo.

Garet Jax contempló una última vez la lucha sangrienta que estaba teniendo lugar entre los ejércitos de los gnomos y los enanos. Hizo señas a los otros para que lo siguieran de vuelta al desfiladero.

—Nos sentaremos aquí hasta que caiga la noche —dijo, mirando hacia atrás por encima del hombro.

Al girarse para seguirle, Jair casi chocó con Slanter.

—Ni siquiera se ha dignado en preguntarme mi opinión —dijo entre susurros el gnomo, y pasó frente a él rozándole con el hombro.

Tras alcanzar su escondite, los seis se pusieron cómodos sobre un montón de piedras mientras esperaban que la oscuridad llegase. Sentados en las rocas, tomaron una comida fría, envolviéndose en sus capas y permaneciendo en silencio. Al rato, Foraker y Garet Jax abandonaron el amparo de las rocas, desapareciendo cuesta abajo con el fin de inspeccionar más de cerca el paso hacia el este. Edain Elessedil se ocupó de hacer guardia y Helt se tendió sobre el suelo rocoso; se durmió en el acto. Jair estuvo solo unos instantes. Luego se levantó, acercándose a Slanter, que contemplaba sentado el crepúsculo vacío.

—Te doy las gracias por lo que hiciste por mí en La Cuña —le dijo con serenidad.

—Olvídalo —respondió Slanter sin darse la vuelta.

—No puedo; es la tercera vez que me salvas la vida.

—¿Ya van tantas? —respondió el enano—. Bueno, tal vez la próxima vez no esté presente. ¿Qué harás entonces, muchacho?

—No lo sé —respondió Jair negando con la cabeza.

Se produjo un silencio incómodo. Slanter continuó ignorando al joven del valle, que sintió deseos de irse. Pero su testarudez se impuso, lo que hizo que se quedara, sentándose junto al gnomo.

—Debería haberte pedido opinión —dijo Jair.

—¿Quién? ¿Preguntarme el qué?

—Garet Jax; debería de haberte preguntado si querías bajar a la fortaleza con nosotros.

—Nunca antes me ha preguntado nada, ¿no es así? —inquirió Slanter—. ¿Por qué tendría que hacerlo ahora?

—Quizás si tú…

—¡Sí! ¡Quizás, si me creciesen alas, podría salir volando de este lugar! —respondió el gnomo, rojo de ira—. Sea como sea, ¿a ti qué te importa?

—Me importa.

—¿El qué? ¿Que esté yo aquí? ¿Te preocupa eso? ¿Quieres aclararme entonces, por favor, qué hago aquí?

Jair, incómodo, apartó la mirada.

—¡Mírame! ¿Qué estoy haciendo aquí? —exclamó Slanter, tirándole del brazo y obligándolo a mirarle—. ¿Qué tiene que ver esto conmigo? ¡Nada! ¡Nada en absoluto! El único motivo por el que estoy aquí es que fui tan estúpido que accedí a llevarte hasta Culhaven. ¡Esa es la única razón! Ayúdanos a eludir al caminante negro, me dijisteis. Ayúdanos a llegar hasta la Tierra del Este. Tú puedes hacerlo porque eres un rastreador... ¡Ja! —El rostro amarillo del gnomo se inclinó hacia delante—. ¡Y aquel estúpido sueño...! No era más que eso, muchacho... ¡Un sueño! No existe ningún rey del río de Plata, y esta marcha hacia el este no es más que una pérdida de tiempo. ¡Ah!, pero en cualquier caso, aquí estoy, ¿no? Yo no quiero estar aquí; no hay ningún motivo para que yo esté aquí... Y aquí estoy, a pesar de todo. —Movió la cabeza con amargura—. ¡Y todo por tu culpa!

—Puede que sea así —respondió Jair furioso, soltándose de su mano—. Tal vez estés aquí por culpa mía, pero el sueño era real, Slanter. Y te equivocas si crees que nada de esto tiene que ver contigo. ¡Me llamas «muchacho», pero eres tú el que actúa como si no hubiese crecido!

—Vale. Eres un cachorro de lobo, ¿no es así? —preguntó Slanter, mirándolo con persistencia.

—¡Lo que tú digas! —exclamó Jair enrojecido—. Pero más te vale que comiences a pensar en quién eres tú.

—¿Qué quieres decir?

—Que no puedes seguir tratando de convencerte de que todo lo que les sucede a los demás no tiene nada que ver contigo, ¡porque no es así, Slanter!

Se miraron en silencio. La noche ya había llegado, profunda y tranquila. El resonar de tambores gnomos y el clamor de la batalla habían cesado.

—No tienes muy buen concepto de mí, ¿verdad? —dijo finalmente Slanter.

—No es así en realidad —respondió Jair suspirante—. Tengo muy buen concepto de ti.

—Yo también de ti. Ya te lo dije —confesó el gnomo, mirándolo fijamente. Rio desganado y triste. Luego levantó la mirada—. Y ahora escúchame, porque no te lo repetiré una sola vez: yo no soy parte de esto; esta no es mi guerra. Y tanto si te gusta como si no, me largaré en cuanto se presente la primera oportunidad.

Esperó un instante, como asegurándose de que sus palabras habían producido el efecto que buscaba.

—Ahora vete y déjame en paz —dijo cortante.

Jair dudó un instante, tratando de decidir si debía proseguir la conversación. Luego se puso en pie y se alejó contrariado. Cuando pasó por el lugar donde Helt dormía, oyó cómo murmuraba:

—Ya te dije que se preocupaba.

—Lo sé —susurró Jair Ohmsford, mirando sorprendido a Helt. Acto seguido esbozó una tímida sonrisa y continuó andando.

Era ya casi media noche cuando Garet Jax llevó a la compañía fuera del amparo de las rocas. Volvieron al lugar donde habían estado. En la parte de abajo, cientos de hogueras rodeaban la fortaleza de Capaal, esparcidas entre las rocas que había a ambos lados de las esclusas y los diques sitiados. Los seis, con Foraker a la cabeza, comenzaron el descenso. Bajaron por una rampa empinada, siguiendo después un sendero estrecho que se encajaba entre varios desfiladeros y elevaciones rocosas. Avanzaron con cautela, como silenciosas sombras en la noche.

Tardaron cerca de una hora en llegar al perímetro de las hogueras por el ala más cercana. Por aquel lado no había tantos gnomos; la mayoría estaba en las cercanías de las almenas de los enanos. En las sendas que conducían hasta allí, los fuegos eran escasos y estaban dispersos. Más allá de las líneas de asedio de las laderas de la parte sur había un conjunto de picos elevándose hacia el cielo, unidos por la base como si fuesen dedos rotos y aprisionados emergiendo de la tierra. Los seis sabían que, más allá de esos picos, había una serie de cerros bajos que flanqueaban las orillas meridionales del Cillidellan, y que detrás de ellos se alzaban los bosques que se expandían en dirección este. Cuando se internaran en los bosques, podrían diluirse en la noche y poner rumbo al norte sin correr el riesgo de ser detectados.

Pero antes de nada debían aproximarse lo suficiente a las almenas de Capaal para que Helt enviase el mensaje de Foraker con su arco de fresno. Previamente había decidido que sería el hombre de la frontera quien realizaría el disparo, ya que era más fuerte que Edain Elessedil. Utilizando aquel gran arco, no necesitaría acercarse a más de doscientos metros de las murallas para lanzar la flecha con el mensaje al interior de la fortaleza.

Paso a paso, los seis descendieron desde la parte alta de la montaña hacia las líneas de vigilancia de los gnomos. Los gnomos, esparcidos por los anchos caminos que ascendían desde el campamento principal, apenas prestaban atención a los senderos y pequeños rebordes que atravesaban en todas direcciones la pared del despeñadero. Fue por ahí por donde Foraker dirigió al grupo en su descenso lento y cauteloso. El suelo era veleidoso y apenas ofrecía seguridad. Habían pintado sus caras con carbón vegetal y llevaban sujetos en sus botas fragmentos de cuero blando. Nadie hablaba. Avanzaban cautos, temerosos de que las rocas sueltas o cualquier sonido pudiera hacerles quedar al descubierto.

A unos doscientos metros de las murallas de la fortaleza, todavía se encontraban detrás de las líneas de asedio de los gnomos. Las hogueras crepitaban a su alrededor, dispersas a lo largo de los senderos que conducían hasta allí. Se agazaparon silenciosos entre un grupo de matorrales y aguardaron a que Helt hubiese disparado la flecha. El hombre de la frontera sacó del carcaj la saeta con el mensaje, la acopló en el arco y se adelantó, sumergido en la oscuridad. Cuando ya se había adelantado unas docenas de metros, justo al final del matorral, se arrodilló, tensó la cuerda, la aseguró junto a su mejilla y disparó.

Una sacudida rompió el silencio en el lugar donde el grupo se refugiaba. Pero, más allá de donde estaban, el sonido se diluyó en el estruendo rutinario del campamento de los gnomos. Sin embargo, a modo de precaución, los seis miembros de la compañía se abatieron contra la maleza durante unos minutos, con ojos y oídos en alerta por si habían sido descubiertos. Pero no fue así. Helt regresó y asintió mirando a Foraker; el mensaje había sido entregado.

El grupo reculó, escabulléndose hacia el este, entre las líneas de hogueras y gnomos, en dirección al Cillidellan, cuyas aguas resplandecían por el efecto de la luz de la luna. Lejos, tras el lago, donde el dique se fundía con la amplia ladera de las montañas del norte, las fogatas de los gnomos ardían enérgicas en torno a las esclusas y los diques cercados y a lo largo de la ribera del Cillidellan. Jair observó la gran cantidad de fuegos llameantes y se quedó helado. ¿Cuántos miles de gnomos había allí asediando la fortaleza? Parecían muchos; demasiados. Las hogueras destellaban en las aguas del lago, tiñéndolas en un tono rojizo. Sobre la superficie reflectante, las llamas danzaban como gotas de sangre.

El tiempo pasaba rápido. Las estrellas centelleaban hasta donde la vista alcanzaba, salpicadas y en cierto modo perdidas en la inmensidad de la noche. Tras atravesar las hogueras que ardían en la ladera sur, prosiguieron su camino distanciándose del ejército de los gnomos.

Pronto se elevaron lo suficiente como para poder otear las tierras bajas que cercaban la orilla sur del Cillidellan, casi hasta donde comenzarían el descenso hacia los bosques. Jair experimentó una incontrovertible sensación de alivio. Sobre las laderas abiertas de los riscos se había sentido en peligro; cuando se internaran en la cobertura del bosque estarían mucho más tranquilos.

Acto seguido doblaron el saliente de la cara del risco, deslizándose entre piedras gigantescas. De repente se detuvieron.

Frente a ellos, la ladera se ensanchaba hacia las riberas del Cillidellan, en un sinuoso corredor entre la roca y la pared del risco. Esparcidas por toda su extensión, innumerables hogueras llameaban. Jair sintió cómo se le formaba un nudo en la garganta; un segundo ejército gnomo bloqueaba el camino.

Garet Jax miró a Foraker. El enano se adelantó hasta penetrar en las sombras de la noche. Los otros cinco se agazaparon entre las rocas a la espera de su regreso.

Pasó media hora antes de que Foraker volviera a aparecer, emergiendo de la oscuridad con la misma discreción con la que se había ido. Les hizo un gesto nervioso para que se acercaran.

—¡Están por toda la cara del risco! —dijo en voz baja—. ¡No podemos pasar!

Justo al acabar sus palabras, oyeron pisadas y voces procedentes del sendero que tenían a sus espaldas.

18

Se quedaron inmóviles durante un instante, examinando en temeroso silencio la oscuridad a sus espaldas. Una risa estridente se mezcló con las voces que se aproximaban, y entre las rocas se distinguió el parpadeo de la luz de una antorcha.

—¡Escondeos! —ordenó Garet Jax en voz baja, arrastrando consigo hacia las sombras a Jair.

Se dispersaron con rapidez y en silencio de inmediato. Empujado contra el suelo de manera brusca por el maestro de armas, Jair levantó la cabeza y miró hacia la oscuridad de la noche. La luz de las antorchas lamía la negra superficie de las rocas y las voces se escuchaban con claridad. Eran media docena de gnomos. Sus pies, calzados con botas, restallaban las piedras del camino y los arneses de cuero crujían. Jair se hundió contra la tierra, conteniendo la respiración.

Un pelotón de cazadores gnomos se dirigía hacia el conglomerado de piedras. Ocho hombres fuertes iban delante de ellos, iluminando el camino con antorchas. Riendo y bromeando en su áspera y gutural lengua, pasaron entre ellos sin percatarse de su presencia. La luz de las antorchas anegó el pequeño sector por el que transitaron, acorralando a las sombras de la noche, y penetrando hasta el lugar donde se escondían los miembros de la compañía. Jair quedó paralizado. Desde el lugar en el que se encontraba, distinguía la silueta de Helt aplastada contra las rocas; no podrían evitar ser descubiertos.

Pero los gnomos no aminoraron la marcha. Sin reparar en la presencia de las figuras escondidas a su alrededor, los miembros del pelotón continuaron su camino. Los que encabezaban la marcha habían traspasado ya la línea frontal de piedras, y tenían la mirada puesta en las luces del campamento situado más abajo. Jair respiró lento y cauteloso. Tal vez…

Entonces, uno de los que había quedado rezagado aminoró el paso, volviéndose hacia las rocas. Una exclamación punzante manó de sus labios, mientras llevaba su mano hacia la espada. Los que iban más adelante se giraron, cambiando las risas por gritos de sorpresa.

Garet Jax reaccionó; emergió de entre las sombras en las que se ocultaba con una daga en cada mano, agarró a los dos cazadores que tenía más próximos y los mató de un solo golpe. Los demás se dieron la vuelta con las armas dispuestas, todavía confundidos por el inesperado ataque. Helt y Foraker salieron también de su escondite, matando a otros tres gnomos sin que apenas plantearan resistencia. Los tres supervivientes huyeron hacia abajo aullando de manera salvaje. Edain Elessedil brincó sobre una roca, levantando su arco. La cuerda resonó dos veces, matando a dos más. El último logró trepar con la agilidad de un gato a una roca, perdiéndose en la oscuridad.

Rápidamente, los miembros del grupo corrieron hasta el reborde de las rocas. Comenzaron a escucharse gritos de alarma provenientes de las hogueras.

—¡Bien, ahora sí que ya no conseguiremos huir! —dijo Foraker irritado—. ¡Todos los gnomos a ambos lados de estos riscos nos buscarán hasta encontrarnos!

—¿Hacia dónde corremos? —preguntó Garet Jax al enano, mientras guardaba las dagas bajo su capa oscura.

—¡Por donde hemos venido! —respondió Foraker tras vacilar brevemente—. Hacia las cumbres, si nos da tiempo. Si no, tal vez logremos llegar hasta alguno de los túneles que llevan a Capaal.

—Guíanos —dijo Garet Jax rápidamente—. Recordad que debemos permanecer unidos. Si tenemos que separarnos, procurad hacerlo en compañía de otro. Nunca en solitario. ¡Ahora, vamos!

Sin mayor demora retrocedieron por el estrecho sendero. Tras de sí, los gritos y alaridos de la guardia de los gnomos se diseminaban por toda la montaña. Los seis ascendieron por el camino todavía vacío hasta que rodearon el flanco del pico. Dejaron atrás las luces del campamento y se perdieron en la oscuridad.

Ante sí surgieron las llamas de las hogueras encendidas por los que asediaban la fortaleza. Por debajo del sendero que seguían, el cuerpo principal del ejército de los gnomos aún no sabía lo que sucedía. Las antorchas titilaban en la oscuridad, transportadas por los centinelas que subían desde sus puestos de vigilancia y se esparcían por los riscos. Pero sus perseguidores estaban todavía muy por debajo de los seis. Foraker los guio a toda prisa por una saliente oscura, atravesando rampas, depresiones y desfiladeros tenebrosos. Si se movían lo suficientemente rápido, era posible que consiguieran huir por el mismo camino por el que habían llegado hasta allí, a través de los picos que rodeaban

Capaal. Si no lo lograban, los que los buscaban los empujarían hacia arriba y se verían atrapados entre los dos ejércitos.

Entonces unos gritos de alarma se escucharon, provenientes de algún lugar en la oscuridad de las rocas. Foraker blasfemó entre dientes, aunque no aminoró la marcha. Jair tropezó y cayó sobre las rocas, arañándose brazos y piernas. Helt, que iba detrás de él, lo ayudó a levantarse y lo empujó con fuerza para que continuase la marcha.

Dejaron atrás la protección del desfiladero y salieron a un ancho sendero que discurría a través de un terreno empinado, donde se toparon de cara con una patrulla entera de gnomos. Se dirigían hacia ellos desde todas partes, con espadas y lanzas destellando a la luz de las hogueras. Garet Jax se puso en medio, cortándoles el paso con su espada corta y su cuchillo largo. Los gnomos comenzaron a desplomarse sin vida alrededor del maestro de armas. La patrulla al completo se replegó un instante ante la furia del atacante. De manera desesperada, los cinco miembros del grupo trataron de abrirse camino, con Elb Foraker y Edain Elessedil a la cabeza. Pero los gnomos eran demasiados y, tras lograr reagruparse, bloquearon el camino y contraatacaron. Salieron de la pared del risco, profiriendo gritos de rabia. Foraker y Edain Elessedil se perdieron de vista. Helt se encargó del asalto durante un instante; su imponente figura se opuso a los gnomos que trataban de derribarlo. Pero ni tan siquiera el hombre de la frontera podía ofrecer resistencia durante mucho tiempo a un número tan elevado de enemigos. Finalmente le obligaron a desalojar el saliente, esfumándose entre las sombras de la noche.

Jair, desesperado, se tambaleaba; ahora estaba solo. Slanter tampoco estaba por ningún lado. Entonces Garet Jax apareció de repente; una forma negra que logró escabullirse de los cazadores gnomos, todos demasiado lentos para capturarlo. Unos segundos después, empujaba hacia el desfiladero al joven del valle.

Los dos solos desandaron el camino de manera apresurada. Sus perseguidores gritaban tras ellos, y sus sombras se engrandecían por el centelleo de la luz de las antorchas. Al llegar al final del desfiladero, el maestro de armas alzó la mirada hacia la escarpada pared del risco. Luego empujó a Jair detrás de él y comenzó a bajar por una depresión llena de matorrales. Se acercaban a las hogueras encendidas en torno a la fortaleza. El joven del valle estaba demasiado aturdido debido a lo que les había pasado a los demás como para discutir la decisión; todos habían desaparecido en un instante. No daba crédito.

Al fondo de la depresión, más o menos a mitad del camino, se abría una senda diminuta. Apenas era lo suficientemente ancha como para que un solo hombre pudiera transitarla y, al menos de momento, estaba desierta. Tras ocultarse detrás de un pequeño matorral, Garet Jax exploró los alrededores con la mirada. Jair lo imitó. No vio ninguna salida; los gnomos estaban por todas partes. Las antorchas llameaban en los caminos que había sobre sus cabezas, en las cornisas más anchas y en los senderos que discurrían por debajo de donde se encontraban. El sudor recorría la espalda del joven del valle, y su propia respiración resonaba de manera ruda en sus oídos.

—¿Qué estamos...? —comenzó a decir, antes de que la mano del maestro de armas le tapara la boca.

Después se pusieron en pie de nuevo y caminaron encorvados en dirección este, por una estrecha senda que discurría entre rocas. En la tenue luz del cielo se destacaban bloques de piedras y salientes dentados sobresaliendo de la pared del risco. Continuaron a toda prisa por aquel camino, el cual se hacía cada vez más escabroso e intransitable conforme avanzaban. Jair se giró un breve instante; una hilera de antorchas serpenteaba en sentido ascendente por la ladera desde el campo de asedio, y terminaba justo en el lugar que les había servido como último escondrijo. Minutos después las antorchas ya habían llegado al sendero.

El maestro de armas se dirigió a todo correr hacia el laberinto de rocas. Jair le siguió tratando de mantener la distancia por todos los medios. Frente a ellos, la pared del risco se proyectaba a lo lejos en el cielo nocturno, y la ladera por la que subían parecía empinarse más y más a sus espaldas. Jair sintió cómo su estómago se contraía. Estaban en un callejón sin salida; no lograrían escapar.

Garet Jax todavía ascendía con lentitud perseguido por las antorchas. A lo largo y ancho del abismo que protegía las esclusas y los diques de Capaal, los alaridos de los cazadores gnomos resonaban afilados.

Finalmente el maestro de armas se detuvo; el sendero terminaba en un escarpado risco situado justo a una docena de metros. A gran distancia, la luz de las hogueras se reflejaba sobre las aguas del Cillidellan. Jair miró hacia arriba y comprobó como allí también el peñasco formaba un ángulo abrupto hacia afuera. No podían continuar por ningún lado. La única opción era retroceder; estaban atrapados.

Garet Jax apoyó una mano sobre su hombro y lo guio hacia delante, hasta llegar al final del sendero. Cuando llegaron allí se volvió hacia él.

—Hay que saltar —dijo con suavidad aunque firme. Su mano todavía asía por el hombro al joven del valle—. Solo tienes que doblar las piernas y rodearlas con los brazos. Yo iré detrás de ti.

Jair miró hacia las fulgurantes aguas del Cillidellan... había una gran caída. Miró de nuevo al maestro de armas.

—No nos queda otra —dijo Garet Jax con voz serena y tranquila—. Date prisa.

Las antorchas se aproximaban por la senda y unas voces roncas hablaban entre sí.

—¡Date prisa, Jair!

El joven del valle respiró profundamente, cerró los ojos, los abrió de nuevo y saltó.

La reacción de los gnomos fue tan violenta cuando los seis de Culhaven trataron de traspasar las cumbres próximas a Capaal que, en su precipitación, pasaron frente a Foraker y Edain Elessedil sin advertirlos. El enano y el elfo se colocaron junto a unas rocas al ver cómo se abalanzaban contra sus compañeros, y se encaramaron a unos matorrales perseguidos por varios gnomos. Se dieron la vuelta para luchar junto a un minúsculo afloramiento rocoso: el elfo agitaba su gran arco de fresno y el enano, por su parte, blandía la espada corta y el puñal largo. Sus perseguidores perecieron entre gritos de dolor, y el acoso cesó un instante. Los dos observaron la cornisa y la pendiente empinada que discurría a sus pies, completamente atestadas de cazadores gnomos. No había señal alguna de sus compañeros.

—¡Por aquí! —gritó Elb Foraker mientras estiraba del príncipe.

Ascendieron por la ladera, teniendo que hacer grandes esfuerzos para no tropezar y caer al suelo. A sus espaldas escuchaban cientos de ensordecedores gritos provenientes de sus perseguidores. En ese instante comenzaron a volar flechas sobre sus cabezas, produciendo un silbido que atormentaba sus oídos. Las antorchas se movían tras ellos en la oscuridad, aunque todavía quedaban fuera del alcance de su luz.

Sonó un rugido procedente de algún lugar más abajo. Miraron hacia atrás con aprensión; daba la sensación de que las hogueras habían invadido toda la pared del risco, como si fuesen pequeñas porciones de fuego danzando en la oscuridad. Unos cuantos centenares más ardían en la cresta que se alzaban en la parte sur; eran las del ejército acampado en las riberas del Cillidellan. Toda la montaña aparecía salpicada de llamas.

—¡Elb, nos tienen completamente rodeados! —gritó el príncipe elfo, incrédulo al percatarse del gran número de enemigos.

—¡Sigue subiendo! —respondió el enano.

Continuaron el ascenso, tratando de abrirse camino en la negrura. Entonces un nuevo grupo de antorchas apareció a su derecha. Escucharon los gritos de satisfacción de sus perseguidores al descubrirlos. Lanzas y flechas silbaron a su alrededor. Foraker se alejó de ellos, como buscando algo con frenesí en la superficie de la pared del risco que permanecía a oscuras.

—¡Elb! —gritó Edain Elessedil dolorido; una flecha había atravesado su hombro.

—¡Adelante… solo una docena más de pasos y llegarás a los arbustos! —le dijo el enano, poniéndose a su lado—. ¡Corre!

Foraker se encaramó a un gran matorral que surgió de improviso en la noche, cargando con el príncipe elfo herido. La luz de las antorchas parpadeaba también ahora sobre sus cabezas. Algunos cazadores gnomos corrían ladera abajo desde lo alto de las cumbres, donde grupos de búsqueda se disponían en una gran hilera, impidiendo cualquier tentativa de huida. El dolor del hombro hacía que Edain Elessedil apretara los dientes con fuerza. Hizo un gran esfuerzo para seguir adelante junto al enano.

Se introdujeron en los matorrales y, bajo la sombra que proyectaban, se tendieron en la tierra jadeando.

—Aquí nos van a encontrar —dijo entre susurros el príncipe elfo, tratando de ponerse de rodillas. El sudor y la sangre corrían por su espalda.

—¡No te muevas! —le dijo Foraker empujándole hacia abajo. Entonces comenzó a gatear por el matorral como buscando algo—. ¡Aquí! ¡La puerta de un túnel! Esperaba que la memoria no me fallara y, ahora… tengo que buscar el mecanismo para abrirla…

Edain Elessedil vigilaba mientras él buscaba con nerviosismo entre las rocas desmoronadas y la tierra de la ladera. Apartaba residuos y escarbaba en silencio, aunque totalmente desesperado. Los gritos de sus perseguidores estaban cada vez más y más cerca. La luz de las antorchas se filtraba a través de los diminutos claros en la maleza, oscilante en la oscuridad.

—¡Elb, ya casi están aquí! —dijo Edain con voz áspera.

Se llevó la mano a la cintura y sacó la espada corta que llevaba sujeta de la correa.

—¡Lo tengo! —gritó el enano triunfante.

Un cuadrado minúsculo de terreno rocoso se retiró, descubriendo una apertura en la pared del risco. De manera frenética se introdujeron en la oscuridad. Acto seguido, Foraker devolvió la roca a su posición original, cerrándose con pesadez. Los cerrojos se corrieron de nuevo de manera automática entre agudos chasquidos.

Se quedaron estáticos en la oscuridad un largo rato, escuchando los débiles sonidos de los gnomos que los buscaban afuera. Después se marcharon; el silencio fue total. Un instante después, Foraker comenzó a buscar a tientas. El roce de dos piedras produjo una chispa, y la luz amarilla de una antorcha iluminó el lugar. Se encontraban en una cueva minúscula de la que descendía una escalera de piedra hacia el interior de la montaña.

Foraker colocó la antorcha en un ceñidor de hierro que había junto a la puerta y se ocupó del hombro malherido del príncipe elfo. En unos minutos lo vendó e improvisó un cabestrillo para el brazo.

—De momento esto servirá —dijo—. ¿Puedes andar?

—¿Qué pasa con la puerta? —preguntó el príncipe elfo, tras asentir con un movimiento de cabeza—. ¿Qué pasará si los gnomos la encuentran?

—Peor para ellos —respondió Foraker—. Las cerraduras resistirán, y si no fuera así, forzar la entrada provocará un derrumbe en este sector. Así que ponte en pie; tenemos que seguir.

—¿Adónde van las escaleras?

—Abajo. Hacia Capaal —respondió, acompañando su réplica con un gesto de alivio—. Esperemos que nuestros compañeros encuentren alguna otra manera de llegar hasta allí. Agárrate fuerte —prosiguió Foraker. Entonces ayudó a Edain a ponerse en pie, pasando su brazo sano por encima de su hombro.

Comenzaron a descender con lentitud.

El hombre de la frontera cayó de cabeza por la pendiente inclinada, perdiendo las armas, pero dejando atrás la lucha enloquecida que estaba teniendo lugar sobre la cornisa del risco. Luces y ruidos lo rodearon mientras se desplomaba, dejándolo en un estado de aturdimiento y confusión. Se detuvo de manera brusca; se hallaba atrapado en el medio de una espesa maleza justo en el fondo del declive, entre un batiburrillo de brazos y piernas. El desconcierto lo invadió durante un par de minutos, totalmente falto de respiración. Luego, con cautela, trató de liberarse de aquel enredo que lo envolvía. Entonces se dio cuenta de que no todos los brazos y piernas eran suyos.

—¡Ten cuidado! —le susurró una voz al oído—. ¡Casi me partes en dos!

—¿Slanter? —preguntó Helt.

—¡Estate quieto! —le respondió aquel—. ¡Están por todos lados!

El hombre de la frontera levantó la cabeza con cautela, parpadeando para sacudirse el estado de aturdimiento. La luz de las antorchas titilaba en los alrededores, y podían escucharse voces en la oscuridad. Entonces se dio cuenta de que estaba justo encima del pequeño gnomo. Se levantó con cuidado y se puso de rodillas, al amparo de los matorrales.

—¡Me arrastraste contigo en tu caída! —dijo Slanter, con un tono en la voz entre incrédulo y enfadado.

Su cuerpo enjuto se puso de pie, escudriñando con atención los alrededores. La luz de las antorchas se reflejaba en sus ojos.

—¡Maldita sea! —exclamó.

Helt se acuclilló, observando en la oscuridad. Detrás de él, la pendiente por la que se había desplomado semejaba un muro inexpugnable. Justo delante de ellos, esparcidas en todas direcciones como manchas de un amarillo deslumbrante, ardían las hogueras del ejército de los gnomos que asediaban la fortaleza de Capaal. Helt las contempló en silencio durante un instante y luego se agachó de nuevo junto a Slanter.

—Estamos justo en el centro del campamento de asedio —dijo con tranquilidad.

Incluso desde allí veían las antorchas alineadas en la cornisa del risco, lejanas pero incuestionables en su propósito. Los gnomos que continuaban en el saliente comenzaron a bajar justo detrás de ellos.

—No podemos quedarnos aquí —dijo Helt poniéndose en pie y mirando fijamente a los cazadores gnomos que les rodeaban.

—Está bien, ¿y dónde sugieres que vayamos? —preguntó Slanter.

—Tal vez podamos trepar por la pendiente… —contestó el hombre de la frontera con gesto indeciso.

—¿Por la pendiente? ¡Y tal vez podamos pasarla volando! —respondió Slanter irónico. Los cazadores gnomos gritaban a los del campamento desde la cornisa—. De esta no salimos —dijo con amargura, mirando a su alrededor—. A no ser que te conviertas en gnomo.

Su rostro amarillo se giró hacia Helt. El hombre de la frontera quedó en silencio, a la espera.

—O tal vez en espectro —añadió.

—¿De qué hablas? —preguntó Helt ladeando la cabeza.

—Es una locura solo el pensar en ello... aunque supongo que no es una locura mayor que muchas otras cosas que ya han sucedido —respondió Slanter—. Tú y yo, hombre de la frontera: un caminante oscuro y su criado gnomo. Envuélvete bien en la capa y ponte la capucha. Eres bastante alto, por lo que no levantaremos sospechas. Pasaremos entre ellos, sin detenernos, directos a las puertas de la fortaleza. Espero por nuestro bien que los enanos nos abran.

Oyeron gritos justo a su izquierda. Helt echó un vistazo rápido hacia allí y luego se volvió hacia Slanter.

—Podrías hacerlo sin mí, Slanter. Huir te resultaría mucho más sencillo yendo solo que si yo te acompaño.

—¡No me tientes! —respondió el gnomo con brusquedad.

—Ellos son tu gente —insistió sereno el hombre de la frontera—. Todavía puedes volver con ellos.

—Olvídalo —respondió Slanter, tras detenerse a pensar durante unos instantes. Negó con la cabeza—. Tendría a ese demonio negro del maestro de armas persiguiéndome por las Cuatro Tierras. No quiero arriesgarme a que eso suceda. —Su rostro amarillo pareció tensarse más todavía—. Y luego está el muchacho... —Lo miró fijamente—. Bueno qué, ¿lo intentamos o no?

—De acuerdo —respondió Helt, poniéndose en pie y envolviéndose en su capa.

Abandonaron el matorral con paso decidido. Slanter llevaba la capa abierta para que todos vieran que quien indicaba el camino era un gnomo. Por su parte, el hombre de la frontera, gigantesco bajo su capucha, llevaba la suya bien ceñida. Pasaron con audacia entre las líneas de los asediantes, dirigiéndose hacia el grueso del ejército emplazado frente a los muros de la fortaleza. Procuraron evitar las luces para que sus rostros no se vieran con claridad. Tras recorrer casi cincuenta metros, nadie les pidió que se identificaran.

Entonces una línea transversal de enemigos se interpuso en su camino. No quedaban reductos de sombra en los que esconderse. Slanter no vaciló; se dirigió a las hogueras. La alta figura encapuchada fue tras él. Los cazadores gnomos allí apostados los miraron asombrados. Cogieron sus armas.

—¡Atrás! —ordenó Slanter—. ¡Viene el Amo!

Los ojos de los gnomos se dilataron, reflejándose el miedo en sus rostros amarillos. Bajaron las armas al instante y dejaron el paso libre.

Sin perder un instante, se dirigieron hacia una franja de sombra que quedaba entre las líneas. Ahora estaban rodeados de gnomos por completo, observándolos con una mezcla de sorpresa y curiosidad. Nadie les interpeló, dado el tumulto que la búsqueda de los intrusos había ocasionado en aquella noche de otoño.

Ahora, frente a ellos, se disponía una nueva línea de sitio. Slanter alzó sus brazos con gesto dramático ante los cazadores gnomos que se giraban a mirarlos.

—¡Dejad paso al Amo, gnomos!

Se apartaron de nuevo para dejarles vía libre. Gotas de sudor corrían por el rostro de Slanter cuando se volvió para mirar la figura oscura que andaba tras sus pasos. Cientos de ojos los observaban atentos. Se había producido un ligero movimiento en las filas de los gnomos y algunos comenzaron a preguntarse entre ellos qué estaba ocurriendo.

Llegaron a la última línea de asedio. Los cazadores gnomos que la formaban, de nuevo, cogieron amenazantes sus lanzas cortas. Se oyeron expresiones de disgusto. Más allá de las hogueras, se veían las oscuras murallas de la ciudadela de Capaal y las antorchas que resplandecían en sus almenas parecían manchas aisladas de luz temblorosa.

—¡Haceos a un lado! —bramó Slanter, levantando sus brazos de nuevo—. ¡La magia negra anda suelta esta noche y los muros del enemigo sucumbirán ante ella! ¡Apartaos! ¡Dejad paso al caminante!

La figura encapuchada levantó lentamente uno de sus brazos señalando hacia la guardia, como queriendo dar más fuerza a las palabras del gnomo.

Ese gesto fue suficiente para los gnomos apostados en la línea del cerco. Rompieron filas y la mayoría de ellos corrió hacia la segunda línea de defensa, mirando de vez en cuando hacia atrás completamente temerosos. Varios se quedaron inmóviles y con gesto de preocupación al ver pasar a las dos figuras, aunque nadie les pidió que se identificaran.

El gnomo y el hombre de la frontera continuaron su camino sin demora, con la mirada siempre puesta en los oscuros muros que se levantaban frente a sí. Slanter alzó las manos por encima de su cabeza conforme se acercaban, implorando que ese simple gesto fuera suficiente para persuadir a todos aquellos que les apuntaban con sus armas.

Cuando ya solo estaban a veinte metros de las murallas escucharon una voz que se dirigía a ellos.

—¡Ni un paso más, gnomo!

Se detuvieron en seco, bajando los brazos.

—¡Abrid las puertas! ¡Somos amigos! —gritó Slanter furtivamente.

Sobre las murallas se produjo movimiento; llamaron a alguien que estaba abajo. Pero las puertas permanecieron cerradas. Slanter miró a su alrededor con desesperación. Detrás, los gnomos daban señales de agitación.

—¿Quiénes sois? —preguntó una voz desde detrás de la muralla.

—¡Abre las puertas, idiota! —respondió Slanter, que ya había perdido la paciencia.

—¡Callahorn! —dijo Helt con voz áspera. Entonces se adelantó, situándose junto al gnomo.

Tras ellos, se levantó entre los gnomos todo un coro de aullidos; el juego había terminado. Entonces, el rastreador y el hombre de la frontera comenzaron a correr frenéticamente hacia las puertas cerradas de la fortaleza, gritando sin cesar a los que había dentro para que las abrieran. Una línea al completo de cazadores gnomos salió tras ellos, agitando las antorchas con movimientos bruscos y gritando coléricos. Las lanzas y las flechas atravesaban la oscuridad.

—¡Maldita sea! ¡Abrid! —aulló Slanter con todas sus fuerzas.

Las puertas se abrieron de repente y varias manos salieron por el hueco que quedaba entreabierto, tirando de ellos hacia el interior. Un instante después ya estaban dentro de la ciudadela. Las puertas se cerraron bruscamente a sus espaldas y los gritos de furia aumentaron su intensidad en el exterior, invadiendo la noche.

Los tiraron al suelo y les apuntaron con lanzas metálicas.

—Explícaselo tú, hombre de la frontera —dijo Slanter con un gesto de disgusto dibujado en el rostro—. Aunque quisiera yo no podría.

Jair Ohmsford cayó desde una gran altura en el Cillidellan. Se convirtió en un puntito negro que apenas destacaba sobre el azul grisáceo del cielo nocturno. Su estómago estaba contraído y sus oídos se llenaron del ruido producido por el embate del viento. Debajo de él, las aguas del lago lucían con reflejos de luz escarlata, producidos por las hogueras de los gnomos. A su alrededor, las montañas y riscos próximos a Capaal se alzaban en una visión borrosa. El tiempo pareció detenerse y sintió como si aquello nunca fuera a terminar.

Entonces, con una fuerza terrible, colisionó contra la superficie del lago, hundiéndose en las profundidades de sus aguas frías y oscuras. Se quedó sin aliento de manera súbita y su cuerpo quedó completamente entumecido por la acción del golpe. Con gran esfuerzo, trató de abrirse paso a través de la fría oscuridad que lo había envuelto, deseando llegar a la superficie para tomar aire. El calor de su cuerpo se desvaneció en unos segundos, y sintió una aplastante fuerza que amenazaba con quebrarlo en dos. Trató de subir, desesperado por la necesidad. Unas luces cabriolaban ante sus ojos, y los brazos y piernas le pesaban como si fuesen de plomo. Trató de sobreponerse con debilidad, perdido en una espiral de tinieblas.

Un instante después, todo se había esfumado.

Tuvo un sueño infinito de sentimientos y sensaciones inconexas, y de tiempos y lugares conocidos y, al mismo tiempo, completamente nuevos. Oleadas de sonido y movimiento le transportaban a través de paisajes de pesadilla y tormento que le eran familiares; por senderos de los bosques del Valle Sombrío tantas veces transitados, y remolinos de agua negra y fría donde la vida pasaba en una maraña caótica de caras y formas sin relación alguna entre sí, totalmente fragmentadas y aisladas. Brin estaba allí; aparecía y desaparecía en sucesiones intermitentes, como una forma distorsionada que combinaba realidad con fantasía y exigía comprensión. A sus oídos le llegaban palabras de seres informes y sin vida, aunque la voz de su hermana parecía estar pronunciando las palabras, llamándole, llamando…

Entonces fue consciente de que Garet Jax lo tenía sujeto, envolviéndole con los brazos, y de que su voz era un susurro de vida en aquel oscuro lugar. Jair flotaba sobre las aguas mirando hacia el cielo de la noche nubosa. Trató de hablar, aunque no fue capaz. Estaba despierto de nuevo, de vuelta al lugar donde se había perdido, pero no era consciente de manera plena de lo que le había sucedido ni de lo que ocurría en aquel instante. Flotaba a la deriva dentro y fuera de la oscuridad, reculando cada vez que llegaba demasiado lejos, y regresaba de nuevo al sonido, color y sensación que significaban la vida.

Varias manos lo agarraron y tiraron de él, sacándolo de las aguas y la oscuridad y situándolo en tierra firme de nuevo. Oía voces ásperas murmurando de manera imprecisa; las palabras inconexas le llegaban como hojas arrastradas por el viento. Parpadeó, y Garet Jax se reclinó sobre él, con el rostro moreno y enjuto, empapado y con el cabello rubio aplastado sobre la cabeza.

—Joven del valle, ¿puedes oírme? Todo está bien, y ahora tú también lo estás.

Se asomaron otros rostros para observar. Eran rostros de enanos, resueltos y graves, que estudiaban el suyo. Tragó saliva, se atragantó, y entonces murmuró algo incoherente.

—No trates de hablar —le dijo uno—. Solo descansa.

Él asintió. Lo envolvieron en unas mantas, lo levantaron y lo llevaron a otro lugar.

—¡Menuda noche! —dijo otra voz, riéndose entre dientes.

Jair trató de mirar hacia atrás, hacia el lugar desde el que le había llegado la voz, pero estaba confuso y no controlaba su sentido de la dirección. Se hundió en el calor de las mantas, acunado por el suave balanceo de las manos que lo sostenían.

Un segundo después ya estaba dormido.

19

Cuando Jair despertó al día siguiente ya era mediodía. No se habría despertado de no ser por unas manos que lo sacudieron, y una voz que le susurraba al oído:

—¡Despierta, muchacho! ¡Ya has dormido suficiente! ¡Vamos, despierta!

El joven del valle se estiró entre las mantas que lo cubrían de muy mala gana, se giró y se frotó los ojos para librarse del sueño. Una luz solar de tonos grisáceos se filtraba por una estrecha ventana situada junto a su cabeza, lo cual le hacía achinar los ojos.

—¡Vamos! Ya casi hemos perdido todo el día. ¡Gracias a ti he estado encerrado todo el tiempo!

Los ojos de Jair se movieron en busca del hombre que había hablado. Una robusta figura que le resultaba familiar estaba junto a su cama.

—¿Slanter? —murmuró incrédulo.

—¿Quién sino? —contestó el gnomo. Jair parpadeó.

—Slanter —repitió Jair, en tono afirmativo.

De repente, los incidentes de la noche anterior acudieron a su mente en un torrente de imágenes: su huida de los gnomos por las montañas que circundaban Capaal, la dispersión del grupo, la gran caída al Cillidellan seguido de Garet Jax y el rescate por parte de los enanos. «Todo está bien, y ahora tú también lo estás», le había dicho el maestro de armas. Parpadeó de nuevo. Pero Slanter y los otros...

—¡Slanter! —exclamó, ya completamente despierto y tratando de incorporarse—. ¡Slanter, sigues vivo!

—¡Pues claro que estoy vivo! ¿Que no lo parece?

—¿Pero cómo...? —Jair dejó la pregunta en el aire, agarrando el brazo del gnomo con ansiedad—. ¿Y qué ocurre con los demás? ¿Qué ha pasado con ellos? ¿Están bien?

—No tan deprisa, ¿vale? —El gnomo soltó su mano visiblemente irritado—. Están todos muy bien, y además están aquí, por lo que no debes preocuparte. El elfo está herido de flecha en el hombro, aunque sobrevivirá. El único que corre peligro en estos momentos soy yo, ¡pero porque me muero de aburrimiento en esta habitación encerrado contigo! Y ahora, ¿quieres levantarte de esa cama de una maldita vez para que nos vayamos?

Jair no escuchó todo lo que el gnomo le había dicho. «Todos están bien», no paraba de repetirse a sí mismo. Todos lo consiguieron. Nadie se había perdido, a pesar de que parecía más que probable que alguno de ellos lo hiciera. Respiró hondo; aliviado. De repente, algo de lo que el rey del río de Plata le había dicho acudió a su mente: «Habrá un toque de magia para cada uno de los que viajen contigo. Fuerza para el cuerpo». Tal vez fue esa fuerza o ese toque de magia fueron lo que medió para que cada uno de ellos lograra salir indemne de los graves peligros que habían corrido la noche anterior.

—¡Levántate, levántate, levántate! —insistió Slanter, brincando con impaciencia—. ¿Qué haces ahí sentado?

Jair sacó las piernas de la cama y miró atentamente la habitación donde estaba. Era una estancia pequeña con muros de adoquines, prácticamente sin amueblar; solo había una cama, una mesa y sillas. Las paredes aparecían desnudas, salvo la opuesta, que estaba cubierta por un gran tapiz heráldico pendiendo del techo inclinado. Había otra ventana en el lado opuesto de la cama de Jair, y una sola puerta de madera, que permanecía cerrada. En un rincón vio una chimenea diminuta recubierta de hierro en la que ardía una pila de troncos.

—¿Dónde estamos? —preguntó el joven del valle, mirando a Slanter.

—¿Tú dónde crees que estamos? —le respondió el gnomo, mirando al joven del valle como si fuese un idiota—. ¡En la fortaleza de los enanos!

«¿Dónde sino?», pensó Jair afligido. Se levantó despacio, cotejando sus fuerzas mientras se desperezaba y miraba por la ventana que había junto a la cabecera de su cama. A través de la estrecha y enrejada apertura veía la lóbrega y gris superficie del Cillidellan, cubierto por la bruma y las nubes bajas. En la lejanía, tras los torbellinos de niebla, discernió el fulgor de las hogueras encendidas a orillas del lago.

Fogatas de gnomos.

Entonces se dio cuenta de la tranquilidad reinante. Estaba en la fortaleza de Capaal, la ciudadela de los enanos responsable de vigilar las esclusas y diques que regulaban el curso del río de Plata en su camino hacia el oeste. La ciudadela que el día anterior estaba completamente cercada por ejércitos de gnomos. ¿Dónde estaban esos ejércitos ahora? ¿Por qué no estaban atacando Capaal?

—Slanter, ¿qué ha pasado con el asedio? —preguntó—. ¿Por qué hay tanto silencio?

—¿Y cómo quieres que lo sepa? —contestó el gnomo—. ¡Nadie me dice nada!

—Bueno, ¿y qué está ocurriendo fuera de aquí? ¿Qué has visto?

—No has escuchado nada de lo que te he dicho, ¿no? —respondió Slanter, rígido—. ¿Cuál es tu problema? ¿Estás sordo o algo así? ¡He estado aquí contigo, sin moverme de esta habitación desde que te rescataron de las aguas del lago! ¡Encerrado como si fuese un ladrón! Le salvé el cuello al aturdido hombre de la frontera y ¿qué obtengo a cambio? ¡Este encierro contigo!

—Bueno, yo...

—Ellos piensan que un gnomo siempre será un gnomo. ¡No confían en ninguno! Por eso estoy aquí sentado, como una gallina clueca mientras tú duermes sin preocuparte por nada más. ¡He esperado todo el día a que decidieras despertarte! ¡Estarías durmiendo todavía si no hubiese perdido la paciencia por completo!

—Podías haberme despertado antes... —respondió Jair, dándole la espalda.

—¿Y cómo iba a hacer eso? —dijo el gnomo—. ¿Cómo iba a saber qué te sucedía? ¡Podría haber sido cualquier cosa! ¡Tenía que dejarte dormir para asegurarme de que descansabas! No podía correr riesgos, ¿no te das cuenta? ¡Ese diablo negro del maestro de armas hubiese ordenado que me despellejaran!

—Cálmate, ¿de acuerdo? —dijo Jair, esbozando una sonrisa en contra de su voluntad.

—¡Me tranquilizaré cuando te levantes de esa cama y te vistas! —respondió el gnomo, apretando la mandíbula—. Hay un guardián al otro lado de la puerta que no me deja salir de aquí. Pero, ahora que estás despierto, tal vez nos deje. ¡Entonces dispondrás de tu tiempo! Y ahora... ¡vístete!

Jair comenzó a quitarse el pijama con indiferencia y a vestirse de nuevo con las prendas que llevaba consigo al salir de Valle Sombrío. Estaba sorprendido, y a la vez complacido, de ver a Slanter tan comunicativo. Aunque, por el momento, solo la había tomado con él. Slanter volvía a parecerse a aquel compañero locuaz de la noche en que lo había hecho prisionero en las tierras altas; aquel compañero que Jair había llegado a apreciar durante su cautiverio. No sabía muy bien por qué el gnomo había elegido aquel preciso instante para abandonar su mutismo. Pero, desde luego, se sentía satisfecho de tener al viejo Slanter de vuelta.

—Siento que te hayan encerrado aquí conmigo —dijo tras un momento.

—Deberías —respondió el gnomo—. Me confinaron aquí para que te cuidara, ¿sabes? Deben pensar que soy una especie de enfermera o algo por el estilo.

—Yo diría que están en lo cierto —respondió Jair, sonriendo ampliamente.

La expresión que atravesó el rostro del gnomo ante esas palabras hizo que Jair se girara hacia otro lado, hasta que logró endurecer su expresión. Riéndose por dentro, se estaba poniendo las botas cuando, de repente, acudió a su mente el cristal de la visión y el polvo de plata. No estaban allí cuando se vistió; al meter las manos en los bolsillos no los había encontrado. La sonrisa que comenzaba a dibujarse en sus labios se esfumó en el acto. Pasó las manos por sus ropajes. ¡Nada! Buscó nervioso en las ropas de cama, el camisón y los alrededores; habían desaparecido. Pensó entonces en la noche anterior y en el salto con el que se había sumergido en el Cillidellan. ¿Los habría perdido en el lago?

—¿Buscas algo? —le preguntó Slanter rígido y con un tono de falsa preocupación.

—Slanter, ¿qué has hecho…? —inquirió Jair, volviéndose hacia el gnomo.

—¿Yo? —le interrumpió el gnomo, con una expresión de inocencia dibujada en el rostro—. ¿Tu devota niñera?

—¿Dónde están, Slanter? —preguntó Jair con indignación—. ¿Dónde los has puesto?

—A pesar de lo divertido que es esto, y créeme, es muy divertido, tengo mejores cosas que hacer —respondió el gnomo, con una sonrisa de oreja a oreja—. Si lo que estás buscando es la bolsa y el cristal, los tiene el maestro de armas. Se los apropió anoche, cuando te trajeron aquí y te desnudaron. A mi alcance no los iba a dejar. Faltaría más… —Cruzó sus brazos por encima del pecho, en actitud desafiante—. Y pon fin a esto de una puñetera vez. ¿O también necesitas ayuda para vestirte?

Jair se puso rojo. Terminó de vestirse y, sin decir nada más, se acercó a la puerta y llamó. Al abrirse, le dijo al enano que estaba de guardia que querían salir. Este frunció el ceño y miró a Slanter con suspicacia. Les pidió que fueran pacientes y luego volvió a cerrar la puerta.

Con curiosidad expectante ante la carencia de cualquier señal de lucha proveniente del exterior, e inquieto por la situación en general, tuvieron que esperar una hora antes de que la puerta de la habitación se abriera de nuevo. Entonces el guardia les hizo un gesto para que lo siguieran. Salieron rápidamente de la habitación, avanzando a través de un corredor sin ventanas, dejando atrás docenas de puertas similares a la que ya habían pasado. Subieron varias escaleras y, al final, aparecieron en las almenas que dominaban las sórdidas aguas del Cillidellan. Una brisa tenue proveniente del lago les golpeó el rostro. El aire era frío y bronco. La quietud y la expectación también reinaban allí. Una niebla densa y numerosos bancos de nubes bajas extendiéndose desde los picos que abrigaban las esclusas y los diques lo cubrían todo. Centinelas enanos patrullaban las murallas, escudriñando los alrededores a través de la bruma. La única señal visible de la presencia de gnomos era el lejano parpadeo de las hogueras, difuminando su rojo en la oscuridad.

El enano los condujo bajo las almenas, desviándose luego hacia un amplio patio que había en el centro del alto dique junto al cual estaba el lago Cillidellan. Al norte y al sur del camino, las torres y parapetos de la fortaleza se elevaban hacia el cielo plomizo, extraviándose en la niebla. El día, oscuro, daba a la ciudadela un aire misterioso y fantasmagórico, sumergiéndola en una tenue luz nebulosa que la hacía parecer el resultado de un sueño. No había muchos enanos en el inmenso patio, el cual aparecía casi desierto. A intervalos regulares, se abrían grandes agujeros provistos de escaleras; túneles oscuros que Jair supuso que conducían a la zona subterránea de la maquinaria de las esclusas.

Ya casi habían llegado al extremo opuesto del patio cuando un grito les hizo detenerse. Edain Elessedil corrió hacia ellos con una amplia sonrisa dándoles la bienvenida, con el brazo y el hombro vendados. Fue primero hacia Jair, tendiéndole la mano.

—¡Sano y salvo después de todo, Jair Ohmsford! —Pasó su brazo sano por encima del cuello del joven del valle, mientras se volvían, siguiendo a su guía taciturno—. Espero que estés mejor.

—Mucho mejor —contestó Jair, dedicándole una sonrisa—. ¿Cómo va tu brazo?

—Es solo un rasguño. Lo tengo un poco agarrotado, pero nada más. ¡Qué noche! Menos mal que al final logramos llegar todos más o menos ilesos. ¡Y este! —Señaló a Slanter, que los seguía a un par de pasos de distancia—. ¡Su huida podría considerarse casi como un milagro! ¿Te lo ha contado?

Jair movió la cabeza en sentido negativo. Entonces Edain Elessedil le explicó de manera breve todo lo que les había sucedido a Slanter y a Helt la noche anterior, cuando huyeron a través del campamento de los gnomos. Jair escuchaba el relato asombrado, mirando hacia atrás de vez en cuando. Bajo una máscara de estudiada indiferencia, Slanter parecía sentirse un poco abochornado por la atención de la que era objeto.

—Era el modo más sencillo de huir. Solo eso —dijo cuando el expresivo elfo hubo terminado el relato.

Jair fue lo suficientemente inteligente como para no hacer ningún comentario más.

El guía los condujo por una escalera que ascendía a la almena de la atalaya norte, y después a través de una serie de puertas dobles, hasta un patio interior colmado de plantas y árboles que crecían sobre una tierra de color negro, llevada allí, sin duda, desde algún otro lugar. Incluso hasta aquellas montañas los enanos habían llevado consigo algo de su país, pensó Jair con admiración.

Tras los jardines hay una terraza amplia, ocupada por mesas y bancos.

—Esperad aquí —les ordenó el enano antes de irse.

—¿Por qué hoy no hay enfrentamientos, príncipe elfo? —preguntó el joven del valle después de que el enano se retirara—. ¿Qué les sucede a los ejércitos de gnomos?

—Nadie se lo explica —respondió Edain Elessedil, acompañando su respuesta con un gesto de desconocimiento—. Las esclusas y diques han estado sitiados durante casi una semana. Cada día, los gnomos han estado atacando los dos frentes de la fortaleza. Y hoy no lo han hecho. Los gnomos solo se concentran en las líneas de asedio y se limitan a vigilarnos; nada más. Da la sensación de que están a la espera de algo.

—No me gusta nada cómo suena eso —dijo Slanter.

—A los enanos tampoco —respondió Edain, sereno—. Han enviado emisarios a Culhaven y exploradores por los túneles subterráneos a la retaguardia del ejército gnomo para observar —balbució y luego miró a Jair—. Garet Jax ha salido también.

—¿Él? ¿Por qué? —preguntó Jair, sobresaltado—. ¿Dónde ha ido? —Ni idea —respondió el elfo, negando con la cabeza—. No me ha dicho nada. No creo que nos haya abandonado. Creo que, simplemente, está vigilando por los alrededores. Helt se fue con él.

—Explorando por su cuenta, entonces —dijo Slanter, frunciendo el ceño—. Es algo normal en él.

—¿Quién lo diría? —preguntó el elfo con una sonrisa—. El maestro de armas sigue su propio consejo, Slanter.

—Ese hombre se mueve por razones oscuras —respondió el gnomo para sí mismo.

Quedaron un momento en silencio, sin dirigirse la mirada y pensando en la trascendencia de los actos de Garet Jax. Jair recordó que Slanter le había dicho que el maestro de armas tenía el cristal y el polvo de plata. De ese modo, si le sucedía algo, la magia del rey del río de Plata se perdería, y eso implicaría perder también la única posibilidad de ayudar a Brin.

El sonido de una puerta al abrirse los sobresaltó. Se giraron y vieron aparecer a Foraker. Se dirigió con rapidez hacia donde estaban ellos y los saludó uno a uno con un apretón de manos.

—¿Has descansado, Ohmsford? —preguntó bruscamente, a lo que Jair respondió con un gesto afirmativo—. Bien. He pedido que nos traigan la cena aquí, a la terraza. ¿Por qué no buscamos una mesa y nos sentamos?

Señaló la mesa más próxima y todos se encaminaron hacia allí. Los árboles y arbustos de los jardines ensombrecían todavía más el plomizo atardecer, por lo que encendieron unas velas. Unos instantes después les sirvieron sopa, carne de buey, queso, pan y cerveza, y comenzaron a comer. Jair se sorprendió al darse cuenta del hambre que tenía.

Al terminar, Foraker se retiró y empezó a buscar en sus bolsillos.

—Tengo algo para ti —dijo, mirando brevemente a Jair—. Perfecto: está aquí.

Sostuvo en su mano la bolsa de polvo de plata y el cristal de la visión con su cadena. Los dejó encima de la mesa y los empujó hacia el joven del valle.

—Garet me dijo que te diese esto. Me encargó que lo mantuviera a salvo hasta que despertases. Me dio también un mensaje para ti; dijo que anoche demostraste que tienes valor.

El rostro de Jair brilló de sorpresa. Se sintió invadido por un repentino e intenso orgullo. Miró tímidamente a Edain Elessedil y a Slanter, volviendo finalmente al enano.

—¿Dónde está ahora? —balbució.

—Ha ido con Helt a explorar el pasaje que nos conducirá fuera de la fortaleza y detrás de las líneas de asedio de los gnomos, situados al norte —respondió Foraker, con un gesto de duda—. Quiere estar seguro de que no correremos peligro alguno. Saldremos mañana cuando caiga la noche. No podemos permanecer más aquí: el asedio puede prolongarse varios meses. Cree que ya hemos estado encerrados demasiado tiempo.

—Algunos hemos estado más tiempo que otros —añadió Slanter.

—Todos los que hemos viajado contigo desde Culhaven nos hemos responsabilizado de ti, gnomo —respondió Foraker, lanzándole una mirada furiosa—. Radhomm, que está al mando de esta guarnición, cree que nuestra palabra es más que suficiente. Pero algunos dentro de estas murallas opinan de manera muy distinta. Algunos han perdido a amigos y seres queridos a causa de los gnomos que asedian esta fortaleza. Ellos no están demasiado contentos con nuestro aval. Te han sometido a vigilancia, pero no como prisionero, sino como una persona a la que brindar protección. Estamos preocupados por tu seguridad, aunque pienses lo contrario. Especialmente Ohmsford.

—Puedo cuidar de mí mismo —respondió Slanter con voz oscura—. No necesito que nadie se ocupe de mí. Y mucho menos este muchacho.

—Esa debería ser una buena noticia para él —dijo Foraker con voz ruda y agarrotándose.

Slanter se quedó callado, sin saber qué contestar. Ya vuelve a ensimismarse, pensó Jair. De ese modo se protege de lo que ocurre a su alrededor. Solo cuando está a solas conmigo se siente dispuesto a salir de esa coraza protectora; solo entonces vuelve a parecerse al que era cuando lo conocí. Se queda al margen de los cambios que el paso del tiempo produce. Es un solitario genuino y no acepta el papel que le corresponde dentro de nuestro pequeño grupo.

—¿Llegó nuestro mensaje sobre la destrucción del puente de La Cuña a su destino? —preguntó Edain Elessedil a Elb Foraker.

—Sí —respondió el enano, alejando su mirada de la de Slanter—. Tu plan estuvo muy bien concebido, príncipe elfo. Si hubiésemos sabido con mayor exactitud la magnitud de este cerco y el tamaño del ejército que lo realiza, también hubiésemos conseguido escapar.

—Entonces, ¿estamos en peligro aquí?

—No, la fortaleza es segura, y tenemos reservas suficientes de alimentos como para resistir un asedio de meses. Ningún ejército puede enviar todas sus fuerzas a esperar de manera indefinida entre montañas. Solo correremos peligro cuando abandonemos estas murallas y retomemos nuestro camino hacia el norte.

Slanter murmuró algo ininteligible entre dientes y apuró los restos de su cerveza. Foraker clavó su mirada en el gnomo y la tensión se adueñó de su barbudo rostro.

—Mientras tanto hay algo que hacer. Y somos tú y yo, gnomo, quienes debemos hacerlo.

—¿Y qué es esa cosa, enano? —preguntó Slanter, mirándolo con desconfianza.

El rostro de Foraker se oscureció todavía más, aunque su voz continuó serena.

—Hay alguien entre estos muros que afirma conocer mejor que nadie el castillo de los mordíferos. Si eso fuera cierto, ese conocimiento podría sernos de gran utilidad.

—En caso de ser cierto, yo ya no tengo nada que hacer —respondió Slanter—. ¿Qué se supone que pinto yo en todo este asunto?

—El conocimiento es útil solo cuando es verdadero —continuó Foraker, tratando de elegir las palabras adecuadas—. El único que puede decirnos eso eres tú.

—¿Yo? —El gnomo rio de júbilo—. ¿Creerás lo que yo te diga? ¿Por qué ibas a hacerlo? ¿O quieres ponerme a prueba? Eso es más probable... ¡Vas a contrastar lo que yo te diga con lo que diga otro!

—¡Slanter! —exclamó Jair furioso y desilusionado.

—El que desconfía eres tú —añadió Edain Elessedil con firmeza.

Slanter comenzó a responder, pero lo pensó mejor y se calló.

—Si quisiera ponerte a prueba —dijo Foraker con voz profunda—, no sería enfrentándote con ese.

—¿Quién? —preguntó Slanter.

—Un mwellret —respondió aquel frunciendo el ceño.

—¿Un mwellret? —respondió Slanter, levantándose de golpe como movido por un resorte—. ¿Un lagarto?

Lo dijo con tanto asco que Jair Ohmsford y Edain Elessedil se miraron con asombro. No solo no habían visto jamás a un mwellret, sino que ni siquiera habían oído hablar de ellos hasta ese momento. Ante la reacción del gnomo, los dos se preguntaron si no hubiera sido mejor seguir ignorándolos.

—Una de las patrullas de Radhomm lo había encontrado encallado en la orilla del lago uno o dos días antes de que la fortaleza fuese sitiada —prosiguió Foraker, fijando sus ojos en los de Slanter—. Cuando lo sacaron estaba más muerto que vivo. Farfulló algo entre dientes sobre haber sido expulsado de las montañas del Cuerno Azabache por los caminantes negros, y que conocía modos de destruirlos. La patrulla lo trajo aquí, pero no han tenido tiempo de sacarlo antes del sitio. —Hizo una pausa antes de continuar—. Hasta el momento no se ha podido comprobar si es cierto lo que dice.

—¡La verdad! —exclamó Slanter alterado—. ¡Los lagartos no dicen nunca la verdad!

—El deseo de venganza hacia los que lo han agraviado puede hacerle decir la verdad. Está en nuestras manos facilitarle esa venganza; un intercambio, tal vez. Piénsalo bien; debe de conocer muy en detalle los secretos de las montañas del Cuerno Azabache y de la Marca Gris. Esas montañas eran las suyas, así como el castillo.

—¡Nada fue nunca suyo! —Slanter se levantó de la silla de golpe, con el rostro encogido por la furia—. ¡Los lagartos se apropiaron de todo! ¡Construyeron su castillo sobre los restos de mi pueblo! ¡Esclavizaron las tribus de gnomos que habitan en las montañas! ¡Utilizaron la magia negra del mismo modo que los caminantes! ¡Son diablos oscuros! ¡Me cortaría el cuello antes de consentirles la más mínima confianza!

—Slanter, ¿qué…? —empezó a preguntar Jair, cavilando sobre qué debía añadir a la conversación.

—Un momento, Ohmsford —lo interrumpió Foraker, volviendo de nuevo su mirada irascible hacia Slanter—. Gnomo, a mí los mwellret no me inspiran más confianza que a ti. Pero si este puede echarnos una mano, déjanos aceptar su ayuda. Nuestra situación es muy complicada. Si descubrimos que el mwellret miente… en ese caso ya pensaremos qué hacer con él.

—Es perder el tiempo —respondió Slanter bajando la vista hacia la mesa y sentándose de nuevo—. Ve sin mí; utiliza tu propio criterio, Foraker.

—Creía que preferirías eso a estar encerrado con llave —respondió el enano con un gesto displicente—. Pensaba que ya habrías tenido suficiente de eso. —Hizo una breve pausa. Vio entonces cómo los oscuros ojos del gnomo se alzaban, cruzándose con los suyos—. Además, no me es posible saber si el mwellret dice la verdad o no. Solo tú podrás ayudarnos en eso.

Nadie habló en un rato. Slanter continuó mirando a Foraker de manera insistente.

—¿Dónde está el mwellret ahora? —preguntó finalmente el gnomo.

—En una habitación de almacenaje que hace de celda —respondió Foraker—. No sale nunca de allí; ni siquiera para estirar las piernas. El aire y la luz le disgustan enormemente.

—¡Diablo negro! —respondió entre dientes el gnomo, lanzando un suspiro a continuación—. Está bien: tú y yo.

—Y estos dos, si lo desean, también —dijo Foraker, señalando a Jair y Edain.

—Yo me uno —respondió Jair sin pensarlo.

—Y yo —dijo el príncipe elfo de manera apresurada.

—Os llevaré allí ahora mismo —dijo Foraker, poniéndose en pie y asintiendo con la cabeza.

20

Desde la terraza ajardinada, bajaron a las entrañas de las esclusas y los diques de Capaal. Dejaron atrás la luz gris de la tarde que se desvanecía rápidamente para dar paso al crepúsculo y descendieron por pozos con escaleras y pasadizos que serpenteaban entre piedra y madera. Las sombras se reunían alrededor de pequeñas zonas de luz difusa que emitían las llamas de las lámparas de aceite colgadas de soportes de hierro. En el interior de la masa rocosa del dique, el aire estaba viciado y era húmedo. En el silencio que se extendía por los niveles inferiores se percibía el lejano eco de las aguas que recorrían las esclusas y el ronco crujido de las grandes ruedas y palancas. En su camino a las profundidades, se toparon con numerosas puertas cerradas que daban la sensación de esconder tras ellas bestias, que se agitaban al oír el sonido de las esclusas y su maquinaria, encerradas, y a la espera de poder escapar.

Solo se encontraron con unos cuantos enanos en aquellos niveles de la fortaleza. Hacía mucho tiempo que los enanos, un pueblo de los bosques que había sobrevivido a las Grandes Guerras gracias a los túneles que habían excavado en la tierra, habían abandonado su cárcel subterránea y habían vuelto a ver la luz del sol y sentir su calor, y se habían prometido no volver nunca más. Su odio a los lugares oscuros y cerrados era bien conocido por las gentes de las otras razas, y les costaba mucho soportar estar encerrados en tales lugares. Las esclusas y los diques de Capaal eran necesarios para su existencia, vitales para controlar las aguas del río de Plata en su curso hacia el oeste, donde se encontraba su tierra natal, y por eso hacían ese sacrificio... pero nunca durante periodos muy largos ni con más frecuencia de la necesaria. Los breves turnos asignados para inspeccionar la maquinaria que habían construido para conseguir su objetivo acababan con salidas apresuradas al mundo de la luz y del aire que había arriba.

Por esa razón, el rostro de los pocos enanos con los que los cuatro compañeros se encontraron en su descenso reflejaba una dura y contrariada expresión que apenas enmascaraba su permanente aversión a aquellas desagradables tareas. Elb Foraker empezaba a dar muestras de aquel odio, aunque soportaba con entereza la incomodidad. Miraba al frente, al laberinto de pasillos y escaleras, y mantenía su sólido cuerpo erguido mientras conducía a sus compañeros a paso decidido a través de la luz de las lámparas y de las sombras hacia el almacén que aún estaba más abajo. Mientras caminaban, el gnomo relató a Jair y a Edain Elessedil la historia de los mwellrets.

Empezó explicándoles que eran una especie de trolls. Los trolls habían sobrevivido a las Grandes Guerras en la superficie de la tierra, expuestos a los terribles efectos de las energías que se habían desencadenado. Eran mutaciones de los hombres y mujeres que antes habían sido, su forma se había visto alterada, y su piel y sus órganos corporales se adaptaron al terrible estado en el que había quedado casi todo el planeta a causa de las Grandes Guerras. Los trolls de la Tierra del Norte sobrevivieron en las montañas, crecieron y se hicieron más fuertes, y su piel se endureció hasta adquirir la apariencia de una rugosa corteza de árbol. Pero los mwellrets eran los descendientes de unos hombres que habían intentado sobrevivir en los bosques que las Grandes Guerras habían convertido en pantanos de aguas corrompidas en los que la vegetación crecía enferma. Los mwellrets asumieron las características de las criaturas que habitan los pantanos y adquirieron la apariencia de los reptiles. Cuando Slanter los llamó lagartos, los definió con exactitud. Estaban cubiertos de escamas donde antes había habido piel, se les habían acortado los brazos y las piernas, que terminaban en garras, y sus cuerpos eran tan flexibles como el de una serpiente.

Pero había una diferencia aún más significativa entre los mwellrets y el resto de las especies de trolls que habitaban los oscuros rincones de las Cuatro Tierras. El retroceso de los mwellrets en la escala de la civilización había sido más rápido y se caracterizaba por una extraña y aterradora capacidad para cambiar de forma. El instinto de supervivencia había exigido mucho a los mwellrets, sin duda mucho más que al resto de los trolls. En el proceso de aprendizaje de los secretos de esa supervivencia habían experimentado una transformación física que los permitía alterar la forma de su cuerpo con la flexibilidad de la arcilla aceitada. A pesar de no ser tan avezados en su arte como para ser capaces de disfrazar sus características básicas, eran capaces de acortar o alargar las distintas partes del cuerpo y moldearse a sí mismos con la finalidad de adaptarse a las exigencias del medio ambiente en el que se hallaran. Se sabía muy poco sobre cómo lograban cambiar de forma; les sobraba con saber que podían hacerlo y que los mwellrets eran las únicas criaturas que habían conseguido dominar esa habilidad.

Tan solo unos pocos habían oído hablar de los mwellrets al otro lado de las fronteras de la Tierra del Este, ya que eran un pueblo aislado y solitario que no solía aventurarse a abandonar el refugio que le ofrecía el Anar profundo. Ningún mwellret se había dejado ver en la época de los Consejos de Paranor. Ningún mwellret había luchado en las Guerras de las Razas. Habían permanecido en su oscuro país, en las entrañas de los bosques, pantanos y selvas montañosas, apartados del resto del mundo.

Salvo cuando algo les incumbía, por supuesto. Algún tiempo después del Primer Consejo de Paranor, celebrado hacía ya más de mil años, los mwellrets abandonaron las tierras pantanosas y los bosques desolados y se trasladaron a las cumbres arboladas de las montañas del Cuerno del Cuervo. Tras dejar el fétido lodazal de las tierras bajas a las criaturas que lo habían habitado antes de la destrucción del viejo mundo, los mwellrets se dirigieron a las tierras boscosas más altas, habitadas por tribus dispersas de gnomos. Los gnomos, que son un pueblo supersticioso, se aterrorizaron ante la presencia de aquellas criaturas que eran capaces de cambiar de forma y que parecían dominar la magia negra, que había vuelto a la vida con la llegada de los druidas. Al mismo tiempo, los mwellrets empezaron a aprovecharse del miedo que les tenían quienes habitaban las montañas del Cuerno del Cuervo para imponer su autoridad. Los mwellrets se convirtieron en caciques, y los gnomos se vieron reducidos a esclavos.

Al principio se opusieron a aquellas criaturas, a las que llamaban lagartos, pero después de un tiempo, esa resistencia desapareció. Los gnomos carecían de la organización y la fuerza necesarias para defenderse, y unas cuantas muestras aterradoras de lo que podían hacer con quienes se revelaban contra sus decisiones dejaron una huella profunda en los demás. La fortaleza de Marca Gris se construyó bajo el dominio de los mwellrets, una ciudadela enorme desde la que los lagartos gobernaban a las tribus que habitaban en las inmediaciones. Pasaron los años, y los mwellrets se hicieron con el poder de todas las montañas del Cuerno del Cuervo. Los enanos del sur y las tribus de gnomos del norte y el oeste se mantuvieron lejos de esas montañas, y los mwellrets no mostraron ningún interés en aventurarse más allá de su nuevo hogar. Con la llegada del Señor de los Brujos en la Segunda Guerra de las Razas, se rumoreó que habían alcanzado con él un acuerdo por el que los lagartos se comprometían a entregar cierto número de sus súbditos gnomos al Señor Oscuro para que le prestaran su servicio como esclavos. Sin embargo, esto solo era un rumor, porque nadie ha podido probarlo nunca.

Luego, tras la abortada Tercera Guerra de las Razas, cuando Shea Ohmsford encontró la mítica espada de Shannara y el Señor de los Brujos fue destruido, los mwellrets empezaron a extinguirse de manera completamente inesperada. La edad y las enfermedades empezaron a hacer mella en ellos, y nacieron pocos a partir de entonces. A medida que su número disminuía, también lo hacía su dominio sobre las tribus de gnomos que habitaban en las montañas del Cuerno del Cuervo. Poco a poco, su pequeño imperio fue desmoronándose hasta quedar reducido a Marca Gris y las pocas tribus que aún permanecían en sus proximidades.

—Y, al parecer, ahora esos pocos han sido enviados a los pantanos que los engendraron —dijo Foraker para concluir su relato—. Fuera cual fuera su poder, no eran competencia alguna para los caminantes. Al igual que los gnomos a los que sometieron, los mwellret se habrían convertido en esclavos si se hubieran quedado en las montañas.

—¡Hubiese sido preferible que los hubieran borrado de la faz de la tierra! —lo interrumpió Slanter con amargura—. ¡No se merecen otra cosa!

—¿Es cierto que poseen el poder de la magia negra? —preguntó Jair.

—Yo nunca he visto tal cosa —respondió Foraker, encogiéndose de hombros—. Creo que su magia está en la habilidad para cambiar de forma, aunque se cuentan historias sobre cómo controlan los elementos: viento, aire, tierra, fuego y agua. Puede que haya algo de verdad en ellas solo porque han desarrollado una comprensión profunda de las reacciones de los elementos. Sin embargo, la mayor parte de ellas no son más que supersticiones.

Slanter dijo algo entre dientes que nadie consiguió entender y lanzó una mirada sombría a Jair que daba a entender que no estaba de acuerdo con lo que había dicho el enano.

—No corres un grave peligro, Jair Ohmsford —dijo Foraker con seriedad, esbozando una sonrisa—. ¡Si estuviera lo bastante loco como para utilizar la magia entre estos muros, estaría muerto en un abrir y cerrar de ojos!

El oscuro pasillo se iluminó de repente, y los cuatro se acercaron a un pasadizo transversal, en cuya pared derecha había varias puertas que se extendían a lo largo de este. Un par de centinelas que hacían guardia ante la más próxima los controlaban con una mirada firme mientras se acercaban. Tras dirigirles un breve saludo, Foraker les ordenó que abrieran la puerta. Los centinelas intercambiaron una rápida mirada e hicieron un gesto de indiferencia.

—Lleva luz —dijo el primero, mientras le entregaba a Foraker una lámpara de aceite—. El lagarto mantiene la estancia tan oscura que parece una boca de lobo.

Foraker encendió la lámpara con la mecha de la que ardía colgada junto a la puerta y dirigió una mirada a sus compañeros.

—Preparados —dijo a los centinelas.

Abrieron los pestillos y levantaron la aldaba. Con un crujido lastimero, la puerta de madera con hierro forjado se abrió y dejó ver una oscuridad total. Foraker se adelantó sin pronunciar ni una sola palabra, seguido muy de cerca por los otros tres. Cuando el tenue círculo de la lámpara de aceite convirtió las tinieblas en penumbra, distinguieron las curvas sombras de canastas, cajas de embalaje y sacos almacenados en aquella estancia. El enano y sus compañeros se detuvieron, y la puerta se cerró de golpe.

Jair miró con aprensión por toda la tenebrosa habitación. Un olor rancio y fétido impregnaba el aire, un hedor que hablaba en susurros sobre cosas moribundas y corrompidas. Las sombras lo envolvían todo, densas y silenciosas, alrededor de la pequeña lámpara que llevaban.

—¿Stythys? —Elb pronunció el nombre con naturalidad.

No hubo respuesta alguna durante un largo rato. Después, entre las sombras situadas a su izquierda, entre un montón de cestos y cajas, un revuelo interrumpió el silencio.

—¿Quién esss? —silbó algo.

—Foraker —respondió el enano—. He venido a hablar contigo. Radhomm te dijo que vendría a visitarte.

—¡Hss! —dijo Stythys con una voz ronca que sonaba como una cadena arrastrada por la piedra—. Di lo que hayasss venido a decir, enano.

Algo se movió en la penumbra; era enorme y vestía una capa como la de la parca. Una figura tenue y ensombrecida se elevó junto a los sacos. Jair sintió una repentina y abrumadora repulsión por la criatura. Quédate muy quieto, le advirtió una voz en su interior. ¡No digas nada!

—Hombrecillosss —murmuró la figura con frialdad—. Enano, el-fosss y gnomo, no debéisss asssussstarosss, hombrecillosss. Acercaosss másss.

—Acércate tú —le espetó Foraker, impaciente.

—¡Hsss! No me gusssta la luz. ¡Necesssito la ossscuridad!

—Entonces todos nos quedaremos donde estamos —respondió Foraker, encogido de hombros.

—Quedaosss —accedió el lagarto.

Jair miró de reojo a Slanter. El rostro del gnomo estaba contorsionado por el odio y la repugnancia que sentía, y cubierto de sudor. Daba la impresión de que saltaría en cualquier momento. Edain Elessedil debió advertirlo, porque de repente pasó ante Jair y Foraker, y se colocó, en actitud casi protectora, al otro lado del gnomo, que estaba consternado.

—¡Estoy bien! —musitó Slanter tan bajo que apenas se le oyó, mientras movía las manos hacia la oscuridad que se cernía ante él.

Entonces, de repente, el mwellret avanzó hasta el borde de la luz, una alta y encapuchada figura que pareció materializarse de entre las sombras. Tenía una forma prácticamente humana, y caminó erguido sobre dos fuertes piernas traseras, torcidas y musculosas. Extendió los brazos con precaución. Ahí donde debería haber tenido piel y vello, había unas escamas grises de aspecto duro, y tenía garras en lugar de manos. Cubierto por la capucha, el mwellret giró la cara hacia el grupo, y la luz les mostró un hocico escamoso reptil que se abrió y reveló hileras de dientes afilados y una lengua de serpiente. Tenía las fosas nasales en el extremo superior del hocico, y más arriba, casi perdidos en la oscuridad de la capucha, unos ojos verdes y hendidos brillaban tenuemente.

—Ssstythysss sssabe lo que osss trae por aquí, hombrecillosss —dijo el monstruo—. Lo sssabe muy bien.

—Marca Gris —dijo Foraker, rompiendo el silencio que se había producido tras las últimas palabras del lagarto.

—Losss mordíferosss —respondió el lagarto—. Ssstythysss lo sssabe. Caminantesss que dessstruyen. Vienen del fossso, del agujero negro del Maelmord. ¡De la muerte! Sssubieron hasssta la Fuente Celeste para envenenar lasss aguasss del río de Plata. Envenenan la tierra. Fueron a Marca Griss, essso hicieron losss demoniosss. Fueron para echarnosss de nuesssstrosss hogaresss. Para esssclavizarnosss.

—¿Tú lo viste? —preguntó Foraker.

—¡Lo vi todo! Losss mordíferosss sssalieron de la ossscuridad, nosss echaron por la fuerza y cogieron lo que esss nuessstro. No hay rival para tal poder. ¡Huimosss! ¡Algunosss de nosssotrosss fueron dessstruidosss!

De repente, Slanter lanzó un escupitajo hacia la oscuridad y dio un paso atrás y pisoteó el suelo de piedra mientras musitaba.

—¡Quedaosss! —silbó de repente el mwellret, con un inequívoco tono de mando en su voz. Slanter levantó la cabeza con brusquedad—. Losss gnomosss no tienen por qué temernosss. Hemosss sssido amigosss; no como losss mordíferosss. Losss caminantesss dessstruyen todo lo que esss vida porque no ssson vida. ¡Ssseresss de la muerte! La magia negra domina. Todasss lasss tierrasss caerán en sssu poder.

—¡Pero vosotros podéis destruirlos! —le presionó Foraker.

—¡Hsss! ¡Marca Griss esss nuessstra! ¡Losss mordíferosss entraron sssin ningún derecho en nuessstra casssa! Ssse creen sssegurosss con nosssotrosss fuera; pero essstán equivocadosss. ¡Hay manerasss de llegar hasssta ellosss allí! ¡Manerasss que ellosss no conocen!

—¡Pasadizos! —exclamó Jair de pronto, tan interesado en lo que el lagarto decía que olvidó durante un breve instante su determinación de no hablar.

Al oírlo, el mwellret alzó la cabeza como si fuese un animal que comprobaba el aire. Jair se quedó helado, con la sensación de que algo maligno se posaba sobre él, en aquel repentino silencio.

La lengua de serpiente del mwellret culebreó hacia fuera.

—¿Magia, amiguito? ¿Tienesss magia?

Nadie se atrevió a hablar. Jair sudaba por todos los poros. Foraker se giró para mirarlo extrañado, sin saber muy bien en ese momento lo que había sucedido.

—¿En tu voz, amiguito? —preguntó el mwellret—. La sssiento en tu voz, sssí. La sssiento dentro de ti. Magia como la mía. Hazlo por mí, ¿sssí? ¡Habla!

Algo pareció enrollarse alrededor de Jair, una espiral invisible que le hizo expulsar el aire de los pulmones. Antes de poder evitarlo, el joven de las tierras altas empezó a cantar. La Canción de los Deseos se deslizó con rapidez entre sus dientes apretados, y ondas con color y forma flotaron por el aire entre ellos, danzando a través de la oscuridad y la luz de la lámpara como si tuviera vida propia.

Un instante después, Jair era libre de nuevo; la espiral que lo aprisionaba había desaparecido. La Canción de los Deseos se extinguió, y el joven del valle jadeó y cayó de rodillas, agotado. Slanter fue corriendo a su lado, y tiró de él hacia la puerta, gritando salvajemente al mwellret mientras intentaba alcanzar el cuchillo largo de Edain Elessedil con la mano que tenía libre. Foraker se interpuso y desenvainó su espada mientras se daba la vuelta para enfrentarse con Stythys. El lagarto había reducido su tamaño, se había replegado bajo la protección de su capa y retrocedía de nuevo hacia la oscuridad.

—¿Qué le has hecho? —preguntó el enano. El mwellret se encogió aún más, y sus ojos rasgados arrojaron destellos. Foraker le dio la espalda—. Es suficiente. Nos vamos.

—¡Quedaosss! —gimió el mwellret de repente—. ¡Hablad con Ssstythysss! ¡Puedo decirosss cosssasss de losss mordíferosss!

—Ya no nos interesa —respondió Foraker, mientras golpeaba con el puño de su espada contra la puerta del almacén.

—¡Hsss! ¡Debéisss hablar con Ssstythysss sssi dessseaisss desssstruir a losss caminantesss! ¡Sssolo yo sssé cómo! ¡El sssecreto esss mío! —La voz de la criatura era ahora dura e increíblemente fría; su fingida cordialidad había desaparecido por completo—. Losss amiguitosss volverán; ¡deben volver! ¡Lo sssentiréisss sssi osss vaisss!

—¡Lo que de verdad sentimos es haber venido! —replicó Edain Elessedil—. ¡No necesitamos tu ayuda!

Jair ya estaba en el umbral de la puerta abierta, sostenido por el príncipe elfo y Slanter, que no dejaba de hablar entre dientes. Mientras sacudía la cabeza para despejarse, el joven del valle volvió la vista atrás, hacia el mwellret, una encapuchada figura sin rostro que quedó sumida en las sombras cuando Foraker salió de la estancia con la pequeña lámpara.

—¡Necesssitáisss mi ayuda! —dijo la criatura con voz suave, con el brazo escamoso levantado—. ¡Venid otra vez! ¡Volved!

Después, los centinelas enanos cerraron la puerta y la aseguraron con la aldaba. Jair tomó una bocanada de aire y se enderezó, liberándose de los brazos que lo sostenían. Foraker lo detuvo, lo miró de cerca a los ojos, soltó un gruñido y se volvió hacia el pasadizo que los había llevado hasta allí.

—Parece que estás bien —dijo—. Volvamos al aire libre.

—¿Qué ha ocurrido, Jair? —preguntó Edain Elessedil—. ¿Cómo ha podido obligarte a hacer eso?

—No estoy seguro —respondió el joven del valle, dubitativo. Todavía temblando, siguió los pasos de Foraker, flanqueado por el príncipe elfo y el gnomo—. No estoy nada seguro.

—¡Diablos negros! —dijo Slanter malhumorado, pronunciando su epíteto favorito—. Esos pueden doblegarte.

El joven del valle asintió con la cabeza y siguió caminando. Ojalá supiera cómo lo había hecho.

21

Una noche negra, neblinosa y calma cayó sobre Capaal. Las cumbres de las montañas ocultaban la luna y las estrellas, y solo las lámparas de aceite de los enanos y las hogueras de los gnomos ofrecían luz en la sombría oscuridad. Empezó a formarse escarcha sobre la piedra y el monte bajo, y la humedad adquiría un denso color blanquecino a medida que la temperatura descendía. Una desagradable quietud yacía sobre todas las cosas.

Desde las almenas de la fortaleza, Jair y Elb Foraker contemplaban las esclusas y los diques que conectaban ambos lados de la garganta por la que surcaban las aguas del río de Plata.

—Tiene más de quinientos años —le dijo el enano, con voz grave y áspera—. Fue construida en tiempos de Raybur, cuando nuestro pueblo aún tenía reyes, después de la Segunda Guerra de las Razas.

Jair miraba por encima de los parapetos hacia la oscuridad que se extendía a sus pies, sin hablar, recorriendo el contorno del complejo dibujado por la tenue luz de las antorchas y las lámparas que iluminaban sus piedras. Había tres diques, unas bandas anchas que se curvaban ante la corriente del río de Plata cuando este se precipitaba por la garganta. Varias esclusas controlaban la corriente; la maquinaria estaba instalada en el interior de las mismas, oculta por los diques y la fortaleza que los protegía a ambos. La fortaleza se asentaba a horcajadas sobre el dique alto y se extendía de un lado a otro, guardando todos los pasadizos que conducían a su interior. Detrás del dique alto estaba el Cillidellan, rodeado por las hogueras rojas del ejército sitiador, aunque extrañamente a oscuras bajo las sombras de aquella noche sin luna. Entre el dique alto y sus niveles inferiores, el río de Plata detenía su curso descendente y formaba dos pequeños embalses. Unos abruptos riscos flanqueaban los dos extremos de los niveles inferiores, y los únicos caminos por los que se podía llegar hasta allí discurrían por plataformas angostas o pasadizos subterráneos perforados en la roca.

—A los gnomos les encantaría ser los dueños de esto —dijo Foraker, señalando el complejo—. Controla prácticamente todo el suministro de agua a las tierras situadas al oeste hasta el lago del Arco Iris. En las estaciones lluviosas, evita las inundaciones que solían producirse antes de que se construyeran las esclusas y los diques. —Hizo un gesto de satisfacción—. En una mala primavera, incluso Culhaven podía quedar arrasado.

Jair miró a su alrededor lentamente, impresionado por la grandiosidad de la construcción y sorprendido por los esfuerzos que debían haberse realizado en su construcción. Foraker ya lo había llevado a visitar los mecanismos internos de las esclusas y los diques y le había explicado su funcionamiento y las tareas que desempeñaban. Jair se sentía agradecido por la excursión.

Slanter estaba enfrascado en la corrección de los mapas de las tierras situadas al norte hasta las montañas del Cuerno del Cuervo hechos por enanos, que el gnomo enseguida calificó de muy poco precisos. Slanter deseaba evitar por todos los medios un nuevo encuentro con el mwellret y estaba decidido a demostrar su capacidad y conocimientos, por lo que accedió a completar con anotaciones los mapas para que el pequeño grupo dispusiera de una información fidedigna de la geografía de las tierras que debían atravesar cuando reanudaran el viaje. Edain Elessedil se había excusado y se había ido solo, y por eso, cuando Foraker le ofreció enseñarle parte de las esclusas y los diques, Jair aceptó de inmediato. Jair creía que la razón por la que le había propuesto aquella excursión era para distraerlo y que dejara de pensar en Garet Jax, que aún no había regresado, pero no le importaba. El joven del valle prefería no pensar en la ausencia del maestro de armas.

—Los riscos no permiten a los gnomos bajar a los diques inferiores —dijo Foraker, con la mirada puesta en las lejanas hogueras—. Desde la fortaleza se vigilan todos los accesos que llevan ahí. Nuestros antepasados lo sabían de sobra cuando construyeron Capaal. Mientras la fortaleza se mantenga en pie, las esclusas y los diques estarán seguros, y mientras las esclusas y los diques estén seguros, también lo estará el río de Plata.

—Salvo en el caso de que sea envenenado —puntualizó Jair.

—Cierto —respondió el enano, asintiendo con la cabeza—. Pero sería peor que el Cillidellan se desbocase en su paso por la garganta. Entonces, el veneno se propagaría por todo el río mucho más rápido en su curso hacia el este.

—¿Y eso lo saben en las demás tierras? —preguntó Jair.

—Sí.

—Entonces, lo lógico sería que vinieran aquí a ayudaros.

—Sí, sería lo lógico —respondió Foraker, con una triste sonrisa en la cara—. Pero no todo el mundo quiere creer en la verdad de las cosas; ya lo ves. La mayoría prefiere evitarla.

—¿Hay alguna raza dispuesta a prestaros ayuda?

—Algunas —respondió el enano, encogido de hombros—. Los elfos de las Tierras del Oeste enviarán un ejército al mando de Ander Elessedil, pero no llegará hasta dentro de dos semanas. Callahorn también ha prometido enviarnos ayuda; Helt y algunos más ya luchan a nuestro lado. Los trolls aún no se han pronunciado; pero los territorios del norte son vastos, y las tribus están dispersas. Quizás al final nos ayuden a lo largo de sus fronteras.

El enano se calló, y Jair esperó un momento y preguntó:

—¿Y la Tierra del Sur?

—¿Las Tierras Meridionales? —Foraker hizo un gesto de desaliento—. Las Tierras Meridionales tienen la Federación y el Consejo de la Coalición, que son un atajo de imbéciles. Gastan todas sus energías en mezquinas disputas internas y luchas por el poder. Y las nuevas Tierras Meridionales no tienen ninguna utilidad para las gentes de las otras tierras. La raza del hombre vuelve a lo que era en los tiempos de la Primera Guerra. Si apareciese ahora el Señor de los Brujos, temo que la Federación aceptaría seguirlo de forma voluntaria.

Jair sintió que un escalofrío le recorría todo el cuerpo. En la Primera Guerra de las Razas, librada hacía cientos de años, el Señor de los Brujos había subvertido la raza del hombre y la había convencido para que atacara a las otras razas. El hombre fue derrotado en esa guerra y todavía sentía la humillación y la amargura de la derrota. Aislacionista en la teoría y en la práctica, la Federación se hizo con el poder de la mayor parte de la Tierra del Sur y se convirtió en portavoz de la raza del hombre.

—Pero Callahorn está con vosotros —dijo Jair—. Los hombres de la frontera están hechos de otra pasta.

—Pero puede que la ayuda de los hombres de la frontera no sea suficiente —respondió Foraker—. Ni siquiera aunque contásemos con la legión al completo. Ya has visto todas las tribus que se han reunido ahí fuera. Unidas, forman un poder mayor que cualquiera con el que podamos contrarrestarlos. Y, además, cuentan con la ayuda de esas cosas negras que las dominan... —Negó con la cabeza, desesperanzado.

—Pero nosotros tenemos un aliado que puede enfrentarse a los mordíferos. Tenemos a Allanon —dijo Jair.

—Sí, Allanon —dijo Foraker, con voz amarga.

—Y a Brin —añadió el joven del valle—. Cuando encuentren el Ildatch...

No acabó la frase, y de repente, la advertencia del rey del río de Plata resonó en su mente como un tenebroso susurro. Hojas en el viento, había dicho. Tu hermana y el druida. Ambos se perderán.

Alejó con brusquedad ese pensamiento. No se perderán, se dijo a sí mismo. Los encontraré antes. Los encontraré. Echaré el polvo de plata en la Fuente Celeste para limpiar sus aguas, y después el cristal de la visión, y después... Hizo una pausa, inseguro. ¿Después qué? No sabía qué podía ocurrir después. Cualquier cosa. Haría cualquier cosa que impidiera que la profecía del anciano se cumpliera.

Pero primero tenía que viajar al norte, recordó taciturno. Y antes, debía volver Garet Jax...

Foraker recorría de nuevo las almenas, con su rostro barbudo inclinado sobre el pecho y las manos en los bolsillos de la capa de viaje que cubría la robusta figura del enano. Jair lo alcanzó cuando empezaba a bajar a una rampa inferior por un tramo de anchos escalones de piedra.

—¿Puedes contarme algo sobre Garet Jax? —inquirió el joven vallense de repente.

—¿Qué quieres que te cuente? —respondió el enano sin levantar la cabeza.

—No lo sé —dijo Jair, negando con la cabeza—. Alguna cosa.

—¿Alguna cosa? —inquirió Foraker—. Eres bastante impreciso, ¿no te parece? ¿Qué clase de cosa?

—Algo que nadie más sepa —dijo Jair, tras reflexionar un breve instante—. Algo acerca de él.

Foraker se dirigió hacia un parapeto que dominaba la oscura extensión del Cillidellan; apoyó los codos sobre la piedra y fijó la mirada en la noche. Jair permaneció a su lado, callado y esperando a que hablara.

—Tú quieres comprenderlo, ¿no es así? —preguntó al fin Foraker.

—Un poco, al menos —respondió el joven del valle, mientras asentía lentamente.

—No estoy seguro de que eso sea posible, Ohmsford —respondió el enano, con un gesto negativo—. Es como si intentaras comprender a un... un halcón. Tú lo ves, ves su apariencia, ves lo que hace. Te maravillas, te asombras. Pero no puedes comprenderlo; no del todo. Tendrías que ser como él para poder comprenderlo.

—Sin embargo, da la impresión de que tú lo comprendes —dijo Jair.

Foraker giró su feroz rostro con rapidez para mirar de frente al joven del valle.

—¿Eso crees, Ohmsford? ¿Que yo le comprendo? —preguntó el enano, negando con la cabeza una vez más—. No más que a un halcón. Quizás menos. Lo conozco porque he pasado algún tiempo con él, he luchado con él y he entrenado hombres con él. Lo conozco por eso. También sé lo que es. Pero todo eso no es más que polvo y paja cuando se trata de comprender a alguien. —Se mostró dubitativo—. Garet Jax es como otra forma de vida comparado contigo, conmigo o con cualquier otro que quieras nombrar. Una forma de vida especial y singular, porque solo hay una. —Enarcó las cejas—. Es mágico a su manera. Hace cosas que ningún otro hombre podría hacer… ni siquiera intentar. Sobrevive a peligros que acabarían con la vida de cualquier otro, y lo consigue una y otra vez. Al igual que el halcón, tiene instinto; y es ese instinto el que le permite volar por encima de todos nosotros, hasta donde nadie puede tocarlo. ¿Comprenderlo? No, ni siquiera un poco.

—Sin embargo, vino a la Tierra del Este por ti —dijo Jair, tras permanecer un momento en silencio—. Al menos él dice que esa es la razón. Y si es así, indudablemente debéis tener algún tipo de amistad. Debéis ser afines.

—Quizá —respondió Foraker, que se encogió de hombros una vez más—. Pero eso no significa que lo comprenda. Además, hace lo que hace por razones exclusivamente personales, que no son necesariamente las que expone; eso lo sé por experiencia. No está aquí solo por mí, Ohmsford. También tiene otras razones. —Apoyó la mano en el hombro del joven del valle—. Sinceramente, creo que está aquí tanto por ti como por mí. Pero ignoro la verdadera razón. Quizá tú sí la conozcas.

—Dijo que sería mi protector porque así se lo había ordenado el rey del río de Plata —dijo Jair, tras un instante de duda.

—Tanto mejor —dijo Foraker, asintiendo—. Pero ¿lo comprendes mejor por saber eso? Yo no. —Hizo una pausa y volvió a fijar la mirada en el lago—. No, él tiene sus razones, y seguro que son razones que no me contaría.

Jair apenas lo oía. En ese preciso instante recordó algo y puso cara de sorpresa. Se dio media vuelta rápidamente y se quedó paralizado.

¿Sería posible que lo que Garet Jax ocultaba a Foraker se lo contase a él? ¿No era lo que el maestro de armas había hecho aquella noche oscura y lluviosa cuando se quedaron agachados solos bajo la cresta de la montaña? El recuerdo cobró vida en su mente: «Quiero que comprendas...», había dicho Garet Jax. «El sueño me prometió una prueba de habilidad más difícil que cualquier otra a la que me haya enfrentado. Una oportunidad de comprobar si en realidad soy el mejor. Para mí, ¿qué más hay...?».

Jair respiró profundamente el frío aire de la noche. Quizá comprendía a Garet Jax mejor de lo que pensaba. Tal vez lo comprendía mejor que cualquier otro.

Foraker se giró repentinamente y Jair apartó sus pensamientos.

—Hay una cosa que no muchos saben. Dijiste que te encontró en los Robles Negros. ¿Te has preguntado alguna vez por qué estaba allí? Porque, si no recuerdo mal, se dirigía hacia el este desde Callahorn.

—No, nunca me he parado a pensar en eso —contestó Jair, asintiendo con la cabeza lentamente—. Supongo que los Robles Negros están bastante retirados del camino que conduce al Anar desde las tierras de la frontera. —Jair se mostró dubitativo—. ¿Qué hacía allí?

—Te advierto que solo es una suposición —respondió Foraker, esbozando una leve sonrisa—. A mí no me ha dicho nada que tú no sepas. Pero la región que queda al norte del lago, entre Leah y las Tierras Bajas de Clete, es su lugar de procedencia. Allí nació y allí creció. Y también allí tuvo una familia hace ya mucho tiempo. Tal vez le quede alguien, o quizá solo le queden recuerdos.

—Una familia —repitió Jair en voz baja y negó con la cabeza—. ¿Te ha dicho quiénes eran?

—No —respondió el enano, y se apartó del parapeto—. Solo lo mencionó en una ocasión, eso es todo. Pero ahora sabes algo del hombre que todos los demás ignoran, excepto yo, claro. ¿Te ayuda eso a comprenderlo mejor?

—Creo que no —dijo Jair, sonriente.

El enano se dio la vuelta y ambos comenzaron a caminar de regreso a las almenas.

—Sabía que no lo haría —respondió Foraker. El enano se ciñó la capa cuando el viento les dio de lleno al retirarse del muro—. Entra conmigo, Ohmsford, y te prepararé una jarra de cerveza caliente. Esperaremos juntos el regreso de nuestro halcón.

Foraker le dio una delicada palmada en el hombro con su áspera mano y Jair se apresuró tras él.

La noche transcurrió, con sus horas vacías, largas y nubladas como una oscura premonición. La niebla descendió lentamente de las cumbres sobre una brisa ligera, se espesó y cubrió por completo las esclusas y envolvió los ejércitos de gnomos y enanos en velos de húmeda y pegajosa neblina, hasta ocultar por completo incluso el brillante resplandor de las hogueras.

Jair Ohmsford se quedó dormido a medianoche mientras esperaba a que Garet Jax regresara. El joven vallense se había desplomado sobre una silla de respaldo alto en una sala de guardia donde Foraker, Slanter y Edain Elessedil hablaban en voz baja ante unas jarras de cerveza caliente y la tenue luz de una sola vela, y entonces, cayó dormido. Apenas podía prestar atención al susurro de sus voces cuando de pronto se le cerraron los ojos y se durmió.

Al amanecer, el príncipe elfo tuvo que sacudirlo varias veces para conseguir que despertara.

—Jair. Ha vuelto —le dijo Edain Elessedil.

El joven vallense se restregó los ojos adormilados y se enderezó. Apenas visibles en la penumbra de la noche que ya tocaba a su fin, las brasas de un fuego agonizante emitían un tenue fulgor en la chimenea situada al otro lado de la habitación. Se oía el ruido de la lluvia que chocaba contra las rocas en el exterior.

Jair parpadeó. Garet Jax ha vuelto.

Se puso en pie. Estaba completamente vestido. Solo se había quitado las botas. Rápidamente, las agarró y empezó a ponérselas.

—Ha llegado hace menos de media hora. —El príncipe elfo seguía a su lado y hablaba en voz muy baja, como si temiera despertar a alguien más que dormía en aquella habitación—. Helt venía con él, por supuesto. Han encontrado un camino que conduce al norte, más allá de los túneles.

—Pero ha sucedido algo más, Jair —prosiguió el joven elfo tras guardar un momento de silencio; el joven vallense levantó la vista, expectante—. Poco después de medianoche, empezó a llover, y la lluvia disipó la niebla. Cuando las luces del alba permitieron tener una visión clara de los alrededores, vieron que los gnomos ya estaban allí; todos ellos. Han levantado el campamento junto a las orillas del Cillidellan y ocupan todo el dique alto, desde un extremo al otro, en las profundidades. Están ahí, esperando.

—¿Y qué se proponen hacer? —preguntó Jair, ya en pie.

—Lo ignoro —respondió Edain Elessedil con un gesto negativo—. Parece que nadie lo sabe. Pero ya hace muchas horas que están allí. Todos los enanos están en guardia, vigilando en las almenas. Ven conmigo y lo verás con tus propios ojos.

Desde la sala de guardia, atravesaron el laberinto de pasadizos hasta traspasar las puertas del patio interior situado en la sección central del dique alto. Un viento frío soplaba en el Cillidellan, y la lluvia les golpeaba el rostro mientras corrían. Aún no había amanecido del todo, y solo los picos de las montañas del este estaban iluminados por una luz tenue y grisácea previa al alba. Los enanos defensores habían ocupado sus posiciones en los baluartes del dique y la fortaleza, vestidos con las capas, con las capuchas echadas para resguardarse de la intemperie y las armas en la mano. El silencio reinaba en todo Capaal.

Al llegar a la fortaleza que protegía el extremo norte del dique alto, Edain dirigió a Jair por unas escaleras de piedra y a través de una línea de almenas hasta una torre vigía que se levantaba en el complejo. El viento soplaba allí con más violencia, y la lluvia golpeaba con más fuerza en aquella noche gris.

Mientras estaban detenidos ante la puerta de roble con hierro forjado que daba acceso a la torre, un grupo de enanos pasó junto a ellos y empezó a bajar por unas escaleras contiguas. A la cabeza iba un enano de aspecto fiero, con el cabello y la barba de un intenso color rojo, vestido de cuero y cota de malla.

—¡Radhomm, el comandante de los enanos! —susurró Edain a Jair.

Sin perder más tiempo, empujaron la puerta de roble, entraron y la cerraron, impidiendo que entraran el viento y la lluvia. El tenue brillo de la luz desprendida por una lámpara apenas alteraba la penumbra del interior, donde varias figuras encapuchadas se materializaron ante ellos.

—¡Hum, estaría durmiendo siempre si lo dejaran! —refunfuñó Slanter.

—Me alegro de volver a verte, Jair Ohmsford —le saludó una voz profunda, y Helt extendió su enorme mano para estrechar la del joven del valle.

Entonces vio a Garet Jax, más negro que la oscuridad que lo rodeaba, con una expresión implacable e inmutable como la piedra de las montañas. Intercambiaron una mirada, pero no pronunciaron ni una sola palabra. El maestro de armas apoyó con suavidad las manos sobre los hombros de Jair y sus gélidos ojos dejaron entrever una ráfaga de cordialidad que le resultó extraña y que enseguida desapareció. Después, Garet Jax apartó las manos del joven y se perdió de nuevo en la oscuridad.

La puerta se abrió tras ellos, y un enano empapado por la lluvia se dirigió corriendo hacia Elb Foraker, que estaba inclinado sobre un montón de mapas extendidos en una pequeña mesa de madera. Hablaron en voz baja y serena, y luego el mensajero salió con la misma prisa con la que había entrado.

—Ohmsford —dijo Foraker, aproximándose a Jair, mientras el resto de los miembros del grupo se reunieron a su alrededor—, me acaban de informar de que el mwellret ha escapado.

—¿Cómo? —preguntó furioso Slanter, rompiendo el silencio cargado de asombro que se había producido, mientras acercaba la cara a la luz.

—Ha cambiado de forma. —Foraker seguía con la mirada fija en Jair—. Así se ha introducido esta noche en un pequeño túnel de ventilación que hace circular el aire en los niveles inferiores. Nadie sabe dónde puede estar ahora.

Jair se quedó helado. El enano le había dado aquella inquietante noticia con una clara intención. Incluso encerrado en la sala destinada a almacenamiento, el mwellret había sido capaz de sentir la presencia de la magia élfica y de obligar a Jair a revelarla. Si se había escapado...

—Era algo que podía haber hecho en cualquier momento —dijo Edain Elessedil—. Debe de haber una razón para que eligiera hacerlo ahora.

«Puede que la razón sea yo», reconoció Jair, en silencio. «Foraker también se ha dado cuenta. Por eso se había asegurado de hablar conmigo primero».

De repente, Garet Jax surgió una vez más de entre la penumbra.

—Nos vamos enseguida —dijo Garet Jax con voz resuelta—. Ya nos hemos retrasado demasiado. La búsqueda que tenemos encomendada nos lleva hacia el norte. No tenemos ninguna necesidad de participar en lo que suceda aquí. Con los gnomos reunidos alrededor del Cillidellan, debería ser bastante fácil...

¡OOOOOOMMMMMMMMMMM!

El grupo se sobresaltó, y todos ellos miraron rápidamente a su alrededor. Un lamento monstruoso, profundo y acechador, les bombardeó los oídos al irrumpir en la quietud previa al amanecer. Creció en intensidad, con la colaboración de las miles de voces que le daban vida, y se elevó contra el viento y la lluvia hacia las montañas que rodeaban Capaal.

—¡Maldita sea! —exclamó Slanter, con su rudo rostro amarillo desfigurado al reconocer aquel sonido.

Los seis corrieron hacia la puerta, la abrieron y, unos segundos después, se hallaban apiñados contra las almenas del exterior, azotados por el viento y la lluvia mientras escudriñaban el norte, más allá de las agitadas aguas del Cillidellan.

¡OOOOOOMMMMMMMMMMM!

El lamento se hizo más fuerte, hasta convertirse en un aullido que se extendió en las alturas. Los gnomos se unieron al oscuro cántico a lo largo de las riberas del Cillidellan, combinando sus voces hasta fundirlas en una sola mientras el grupo contemplaba el lóbrego lago. El aire se impregnó de aquel tétrico sonido.

Radhomm apareció en las almenas inferiores, dando órdenes a gritos, y los mensajeros se alejaron a toda velocidad cuando los envió para que se las transmitieran a sus capitanes. La actividad era frenética en todas partes, mientras la guarnición se preparaba para hacer frente a los próximos e imprevisibles acontecimientos.

La mano de Jair buscó en su túnica y encontró los bultos tranquilizadores del polvo de plata y el cristal de la visión.

—¿Qué está sucediendo aquí? —preguntó Garet Jax a Slanter, tras agarrarlo de la capa y tirar con fuerza de él hacia sí.

—Están convocando... ¡están convocando a la magia negra! —respondió el gnomo rastreador, con miedo en los ojos—. Lo he visto antes... ¡en Marca Gris! —El gnomo se contorsionó a pesar de que Garet Jax aún lo sujetaba con fuerza—. ¡Pero necesita el toque de los caminantes, maestro de armas! ¡Lo necesita!

—¡Garet! —exclamó Foraker. El enano tiró del maestro de armas con brusquedad y señaló hacia la orilla más cercana del Cillidellan, a unos cien metros del lugar en el que el dique alto se arqueaba. El maestro de armas soltó a Slanter, y todos los miembros del grupo miraron en la dirección que el enano señalaba.

Entre los gnomos que se habían reunido en la ribera, tres figuras altas e imponentes con capas oscuras se acercaban con las primeras luces del amanecer.

—¡Mordíferos! —susurró Slanter con dureza—. ¡Los caminantes han llegado!

22

Los mordíferos bajaron hasta el Cillidellan, deslizándose hacia sus orillas de tal manera que daba la sensación de que apenas se movían. Con los rostros ocultos bajo la sombra de sus capuchas, parecían fantasmas inmateriales, excepto por los dedos negros y en forma de garras que asomaban por debajo de sus ropas con los que agarraban los tres retorcidos bastones grises de madera mágica. El lamento unísono de sus seguidores gnomos los envolvía, confundiéndose con el silbido del viento. Desde las almenas de Capaal, parecía que los tres seres negros tuvieran su origen en aquel sonido.

Entonces, el tétrico lamento emitido por los gnomos cesó de repente, y el estridente alarido del viento ocupó la vacía extensión del Cillidellan, haciendo que sus olas se estremecieran a su paso.

El espectro que iba en primer lugar sacó un esquelético brazo negro de la túnica que lo cubría y levantó el bastón. Una quietud extraña y vibrante cayó sobre las cumbres, y los defensores de la fortaleza advirtieron que hasta el viento se calmó durante un breve instante. Entonces, el caminante negro bajó el bastón lentamente y lo dirigió hacia las ennegrecidas aguas del lago. Los bastones de madera mágica de los otros dos mordíferos se unieron a él, lo tocaron y se convirtieron en uno cuando sus lustrosas puntas se sumergieron en las aguas del Cillidellan.

Durante unos segundos, no sucedió nada extraño, pero entonces, los bastones explotaron y se convirtieron en lanzas de fuego rojo cuyas llamas descendieron hasta el fondo del lago y quemaron y abrasaron su fría oscuridad. Las aguas se estremecieron, subieron de nivel y, por último, empezaron a hervir. Los gnomos se apartaron de la orilla mientras proferían una cacofonía de alaridos de alegría y terror.

—¡Es la llamada! —dijo Slanter.

El fuego rojo ardió en la lóbrega e impenetrable oscuridad y penetró hasta alcanzar los más profundos rincones del lago a los que nunca había llegado la luz. El resplandor de las llamas se extendió hacia la superficie de las aguas como si fuera una mancha de sangre. Chorros de vapor se elevaron en dirección al cielo con un agudo silbido, y las aguas del lago empezaron a arremolinarse.

Los defensores de la fortaleza de los enanos que contemplaban la escena desde las murallas se quedaron inmovilizados por la indecisión. Algo estaba a punto de ocurrir, algo terrible, y nadie sabía cómo evitarlo.

—¡Tenemos que salir de aquí! —Slanter intentó agarrar a Garet Jax con urgencia. Había miedo en sus ojos, pero también determinación—. ¡Aprisa, maestro de armas!

De repente, el fuego de los bastones mágicos se extinguió. Los espectros sacaron las varas de madera gris del Cillidellan y volvieron a esconder las garras bajo sus túnicas. Sin embargo, las aguas continuaban hirviendo febrilmente. La mancha roja se había convertido en un resplandor profundo y lejano que brillaba a muchos metros de la superficie, como un ojo que se acaba de despertar.

¡OOOOOOMMMMMMMMMMM!

El lamento del ejército de los gnomos, agudo y expectante, se escuchó de nuevo. Los espectros levantaron y unieron las manos, mientras los bastones de los mordíferos volvían a funcionar. El lago empezó a desprender vapor como respuesta al lamento, y todo el Cillidellan pareció entrar en erupción con renovado furor.

Entonces, algo monstruoso y oscuro salió de las profundidades.

—¡Maestro de armas! —exclamó Slanter.

Garet Jax negó con la cabeza.

—Permaneced en vuestros puestos —ordenó—. Helt, trae los arcos largos.

El hombre de la frontera se dirigió sin perder un segundo a la torre vigía. Jair lo siguió con la mirada y, a continuación, volvió a concentrar su atención en el Cillidellan, en el lamento ensordecedor de los gnomos y en aquella cosa negra que surgía de las profundidades.

En ese momento, la criatura emergía con gran rapidez y aumentaba de tamaño a medida que se acercaba a la superficie. Sin duda, un ser maligno convocado por los espectros, pero ¿qué era? Jair tragó saliva para aliviar la tensión de la garganta. Fuera lo que fuese, era monstruoso; parecía ocupar todo el lago a medida que ascendía a la superficie. Poco a poco, comenzó a tomar forma. Era un ser enorme, con brazos que se retorcían y tanteaban...

En ese preciso instante, provocó una ola atronadora que rompió la superficie del lago y penetró en el gris amanecer. Un cuerpo negro y deforme surgió de las aguas que lo aprisionaban, y su silueta se dibujó contra la luz durante un breve instante. Tenía el aspecto de un tonel cubierto de fango y cieno de las profundidades, con incrustaciones de conchas marinas y coral. Cuatro grandes piernas con aletas, espinosas y con uñas, lo ayudaban a propulsarse hacia arriba. Su cabeza era una masa de tentáculos retorcidos que rodeaban unas fauces gigantescas, en cuyo interior se alineaban unos dientes afilados como navajas. La parte posterior de los tentáculos estaba recubierta de ventosas del tamaño de una mano humana abierta, y el resto estaba cubierto de escamas y espinas. Justo detrás de los tentáculos, un par de ojos enrojecidos parpadeaban con frialdad. Una vez emergió completamente, se estiró; la criatura medía más de treinta metros de alto y más de diez de ancho.

En las almenas de Capaal se oían gritos de consternación.

—¡Un kraken! —dijo Foraker—. ¡Estamos perdidos!

El lamento de los gnomos se había convertido en un grito que no parecía humano. Entonces, tras la aparición del monstruo, el lamento se disipó hasta transformarse en un grito de batalla que se abrió paso a lo largo y ancho de Capaal. En el interior de las aguas del lago, el kraken respondió emitiendo un bramido y retorciendo su negro cuerpo hacia el muro del dique y la fortaleza que lo protegía.

—¡Viene a por nosotros! —susurró Garet Jax, sorprendido—. ¡Es un ser que no puede vivir en agua dulce, un ser que procede del océano, y está aquí! ¡Lo ha traído la magia negra! —Sus ojos grises desprendían destellos—. Pero creo que no conseguirá capturarnos. ¡Helt!

Enseguida, el gigantesco hombre de la frontera corrió a su lado con tres largos arcos en la mano. Garet Jax cogió uno, le dio otro a Edain Elessedil y dejó el último para Helt.

—¡Escuchadme! —dijo Slanter, dando un paso adelante—. ¡No podéis enfrentaros a eso! ¡Es un monstruo creado por el mal, demasiado poderoso incluso para vosotros!

—Quédate con el joven del valle, gnomo —le ordenó Garet Jax, que parecía no haber escuchado las palabras de Slanter—. Ahora está a tu cargo. Asegúrate de que siga sano y salvo.

Bajó de la torre vigía, con Helt y Edain Elessedil pisándole los talones. Foraker dudó un instante, dirigió una mirada recelosa a Slanter y, después, los siguió.

El kraken se lanzó contra la muralla de la ciudadela de los enanos, golpeando su gigantesco cuerpo contra la piedra y la argamasa con una fuerza extraordinaria. Los gigantes tentáculos emergieron del agua y se extendieron para capturar a los enanos apiñados en las almenas. Docenas de ellos fueron arrastrados a las aguas del lago o apresados por las ventosas del ser que los atacaba. Los gritos y alaridos de los enanos agonizantes llenaron el aire de la mañana. Los defensores lanzaron sus armas al ser negro, sin embargo su piel lo protegía de cualquier daño. Golpeaba sin cesar con aquellos brazos que parecían látigos a las pequeñas figuras que intentaban contenerlo para apartarlas y rompía las almenas tras las que se protegían.

Los gnomos se sumaron al ataque. El ejército de sitio arremetía contra las puertas a ambos lados del dique alto y trepaban los muros por escaleras, con arpeos en las manos. Los defensores corrieron hacia los parapetos para rechazar el nuevo asalto, sin embargo, los gnomos parecían haber enloquecido. Sin preocuparse por las pérdidas que sufrían, se precipitaban contra las puertas y las murallas donde los esperaba la muerte.

Sin embargo, su aparente locura no era tal, pues tenían un claro objetivo. Mientras los enanos se ocupaban de rechazar su ataque, el kraken se dirigió a la parte norte para atacar la muralla en la zona más próxima a las puertas. Con una sacudida repentina, emergió de las aguas del lago y se agarró con las aletas a la parte del dique que se curvaba hacia la orilla. Lanzó los enormes tentáculos hacia delante y los extendió por las murallas hasta que las ventosas se adhirieron a las puertas. Entonces, el monstruo tiró de ellas con fuerza, y las aldabas de madera y los cerrojos de hierro cedieron y se rompieron. Las puertas de la ciudadela se desplomaron, arrancadas de sus goznes, y los gnomos se avalanzaron al interior entre rugidos de triunfo.

Sobre las almenas de la torre vigía, Jair y Slanter contemplaban cada vez más horrorizados la batalla. Sin las puertas, los enanos no podrían contener durante mucho tiempo a sus atacantes, que acabarían invadiendo la fortaleza en unos pocos minutos. Los defensores de la ciudadela ya se estaban replegando en las murallas, aunque quedaban pequeños grupos, reunidos alrededor de sus capitanes, que intentaban desesperadamente rechazar el asalto. No obstante, desde el lugar en que el joven vallense y el gnomo observaban la batalla, era evidente que todo estaba perdido.

—¡Tenemos que huir mientras podamos, muchacho! —insistió Slanter, cogiendo a Jair por el brazo.

Pero el joven del valle no se movió; continuaba buscando a sus amigos. Estaba demasiado horrorizado por lo que acababa de presenciar para poder hacer otra cosa. El kraken se había sumergido una vez más en las aguas del lago, arrastrando su cuerpo a lo largo de la muralla hacia el centro del dique. Atentos a sus movimientos, los mordíferos se deslizaron hacia el borde de las destrozadas almenas con los bastones grises en alto, exhortando a sus seguidores gnomos a continuar avanzando. Los gnomos se adentraron en la fortaleza enana con una decisión implacable.

—¡Slanter! —gritó Jair, mientras señalaba el centro de la batalla.

En los baluartes de la muralla delantera, la figura gigantesca de Helt se destacó entre el humo y el polvo, con Elb Foraker a su lado. Con el arco en una mano y una flecha en la otra, el hombre de la frontera se apoyó en los parapetos, apuntó a los espectros, tiró lentamente de la cuerda sobre la que ya había colocado la flecha y la soltó. La larga flecha negra describió una línea borrosa y voló hasta clavarse en el pecho del espectro líder. De repente, la criatura se quedó rígida y retrocedió por la fuerza del impacto. Una segunda flecha siguió a la primera, y el espectro volvió a tambalearse mientras seguía retrocediendo. Los gnomos más próximos a las criaturas oscuras gritaron, desalentados, y durante un momento el avance de los invasores pareció vacilar.

Pero en ese momento el mordífero recuperó el equilibrio. Cogió las flechas clavadas en su pecho con una de sus garras y las extrajo sin esfuerzo. Las sostuvo en alto para que todos las vieran y las partió por la mitad. A continuación levantó el bastón de madera mágico, y del extremo brotó un chorro de fuego rojo que se extendió por todas las almenas y quemó tanto la piedra como a los defensores que se encontraban sobre ellas. Helt y Foraker saltaron hacia atrás al sentir el contacto del fuego y desaparecieron entre los cascotes de la destrozada muralla y el polvo.

Jair, enfurecido, comenzó a avanzar, pero Slanter le gritó:

—¡No puedes hacer nada para ayudarlos, muchacho! —Sin esperar ninguna réplica a su afirmación, el gnomo arrastró a Jair por los baluartes hacia la escalera de piedra—. ¡Será mejor que empieces a preocuparse de ti mismo! —dijo después—. Quizá si nos movemos con la suficiente rapidez...

Entonces vieron al kraken. Había emergido del Cillidellan y se había elevado hasta la mitad de la muralla del lago, donde el amplio patio interior se unía a la fortaleza que guardaba los extremos del dique alto. La criatura se agarraba con los tentáculos y las aletas a la piedra. Cuando ya estaba fuera, con solo la parte posterior del cuerpo con forma de tonel sumergida en el lago, giró lentamente hacia el lugar por el que los enanos intentaban huir del sector norte de la fortaleza. Extendió los tentáculos, que no dejaban de retorcerse, por el reforzamiento del dique alto. Poco después, la salida quedó completamente bloqueada.

—¡Slanter! —gritó Jair a modo de advertencia, antes de caer de espaldas contra la escalera para zafarse del tentáculo gigante que le pasó sobre la cabeza.

Subieron las escaleras de nuevo, se agacharon en busca de cobijo en la zona de la balaustrada que se curvaba hacia los parapetos. Las salpicaduras que provocaba la aleta de la cola del monstruo al golpear el lago, mezcladas con el polvo y la piedra destrozada, llovieron sobre ellos. Debajo, los tentáculos del kraken tanteaban y martilleaban las murallas de la fortaleza, cogiendo cualquier cosa que estuviese a su alcance.

Durante un momento, pensaron que habían perdido cualquier oportunidad de huida a través del patio interior, pero entonces los enanos contraatacaron, arremetiendo desde los niveles inferiores de la fortaleza, los oscuros pozos de las escaleras y los túneles que había debajo, con el comandante enano Radhomm al frente. Mientras su cabello rojo ondeaba en el viento, llevó a sus soldados hacia la maraña de brazos gigantescos, que cortaron y acuchillaron con sus grandes hachas. Trozos de tentáculos del kraken volaron por los aires de los que brotaba un icor sanguinolento y espumoso que cayó en la piedra húmeda del dique. Pero el kraken era enorme y monstruoso, y los enanos poco más que molestos mosquitos a los que apartaba. Los tentáculos descendieron y aplastaron a las pequeñas criaturas que pululaban a su alrededor, a los que les arrebató la vida. A pesar de todo, los defensores continuaron dando hachazos, con la firme resolución de despejar el camino para que los que habían quedado atrapados dentro de la condenada fortaleza pudieran escapar. Sin embargo, en cuanto aparecían, el kraken los arrastraba con los tentáculos, y sus cadáveres quedaban esparcidos alrededor del monstruo.

Al final, el kraken cogió a Radhomm mientras el comandante luchaba para abrirse paso. El monstruo levantó al enano pelirrojo en lo alto, ignorando el hacha que todavía lo golpeaba con obstinada determinación. Después, lo aplastó contra la piedra y lo dejó encima, destrozado, desfigurado y sin vida.

—¡Corre! —gritó Slanter, desesperado, mientras tiraba inútilmente de Jair.

Los tentáculos se extendieron más allá de donde ellos se encontraban, martillearon las almenas y destrozaron la piedra, que caía en todas direcciones. Una lluvia de fragmentos dentados alcanzó y derribó al joven del valle y al gnomo, y los dejó medio enterrados en escombros. Jair logró ponerse en pie, sacudiendo la cabeza para librarse del aturdimiento, y se tambaleó hacia la balaustrada de piedra. Debajo, los enanos se habían retirado al interior de la fortaleza sitiada, desmoralizados por la pérdida de Radhomm. El kraken, que aún extendía los tentáculos sobre el patio interior, bordeó la parte de la muralla donde se encontraba Jair acuclillado. El joven del valle empezó a retroceder y, después, consternado, se detuvo. Slanter yacía sin conocimiento a sus pies, y la sangre manaba de un corte profundo que tenía en la cabeza.

En aquel momento llegó Garet Jax, como si hubiera aparecido de la nada. La silueta del maestro de armas, estilizada y negra a la luz gris de la madrugada, se lanzó sobre la muralla del lago desde el refugio de las almenas con una lanza corta en la mano. Jair dio un grito salvaje al verlo, pero este se perdió entre el aullido del viento y los alaridos de la batalla. El maestro de armas corrió a lo largo del ensangrentado dique alto; una figura pequeña y ágil que no se alejaba de los tentáculos mortales del kraken, sino que iba directamente hacia ellos. Ondeaba y esquivaba al kraken como si fuese una sombra inmaterial, y se lanzó contra las fauces abiertas del monstruo. El kraken golpeó los tentáculos contra el suelo para intentar alcanzarlo, pero falló, pues era demasiado lento para alguien tan increíblemente rápido como Garet Jax. Pero un resbalón, un error...

Tras coger impulso, el maestro de armas saltó sobre las fauces de la bestia. Con una asombrosa rapidez, clavó profundamente la lanza corta en el tejido blando del interior de la garganta del monstruo. Inmediatamente, los tentáculos del kraken cayeron al suelo, y el gigantesco cuerpo se tambaleó. Pero el maestro de armas ya estaba en movimiento, rodando de lado, apartándose de la trampa que el monstruo le había tendido. De nuevo en pie, Garet Jax vio otra arma, una pica con punta de hierro que su dueño, caído en combate, aún sostenía en la mano. Con un movimiento rápido, la cogió. El kraken fijó la mirada en su peligroso atacante demasiado tarde. Garet Jax estaba ya a unos dos metros de un ojo. La lanza con punta de hierro salió disparada hacia arriba y se clavó en el ojo desprotegido, atravesando la piel y el hueso hasta penetrar en el cerebro.

El kraken, herido, se replegó con evidentes signos de angustia, mientras agitaba las aletas de forma descontrolada. En su intento de sumergirse en las aguas del Cillidellan golpeó las murallas y esparció cascotes de piedra a su alrededor. Garet Jax todavía agarraba la lanza clavada en el cerebro del monstruo, haciendo grandes esfuerzos para no soltarla, barrenando más y más, a la espera de que el monstruo muriera. Pero el kraken era increíblemente fuerte. Tras levantarse, se soltó del dique alto, se sumergió de golpe en el lago y se perdió de vista. Sujetando el mango de la lanza con las manos, el monstruo arrastró a Garet Jax.

Jair se tambaleó sin dar crédito a sus ojos y se apoyó en la destrozada balaustrada. Estaba colérico y quería lanzar un grito, pero este quedó ahogado en la garganta. Abajo, el dique alto estaba despejado, y los defensores enanos atrapados dentro abandonaron aquella prisión por la seguridad que les brindaba la atalaya del sur.

Entonces, el joven vallense se dio cuenta de que Slanter estaba a su lado, esforzándose por mantenerse en pie. El rostro amarillento del gnomo estaba cubierto de sangre, pero este no le dio importancia a las heridas. Sin pronunciar una sola palabra, tiró de Jair hacia las escaleras que tenían detrás. Entre tropezones y caídas, llegaron al patio interior y empezaron a atravesarlo en la dirección que habían seguido los enanos en su huida.

Pero ya era demasiado tarde. Aparecieron cazadores gnomos por ambos lados de las almenas que habían dejado atrás. Innumerables figuras armadas y ensangrentadas que proferían gritos y aullidos, y se esparcían por la cumbre del dique alto, corriendo hacia el patio. Slanter echó una rápida mirada hacia atrás, hizo dar media vuelta a Jair y lo dirigió al oscuro pozo de una escalera. Bajaron con rapidez varios tramos iluminados tenuemente por lámparas y se adentraron en la oscuridad de los niveles interiores que conducían a los mecanismos internos de las esclusas. Apenas oían a sus persecutores.

Cuando bajaron todas las escaleras, llegaron a un pasadizo en penumbra que recorría el dique por debajo. Tras dudar durante un momento, Slanter tiró de Jair y se dirigió hacia el norte.

—¡Slanter! —gritó el joven del valle, que tiró a su vez del gnomo para que aminorase la marcha—. Por aquí volveremos al lugar por el que hemos venido, nos aleja de los enanos.

—Los gnomos también irán en dirección opuesta —respondió Slanter—. No irán a cazar enanos ni a nadie a un lugar que creen desierto, ¿verdad? ¡Ahora, corre!

Continuaron corriendo, envueltos en la penumbra, luchando contra su propio cansancio a lo largo del pasadizo vacío. El ruido de la batalla era distante y débil al lado del constante chirrido de la maquinaria y la lenta embestida de las aguas del Cillidellan. Jair repasaba en su mente una y otra vez los últimos acontecimientos vividos. El pequeño grupo de Culhaven había dejado de existir; Helt y Foraker habían sido abatidos por los caminantes, Garet Jax había sido arrastrado por el kraken, y Edain Elessedil había desaparecido. Solo quedaban Slanter y él, que huían para salvarse. Capaal había caído en manos de los gnomos. Las esclusas y los diques que controlaban las aguas del río de Plata en su curso hacia el país de los enanos habían quedado bajo el poder de su mayor y más implacable enemigo. Lo habían perdido todo.

Sentía los pulmones oprimidos por el esfuerzo de la carrera. Su respiración era fatigosa y áspera. Le escocían los ojos por las lágrimas, tenía la boca reseca por la amargura y la cólera. ¿Qué iba a hacer ahora? ¿Cómo llegaría adonde estuviera Brin? No la alcanzaría antes de que se adentrara en el Maelmord y se perdiese para siempre. ¿Cómo completaría la misión que le había encomendado el Rey?

Le fallaron las piernas, tropezó con algo que no había visto y cayó de bruces al suelo. Slanter, que iba delante, siguió corriendo sin advertir lo sucedido, hasta que se convirtió en una sombra en el túnel. Sin perder un momento, Jair se puso de pie. Slanter se estaba alejando demasiado.

En ese momento, un brazo salió de la oscuridad y una mano áspera y escamosa le tapó la boca, impidiéndole respirar. Un segundo brazo, duro como el hierro, le rodeó el cuerpo y lo arrastró de espaldas hacia una puerta abierta.

—Quédate, hombrecillo —silbó una voz—. Amigosss, nosssotrosss de la magia. ¡Amigosss!

Jair gritó en silencio en su mente.

Era media mañana cuando Slanter salió del túnel de huida de la fortaleza enana y llegó a unos matorrales que ocultaban la entrada. Entonces, se dio cuenta de que estaba solo en aquellas cumbres barridas por el viento de las montañas del norte de Capaal. Una luz neblinosa y cenicienta se filtraba a través del cielo nublado, y el frío de la noche aún se dejaba sentir en las rocas de la montaña. El gnomo miró a su alrededor con cautela. Después, se agachó detrás de los matorrales y se dirigió a rastras hacia la ladera de la garganta que estaba en pendiente.

En las profundidades del suelo, las esclusas y los diques de Capaal estaban plagadas de gnomos. En las anchas bandas de bloques de piedra y alrededor de las almenas y baluartes de la fortaleza, los cazadores gnomos se apresuraban como hormigas, ocupados en mantener su posición en la colina.

Bueno, así es como debía acabar, pensó Slanter. Negó con la cabeza, a modo de reprimenda silenciosa. Nadie podía enfrentarse con éxito a los caminantes. Habían conquistado Capaal. El sitio había llegado a su fin.

Se puso en pie lentamente, sin apartar la mirada de la escena que se desarrollaba a sus pies. No había peligro de que advirtiesen su presencia desde aquella distancia. Los gnomos estaban esparcidos por toda la fortaleza, y lo que quedaba del ejército de los enanos había huido hacia el sur, en dirección a Culhaven. No le quedaba nada por hacer, salvo seguir su propio camino.

Y, por supuesto, eso era lo que había deseado durante todo el tiempo. No obstante, se quedó allí, inmóvil, haciéndose a sí mismo varias preguntas que no obtuvieron respuesta. No sabía lo que le había ocurrido a Jair Ohmsford, que había desaparecido sin dejar rastro. Lo había empezado a buscar en cuanto lo echó en falta, pero no encontró rastro alguno del joven, así que al final, el gnomo se vio obligado a continuar solo la huida, ya que, ¿qué más podía hacer?

—En realidad, el muchacho era una carga —musitó, irritado, aunque era consciente de que sus palabras carecían de convicción.

Suspiró, miró al cielo gris y empezó a alejarse de allí. Con el joven del valle desaparecido y el resto de los miembros del grupo muertos o dispersos, el viaje a la Fuente Celeste había llegado a su fin. En realidad, a él no le parecía una desgracia. Desde el principio había estado convencido de que era una misión estúpida e imposible, y así se lo había dicho una y otra vez al resto del grupo. No tenían ni idea de lo que les esperaba, no tenían ni idea del poder de los caminantes. No era culpa suya que el grupo hubiese fracasado.

Las arrugas de la frente del gnomo se hicieron más profundas. A pesar de todo, estaba preocupado por la suerte que hubiera podido correr el joven del valle.

Volvió sobre sus pasos, más allá de la maleza que protegía la entrada del túnel, y subió a un saliente rocoso que dominaba la Tierra del Este y ofrecía una perspectiva del sector occidental. Pensó, satisfecho de sí mismo, que al menos había sido lo bastante listo para planear su huida. Pero eso se debía a que era un superviviente, y los supervivientes siempre se tomaban el tiempo necesario para planear una huida, con excepción de aquellos que estaban locos, como Garet Jax. El ceño fruncido de Slanter dio paso a una leve sonrisa. Había aprendido hacía mucho tiempo a no arriesgarse innecesariamente si no había razón para hacerlo. Había aprendido hacía mucho tiempo a mantener siempre los ojos bien abiertos para buscar la manera más rápida de salir de cualquier lugar al que entrase. Por tanto, cuando el enano tuvo la amabilidad de enseñarle los mapas de los túneles subterráneos que salían a la luz, al norte, detrás de las líneas de los sitiadores, los estudió detenidamente y, gracias a ello, seguía sano y salvo. Si los demás no hubiesen sido tan ingenuos...

El viento, áspero y penetrante, le golpeó en pleno rostro cuando se alejó de la roca de la montaña. A lo lejos, al norte y al oeste, los bosques del Anar parecían manchas de colores otoñales, empapadas por la niebla y la lluvia. Aquel era el camino que tenía que seguir, pensó con severidad. Debía volver a las tierras fronterizas, a la cordura y la paz, para recuperar su antigua vida y olvidarse de todo lo que había ocurrido. Era libre otra vez y podía ir donde le apeteciera. Una semana, diez días como máximo, y la Tierra del Este y la guerra que la devastaba quedarían atrás.

—Aunque el muchacho tenía agallas —dijo, mientras arrastraba la bota contra la roca.

Fijó la mirada en la lluvia, sin saber qué hacer.

23

Bien entrada la tarde en la que Paranor desapareció del mundo de los hombres, una fuerte lluvia otoñal caía sobre Callahorn, desde el sur de las llanuras de Streleheim hasta el lago del Arco Iris. Las tormentas azotaban las tierras fronterizas, los bosques y las praderas, los Dientes del Dragón y las montañas de Runne, hasta llegar a la amplia extensión de las llanuras de Rabb. Fue allí donde la tormenta alcanzó a Allanon, Brin y Rone Leah, que viajaban en dirección este hacia el Anar.

Esa noche se vieron obligados a acampar bajo el aguacero, envueltos en sus capas empapadas, al escaso abrigo de un viejo roble, débil y devastado por el paso de los años y las estaciones. Vacías y estériles, las llanuras de Rabb se extendían hasta donde alcanzaba la vista, castigadas por la violenta tormenta e iluminadas por los relámpagos que mostraban la desolación de aquellas tierras. No había señal de vida en el suelo agrietado y barrido por el viento; estaban completamente solos. Podían haber seguido cabalgando hacia el este toda la noche hasta el amanecer y descansar una vez hubieran entrado en el Anar, pero el druida se dio cuenta de que el joven de las tierras altas y la muchacha vallense estaban exhaustos y decidió que era preferible no continuar.

Por ello, pasaron la noche en las llanuras de Rabb y reemprendieron el camino al amanecer. Un día gris y lluvioso se desperezó para saludarlos, y un poco de luz se filtraba, tenue e imprecisa, a través de las negras nubes que cubrían el cielo. Cabalgaron por las llanuras en dirección este hasta la orilla del río Rabb y luego se desviaron al sur. Cruzaron el río por un paso cercano a la linde del bosque en el punto en el que se bifurcaba hacia el oeste, y siguieron rumbo sur durante todo el día. Cuando llegó la lóbrega y húmeda noche, interrumpieron la marcha.

Pasaron una segunda noche al descubierto en las llanuras de Rabb, bajo la única protección de sus capas, soportando una incesante y molesta llovizna que los caló hasta los huesos y les impidió conciliar el sueño. El frío de la estación se les metió en el cuerpo y aunque ni el frío ni el sueño parecían afectar al druida, sí minaban notablemente las fuerzas de la muchacha del valle y del joven de las tierras altas. Era evidente que estaban haciendo mella, en especial, en Brin. Sin embargo, al amanecer, la joven vallense ya estaba preparada para reemprender el viaje. Durante las vacías horas de la noche, había vuelto a templar su voluntad de hierro y vencido sus miedos para mantener la cordura. Las lluvias que los habían acompañado desde que habían salido de los Dientes del Dragón habían dado paso a una suave neblina. Las nubes eran unos jirones blanquecinos cuando la luz del sol asomó por encima de las copas de los árboles. Los rayos del sol hicieron que la muchacha del valle recuperara fuerzas y ánimos, aminorados por las lluvias y la oscuridad, y luchó con valor por ignorar el cansancio que la consumía. Montada de nuevo en su caballo, se volvió agradecida hacia la luz del sol, todavía tenue, y contempló cómo el astro se elevaba en los cielos.

Pero no tardó en darse cuenta de que no era tan fácil dejar de lado el agotamiento. Aunque la mañana se reveló soleada, en su interior seguía exhausta y continuaban asediándola dudas y temores que se resistían a desaparecer. Demonios sin rostro surgían de las sombras de su mente y saltaban al bosque que bordeaban, riéndose de ella. Se sentía observada. Como en los Dientes del Dragón, tenía la sensación de que la espiaban, a veces desde un lugar muy lejano, unos ojos para los que la distancia no significaba nada y que, en otras ocasiones, parecían estar muy cerca. También había vuelto a sentir la insidiosa premonición, que no cesaba de acosarla y decirle, una y otra vez, que ella y sus compañeros de viaje jugaban a un juego mortal en el que tenían todas las de perder. Pensaba que había conseguido deshacerse de ella tras los acontecimientos vividos en Paranor, ya que habían logrado salir de la Fortaleza de los Druidas sanos y salvos. Sin embargo, había renacido en la penumbra y la humedad de los últimos dos días, y volvía a sentirla con toda su intensidad. Era un demonio nacido de su mente, del que no podía librarse a pesar del gran empeño que ponía para expulsarlo, para arrancarlo de sus pensamientos.

La tercera mañana de viaje, las horas transcurrían con monotonía, y la determinación de Brin Ohmsford empezó a resquebrajarse al ritmo de su paso. Esto se manifestó primero en una inexplicable sensación de soledad. Asediada por la premonición, que sus compañeros ni siquiera eran capaces de reconocer, la joven del valle comenzó a refugiarse en sí misma. Era un mecanismo de autodefensa, un aislamiento que la alejaba de aquello que intentaba destruirla con sus viperinas amenazas e insidiosas provocaciones. Levantó un muro a su alrededor, cerró todas las puertas y ventanas y se encerró en la fortaleza de su mente para evitar que aquella cosa se acercara a ella.

Sin embargo, Allanon y Rone también quedaron fuera del muro y, de alguna manera, Brin era incapaz de encontrar la forma de llevarlos con ella. Estaba sola, aprisionada en el interior de su propio ser, atada con unas cadenas que ella misma había forjado. Mas, de repente, se produjo un sutil cambio. Poco a poco, aunque inexorablemente, empezó a creer que estaba sola. Allanon y ella nunca habían estado muy unidos; no era más que una intimidante figura distante incluso en las circunstancias más favorables, un extraño por quien podía sentir lástima y una extraña afinidad. No obstante, no dejaba de ser un extraño, imprevisible e imponente. Desde luego, su relación con Rone Leah había sido distinta, pero el joven de las tierras altas había cambiado. El que había sido su amigo y compañero se había convertido en un protector tan admirable e inaccesible como el druida. La espada de Leah había producido en él ese cambio al darle un poder que lo hacía creerse en igualdad de condiciones que cualquier oponente. La magia, nacida de las tenebrosas aguas del Cuerno del Hades y las artes oscuras de Allanon, lo había subvertido. La amistad que una vez los unió había desaparecido por completo. Ahora, Rone estaba unido al druida, por quien sentía afinidad.

Pero la voluntad de Brin continuó resquebrajándose cada vez más rápido, impulsada por la sensación de soledad, y la llevó a pensar que, de alguna manera, había perdido el objetivo de la misión. Era consciente de que no había desaparecido por completo, sin embargo, sí que se había desviado de él. Poco antes, no había albergado la más mínima duda sobre su propósito. Tenía que viajar a la Tierra del Este, atravesar el Anar y el Cuerno del Cuervo, hasta llegar al mismo borde del abismo llamado Maelmord, y descender a sus negras fauces para destruir el libro de magia negra: el Ildatch. Ese había sido su objetivo. Pero con el paso del tiempo, la oscuridad, el frío y la incomodidad del viaje, la urgencia de tal objetivo se desvanecía y ahora le parecía distante y tenue. Allanon y Rone eran fuertes y estaban seguros: dos armas de hierro que se enfrentarían a las sombras que pretendieran detenerlos. ¿Para qué podían necesitarla a ella? A pesar de las palabras del druida, ¿no podían participar en la búsqueda como lo hacía ella? En cierto modo, sabía que podían hacerlo, que ella no solo no era el miembro más importante del grupo, sino más bien una carga innecesaria, a la que se le atribuía una utilidad equivocada. Intentó convencerse de que aquello no era cierto, pero sabía que, en parte, lo era; su presencia se debía a un error. Lo sentía, y eso hacía que su sensación de soledad fuera aún más fuerte.

Al llegar la tarde, la neblina del amanecer desapareció y el sol empezó a brillar. Retazos de color surgieron de las estériles llanuras. La tierra agrietada y devastada se convirtió paulatinamente en una pradera, y la sensación de soledad de la joven vallense dejó de ser tan agobiante durante un rato.

Cuando cayó la noche, llegaron a Storlock, la comunidad de los sanadores gnomos. La antigua y famosa aldea había quedado reducida a poco más que un grupo de modestas viviendas de piedra y madera, asentadas en la periferia del bosque. Wil Ohmsford había estudiado y se había preparado allí para ejercer la profesión que siempre había aspirado a desempeñar. Allí había ido a buscarlo Allanon y le había pedido que lo acompañara en su viaje al sur para pedir a Amberle, la última Elegida, que prestara su ayuda al árbol Ellcrys y la raza élfica; un viaje que concluyó con la absorción de la magia de las piedras élficas por parte del padre de Brin, quien, como consecuencia, le había legado el poder de la canción que poseía. Habían pasado más de veinte años desde aquello, pensó Brin, sombría y casi resentida. Así era como aquella locura había comenzado, con la llegada de Allanon. Para los Ohmsford, así era como empezaba siempre.

Sin bajarse de sus monturas, entraron en la tranquila y somnolienta aldea y se detuvieron detrás de un gran edificio que era utilizado como centro. Los stors, vestidos de blanco, aparecieron como si hubiesen estado esperando su llegada. Silenciosos e inexpresivos, algunos de ellos se alejaron con los caballos mientras que otros tres condujeron a Brin, Rone y Allanon al interior del edificio y, a través de oscuros y sombríos corredores, los llevaron a habitaciones separadas. Les esperaban un baño caliente, ropa limpia, comida y también una cama con las sábanas recién puestas. Los stors no dirigieron ni una sola palabra a sus recién llegados huéspedes mientras los atendían. Durante unos minutos, merodearon de un lado a otro, como si fueran fantasmas, y luego desaparecieron.

Una vez sola en su habitación, dominada por el cansancio físico y la soledad mental, Brin se bañó, se puso ropa limpia y comió. Las sombras del anochecer se extendieron sobre el bosque y traspasaron las ventanas cubiertas con cortinas, y la luz del día se desvaneció en el crepúsculo. La joven contempló los últimos momentos del día con una somnolienta y lánguida despreocupación, entregada por completo al placer de las comodidades de las que no había disfrutado desde que salieron de Valle Sombrío. Por un momento, podía incluso imaginarse que había regresado.

Sin embargo, cuando la oscuridad se hizo mayor, alguien llamó a la puerta de su habitación y un stor vestido de blanco le hizo una seña para que lo siguiera. No se opuso a seguirlo, sabiendo, sin necesidad de preguntarlo, que Allanon requería su presencia.

Lo encontró en su habitación, situada al final del corredor. Rone Leah estaba sentado junto a él, ante una pequeña mesa sobre la que ardía una lámpara de aceite que alejaba las sombras de la noche. Sin hablar, el druida señaló una silla vacía y la joven del valle se sentó. El stor que la había acompañado esperó a que se sentara y, a continuación, salió de la habitación y cerró la puerta con suavidad.

Los tres compañeros de viaje se miraron en silencio. Allanon movió su cuerpo en la silla, con su oscuro rostro duro y ausente y los ojos perdidos en unos mundos que la muchacha del valle y el joven montañés no podían ver. En aquel momento, Brin pensó que parecía un viejo y se sorprendió ante la posibilidad de que pudiera ser así. Nadie había visto envejecer a Allanon, salvo su padre, y eso fue justo antes de que el druida desapareciera de las Cuatro Tierras hacía veinte años. Pero ahora ella también lo veía. Era más viejo que cuando fue a Valle Sombrío en su busca. Su largo cabello negro había adquirido una tonalidad grisácea, su delgado rostro estaba surcado por más arrugas y en él podían verse los estragos causados por el tiempo, y su aspecto general reflejaba un mayor abatimiento. El tiempo también hacía mella en el druida, de la misma forma que lo hacía en cualquier otra persona.

—Quiero hablaros de Bremen —murmulló suavemente Allanon, con las envejecidas manos enlazadas ante sí y buscando con su mirada la de la joven.

—Hace muchos años, en la época de los Consejos Druidas de Paranor, durante las Guerras de las Razas, fue Bremen quien vio con mayor clarividencia los efectos nocivos que traería consigo la llegada de la magia. Brona, que más tarde se convertiría en el Señor de los Brujos, había descubierto sus secretos y fue víctima de su poder. Consumido por un poder que había esperado dominar, el druida rebelde se convirtió en esclavo. Después de la Primera Guerra de las Razas, el

Consejo creyó que estaba acabado, pero Bremen se dio cuenta de que no era cierto. Brona vivía gracias a la magia, dirigido por su fuerza y su necesidad. Las ciencias del viejo mundo habían desaparecido en el holocausto de las Grandes Guerras. En su lugar renació la magia de un mundo todavía más antiguo, un mundo que solo había dado cobijo a unas criaturas fantásticas, y Bremen comprendió que esa era la magia que iba a destruir o preservar el nuevo mundo de los hombres.

—Por ello, Bremen desafió al Consejo al igual que Brona había hecho antes que él, aunque con mayor cautela para preservar sus planes, y empezó a aprender los secretos del poder que el druida rebelde había descubierto. Preparado para un posible regreso del Señor de los Brujos, logró salvarse cuando todos los demás druidas fueron destruidos. Entonces se impuso una misión, el único e inmutable propósito de su vida: recobrar el poder que el maligno había liberado para volver a recluirlo y sellarlo en un lugar donde nunca más pudiera ser corrompido. No era una tarea fácil, mas se comprometió a llevarla a cabo. Los druidas habían liberado la magia y, como él era el último de esos druidas, estaba obligado a encerrarla.

—Para conseguirlo, decidió crear la Espada de Shannara —prosiguió Allanon tras hacer una breve pausa—, un arma de la antigua magia élfica que podía destruir al Señor de los Brujos y a los Portadores de la Calavera que le servían. En la hora más oscura de la Segunda Guerra de las Razas, con las Cuatro Tierras amenazadas por los ejércitos del maligno, Bremen forjó, con la magia, las habilidades y el conocimiento que había adquirido, la legendaria espada. Se la entregó al rey elfo Jerle Shannara. Con esa espada, el rey se enfrentaría en una batalla al druida rebelde y lo destruiría.

»Sin embargo, como muy bien sabéis, Jerle Shannara no logró su objetivo. Incapaz de dominar el poder de la espada, dejó escapar al Señor de los Brujos. Aunque se ganó la batalla y los ejércitos del maligno fueron vencidos, Brona siguió con vida. Pasarían muchos años antes de que pudiera volver, pero volvería, y Bremen tenía la absoluta certeza de que, cuando lo hiciera, él ya no estaría en este mundo para enfrentarse de nuevo a él. Pero había hecho una solemne promesa y Bremen nunca incumplía una promesa.

La voz del druida se había convertido en un susurro, y sus ojos, negros e impenetrables, reflejaban un intenso dolor.

—Para ser fiel a su promesa, Bremen hizo tres cosas. Me eligió para que fuera su hijo, el descendiente de la carne y la sangre de los druidas que recorrería de un extremo a otro las Cuatro Tierras hasta que se produjera el regreso del Señor Oscuro. Al principio, alargó su propia vida, y después la mía, mediante un sueño que la preserva durante el tiempo que sea necesario, para que en todo momento hubiera un druida dispuesto a proteger a la humanidad del Señor de los Brujos. Pero aún hizo algo más. Cuando le llegó la hora de la muerte y le fue imposible retrasarla, utilizó la magia y realizó una última y terrible evocación. Confinó su espíritu en este mundo, en el que su cuerpo ya no podía permanecer, para velar por el cumplimiento de su promesa una vez hubiera acabado su vida.

—¡Unió su espíritu descarnado a mi persona! —prosiguió el druida, cerrando en puños sus envejecidas manos—. Utilizó la magia para conseguir esa unión, padre e hijo, y confinó su espíritu en un mundo de tinieblas donde el pasado y el futuro se unían, donde podía ser convocado siempre que las circunstancias lo requirieran. Ese fue el fin que eligió para sí: convertirse en un ser perdido, sin esperanza alguna, que no se quedaría libre hasta que se cumpliera su objetivo, hasta que...

Se interrumpió de repente, como si sus palabras lo hubieran llevado más lejos de donde quería llegar. En aquel instante, Brin vislumbró lo que hasta entonces había permanecido oculto para ella; una imprecisa y tenue revelación del secreto revelado al druida en el Valle de Esquisto, cuando Bremen surgió del Cuerno del Hades y le habló de los acontecimientos que tendrían lugar en el futuro, que confirmaban los susurros de su premonición.

—Hubo un tiempo en que pensé que su promesa ya se había cumplido —prosiguió Allanon, poniendo fin a la súbita pausa—. Eso fue lo que creí cuando Shea Ohmsford destruyó al Señor de los Brujos, cuando descubrió el secreto de la Espada de Shannara y se convirtió en su amo. Pero estaba equivocado. La magia negra no murió con el Señor de los Brujos, ni estaba encerrada como Bremen había perjurado que estaría. Sobrevivió en las páginas del Ildatch, guardada en secreto en las entrañas del Maelmord, a la espera de ser descubierta. Y, por desgracia, los descubridores llegaron.

—Y se convirtieron en los mordíferos —concluyó Rone Leah.

—Esclavizados por la magia negra, como también lo fueron el Señor de los Brujos y los Portadores de la Calavera en los antiguos días. Pensaban que la dominarían, pero solo se convirtieron en sus esclavos.

«Pero ¿cuál es tu secreto, druida?», murmuró Brin para sus adentros, a la espera de escuchar hablar de él. ¡Cuéntalo ya!

—Entonces, ¿Bremen no puede ser liberado de su exilio en el Cuerno del Hades mientras existan el Ildatch y su magia? —preguntó Rone, que estaba demasiado pendiente del relato para poder vislumbrar lo que Brin veía.

—Está sometido a su destrucción, príncipe de Leah —respondió Allanon.

«Y tú. Tú también», gritó la mente de Brin.

—¿Hasta que la magia negra desaparezca de la Tierra? —Rone hizo un gesto de admiración—. No parece que sea posible, no después de haber existido durante tantos años, de guerras desencadenadas por su causa, de tantas vidas sacrificadas.

—Esa era tiene asignado su fin, joven de las tierras altas. Esa era debe pasar —contestó el druida, apartando la mirada.

Se produjo un largo silencio, y una calma apaciguadora que invadía las sombras de la noche que circundaban la llama de la lámpara de aceite invadió a los tres que allí estaban reunidos. Envueltos en ella, se dedicaron a sus propios pensamientos, apartando la mirada de la de los otros dos para protegerse de lo que se decían para sus adentros. «Unos extraños que no se comprenden unidos por una causa común», pensó Brin. Luchamos por la misma causa, pero el lazo que nos une es tan curiosamente débil…

—¿Podemos triunfar en esta empresa, Allanon? —preguntó Rone Leah de repente, mientras fijaba su inquisitiva mirada en el rostro impenetrable del druida—. ¿Contamos con la fuerza suficiente para destruir ese libro y la magia negra que encierra?

—Brin Ohmsford tiene la fuerza. Ella es nuestra esperanza —respondió el druida, tras pensar durante cierto tiempo su respuesta. Sus ojos parpadearon evasivos y rápidos, como si quisieran ocultar algo.

—Esperanza y desesperanza. Salvadora y destructora —dijo Brin, mirándolo a los ojos y haciendo un gesto de incomprensión—. ¿Recuerdas estas palabras, Allanon? —le preguntó a continuación, con una sonrisa irónica—. Es lo que tu padre dijo sobre mí.

Pero Allanon no respondió, sino que se limitó a mirarla a los ojos.

—¿Qué más te dijo, Allanon? —insistió Brin, sin mostrar el más leve signo de alteración—. ¿Qué más?

—Que no lo volvería a ver en este mundo —respondió por fin el druida, tras una larga pausa.

El silencio se hizo más profundo. La joven del valle se dio cuenta de que ahora estaba mucho más cerca de conocer el secreto del druida.

Rone Leah se movió con inquietud en su silla mientras buscaba con los ojos los de la muchacha. Brin captó la incertidumbre que reflejaban, pero Rone no necesitaba saber nada más y la joven retiró la mirada. La esperanza era ella y, por tanto, era ella quien debía saberlo.

—¿Dijo algo más? —inquirió la joven.

—Todos los Ohmsford están obsesionados con saber la verdad —respondió Allanon, mientras se enderezaba lentamente en la silla, con las negras vestiduras ceñidas a su cuerpo y una leve sonrisa esbozada en su cansado y demacrado pequeño rostro—. Ninguno de vosotros se ha conformado nunca con menos.

—¿Qué dijo Bremen? —insistió Brin.

—Dijo, Brin Ohmsford, que cuando abandone las Cuatro Tierras, será para no regresar nunca más —respondió el druida, recuperando la seriedad de su rostro.

La muchacha vallense y el joven montañés lo miraron fijamente con incredulidad y asombro. Cuando el peligro de la magia negra amenazaba a las razas, Allanon regresaba a las Cuatro Tierras con la misma precisión y puntualidad con que se cumplía el ciclo de las estaciones. Nadie recordaba ni siquiera una sola vez en la que hubiera estado ausente en tales circunstancias.

—¡No te creo, druida! —exclamó Rone, incapaz de encontrar algo más que decir y con indignación en su voz.

—Esta era está llegando a su fin, príncipe de Leah —respondió Allanon, con un gesto de impotencia—. Y yo debo terminar con ella.

—¿Cuándo... cuándo te irás...? —preguntó Brin después de tragar saliva para aliviar la sequedad de la garganta.

—Cuando deba hacerlo, Brin —respondió el druida, con amabilidad—. Cuando llegue el momento.

Entonces se levantó, desplegando su figura, alta y austera, tan negra como la noche y tan firme como su llegada. Extendió las grandes y envejecidas manos sobre la mesa. Sin saber muy bien por qué, los dos jóvenes extendieron también las suyas para estrechar las del druida y de este modo convertirse los tres en uno durante un breve instante.

El druida asintió con un gesto breve a modo de lo que parecía una despedida.

—Mañana cabalgaremos por el Anar en dirección este hasta que termine nuestro viaje. Ahora id a descansar. Id en paz.

Las manos de Allanon soltaron las de los jóvenes.

—Marchaos —dijo con una voz suave.

Tras intercambiar una rápida mirada de indecisión, Brin y Rone se levantaron de las sillas y salieron de aquella habitación. Una vez fuera, los jóvenes sintieron la oscura y penetrante mirada que los seguía.

Caminaron en silencio por el pasillo. Desde algún lugar que no se veía, a través de las sombras del vestíbulo desierto, les llegaba el sonido de unas voces incorpóreas, lejanas y confusas. El ambiente estaba cargado de olores que desprendían las hierbas y medicinas y que los jóvenes inspiraban, perdidos en sus pensamientos. Cuando llegaron a las puertas de sus respectivas habitaciones, se detuvieron, uno al lado del otro, sin tocarse ni mirarse, y compartieron el asombro que en ellos habían producido las palabras que acababan de escuchar.

No puede ser cierto, pensó Brin, aturdida. No es posible.

Rone la miró de frente y sus manos se extendieron para coger las de ella. Era la primera vez que lo sintió cerca desde que salieron del Cuerno del Hades y del Valle de Esquisto.

—Lo que ha dicho, Brin... lo que ha dicho de no regresar... —dijo titubeando el joven montañés—. Por eso fuimos a Paranor y selló la Fortaleza. Sabía que no volvería...

—Rone —lo interrumpió Brin, que posó su dedo sobre los labios del joven.

—Lo sé. Pero no me lo puedo creer.

—Yo tampoco.

—Tengo miedo, Brin —dijo el joven en un susurro, rompiendo el prolongado silencio durante el cual se habían limitado a mirarse a los ojos.

La joven del valle asintió con la cabeza y lo abrazó. Después dio un paso atrás, lo besó en la boca con delicadeza y entró en su habitación.

Allanon se dirigió poco a poco, fatigado, a la pequeña mesa desde la puerta, cerrada, y se sentó de nuevo ante ella. Apartó sus ojos de la llama de la lámpara de aceite y los mantuvo fijos en las sombras para dejar vagar sus pensamientos. Hubo una época en la que no habría tenido la necesidad de revelar sus secretos Se habría resistido a hacerlo, porque, al fin y al cabo, él era el guardián de la verdad. Él era el último de los druidas, cuyo poder ahora pertenecía a él. No tenía por qué hacer confidencias a nadie.

Así había actuado con Shea Ohmsford, a quien había ocultado gran parte de la verdad para que el pequeño vallense la descubriese por sí mismo. Lo mismo había ocurrido con el padre de Brin durante la búsqueda del Fuego de Sangre. Sin embargo, las reservas de Allanon, su deliberada y obstinada negativa a no compartir todo su saber, ni siquiera con las personas más íntimas, se habían debilitado de alguna manera con el paso de los años. Quizá fuera consecuencia del envejecimiento que al fin sufría en sus carnes o del inexorable paso del tiempo que había hecho mella en él. Quizá simplemente se debiera a la necesidad de compartir su carga con otra persona.

Tal vez.

Volvió a levantarse de la mesa, como si fuera una sombra de la noche más que flotaba lejos del alcance de la luz. Entonces, un repentino soplo de aire apagó la lámpara de aceite y la habitación quedó a oscuras.

Había revelado a aquellos jóvenes mucho más que a ninguna otra persona.

Sin embargo, no les había contado todo.

24

Al romper el alba sobre la Tierra del Este y los bosques del Anar, Allanon, Brin y Rone reemprendieron el viaje. Abastecidos con las provisiones que les habían proporcionado los sanadores de Storlock, salieron de la aldea y se dirigieron al bosque. Pocos presenciaron su partida. Un grupo de stors, vestidos de blanco, en silencio y con el semblante triste, se reunió en los establos que había detrás del Centro para despedirlos. Poco después, los tres viajeros desaparecieron en silencio entre los árboles de una manera tan enigmática como habían llegado. Era el típico día de finales de otoño que se recuerda con cariño cuando las nieves del invierno lo cubren todo con su blanco manto. Hacía calor y el sol brillaba; los colores de los árboles irradiaban y titilaban gracias a los tenues haces de luz y los olores de la mañana eran dulces y agradables. El cielo, azul y nítido, contrastaba con aquel otro, oscuro y frío, de días pasados, invadidos por las tormentas de finales de año.

Sin embargo, Brin Ohmsford y Rone Leah no eran capaces de valorar lo que tenían ante ellos. Preocupados por la tétrica revelación que el druida les había hecho la noche anterior y la incierta expectativa de lo que estaba por llegar, ninguno de los dos participaba del esplendor que la naturaleza les ofrecía aquel día. Replegados en sus oscuras emociones ocultas y sus lúgubres pensamientos no compartidos, la joven vallense y el montañés cabalgaban entre las sombras moteadas de los grandes árboles oscuros, sintiendo solo el frío que invadía su interior.

—De ahora en adelante, nuestro camino será peligroso —les había dicho Allanon esa misma mañana en los establos donde habían preparado los caballos, en tono grave y con una extraña amabilidad—. Los caminantes negros nos estarán vigilando en todo momento cuando crucemos la Tierra del Este y los bosques del Anar. Saben que vamos para allá; lo ocurrido en Paranor despeja cualquier posible duda que pudieran albergar sobre ello. También saben que deben detenernos antes de que lleguemos al Maelmord. Los gnomos se encargarán de seguir nuestros pasos, y donde ellos no puedan llegar, se encargarán de hacerlo otros que también están al servicio de los caminantes negros. Ningún camino que conduzca a las montañas del Cuerno del Cuervo será seguro para nosotros.

—Sin embargo, solo somos tres y no les será nada fácil encontrarnos —prosiguió, colocando las manos sobre los hombros de los jóvenes para acercarlos—. Los mordíferos y los gnomos nos buscarán, sobre todo, en dos caminos: por el norte, más allá del río Rabb, y por el sur de Culhaven. Cualquier hombre sensato elegiría uno de estos dos caminos seguros y libres de obstáculos. Por eso, nosotros prescindiremos de ellos y, en su lugar, tomaremos el más peligroso, no solo para nosotros, sino también para los que nos siguen; iremos en dirección este, por el Anar Central, a través de las montañas de Wolfsktaag, la Ribera Tenebrosa y el Páramo Viejo. En esas regiones residen unas magias más antiguas que las suyas, a las que temerán desafiar. Las montañas de Wolfsktaag son un lugar prohibido para los gnomos y se negarán a entrar aunque se lo ordenen los espectros. Sin embargo, en ellas hay cosas más peligrosas que los gnomos, aunque la mayor parte de ellas permanecen inactivas, dormidas. Si somos rápidos y cautelosos, podremos pasar a través de ellas sin sufrir el menor daño. En la Ribera Tenebrosa y el Páramo Viejo también residen otras magias, aunque es muy probable que en aquellas regiones nuestra causa despierte más simpatías que la suya...

Traspasaron los límites occidentales del Anar Central sobre sus monturas en su camino de ascenso hacia las tierras que daban acceso a las abruptas y boscosas estribaciones de las montañas de Wolfsktaag. Mientras avanzaban, intentaban descubrir lo que podía ocultarse en la oscuridad, más allá de la luz del sol y del agradable calor de aquel día, tras los brillantes colores del otoño. A mediodía, llegaron al paso de Jade e iniciaron una larga y tortuosa ascensión a lo largo de la cara sur, donde los árboles y la maleza los cubrían con su sombra, ocultándolos de cualquier mirada indiscreta. La media tarde los sorprendió muy al este del puerto de montaña, en su incansable peregrinaje hacia los picos altos. Los árboles y las rocas se multiplicaban, oscuros y silenciosos, a su alrededor a medida que la luz del día comenzaba a desvanecerse. Al caer la noche, ya habían conseguido adentrarse en las montañas. Entre los árboles que dejaban atrás, las sombras se deslizaban como seres vivos. Aunque en todo momento estuvieron alerta, no encontraron señal de vida alguna y sintieron que estaban solos.

Era curioso y, en cierto modo, alarmante que pudieran estar tan solos, pensó Brin cuando el crepúsculo se asentaba en las montañas y el día tocaba a su fin. Debería ser capaz de sentir más vida que la suya, pero era como si aquellos picos y bosques hubieran sido despojados de ella. No había pájaros en los árboles, ni insectos, ni ninguna clase de criaturas vivientes. Solamente había silencio, profundo y punzante; el silencio que cobraba vida ante la ausencia de cualquier otro ser viviente.

Una vez a la sombra de una arboleda de nogales, frondosos y astillados, Allanon les ordenó detenerse para montar allí el campamento. Después de atender los caballos, ordenar las provisiones y asentar el campamento, el druida los llamó y les prohibió encender fuego. A continuación, tras pronunciar unas breves palabras de despedida, se adentró en el bosque. La muchacha del valle y el joven de las tierras altas, en silencio, lo siguieron con la mirada hasta que se perdió de vista. Después, se sentaron para tomar una cena fría compuesta por pan, queso y frutos secos. Comieron a oscuras, sin hablar, escudriñando las sombras que los rodeaban en busca de señales de vida que no parecía haber. Sobre ellos, en el cielo nocturno brillaban innumerables estrellas.

—¿Dónde crees que ha ido? —preguntó Rone Leah unos minutos después.

El joven habló casi como si lo hiciera consigo mismo. Brin negó con la cabeza, pero no dijo nada, y él volvió a mirar a lo lejos.

—Es como una sombra, ¿verdad? Cambia con cada luna y sol; aparece y desaparece, siempre por motivos propios, que nunca comparte con nosotros. ¿Cómo iba a hacerlo si solo somos seres humanos? —Dio un profundo suspiro y dejó su plato a un lado—. Aunque supongo que ya nadie nos puede considerar unos simples humanos, ¿no crees?

—Sí —respondió Brin con voz suave, mientras jugueteaba con los trozos de pan y queso que aún había en su plato.

—Bueno, no importa. En cualquier caso, somos los que siempre fuimos. —Hizo una pausa, como si se preguntara hasta qué punto se creía lo que acababa de decir, y después se inclinó hacia delante—. Es extraño, pero mis sentimientos hacia él han cambiado. He estado pensando en ello todo el día. Todavía no confío en él del todo. No puedo, porque sabe demasiadas cosas que yo ignoro. Aunque tampoco desconfío de él. Creo que está intentando ayudar en la medida de lo posible.

Interrumpió su discurso a la espera de que Brin manifestara su conformidad con lo que acababa de decir, pero la joven vallense permaneció en silencio, con la mirada fija en la lejanía.

—Brin, ¿qué es lo que te preocupa? —le preguntó.

—No estoy segura —respondió la joven, que lo miraba mientras negaba con la cabeza.

—¿Es por lo que dijo anoche de que no volveríamos a verlo una vez acabara todo esto?

—Sí, es por eso, aunque hay algo más.

—Quizás solo estás... —dijo Rone, tras un momento de vacilación.

—Algo va mal —lo interrumpió Brin, con la mirada fija en la del joven montañés.

—¿Qué?

—Algo va mal —repitió Brin con calma—. Hay algo raro en él, en ti, en este viaje, pero sobre todo, en mí.

—No entiendo —dijo Rone sin apartar la mirada.

—Yo tampoco lo entiendo. Solo lo siento. —Se ciñó la capa y se acurrucó entre sus pliegues—. Hace ya varios días que lo siento; después de que el fantasma de Bremen apareciera en el Cuerno del Hades y nosotros destruyéramos al espectro. Siento que algo malo va a ocurrir... algo terrible, pero ignoro de qué se trata. También siento que me vigilan continuamente, pero nunca soy capaz de ver a nadie. Y lo peor de todo es que siento que me están... alejando de mí misma, de ti y de Allanon. Todo ha cambiado desde que salimos de Valle Sombrío; de alguna manera, todo es diferente.

—Supongo que eso se debe a lo que nos ha sucedido, Brin —respondió el joven de las tierras altas tras guardar silencio durante un momento—. El Cuerno del Hades, Paranor, el relato de Allanon sobre lo que le había dicho el fantasma de Bremen... Claro que nos iba a afectar. Además, llevamos muchos días lejos de Valle Sombrío y de las tierras altas, de las cosas que nos son familiares y nos hacen sentir seguros. Eso también influye.

—Lejos de Jair —dijo ella con calma.

—Y de tus padres.

—Pero en especial de Jair —insistió ella, como si buscase una razón que justificara aquello. Después, negó con la cabeza—. No, no es eso. Hay algo más, algo más que lo sucedido con Allanon y la nostalgia del hogar y la familia y... Sería demasiado fácil, Rone. No, puedo sentirlo, en lo más profundo de mi ser. Algo que...

Su voz se quebró y su oscura mirada reflejó la inseguridad que sentía en aquel momento. Apartó la mirada del joven de las tierras altas.

—Ojalá Jair estuviera aquí, conmigo, aunque solo fuera un momento. Creo que él sabría decirnos qué es lo que va mal. Estamos tan unidos en ese aspecto... —Se contuvo y después esbozó una pequeña sonrisa—. ¿No es absurdo? ¿Desear que ocurra algo como eso cuando seguramente no significaría nada?

—Yo también lo echo de menos. —El joven montañés intentó sonreír—. Al menos nos podría hacer olvidar nuestros problemas. Habría salido en busca de mordíferos o algo semejante.

Cuando se dio cuenta de lo que acababa de decir, se calló y se encogió de hombros, incómodo.

—De todas maneras —prosiguió Rone—, seguramente no hay ningún peligro ahí fuera. Si lo hubiera, Allanon lo sentiría, ¿no? Él es capaz de sentir cualquier presencia.

—Me pregunto si aún conserva esa facultad —respondió Brin, tras permanecer en silencio durante un largo rato—. Si todavía es capaz de hacerlo.

Se quedaron en silencio, sin mirarse, con los ojos puestos en la oscuridad y sumidos en sus propios pensamientos. A medida que pasaban los minutos, la quietud de la noche que se cernía sobre la montaña parecía ejercer una presión sobre ellos, como si estuviera preocupada por cubrirlos con el manto de su árida y vacía soledad. Cada vez parecía más evidente que en algún momento un sonido rompería el hechizo: el lejano grito de una criatura viva, el leve movimiento de la rama de un árbol o de una roca de la montaña, el susurro de una hoja o el zumbido de un insecto. Sin embargo, no escucharon nada, solo el silencio.

—Tengo la sensación de que algo nos arrastra —dijo Brin de repente.

—Viajamos por un camino fijo, Brin —respondió Rone Leah, que negaba con la cabeza—. No vamos a la deriva.

—Debería haberte hecho caso y no haber venido nunca —dijo la muchacha del valle, con la mirada fija en él.

La mirada del joven de las tierras altas reflejaba una gran sorpresa. El hermoso y oscuro rostro de Brin todavía miraba en su dirección. En sus ojos negros se observaba una mezcla de cansancio y duda que bordeaba el miedo. Durante un breve instante, Rone tuvo la desagradable sensación de que la joven sentada ante él no era Brin Ohmsford.

—Yo te protegeré —le dijo en voz baja, con cierta urgencia—. Te lo prometo.

La joven esbozó una sonrisa, insegura, que desapareció al momento. Entonces, extendió las manos y cogió las del joven, con ternura.

—Te creo —murmuró Brin.

Sin embargo, en lo mas profundo de su ser, dudaba de que el joven fuera capaz de protegerla.

Cuando Allanon regresó al campamento era casi medianoche. Salió de entre los árboles con el mismo sigilo con el que se movían las sombras por la montaña. La luz de la luna se deslizaba entre las ramas sobre sus cabezas en finos rayos plateados que otorgaban a la noche una luz fantasmal. Rone y Brin dormían envueltos en sus mantas. La quietud reinaba en toda la amplia y boscosa extensión de las montañas. Era como si solo él hiciera guardia.

Se detuvo a unos metros de donde descansaban sus compañeros de viaje. Se había marchado porque necesitaba estar solo para pensar, para reflexionar sobre lo que iba a ocurrir. ¡Qué inesperadas habían sido las palabras que Bremen le había dirigido a través del fantasma… qué inesperadas! Aunque, en realidad, no deberían haberlo sido para él, porque desde el principio sabía lo que iba a pasar. Sin embargo, siempre había tenido la sensación de que, de alguna forma, él podría cambiar el curso de los acontecimientos. Al fin y al cabo, era un druida, y los druidas podían hacer cosas inimaginables.

Sus ojos negros recorrieron la cadena montañosa. Los acontecimientos vividos en el pasado quedaban muy lejanos, como también quedaban los esfuerzos que había realizado y los caminos que había recorrido para llegar al lugar donde se encontraba en aquel preciso momento. El futuro también parecía lejano, aunque sabía que aquello solo era una ilusión. El futuro se encontraba justo delante de él.

Pensó que era mucho lo que se había conseguido, pero no lo suficiente. Se volvió para mirar a la joven vallense, que en ese momento estaba profundamente dormida. De ella dependería todo. No lo creería, por supuesto, ni admitiría la verdad sobre el poder de la canción, pues la joven había escogido entender la magia élfica como una humana, cuando la magia nunca había sido humana. Él le había mostrado parte de su poder… solo para que la muchacha pudiera vislumbrar su alcance, puesto que era consciente de que no sería capaz de saber más al respecto. Su comprensión de la magia estaba limitada, en ese sentido era como una niña y le sería difícil llegar a la madurez. Más que difícil, ya que él no podría ayudarla.

Cruzó los largos brazos bajo las vestiduras negras. ¿Seguro que no podía ayudarla? Esbozó una misteriosa sonrisa. Hacía mucho tiempo, ya había tomado la decisión de no revelarle toda la verdad a Shea Ohmsford, sino solo aquella parte que fuera necesaria. Si alguien necesitaba conocer la verdad, era preferible que la descubriera por sí mismo. Le podía contar la verdad a la joven... o al menos intentarlo. Wil Ohmsford le habría dicho que debía contársela, al igual que había hecho en el caso de la elfa Amberle. Pero no correspondía a Wil Ohmsford tomar aquella decisión, sino a él.

La decisión siempre era suya.

Su boca se torció, dejando entrever cierta amargura. Muy lejos quedaban ya los Consejos de Paranor, en los que muchas mentes y muchas voces se habían unido para buscar soluciones a los problemas de la humanidad. Los druidas, los hombres sabios de la Antigüedad, se habían ido para siempre. Las historias, Paranor y todas las esperanzas y sueños a los que una vez habían dado lugar, habían desaparecido para siempre. Solo quedaba él.

Todos los problemas de la humanidad eran ahora sus problemas, como siempre lo habían sido y continuarían siéndolo mientras viviera. También él había tenido que tomar esa decisión. La tomó cuando eligió ser lo que era. Pero era el último. ¿Habría otro que tomara la misma decisión que él una vez se hubiera marchado?

Abrumado por la soledad e inseguro, se quedó de pie al filo de las sombras del bosque, con la mirada puesta en Brin Ohmsford.

Al amanecer, reemprendieron el viaje sobre sus monturas en dirección este. Eran las primeras horas de otro soleado día otoñal, cálido, apacible y lleno de promesas. Mientras la noche se replegaba hacia el oeste desde las montañas de Wolfsktaag, el sol ascendía por oriente y lanzaba desde el límite del bosque rayos dorados que se diseminaban hasta alcanzar los rincones más oscuros en persecución de las sombras que se escondían en ellos. Incluso en la inmensa y vacía solitud de aquellas peligrosas montañas se percibía una sensación de paz y sosiego.

Brin se puso a pensar en su casa. «¡Qué bonito debe de estar Valle Sombrío en un día como este!», pensó mientras cabalgaba a lomos de su caballo por la cresta de la montaña y sentía el calor del sol en la cara. Incluso allí, los colores del otoño se desplegaban desordenados sobre el fondo de musgo y hierba que todavía conservaba el verdor propio de la estación estival. Inspiró las fragancias de vida y quedó embriagada. En Valle Sombrío, los aldeanos ya estarían despiertos, dispuestos para comenzar el día. El desayuno estaría casi a punto, y el delicioso aroma de los alimentos que se cocinaran saldría al exterior por las ventanas, abiertas para recibir el calor del día. Una vez acabadas las tareas de la mañana, las familias de la aldea se reunirían para celebrar con juegos y relatos una tarde excepcional en esa época del año, ansiosas por disfrutar de su sosiego y revivir, aunque fuera durante unos instantes, los recuerdos del verano que ya había tocado a su fin.

«Ojalá estuviera allí para vivirlo», pensó. «Ojalá estuviera en casa».

Bajo el calor del sol, los recuerdos y los sueños, la mañana transcurrió con rapidez. Las crestas y las laderas de la montaña se sucedían en un constante ir y venir, y los densos bosques de las tierras bajas, más allá de las montañas de Wolfsktaag, comenzaron a dejarse entrever entre los encorvados picos. Al mediodía, habían dejado atrás la impresionante mole montañosa e iniciaban el descenso.

Poco después se dieron cuenta de que estaban cerca del torrente de Chard.

Percibieron el ruido producido por sus aguas mucho antes de tenerlo a la vista; era un profundo y penetrante rugido procedente de la parte trasera de una cresta arbolada, alta y abrupta, que contrastaba con el despejado cielo de la Tierra del Este. Llegó a sus oídos como una ola invisible: un estruendo grave y tenebroso que golpeaba el bacheado terreno con la fuerza de su paso. Entonces, dio la sensación de que el aire lo seguía y aumentaba su intensidad hasta llenar la atmósfera del bosque de aquel estrépito. El camino se allanó, y el bosque empezó a espesarse. La escarcha y una neblina arremolinada y densa cubrían la cumbre de la cresta, salvo la suave pincelada azul de un cielo de mediodía ahora casi invisible entre la maraña de ramas de unos árboles de húmedos y musgosos troncos con las hojas de color tierra, mojadas y brillantes. Frente a ellos, el sendero volvía a ascender entre rocas y árboles caídos, que surgían de entre la niebla como gigantescos espectros congelados. Y, en medio de la nada, se oía el fragor del torrente.

Lentamente, a medida que el sendero se hacía sinuoso y la cresta se aproximaba cada vez más, la neblina comenzó a disolverse con las embestidas del viento, que la esparcía en su descenso desde las cumbres de las montañas de Wolfsktaag a las tierras bajas del este. El valle se abrió ante ellos, con las oscuras y amenazadoras laderas boscosas cubiertas por las sombras de los picos de la montaña, bajo la cresta teñida por la luz del sol. Fue en aquel lugar donde descubrieron la fuente de aquel estruendo: una catarata. Una increíble y alta columna de agua blanca brotaba con gran fuerza de una grieta abierta en la roca del risco y descendía, desde muchos metros de altura, a través de la densa neblina y la compacta escarcha que cubrían todo el extremo occidental del valle, hasta formar un gran río que serpenteaba entre rocas y árboles hasta desaparecer.

Los tres jinetes, en fila, detuvieron sus caballos

—Ahí está: el torrente de Chard —indicó Allanon señalando la catarata.

Brin dirigió la mirada al torrente, en silencio. Era como si se encontrara en los confines de la tierra. No habría podido describir lo que sintió en aquel momento, tan solo lo que vio. Abajo, a casi unos cien metros, las aguas del torrente de Chard se estrellaban y arremolinaban contra la roca y a través de las grietas en un magnífico y hermoso espectáculo que la había dejado maravillada. Mucho más allá del valle que recibía las aguas, la lejana Tierra del Este se extendía en el horizonte, que brillaba tenuemente entre las gotas de agua que arrastraba el viento. Sus colores hacían pensar en un cuadro descolorido y deteriorado por el paso de los años, borroso. La incesante neblina resbalaba sobre el moreno rostro de la joven del valle y penetraba en su largo cabello negro y su ropa como una llovizna. Parpadeó para retirar el agua de los ojos, inspiró profundamente y dejó que sus pulmones se llenaran de aire fresco. Aunque no podía explicarlo con palabras, era como si hubiera nacido de nuevo.

Después, Allanon hizo un gesto para que siguieran adelante y los tres jinetes reemprendieron la marcha e iniciaron la bajada por la ladera interior del boscoso valle acercándose a la grieta de la pared del risco desde la que se precipitaban las cataratas. En fila india, atravesaron los matorrales y los curvados pinos que enterraban sus raíces en el suelo rocoso de la parte alta, siguiendo una especie de vereda que se extendía hasta más allá de las cataratas. La creciente neblina los rodeaba y humedecía su piel. El viento había quedado rezagado tras el borde de la cresta, y su estridente silbido se perdía en el sordo rugido de la cascada. La luz del sol se desvanecía entre las sombras, y un falso crepúsculo cayó paulatinamente sobre el bosque que estaban atravesando.

Al fin, llegaron a la base de las cataratas y continuaron a lo largo del oscuro sendero que los había llevado allí hasta escapar de la niebla y las sombras y encontrarse de nuevo bajo la cálida luz del sol. Cabalgaron en dirección este por la ribera del río, atravesando matorrales, todavía verdes y vivos, bajo unos cuantos pinos y robles de hojas amarillas. El rugido de las cataratas fue disminuyendo poco a poco y el aire dejó de ser tan frío. Los pájaros sobrevolaban, como si fueran repentinas manchas de color, los árboles de la zona.

La tierra había recuperado la vida y Brin suspiró, agradecida por haber dejado atrás las montañas.

En ese preciso momento, Allanon tiró bruscamente de las riendas de su caballo para detenerlo.

Como si respondiera a un expreso deseo del druida, el bosque quedó en silencio... un profundo silencio que lo cubrió todo como un manto. Los caballos de los jóvenes se detuvieron detrás del de Allanon. La muchacha del valle y el joven de las tierras altas miraron al druida y luego intercambiaron una mirada de sorpresa. Allanon permaneció inmóvil, sin desmontar de su caballo, rígido, con la vista puesta al frente, en las sombras de los árboles, y escuchando con la máxima atención.

—Allanon, ¿qué...? —empezó a preguntar Brin, pero el druida le ordenó con un gesto de la mano que guardara silencio.

Por fin se volvió hacia ellos. Su oscuro y enjuto rostro reflejaba tensión y dureza, y sus ojos entrecerrados tenían una expresión que ni la muchacha vallense ni el joven montañés habían visto nunca. En aquel momento, Brin sintió miedo, sin comprender por qué se había apoderado de ella esa sensación.

El druida no dijo palabra alguna, pero esbozó una fugaz y triste sonrisa. Después, apartó la mirada, les hizo una seña con la mano para que lo siguieran y se dirigió hacia los árboles.

Cabalgaron durante poco tiempo entre árboles y matorrales secos hasta llegar a una pequeña cañada junto a la ribera del río. Una vez allí, Allanon se detuvo de nuevo y, en esta ocasión, bajó de su caballo. Rone y Brin lo imitaron. Permanecieron juntos delante de sus caballos mientras miraban en dirección a una densa arboleda más allá de la cañada.

—Allanon, ¿qué pasa? —preguntó Brin.

—Algo se acerca —respondió el druida, sin mirarla—. Escuchad.

Esperaron junto a él, sin moverse. El silencio era tan profundo en ese momento que el propio sonido de su respiración les molestaba.

La premonición de Brin susurró de nuevo en su mente. Había venido desde la lluvia y la oscuridad de los Dientes del Dragón a por ella. El frío tacto del miedo le rozó la piel y ella se estremeció.

De repente, oyeron un ruido, leve y cauteloso: un suave crujido de hojas secas causado por algo que se había movido entre ellas.

—¡Allí! —gritó Rone, que señalaba algo con la mano.

Vieron algo deslizarse entre los árboles del lado opuesto de la cañada. Aún oculta en la penumbra, aquella cosa se detuvo de repente al advertir que estaba siendo observada. Permaneció inmóvil en su escondite durante un tiempo, con la invisible mirada puesta en ellos; una silenciosa sombra entre la oscuridad.

Entonces, con rapidez y seguridad, salió de entre los árboles y se dirigió a la luz. El frío que se había apoderado de Brin se tornó en hielo al instante. Nunca había visto una criatura semejante a aquella. Tenía apariencia humana y estaba medio erguida, balanceando los largos brazos. Era una criatura grande y fuerte, delgada y dotada de una fuerte musculatura. La piel, de un extraño color rojizo, le cubría con tersura el cuerpo. No tenía pelo, a excepción de una espesa mata de vello que le crecía de las ijadas. De los dedos de las manos y los pies se prolongaban unas enormes y ganchudas garras. Cuando levantó la cara, vieron una bestia grotesca, embotada y llena de cicatrices. La bestia posó los brillantes ojos amarillos en los de ellos y, en una horrible mueca, abrió el hocico, que revelaba una masa de dientes torcidos.

—¿Qué es eso? —preguntó Rone Leah, horrorizado.

—Lo que nos fue prometido —respondió Allanon en un tono de voz de suave, aunque distraído.

La criatura rojiza avanzó unos cuantos pasos. Cuando llegó al borde de la cañada, se detuvo y esperó.

—Es un jachyra, un ser maligno de otra época —prosiguió Allanon tras girarse hacia la muchacha del valle y el joven de las tierras altas—. Fue desterrado de la tierra por la magia de criaturas fantásticas en una época anterior a los albores de la humanidad... en una época más lejana aún que aquella en la que los elfos crearon la Prohibición. Solo una magia igual de poderosa ha podido liberarlo.

—Parece que estaba equivocado —continuó, después de enderezarse y ceñirse las negras vestiduras—. Los mordíferos previeron que quizás tomaríamos este camino. Solo en un lugar como estas montañas, en un lugar donde aún vive la magia, podía liberarse un ser como el jachyra. Los espectros nos han enviado un adversario mucho más difícil de vencer que ellos.

—Veamos si es tan difícil de vencer —sugirió Rone envalentonado, mientras desenfundaba la hoja negra de la espada de Leah.

—No —respondió Allanon—. Soy yo el que tiene que librar esta batalla.

—A mí me parece que cualquier batalla que se presente a lo largo de este viaje debe ser librada por todos nosotros —arguyó el joven de las tierras altas, que buscaba el apoyo de Brin con la mirada.

—Esta no, príncipe de Leah —respondió Allanon, mientras negaba con la cabeza—. Has demostrado tu valor y tu lealtad a la muchacha. Ya no dudo de ello. Pero el poder de esa criatura está fuera de tu alcance. Debo enfrentarme a ella yo solo.

—¡Allanon, no lo hagas! —gritó Brin de repente, que agarró al druida del brazo.

Allanon la miró. Su rostro fatigado y sus ojos, que penetraban más allá de cualquier cosa que ella quisiera ocultar, mostraban una triste determinación. Intercambiaron una mirada, y después, sin saber por qué, Brin lo soltó.

—No lo hagas —repitió con una voz apenas audible.

Allanon extendió la mano para acariciar la mejilla de la joven. En ese preciso momento, al otro lado de la cañada, el jachyra emitió un repentino y agudo grito, muy similar a una carcajada, que rompió el silencio de la tarde.

—Deja que te acompañe —insistió Rone Leah, dando un paso adelante.

—Mantente preparado, príncipe de Leah —respondió el druida, que se interpuso en su camino—. Espera hasta ser llamado. —Los ojos negros del druida estaban fijos en los del joven montañés—. No interfieras en esto. Pase lo que pase, no interfieras. Prométemelo.

—Allanon, no puedo… —contestó Rone, vacilante.

—¡Prométemelo!

—Lo prometo —concedió de mala gana el joven, tras permanecer inmóvil durante un momento ante el druida, en actitud desafiante.

Entonces, Allanon dirigió su mirada a la muchacha.

—Cuídate, Brin Ohmsford —dijo Allanon a la joven vallense una última vez, mirándola con unos ojos tristes y lejanos.

Después dio media vuelta y empezó a bajar hacia la cañada.

25

La luz del sol se abría paso entre el vespertino cielo, claro y azul, y destacaba la alta y sombría figura de Allanon contra el telón de fondo formado por los colores del bosque. La agradable temperatura y los dulces olores otoñales persistían en el aire, burlándose de los sentidos del druida, y una tenue y agradable brisa que soplaba entre los árboles sacudía sus negras y largas vestiduras. Entre las riberas cubiertas de hierba estival, que aún conservaba su verdor, el río del torrente de Chard destellaba luces plateadas y celestes, que resplandecían con frialdad en los ojos del hombre alto. En aquel momento solo reparaba en la horrible figura de piel rojiza y vello lustroso que descendía como un gato por la lejana pendiente de la parte poco profunda de la cañada, con los ojos amarillos entornados y el hocico fruncido en un gesto expectante.

¡Por favor, vuelve!, quiso pedirle Brin a gritos, pero sus palabras solo resonaron en el silencio de su mente, porque el horror de su familiar premonición, que había regresado de repente para atormentarla y danzar salvaje y alegremente ante ella, la había dejado sin habla.

¡Esto era sobre lo que la premonición le había advertido!

El jachyra se puso a cuatro patas. Sus músculos se alargaron como cuerdas nudosas bajo la tensa piel mientras la baba comenzaba a acumularse alrededor de la boca. De su espina dorsal surgieron unas púas que se doblaban con el movimiento de su cuerpo al reptar por la soleada cañada. La criatura levantó el hocico en dirección a la oscura figura situada enfrente y volvió a emitir otro grito; el mismo terrible aullido que parecía una carcajada demente.

Allanon se detuvo a unos diez metros de donde se encontraba el monstruo. Sin moverse, se enfrentó a la criatura. La sobrecogedora y resuelta mirada del druida infundió en su oscuro rostro una expresión de tal dureza que a la muchacha del valle y al joven de las tierras altas les dio la sensación de que ninguna cosa viva, por muy maligna que fuera, podría enfrentarse a él con éxito. Pero el jachyra acentuó su furiosa mueca, y su hocico, abierto, mostró más dientes torcidos. Los ojos amarillos traslucían evidentes signos de locura.

Durante un largo y terrible momento, el druida y el monstruo se miraron en el profundo silencio de la tarde otoñal, y todo lo que les rodeaba dejó de existir. De nuevo, el jachyra volvió a reírse. Se movió hacia un lado de forma extraña y bamboleante. Luego, con inusitada y terrorífica rapidez, embistió a Allanon. Nada se había movido nunca a tal velocidad. Se convirtió en un trazo rojizo al saltar desde el suelo y atacar al druida. Sin embargo, la criatura falló. Allanon, más ágil que su atacante, se deslizó hacia un lado como una sombra que se funde en la noche. El jachyra pasó sobre él en su caída y se golpeó contra el suelo. Se levantó sin perder tiempo y se abalanzó de nuevo sobre su presa. Pero el druida ya había extendido las manos, que desprendían un fuego azul. Las llamas alcanzaron al jachyra y lo lanzaron de espaldas por los aires. El monstruo cayó al suelo convertido en una masa inerte, envuelto en las llamas azules que continuaban abrasándolo y lo hacían retroceder hacia atrás hasta que lo detuvo un gran roble.

Increíblemente, el maligno jachyra se puso en pie al instante.

—¡Maldito sea! —exclamó Rone Leah.

El monstruo se dirigió hacia donde estaba Allanon de nuevo, zigzagueando para esquivar el fuego que aún brotaba de los dedos del druida. Entre terribles rugidos, se abalanzó contra el hombre alto con la rapidez mortífera de una serpiente. Una vez más, el fuego azul lo alcanzó y lo hizo retroceder, pero la criatura consiguió clavar las garras de una de sus manos y rasgó las vestiduras y la piel del druida. Allanon retrocedió tambaleándose, encogido por el impacto del ataque, y el fuego se convirtió en humo. Entre la alta hierba de la cañada, a unos cuantos metros de distancia, el jachyra volvió a ponerse en pie.

Con cautela, los dos antagonistas comenzaron a rodearse mutuamente. El druida, en guardia, tenía extendidos los brazos y las manos, y su oscuro rostro reflejaba la inmensa furia que lo embargaba. Sin embargo, gotas de sangre de color carmesí pintaban la hierba verde sobre la que caminaba.

El jachyra abrió una vez más el hocico, haciendo una mueca maligna y enloquecida. Los trozos de piel rojiza quemada por el fuego azul desprendían estelas de humo, pero el monstruo no daba la menor muestra de sentirse herido. Los músculos de hierro se destacaban bajo su piel cuando se movía, en una elegante y confiada danza de la muerte que incitaba a su víctima. Inició un nuevo ataque con una embestida ágil y rápida que lo llevó ante el druida antes de que este pudiera utilizar el fuego. Las manos de Allanon agarraron las muñecas de la bestia mientras la mantenía erguida para que no pudiera alcanzar su cuerpo. Los torcidos dientes de la criatura chasqueaban con saña al intentar clavarse en el cuello del hombre alto. Trabados en esa posición, el druida y la bestia comenzaron a avanzar y retroceder a lo largo de la cañada, contorsionándose y retorciéndose en un esfuerzo por obtener ventaja. Entonces, el druida propinó al jachyra un gran empujón y lo lanzó hacia atrás hasta levantarlo del suelo. Justo después, de sus dedos comenzó a brotar un fuego azul que engulló al monstruo. El jachyra emitió un agudo y terrible grito, un alarido delirante que paralizó toda la zona del bosque que había a su alrededor. Había dolor en ese grito, pero un dolor que parecía inexplicablemente jubiloso. El jachyra saltó de la columna de fuego y se retorció para liberarse de él; su imponente figura roja, viva y humeante, estaba salpicada de pequeñas llamas azules. Comenzó a rodar, colérico y furioso, sobre la hierba, consumido por un fuego incluso más intenso que lo quemaba por dentro. A pesar de todo, logró ponerse en pie otra vez; cuando su hocico se abrió de nuevo, los dientes torcidos destellaban y los ojos amarillentos desprendían un horripilante fulgor.

«Disfruta con el dolor», comprendió Brin, horrorizada. «Se alimenta de él».

Tras ella, los caballos resoplaron y retrocedieron ante el olor que desprendía el jachyra. Tiraban de las riendas que sujetaba Rone Leah. El joven montañés miró hacia atrás, con una evidente preocupación, y llamó a los animales por su nombre para intentar calmarlos, aunque sin éxito.

Una vez más, el jachyra se abalanzó sobre Allanon, envuelto en las llamas del fuego azul del druida que lo abrasaban. Casi consiguió alcanzar la figura vestida de negro con las garras, pero Allanon se hizo a un lado justo a tiempo, y el fuego azul dio una poderosa sacudida a la criatura.

Brin observaba horrorizada la batalla, incapaz de mirar a otro lado. Un solo pensamiento cruzaba su mente una y otra vez. El poder del jachyra era excesivo. El druida había participado en muchas y terribles batallas y había conseguido sobrevivir a todas ellas; se había enfrentado a espantosas criaturas de la magia negra. No obstante, el jachyra era muy diferente a todas ellas. Era un ser ignorante que no distinguía entre la vida y la muerte y cuya existencia desafiaba todas las leyes de la naturaleza; una criatura que actuaba movida por la locura, el frenesí y la destrucción sin finalidad alguna.

De la garganta del jachyra brotó un alarido ensordecedor cuando, una vez más, se abalanzó sobre Allanon. El pánico hizo presa en los caballos, que se encabritaron y arrancaron sus riendas de las manos de Rone. El joven de las tierras altas intentó recuperarlas con desesperación, pero en el momento en que los caballos se sintieron liberados, comenzaron a correr a toda velocidad hacia las cataratas y, en unos pocos segundos, ya habían desaparecido entre los árboles.

Rone y Brin se giraron y volvieron a concentrar su atención en la batalla que tenía lugar en la cañada. Allanon había levantado un muro de fuego entre él y su atacante, y las llamas se lanzaban contra el jachyra como cuchillos cuando este intentaba, en vano, atravesarlas. Concentrado, el druida mantenía firme el muro de fuego con los brazos extendidos, pero de repente dejó caer los brazos rápido e hizo desaparecer el muro de fuego, que cayó como una red sobre el jachyra y lo atrapó. Desapareció por completo en un instante, convertido en una bola de fuego. La criatura intentó liberarse entre retortijones, pero el fuego lo agarró con fuerza, sustentado por la magia del druida. A pesar de intentarlo con todas sus fuerzas, el jachyra no conseguía liberarse.

La mano de Brin se apoyó en Rone. Quizás…

En aquel momento, la criatura se alejó de Allanon y comenzó a correr sobre la hierba de la cañada hasta adentrarse en el bosque. Algunas llamas todavía ardían sobre él, pero el fuego había comenzado a extinguirse. La distancia entre el druida y la bestia era excesiva, y Allanon no era capaz de mantener su ventaja. El monstruo, que profería terribles aullidos, se dirigió hacia un grupo de pinos, destrozó sus ramas y troncos y propagó el fuego por todas partes. Las astillas de madera y las agujas de los pinos se prendieron al entrar en contacto con las llamas que aún ardían sobre la criatura, y una nube de humo salió de entre las sombras.

En medio de la cañada, Allanon separó las manos, fatigado. En uno de sus límites, Brin y Rone esperaban en silencio, con la mirada fija en la humeante penumbra en que había desaparecido la bestia. La calma reinaba de nuevo en el bosque.

—Se ha ido —susurró Rone.

Brin permaneció en silencio, a la espera.

Entonces, algo se movió junto a los pinos quemados y ennegrecidos. Brin sintió que el frío que invadía su interior se intensificaba con rapidez. El jachyra salió de entre los árboles y se deslizó hacia el borde de la cañada, con el hocico abierto en su característica y espantosa mueca y desprendiendo destellos por sus ojos amarillos.

Estaba ileso.

—¿Qué clase de demonio es? —preguntó en un susurro Rone Leah.

El jachyra reptó una vez más hacia Allanon, con una respiración áspera y acelerada. Un gemido grave y nervioso brotó de su garganta, y levantó el hocico, como si quisiera captar el olor del druida. Un rastro de sangre del hombre alto manchaba de un color escarlata brillante el verdor de las altas hierbas que el monstruo tenía ante sí. El jachyra se detuvo. Muy despacio, se inclinó sobre la sangre que había en el suelo y empezó a lamerla. El placer que su sabor le proporcionaba le hacía emitir unos gemidos más profundos.

Después atacó. Con un solo y ágil movimiento, juntó sus patas traseras y saltó sobre Allanon. El druida levantó las manos y extendió los dedos, aunque demasiado tarde. La criatura cayó sobre él antes de que consiguiera hacer brotar fuego de sus dedos. El hombre y la bestia cayeron sobre la hierba y, sin separarse, rodaron de un lado a otro, forcejeando. El monstruo había lanzado el ataque con tal rapidez que la criatura cayó sobre Allanon antes de que este pudiera oír el agudo grito de aviso de Brin. Unas llamas azules brotaron de las yemas de los dedos del druida y chamuscaron las muñecas y los antebrazos de la bestia, que lo agarraba; sin embargo, el ataque no tuvo ningún efecto. Las garras del jachyra se clavaron en el cuerpo del druida y le desgarraron la ropa y la carne, hasta llegar al hueso. La cabeza de Allanon dio una sacudida hacia atrás y el dolor oscureció su rostro… un dolor que trascendía el daño físico. Desesperado, el druida intentó liberarse de las garras de la bestia, pero esta lo tenía firmemente cogido y no parecía que lo fuera a dejar escapar. Las garras y los dientes del monstruo lo herían y su nervudo cuerpo lo mantenía inmovilizado en el suelo.

—¡No! —gritó Rone Leah.

Tras soltarse de Brin, que intentaba retenerlo, el príncipe de Leah salió corriendo hacia la cañada, sosteniendo con fuerza la gran espada de hoja negra.

—¡Leah! ¡Leah! —gritó furioso.

No podía cumplir la promesa que le había hecho a Allanon. No podía permanecer impasible viendo como el druida moría a manos del jachyra. Ya lo había salvado en una ocasión, ¿por qué no podía hacerlo una vez más?

—¡Rone, vuelve! —le gritó Brin, en vano.

Rone Leah llegó justo después donde se encontraban ambos contendientes. La oscura hoja de la espada de Leah se irguió y, al descender, describiendo un brillante arco, provocó un profundo corte en el cuello y los hombros del jachyra y desgarró músculo, hasta llegar al hueso, dirigida por la fuerza de la magia. El jachyra dio un paso atrás mientras emitía un espantoso alarido; su rojizo cuerpo se tensaba como si se hubiese roto por dentro.

—¡Muere, monstruo! —gritó Rone Leah con rabia cuando vio la figura desgarrada y ensangrentada de Allanon bajo la bestia.

Pero el jachyra no se moría. Uno de sus nervudos brazos salió disparado hacia el joven de las tierras altas y fue a parar a su cara con una fuerza asombrosa. Rone cayó hacia atrás, y sus manos redujeron la fuerza con que sujetaban la espada. Justo después, el jachyra estaba tras él. Profería aullidos sin cesar en un loco delirio, como si un mayor dolor le produjera un incomprensible e infame placer. Alcanzó a Rone antes de que cayera, lo cogió entre sus garras y lo lanzó al otro lado de la cañada, donde se quedó encogido en el suelo.

Después, la bestia se enderezó. Todavía llevaba clavada en su cuerpo la oscura hoja de la espada de Leah. Estiró un brazo hacia atrás y se sacó la espada como si la herida fuera insignificante. Vaciló un momento, con la hoja sujeta delante de sus ojos amarillos. Luego la arrojó lejos de sí, y la espada voló hasta caer en las aguas del torrente de Chard y desaparecer de la vista como si se tratara de un pedazo de madera seca, desplazándose y girando de un lado a otro en la rápida corriente.

El jachyra se volvió hacia el cuerpo derrotado de Allanon. Por increíble que pudiera parecer, el druida estaba otra vez de pie, con las negras vestiduras hechas jirones y empapadas en su sangre. Al verlo erguido, el jachyra enloqueció por completo y saltó sobre él profiriendo furiosos aullidos.

Pero en esta ocasión el druida no intentó detenerlo, sino que lo agarró a medio salto y cerró las grandes manos alrededor del cuello de la bestia, como si fueran una tuerca. Sin preocuparse por las garras que se aferraban y lo herían, empujó al monstruo hasta que cayó en tierra, con las manos cada vez más apretadas. De la garganta herida del jachyra emanaban terribles alaridos, y su rojizo cuerpo se retorcía como una serpiente herida. El druida seguía apretando las manos alrededor del cuello de la bestia, que abrió el hocico e intentó morder y desgarrar el aire con los dientes.

Entonces, de repente, Allanon retiró las manos del cuello del monstruo y las introdujo en sus fauces abiertas, hasta llegar a la garganta. Allí, de las manos cerradas del druida comenzó a brotar fuego azul. El jachyra empezó a sacudirse, preso de convulsiones, y extendió las extremidades. El fuego del druida ardía dentro de su poderoso cuerpo y había alcanzado el mismo centro de su ser. La bestia forcejeó durante unos instantes para liberarse. Entonces, de su interior emanó fuego, y el jachyra explosionó, emitiendo una cegadora luz azul.

Brin apartó la mirada para protegerse de aquel fulgor deslumbrante. Cuando volvió a mirar, Allanon estaba solo, arrodillado sobre un montón de cenizas.

Brin se dirigió hacia el extremo opuesto de la cañada, donde Rone yacía inconsciente en el suelo, retorcido. Su respiración era superficial y lenta. Lo enderezó con cuidado y examinó todas las extremidades y el cuerpo del joven en busca de alguna señal de fractura. No encontró ninguna y, después de limpiarle los cortes del rostro, fue corriendo hacia donde estaba Allanon.

El druida seguía de rodillas junto a las cenizas del jachyra, con los brazos cruzados con fuerza y la cabeza inclinada hacia el pecho. Sus largas vestiduras negras estaban destrozadas y empapadas de su propia sangre. Brin se arrodilló poco a poco junto a él, con el rostro afligido por la impresión que le provocaban las heridas del druida. Allanon levantó la cabeza, exhausto, y la miró fijamente.

—Me estoy muriendo, Brin Ohmsford —dijo con voz serena. Ella intentó negar aquellas palabras con la cabeza, pero el druida levantó la mano para impedírselo—. Escúchame, joven del valle. Lo que ha ocurrido estaba escrito, tenía que pasar. En el Valle de Esquisto, el fantasma de Bremen, mi padre, me lo dijo. Me dijo que debería abandonar la tierra para no volver nunca más y que eso sucedería antes de concluir nuestra búsqueda. —Se encogió aquejado por un dolor repentino y contrajo el rostro—. Pensé que sería capaz de evitarlo, pero los espectros... los espectros encontraron la manera de liberar al jachyra. Sabían... esperaban que me encontrara con la bestia. Este ser es un producto de la locura. Se alimenta de su propio dolor y del de los demás. En su delirio, no solo hiere el cuerpo, sino también el espíritu.

No hay defensa posible. Se habría despedazado a sí mismo... solo para destruirme. Es un veneno...

Se atragantó con sus propias palabras. Brin se inclinó sobre él, reprimiendo el dolor y el miedo.

—Tenemos que curarte las heridas, Allanon. Tenemos...

—No, Brin, esto es el fin —la interrumpió el druida—. Nada puede salvarme. Debe cumplirse lo que está escrito. —Recorrió la cañada con la vista, lentamente—. Pero debes ayudar al príncipe de Leah. El monstruo también habrá inoculado en él su veneno. Ahora es tu protector... tal como prometió. —Los ojos del druida buscaron los de Brin—. Tenéis que saber que su espada no se ha perdido. La magia no dejará que se pierda. La espada debe... encontrar su camino hasta manos mortales... el río la llevará a esas manos...

De nuevo las palabras lo ahogaron y se encogió por el dolor que le producían las heridas. Brin estiró los brazos para sujetarlo y mantenerlo erguido, apoyado en ella.

—No hables más —susurró, con los ojos llenos de lágrimas.

Poco a poco, el druida se apartó y se irguió. Las manos y los brazos de Brin estaban cubiertos de sangre.

Los labios de Allanon esbozaron una tenue e irónica sonrisa durante unos instantes.

—Los espectros creen que solo deben temerme a mí, que yo soy el único que puede destruirlos —prosiguió el druida, mientras negaba con la cabeza—, pero están muy equivocados. Tú eres el poder, Brin. Tú eres a quien nada puede oponerse. —Una mano aprisionó el brazo de la joven vallense con una increíble fuerza—. Escúchame bien. Tu padre desconfía de la magia élfica, teme sus consecuencias. Ahora puedo confesarte, joven del valle, que tiene razón para desconfiar. La magia puede ser luz u oscuridad para quien la posee. Tal vez parezca un juguete, pero nunca lo ha sido. Recela de su poder. Nunca he visto una fuerza como esa. Hazla tuya. Utilízala bien, y ella se encargará de que concluyas sin ningún daño tu búsqueda. Utilízala bien, y destruirá el Ildatch.

—Allanon, yo no puedo seguir sin ti —dijo en voz baja la joven, que negaba con la cabeza, desesperada.

—Puedes y debes hacerlo. Al igual que ocurrió con tu padre... no hay nadie más. —Su oscuro rostro se inclinó.

Brin asintió con la cabeza automáticamente, sin apenas oírle, perdida en las confusas emociones que bullían en su interior mientras se defendía de la inevitabilidad de lo que estaba sucediendo.

—Esta era llega a su fin —musitó Allanon. Sus ojos negros resplandecían—. Y con ella los druidas también llegan a su fin. —Levantó la mano y la posó sobre la de la joven vallense—. Pero la responsabilidad que depositaron en mí debe perdurar, joven del valle. Debe quedarse con quienes viven. Yo te la transmito. Acércate.

Brin Ohmsford se aproximó hasta que su rostro quedó justo frente al del druida. Con lentitud y haciendo un supremo esfuerzo, Allanon introdujo la mano entre las ropas destrozadas, hasta llegar al pecho. Después, la sacó con los dedos manchados de su propia sangre y tocó la frente de Brin con cuidado. Con los dedos sobre ella, calientes por su sangre, comenzó a hablar quedamente en una lengua que la muchacha del valle nunca había oído. Al contacto de sus dedos y el fluir de sus palabras un torrente de alborozo inundó la visión de Brin con una oleada de color cegador, e inmediatamente después desapareció.

—¿Qué... me has hecho? —preguntó con la voz entrecortada.

—Ayúdame a ponerme en pie —le pidió el druida, obviando la respuesta.

—¡No puedes andar, Allanon! ¡Estás muy malherido! —contestó la muchacha del valle, que lo miraba fijamente.

—Ayúdame, Brin. No tendré que andar mucho —insistió el druida. Su oscura mirada reflejaba una extraña y desconocida bondad.

De mala gana, la joven del valle lo rodeó con los brazos y lo levantó del suelo. La sangre empapaba la hierba en la que se había arrodillado y las cenizas en que había quedado convertido el jachyra.

—¡Oh, Allanon! —exclamó Brin, en un llanto inconsolable.

—Ayúdame a llegar a la orilla del río —le pidió el druida.

Con paso lento y a trompicones recorrieron la cañada vacía hasta llegar al lugar donde el torrente de Chard, con las riberas cubiertas de hierba, viraba en dirección este. Los rayos del sol iluminaban con tonos dorados, cálidos y acogedores aquel día otoñal. Era un día de vida, no de muerte, y Brin lloraba porque no era así para Allanon.

Llegaron a la orilla del río. Con delicadeza, la joven del valle ayudó al druida a ponerse de rodillas una vez más, y este inclinó la cabeza, oscura, bajo la luz del sol.

—Brin, cuando tu búsqueda haya concluido, me encontrarás aquí —le dijo el druida mientras la buscaba con la mirada—. Ahora apártate.

Afligida, Brin dio unos pasos atrás. Las lágrimas le caían por el rostro, y con las manos suplicaba a la figura postrada ante ella.

Allanon mantuvo la mirada posada en la de ella durante un largo rato. Después giró la cabeza, levantó el brazo manchado de sangre y se extendió sobre las aguas del torrente de Chard. El río se quedó en calma al instante; la superficie estaba tan tranquila y era tan plácida como la de un estanque cubierto de árboles. Un extraño y vacío silencio se adueñó de todo lo que había a su alrededor.

Al cabo de unos instantes, el centro de las tranquilas aguas empezó a borbollar y de las profundidades del río ascendieron unos gritos, fuertes y penetrantes, como los que habían escuchado en el Cuerno del Hades. Solo se oyeron durante unos instantes. Después, el silencio lo inundó todo.

En la orilla del río, la mano de Allanon cayó sobre su costado y su cabeza se inclinó.

En aquel momento, la figura fantasmal de Bremen brotó de las aguas del torrente de Chard. Gris y casi transparente a la luz de la tarde, el fantasma, andrajoso y encorvado por el paso de los años, se alzó hasta quedar sobre las aguas del río.

—Padre —lo llamó el druida con voz muy débil, pero Brin lo oyó.

El fantasma avanzó, deslizándose sobre la calma superficie del río sin hacer el menor movimiento. Llegó hasta donde estaba Allanon arrodillado, se inclinó lentamente y tomó en sus brazos a la maltratada figura. Sin volverse, retrocedió hasta las aguas del torrente, cargando con él en sus brazos. Se detuvo en el centro del torrente de Chard y, a sus pies, las aguas comenzaron a hervir con violencia, humeantes y entre silbidos. Entonces se sumergió lentamente en el río, llevándose con él al último de los druidas. El torrente de Chard permaneció en calma unos instantes; luego la magia terminó, y las aguas empezaron a agitarse de nuevo hacia el este.

—¡Allanon! —gritó Brin Ohmsford.

Sola en la orilla del río, miró las veloces aguas y esperó una respuesta que nunca llegaría.

26

Después de capturar a Jair en la caída de la fortaleza de los gnomos de Capaal, el mwellret Stythys llevó al joven del valle hacia el norte, a través de los bosques del Anar. Siguiendo las curvas y recodos del río de Plata, que se abría paso entre los árboles y los matorrales, las rocas y los barrancos, se adentraron en las profundidades de la oscuridad del bosque. En el camino, el joven del valle viajó amordazado y atraillado como un animal. Solo lo liberaba de las ataduras para comer, pero el mwellret no apartaba ni un instante de él sus fríos ojos de reptil.

Las horas, grises y lluviosas, transcurrían con agónica lentitud a medida que avanzaban en el camino, y todo lo que había formado parte de la vida del muchacho, sus amigos y compañeros, sus esperanzas y promesas, parecía desvanecerse con ellas. El bosque, húmedo y fétido, estaba impregnado de la podredumbre de las envenenadas aguas del río de Plata y asfixiado por la maleza seca y las enmarañadas ramas de los árboles que ocultaban el cielo e impedían el paso de los rayos del sol. Solo el río, con el lento discurrir de sus aguas oscuras y pestilentes, les permitía no perder el sentido de la orientación.

En aquellos días, también había otros que se dirigían al norte, con destino al Anar profundo. En el amplio camino que discurría paralelo al curso del río de Plata, que el mwellret evitaba con sumo cuidado, las caravanas de soldados gnomos y sus prisioneros marchaban en una ininterrumpida procesión, arrastrando sus pies por el fango y cargando sobre sus hombros con el botín con el que el ejército invasor se había hecho. Los prisioneros eran hombres, ahora atados y encadenados, que habían defendido la fortaleza de Capaal. Avanzaban tambaleándose en largas filas, conducidos como si fueran ganado. Enanos, elfos y hombres de la frontera, todos ellos macilentos, agotados y privados de esperanza. Jair los veía desfilar desde lo alto de los árboles que cubrían el camino y no podía evitar que se le llenaran los ojos de lágrimas.

Los ejércitos de gnomos procedentes de Marca Gris también viajaban por aquel camino. Muchos de ellos marchaban en dirección sur, en grandes grupos que apresuraban el paso para reunirse con las tribus que ya se dirigían hacia las tierras de los enanos. Eran miles de ellos, siniestros y aterradores, con los duros rostros amarillos deformados por los gestos de burla que dedicaban a los desafortunados prisioneros que se cruzaban en su camino. También había unos cuantos mordíferos en el camino, seres oscuros y sombríos que viajaban en solitario y a quienes todos evitaban.

El tiempo empeoró con el paso de los días. El cielo se cubrió con nubes negras de tormenta y la lluvia empezó a caer con una intensidad constante. Los relámpagos destellaban en brillantes estrías y los resonantes rugidos de los truenos recorrían toda la tierra empapada. Los árboles otoñales, inclinados y oprimidos por la humedad, dejaban caer sus coloreadas hojas al fango, y el camino era ahora una ciénaga resbaladiza e insegura. Una atmósfera gris y lúgubre se había adueñado de todo el bosque, como si el cielo presionara la tierra para acabar con cualquier vestigio de vida que pudiera quedar.

Eso era lo que sentía Jair Ohmsford mientras caminaba con ánimo desvalido entre la maleza del bosque, arrastrado por la figura vestida de negro delante de él que agarraba con fuerza las ataduras de cuero. El frío y la humedad le calaban hasta los huesos, y con el paso de las horas, el agotamiento hizo su aparición. La fiebre se adueñó de él y empezó a delirar. Rápidas imágenes de los acontecimientos que lo habían llevado a aquella miserable situación en que ahora se encontraba se mezclaban con recuerdos de su niñez y daban lugar a desordenados retazos de naturaleza muerta que revoloteaban durante un breve instante por su mente confundida y acababan por desvanecerse. A veces no estaba completamente lúcido y sufría extrañas y aterradoras visiones, que se introducían a hurtadillas en sus pensamientos como ladrones. Incluso en los momentos en que se libraba de los efectos de la fiebre, una oscura desesperación se apoderaba de sus pensamientos y le susurraba que ya no había ninguna esperanza para él. La fortaleza de Capaal, todos sus defensores y todos sus amigos y compañeros ya no existían. Las imágenes del momento en que había caído cada uno de ellos fulguraban en su mente con la cegadora claridad del relámpago que destellaba sobre su cabeza a través del follaje de los árboles: Garet Jax, arrastrado a las profundidades de las grises aguas del Cillidellan por el kraken; Foraker y Helt, enterrados bajo los escombros del muro de piedra derruido por la magia negra de los mordíferos; Slanter, que se apresuraba por los corredores subterráneos de la fortaleza delante de él, incauto, sin mirar nunca hacia atrás, sin ver. Hasta Allanon, Brin y Rone aparecían de cuando en cuando, perdidos en algún lugar de las profundidades del Anar.

A veces, también veía la imagen del rey del río de Plata, clara y extrañamente vívida, envuelta en la maravilla y el misterio que rodeaban al anciano. Recuerda, le susurraba con voz baja y ansiosa. No olvides lo que debes hacer. Pero él, al parecer, lo había olvidado. Guardados en su túnica, ocultos de los fisgones ojos del mwellret, llevaba los regalos mágicos que el anciano le había hecho: el cristal de la visión y la bolsa de piel con el polvo de plata. Todavía los tenía y pensaba conservarlos, pero su finalidad se le presentaba nebulosa e incierta, perdida en la vorágine de la fiebre, escondida en los extravíos de su mente.

Cuando por fin se detuvieron para hacer noche, el mwellret se dio cuenta de que el joven tenía fiebre y le dio de beber una medicina, el contenido de un saquillo que llevaba en su cintura que mezcló con un vaso de cerveza oscura y amarga. El joven del valle intentó rechazar la bebida, agotado por la fiebre y su propia sensación de inseguridad, sin embargo el mwellret lo forzó a tragársela. Poco después, se quedó dormido y pasó una noche tranquila. Al amanecer, el mwellret le dio otra dosis de la amarga poción y, con la llegada del crepúsculo, la fiebre empezó a remitir.

Pasaron la noche en una cueva que había sobre una alta cresta que dominaba el oscuro meandro del río, más secos y calientes de lo que habían estado las noches anteriores, libres de la extrema incomodidad que los había atormentado en el bosque. Esa noche, Jair volvió a entablar conversación con su captor. Habían terminado la cena, compuesta de raíces y carne de res seca, y bebido un poco de la amarga cerveza. En ese momento se encontraban sentados uno frente al otro en la oscuridad, acurrucados en sus capas para protegerse del frío nocturno. Fuera caía una llovizna lenta y uniforme, que salpicaba y hacía mucho ruido al chocar contra los árboles, las piedras y la tierra enfangada. El mwellret no le había vuelto a poner la mordaza como había hecho las dos noches anteriores, sino que la había dejado suelta alrededor del cuello del muchacho. Sentado, miraba a Jair con sus fríos ojos brillantes; su cara de reptil era una sombra vaga en la oscuridad de la capucha. No hizo ningún movimiento ni pronunció una sola palabra. Se limitó a permanecer sentado y a observar a Jair, que también estaba sentado. Los minutos pasaron y, finalmente, el joven del valle se decidió a entablar conversación con la criatura.

—¿Adónde me llevas? —se arriesgó a preguntar, aunque cauteloso. Los ojos hendidos del mwellret se estrecharon aún más, y entonces el joven del valle se dio cuenta de que había estado esperando a que decidiera hablar.

—Vamosss al Alto Bensss.

—¿El Alto Bens? —preguntó Jair, que negó con la cabeza, desconcertado.

—Montañasss debajo del Cuerno del Cuervo, sssemielfo —silbó el mwellret—. Passsarásss algún tiempo en esssasss montañasss, ¡en la prisssión que tienen losss gnomosss en Dun Fee Aran!

—¿Prisión? —preguntó Jair, con un nudo en la garganta—. ¿Piensas encerrarme en una prisión?

—Misss invitadosss ssse alojan allí —dijo el mwellret con voz áspera y riendo en voz baja.

—¿Por qué me haces esto? —preguntó con visible enojo el joven del valle. La risa del mwellret lo había puesto tenso, y ahora luchaba contra el miedo que empezaba a invadirlo—. ¿Qué quieres de mí?

—¡Hsss! —exclamó el lagarto mientras lo señalaba con un dedo encorvado—. ¿De verdad que el sssemielfo no lo sssabe? ¿No lo ve? —La figura encapuchada se agachó para acercarse más—. Entoncesss essscucha, hombrecillo. ¡Atiende! Nuesssstra gente era la másss inteligente, ssseñoresss de lasss montañasss. Vino a nosssotrosss el Ssseñor de losss Hechicerosss hace muchosss añosss, y cerramosss un trato con él. Pequeñosss gnomosss enviadosss a ssservir al Ssseñor Osscuro sssi él dejaba en paz a nuessstro pueblo, todavía ssseñoresss de lasss montañasss. Hizo esssto, el Ssseñor Osscuro, y en sssu momento ssse fue de la tierra. Pero nosssotrosss resssisssstimosss. ¡Vivimosss! —El dedo encorvado se dobló lentamente—. Entonces llegan losss caminantesss, sssuben desssde el fossso osscuro del Maelmord, llegan a nuessstrasss montañasss. Ssservid al Ssseñor Oscuro, dicen. Que abandonamosss nuessstrosss hogaresss, dicen. Que lesss entregamosss losss hombrecillosss que nosss ssirven. Tratosss no sssignifican nada ahora. Rechazamosss a losss caminantesss, losss espectrosss. Sssomosss fuertesss también. Pero nosss hacen algo. Enfermamosss y morimosss. No nacen niñosss. Nuesssstra gente falla. Losss añosss passsan, y nosss debilitamosss hasssta quedar muy pocosss. Todavía losss caminantesss dicen debemosss marchar de lasss montañasss. Sssomosss demasssiado pocosss, ¡y losss caminantesss nosss expulsssan!

Entonces se interrumpió y los hendidos ojos verdes ardieron con intensidad, fijos en los de Jair, llenos de rabia y amargura.

—Me dieron por muerto, losss caminantesss, losss essspectrosss. Cosssasss negrasss del demonio. ¡Pero vivo!

Jair miró al monstruo con atención. Stythys admitía que los mwellrets en tiempos de Shea Ohmsford habían vendido los gnomos de las montañas al Señor de los Brujos para luchar contra la Tierra del Sur, en la abortada Tercera Guerra de las Razas. Los mwellrets lo hicieron con el propósito de conservar su dominio sobre su reino en las montañas del Cuerno del Cuervo. Aquello era lo que había dicho Foraker y también era lo que sospechaba el pueblo de los enanos. Pero entonces llegaron los mordíferos, herederos del poder de la magia negra del Señor de los Brujos. Querían adueñarse de la Tierra del Este, y las montañas del Cuerno del Cuervo ya no pertenecían a los mwellrets. Cuando los lagartos opusieron resistencia, los espectros los debilitaron y los destruyeron. Así que Stythys había sido expulsado de su tierra natal y los enanos que lo encontraron lo llevaron a Capaal…

—Pero ¿qué tengo que ver yo en todo esto? —preguntó el joven del valle. Sentía que sus sospechas se confirmaban.

—¡Magia! ¡Magia, mi amiguito! Dessseo la magia que tú possseesss. ¡Lasss cancionesss que cantasss deben ssser míasss! ¡Tú tienesss la magia y debesss dármela! —dijo en un siseo el mwellret rápidamente.

—¡Pero no puedo hacerlo! —exclamó Jair, con un tono de frustración.

—¿No puedesss, amiguito mío? —inquirió Stythys. Su escamado rostro dibujaba un gesto de contrariedad—. El poder de la magia debe volver a mi pueblo; no a losss essspectrosss. Debesss dar tu magia, sssemielfo. En la prisssión nosss la darásss. Ya lo verásss.

Jair desvió la mirada. Con el lagarto estaba ocurriendo lo mismo que con el sedt gnomo Spilk: ambos querían ejercer su dominio sobre algo que él no podía darles. La magia de la Canción de los Deseos era suya, y solo él podía utilizarla. El mwellret no conseguiría nada, como tampoco lo había conseguido el sedt.

En aquel momento, un pensamiento escalofriante le cruzó la mente. ¿Y si Stythys se enterara? ¿Qué ocurriría si llegaba a saber que, aunque no pudiera apropiarse de la magia, sí podría utilizarla a través de él? El joven del valle recordó lo sucedido en la celda de Capaal… cómo el mwellret le había forzado a revelar su magia…

Jair recobró el aliento. ¡Oh, por todos los infiernos! Si Stythys supiera o incluso sospechara que había otros tipos de magia... si pudiera sentir la presencia del cristal de la visión y del polvo de plata...

—No puedes hacerte con mi magia —susurró en un leve tono de desesperación, casi sin darse cuenta de lo que estaba diciendo.

—La prisssión te hará cambiar de parecer, hombrecillo. Ya lo verásss —respondió el mwellret en un suave siseo.

Después de aquella conversación, Jair Ohmsford, amordazado y atado de nuevo, permaneció despierto durante un largo rato, perdido en la oscuridad de sus pensamientos mientras escuchaba los sonidos de la lluvia y la respiración del mwellret dormido. Las sombras cubrían la entrada de la cuevecita. En el exterior, el viento desplazaba las nubes de tormenta sobre el mojado bosque. ¿Qué debía hacer? Ante él tenía una misión y unos planes para salvar a Brin que habían quedado destrozados; ante él se encontraba la prisión de Dun Fee Aran. Si lo recluían tras sus muros, era probable que nunca saliera de allí, pues no cabía la menor duda de que el mwellret pretendía mantenerlo encerrado hasta que revelase todos los secretos de la magia élfica. Pero Jair nunca lo haría. Aquellos secretos le pertenecían, y los pondría al servicio del rey del río de Plata a cambio de la vida de su hermana Brin. Nunca los entregaría. Sin embargo, tenía la sensación de que, a pesar de su resolución y de la fuerza que pudiese oponer a su captor, Stythys encontraría antes o después la manera de arrebatárselos.

El estallido de un profundo y amenazante trueno lejano resonó por todo el bosque. Sin embargo, la desesperación del joven vallense era aún más amenazante. Pasó mucho tiempo antes de que sucumbiera al agotamiento y se quedara dormido.

Al amanecer del tercer día, Jair y el mwellret reanudaron la marcha hacia el norte. Caminaban con dificultad a través de la lluvia, la neblina y el bosque encharcado. Al mediodía entraron en el Alto Bens. Las montañas eran oscuras y escarpadas, un conjunto de picos quebrados y riscos montados a horcajadas sobre el río de Plata en el lugar en que descendía y abandonaba el bosque a los pies de las montañas del Cuerno del Cuervo. Los dos ascendieron por ellas y quedaron envueltos en la neblina que se aferraba a las rocas. Cuando la luz del día comenzó a desvanecerse y dio paso a las sombras de la noche, llegaron a un risco que dominaba la fortaleza de Dun Fee Aran.

Dun Fee Aran era una enorme edificación compuesta por muros, torres, atalayas y almenas que le otorgaban la apariencia de un castillo. Cuando se materializó ante ellos bajo la lluvia, la fortaleza presentaba un aspecto grisáceo y deprimente. Jair tenía la sensación de que tendría aquel aspecto incluso en el día más soleado. Continuaron su arduo recorrido y dejaron atrás los árboles, sin intercambiar ni una sola palabra. El mwellret alto y encapuchado se abría paso a través de la maleza y los arbustos de la ladera del risco seguido del maniatado joven del valle. Al llegar al campamento, donde la lluvia tampoco cesaba, vieron cazadores gnomos y miembros de la guarnición de todos los rangos y posiciones que caminaban con gran esfuerzo por el terreno enfangado, embozados en sus capas y encapuchados para protegerse del tiempo, sumidos en sus propias preocupaciones. Nadie les preguntó qué hacían allí. Nadie los miró más de una vez. Atravesaron parapetos de piedra y pasarelas y cruzaron muros y pasos elevados; bajaron escaleras y cruzaron salones. La noche comenzó a caer y la luz fue desvaneciéndose. Jair se sentía como si el mundo se cerrara a su alrededor y lo dejara fuera de él, excluido. Podía percibir el hedor del lugar, la sofocante y fétida pestilencia de las celdas y los cuerpos humanos. Allí, pensó, la vida se consumía sin excesiva preocupación. Un escalofrío le recorrió todo el cuerpo. La vida quedaba recluida tras aquellos muros, olvidada.

Ante ellos se avecinaba una enorme estructura en forma de cubo; las ventanas no eran más que estrechas hendiduras en la piedra, y las puertas, forradas de hierro, eran enormes. Entraron en el edificio y el silencio se adueñó de todo lo que les rodeaba.

—Prisssión, sssemielfo —oyó Jair murmurar al mwelret.

Recorrieron un laberinto de oscuros y tenebrosos pasillos, vestíbulos llenos de puertas cuyos cerrojos y goznes estaban cubiertos de herrumbre y telarañas, acumulados por el paso del tiempo. Jair tenía frío y se sentía vacío mientras contemplaba la hilera de puertas que dejaban atrás. Sus botas retumbaban sordamente en el silencio, y solo oían el distante sonido del hierro golpeado y del cincel sobre la piedra. Los sombríos ojos del joven vallense escudriñaban los muros que se erguían a su alrededor. «¿Cómo saldré de aquí?», se preguntó en sus adentros. «¿Cómo voy a encontrar una salida?».

En aquel momento, la luz de una antorcha brilló en el pasillo, dejando ver a la pequeña figura envuelta en una capa. Era un gnomo, viejo y decrépito, con un rostro amarillo devastado por alguna enfermedad sin nombre y tan repulsivo que Jair retrocedió a pesar de estar amarrado por las ataduras de cuero. Stythys avanzó hasta donde los esperaba el gnomo, se inclinó ante el desagradable hombrecito e hizo unos misteriosos gestos con los dedos. El gnomo contestó del mismo modo y los invitó a seguirlo con un breve movimiento de una mano retorcida.

Se adentraron aún más en la prisión. La luz del mundo exterior se perdía en los recovecos de piedra y mortero. Tan solo la antorcha les mostraba el camino, humeante y brillante en las tinieblas.

Al fin se detuvieron ante una puerta forrada de hierro, similar a los centenares de puertas ante las que habían pasado. Tras manipular con torpeza el cerrojo de metal, el gnomo consiguió abrirla. Al hacerlo, la pesada puerta emitió un chirrido. Stythys miró a Jair, luego tiró de la correa y lo hizo entrar en la celda. Era pequeña y angosta, vacía salvo por un montón de paja aplastada en un rincón y un cubo de madera junto a la puerta. Una sola hendidura, muy pequeña, rompía la pared del fondo. A través de ella penetraba un hilo de luz gris procedente del exterior.

El mwellret se dio la vuelta, cortó las ataduras que amarraban las manos del joven del valle, soltó la mordaza que le tapaba la boca y le propinó un brusco empujón que lo hizo caer sobre el montón de paja.

—Essto esss tuyo, sssemielfo —dijo en un siseo—. Tu hogar hasssta que me hablesss de la magia. —El dedo retorcido señaló hacia la figura encorvada del gnomo que había tras él—. Tu carcelero, sssemielfo. Esss mío, uno que todavía me obedece. Mudo esss... no habla ni oye. Cancionesss mágicasss inútilesss sssobre él. Te alimenta y vigila, essso hace. —Se detuvo—. Te hará daño, también, sssi desssobedecesss.

El gnomo volvió el devastado rostro hacia el joven del valle mientras Stythys hablaba, pero su mirada no revelaba ninguno de sus pensamientos. Jair miró a su alrededor con semblante sombrío.

—Dicess lo que necesssito sssaber, sssemielfo —susurró el mwellret de repente—. ¡Me lo dicesss o sssi no nunca sssaldrásss de esssta prisssión!

La voz helada se prolongó como un silbido en el silencio de la pequeña cámara, mientras el mwellret mantenía la mirada, amarilla, fija en la del joven vallense. Después, Stythys se dio media vuelta y salió de la celda. El carcelero gnomo también se giró, agarró con las retorcidas manos la puerta blindada por el pasador del cerrojo y la cerró con firmeza.

Encogido en la oscuridad y solo, Jair escuchó el sonido de las pisadas hasta que este se desvaneció.

Los minutos se convirtieron en horas mientras permanecía sentado e inmóvil en la celda, escuchando el silencio y pensando en cómo había llegado a aquella situación tan desesperada. Los fétidos e intensos olores lo atacaban a través de la nariz y se mezclaban con una fuerte sensación de angustia que lo torturaba sin cesar. Estaba asustado, tan asustado que apenas era capaz de pensar. De repente, lo asaltó un pensamiento que no se le había pasado por la cabeza desde que había abandonado su hogar en Valle Sombrío, huyendo de los gnomos que lo perseguían.

«Vas a fracasar», se susurró a sí mismo.

Habría llorado si hubiese podido hacerlo, pero las lágrimas se negaron a hacer acto de presencia. Quizás estaba demasiado asustado incluso para eso. «Piensa en cómo puedes escapar de este lugar», se dijo a sí mismo. «Siempre hay una manera de salir de cualquier situación».

Respiró profundamente en un intento de recuperar la calma. «¿Qué haría Garet Jax en esta situación? ¿Y Slanter? El rastreador siempre encontraba una salida. Era un superviviente. Hasta a Rone Leah se le ocurriría algo».

Sus pensamientos vagaron a la deriva durante un rato; se detenía en recuerdos de acontecimientos vividos y caía sin poder evitarlo en ensoñaciones sobre lo que aún estaba por pasar. Todo era una fantasía, una falsa interpretación de verdades deformadas por su propia desesperación por convertirlas en lo que él deseaba que fueran.

Finalmente, se obligó a levantarse y paseó alrededor de su diminuta cárcel mientras exploraba con detenimiento lo que veía, tocaba la piedra, fría y húmeda, y observaba el haz de luz gris que penetraba por el respiradero desde el exterior. Recorrió toda la celda y la estudió sin ningún propósito en particular mientras esperaba a que sus emociones se calmasen y sus pensamientos se clarificaran.

De repente, decidió utilizar el cristal de la visión. Si deseaba tener alguna noción del tiempo que le quedaba, debía descubrir qué había sido de Brin.

Apresurado, sacó la cadena de plata con el cristal del escondite de su túnica. Fijó la vista en el cristal, dentro del cuenco que había formado con las manos. Oía la voz del viejo rey del río de Plata que le hablaba en susurros y le recordaba que aquella era la forma por la que podría conocer los progresos de Brin. Tan solo tenía que cantar al cristal de la visión...

Cantó en tono bajo. Al principio, su voz se resistía a salir, bloqueada por las emociones que todavía se agitaban inexorablemente en su interior. Entonces, se mostró firme para luchar contra su propia inseguridad, y la melodía de la canción llenó la pequeña cámara. Casi en aquel mismo momento, el cristal de la visión se iluminó, y su intensa luz se extendió en la penumbra e hizo retroceder a las sombras que estaban ante ella.

Entonces se dio cuenta de que la luz procedía de una pequeña hoguera y de que Brin, sentada delante, contemplaba las llamas de aquel fuego. La joven de agradable rostro descansaba la cabeza sobre las manos. En ese momento, levantó la vista como si estuviera buscando algo. El rostro de Brin reflejaba cansancio y preocupación. Parecía incluso demacrada. Después, volvió a bajar la vista y suspiró. Se estremeció ligeramente, como si estuviera reprimiendo un sollozo. Todo lo que Jair vio en ella indicaba desesperanza. Fuera lo que fuera lo que le había ocurrido, todo indicaba que había sido algo desolador...

La voz de Jair se quebró cuando la preocupación por el estado de su hermana lo invadió. La imagen del entristecido rostro de Brin ondeó y se desvaneció. El aturdido joven del valle observó en silencio el cristal que tenía entre las manos.

¿Dónde estaba Allanon? El cristal no le había mostrado señal alguna del druida.

Como el sonido de las hojas arrastradas por el viento, el rey del río de Plata le susurró en su interior. Brin está perdida.

Entonces apretó con fuerza el cristal de la visión y fijó la mirada, vacía, en la oscuridad.

27

Las sombras de la noche cubrían los bosques del Anar cuando Brin Ohmsford vio las luces. Titilaron ante ella como luciérnagas entre el entramado de árboles y las sombras que avanzaban en la oscuridad, pequeñas, evasivas y distantes.

Aflojó el paso y rápidamente rodeó a Rone con los brazos para impedir que cayera cuando se tambaleó al detenerse tras ella. Brin también tenía el cuerpo dolorido por la fatiga, pero hizo un esfuerzo por sostener al joven de las tierras altas, que chocó contra ella y dejó caer la cabeza, ardorosa a causa de la fiebre, sobre el hombro de Brin.

—... no puedo encontrar dónde... perdida, no puedo encontrar... —murmuró Rone Leah de forma incoherente, que con los dedos presionaba el brazo de Brin hasta hacerle daño.

Ella le habló con voz muy baja para hacerle saber que estaba a su lado. Poco a poco, los dedos dejaron de presionar y la voz febril enmudeció.

La muchacha miró hacia las luces. Danzaban entre las ramas de los árboles, que todavía conservaban sus hojas otoñales. «¡Fuego!». Susurró con urgencia la palabra, que hizo que la desesperanza y la desesperación que la habían estado atormentando sin cesar desde que reemprendieron la marcha en dirección este desde el torrente de Chard dieran un paso atrás. ¡Qué lejano parecía todo ahora! Allanon se había ido, Rone estaba muy malherido y ella, completamente sola. Cerró los ojos para liberarse de esos recuerdos. Había caminado toda la tarde y parte de la noche, siguiendo el curso del torrente de Chard en dirección este, con la esperanza de tropezar en el camino con otro ser humano que pudiera ayudarla. No sabía cuánto tiempo ni qué distancia había recorrido; había perdido el sentido del tiempo y del espacio. Solo sabía que, por alguna razón, había conseguido continuar.

Se enderezó y tiró de Rone hacia arriba. Delante de ellos, las luces parpadeaban a modo de saludo. «¡Por favor!», rogó en silencio. «¡Por favor, que sea la ayuda que necesito!».

Hizo un gran esfuerzo por caminar, con el brazo de Rone sobre los hombros y arrastrando su cuerpo, que le estorbaba al caminar. Las ramas de los árboles y los matorrales le azotaban el rostro, y ella inclinaba la cabeza para evitarlo. Primero poniendo un pie y luego el otro, con una tenacidad de hierro, siguió adelante. Las fuerzas estaban a punto de abandonarla. Si allí no había nadie que pudiese ayudarla...

De repente, el entramado de árboles y sombras se dividió ante ella y dejó al descubierto el origen de las luces. Era un edificio sombrío y oscuro, salvo por los rayos de luz amarilla que se filtraban por dos lugares de su estructura cuadrada. Las voces procedentes del interior eran tenues y confusas.

Mientras sujetaba a Rone en los brazos, continuó caminando. A medida que se acercaba, veía el edificio con más claridad. Era bajo y ancho, coronado por un tejado a dos aguas, estaba construido con listones y tablones de madera y se asentaba sobre cimientos de piedra. En la parte frontal había un porche cubierto cuyo techo alcanzaba la altura del primer piso, que solo soportaba una buhardilla. Cerca de la parte trasera de la casa había un establo. Dos caballos y una mula, atados a un poste de enganche, pacían la hierba seca. En la fachada principal se veían varias ventanas con rejas y cerradas en la noche. A través de los resquicios de las contraventanas se filtraba la luz producida por lámparas de aceite que había atraído la atención de la joven vallense.

—Un poco más, Rone —susurró.

Sabía que no podía comprenderla, sin embargo, Rone reaccionaría al escuchar el sonido de su voz.

Cuando estaban a unos cuantos metros del porche, Brin vio un rótulo que colgaba de los aleros del techo inclinado con la siguiente inscripción:

PUESTO DE VENTAS
El Paso de los Grajos

El rótulo, que se balanceaba con suavidad impulsado por la brisa nocturna, tenía la pintura tan descolorida y la madera tan resquebrajada que apenas se podían distinguir las letras. Brin miró hacia arriba un momento. Lo único que importaba era que había gente dentro.

Subieron al porche, tambaleándose y tropezando con las tablas desgastadas hasta que consiguieron apoyarse en la jamba de la puerta. Brin buscó a tientas el picaporte, y de repente las voces dejaron de oírse. Entonces, la mano de la joven del valle se cerró sobre el picaporte de metal y la pesada puerta se abrió hacia dentro.

Una docena de caras toscas se volvieron hacia la puerta para mirarla, sorprendidos y cautelosos. A través de una neblina de humo, Brin vio que eran tramperos, con un aspecto rudo, barbudos y desgreñados, vestidos con sus características ropas de cuero viejo y pieles de animales. Estaban reunidos en grupos delante de una barra de bar hecha de tablones apoyados sobre barriles de cerveza en posición transversal. Había pieles de animales y provisiones amontonadas detrás del mostrador, y varias mesas pequeñas, rodeadas de taburetes, ocupaban la sala. De las bajas vigas del techo colgaban lámparas de aceite que emitían una áspera luz contra la oscuridad de la noche.

Brin permaneció expectante y en silencio en el umbral de la puerta abierta, con el joven montañés sujeto entre los brazos.

—¡Son fantasmas! —farfulló uno de los hombres desde la barra, y a continuación se escuchó un revuelo de pisadas.

Un hombre alto y delgado que llevaba camisa y delantal salió de detrás del mostrador mientras negaba con la cabeza.

—Si fueran fantasmas, no necesitarían abrir la puerta para entrar, ¿no os parece? ¡Cruzarían las paredes sin más! ¿Qué os ha pasado, muchacha? —preguntó.

El hombre caminó hasta detenerse en el centro de la sala.

De pronto, Brin se dio cuenta, a pesar de la fatiga y el dolor que le nublaban la mente, del aspecto que debían de presentar a los ojos de aquellos hombres. Podían parecer dos seres llegados del mundo de los muertos; dos seres exhaustos y harapientos con las ropas empapadas y cubiertas de fango, con el rostro demacrado por el cansancio, colgando el uno del otro como espantapájaros de paja. Una venda de tela ensangrentada rodeaba la cabeza de Rone y dejaba entrever una terrible herida. Colgada a la espalda llevaba la vaina vacía del gran mandoble, ahora desaparecido. Brin tenía la cara sucia y abatida, y en su oscura mirada se veía angustia. Como una aparición espectral, los jóvenes permanecían enmarcados por la luz que entraba por la puerta abierta, tambaleándose en un fondo de sombras.

Brin intentó hablar, pero las palabras se le ahogaron en la garganta.

—Venid a echar una mano —gritó el hombre alto a los que estaban junto al mostrador, que se adelantó al resto para sostener a Rone—. ¡Venga, echad una mano!

Un leñador musculoso se acercó rápidamente, y entre los dos llevaron a la muchacha del valle y al joven de las tierras altas a la mesa más próxima y los sentaron en los taburetes bajos. Rone se desplomó hacia delante entre gemidos y dejó caer la cabeza.

—¿Qué os ha pasado? —preguntó de nuevo el hombre alto mientras sostenía al joven montañés para que no se desplomara en el suelo. ¡Este muchacho está ardiendo, tiene mucha fiebre!

—Perdimos nuestros caballos en una cascada al bajar de las montañas —mintió Brin después de tragar bastante saliva—. Ya estaba enfermo entonces, pero ha empeorado. Hemos seguido el curso del río hasta que hemos encontrado este puesto de ventas.

—Mi puesto de ventas —corrigió el hombre alto—. Soy comerciante. Jeft, trae un par de cervezas para estos dos.

El leñador se metió detrás del mostrador, se acercó a un barril de cerveza y luego abrió la espita para llenar dos vasos grandes.

—¿Por qué no nos invitas también a los demás, Stebb? —gritó un trampero que estaba en un grupo de hombres de aspecto rudo situado en el otro extremo del mostrador.

El comerciante le dirigió una furibunda mirada, se recolocó un mechón de pelo fino sobre la coronilla, calva casi en su totalidad, y se volvió de nuevo hacia Brin.

—No deberíais andar por esas montañas, muchacha. En ellas hay cosas peores que la fiebre.

Brin asintió en silencio y carraspeó por la sequedad de la garganta. Después, llegó el leñador con los vasos de cerveza. Le dio uno a la joven y luego incorporó a Rone lo suficiente para que pudiera dar un sorbo al otro vaso. El joven de las tierras altas intentó cogerlo y tragar el áspero líquido, pero se atragantó, y el hombre le retiró el vaso con resolución.

—¡Déjalo que beba! —gritó de nuevo el hombre que estaba al final de la barra.

—¡No, menudo derroche! ¡Pero si se está muriendo! —dijo otro en tono de burla.

Brin levantó la mirada, colérica. El hombre que acababa de hablar vio su mirada y caminó hacia ella con una sonrisa insolente dibujada en el ancho rostro. Los compañeros de grupo lo siguieron, entre guiños y risitas de complicidad.

—¿Tienes algún problema, muchacha? —le preguntó en tono despectivo—. ¿Tienes miedo…?

Brin se puso de pie de un salto y, sin ser plenamente consciente de lo que hacía, sacó su largo cuchillo de la funda y lo levantó hasta la altura de la cara del trampero.

—Ya vale, basta. —El leñador llamado Jeft se puso rápidamente a su lado y la empujó con suavidad hacia atrás—. No hay ninguna necesidad para esto, ¿a que no?

Se volvió hacia el hombre y se puso justo frente a él. El leñador era un hombre corpulento que excedía en estatura a todos los que se habían acercado desde el final de la barra y que ahora intercambiaban miradas de desconcierto.

—Claro que no, Jeft, no pretendía hacerle ningún daño —masculló el asaltante, que a continuación bajó la vista hacia Rone—. Solo sentía curiosidad por esa vaina. El escudo tiene el aspecto de ser un sello real. —Entonces desvió la mirada hacia Brin—. ¿De dónde eres, muchacha?

Esperó un momento, pero no recibió ninguna respuesta.

—Da igual. —Hizo un gesto de indiferencia y regresó al lugar que antes ocupaba en el mostrador, seguido de sus amigos.

Una vez allí, continuaron bebiendo y empezaron a hablar en voz baja, de espaldas a los recién llegados.

El leñador se quedó mirándolos fijamente y, al cabo de un rato, se arrodilló delante de Brin.

—Son unos tipos despreciables —murmuró el hombre—. Acampan al oeste de la cordillera de Spanning haciéndose pasar por tramperos, pero en realidad viven de sus pillerías y de la desgracia ajena.

—Han estado bebiendo y perdiendo el tiempo aquí desde esta mañana —añadió el comerciante, que negaba con la cabeza—. No sé cómo se las arreglan, pero siempre consiguen dinero para cerveza. ¿Te sientes un poco mejor ahora? —preguntó a continuación con la mirada puesta en la joven vallense.

—Mucho mejor, gracias —respondió Brin con una sonrisa. Después bajó la vista a la daga que aún tenía en la mano—. No sé lo que me ha podido pasar. No sé lo que estaba...

—No te preocupes, olvídalo —dijo el corpulento leñador al tiempo que le daba unas palmaditas en la mano—. Estás agotada.

Junto a él, Rone Leah soltó un gemido casi imperceptible. Levantó la cabeza un breve instante, con los ojos abiertos, perdidos en el vacío, y volvió a dejarse caer en el taburete.

—Tengo que ayudarlo —insistió Brin, inquieta—. Tengo que encontrar la manera de cortar la fiebre. ¿Tiene usted algo que pueda servirme?

El comerciante miró con preocupación al leñador y negó con la cabeza.

—No suelo encontrarme con una fiebre tan fuerte como esta, muchacha. Tengo un tónico que tal vez pueda ayudar. Tú dáselo al chico y veremos si la fiebre remite. Aunque puede que lo mejor en este caso sea dormir —respondió el comerciante, que volvió a hacer un gesto con la cabeza.

Brin asintió sin decir palabra alguna. No conseguía pensar con claridad. El agotamiento se apoderaba de ella mientras contemplaba la daga. La introdujo lentamente en la vaina de nuevo. ¿Qué había pensado hacer? Nunca, en toda su vida, había herido a nadie. Claro que el hombre del oeste de la cordillera de Spanning había sido un insolente, e incluso puede que hubiese resultado amenazante, pero ¿acaso había corrido peligro alguno? La cerveza le calentaba el estómago, y un calor le inundó todo el cuerpo. Estaba cansada y, por extraño que pareciese, desconcertada. Tenía una extraña sensación de pérdida y de haberse equivocado.

—Aquí no hay mucho sitio para dormir —dijo Stebb, el comerciante—. Tengo un cuarto de aparejos en la parte de atrás del establo que solo ocupan los trabajadores durante la temporada de caza. Podéis utilizarla. Hay una estufa y una cama para tu amigo y paja para ti.

—Eso será suficiente —murmuló Brin.

Entonces se sorprendió al descubrir que estaba llorando.

—Vamos, vamos —dijo el corpulento leñador, que puso un brazo sobre los hombros de la joven vallense para evitar que pudieran verla los que estaban reunidos en la barra—. No es conveniente que te vean llorar, muchacha. Tienes que ser fuerte.

—Estoy bien —contestó Brin después de asentir en silencio, enjugarse las lágrimas y ponerse de pie.

—Las mantas están en el cobertizo —dijo el comerciante, que también se levantó—. Vamos a acomodaros.

Con la ayuda del leñador, Brin incorporó a Rone Leah. Lo llevaron caminando hacia la parte trasera de la tienda y después por un pasillo corto y oscuro que llevaba a varias dependencias utilizadas como almacén. La joven del valle echó una última mirada a los hombres reunidos ante sus vasos de cerveza en la barra y los siguió. No se preocupó demasiado por las miradas con que le correspondieron los hombres del oeste de la cordillera de Spanning.

Tras abrir una pequeña puerta de madera en la parte posterior del edificio, el comerciante, el leñador, Rone y Brin se dirigieron entre las sombras de la noche al establo y al cuarto de aparejos. El comerciante se adelantó, encendió con rapidez una lámpara de aceite que colgaba de un gancho sujeto a la pared y sujetó la puerta del anexo para que los demás pudieran pasar. La habitación estaba limpia, aunque olía un poco a húmedo, y las paredes estaban cubiertas de tiros y arneses. En un rincón había una pequeña estufa de hierro dentro de un nicho de piedra y, a su lado, una cama individual. Un par de ventanas cerradas impedían la entrada del relente de la noche.

El comerciante y el leñador tendieron con cuidado al joven de las tierras altas sobre la cama y lo cubrieron con las mantas que estaban apiladas en uno de los lados de la habitación. Después, encendieron la estufa de hierro hasta que la madera comenzó a arder, incandescente, y metieron un montón de paja limpia para la muchacha. Cuando estaban a punto de salir, el comerciante colocó la lámpara de aceite sobre una repisa de piedra, junto a la estufa, y se volvió hacia Brin.

—Aquí está el tónico para la fiebre —dijo y le entregó una botella pequeña de color ámbar—. Que le dé ahora dos tragos nada más y por la mañana, otros dos. Espero que sirva, muchacha —añadió con gesto de preocupación.

»Hay un cerrojo en la puerta. Échalo —dijo mirando a la joven tras detenerse cuando estaba a punto de atravesar el umbral de la puerta seguido del leñador.

Cerró la puerta tras de sí con suavidad e, inmediatamente, Brin se acercó a echar el cerrojo. Junto a la puerta, oyó la conversación del comerciante y el leñador.

—Malos tipos, esa pandilla de la cordillera de Spanning —murmuró el leñador.

—Ya lo creo —reconoció el comerciante.

—Es hora de marcharme —dijo el leñador, que rompió el silencio en el que ambos se habían sumido durante un rato—. Tardaré un par de horas en llegar al campamento.

—Que tengas buen viaje —respondió el comerciante.

Empezaron a alejarse y sus voces se difuminaron.

—Vigila a esos tipos, Stebb —le aconsejó el leñador—. Ten mucho cuidado.

Después, las palabras se desvanecieron por completo, y los dos jóvenes se quedaron solos.

Brin se acercó a Rone en el silencio de aquel cuarto de aparejos. Lo incorporó con cuidado y lo obligó a beber dos tragos del tónico. Después lo tendió de nuevo en la cama y lo tapó.

Se sentó en silencio junto a la estufa, envuelta en su manta. En la pared de la pequeña habitación, proyectada por la solitaria llama de la lámpara de aceite, su sombra se levantó ante sus ojos como un oscuro gigante.

Un tronco carbonizado que todavía ardía cayó en el interior de la estufa cuando el montón de cenizas que había debajo cedió y provocó un ruido sordo. Brin se despertó sobresaltada. Entonces se dio cuenta de que se había adormilado, pero no sabía durante cuánto tiempo. Se frotó los ojos y miró a su alrededor. Todo estaba a oscuras y en silencio, y la llama de la lámpara de aceite se alzaba tenue y solitaria entre las tinieblas.

Enseguida pensó en Allanon. Aún le costaba aceptar que el druida había desaparecido para siempre. Conservaba la esperanza de que en cualquier momento golpearía fuerte la puerta cerrada con pestillo con los nudillos y escucharía cómo la llamaba con su profunda voz. Como una sombra que aparece y desaparece con los cambios de luz; así lo había descrito Rone la noche anterior a su muerte...

De pronto se contuvo, sintiéndose extrañamente avergonzada por haberse permitido pensar aquello. Pero Allanon había muerto, había dejado el mundo de los hombres como haremos cada uno de nosotros, se había alejado de las Cuatro Tierras en brazos de su padre, quizás para dirigirse al lugar desde donde Bremen los vigilaba. Pensó en esa opción durante un momento. ¿Existía la posibilidad de que Allanon se hubiese marchado solo para irse con su padre? Recordó las palabras que le había dicho: «Brin, cuando tu búsqueda haya concluido, me encontrarás aquí.» ¿Acaso significaban estas palabras que también él se había recluido en un limbo entre los mundos de la vida y la muerte?

Tenía los ojos llenos de lágrimas. Las enjugó rápidamente. No podía permitirse llorar. Allanon se había ido, y ella estaba sola.

Rone Leah se agitó, inquieto, bajo las pesadas mantas; su respiración era fatigosa e irregular. Brin se levantó poco a poco y se acercó a él. Su fino y bronceado rostro estaba caliente, seco y demacrado por la fiebre que consumía su cuerpo. Se estremeció durante un instante mientras la joven lo miraba, como si hubiese sentido un frío repentino, y después se tensó. Susurró unas palabras sin sentido alguno.

¿Qué voy a hacer con él?, se preguntó la joven vallense con impotencia. Ojalá tuviera la habilidad de mi padre. Le he dado el tónico, como me ha indicado el comerciante. Lo he envuelto en las mantas para mantenerlo caliente. Pero nada parece ayudar. ¿Qué más puedo hacer?

El veneno del jachyra lo había infectado. Allanon había dicho que no solo atacaba el cuerpo, sino también el espíritu. Había matado al druida y, aunque sus heridas habían sido mucho más graves que las de Rone, Allanon era el más fuerte de los dos. La más leve de las heridas parecía ser más de lo que el cuerpo del joven de las tierras altas podía soportar.

Se dejó caer junto a la cama y le cogió una mano con ternura. Su protector. Esbozó una triste sonrisa. ¿Y quién protegería ahora a Rone?

Los recuerdos, temblorosos y confusos, se escabullían de un lado a otro por su mente. Habían sufrido tanto para llegar a esta noche solitaria y desesperada... y qué alto precio habían pagado. Paranor había sido destruido. Allanon había muerto. También habían perdido la espada de Leah, el único objeto mágico que poseían. Lo único que les quedaba era la Canción de los Deseos.

Sin embargo, Allanon le había dicho en varias ocasiones que la canción sería suficiente...

El ruido de unos pies calzados con botas que se arrastraban con cautela sobre el suelo de tierra del establo la puso en guardia. Dotada de los sentidos élficos de sus antepasados, oyó ese leve ruido que nadie más habría sido capaz de captar. Apresurada, soltó la mano de Rone y se puso en pie. Se había olvidado de lo cansada que estaba.

Había alguien fuera, alguien que no quería que lo descubrieran.

Bajó la mano para coger el largo cuchillo que llevaba envainado a la cintura, pero enseguida la apartó. No podía hacer eso. No lo haría.

El cerrojo de la puerta se movió un poco, pero aguantó.

—¿Quién hay ahí? —preguntó la joven vallense.

Entonces se oyó una maldición pronunciada en voz baja al otro lado de la puerta del cuarto de aparejos, e inmediatamente varios cuerpos pesados embistieron contra ella. Brin retrocedió y buscó otra salida, pero no había ninguna. Una vez más, los cuerpos embistieron contra la puerta. El cerrojo cedió con un chasquido y cinco figuras oscuras irrumpieron en la habitación. La tenue luz de la lámpara de aceite destelló levemente sobre los cuchillos desenvainados. Se apiñaron en el borde de las sombras. Ebrios, gruñían y mascullaban mientras observaban a la muchacha.

—¡Fuera de aquí! —les gritó la joven del valle. Sentía cómo la ira y el miedo crecían en su interior.

Los cinco intrusos respondieron a sus palabras con carcajadas. El más próximo dio un paso al frente y se adentró en la zona iluminada por la llama de la lámpara de aceite. Ella lo reconoció enseguida. Era uno de los hombres del oeste de la cordillera de Spanning, a los que el comerciante Stebb había llamado ladrones.

—Preciosa —murmuró, farfullando las palabras—. Venga... acércate.

Los cinco avanzaron y se desplegaron por el oscuro cuarto. Tal vez debería intentar escapar entre ellos, pero eso significaría tener que abandonar a Rone, y no pensaba hacerlo. Una vez más, acercó la mano a su largo cuchillo.

—Vamos, no hagas eso... —susurró el mismo hombre, que se acercó aún más a la joven.

De repente se abalanzó sobre ella, con más rapidez de lo que Brin hubiera creído posible en una persona tan ebria, y agarró por la muñeca a la joven, que se vio obligada a soltar el arma. Unos segundos más tarde, la rodearon los otros cuatro. Las manos de los hombres se aferraban a su túnica para intentar acercarla a ellos. Se defendió con muchas fuerzas y propinó cuantos golpes pudo a sus agresores. Sin embargo, estos eran mucho más fuertes que ella y le estaban haciendo daño.

Entonces, algo en su interior se quebró, como el cerrojo de la puerta del cuarto de aparejos que habían forzado. Sus pensamientos se dispersaron, y todo lo que ella misma era desapareció en un fogonazo de rabia cegadora. A continuación, siguió sus instintos, con fuerza y rapidez, y comenzó a cantar. La Canción de los Deseos tenía un sonido nuevo y diferente de cualquiera de los que había entonado con anterioridad. Llenó la sombría habitación de una furia que susurraba muerte y destrucción inconsciente. Los atacantes retrocedieron, tambaleándose, con los ojos y la boca abiertos por la sorpresa y la incredulidad, y las manos levantadas para taparse los oídos. Se retorcieron de dolor cuando la canción penetró a través de todos sus sentidos y se adentró a la fuerza en sus mentes. La locura se había adueñado de la habitación, un frenesí y un dolor tan intensos que casi podían palparse.

Los cinco hombres del oeste de la cordillera de Spanning estaban casi asfixiados por el sonido. Chocaban unos contra otros al buscar a tientas la puerta por la que habían entrado. Los alaridos que emitían respondían a la canción de la joven del valle, que no interrumpía el canto. La furia que se había apoderado de ella era tan abrumadora que la razón no encontraba ninguna forma de contenerla. Cantó con más fuerza, y los animales del establo comenzaron a cocear y golpearse salvajemente contra sus caballerizas, dando muestra del dolor que les provocaba la voz de la muchacha.

Al fin, los cinco hombres encontraron la puerta abierta y se precipitaron fuera de la habitación, enloquecidos, desesperados, retorcidos como seres quebrados, temblando de pies a cabeza y quejándose sin cesar. De la boca, los oídos y la nariz les brotaba sangre. Se tapaban la cara con las manos y curvaban los dedos como si fuesen garras.

Brin volvió a verlos en ese instante, cuando la ceguera producida por la furia desapareció. También vio como de repente el comerciante Stebb se abría camino desde la oscuridad, mientras los intrusos se alejaban corriendo, y la expresión de horror que surcaba el rostro del hombre cuando se detuvo y retrocedió con las manos levantadas para protegerse. La razón regresó a la joven del valle con un torrente de culpabilidad, y la canción se disolvió en el silencio.

—¿Pero qué he hecho? —exclamó en un tono suave, paralizada por la incredulidad.

Era ya más de medianoche cuando el comerciante volvió a dejarla sola de nuevo y regresó a la comodidad y la sensatez de sus propios aposentos. Su mirada reflejaba el terror por lo que había visto. En la oscuridad del claro del bosque donde estaba situado el puesto de ventas El Paso de los Grajos imperaba la tranquilidad.

Brin se sentó cerca de la estufa de hierro, llena de leña nueva que ardía, crepitaba y chasqueaba en el silencio de la noche. Se sentó con las piernas encogidas contra el pecho, rodeadas con los brazos, al igual que un niño perdido en sus pensamientos. Sin embargo, sus pensamientos eran tétricos y estaban poblados de demonios. Algunas de las palabras de Allanon se escondían bajo esos pensamientos, donde susurraban lo que durante tanto tiempo se había negado a escuchar. «La canción es poder... un poder enorme que no se parece a ningún otro. Te protegerá. Te guiará en tu búsqueda sin que sufras daño alguno. Destruirá el Ildatch».

«O me destruirá a mí», se contestó a sí misma. «O destruirá a los que me rodean. Puede matar. Puede hacer que yo mate».

Cambió de postura y sintió los calambres y dolores producidos por haber permanecido durante tanto tiempo en la misma posición.

Sus oscuros ojos brillaban llenos de miedo. Miró a través de la puertecilla enrejada de la estufa de hierro para contemplar el rojizo fulgor de las llamas que danzaban dentro. Había estado a punto de matar a los cinco hombres del oeste de la cordillera de Spanning, pensó, presa de la desesperación Quizás los hubiese matado si no hubieran encontrado la puerta.

Sintió una fuerte opresión en la garganta. ¿Qué iba a impedir que sucediera exactamente eso la próxima vez que se viese obligada a utilizar la Canción de los Deseos?

Tras ella, Rone emitió un débil gemido y se revolvió por debajo de las mantas que lo cubrían. Se volvió lentamente hacia la cara de Rone y después se inclinó para acariciarle la frente. La piel del joven de las tierras altas tenía una palidez mortal, ardía por la fiebre y estaba tensa. Su respiración también había empeorado y se había tornado superficial y dificultosa, como si cada inspiración le supusiera un terrible esfuerzo que minaba sus fuerzas.

Se arrodilló junto a él. El tónico no había surtido ningún efecto. Parecía estar cada vez más débil. El veneno se adentraba en su sistema y le arrebataba lentamente la vida. Si no conseguía detener su avance, Rone moriría...

Como Allanon.

—¡No! —exclamó en voz baja, presa de la angustia. Agarró a Rone de la mano, como si así pudiera retener la vida que quería escaparse de su cuerpo.

En aquel momento supo lo que debía hacer. Salvadora y destructora. Así era como la había descrito el fantasma de Bremen. Bien. Para los ladrones del oeste de la cordillera de Spanning había sido una destructora. Quizá para Rone Leah fuera una salvadora.

Aún con la mano del joven de las tierras altas entre la suya, se inclinó sobre él y empezó a cantarle al oído. La canción brotó de sus labios con suavidad y dulzura. Flotaba como un humo invisible en el aire que los rodeaba. Con cuidado, se acercó al joven enfermo para intentar averiguar el dolor que sentía y buscar dónde se encontraba el veneno que estaba acabando con él.

Tengo que intentarlo, se dijo mientras cantaba. ¡Tengo que hacerlo! Si no, ya habrá muerto por la mañana porque el veneno se habrá extendido por todo el cuerpo. Un veneno que ataca tanto al espíritu como el cuerpo. Así lo había dicho Allanon. Puede que la magia élfica consiga curarlo.

Siguió cantando una melodía dulce que envolvía al joven de las tierras altas y lo acercaba a ella. Poco a poco, Rone empezó a dejar de tiritar y agitarse, tranquilizado por aquel sonido calmante. Se estiró por debajo de las mantas y su respiración comenzó a estabilizarse y a ser más fuerte.

Los minutos transcurrían con angustiosa lentitud mientras la joven del valle cantaba y esperaba que se produjera el cambio que, en cierto modo, sentía que tendría lugar. Cuando al fin ocurrió, lo hizo de forma tan repentina que Brin casi perdió el control de lo que estaba haciendo. El veneno del jachyra se elevó como una niebla roja del cuerpo devastado y consumido de Rone Leah, abandonando su inconsciente cuerpo para flotar y girar con maldad a la mortecina luz de la lámpara de aceite. Se mantuvo durante unos instantes encima de su víctima entre silbidos, mientras Brin interponía la magia de la canción entre él y el cuerpo de Rone Leah. Luego fue desvaneciéndose poco a poco y, finalmente, desapareció.

El rostro del príncipe de Leah estaba bañado en sudor. El aspecto tenso y macilento que antes tenía había desaparecido, y su respiración era de nuevo uniforme y regular. Brin lo miró a través de un velo de lágrimas mientras la canción se disolvía en el silencio de la noche.

—Lo he conseguido —exclamó en voz baja—. He utilizado la magia para hacer el bien. Esta vez he sido una salvadora, no una destructora.

Todavía arrodillada junto a él, ocultó el rostro en el calor del cuerpo de Rone mientras lo sostenía con los brazos cerca de ella. Al cabo de unos instantes, Brin se quedó dormida.

28

Se quedaron dos días en el puesto de ventas EL PASO DE LOS GRAJOS para que Rone recuperara las fuerzas necesarias para proseguir el viaje hacia el este. Por la mañana, la fiebre había remitido por completo y el joven montañés descansaba cómodamente. Sin embargo, todavía estaba demasiado débil como para intentar reemprender el viaje. Por eso, Brin habló con el comerciante, Stebb, y le pidió permiso para quedarse en el cuarto de aparejos un día más. El comerciante accedió. Les proporcionó comida, cerveza, medicinas y mantas, y rehusó con celeridad todas las ofertas de pago que la joven del valle le hizo. Estaba contento de poder ayudarlos, dijo. No obstante, daba claras muestras de inquietud cuando se encontraba en presencia de Brin y procuraba no mirarla a los ojos nunca. La joven vallense comprendió lo que le sucedía. El comerciante era un hombre bueno y decente, pero tenía miedo de ella y de lo que pudiera hacerle si se negaba a prestarles ayuda. Lo más probable es que los hubiese ayudado movido por su altruismo, pero el miedo había reforzado su generosidad. Sin duda, el comerciante estaba convencido de que aquella era la manera más rápida y oportuna de que la joven desapareciese de su vista.

Pasó la mayor parte del tiempo con Rone entre las cuatro paredes del pequeño cuarto de aparejos, atendiendo sus necesidades y comentando con él los acontecimientos que habían vivido desde la muerte de Allanon. Hablar de aquello los ayudó. A pesar de que aún estaban conmocionados por lo que les había sucedido, al hablar de lo que sentían tomaron la firme decisión mutua de proseguir la búsqueda que el druida les había encomendado. Una nueva intimidad nació y creció entre ambos jóvenes, más fuerte y con un propósito más claro. Tras la muerte de Allanon, ahora solo podían confiar el uno en el otro, y cuando estaban juntos se llenaban de un nuevo valor. Juntos y aislados en la soledad de su pequeña habitación de la parte trasera de los establos del comerciante, hablaron en un tono sosegado de las decisiones que hasta aquel momento habían tomado y que los habían llevado a encontrarse en aquella situación y en aquel lugar, y de aquellas que aún deberían tomar. Sin prisa pero sin pausa, los jóvenes se unieron como si solo fueran uno.

Sin embargo, a pesar de compartir espíritu y objetivo, había algunas cosas de las que a Brin le era difícil hablar, incluso con Rone Leah. No pudo contarle nada sobre la sangre que Allanon había tomado de su propio cuerpo destrozado para tocarla con ella; sangre que de alguna manera la unía a él, incluso en la muerte. Tampoco pudo contarle que había utilizado la Canción de los Deseos, en una ocasión, dominada por la ira, para acabar con vidas humanas y en otra, desesperada, para salvar una. Le fue imposible hablar de ninguna de estas cosas con el joven de las tierras altas, por una parte porque no acababa de comprenderlas, y por otra porque sus posibles implicaciones la asustaban. La finalidad del juramento de sangre era demasiado lejana como para pensar en ella, y el uso que había hecho de la Canción de los Deseos era la consecuencia de unas emociones que se había propuesto controlar.

Había otra razón para no comentarle nada de aquello a Rone: el joven de las tierras altas ya estaba lo suficiente preocupado por haber perdido la espada de Leah, tanto que parecía no pensar en otra cosa. Estaba decidido a salir a buscarla y recuperarla a cualquier precio. Su insistencia asustaba a Brin, pues daba la sensación de estar ligado y necesitar la espada de tal manera que parecía que la espada había pasado a formar parte de él. La joven vallense pensaba que el joven creería no tener posibilidades de sobrevivir a lo que estaba por llegar. Rone sentía que, sin ella, estaba perdido.

Cuando lo escuchaba hablar de la espada y después de haber comprendido que ahora parecía depender totalmente de la magia de su hoja, Brin reflexionó también sobre su dependencia de la Canción de los Deseos. Siempre se había dicho que solo era un juguete, pero no era más que una mentira. Era cualquier cosa menos un juguete. Era una magia tan peligrosa como la de la desaparecida espada de Leah. Podía matar. Tal y como su padre siempre le había dicho, era una herencia de la que hubiera sido mejor prescindir. Moribundo, Allanon le había hecho una clara advertencia sobre el enorme poder de la canción. «Recela de su poder. Nunca he visto una fuerza como esa». Oía aquellas palabras susurradas mientras escuchaba a Rone. Poder para curar, poder para destruir. Había visto las dos caras del poder de la canción. ¿Dependía de la magia como, al parecer, dependía Rone? ¿Conseguiría dominar la magia élfica o sucumbiría a su poder?

Sabía que su padre había luchado con todas sus fuerzas por descubrir la respuesta a esa pregunta. Lo había hecho mientras intentaba superar con afán su incapacidad de dominar la magia de las piedras élficas. Luchó y sobrevivió a las asombrosas fuerzas que se desataron en su interior, que después dejó a un lado para siempre. Sin embargo, el breve uso que había hecho de su poder se cobró un precio: había transferido la magia de las piedras élficas a sus hijos. Por tanto, era probable que aquella batalla debiera librarse de nuevo. Pero ¿qué sucedería si en esta ocasión el poder no podía ser controlado?

El segundo día empezaba a tocar fin. La muchacha del valle y el joven de las tierras altas se comieron lo que el comerciante les llevó mientras contemplaban cómo las tinieblas se adueñaban del lugar. Cuando Rone se sintió cansado y se cubrió con las mantas para dormir, Brin salió a la fría noche otoñal para respirar los intensos y limpios olores y perderse durante un rato bajo el vasto cielo iluminado por una luna creciente y las estrellas. Al pasar ante el puesto de ventas, distinguió al comerciante, que estaba sentado en el porche vacío fumando su pipa, con su sillón con respaldo alto reclinado contra la baranda. Aquella noche, nadie había ido a beber ni a charlar; por eso estaba solo.

En silencio, caminó hacia él.

—Buenas noches —le saludó apresuradamente el comerciante, que colocó derecho el sillón demasiado rápido, casi como si se preparara para huir de ella.

Brin respondió al saludo con un gesto de cabeza.

—Nos iremos mañana por la mañana —dijo Brin. Al hacerlo, descubrió enseguida el alivio de los oscuros ojos del comerciante—. Pero primero quería darle las gracias por habernos ayudado.

El hombre negó con la cabeza.

—No hay que darlas —respondió el hombre. Entonces hizo una pausa y se recolocó hacia atrás el fino cabello—. Os daré algunas provisiones para los primeros días.

Brin no puso ninguna objeción. No tenía ningún sentido rechazar lo que le ofrecía.

—¿No tendrá, por casualidad, un arco de fresno? —preguntó al pensar de repente en Rone—. Uno que nos pudiera servir para cazar cuando…

—¿Un arco de fresno? Pues la verdad es que tengo uno aquí mismo. —El comerciante se puso en pie en el acto. Cruzó la puerta que conducía a la tienda y salió enseguida con un arco y una aljaba llena de flechas—. Llévatelo. No tienes que pagarme nada, claro. Es un arma excelente y muy sólida. De todas formas, te pertenece. Se lo dejaron esos tipos a los que hiciste huir la otra noche. —Se contuvo y se aclaró la garganta conscientemente—. Bueno, llévatelo —insistió.

Dejó el arco y la aljaba en el suelo frente a ella y volvió a dejarse caer sobre el sillón, tamborileando nervioso sobre el brazo de madera.

—Bueno, en realidad no me pertenece. Sobre todo después de lo que... sucedió la otra noche —dijo Brin con voz serena, mientras recogía el arco y las flechas.

—Tampoco me pertenece a mí. Llévatelo, muchacha —insistió el comerciante con la mirada puesta en los pies.

Hubo un largo silencio. El comerciante fijó la vista en las sombras que había detrás de la joven.

—¿Sabe usted algo del país que hay al este de aquí? —le preguntó Brin, señalando con la mano en aquella dirección.

El hombre mantenía la mirada apartada de la muchacha.

—No mucho. Es un mal país.

—¿Hay alguien que lo conozca?

El comerciante no contestó.

—¿Qué me dice del leñador de la otra noche? —insistió Brin.

—¿Jeft? —El comerciante guardó silencio durante un momento—. Puede. Ha recorrido mucho mundo.

—¿Cómo puedo encontrarlo? —volvió a insistir, a pesar de sentirse cada vez más incómoda por la desconfianza del hombre.

—No estarás pensando en hacerle ningún daño, ¿verdad, muchacha? —inquirió a su vez el comerciante con el ceño fruncido tras pensar en la respuesta que debía darle y mirándola, al fin, de frente.

Brin lo miró con tristeza durante unos instantes y, después, negó con la cabeza.

—No, no tengo ninguna intención de hacerle daño —respondió la joven vallense.

—Es un amigo, ¿sabes? —dijo el comerciante, tras estudiar su rostro y apartar la vista de la joven. Entonces señaló en dirección al torrente de Chard—. Acampa a unos pocos kilómetros de aquí, siguiendo el curso del río, en la orilla sur.

La joven asintió en silencio y fue a darse la vuelta, pero entonces se detuvo.

—Soy la misma persona que era cuando usted me ayudó la primera noche —dijo con calma.

—Quizás a mí no me lo parezca —respondió el comerciante mientras arrastraba las botas de cuero sobre los tablones de madera del porche.

—No debe tenerme miedo. No hay razón para ello —dijo Brin con la boca tensa.

El comerciante dejó de arrastrar las botas y bajó la vista a los pies.

—No tengo miedo —afirmó, con voz grave.

Ella esperó un poco más con la intención de prolongar la conversación, aunque inútilmente; luego se dio media vuelta y se perdió en las sombras de la noche.

A la mañana siguiente, con las primeras luces del alba, Brin y Rone partieron del puesto de ventas hacia el país del este. Cargados con las provisiones, las mantas y el arco que les había facilitado el comerciante, se despidieron del hombre intranquilo y desaparecieron entre los árboles.

Los recibió un cálido y luminoso día. Mientras seguían el curso del torrente de Chard por la ribera sur, el aire se llenaba de los sonidos de vida del bosque y se impregnaba del olor de las hojas que se estaban secando. El viento del oeste soplaba con suavidad desde las lejanas montañas de Wolfsktaag, y las hojas caían sobre la tierra girando en perezosas espirales y formaban un grueso manto sobre el suelo del bosque. A través de los árboles se veía la tierra que se extendía ante ellos, que se extendía en pequeños valles y colinas. Las ardillas huían y se escondían al escuchar sus pasos e interrumpían sus preparativos para un invierno que parecía lejano de aquel soleado día.

A media mañana, la muchacha vallense y el joven montañés hicieron un alto en el camino para descansar un rato y se sentaron sobre un viejo tronco, hueco y carcomido por el tiempo. Frente a ellos, a unos diez metros de distancia, el torrente de Chard fluía en dirección este, hacia el interior del Anar. En la corriente, la madera seca y los desechos que arrastraba el torrente desde su salida de las tierras altas se movían de un lado para otro formando complicadas figuras.

—Todavía me cuesta creer que se haya ido de verdad —dijo Rone después de permanecer largo rato en silencio, con los ojos clavados en la otra orilla del río.

—A mí también —respondió Brin, sin necesidad de preguntarle a quién se refería—. A veces pienso que en realidad no se ha marchado, que en realidad no sé lo que vi; que si tengo paciencia, lo veré regresar, como siempre ha hecho.

—¿Acaso sería eso algo tan extraño? ¿Sería tan sorprendente que volviese? —preguntó Rone.

—Allanon ha muerto, Rone —dijo la joven del valle, mirándolo a los ojos.

El joven de las tierras altas mantuvo la cara girada y asintió con la cabeza.

—Lo sé —respondió. Guardó silencio durante un momento antes de continuar—. ¿Crees que podíamos haber hecho algo más para salvarlo, Brin?

Volvió la vista hacia la joven del valle. En realidad le estaba preguntando si había algo que él hubiese podido hacer.

—No, Rone —respondió Brin, con una rápida y amarga sonrisa en la cara—. Él sabía que iba a morir. Sabía que no terminaría esta búsqueda y creo que lo había aceptado como algo inevitable.

—Yo no habría hecho eso —dijo Rone, negando con la cabeza.

—No, yo tampoco, supongo —admitió Brin—. Quizá por eso decidió no contarnos nada sobre lo que iba a pasar. Y tal vez que aceptase que iba a morir sea algo que no podamos comprender porque nunca pudimos comprenderlo a él.

Rone Leah se inclinó hacia delante y apoyó los brazos sobre las piernas, extendidas.

—Así que ha desaparecido de la tierra el último de los druidas, y solo nosotros dos podemos enfrentarnos a los espectros —prosiguió el joven montañés, resignado—. Pobres de nosotros.

Brin bajó la vista conscientemente hacia las manos, cruzadas sobre su regazo. Recordó cómo Allanon le tocó con los dedos bañados en sangre mientras moría y sintió un escalofrío.

—Pobres de nosotros —repitió Brin.

Estuvieron descansando durante unos minutos más antes de reemprender el viaje hacia el este. No llevaban una hora caminando cuando cruzaron un arroyo de poca profundidad y fondo de grava que, indolente, se alejaba de la corriente más rápida del cauce principal del torrente de Chard allí donde se precipitaba en una hondonada erosionada. Avistaron una cabaña pequeña de una sola habitación entre los árboles del bosque, construida con troncos colocados en forma transversal y calafateada con mortero. La casita estaba situada en un claro sobre una pequeña elevación a la que le seguía una sucesión de colinas bajas que se adentraban en la lejanía del bosque. Varias ovejas y cabras y una vaca lechera pastaban detrás de la cabaña. Al oír sus pasos, un viejo perro de caza se levantó del lugar donde hacía la siesta, al lado de la cabaña, y se desperezó satisfecho.

Jeft, el leñador, cortaba leña en el otro extremo del pequeño claro, desnudo de cintura para arriba. Levantó el hacha, de mango largo, la dejó caer con un movimiento seguro y experimentado y partió el trozo de madera colocado en posición vertical sobre el gastado tocón que servía de tajo. Tras liberar la hoja incrustada en la madera, tiró a un lado los trozos partidos antes de tomarse un descanso para observar a los visitantes que se acercaban. Puso la cabeza del hacha en el tocón, apoyó las envejecidas manos en el extremo suave del mango y esperó.

—Buenos días —saludó Brin cuando se acercaron a él.

—Buenos días —respondió el leñador inclinando la cabeza. No parecía estar sorprendido de recibir aquella visita—. ¿Te encuentras un poco mejor? —preguntó a Rone.

—Mucho mejor —respondió el joven de las tierras altas—. Y según me han dicho, en buena parte gracias a usted.

Al oír esto, el leñador se encogió de hombros, y los músculos de su fuerte cuerpo se marcaron.

—Podéis beber del agua que hay en ese cubo del porche —dijo el leñador, señalando hacia la cabaña—. Cada día voy a buscarla a las colinas.

Los acompañó al porche de la cabaña, donde estaba el cubo, y los tres bebieron un largo trago. Después, se sentaron en las escaleras, y el leñador sacó su pipa y tabaco. Ofreció la bolsa a sus invitados, pero como ellos declinaron la invitación, cargó la cazoleta y empezó a fumar.

—¿Va todo bien por el puesto de ventas? —preguntó como si nada. Entonces hubo un largo silencio—. Me he enterado de lo que sucedió la otra noche con esos tipos de la cordillera de Spanning. —Buscó con la mirada los ojos de Brin—. Aquí las noticias corren con más rapidez de la que os podéis imaginar.

—El comerciante nos indicó dónde podíamos encontrarle —respondió la joven del valle mientras le sostenía la mirada al leñador, sobreponiéndose a su malestar—. Dijo que podría ayudarnos.

—¿Cómo? —preguntó el leñador, lanzando una bocanada de humo.

—Nos dijo que usted conocía este país mucho mejor que ningún otro.

—Llevo aquí mucho tiempo —corroboró el leñador.

—Ya estamos en deuda con usted por la ayuda que nos prestó en el puesto de ventas —continuó Brin, que se inclinó hacia delante—. Pero necesitamos que nos vuelva a ayudar. Necesitamos encontrar un camino para cruzar el país que hay al este.

—¿Al este? —repitió el leñador, que miraba con firmeza a Brin y se había retirado la pipa de la boca—. ¿Te refieres a la Ribera Tenebrosa?

La muchacha del valle y el joven de las tierras altas se limitaron a asentir con la cabeza.

—Es un lugar peligroso —afirmó, dubitativo—. Nadie tiene la osadía de adentrarse en la Ribera Tenebrosa si puede evitarlo. —El leñador alzó la mirada—. ¿Hasta dónde pensáis llegar?

—Hasta el final —respondió Brin, serena—. Después nos dirigiremos al Páramo Viejo y a las montañas del Cuerno del Cuervo.

—Estáis como una cabra —les espetó el leñador, que golpeó la pipa contra una tabla para sacar la ceniza y la presionó en la tierra con la bota—. Gnomos, caminantes y otros seres de peor calaña se han adueñado del país. Nunca conseguiréis salir de allí con vida.

Como no recibió respuesta, el leñador estudió el rostro de los dos jóvenes, primero el de Rone y a continuación el de Brin, se frotó la barba, pensativo, y finalmente se encogió de hombros.

—Supongo que tenéis vuestras razones para hacerlo, y no son de mi incumbencia. Pero aquí y ahora os digo que estáis cometiendo un grave error, probablemente el mayor error que podáis cometer en vuestra vida. Ni los tramperos se acercan a aquella zona. Allí, los hombres desaparecen sin dejar ningún rastro —dijo el hombre.

No hubo respuesta. Brin dirigió a Rone una rápida mirada y enseguida volvió la vista al leñador.

—Tenemos que ir. ¿Puede ayudarnos?

—¿Yo? —El leñador esbozó una irónica sonrisa y negó con la cabeza—. No, muchacha. Aunque decidiera acompañaros, cosa que no haré porque estimo mi vida, me perdería después de un día o dos de camino. —Hizo una breve pausa para estudiar los rostros de los jóvenes con atención—. Supongo que no vais a cambiar de opinión, ¿verdad?

Brin asintió y permaneció en silencio, a la espera. El leñador dio un suspiro.

—Quizás haya otra persona que pueda ayudaros, si es que estáis convencidos de que queréis hacerlo —continuó el leñador. Después sopló con fuerza la boquilla de la pipa para limpiarla y cruzó los brazos sobre su ancho pecho—. Hay un hombre ya anciano que se llama

Cogline. Debe de tener unos noventa años, si es que aún está vivo. No lo he visto desde hace casi dos años, así que no estoy seguro de que siga allí todavía. Por aquel entonces vivía cerca de una formación rocosa llamada Chimenea de Piedra que se encuentra justo en el centro de la Ribera Tenebrosa. Se llama así porque parece una chimenea grande. —Negó con la cabeza, dubitativo—. Puedo indicaros cómo llegar hasta allá, aunque no abundan los caminos. Es un lugar salvaje. Casi todos los seres que lo habitan son gnomos.

—¿Cree que nos ayudará? —preguntó Brin, ansiosa.

—Conoce muy bien el país —respondió el leñador, encogido de hombros—. Ha vivido allí toda su vida. Ni se preocupa por salir de allí más de una vez al año, es más, ni siquiera lo ha hecho en estos dos últimos años. De alguna manera ha sabido mantenerse con vida en esa jungla. —Arqueó las pobladas cejas—. Es un tipo extraño, el viejo Cogline, y está más loco que un pez que nada sobre la hierba. Puede ser más un problema que una ayuda para vosotros.

—Seguro que nos irá bien —le garantizó Brin.

—Quizás. —El leñador la estudió con detalle—. Eres demasiado bonita para vagar por ese país, muchacha, aunque cuentes con tu canto para protegerte. Allí hay algo más que ladrones y cobardes. Yo me lo pensaría bien antes de continuar con todo esto.

—Ya lo hemos hecho —respondió Brin, que se puso en pie—. Estamos decididos a ir.

El leñador asintió en silencio y dijo:

—En ese caso, tenéis a vuestra disposición toda el agua que podáis cargar. Al menos no moriréis de sed.

Los ayudó a llenar las cantimploras, trajo otro cubo de agua del manantial que bajaba de las colinas de detrás de su cabaña y después dedicó varios minutos más a darles las indicaciones que necesitaban para llegar a la Chimenea de Piedra, para lo que trazó un burdo mapa en el suelo delante del porche.

—Tened cuidado —les aconsejó, y les dio un fuerte apretón de manos.

Con una última palabra de despedida, Brin y Rone cargaron a las espaldas las provisiones y comenzaron a caminar lentamente desde la cabina a los árboles. El leñador se quedó de pie, observándolos. Por la expresión de su barbudo rostro, era evidente que el hombre no esperaba volver a verlos cruzar aquellos árboles nunca más.

29

Durante todo ese día y el siguiente siguieron el curso del torrente de Chard, que formaba recodos y se adentraba cada vez más en los bosques del Anar hasta llegar a la Ribera Tenebrosa. Rone iba recuperando las fuerzas, aunque aún no estaba completamente restablecido y su avance era lento. Después de tomar una ligera cena, la segunda noche del viaje se fue a dormir enseguida.

Brin se sentó delante de la hoguera con la mirada fija en las llamas. Tenía la mente llena de recuerdos tristes y oscuros pensamientos. Hubo un momento, antes de darse cuenta de que le estaba entrando sueño, en el que le pareció sentir la presencia de Jair. De manera inconsciente, levantó la vista para buscarlo. Pero allí no había nadie, y la lógica le decía que su hermano se encontraba muy lejos de allí. Dio un suspiro, apagó el fuego y se tapó con las mantas.

El tercer día después de abandonar el puesto de ventas, ya bien entrada la noche, los dos jóvenes divisaron la peculiar formación rocosa que se erguía oscura en la lejanía. Entonces supieron que habían encontrado la Chimenea de Piedra.

Era una silueta sombría y definida que contrastaba con los colores cambiantes del otoño. Su escabrosa cumbre dominaba el valle que guardaba, poco profundo y cubierto de bosques. La formación, que tenía el aspecto de una chimenea, era una masa de piedra desgastada esculpida por la hábil mano de la naturaleza y suavizada por el paso de los años. El silencio dominaba su imponente sombra. Solitaria e imperecedera, la formación emergía del oscuro y vasto mar de árboles que crecían en la Ribera Tenebrosa.

De pie sobre la cima de un risco, Brin observó con detenimiento el paisaje y percibió que una inaudible llamada se imponía a su cansancio e inseguridad y, sin esperarlo, sintió paz. Casi habían recorrido otro tramo del largo camino en su viaje al este. Tanto los recuerdos de lo que había tenido que soportar para llegar hasta allí como las advertencias sobre lo que aún estaba por llegar le parecieron extrañamente lejanos. Dedicó una amplia sonrisa a Rone, quien se sorprendió. Luego, tras acariciarle el brazo, la joven del valle comenzó el descenso de la leve pendiente del valle.

La línea de una sinuosa vereda, apenas visible, atravesaba el muro creado por los grandes árboles. Mientras el sol seguía su camino hacia el horizonte occidental, el bosque se cerraba a su alrededor una vez más. Avanzaron con precaución sobre troncos caídos y bordearon rocas dentadas hasta que la pendiente, cubierta de árboles, se niveló con la base. Bajo el follaje del valle, la vereda se ensanchó y después desapareció por completo cuando la profusa maleza y los árboles caídos empezaron a disminuir. La luz del sol de la cálida tarde otoñal penetraba a través de los huevos entre las ramas entrelazadas que se alzaban sobre sus cabezas e iluminaba todo el bosque. Decenas de agradables y pequeños claros salpicaban el bosque y daban la sensación de espacio y apertura. La tierra se hizo más blanda y suelta, ya no tenía piedras y estaba alfombrada por una capa de pequeñas ramas y hojas que crujían suavemente al caminar sobre ellas.

Aquel valle ofrecía comodidad y seguridad, en contraste con la tierra salvaje que lo rodeaba, y Brin Ohmsford de pronto pensó en Valle Sombrío. Los sonidos de los insectos y los animales, las breves muestras de movimiento que cruzaban entre los árboles, repentinos y furtivos, e incluso el cálido y fresco olor del bosque otoñal le recordaban la lejana aldea de la Tierra del Sur. No había ningún río Rappahalladran, pero sí decenas de estrechos arroyos que serpenteaban perezosos por el camino. La joven vallense inspiró profundamente. No le extrañaba nada que el leñador Cogline hubiera elegido aquel valle como lugar para vivir.

Se adentraron aún más en el bosque. Les parecía que el tiempo transcurría con lentitud. De vez en cuando vislumbraban a través de la maraña de oscuras ramas la Chimenea de Piedra, cuya oscura sombra se erguía majestuosa ante el cielo azul. Caminaban en silencio, cansados y ansiosos por acabar con la larga marcha del día, concentrando su atención en el terreno que tenían delante y en los sonidos y movimientos del bosque.

Al fin, Rone Leah se detuvo y cogió a Brin por el brazo con cautela mientras miraba hacia el frente.

—¿Oyes eso? —preguntó con calma, después de escuchar un momento.

Brin asintió en silencio. Era una voz, débil y casi inaudible, pero sin duda humana. Esperaron unos instantes para determinar su procedencia y se dirigieron hacia ella. La voz dejó de oírse durante un rato y luego volvió a sonar con mayor fuerza, casi furiosa. Quienquiera que fuese, estaba justo delante de ellos.

—¡Mejor será que salgas ahora mismo! —La voz era fuerte y estridente—. ¡No tengo tiempo para juegos!

Después refunfuñó y maldijo en voz baja, y ellos se miraron inquisitivamente.

—¡Sal de una vez, sal de una vez! —volvió a gritar, bajando el tono de voz hasta convertirse en un susurro enojado—. Debería haberte dejado en el páramo... si no fuera por mi bondadoso corazón...

Oyeron a alguien que se movía entre la maleza.

—¡Ya sabes que conozco unos cuantos trucos! ¡Tengo polvo para destrozar el suelo que pisas y brebajes que te dejarían muy confuso! Te pasas de listo. ¿Por qué no trepas por una cuerda? Venga, hazlo. ¿Por qué no haces más que molestarme? ¿Pretendes que te deje aquí? ¿Qué te parecería eso? Entonces te creerías más listo que yo, estoy seguro. ¡Y ahora sal de una vez!

Brin y Rone atravesaron la pantalla de árboles y maleza que bloqueaba su visión y se encontraron ante un pequeño claro, con un amplio y tranquilo estanque en el centro. Al otro lado gateaba sin dirección fija un hombre ya anciano. Se puso en pie al oír que se acercaban.

—¡Ja! ¡Así que has decidido...! —Se detuvo de repente cuando los vio—. ¿Quién se supone que sois? No, no importa quiénes seáis. De hecho, no me importa en absoluto. Salid de aquí ahora mismo e iros por donde habéis venido.

Les dio la espalda despectivamente y siguió gateando por los linderos del bosque. Las esqueléticas manos del anciano tanteaban el suelo por todas partes y su flaco cuerpo encorvado parecía un trozo de madera seca inclinado. Grandes mechones desgreñados de cabello blanco le colgaban de la cabeza y la barba sobre los hombros, y sus ropas y su capa corta de color verde estaban desgastadas y rotas. Los dos jóvenes lo observaron, desconcertados, y luego intercambiaron una mirada.

—¡Esto es ridículo! —gritó el anciano, que dirigió su cólera hacia los silenciosos árboles. Después miró a su alrededor y vio que los viajeros no se habían movido de allí.

—Bien, ¿a qué estáis esperando? ¡Fuera de aquí! ¡Esta es mi casa, y no os he invitado! ¡Así que fuera, fuera!

—¿Aquí es donde vive? —preguntó Rone, dubitativo.

—¿Es que no has oído lo que he dicho? —respondió el anciano, que lo miraba como si fuera idiota—. ¿Qué otra cosa crees que puedo estar haciendo aquí a estas horas?

—No lo sé —contestó el joven montañés.

—¡Un hombre debe estar en su casa a estas horas! —respondió el anciano en un cierto tono admonitorio—. Es más, ¿qué hacéis vosotros aquí? ¿Acaso no tenéis una casa a la que volver?

—Hemos venido aquí desde Valle Sombrío, en la Tierra del Sur —intentó explicar Brin, pero el anciano se limitó a mirarla con incredulidad—. Está más allá del lago del Arco Iris, a varios días a caballo.

—El anciano seguía mirándola con la misma expresión de incredulidad—. Bueno, hemos venido hasta aquí en busca de alguien que...

—Aquí solo estoy yo —la interrumpió el anciano mientras negaba con la cabeza—. Bueno, y Murmullo, pero no lo encuentro. ¿Dónde creéis que...?

Dejó de prestarles atención para reanudar la búsqueda de quienquiera que fuese que se había perdido. Brin miró a Rone con incertidumbre.

—¡Espere un momento! —gritó la joven del valle al anciano, que estaba concentrado en su búsqueda—. Un leñador nos habló de un hombre. Nos dijo que vivía aquí y que se llamaba Cogline.

—Nunca he oído hablar de él —respondió el anciano, encogiéndose de hombros.

—Bueno, quizá viva en alguna otra parte del valle. Tal vez usted podría indicarnos dónde.

—Tú no oyes muy bien, ¿verdad? —la interrumpió el anciano, visiblemente irritado—. No sé de dónde venís, ni tampoco me interesa, pero apostaría a que no tenéis personas desconocidas merodeando por los alrededores de vuestra casa, ¿verdad? ¡Apuesto a que conocéis a todos los que viven allí o están de visita o haciendo lo que sea! ¿Qué os hace pensar que en mi caso es diferente?

—¿Quiere decir que todo este valle es su casa? —preguntó Rone con incredulidad.

—¡Por supuesto que es mi casa! ¡Te lo he dicho media docena de veces! ¡Ahora salid de aquí y dejadme en paz!

Pisó con vehemencia el suelo con un pie calzado con sandalia y esperó a que se fueran. Sin embargo, la muchacha del valle y el joven de las tierras altas no se movieron.

—Esto es la Chimenea de Piedra, ¿verdad? —preguntó Rone, un poco furioso con el malhumorado anciano.

—¿Y qué pasa si lo es? —preguntó a su vez el anciano, que apretaba fuerte la fina mandíbula.

—Si lo es, hay un hombre llamado Cogline que vive aquí; o al menos vivía aquí hace dos años. Nos dijeron que este fue su hogar durante muchos años. Así que, si usted lleva aquí más de dos años, debería saber algo de él.

El anciano guardó silencio durante un momento y arqueó las pobladas cejas, pensativo. Después, negó con la desgreñada cabeza con firmeza.

—Ya os lo he dicho antes, nunca he oído hablar de él —replicó. No hay nadie en este valle con ese nombre, ni lo ha habido nunca.

—Usted conoce el nombre, ¿no es cierto? Usted sabe quién es Cogline —preguntó y afirmó Brin, que dio un paso hacia el anciano, aunque se detuvo tras captar algo en su mirada.

—Puede que sí o puede que no —respondió el anciano, que no daba su brazo a torcer—. ¡En cualquier caso, no tengo por qué decírtelo!

—Usted es Cogline, ¿verdad? —preguntó Brin, señalándolo con el dedo.

—¿Yo? ¿Cogline? —inquirió a su vez el anciano, que estalló en un violento ataque de risa—. ¡Ja, ja, ja! ¡Eso sí que es bueno! ¡Oh, sería alguien con talento! ¡Ja, ja, ja! ¡Eso sí que es divertido!

Los jóvenes lo miraron con asombro cuando se inclinó y se tiró al suelo, entre risas histéricas.

El joven montañés cogió a Brin del brazo y la volvió hacia él.

—¡Por todos los demonios, Brin; este hombre está loco! —le susurró Rone.

—¿Qué has dicho? ¿Que estoy loco? —preguntó el anciano, que se había vuelto a poner en pie. Su curtido rostro reflejaba la ira que las palabras del joven de las tierras altas le habían provocado—. ¡Debería mostraros lo loco que estoy! ¡Ahora, fuera de mi casa! ¡No quería que os quedaseis aquí desde un principio, ni os quiero aquí ahora! ¡Así que fuera!

—No queríamos importunarlo —se excusó Rone, aturullado.

—¡Fuera, fuera, fuera! ¡Si no, os convertiré en humo! Os prenderé fuego y miraré cómo ardéis. Os… os…

El anciano saltaba arriba y abajo con una furia incontrolable, apretaba las huesudas manos al cerrarlas en puños, y su enmarañado cabello blanco volaba incontroladamente en todas direcciones. Rone se acercó para intentar calmarlo.

—¡Aléjate de mí! —gritó el hombre, apuntando al joven de las tierras altas con su esquelético brazo como si fuera un arma. Rone se detuvo—. ¡Vuelve atrás! ¿Dónde está ese estúpido...? ¡Murmullo!

Rone miró a su alrededor, expectante, pero no vio a nadie. El anciano estaba junto a él, enfurecido, y daba vueltas y gritaba hacia la oscuridad del bosque, agitando los brazos como si fueran molinos de viento.

—¡Murmullo! ¡Murmullo! ¡Sal de tu escondite y protégeme de estos intrusos! ¡Murmullo, maldita sea! ¿Permitirás que me maten? ¿Tengo que entregarme a ellos? ¿De qué me sirves, estúpido...? ¡Nunca debí perder tiempo contigo! ¡Ven aquí, ahora mismo!

La muchacha del valle y el joven de las tierras altas miraban las bufonadas del anciano con una mezcla de miedo y diversión. Quienquiera que fuese Murmullo parecía que hacía ya rato que había decidido que no quería saber nada de aquello. Pero el anciano no estaba dispuesto a darse por vencido. Histérico, continuó dando saltos y gritando a la nada.

—Esto no nos va a llevar a ninguna parte —le dijo Rone a Brin en voz baja, cansado de tanta payasada—. Sigamos nuestro camino. Busquemos por nuestra cuenta. Es evidente que este anciano ha perdido la cabeza.

Brin negó con la cabeza. Recordó lo que Jeft, el leñador, había dicho de Cogline: «Es un tipo extraño, más loco que un pez que nada en la hierba».

—Déjame intentarlo otra vez —respondió.

Empezó a acercarse al anciano, pero este se volvió hacia ella inmediatamente.

—No queréis hacerme caso, ¿verdad? Bien, ya os lo he advertido bastantes veces. Murmullo, ¿dónde estás? ¡Ven aquí! ¡Atrápala! ¡Atrápala!

Brin se detuvo en contra de su voluntad y miró a su alrededor, aunque seguía sin ver a nadie.

—Bueno, anciano, ya es suficiente —intervino impacientemente Rone, que había avanzado y se había colocado delante de Brin—. Aquí no hay nadie más que usted, así que ¿por qué no deja de fingir?

—¡Ja! ¿Nadie más que yo? ¿Eso crees? —El anciano dio un gran salto de regocijo y aterrizó en cuclillas—. ¡Ya te enseñaré quién está ahí fuera, intruso! Os habéis atrevido a venir a mi casa, ¿no es así? ¡Pues os voy a dar una lección! ¡Murmullo! ¡Murmullo! ¡Maldito...!

Rone, incrédulo, negaba con la cabeza a la vez que esbozaba una sonrisa cuando de repente apareció de la nada ante él el gato más grande que había visto en su vida, a menos de cinco metros de distancia. Era de color gris oscuro con manchas negras que se extendían por los costados y subían por la espalda inclinada. Tenía la cara, las orejas y la cola de color negro, al igual que las grandes patas, que casi parecían lentas. La bestia medía bastante más de tres metros, y su enorme y peluda cabeza llegaba a la altura de la de Rone. Su definida musculatura se destacó bajo el suave pelaje cuando se estiró perezosamente mientras miraba a los jóvenes con ojos azules y luminosos que parpadeaban y se entrecerraban. Durante un momento pareció estudiarlos, y después abrió la mandíbula totalmente y bostezó sin emitir sonido alguno, dejando ver unos dientes brillantes y afilados como cuchillas.

Rone Leah tragó saliva y se quedó totalmente inmóvil.

—¡Ajá! ¡Apuesto a que ahora no os divertís tanto! —El anciano se regodeó y empezó a reírse entre dientes mientras movía las delgadas piernas—. Pensabais que estaba loco, ¿verdad? Pensabais que hablaba solo, ¿verdad? Bien, ¿qué pensáis ahora?

—No queríamos hacerle daño —repitió Brin, mientras el enorme gato examinaba a Rone con curiosidad.

El anciano dio un paso adelante. Bajo el cabello enmarañado que le caía sobre la arrugada frente, su mirada reflejaba satisfacción.

—¿Creéis que le gustaréis para cenar? ¿Lo creéis? —inquirió el anciano—. El viejo Murmullo tiene hambre. ¡Seréis un buen tentempié antes de que se vaya a dormir! ¡Ja! ¿Qué os pasa? Estáis un poco pálidos, como si no os encontraseis cómodos. Qué pena, qué pena... Quizá deberíais...

De repente, el anciano dejó de sonreír.

—¡Murmullo, no! ¡Murmullo, no, espera, no hagas eso...!

Mientras hablaba, el gran gato comenzó a desvanecerse y desapareció como si se hubiese evaporado. Los tres se quedaron contemplando perplejos durante un rato el espacio que había ocupado el gato. Entonces, el anciano, enfurecido, pisó con fuerza el suelo y comenzó a dar patadas al aire.

—¡Maldito seas! ¡Me la pagarás! ¿Me oyes? ¡Aparece, estúpido animal o te...! —Se calló, colérico, y miró a Brin y Rone—. ¡Vosotros, fuera de mi casa! ¡Fuera!

Rone Leah ya estaba cansado de aquello. Un anciano loco y un gato que desaparecía era más de lo que podía haber esperado. Se dio la vuelta en silencio, pasó por delante de Brin y le murmuró que lo siguiera. Pero la joven vallense dudó, dispuesta a intentarlo por última vez.

—¡Usted no comprende lo importante que es esto! —le dijo con vehemencia al anciano, que se puso rígido—. No puede rechazarnos de esta manera. Necesitamos su ayuda. Por favor, díganos dónde podemos encontrar a Cogline.

El anciano la observó sin decir palabra alguna. Tenía el cuerpo seco, como un palo, encogido y encorvado, y fruncía las pobladas cejas con petulancia. De repente, levantó las manos y negó con la cabeza, resignado.

—¡Oh, muy bien... haré cualquier cosa para librarme de vosotros! —Dio un suspiro e intentó simular que lo forzaban—. Pero mi ayuda no os servirá de nada. ¿Lo entendéis? De nada.

La joven del valle esperó en silencio. Detrás de ella, Rone se había detenido y se había dado la vuelta.

El anciano levantó la cabeza, reflexivo, mientras una delgada mano recorría el cabello enredado.

—El viejo Cogline está allí, al pie de la gran roca —prosiguió el anciano señalando con cierta indiferencia en dirección a la Chimenea de Piedra—. Justo donde lo enterré hace casi un año.

30

Brin miró fijamente al anciano, desilusionada y reprimiendo la exclamación que se había creado en su garganta.

—¿Quiere decir que Cogline está muerto? —preguntó la joven del valle, haciendo un gesto de impotencia.

—¡Muerto y enterrado! —contestó el hostil anciano—. ¡Ahora seguid vuestro camino y dejadme en paz!

Esperó con impaciencia que la muchacha del valle y el joven de las tierras altas se fueran, pero Brin no era capaz de moverse. ¿Cogline estaba muerto? Por alguna extraña razón no podía aceptarlo. ¿No habría llegado la noticia de su muerte a oídos del leñador Jeft o a los de la gente que vivía en los bosques cercanos al puesto de ventas EL PASO DE LOS GRAJOS? ¿Un hombre que había vivido durante tanto tiempo en medio de aquella naturaleza salvaje como Cogline, un hombre al que tanta gente conocía...? Se contuvo. Puede que no, ya que los leñadores y los tramperos solían estar meses sin verse. Pero entonces, ¿quién era ese anciano? El leñador no les había hablado de él. Algo que no encajaba.

—Vamos, Brin —dijo Rone, en voz baja.

—No —respondió la joven del valle, haciendo un gesto negativo con la cabeza—. No hasta que esté segura. No hasta que pueda...

—¡Fuera de mi casa! —dijo el anciano una vez más al dar una patada en el suelo, malhumorado—. ¡Ya os he aguantado demasiado! ¡Cogline está muerto! Si no os vais de aquí antes de...

—¡Abuelo!

La voz procedía de la oscuridad de los bosques situados a su izquierda, donde, a lo lejos, la cúspide de la Chimenea de Piedra se alzaba negra a través de las ramas entrelazadas de los árboles. Los tres giraron la cabeza en aquella dirección a la vez y, de repente, todo quedó en silencio. Murmullo reapareció a su lado, con sus grandes ojos azules y luminosos, y su enorme y peluda cabeza levantada, en busca de algo. El anciano murmuró algo ininteligible y volvió a patear el suelo.

Entonces se oyó un suave crujido de hojas y la misteriosa voz adquirió figura humana al adentrarse con paso seguro en el claro. Brin y Rone se miraron sorprendidos. Era una muchacha, solo un poco mayor que Brin, pequeña y ágil, vestida con pantalones y túnica y envuelta en una capa corta trenzada de color verde bosque. Tenía el cabello oscuro y espeso con rizos largos que le caían sobre los hombros y enmarcaban suavemente su pequeño y delicado rostro, bronceado, algo pecoso y sorprendentemente seductor o incluso cautivador en su aparente inocencia. Era un rostro hermoso, atractivo, fresco y vital, aunque no tan bello como el de Brin. Sus ojos oscuros e inteligentes reflejaban franqueza y honestidad mientras escrutaban a la muchacha vallense y al joven de las tierras altas.

—¿Quiénes sois? —preguntó en un tono autoritario.

Brin dirigió una rápida mirada a Rone y luego, a la joven.

—Yo soy Brin Ohmsford, de Valle Sombrío, y este es Rone Leah —respondió—. Viajamos hacia el norte . Venimos desde nuestra casa en las Tierras Meridionales, más allá del lago del Arco Iris.

—Habéis hecho un largo viaje —observó la muchacha—. ¿Qué hacéis aquí?

—Buscamos a un hombre llamado Cogline.

—¿Lo conoces, Brin Ohmsford?

—No.

—Entonces, ¿por qué lo buscas?

La muchacha no apartaba la mirada de la de Brin, que dudaba sobre cuánto podía contarle. Había algo en aquella joven que la disuadía de mentir, y a Brin no le había pasado por alto que su súbita aparición había tranquilizado al anciano y hecho regresar al gato. Sin embargo, se resistía a revelar las verdaderas razones que los habían llevado a la Chimenea de Piedra sin primero saber quién era.

—Nos han dicho que Cogline es el hombre que mejor conoce el bosque desde el este de la Ribera Tenebrosa hasta las montañas del Cuerno del Cuervo —contestó con cautela—. Hemos venido para pedirle su colaboración en un asunto de gran importancia.

La muchacha guardó silencio durante un momento, parecía estar pensando en lo que Brin le había dicho. El anciano se acercó a ella arrastrando los pies y comenzó a moverse con impaciencia.

—¡Son unos intrusos que no traen más que problemas! —dijo el anciano.

La muchacha no respondió; ni siquiera lo miró. Mantenía su oscura mirada clavada en los ojos de Brin, sin moverse. El anciano alzó los brazos en un gesto de exasperación.

—¡Ni siquiera deberías hablar con ellos! —insistió el hombre—. ¡Tendrías que echarlos!

La joven negó con la cabeza.

—Cállate, abuelo —le ordenó—. No van a hacernos nada. Si así fuera, Murmullo lo sabría.

Brin echó una mirada rápida al enorme gato, estirado despreocupadamente sobre la alta hierba que bordeaba el estanque y golpeando con una de sus grandes zarpas a algún desafortunado insecto que pasaba volando por ahí. El gato los miró con sus grandes ojos ovalados, que brillaban como dos faros gemelos.

—¡Este estúpido animal ni siquiera viene cuando lo llamo! —refunfuñó el anciano—. ¿Cómo puedes fiarte de él?

La chica lanzó una mirada reprobatoria al anciano. Al mismo tiempo, una expresión de desafío se dibujó en su rostro juvenil.

—¡Murmullo! —llamó con voz suave al gato—. ¡Olfatea! —le ordenó a continuación mientras señalaba a Brin.

El enorme gato se levantó al instante y, sin hacer el menor ruido, se encaminó hacia Brin. La joven del valle se puso rígida cuando el negro hocico del animal olfateó sus ropas y empezó a retroceder.

—No te muevas —le aconsejó la muchacha, sin alterarse.

Brin le hizo caso. Aparentando una calma que no sentía, se quedó inmóvil mientras el gran animal olfateaba con calma la pernera del pantalón. Se dio cuenta de que la muchacha la estaba poniendo a prueba y que utilizaba al gato para ver cómo reaccionaba. Se le erizó la piel de la nuca cuando el gato levantó el hocico. ¿Qué debía hacer? ¿Debía simplemente quedarse quieta? ¿Debía acariciar a la bestia para demostrar que no tenía miedo? Pero estaba asustada, y el miedo se iba apoderando de ella. Seguro que el animal lo olería y...

Entonces decidió lo que iba a hacer. Empezó a cantar suavemente. Las palabras quedaron suspendidas en la tranquilidad de la oscuridad de la noche que reinaba en el pequeño claro, propagándose por el aire, acariciándolos con ternura. La magia de la canción solo tardó unos instantes en urdir su hechizo, y el gigantesco gato se sentó sobre sus patas traseras, con los luminosos ojos fijos en la joven vallense. Comenzó a parpadear, adormecido por la cadencia de la canción, y se postró dócilmente a sus pies.

Brin se quedó en silencio y, durante un instante, nadie pronunció una sola palabra.

—¡Demonios! —exclamó por fin el anciano, con un semblante sombrío.

La muchacha se acercó en silencio hasta quedar justo enfrente de Brin. Sus ojos no reflejaban temor, solo curiosidad.

—¿Cómo lo has hecho? —preguntó, perpleja—. No creía que nadie pudiera hacer algo así.

—Es un don —contestó Brin.

—No eres un demonio, ¿verdad? —preguntó la muchacha, dubitativa—. ¿No serás un caminante o alguno de sus espíritus esbirros?

—No, en absoluto —respondió Brin con una sonrisa—. Tan solo tengo este don, eso es todo.

—No creía que alguien pudiera hacerle eso a Murmullo —repitió la muchacha, que no acababa de dar crédito a lo que habían visto sus ojos.

—¡Son demonios! —insistió el anciano, que dio otra patada en el suelo.

Entretanto, Murmullo se había levantado de nuevo y se dirigía hacia donde estaba Rone. El joven montañés se sobresaltó. Después, dirigió una mirada implorante a Brin mientras la bestia lo tocaba con su negro hocico. Murmullo olfateó sus ropas con curiosidad durante un rato. Luego, de repente, abrió su gran mandíbula, mordió sin apretar la bota derecha de Rone y empezó a tirar de ella. El joven de las tierras altas perdió rápidamente lo poco que le quedaba de compostura e intentó liberarse de las fauces del felino.

—Creo que quiere jugar contigo —dijo la muchacha, esbozando una leve sonrisa y dirigiendo una mirada de inteligencia al anciano, que se limitó a expresar su disgusto con gruñidos y se alejó de ellos.

—¿Bien... podrías... asegurarte? —jadeó Rone, exasperado, luchando por mantenerse en pie contra los tirones que el gigantesco gato le daba al intentar cogerle la bota.

—¡Murmullo! —exclamó la muchacha.

El gigantesco animal soltó a Rone inmediatamente y trotó hacia ella. La muchacha estiró el brazo por debajo de la corta capa y frotó con energía la peluda cabeza del felino. El largo cabello oscuro le cubrió el rostro por completo cuando se inclinó para acercar la cara a la del gato. Le habló un momento en voz baja y después miró de nuevo a Brin y Rone.

—Parece que sabéis cómo ganaros a un animal. Murmullo se ha encariñado de vosotros.

—Creo que Rone estaría igual de contento si Murmullo no le tuviera tanto cariño —respondió Brin, mirando de reojo al joven de las tierras altas, que estaba poniéndose bien la bota.

—Me gustas, Brin Ohmsford —dijo la muchacha, con una gran sonrisa y algo de malicia en sus oscuros ojos—. Te doy la bienvenida... y también a Rone Leah. Me llamo Kimber Boh.

La muchacha extendió una mano fina y bronceada a modo de saludo. Brin la estrechó; fue capaz de detectar una mezcla de fuerza y delicadeza que la sorprendió. No fue menor su sorpresa cuando vio que en la cintura, bajo su corta capa, llevaba un cinturón del que colgaban varios cuchillos largos de aspecto aterrador.

—¡Bueno, para mí no son bienvenidos! —dijo el anciano desde detrás de la muchacha, haciendo con las manos un movimiento de barrido, como si quisiera hacerlos desaparecer, que hacía que su esquelético brazo pareciese una escoba.

—¡Abuelo! —le amonestó Kimber Boh con una mirada de desaprobación antes de dirigirse de nuevo a Brin—. No debes preocuparte por él. Intenta protegerme demasiado. Yo soy toda la familia que tiene, así que a veces siente...

—¡No tengas tanta prisa por contarle todo sobre nosotros! —la interrumpió el anciano, disgustado—. ¿Qué sabemos nosotros de ellos? ¿Cómo sabemos qué es lo que realmente les trae por aquí? ¡Esa muchacha tiene que tener una voz diabólica para hacer retroceder a Murmullo! ¡Hija mía, eres demasiado confiada!

—Y tú desconfías de la gente demasiado rápido —respondió Kimber Boh con resolución—. Ya es hora de que les digas quién eres.

—¡No les diré nada! —respondió el anciano, con una mueca en la boca.

—Díselo, abuelo —insistió la muchacha.

El anciano dio otra patada al suelo con la sandalia, visiblemente malhumorado.

—Díselo tú misma, ya que crees que sabes mucho más que yo —contestó el anciano.

Rone Leah se había colocado junto a Brin, y los dos intercambiaron una mirada, incómodos. Murmullo levantó la vista hacia el joven montañés, bostezó y dejó caer de nuevo su enorme cabeza sobre las patas. Emitió un profundo ronroneo y sus ojos azules se cerraron.

—A veces, mi abuelo olvida que los juegos a los que tanto le gusta jugar no son reales —dijo Kimber Boh a los jóvenes—. Uno de sus juegos favoritos consiste en cambiar de identidad. Para eso, entierra la verdadera y comienza una nueva vida. Ya ha pasado casi un año desde la última vez que lo hizo. —Dirigió una mirada de complicidad al anciano—. Pero es quien siempre fue. Es el hombre que habéis venido a buscar.

—Entonces es Cogline —afirmó Brin.

—¡Yo no soy Cogline! —exclamó el anciano con vehemencia—. ¡Cogline está muerto y enterrado, ya os lo he dicho! ¡No le hagáis caso!

—¡Abuelo! —le amonestó Kimber Boh una vez más—. Tú eres quien eres y no puedes ser otro. Pretender ser otra persona es cosa de niños. Tú naciste siendo Cogline y lo seguirás siendo mientras vivas. Ahora, por favor, intenta ser un buen anfitrión con tus invitados. Haz un pequeño esfuerzo y sé amable con ellos.

—¡Ja! Yo no los he invitado, así que no tengo por qué ser un buen anfitrión —contestó Cogline, dispuesto a no tener nada que ver con aquello y a ignorar a los visitantes—. Si tú quieres ser amiga de ellos, hazlo; eso es asunto tuyo.

Brin y Rone intercambiaron una mirada de indecisión. No les parecía nada fácil conseguir que el anciano accediese a acompañarlos y conducirlos a través de la Ribera Tenebrosa.

—Muy bien, abuelo, yo seré anfitriona y amiga por los dos —respondió Kimber Boh. Suspiró y se dio la vuelta hacia los dos jóvenes, dándole la espalda al anciano—. Se está haciendo tarde. Habéis recorrido un largo camino y necesitáis reponer fuerzas y descansar. Nuestra casa está a poca distancia de aquí; sois bienvenidos a pasar la noche ahí como invitados míos... y de mi abuelo. De hecho me haríais un gran favor si os quedarais —prosiguió, tras hacer una breve pausa—. Pocos viajeros llegan hasta aquí y, por otra parte, tengo pocas oportunidades de hablar con los que lo hacen. Como ya os he dicho, mi abuelo me protege en exceso. Pero quizá vosotros accedáis a hablar conmigo, a explicarme cosas de vuestro hogar en las Tierras Meridionales. ¿Qué os parece?

—A cambio de un lugar para dormir y algo que comer, creo que es lo mínimo que podríamos hacer —respondió Brin, esbozando una sonrisa que dejaba ver su agotamiento.

Rone asintió en silencio, aunque no sin evitar lanzar una mirada aprensiva a Murmullo.

—De acuerdo entonces —dijo Kimber Boh, y llamó al gigantesco gato, que se levantó, se estiró perezosamente y se dirigió hacia ella—. Seguidme, llegaremos en pocos minutos.

Se dio media vuelta, con Murmullo a su lado, y desapareció de nuevo en el bosque. La muchacha vallense y el joven de las tierras altas echaron los morrales a la espalda y la siguieron. Al pasar junto a Cogline, el anciano se negó a mirarlos y mantuvo la mirada fija en el suelo, sombría, con el poblado ceño fruncido.

—¡Malditos intrusos! —masculló.

Después, tras mirar con precaución a su alrededor, los siguió por el bosque. Al cabo de unos instantes, el pequeño claro se había quedado desierto.

31

El hogar de la muchacha, del anciano y del felino que desaparecía era una bonita cabaña de piedra y madera, muy normal, situada en un amplio claro cubierto de hierba y protegido por robles centenarios y olmos rojos. Tenía sendos porches, uno en la parte frontal y otro en la parte trasera, y las paredes estaban cubiertas de enredaderas floridas y arbustos de hoja perenne. Varios caminos empedrados partían de la casa y atravesaban los jardines, donde crecían flores y hortalizas. Todo estaba ordenado y limpio. Pinos y píceas marcaban el perímetro del claro, y setos vivos bordeaban los jardines. Habían dedicado muchas horas de trabajo al cuidado y mantenimiento de aquella tierra.

El interior de la cabaña, bonito y muy limpio, evidenciaba el mismo cuidado. El suelo de madera lijada y las paredes, recubiertas también de madera, brillaban a la suave luz de las lámparas de aceite, pulidos y encerados. Lienzos tejidos a mano y adornados con punto de cruz colgaban de las paredes, y brillantes tapices cubrían los muebles y las ventanas de madera sin tratar. Bellas piezas de plata y cristal lucían sobre los estantes de una amplia alacena, y la larga mesa de caballetes situada en un extremo del comedor estaba adornada con platos de cerámica y utensilios de artesanía. Jarrones con flores recién cortadas y macetas de arcilla con plantas en flor completaban la decoración. La casita era tan acogedora y alegre, incluso a la hora del crepúsculo, que les daba la sensación de estar de regreso en Valle Sombrío.

—La cena está casi preparada —dijo Kimber Boh cuando entraron, dirigiendo una mirada reprobatoria a Cogline—. Sentaos mientras yo pongo la mesa.

A regañadientes, Cogline se sentó al final del banco de la mesa, mientras Brin y Rone se sentaban enfrente, alejados. Murmullo pasó delante de ellos y llegó a una alfombra trenzada frente a una gran chimenea de piedra en la que ardían varios troncos. Tras bostezar, el gran felino se tumbó delante del fuego, enroscado, y enseguida se quedó dormido.

Kimber Boh llevó gallina silvestre, hortalizas del huerto, panes recién horneados y leche de cabra. Se lo comieron todo con avidez. Mientras cenaban, la muchacha no cesaba de hacerles preguntas sobre las Tierras Meridionales y sus gentes, ansiosa por conocer detalles del mundo que había más allá de su valle. Nunca había salido de la Ribera Tenebrosa, les dijo, pero pensaba hacerlo algún día. Cogline mostró su desaprobación frunciendo el entrecejo, pero permaneció callado; se limitó a agachar la cabeza delante del plato, muy concentrado. Cuando terminó la cena, se levantó y dijo con voz desabrida que se iba fuera a fumar. Atravesó la puerta sin mirar a los jóvenes y entonces desapareció.

—No debéis preocuparos por él —se disculpó Kimber Boh, mientras se levantaba para recoger los platos—. Es amable y cariñoso, pero ha vivido solo muchos años y le cuesta relacionarse con otras personas.

Retiró los platos de la mesa con una sonrisa en la cara y regresó con un recipiente de vino color borgoña. Vertió una pequeña cantidad en copas limpias y volvió a sentarse frente a ellos. Brin se preguntaba, como lo había hecho una y otra vez desde el primer momento en que vio a la muchacha, cómo ella y el anciano se las habían arreglado para sobrevivir solos en aquel lugar. Sí, claro, tenían al gato, pero...

—El abuelo siempre se va a pasear después de cenar —dijo Kimber Boh, que dirigió una mirada tranquilizadora a los dos jóvenes—. Los últimos días de otoño, camina de un lado a otro por el valle durante un buen rato. Ya hemos acabado todo el trabajo que debíamos hacer este año, y cuando llegue el invierno no saldrá tanto. A veces, con la llegada del frío del invierno, le duele todo el cuerpo y prefiere quedarse cerca del fuego. Pero ahora, que las noches todavía son cálidas, le gusta caminar.

—Kimber, ¿dónde están tus padres? —preguntó Brin, sin poder reprimir su curiosidad—. ¿Por qué estás aquí sola?

—Mis padres fueron asesinados —respondió la muchacha sin inmutarse—. Yo era solo una niña cuando Cogline me encontró, escondida entre unas sábanas en el lugar donde había acampado la caravana la noche anterior, en el límite norte del valle. Me llevó con él a su casa y me educó como si fuera su nieta. Nunca ha tenido una familia, ¿sabes? Soy todo lo que tiene.

—¿Cómo fueron asesinados tus padres? —preguntó Rone, tras comprobar que a la muchacha no le importaba hablar del tema.

—Rastreadores gnomos. Varias familias viajaban en la caravana. Todos fueron asesinados menos yo. Según Cogline, no me encontraron. —Sonrió—. Pero eso fue hace mucho tiempo.

—Es un poco peligroso para ti estar aquí, ¿verdad? —preguntó Rone, tras dar un sorbo de vino.

—¿Peligroso? —inquirió la muchacha, desconcertada.

—Sí. Rodeada de bosques por todas partes, de animales salvajes, de rastreadores... de cualquier cosa. ¿No te asusta vivir aquí sola?

—¿Crees que debería asustarme? —preguntó a su vez la muchacha, levantando ligeramente la cabeza.

—Bueno... no lo sé —respondió Rone, que miró a Brin.

—Mira esto —le dijo Kimber mientras se ponía de pie.

Antes de poder seguirla con la mirada, la muchacha tenía en la mano un largo cuchillo. Lo lanzó por encima de la cabeza de Rone, salió disparado hacia el otro lado de la habitación y, con un golpe seco, quedó clavado en un pequeño círculo negro dibujado en una tabla de madera que había al otro lado de la habitación.

—Practico todo el tiempo —dijo Kimber Boh, esbozando una amplia sonrisa—. Cogline me enseñó a lanzar el cuchillo cuando tenía diez años. Soy tan diestra con cualquier otra arma que puedas nombrar. Corro mucho más que cualquier ser vivo de la Ribera Tenebrosa, salvo Murmullo. Puedo caminar todo el día y toda la noche sin tener que dormir.

—Por supuesto —prosiguió tras sentarse de nuevo—, Murmullo me protegería contra cualquier amenaza, así que no tengo demasiadas cosas de que preocuparme. —Sonrió—. Además, hasta ahora no se ha acercado nada peligroso a la Chimenea de Piedra. Cogline ha vivido aquí toda la vida; el valle es suyo. Todo el mundo lo sabe y nadie se atreve a molestarlo. Incluso los gnomos araña rehúsan entrar en él. ¿Habéis oído hablar de los gnomos araña? —preguntó tras hacer una breve pausa.

La muchacha del valle y el joven montañés negaron con la cabeza.

—Reptan por el suelo y por los árboles; son peludos y encorvados, igual que arañas —continuó la muchacha, que se inclinó hacia delante—. Hace aproximadamente unos tres años intentaron entrar en el valle. Llegaron a docenas, todos ennegrecidos por la ceniza y con ganas de cazar. No son iguales que los otros gnomos, porque excavan y ponen trampas como las arañas. Al final, llegaron hasta la Chimenea de Piedra. Creo que querían apropiarse de ella. El abuelo lo supo enseguida, como siempre que nos amenaza algún peligro. Se llevó a

Murmullo con él y les tendieron una emboscada a los gnomos araña en el extremo norte del valle, justo al lado de la gran roca. Los gnomos araña todavía están corriendo.

Esbozó una amplia sonrisa, complacida con la historia. Brin y Rone se miraron, inquietos, con más dudas que nunca con respecto a la muchacha.

—¿De dónde ha salido este gato? —preguntó Rone, mirando a Murmullo, que continuaba durmiendo—. ¿Cómo puede desaparecer sin dejar rastro siendo tan grande?

—Murmullo es un gato del páramo —respondió la muchacha—. La mayoría de este tipo de gatos viven en los pantanos del Anar profundo, muy al este de la Ribera Tenebrosa y de las montañas del Cuerno del Cuervo. Pero Murmullo se extravió en el Páramo Viejo cuando todavía era un gatito. Cogline lo encontró y lo trajo consigo. Se había peleado con algún otro animal y estaba lleno de heridas. Nosotros lo cuidamos, y él decidió quedarse con nosotros. Yo aprendí a hablar con él. —La muchacha miró a Brin—. Pero no como tú, no cantando de esa manera. ¿Puedes enseñarme a hacer eso, Brin?

—No lo creo, Kimber. La Canción de los Deseos es algo que he heredado.

—Canción de los Deseos —repitió la muchacha—. Qué nombre tan bonito.

Durante unos momentos, permanecieron en silencio.

—Pero ¿qué hace para desaparecer? —insistió Rone.

—¡Oh, no desaparece! —respondió Kimber Boh entre risas—. Solo lo parece. A veces no lo ves aunque esté delante porque puede cambiar la coloración de su cuerpo para confundirse con el bosque, las rocas, el suelo o cualquier otra cosa. Se camufla tan bien que es imposible verlo si no sabes cómo buscarlo. Solamente aprendes a hacerlo cuando has pasado cerca de él el tiempo suficiente. Claro que si no quiere que alguien lo encuentre, lo más probable es que lo consiga —prosiguió, tras una breve pausa—. Forma parte de su mecanismo de defensa. Se ha convertido casi en un juego para el abuelo. Murmullo desaparece y se niega a aparecer hasta que el abuelo se queda ronco de tanto gritar, lo cual no es muy bonito por su parte; la vista del abuelo ya no es tan aguda como antes.

—Pero a ti te obedece sin rechistar.

—Siempre. Cree que soy su madre. Lo he criado y he cuidado de él desde que lo trajimos aquí. Estamos muy unidos, casi como si fuésemos la misma persona. Muchas veces parece que somos capaces de saber lo que el otro está pensando.

—Pero da la impresión de que es un animal peligroso —dijo Rone.

—Sí, es muy peligroso —reconoció la muchacha—. Salvaje, sería incontrolable. Pero Murmullo ya no es salvaje. Es posible que una pequeña parte de él aún continúe siéndolo; un recuerdo o un instinto enterrado profundamente en algún lugar, pero que ahora está dormido.

Se levantó y volvió a servirles vino.

—¿Os gusta nuestra casa? —les preguntó, después de un rato en silencio.

—Mucho —respondió Brin.

—Casi todo lo que hay lo he hecho yo, excepto los objetos de cristal y de plata, que los traía el abuelo cuando salía del valle —respondió la muchacha, obviamente complacida—. Algunos ya los tenía antes de que yo viniera. Pero el resto ha sido obra mía. También he diseñado y plantado yo los jardines. Todas las flores, los arbustos y las hortalizas; todas las pequeñas matas y enredaderas. Me gustan los colores fuertes y los olores dulces.

Brin esbozó una sonrisa. Kimber Boh era una mezcla de niña y mujer. Infantil en algunos aspectos, en otros superaba con claridad la edad que tenía. Era extraño, pero le recordaba a su hermano Jair. Al pensar en él, aún lo añoró más.

Kimber Boh observó la expresión de su cara, pero no supo interpretarla.

—No pienses que es peligroso vivir en la Chimenea de Piedra —afirmó—. Puede parecértelo porque no estás familiarizada con la región como yo lo estoy. Pero este es mi hogar, recuérdalo; aquí es donde he crecido. Cuando era pequeña, el abuelo me enseñó todo lo que debía saber para cuidar de mí misma. He aprendido a enfrentarme a los peligros del lugar; sé cómo evitarlos. Y tengo al abuelo y a Murmullo. No debéis preocuparos por mí; no hay ningún motivo.

—No lo estoy, Kimber; ya veo que estás perfectamente capacitada para vivir en este lugar —contestó Brin, que sonrió ante la seguridad de la que hacía gala la muchacha.

—Tengo que llevarle la capa al abuelo —dijo la muchacha, con las mejillas encendidas por el halago. Entonces, cogió la capa que Cogline había dejado en el brazo de la mecedora de madera—. Ahí afuera hace frío. ¿Queréis acompañarme?

Los dos jóvenes se pusieron en pie y la siguieron cuando abrió la puerta y salió al exterior. En el momento en que sonó la cerradura, Murmullo se incorporó y atravesó el umbral tras ellos sin hacer el menor ruido.

Se detuvieron un momento en el porche de la cabaña, impresionados por la esplendorosa tranquilidad de la incipiente noche otoñal, que convertía el paisaje casi en una mística imagen de naturaleza muerta. El aire, frío y un poco húmedo, estaba cargado de los agradables olores del bosque. La deslumbrante luz blanca de la luna bañaba el prado, los jardines floridos, los setos y los arbustos. La hierba, los pétalos de las flores y las hojas de los árboles destellaban al reflejarse la luz en la humedad que los cubría; el rocío de la noche otoñal dotaba a su color verde esmeralda de un adorno de gemas. En la oscuridad, los árboles del bosque se erguían bajo el cielo poblado de estrellas como gigantes monstruosos, intemporales, masivos, estáticos en el silencio de la noche. El suave viento del ocaso se había disuelto en la calma de la noche. Hasta los habituales ruidos de las criaturas del bosque se habían convertido en tenues y lejanos murmullos, tranquilizadores y reconfortantes.

—El abuelo debe de estar en el sauce —dijo Kimber Boh, rompiendo el hechizo.

Salieron del porche y siguieron el camino que llevaba a la parte trasera de la cabaña. Ninguno de los tres habló. Se limitaron a caminar lentamente, con Kimber Boh a la cabeza, cuyas botas producían un leve ruido al rozar contra la piedra. Algo huyó a saltitos sobre la alfombra de hojas secas que cubría el suelo del bosque. Un pájaro lanzó una llamada que resonó en la quietud de la noche y se prolongó y repitió como un eco.

Los tres jóvenes doblaron la esquina de la casa, entre pinos y píceas e hileras de setos. Entonces, un enorme sauce llorón que crecía en el lindero del bosque apareció de las tinieblas. Las ramas colgaban como grandes flecos y formaban una cortina que parecía resguardar el tronco del árbol del relente de la noche. Su imponente y retorcida silueta, envuelta en las sombras, parecía plegarse sobre sí misma entre las sombras. Debajo de su bóveda arqueada se distinguía la cazoleta de una pipa de color rojo intenso y volutas de humo que se elevaban al cielo hasta dispersarse y desaparecer.

Cuando atravesaron las ramas colgantes del sauce, distinguieron la esquelética figura de Cogline. Estaba sentado en uno de los dos bancos de madera que rodeaban la base del viejo tronco, con la mirada puesta hacia el bosque.

—Cogerás frío, abuelo —le dijo con cariño Kimber Boh, que se dirigió hacia él y le colocó la capa sobre los hombros.

—¡Ni siquiera puedo salir a fumar sin que revolotees a mi alrededor como una gallina! —contestó el anciano, haciendo una mueca de disgusto. Sin embargo, se tapó con la capa mientras miraba de forma poco amistosa a Brin y a Rone—. Y tampoco necesito que me acompañen estos dos. Ni ese gato inútil. ¡Supongo que también ha venido contigo!

Brin miró a su alrededor y se sorprendió al comprobar que Murmullo había vuelto a desaparecer. Hacía solo un momento que lo había visto detrás de ellos.

—¿Por qué no intentas ser amable con Brin y Rone? —preguntó Kimber Boh a su abuelo, y se sentó a su lado.

—¿Para qué? —preguntó Cogline—. ¡No necesito amigos! Los amigos solo te dan problemas. Siempre esperan que hagas algo por ellos, siempre están dispuestos a pedirte un favor. Ya he tenido bastantes amigos a lo largo de mi vida, muchacha. ¡Tú no sabes todavía lo suficiente de la vida, eso es lo que te pasa!

La muchacha miró a los jóvenes como disculpándose y les señaló con la cabeza el banco vacío. Brin y Rone se sentaron sin decir palabra alguna.

—No tienes que ser así —insistió Kimber Boh a su abuelo—. No tienes que ser tan egoísta.

—¡Soy un hombre mayor! ¡Puedo ser lo que me dé la gana! —exclamó el anciano con visible mal humor.

—Cuando yo decía cosas así, me llamabas maleducada y me castigabas mandándome a mi habitación. ¿Lo recuerdas?

—¡Eso era diferente!

—¿Me obligarás a mandarte a tu habitación? —le preguntó la muchacha mientras le estrechaba la mano, hablándole como una madre a su hijo pequeño—. O tal vez prefieras que Murmullo y yo nos olvidemos de ti, ya que somos amigos tuyos, y tú no quieres tener amigos.

Cogline apretó los dientes contra la boquilla de su pipa como si quisiera partirla y se embozó en la capa, sin responder. Brin dirigió a Rone una rápida mirada, y este arqueó una ceja como respuesta. Ambos habían llegado a la conclusión de que, a pesar de su juventud, Kimber Boh era la que daba estabilidad a aquella extraña y pequeña familia.

—Sé que realmente no piensas lo que has dicho —continuó la muchacha, que se inclinó hacia delante y le dio un tierno beso a su abuelo en la mejilla—. Sé que eres un hombre bueno, amable y generoso, y te quiero—. Rodeó con los brazos la delgada figura del anciano y lo estrechó contra ella. Para sorpresa de Brin, el anciano levantó los brazos, vacilante, y correspondió el abrazo.

—Deberían haber preguntado antes de venir —murmulló Cogline, que inclinó un poco la cabeza en dirección a la muchacha del valle y el joven montañés—. Podría haberles hecho daño, ¿sabes?

—Sí, abuelo, lo sé —respondió la muchacha—. Pero ahora que están aquí, después de hacer un viaje tan largo para encontrarte, creo que deberías averiguar por qué han venido hasta aquí y si puedes hacer algo por ayudarlos.

Brin y Rone se volvieron a mirar rápidamente. Cogline se liberó de los brazos de Kimber, hablando entre dientes y haciendo gestos para expresar su mal humor, con el cabello encrespado que danzaba a la luz de la luna, como finas hebras de seda.

—¡Maldito gato! ¿Dónde se ha metido ahora? ¡Murmullo! ¡Ven aquí, bestia inútil! No estoy de humor para...

—¡Abuelo! —lo interrumpió la muchacha con firmeza. El anciano la miró en silencio, y ella señaló con la cabeza a Brin y Rone—. Aquí están nuestros amigos, abuelo, ¿no quieres preguntarles nada?

—Vale, bien —dijo con un tono brusco y con el ceño fruncido—. ¿Qué os trae por aquí?

—Necesitamos a alguien que pueda indicarnos cómo cruzar esta región —respondió Brin inmediatamente, aunque sin esperar que le ofreciera la ayuda que tanto necesitaban—. Nos dijeron que Cogline era el único hombre capaz de hacerlo.

—¡Pero Cogline ya no existe! —respondió el anciano, pero una mirada de advertencia de la muchacha lo calmó en el acto—. Bueno, ¿qué región es esa por la que habéis planeado realizar vuestro viaje?

—El Anar central —contestó Brin—. La Ribera Tenebrosa, el páramo que está a continuación... todo el camino oriental hasta las montañas del Cuerno del Cuervo. Hacia el Maelmord —concluyó, tras hacer una breve pausa.

—¡Pero por allí hay caminantes! —exclamó Kimber Boh.

—¿Y por qué razón queréis ir a ese pozo negro? —preguntó el anciano.

—¡Para destruir a los caminantes! —respondió Brin después de titubear un momento, al ver el sesgo que tomaba la conversación.

—¡Destruir a los caminantes! —exclamó Cogline, estupefacto—. Destruirlos, ¿con qué, muchacha?

—Con la Canción de los Deseos. Con la magia que...

—¿Con la Canción de los Deseos? ¿Con ese canto? ¿Eso es todo lo que piensas utilizar? —preguntó Cogline poniéndose de pie y dando grandes saltos mientras gesticulaba con sus esqueléticos brazos—. ¿Crees que estoy loco? ¡Fuera de aquí! ¡Fuera de mi casa! ¡Fuera, fuera!

Kimber Boh se levantó, le dio un suave empujón para que se sentara de nuevo en el banco e intentó calmarlo, mientras él continuaba hablando a gritos. Tardó un poco en conseguirlo, pero al final lo logró, y volvió a colocarle al anciano la capa sobre los hombros.

—Brin Ohmsford —dijo la muchacha con voz solemne y expresión severa, con la mirada puesta en los dos jóvenes—. El Maelmord no es el lugar más adecuado para ti. Ni siquiera yo me acerco a él.

Brin casi esbozó una sonrisa ante el énfasis que Kimber Boh ponía en su prohibición.

—No tengo elección respecto a eso, Kimber —respondió Brin con amabilidad—. Tengo que ir.

—Y yo he de acompañarla —dijo Rone con poco entusiasmo—. Bueno, cuando encuentre la espada. Primero tengo que encontrar la espada.

—No comprendo —dijo Kimber Boh, que miraba a los dos jóvenes sin comprender—. ¿Qué espada? ¿Por qué tenéis que ir allí? ¿Por qué tenéis que destruir a los caminantes?

Brin dudó de nuevo. Esa vez pensó con más detenimiento. ¿Cuánto debía revelar sobre la búsqueda que la había llevado a aquellas tierras? ¿Qué parte de la verdad que se le había confiado podía compartir con Kimber Boh y su abuelo? Sin embargo, al mirar a los ojos de la muchacha, la cautela que la obligaba a mantenerse alerta perdió todo su significado. Allanon había muerto, nunca más volvería a pisar las Cuatro Tierras. La magia que le había entregado a Rone para que protegiera a Brin se había perdido. Estaba sola, cansada y asustada, a pesar de la determinación que la impulsaba a seguir con aquel viaje imposible. Si quería sobrevivir, debía aprovechar cualquier ayuda que apareciese en su camino. Las verdades escondidas y los inteligentes engaños habían formado parte de la vida de Allanon, una parte de la persona que había sido. Pero nunca formarían parte de ella.

Les contó todo lo que le habían dicho y todo lo que les había sucedido desde que Allanon apareciese en su casa de Valle Sombrío, hacía ya mucho tiempo. No les ocultó nada, tan solo los pocos secretos que se reservaba para sí y que ni siquiera le había revelado a Rone: los recelos aterradores y los inquietantes susurros de los oscuros e insondables poderes de la canción. Necesitó mucho tiempo para contarles todo, pero el anciano no la interrumpió en ningún momento, y la muchacha escuchó con admiración junto a él, en silencio.

Cuando acabó, miró a Rone como preguntándole si había alguna otra cosa que debiera decirles, pero el joven de las tierras altas se limitó a negar con la cabeza sin decir nada.

—Por eso es por lo que tengo que ir —repitió sus palabras finales.

Miró a la muchacha, al anciano y de nuevo a la muchacha, en espera de su respuesta.

—Con que tienes magia élfica, ¿no? —preguntó Cogline, que fijó su mirada penetrante en la joven—. Hay un poco del poder del druida en todo lo que haces. También yo tengo un poco de ese poder, ¿sabes? Un poco del saber oscuro. Sí, sí, lo tengo.

—¿Podemos ayudarlos a encontrar el camino hacia el este? —preguntó Kimber a su abuelo, con la mano sobre su brazo.

—¿El este? Conozco todo el este del país y todo lo que encierra. La Chimenea de Piedra, la Ribera Tenebrosa, el Páramo Viejo; todo hasta las montañas del Cuerno del Cuervo, todo hasta el Maelmord. Aún lo recuerdo, sí —prosiguió, tras hacer un gesto de concentración—. Los caminantes no me molestan aquí; no entran en el valle, pero fuera de él van donde quieren. Es su país.

—Abuelo, escúchame —insistió la muchacha—. Debemos ayudar a nuestros amigos: tú, Murmullo y yo.

Cogline se quedó mirándola en silencio durante unos instantes y, entonces, con las manos en alto, exclamó:

—¡Es una pérdida de tiempo! ¡Una ridícula pérdida de tiempo! —Tocó la nariz de la muchacha con su huesudo dedo—. Tienes que pensar mejor. ¡Yo te he enseñado a pensar mejor! Supón que los ayudamos, supón que les indicamos el camino a través de la Ribera Tenebrosa, a través del Páramo Viejo, hasta las montañas del Cuerno del Cuervo y el pozo negro. ¡Imagínatelo! Entonces, ¿qué? ¡Dime! Entonces, ¿qué?

—Eso sería suficiente... —se disponía a responder Brin.

—¿Suficiente? —inquirió Cogline, que interrumpió a la joven—. ¡No es tan fácil, muchacha! Esos riscos miden cientos de metros y forman un muro prácticamente infranqueable. Kilómetros de roca escarpada. Hay gnomos por todas partes. ¿Y entonces qué pasaría? ¿Qué harías entonces? —le preguntó el anciano, que la apuntaba con el dedo como si fuera una daga—. ¡No hay manera de entrar, muchacha! ¡No se puede! ¡No puedes recorrer tanta distancia a menos que sepas cómo entrar! —concluyó Cogline.

—Encontraremos una manera —dijo Brin con firmeza.

El anciano escupió e hizo una mueca.

—¡Bah! —exclamó—. ¡Los caminantes os capturarán antes de que os deis cuenta! Os verán llegar cuando estéis a medio camino de la cumbre... si es que encontráis un sitio por el que iniciar la escalada. ¿O puedes hacerte invisible con la magia? ¿Puedes hacerlo?

—Encontraremos una manera —repitió Brin, apretando la mandíbula.

—Tal vez sí o tal vez no —intervino Rone de improviso—. No tiene buena pinta, Brin. El anciano conoce el país. Si dice que todo es campo abierto, debemos tenerlo en cuenta antes de seguir adelante. —Miró a Cogline para asegurarse de que este sabía realmente lo que estaba diciendo—. Además, primero tenemos que encargarnos de otras cosas. Antes de emprender el viaje a través de la Tierra del Este tenemos que recuperar la espada. Es la única protección real con que contamos para defendernos de los caminantes.

—¡No hay protección contra los caminantes! —exclamó Cogline, indignado.

Brin clavó la mirada en la del joven de las tierras altas y suspiró.

—Rone, tenemos que olvidarnos de la espada —respondió Brin con amabilidad—. Ha desaparecido y no sabemos dónde ni cómo buscarla. Allanon dijo que encontraría la forma de volver a unas manos humanas, pero no concretó a qué manos ni cuánto tiempo tardaría eso en suceder. No podemos...

—¡Si no tenemos la espada para protegernos de los caminantes negros, no daremos ni un solo paso más! —afirmó con rotundidad Rone, con la mandíbula tensa al intuir la previsible respuesta de Brin.

—No tenemos elección —dijo Brin, tras permanecer largo rato en silencio—. Al menos, yo no la tengo.

—Entonces seguid vuestro camino —intervino Cogline con un movimiento de manos—. Seguid vuestro camino y dejadnos en paz... marchaos con vuestros locos planes de bajar al pozo y destruir a los caminantes. ¡Menuda locura! Adelante, marchaos de nuestra casa.

¡Maldita sea! Murmullo, ¿dónde te has metido? Inútil... Aparece o te... ¡Yiiii!

El anciano profirió un grito de sorpresa cuando la cabeza del gran gato apareció sobre su hombro al materializarse en la oscuridad. El animal guiñó sus ojos luminosos y presionó el brazo del anciano con el frío hocico. Furioso por aquella sorpresa, Cogline se apartó del gato y se alejó varios metros, aún cubierto por las ramas del sauce y maldiciendo entre dientes. Murmullo lo siguió con la mirada; luego dio varias vueltas alrededor del banco y se echó en el suelo junto a Kimber Boh.

—Creo que aún es posible convencer al abuelo para que os enseñe el camino, al menos hasta las montañas del Cuerno del Cuervo —dijo Kimber Boh, pensativa—. En cuanto a lo que haréis después...

—Un momento... vamos a pensar esto con calma —intervino Rone, con las manos levantadas en actitud suplicante hacia Brin—. Sé que has tomado la decisión de completar la búsqueda que te encomendó Allanon y entiendo que debas hacerlo. Yo te acompañaré hasta el final, pero tenemos que recuperar la espada. ¿No te das cuenta, Brin? ¡Tenemos que recuperarla! ¡No tenemos otra arma con la que enfrentarnos a los mordíferos! Por todos los demonios, ¿cómo voy a protegerte sin la espada? —concluyó, con el rostro enrojecido por la frustración que sentía.

De repente, Brin vaciló al recordar el gran poder de la Canción de los Deseos y la forma en que ese poder había actuado contra los hombres de la cordillera Spanning en el puesto de ventas EL PASO DE LOS GRAJOS. Rone no sabía nada de aquello, y ella prefería que fuese así, pero un poder de tal magnitud era un arma más importante de lo que podía imaginar. Rone estaba convencido de que debía recuperar el poder de la Espada de Leah, pero Brin sentía en su interior que, al igual que la magia de la canción y la de las piedras élficas, la magia de la Espada de Leah era blanca y oscura a la vez, y que podía ayudar y perjudicar en la misma medida a quien la utilizaba.

Miró a Rone. Sus ojos grises reflejaban el amor que sentía por ella así como la certeza que tenía de no poder ayudarla sin la magia que Allanon le había dado.

—No tenemos ninguna posibilidad de encontrar la espada, Rone —le dijo.

Se miraban el uno al otro en silencio, sentados en el mismo banco de madera, perdidos en la oscura sombra del viejo sauce. «Olvídate de la espada», le suplicaba Brin en silencio. «Por favor, olvídala». Cogline se acercó a ellos arrastrando los pies. Todavía le hablaba a Murmullo entre dientes cuando se sentó con cuidado en un extremo del banco y empezó a buscar su pipa con las manos.

—Tal vez haya una forma —dijo Kimber de repente, rompiendo el silencio con su fina voz. Todos dirigieron la mirada a la joven—. Podemos preguntárselo al Oráculo del Lago.

—¡Claro! —exclamó Cogline, indignado—. ¡También podrías preguntárselo a un agujero del suelo!

—¿Quién es el Oráculo del Lago? —preguntó Rone, inclinándose hacia delante.

—Un avatar —respondió la muchacha sin inmutarse—. Un fantasma que vive en un estanque al norte de la Chimenea de Piedra, donde se dividen las altas cordilleras. Siempre ha vivido allí, según me ha dicho; desde antes de la destrucción del mundo antiguo, desde el tiempo de las criaturas fantásticas. Posee la magia del mundo antiguo y la facultad de ver los secretos ocultos de los vivos.

—¿Podría indicarme dónde encontrar la Espada de Leah? —preguntó Rone, nervioso, sin darse cuenta de que Brin lo intentaba controlar poniendo una mano sobre su brazo.

—¡Ja, ja! ¡Miradlo! —exclamó Cogline con una risa alegre—. Cree que ya tiene la respuesta, ¿a que sí? ¡Cree que ha encontrado la solución! ¡El Oráculo del Lago tiene todos los secretos de la tierra guardados en un bonito paquete, listos para entregárselos a él! Solo existe un pequeño problema: ¡hay que saber distinguir entre lo que es verdadero y lo que es falso! ¡Eso es todo! ¡Ja, ja!

—¿De qué habla? —inquirió Rone, con visible mal humor—. ¿Qué quiere decir con eso de distinguir entre lo que es verdadero y falso?

—Que el avatar no siempre dice la verdad —respondió Kimber, que dirigió una adusta mirada a su abuelo para callarlo. A continuación, se giró de nuevo hacia el joven montañés—. Miente mucho o habla con adivinanzas que muy pocos son capaces de descifrar. Se divierte mezclando realidad y fantasía para que quien lo escuche no sea capaz de distinguir entre ambas.

—¿Y por qué hace eso? —preguntó Brin, perpleja.

—Los fantasmas son así —respondió la muchacha, encogida de hombros—. Viven a caballo entre el mundo que fue y el que será, pero en realidad ninguno de los dos es su sitio.

Lo dijo con tal autoridad que la joven vallense lo aceptó sin hacer más preguntas. Además, el fantasma de Bremen también había actuado así, al menos en parte. Quizá, la actitud del fantasma de Bremen era distinta a la del Oráculo del Lago, pero el fantasma de Bremen no decía todo lo que sabía ni hablaba con claridad de los acontecimientos futuros. Sin lugar a dudas, había algunas verdades que nunca podrían ser pronunciadas. El futuro no estaba escrito del todo y hablar sobre él en términos inequívocos podría acarrear consecuencias fatales.

—El abuelo no quiere que me acerque al Oráculo del Lago —le explicó Kimber Boh a Rone—. No aprueba que el avatar diga mentiras. Sin embargo, hablar con él a veces es divertido y puede llegar a convertirse en un juego apasionante cuando decido participar. —La joven se puso seria—. Claro que el juego es completamente distinto cuando intentas conseguir que el fantasma te diga la verdad sobre lo que sabe que es importante para ti. Nunca le pregunto sobre el futuro ni escucho lo que dice cuando él se ofrece a revelármelo. A veces puede llegar a ser cruel.

Rone bajó la vista, pero enseguida volvió a mirar a la muchacha.

—¿Crees que podríamos obligarlo a que me dijera lo que ha ocurrido con mi espada?

—Obligarlo no. Persuadirlo, quizás. Engañarlo, tal vez —respondió Kimber con las cejas arqueadas. Entonces miró a Brin—. Pero no estaba pensando solo en pedirle ayuda para encontrar la espada. También para encontrar el camino que conduzca a las montañas del Cuerno del Cuervo y el Maelmord. Si hubiera uno por el que los espectros no os pudieran ver llegar, el Oráculo del Lago lo sabría.

Hubo un largo y angustioso silencio durante el cual Brin no dejó de pensar con rapidez. Necesitaban encontrar un camino que los condujera al Maelmord sin ser descubiertos por los mordíferos... era lo que necesitaba para completar la búsqueda del Ildatch. Prefería que la Espada de Leah y su mágico poder siguieran perdidos. Pero ¿qué importaba que la encontrasen si luego no necesitarían utilizarla? Miró a Rone y vio determinación en su mirada. El joven ya había tomado una decisión.

—Brin, tenemos que intentarlo —susurró.

—¡Venga, sureño, inténtalo! —dijo Cogline con una mueca irónica en su arrugado rostro y soltando una carcajada, que resonó en el silencio de la noche.

Brin vaciló. A sus pies, entre los bancos, con el cuerpo gris y negro enroscado junto a su ama, Murmullo levantó su enorme cabeza y parpadeó con curiosidad. La joven del valle miró fijamente los enormes ojos azules del felino. Estaba tan desesperada que debía recurrir a la ayuda de una muchacha del bosque, de un anciano medio chiflado y de un gato que desaparecía.

Pero Allanon estaba muerto...

—¿Podrías hablar con el Oráculo del Lago por nosotros? —le preguntó a Kimber.

La muchacha sonrió.

—De hecho, estaba pensando que quizá sería mejor que fueses tú quien hablara con él.

En ese momento, Cogline empezó a reírse a carcajada limpia.

32

A la mañana siguiente, cuando el pequeño y extraño grupo inició la marcha en busca del Oráculo del Lago, Cogline seguía sin poder contener la risa. Hablaba alegremente entre dientes consigo mismo, avanzaba a saltitos por el bosque cubierto de hojas sin importarle lo que le rodeaba, perdido entre las sombras y la parte de locura que dominaba su mente. Sin embargo, de vez en cuando sus agudos ojos se detenían en el preocupado rostro de Brin. Cuando se miraban, ambos dejaban entrever astucia y perspicacia; en la voz del anciano siempre se escuchaba un oculto susurro, alegre y pícaro.

—¡Inténtalo, sureña! ¡Debes intentarlo! ¡Ja, ja! ¡Habla con el Oráculo del Lago y pregúntale lo que quieras! ¡Los secretos sobre todo lo que pasa y pasará! ¡El Oráculo del Lago ha estado viendo durante miles y miles de años lo que la vida humana ha hecho consigo misma, la ha observado con una mirada que nadie más tiene! ¡Pregúntale, sureña! ¡Ejerce tu poder sobre el espíritu y podrás conocerlo todo!

Después continuó riendo a carcajadas y se marchó, danzando. Kimber Boh le reprochaba su conducta con una palabra o una mirada de desaprobación una y otra vez. Para la muchacha, el comportamiento de su abuelo era reprobable y vergonzoso. Pero ni sus miradas ni sus palabras producían en el anciano el efecto esperado, que seguía importunando a los dos jóvenes y mofándose de ellos.

Era un día de otoño gris en el que la neblina lo cubría todo. El cielo estaba repleto de bancos de nubes que se desplazaban desde la oscura extensión de las montañas de Wolfsktaag hasta las copas invisibles de los árboles del bosque del este. Una brisa fría del norte arrastraba polvo y las hojas secas que se arremolinaban y pinchaban la cara y los ojos de los viajeros. El color de los bosques se veía deslucido a la luz del alba, y en su matiz grisáceo se revelaban los primeros signos de la llegada del invierno.

El pequeño grupo, con Kimber Boh a la cabeza, seria y decidida, viajaba hacia el norte desde la Chimenea de Piedra. Brin y Rone Leah marchaban justo detrás, mientras que el viejo Cogline danzaba a su alrededor y Murmullo correteaba en la distancia entre la oscura maraña de árboles. Pasaron bajo la sombra de la imponente roca que daba nombre al valle y por claros limpios de maleza en su camino hacia la naturaleza salvaje que había más allá. Troncos secos y matorrales cubrían el bosque que recorrían, una densa y retorcida masa de árboles. A medida que se acercaba el mediodía, la marcha se hizo más fatigosa y lenta. Cogline ya no se movía a su alrededor con el aleteo de un pájaro loco porque el bosque se espesaba a su alrededor y los acorralaba. Siguieron andando en fila, uno tras otro, moviéndose con cuidado. Solo Murmullo continuaba vagando sin problemas y pasaba como una sombra, silencioso y ágil, entre los oscuros árboles.

Al mediodía, el terreno se había tornado aún más accidentado, y a lo lejos divisaron las oscuras cumbres de una cordillera. El camino que atravesaban estaba dividido por enormes rocas y pendientes cubiertas de peñascos que los obligaban a escalar. A medida que se acercaban a las crestas, el viento enmudecía y el bosque olía a podrido y a humedad.

Entonces, consiguieron dejar atrás un profundo barranco y llegaron a la cresta de un valle estrecho, que descendía hasta formar un ángulo entre dos altas cordilleras que se extendían hacia el norte hasta desvanecerse entre la neblina.

—Allí es —dijo Kimber, que señaló hacia el valle.

Caminaron por una gruesa línea de pinos que rodeaba un lago, cuyas aguas solo eran parcialmente visibles bajo el manto de neblina que se desplazaba de un lado a otro con las corrientes del viento.

—¡El Oráculo del Lago! —exclamó Cogline.

El anciano golpeó suavemente el brazo de Brin con los dedos y se alejó.

Atravesaron un laberinto de pinos que cubrían las escarpadas laderas del valle y descendieron sin detenerse hacia el pequeño lago, cubierto por una densa y perezosa neblina. El viento había desaparecido y el bosque estaba en calma. Murmullo, una vez más, había desaparecido. La tierra que pisaban estaba llena de piedras de grueso tamaño y agujas de pino, que crujían al ser holladas por las botas. Aunque aún era mediodía, las nubes y la neblina impedían el paso de la luz hasta tal punto que daba la impresión de que ya se había hecho de noche. Brin escuchaba el silencio del bosque en busca de algún signo de vida entre las sombras, mientras seguía los pasos de la esbelta figura de

Kimber Boh. Escuchaba y buscaba, y de repente comenzó a sentirse inquieta. Allí había algo, sin duda, algo inmundo se escondía. Lo sentía. La neblina comenzó a descender entre los pinos, pero no interrumpieron la marcha. Cuando parecía que los iba a engullir por completo, dejaron el bosque y salieron a un pequeño claro donde unos antiguos bancos de piedra rodeaban una hoguera, con los troncos carbonizados y las cenizas ennegrecidas por la humedad.

En el extremo opuesto del claro, un sendero se adentraba en la neblina.

—Brin, desde aquí debes ir tú sola —le dijo Kimber—. Camina por el sendero hasta que llegues a la orilla. El Oráculo del Lago se acercará a ti.

—¡Y te susurrará secretos al oído! —dijo entre risas Cogline, de cuclillas junto a Brin.

—Abuelo —le reprochó la muchacha.

—Verdades y mentiras, ¿pero cuál es verdad y cuál es mentira? —dijo Cogline, desafiante, y se alejó dando saltos hacia los pinos.

—No permitas que el abuelo te asuste —le dijo Kimber inquieta al ver que Brin estaba preocupada—. El Oráculo del Lago no te hará daño. Solo es un fantasma.

—Quizá uno de nosotros debería acompañarte —sugirió Rone, un poco nervioso.

Kimber Boh negó con la cabeza inmediatamente y respondió:

—El Oráculo del Lago solo hablará con una persona, no con más. Puede que ni siquiera se muestre si va más de uno de nosotros. —Esbozó una sonrisa para infundir valor a la joven vallense—. Brin debe ir sola.

—Entonces no hay nada más que decir —comentó la joven del valle tras asentir con la cabeza.

—Recuerda lo que te he advertido —le aconsejó Kimber—. No creas todo lo que diga. Una gran parte será falso o estará tergiversado.

—Pero ¿cómo voy a saber qué es falso y qué es cierto? —preguntó Brin.

—Eso tendrás que decidirlo tú —respondió Kimber encogida de hombros—. El Oráculo del Lago jugará contigo. Aparecerá ante ti y hablará de lo que él quiera. Se burlará de ti. Así es como se comporta. Te obligará a jugar. Pero puede que tú sepas hacerlo mejor que yo —prosiguió, y le tocó el brazo—. Por eso creo que eres tú quien debe hablar con el Oráculo del Lago. Tú tienes la magia. Utilízala si puedes. Quizá encuentres la forma de que la canción te ayude.

La risa de Cogline resonó desde el borde del pequeño claro. Brin lo ignoró, se ciñó la capa y asintió en silencio.

—Es posible. Lo intentaré.

La muchacha sonrió, arrugando el pecoso rostro, y abrazó a Brin en un impulso.

—Buena suerte, Brin —dijo Kimber.

Sorprendida, la joven vallense correspondió a su abrazo y levantó una mano para acariciar el largo cabello oscuro de la muchacha.

—Cuídate —le dijo Rone, que se adelantó con torpeza y se inclinó para besarla.

Ella le dedicó una sonrisa; luego, ajustándose bien la capa, les dio la espalda y caminó hacia los árboles.

Poco después, las sombras y la neblina se cerraron tanto a su alrededor que desapareció de la vista cuando solo se había adentrado unos diez metros en el cercado de pinos. Ocurrió tan deprisa que cuando se dio cuenta de que no veía nada a su alrededor, aún continuaba avanzando. Entonces se sintió desorientada y escudriñó la oscuridad con la esperanza de que su vista se adaptara. El aire se había enfriado notablemente, y la humedad y el frío de la neblina del lago le atravesaban las ropas y le penetraban el cuerpo con un toque frío y húmedo. Tras unos largos y angustiosos segundos, descubrió que distinguía vagamente las delgadas formas de los pinos más cercanos, que aparecían y desaparecían como fantasmas entre la neblina. Le pareció improbable que la situación pudiera mejorar, por lo que se impuso al malestar y la inseguridad que se habían adueñado de ella y avanzó con cautela. Tanteaba el terreno con las manos extendidas y dependía más de sus sentidos que de la vista a medida que se abría paso por el sendero que dirigía al lago.

Después de caminar durante varios minutos, oyó el suave sonido de las olas al romper en la orilla en el silencio de la neblina del bosque. Aflojó el paso y escudriñó con atención los alrededores, a la espera de descubrir al fantasma que la estaba esperando. Pero no vio nada y continuó avanzando con precaución.

De repente, los árboles y la niebla se redujeron a ambos lados del camino, y Brin llegó a una orilla estrecha, salpicada de rocas, y miró a través de las aguas grises envueltas en la bruma del lago. El vacío se perdía en el ambiente, y la neblina se alzaba como un muro a su alrededor y la encerraba...

Un escalofrío le recorrió el cuerpo y le heló el corazón. Asustada, miró a su alrededor. ¿Qué había allí? Inmediatamente le invadió una terrible cólera, amarga y dura como el hierro, que enseguida se tornó en un deseo de venganza. Un fuego se encendió en su interior, alejó el frío y rechazó el miedo que amenazaba con arrollarla. De pie en la orilla del pequeño lago, sola entre la niebla, sintió cómo un extraño poder nacía en ella, lo bastante fuerte como para destruir cualquier cosa que osara oponerse a ella.

De repente, la neblina comenzó a moverse, y aquella extraña sensación de poder se desvaneció. Huyó como un ladrón, de regreso a su alma. Brin no comprendía lo que le había pasado ni tenía tiempo para pensar en ello porque entonces se dio cuenta de que algo se movía entre la bruma. Una sombra apareció y tomó una forma negra, que salía de la semioscuridad del lago. Surgida y condensada sobre las aguas, avanzó hacia donde ella estaba.

La joven del valle la observó acercarse. Era un ser espectral que se deslizaba sin hacer el menor ruido en las corrientes de aire, alejándose de la niebla y acercándose a la muchacha que esperaba en la orilla. Estaba envuelto en una capa, con la capucha echada, y era incorpóreo, como la bruma de la que había nacido. Tenía apariencia humana, pero carecía de facciones.

El fantasma comenzó a desplazarse más lento y se detuvo a unos tres metros de donde ella estaba, suspendido sobre las aguas del lago. Tenía los brazos cruzados sobre el pecho y su figura gris desprendía remolinos de niebla. Levantó la cabeza lentamente en dirección a la joven. Dos puntos de fuego rojo brillaron dentro de la capucha.

—Mírame, joven del valle —dijo el fantasma con una voz que sonaba como el vapor al escapar de un recipiente—. ¡Mira al Oráculo del Lago!

Levantó aún más la cabeza encapuchada y las sombras que le cubrían el rostro desaparecieron. Brin lo miró con asombro, incrédula.

El Oráculo del Lago tenía la cara de la joven vallense.

Jair se despertó en la húmeda y vacía oscuridad de la celda de Dun Fee Aran en la que se encontraba prisionero. Un fino rayo de luz gris se introdujo como un cuchillo afilado por el diminuto respiradero abierto en la pared de piedra. Era de día otra vez, pensó, e intentó recordar el tiempo que había pasado encerrado en aquella celda. Tenía la sensación de que habían pasado semanas, pero pronto se dio cuenta de que solo era el cuarto día. No había visto ni hablado con nadie, salvo al mwellret y al taciturno carcelero gnomo.

Se estiró con cuidado y después se sentó erguido sobre el sucio montón de paja. Tenía las muñecas y los tobillos sujetos a unas cadenas fijadas con anillas de hierro al muro de piedra. Le habían puesto los grilletes el segundo día tras haber sido encarcelado. El gnomo se los había puesto siguiendo órdenes de Stythys. Cuando se movía, resonaban y chirriaban en el profundo silencio, y los corredores situados al otro lado de la puerta blindada de la celda lo repetían. Cansado a pesar de haber dormido durante varias horas, escuchó cómo se apagaban los ecos y se esforzó por captar algún otro sonido que se aproximara, pero no oyó nada. Allí no había nadie que lo oyera, nadie que pudiera ayudarlo.

Se le llenaron los ojos de lágrimas, que resbalaron por sus mejillas y mojaron la parte delantera de la sucia túnica que vestía. ¿Pero qué estaba pensando? ¿Que alguien vendría a ayudarlo a salir de aquella tenebrosa fortaleza? Movió la cabeza para apartar el dolor que le producía la certeza de que nadie vendría en su ayuda. Los miembros del grupo de Culhaven estaban perdidos o muertos. Incluso Slanter. Se enjugó las lágrimas con movimientos bruscos, luchando contra su desesperación. Pasara lo que pasara, se juró a sí mismo que nunca entregaría al mwellret lo que le pedía y que buscaría la forma de huir de aquella prisión hasta encontrarla.

Como hacía siempre que se despertaba, manipuló las clavijas y los cerrojos de las cadenas a los que estaba atado para intentar debilitarlos lo suficiente como para liberarse. Durante un largo rato, torció y giró el hierro de las cadenas y escudriñó los eslabones en la penumbra. Pero, como siempre, acabó por desistir; era inútil intentar vencer al hierro forjado armado únicamente con carne y sangre. Solo la llave del carcelero podría dejarlo libre.

Libre. Pronunció la palabra mentalmente. Debía encontrar la manera de alcanzar la libertad. Tenía que hacerlo.

Entonces se acordó de Brin. Al pensar en ella, se preguntó qué podía ser lo que había visto la última vez que la vio a través del cristal de la visión. ¡Qué extraña y triste fue aquella breve imagen! Su hermana sola, sentada ante una fogata. Su rostro reflejaba desesperación y cansancio con desesperación y tenía la mirada fija en el bosque. ¿Qué habría causado aquel desazón?

Conscientemente, buscó con la mano el pequeño bulto del cristal sobre la túnica. Stythys todavía no lo había encontrado, ni tampoco la bolsa del polvo de plata. Había tomado la precaución de mantenerlos bien ocultos cuando el mwellret se encontraba cerca. La criatura lo visitaba con demasiada frecuencia. Aparecía entre las tinieblas sin hacer el menor ruido cuando él menos lo esperaba y se materializaba entre las sombras como un horrible mordífero para adularlo e intentar persuadirlo, para hacerle promesas y amenazarlo. Dame lo que te pido y serás libre... ¡Dime lo que quiero saber!

Jair se quedó serio, firme. ¿Ayudar a aquel monstruo? ¡Nunca lo haría!

Sacó la cadena de plata y la piedra de la túnica y la depositó con mimo entre las palmas de la mano. Era su único vínculo con el mundo exterior, el único medio que tenía para descubrir qué hacía su hermana y dónde se encontraba. Fijó su mirada en el cristal y decidió utilizarlo de nuevo. Era consciente del peligro que corría, pero solo sería un momento. Invocaría la imagen de su hermana e, inmediatamente después, dejaría que se desvaneciera. El monstruo no era tan listo para darse cuenta.

Necesitaba saber dónde y cómo estaba Brin.

Con el cristal en las manos, empezó a cantar. Una voz suave y baja despertó el poder dormido de la piedra y penetró en sus profundidades. Empezó a iluminarse lentamente y proyectó una luz al exterior. Un torrente de luz blanca inundó la horrible penumbra e hizo que el joven vallense esbozara una leve sonrisa.

—¡Brin! —la llamó en un susurro.

La imagen cobró vida. Frente a él, en el interior de la luz, estaba el rostro de su hermana. Cantó lentamente, sin parar, y la imagen se hizo más nítida. Estaba de pie ante un lago. La tristeza de su cara era ahora asombro. Rígida e inmóvil, miraba a un fantasma que se cubría con una capa y una capucha, suspendido en el aire sobre las aguas grises que la bruma envolvía. La imagen giraba con lentitud mientras el muchacho del valle cantaba, hasta mostrar el rostro.

La canción comenzó a quebrarse y se interrumpió cuando la cara quedó al descubierto.

¡Era el rostro de Brin!

Entonces escuchó un leve crujido al otro lado de la oscura celda que heló la sangre de Jair. Se quedó quieto al instante, y la extraña visión desapareció. Cerró las manos, con el cristal de la visión entre ellas, y se apresuró a ocultarlo entre sus destrozadas ropas, aunque sabía que ya era demasiado tarde.

—¿Vesss, amiguito? Ahora ya sssabesss cómo puedesss ayudarme —dijo una voz fría y familiar en un silbido.

La figura encapuchada del mwellret Stythys atravesó la puerta abierta de la celda.

En la misma orilla del lago en el que habitaba el oráculo, hubo un largo silencio, que solo rompía el suave sonido producido por las aguas grises al bañar las rocas. El fantasma y la joven del valle se miraban en la penumbra de la neblina sin intercambiar palabra alguna, como espíritus sin voz procedentes de otro mundo y otro tiempo.

—¡Mírame! —le ordenó el oráculo a la joven.

Brin mantenía la mirada puesta en la figura. El rostro del Oráculo del Lago era el suyo propio, ojeroso, pálido y marcado por la pesadumbre. Sin embargo, en lugar de sus ojos oscuros, un par de ranuras idénticas de luz carmesí ardían como carbones. Su propia sonrisa se reía de ella en los labios del fantasma y se burlaba maliciosamente, con una risa casi insonora y maligna.

—¿Me conoces? Si es así, pronuncia mi nombre —susurró.

—Eres el Oráculo del Lago —respondió Brin después de tragar saliva para aclararse la garganta.

El fantasma empezó a reír más fuerte.

—¡Yo soy tú, Brin de Valle Sombrío, Brin de las casas de Ohmsford y Shannara! ¡Yo soy el revelador de tu vida, y en mis palabras encontrarás tu destino! Intenta conseguir lo que deseas.

El siseo de la voz del Oráculo del Lago se disolvió en la repentina turbulencia de las aguas sobre las que estaba suspendido. Una fina lluvia estalló como un géiser en la bruma del aire y cayó sobre la joven. El agua era tan fría como el nefasto toque de la muerte.

—¿Quieres conocer, hija de la luz, la oscuridad que encierra el Ildatch?

Brin asintió sin decir palabra alguna.

—Todo lo que es y todo lo que ha sido la magia negra conduce al libro, su influencia llega hasta ti y los tuyos —dijo el Oráculo del Lago, esbozando una triste sonrisa y acercándose a la joven vallense—. Las Guerras de las Razas, las guerras del hombre, los demonios fantásticos; son todo lo mismo. Como rimas de una misma voz, todos son uno. Los humanos buscan en la magia negra un poder que no pueden dominar... y encuentran la muerte. Se arrastran hasta llegar al escondite del libro, atraídos por el señuelo, por la necesidad. Una vez ante el rostro de la muerte, una vez delante del foso de la noche. Siempre encuentran lo que buscan y se pierden en ello, hasta convertirse en fantasmas. Portadores y espectros, son lo mismo. Y el mal habita en todos ellos.

La voz se desvaneció. La mente de Brin trabajaba a gran velocidad. Pensaba en el significado de las palabras del fantasma. Una vez ante el rostro de la muerte... el Monte de la Calavera. Pasado y presente eran uno, los Portadores de la Calavera y los mordíferos. Eso era lo que quería decir el Oráculo del Lago. Habían nacido de la misma maldad y, de alguna manera, todo procedía de la misma fuente.

—La magia negra los creó a todos —respondió Brin enseguida—. Al Señor de los Brujos y a los Portadores de la Calavera, en los tiempos de mi bisabuelo, y ahora a los mordíferos. Eso es lo que quieres decir, ¿a que sí?

—¿Sí? —siseó la voz, en un tono provocativo—. ¿Es la magia negra la fuente de todo? Joven del valle, ¿dónde se encuentra ahora el Señor de los Brujos? ¿Quién es ahora el portavoz de la magia y dirige a los mordíferos?

Brin miró al oráculo en silencio. ¿Acaso estaba diciendo que el Señor de los Brujos había regresado? Pero eso era imposible...

—Es una voz oscura cuando habla a la raza humana —prosiguió el Oráculo del Lago con sonsonete—. Esa voz ha nacido de la magia, ha nacido del saber. Adopta diferentes formas; a veces son palabras escritas, a veces... ¡una canción!

Brin se quedó helada.

—¡Yo no soy una de ellos! ¡Yo no uso la magia negra!

—Nadie lo hace, joven del valle —dijo el Oráculo del Lago entre risas—. Es la magia la que los utiliza a ellos. Ahí tienes la clave que necesitas. Ahí está todo lo que necesitas saber.

—Cuéntame más —lo apremió Brin, que se esforzaba por comprender lo que decía.

—¿Más? ¿Más de qué? —La neblinosa figura del fantasma destelló amenazador—. ¿Quieres que te hable de los ojos... los ojos que te siguen, los ojos que te buscan en cada curva del camino? —La joven del valle se estremeció—. Los ojos que ordenan al cristal te miran con amor. Pero también hay ojos, ciegos y nacidos de ti misma, que te miran con maldad. ¿Ves? ¿Tienes los ojos abiertos? No como los ojos del druida cuando vivía, una oscura sombra de su tiempo. Estaban cerrados ante una gran parte de la verdad, cerrados ante lo que era evidente, y no se daba cuenta. No consiguió conocer la verdad, pobre Allanon. Solo vio el regreso del Señor de los Brujos, solo vio lo que fue como lo que es... no como podría haber sido. Lo engañaron, pobre Allanon. Incluso murió allí donde la magia negra quería que lo hiciera; y cuando llegó a su fin, actuó como un insensato.

—Los caminantes. Sabían que iba a venir, ¿verdad? —preguntó Brin. Su mente trabajaba a una velocidad de vértigo—. Sabían que vendría a las montañas de Wolfsktaag. Por eso estaba allí el jachyra.

—¡La verdad triunfa! Pero, probablemente, solo sea esta vez —respondió el fantasma entre risas que resonaban en el silencio de la neblina—. No confíes en lo que dice el Oráculo del Lago. ¿Quieres que te cuente más? ¿Quieres que te hable de tu viaje al Maelmord con el cretino príncipe de Leah y su magia perdida? ¡Oh, está desesperado por recuperar esa magia, tanto que lo destruirá! Tú ya sospechas que lo destruirá, ¿no es así, joven del valle? Permitamos que la recupere; así cumplirá su deseo y se convertirá en uno de los que compartieron ese deseo y después murieron. Suyo es el brazo fuerte que te conduce a un destino similar. ¿También quieres que te hable del camino que le llevará a la muerte?

—Dime lo que quieras, fantasma. Yo solo escucharé la verdad —respondió Brin, con una expresión severa.

—¿Ah sí? ¿Tengo yo que discernir entre lo que es verdad y lo que no lo es cuando hablemos de lo que ha de suceder? —preguntó el Oráculo del Lago con voz grave e insolente—. El libro de tu vida está abierto ante mí, aunque todavía hay algunas páginas en blanco. Lo que en ellas debe escribirse, ha de ser escrito por ti, no por las palabras que yo pueda pronunciar. Tú eres la última de tres, y cada uno vivirá bajo la sombra de los otros, cada uno buscará liberarse de esa sombra, cada uno se distanciará de ella y finalmente se unirá a los que fueron antes. Pero tu camino es más oscuro en esta tierra.

Brin titubeó, insegura. Shea Ohmsford debía ser el primero, su padre, el segundo, y ella, la tercera. Todos habían intentado librarse del legado de la casa élfica de Shannara, de la cual descendían. Pero ¿qué significaba la última parte?

—Ah, la muerte te espera en la tierra de los caminantes —siseó con suavidad el Oráculo del Lago—. En el interior del foso negro, en el seno de la magia que intentas destruir, allí es donde encontrarás la muerte. Está predestinado, joven del valle, porque llevas las semillas de la magia negra en tu interior.

—Entonces, Oráculo del Lago, dime cómo puedo llegar hasta ahí —le urgió Brin, que se levantó con impaciencia—. Indícame cómo llegar al Maelmord sin que me descubran los ojos de los caminantes. Permíteme que me dirija a mi muerte sin más demora, si eso es lo que has visto.

El Oráculo del Lago emitió una risa sombría.

—Muchacha inteligente, pretendes que te diga de forma clara lo que has venido a descubrir aquí. Yo sé lo que te ha traído aquí, hija de los elfos. No puedes ocultarme nada, porque he vivido todo lo que fue y viviré todo lo que ha de ser. Es mi elección hacerlo así, quedarme dentro de este mundo antiguo y no estar en paz en otro. He hecho juguetes con personas de carne y hueso, que son ahora mis únicos compañeros. Estos nunca han podido atravesar mi escudo. ¿Quieres saber la verdad de lo que me pides, joven del valle? Entonces, suplícame.

Movida por la cólera que brotó en su interior al escuchar las jactanciosas palabras del Oráculo del Lago, Brin avanzó hasta la misma orilla de las grises aguas. La bruma roció agua con un silbido, a modo de advertencia, pero ella lo ignoró.

—Me advirtieron que jugarías conmigo —dijo en tono amenazante—. Vengo desde muy lejos y he soportado muchas penurias. No tengo ninguna intención de que te rías de mí. No me presiones, fantasma. Limítate a decir la verdad. ¿Cómo puedo llegar al foso del Maelmord sin que los caminantes me vean?

El Oráculo del Lago entrecerró los ojos y lanzó destellos rojos mientras el silencio se alargaba.

—Encuentra tu propio camino, Brin de las gentes de Valle Sombrío —contestó, siseando.

Brin sintió que la cólera explotaba en su interior, pero consiguió controlarla con fuerza de voluntad. Resignada, asintió en silencio, retrocedió, se sentó en la orilla y se ciñó la capa.

—Esperas inútilmente —dijo el oráculo despectivamente.

Pero Brin no se movió. Se esforzó por intentar mantener la compostura mientras inspiraba la humedad del lago y guardaba para ella sus pensamientos. El Oráculo del Lago permanecía suspendido sobre las aguas, inmóvil, sin dejar de mirarla, y Brin dejó que la observase. El rostro moreno de la joven se tornó sereno, y una ráfaga de viento le empujó el negro cabello hacia atrás. ¡Todavía no se ha dado cuenta de lo que voy a hacer! Sonrió para sus adentros, y aquel pensamiento se desvaneció un breve instante después de haber aparecido.

Luego empezó a cantar suavemente. La canción se alzó en el mediodía con sus dulces y tiernas palabras desde los labios de la muchacha, sentada en la orilla del lago, e impregnó el aire que la rodeaba. Luego se desplazó hasta alcanzar la figura brumosa del Oráculo del Lago, que ondeó y se contorsionó por la magia. La sorpresa del fantasma fue tal que no se movió del lugar en que se encontraba y quedó aprisionado en la red de la magia, que se ceñía lentamente sobre él. Durante un breve instante, el Oráculo del Lago pareció darse cuenta de lo que le estaba sucediendo. Las aguas del lago comenzaron a hervir y a silbar bajo sus ropas retorcidas, pero la canción hizo desvanecer todo lo que había alrededor de la forma aprisionada rápidamente y la atrapó, como si fuese una crisálida.

La joven vallense cantaba ahora más rápido y con un propósito más certero. El velo del primer canto, la suave envoltura semejante a una matriz que había rodeado al Oráculo del Lago sin que este lo advirtiera, había desaparecido. Ahora era un prisionero, había quedado atrapado como una mosca en una telaraña, e iba a recibir el trato que su captora quisiera darle. Pero la muchacha del valle no utilizó ni la fuerza física ni la fuerza mental contra aquel ser porque se había dado cuenta de que ambas serían inútiles. Los recuerdos fueron las armas de las que se sirvió… recuerdos de lo que una vez había existido, de lo que se había perdido y ya nunca podría ser recuperado. Todos regresaron de repente con la música de la canción: el tacto de una mano humana, cálido y amable; el olor y el sabor de la dulzura, de la luz, la sensación del amor y la alegría, de la vida y la muerte. Todos estos y tantos otros que el espectro apenas recordaba al haberlo abandonado la vida hacía mucho tiempo, recuerdos perdidos que el Oráculo del Lago en su forma presente había perdido para siempre.

El fantasma gritó angustiosamente e intentó evadirse de esas antiguas sensaciones mientras rielaba y giraba entre la neblina. Sin embargo, no podía librarse de la magia de la canción. Poco a poco, las sensaciones lo alcanzaron y lo sujetaron, y se rindió ante sus recuerdos. Brin sentía cómo las emociones del fantasma tomaban vida, y en los recuerdos exhumados brotaron las lágrimas del Oráculo del Lago. Ella siguió cantando. Cuando consiguió dominar por completo al fantasma, intentó dejar a un lado su propio dolor y cesó de mostrarle aquellos recuerdos al oráculo.

—¡No! —gritó la aparición, con desesperación—. ¡Devuélvemelos, joven del valle! ¡Devuélvemelos!

—Dime lo que necesito saber —cantó ella, dejando que sus preguntas ondearan en el canto—. ¡Dímelo!

Las palabras del Oráculo del Lago se precipitaron como un torrente, como liberadas por la angustia que atormentaba el alma que había sido olvidada.

—En Marca Gris hay un puente sobre el Maelmord donde este se adentra en el Cuerno del Cuervo. Marca Gris, el castillo de los mordíferos. Allí está el camino que buscas, un laberinto de túneles que va desde sus salas y cámaras y se introduce profundamente en la roca que le sirve de base, hasta desembocar en una cuenca mucho más abajo. Sigue los túneles y los ojos de los caminantes no te verán.

—La Espada de Leah —preguntó Brin con acritud—. ¿Dónde está? ¡Dímelo!

La angustia hacía que el Oráculo del Lago se retorciese una y otra vez cuando la joven lo tocaba y provocaba con las sensaciones de aquello que había perdido.

—¡Gnomos araña! —gritó el fantasma, desesperado—. ¡La espada se encuentra en su campamento; la arrebataron de las aguas del torrente de Chard, la recogieron gracias a las redes y cepos que tienen en las orillas!

Tras escuchar la respuesta, Brin dejó de utilizar la magia de la canción, impregnada de recuerdos y sensaciones de una vida antigua. La dejó salir en un torrente rápido e indoloro y liberó al espíritu aprisionado de las ligaduras que lo sujetaban. Los ecos de la canción se disolvieron en el silencio que cubría el pequeño lago y perecieron en una nota evocadora que circundó el aire del mediodía. Era una nota de olvido... un grito dulce y espectral que devolvió al Oráculo del Lago a su estado anterior.

A continuación se produjo un largo y angustioso silencio. Brin se puso de pie con lentitud y miró fijamente el rostro del fantasma, una reproducción del suyo propio. Algo gritó en su interior cuando vio la mirada con que fue correspondida. ¡Era como si se hubiese tendido la trampa a sí misma!

—¡Me has engañado para conseguir la verdad, hija de la oscuridad! —exclamó entre sollozos el Oráculo del Lago al comprender en aquel preciso instante lo que le había hecho la joven del valle—. Tengo la sensación de que eso es lo que has hecho. ¡Ah, eres un ser oscuro! ¡Oscuro!

Su voz se quebró, y las aguas grises borbotearon y desprendieron humo. Brin se quedó inmóvil en la orilla del lago, asustada como para marcharse o continuar la conversación. Se sentía vacía y fría.

El Oráculo del Lago levantó entonces el brazo.

—Un último juego, joven del valle; deja que te corresponda. ¡Que te haga un regalo! ¡Mira hacia la niebla, junto a mí! ¡Ahora mira con atención! ¡Mira!

En ese momento, Brin se dio cuenta de que debía huir, pero no pudo. La niebla parecía espesarse ante ella, arremolinada y extendida en una sábana de color gris que se iluminaba y alisaba. En su superficie, Brin vio como algo se movía lentamente y brillaba, como el agua tranquila que se agita. Entonces, se formó una imagen... una figura, encogida en una celda oscura, se movía furtivamente...

Jair volvió a coger el cristal de la visión y lo ocultó en el fondo de su túnica con la esperanza de que las sombras y la penumbra hubieran ocultado al mwellret lo que había hecho. Quizás se había movido con la suficiente rapidez. Quizás...

—He vissto la magia, medio elfo —dijo la áspera voz con acritud, que frustró las esperanzas del joven—. Sssiempre he tenido la sssensssación de que teníasss magia. Compártela conmigo, amiguito. Muésstrame lo que tienesss.

—Aléjate, Stythys. Apártate de mí —respondió Jair mientras negaba con la cabeza. Los ojos azules del joven reflejaban miedo.

—¿Me amenazasss, hombrecillo? —inquirió el mwellret con una sonora carcajada, grave y gutural, que resonó en la oquedad de la celda y en los largos pasillos que se extendían más allá. El lagarto se hinchó de repente dentro de sus oscuras vestiduras hasta elevarse como una sombra monstruosa en aquella escasa—. Te aplasssstaré como a un minússsculo huevo sssi utilizasss la magia conmigo. Essstate quieto ahora. Mírame a losss ojosss. Mira lasss lucesss.

Los ojos con párpados escamosos del mwellret desprendieron destellos fríos y apremiantes. Jair sabía que no debía mirar porque, si lo hacía, la criatura volvería a dominarlo, y por eso bajó la mirada. Pero no le resultaba fácil; deseaba saber qué había dentro de aquellos ojos, deseaba sentirse atraído por ellos y disfrutar de la paz que allí lo esperaba.

—Mírame, medio elfo —repitió el monstruo.

La mano de Jair se cerró sobre el cristal de la visión hasta que sintió como los filos se incrustaban en su palma. Concéntrate en el dolor, pensó con desesperación. No mires. ¡No mires!

Enfurecido, el mwellret levantó una mano y gritó:

—¡Dame la magia! ¡Dámela!

En silencio, Jair Ohmsford retrocedió unos pasos de la bestia...

De repente, el Oráculo del Lago dejó caer el brazo y la pantalla de niebla se aclaró y desapareció. Brin se tambaleó hacia delante y empezó a caminar desde la orilla salpicada de rocas hacia las aguas grises del lago. ¡Jair! ¡Era Jair al que había visto! ¿Pero qué le había pasado?

—¿Te ha gustado el juego, Brin de las gentes de Valle Sombrío? —le preguntó el fantasma con aspereza, mientras las aguas sobre las que estaba suspendido borbotoeaban—. ¿Has visto lo que le ha pasado a tu hermano, al que creías seguro en Valle Sombrío? ¿Lo has visto?

—Es una de tus mentiras, Oráculo del Lago. Ahora estás mintiéndome —respondió Brin, que intentaba dominar la rabia que había estallado en su interior.

—¿Mentiras? —preguntó el fantasma, con una irónica sonrisa—. Piensa lo que quieras, joven del valle. Después de todo, un juego no es más que un juego. Una desviación de la verdad. ¿O acaso revela la verdad? —prosiguió, con los brazos extendidos. La niebla se arremolinaba a su alrededor—. Eres oscura, Brin de Shannara, de Ohmsford, engendro de la historia. Oscura como la magia con la que juegas. Aléjate ahora mismo de mí. Vete con lo que has descubierto sobre la magia del payaso de tu amigo príncipe y el camino hacia tu muerte. ¡Encuentra lo que buscas y conviértete en lo que probablemente te convertirás! ¡Aléjate de mí!

El Oráculo del Lago empezó a desvanecerse entre la neblina gris que cubría las lóbregas aguas. Brin se quedó paralizada en la orilla. Deseaba que el fantasma regresara, aunque sabía que eso no sucedería.

De repente, el fantasma se detuvo, con los ojos carmesíes entornados dentro de la niebla de sus ropas. El fantasma la miró con el propio rostro de la joven, como si fuese una perversa máscara diabólica.

—Mírame y podrás ver quién eres en realidad, Brin de las gentes de Valle Sombrío. Salvadora y destructora, el espejo de la vida y de la muerte. La magia nos utiliza a todos, hija de la oscuridad; ¡incluso a ti!

Tras pronunciar estas últimas palabras, el Oráculo del Lago desapareció entre el muro de bruma, y su risa, suave y malvada, se desvaneció en el profundo silencio. En silencio, la penumbra se cernió a su alrededor.

Brin se quedó mirando un momento, perdida en sus miedos, sus dudas y las advertencias que su mente le susurraba. Después se dio media vuelta y caminó hacia los árboles.

33

El mwellret Stythys entró en la pequeña celda con una expresión enigmática y amenazadora, y Jair retrocedió lentamente.

—Dame la magia —dijo el lagarto, que lo señalaba con sus retorcidos dedos—. Sssuéltala, medio elfo.

El joven del valle siguió retrocediendo hacia las sombras, arrastrando las cadenas que lo sujetaban por las muñecas y los tobillos, hasta que su espalda chocó contra el muro de la celda.

«¡Ni siquiera puedo alejarme de él!», pensó, desesperado.

El suave ruido producido por unas botas de cuero arrastradas por el suelo de piedra anunció la inminente entrada en la celda del carcelero gnomo. Con la cabeza inclinada y el rostro oculto en las sombras de su capucha, atravesó la puerta abierta y entró sin hacer ningún ruido. Stythys se giró al advertir su presencia, y sus fríos ojos reflejaron la contrariedad que le había producido su llegada.

—No he ordenado que viniesssen gnomosss —silbó el mwellret, mientras con las escamosas manos le hacía gestos para que se marchara.

Sin embargo, el carcelero no se dio por enterado. Callado e indiferente, pasó junto al lagarto como si no lo hubiese visto y se dirigió hacia Jair. El gnomo se deslizó como un fantasma, con la cabeza inclinada y las manos dentro de los pliegues de su andrajosa capa. Jair, sorprendido e inseguro, vio como se acercaba. A medida que estaba más cerca, el joven del valle se alejaba con repulsión, acercándose al muro de la celda. Las cadenas que lo sujetaban por las muñecas hicieron un ruido ensordecedor cuando levantó las manos para defenderse.

—¡Sssal de aquí, gnomo! —carraspeó Stythys, visiblemente enojado. El mwellret irguió su escamoso cuerpo en actitud amenazadora.

Sin embargo, el carcelero ya estaba junto a Jair, encorvado y en silencio. Un segundo más tarde, levantó lentamente la cabeza. Jair tenía los ojos desorbitados. El gnomo de la capa andrajosa no era el carcelero.

—¿Necesitas un poco de ayuda, muchacho? —susurró Slanter.

En aquel instante, una figura vestida de negro saltó dentro de la celda desde el lóbrego pasillo, y la fina hoja de una larga espada se apoyó en la garganta de un Stythys asombrado, obligándolo a retroceder hasta la pared.

—No quiero que hagas el más mínimo ruido, ni un falso movimiento —le advirtió Garet Jax—. En caso de que lo intentes, estarás muerto antes de que hayas conseguido hacerlo.

—¡Garet, estás vivo! —exclamó Jair con incredulidad.

—Vivo y en buen estado de salud —respondió, sin apartar su dura mirada del mwellret—. Date prisa y libera al joven del valle, gnomo.

—¡Ten un poco de paciencia! —Slanter había sacado una anilla con llaves de hierro de debajo de la andrajosa capa y las iba probando por orden en los grilletes que aprisionaban a Jair—. ¡Estas malditas llaves no entran en la cerradura! ¡Vaya, por fin, esta es!

Los grilletes se abrieron con un chasquido y las cadenas cayeron al suelo.

—¡Slanter! —Jair agarró al gnomo por el brazo, mientras este se despojaba de la andrajosa capa del carcelero y la tiraba a un lado—. ¿Cómo diablos has conseguido dar con mi paradero?

—¡No tiene ningún misterio! —respondió el gnomo, mientras frotaba las magulladas muñecas del joven para restablecerle la circulación—. ¡Ya te dije que ningún rastreador podía igualarse a mí! Es verdad que el tiempo no nos ha ayudado mucho. Borró casi todas las huellas y convirtió todo el bosque en un pastizal. Pero encontramos huellas del lagarto justo en la entrada de los túneles y supimos que te traería aquí, fueran cuales fuesen sus intenciones. Las celdas de Dun Fee Aran siempre están en venta para quien pague el precio establecido, y nunca se hacen preguntas. Además, los hombres que las ocupan también están en venta. Te encierran hasta que te quedas en los huesos, a menos que…

—Explícaselo más tarde, gnomo —lo interrumpió Garet Jax—. Y tú, camina delante y haz que nadie se acerque a nosotros —dijo al mwellret, al que dio un empujón—. No nos tiene que parar nadie; no nos tiene que hacer preguntas nadie. De lo contrario…

—¡Dejadme aquí, hombrecilloss! —silbó el lagarto.

—Sí, déjalo —intervino Slanter, con una mueca de disgusto—. No se puede confiar en los lagartos.

—Él nos acompaña —respondió categórico Garet Jax, negando con la cabeza—. Foraker cree que podemos utilizarlo.

—¿También está aquí Foraker? —preguntó Jair, asombrado.

Sin embargo, Slanter ya empujaba al mwellret hacia la puerta de la celda, al que escupía con claro desdén.

—Maestro de armas, su compañía no nos hará ningún bien —insistió el rastreador—. Recuerda bien que te lo he advertido.

Ocultos entre las sombras y en absoluto silencio, Slanter y el joven del valle estaban en el pasillo de fuera mientras Garet Jax obligaba a Stythys a cruzar la puerta. El maestro de armas se detuvo un momento, escuchó, empujó a Stythys delante de él y empezaron a andar. Ante ellos, una antorcha ardía en un soporte del muro. Cuando llegaron a ella, Slanter la cogió y se adelantó.

—¡Este lugar es un pozo negro! —dijo el gnomo, abriendo camino a través de la penumbra.

—¡Slanter! —susurró Jair—. ¿Está Elb Foraker aquí?

El rastreador le dirigió una rápida mirada, asintió con la cabeza y dijo:

—Sí, y también están el enano, el elfo y el hombre de la frontera. Dijimos que empezaríamos este viaje juntos y que así lo terminaríamos. Supongo que estamos todos locos.

Recorrieron el laberinto de pasadizos de aquella prisión. El gnomo y el joven vallense dirigían el grupo, y el maestro de armas los seguía a una corta distancia, con la punta de su espada en la espalda del mwellret. Apretaron el paso mientras cruzaban la oscuridad, el silencio y el hedor a muerte y descomposición, y pasaron por delante de las puertas cerradas y enmohecidas de las celdas de la cárcel, para salir cuanto antes al exterior. Poco a poco, la penumbra comenzó a desvanecerse cuando algunos rayos de luz diurna, gris y neblinosa, se filtraron en los pasadizos. El sonido de la lluvia llegó a sus oídos, y un leve y tonificante soplo de aire limpio los alcanzó.

En ese momento llegaron ante las enormes puertas blindadas de la entrada del edificio, cerradas y aseguradas con barras. El viento y la lluvia las golpeaban con fuerza y hacían tamborilear la madera. Slanter apartó la antorcha y se acercó a la mirilla de vigilancia para ver lo que les esperaba fuera. Jair se unió a él, agradecido por respirar el aire fresco que soplaba en el exterior.

—Creía que jamás volvería a veros, a ninguno de vosotros —le susurró al gnomo.

—Has tenido suerte, todo ha salido bien —respondió Slanter, sin apartar los ojos de la mirilla.

—Creía que no habría nadie que pudiese liberarme. Pensaba que habíais muerto todos.

—Pues ya ves que no es así —respondió el gnomo—. Después de perderte en los túneles, sin saber lo que te había sucedido, seguí adelante. El túnel terminaba entre los riscos que dominan Capaal. Sabía que si los demás estaban con vida, harían lo mismo que yo, ya que ese era el plan del maestro de armas. Así que esperé. Al final, se encontraron unos a otros, y luego me encontraron a mí. Y entonces nos dispusimos a buscarte.

—Slanter, podrías haberme abandonado... y también a ellos —dijo Jair al gnomo, mirándolo con atención—. Nadie se hubiese enterado. Eras libre.

—¿Sí? —preguntó el gnomo, haciendo un gesto de indiferencia. Se sentía incómodo, y su rostro lo reflejaba con claridad—. Nunca me paré a pensar en ello.

—¿Todavía llueve? —preguntó Garet Jax a Slanter, que en aquel momento había llegado a su altura y empujaba a Stythys, delante de él.

—Todavía.

El maestro de armas envainó la espada con un hábil movimiento y cogió en su lugar un largo cuchillo. Empujó a Stythys contra la pared del corredor. Su enjuta cara tenía una expresión seria. Aunque era una cabeza más alta que Garet Jax cuando este entró en la celda de Jair, ahora Stythys se había encogido, enroscado como una serpiente bajo sus ropas. Los ojos verdes fríos e inmóviles del reptil dirigían diabólicas miradas al joven de las Tierras Meridionales.

—Dejadme, hombrecilloss —suplicó una vez más.

—Mwellret, cuando estemos fuera, camina cerca de mí —respondió Garet Jax, que negaba con la cabeza—. No intentes huir. Nada de trucos. Es poco probable que nos puedan reconocer con las capas y las capuchas puestas. La lluvia mantendrá alejados a los guardianes, pero si alguno se acerca, tú tendrás que dar la cara. Recuerda que no costaría mucho persuadirme para que te rebane la garganta.

Lo dijo con suavidad, casi con dulzura. Después se hizo un silencio glacial.

—¡Pero sssi tiene la magia! —silbó el mwellret, furioso. Sus ojos se habían convertido en rendijas—. ¡No necesssita nada de mí! ¡Dejadme!

—Tú vienes con nosotros —respondió Garet Jax, que apretó la punta del cuchillo contra la escamosa garganta del lagarto.

Con las capas bien ceñidas, abrieron las pesadas puertas de madera de la lóbrega prisión y salieron a la luz. La lluvia se precipitaba desde el cielo gris y brumoso como una gran cortina cegadora, impulsada con fuerza por el viento contra los muros de la fortaleza. Con las cabezas bajas para protegerse de la fuerte lluvia, los tres hombres y el lagarto empezaron a atravesar el patio enfangado en dirección a las almenas que había justo al norte. Varios grupos dispersos de cazadores gnomos pasaron a su lado sin aflojar el paso, deseosos de ponerse a cubierto cuanto antes. En las atalayas, los centinelas se refugiaban entre los recovecos y bajo los salientes de la piedra tallada, maltratados por el frío y la humedad. Ninguno les dirigió una segunda mirada.

Cuando ya estaban cerca de las almenas del norte, Slanter se adelantó para señalarles el camino entre las charcas y los hoyos de fango hacia un par de verjas de hierro que daban acceso a un patio pequeño. Al abrir las puertas, cruzaron el patio rápido hasta llegar a una entrada cubierta que conducía a un puesto de vigilancia de madera y piedra. Sin hablar, el gnomo abrió la cerradura de la puerta de madera y entró, seguido de los otros tres.

Llegaron a un vestíbulo interior, iluminado por antorchas colocadas en soportes a ambos lados de la puerta. Se detuvieron un momento y se sacudieron el agua de las capas mientras Slanter se acercaba a un oscuro pasillo que se dirigía hacia la izquierda, por debajo de las almenas. Después de escudriñar la penumbra, el gnomo les hizo una señal para que lo siguieran. Garet Jax sacó una de las antorchas de su soporte, se la dio a Jair y con un gesto le ordenó que siguiera a Slanter.

Ante ellos apareció una sala estrecha, franqueada por puertas que se perdían en la oscuridad.

—Son los almacenes —dijo Slanter, parpadeando.

Entraron en la sala y Slanter se adelantó con cautela, se paró ante la tercera puerta y tocó con los nudillos, suavemente.

—Somos nosotros —susurró por el ojo de la cerradura.

Se oyó el chasquido de la cerradura y la puerta se abrió de par en par. De repente, aparecieron Elb Foraker, Helt y Edain Elessedil. Sus rostros magullados esbozaron una sonrisa. Rodearon a Jair y estrecharon su mano calurosamente.

—¿Estás bien, Jair? —le preguntó enseguida el príncipe elfo.

Tenía la cara tan arañada y amoratada que el joven del valle se preocupó por su estado de salud.

—Solo son unos rasguños —prosiguió Edain Elessedil al advertir su preocupación, encogido de hombros—. Encontré un pasadizo, pero la salida daba a unos arbustos espinosos. No tardará en curarse. Pero tú... ¿estás bien?

—Ahora sí, Edain —respondió Jair. El joven abrazó al príncipe elfo repentinamente.

Helt y Elb Foraker tenían contusiones en la cara y en las manos. Jair se imaginaba que aquello se lo habían hecho al caerles encima la mayor parte del muro de aquella almena.

—¡No puedo creer que estéis todos aquí! —exclamó Jair, que tragó saliva para suavizar el nudo que se le había hecho en la garganta.

—Tampoco es que pudiésemos abandonarte sin más, ¿no, Jair? — le dijo el gigantesco hombre de la frontera, que lo agarraba del brazo con una de sus grandes manos—. Tú posees la magia que necesitamos para devolver la salud al río de Plata.

Jair sonrió, feliz.

—Ya veo que habéis conseguido traerlo —dijo Foraker mientras se acercaba, sin apartar la mirada del mwellret.

Garet Jax asintió sin hacer ningún comentario. Mientras los otros saludaban a Jair, él se había quedado junto a Stythys, con el cuchillo apoyado en su garganta.

—¡Losss hombrecillosss ssse arrepentirán de llevarme! —silbó la criatura, llena de odio—. ¡Encontraré la forma de que ssse arrepientan!

Slanter escupió en el suelo, en señal de desprecio.

—Tú eres el responsable de lo que te pase a partir de ahora, Stythys —dijo Foraker al lagarto—. Si no te hubieses llevado contigo al joven del valle, te habríamos dejado en paz. Pero te lo llevaste a la fuerza y tendrás que responder por ello. Vas a hacer que salgamos de este lugar sanos y salvos y que atravesemos de igual forma los bosques del norte, hasta llegar a las montañas del Cuerno del Cuervo. Si intentas guiarnos por un camino que no es el seguro, dejaré que Slanter haga contigo lo que ha deseado hacer desde el mismo momento en que te vio. Y recuerda, Stythys, él conoce el camino, así que piénsatelo muy bien antes de engañarnos —concluyó Foraker con la mirada puesta en el gnomo.

—¡Vámonos de aquí! —exclamó Slanter, visiblemente nervioso.

Precedidos por él, salieron de aquella estrecha sala por una serie de pasadizos aún más estrechos, hasta llegar a la base de una sinuosa escalera de piedra. Slanter se llevó el dedo a los labios para advertir a sus acompañantes. De uno en uno y en fila, empezaron a subir los peldaños. Desde algún lugar más alto se oían, tenues y lejanas todavía, unas guturales voces de gnomos. Al final de la escalera había una pequeña puerta de madera que estaba cerrada. Slanter se detuvo ante ella un momento y escuchó; luego la abrió y echó un vistazo. Entonces, satisfecho, les hizo un gesto para que atravesaran la sala.

Llegaron a un enorme arsenal. El suelo estaba lleno de armas amontonadas, armaduras y provisiones. Una luz grisácea se filtraba a través de unas ventanas altas y enrejadas. La estancia estaba vacía, y Slanter se dirigió a toda prisa hacia una puerta situada en la pared opuesta.

Casi había llegado a ella cuando alguien la abrió bruscamente desde el otro lado, y se encontró frente a un escuadrón de cazadores gnomos.

Los gnomos se mostraron sorprendidos al ver a Slanter y el extraño grupo que lo seguía. Cuando vieron a Elb Foraker, empuñaron las armas de forma instintiva.

—¡Esta vez no hemos tenido suerte, muchacho! —gritó Slanter, colocándose delante de Jair para protegerlo.

Los cazadores gnomos se abalanzaron contra ellos, pero la oscura figura de Garet Jax ya se movía, con la espada desenvainada. El primero de los atacantes cayó, y Foraker se situó junto al maestro de armas mientras rechazaba con su hacha de doble filo al resto. Detrás de ellos, Stythys se giró y se precipitó corriendo hacia la puerta por la que habían entrado, pero Helt cayó sobre él como un gato y lo derribó. Resbalaron hasta chocar con un montón de lanzas, que se desparramaron a su alrededor con un gran estruendo.

Los cazadores gnomos opusieron una tenaz resistencia y todavía tuvieron fuerzas para luchar colocados ante la puerta abierta durante unos instantes más, mientras Garet Jax y Foraker cargaban contra ellos. Después, con un grito de rabia, se dispersaron y huyeron. El maestro de armas y el enano corrieron tras ellos, pero al ver que la persecución era inútil, regresaron para ayudar a Helt. Juntos, volvieron a poner de pie a Stythys, que silbaba airadamente. El lagarto hinchó su cuerpo escamoso hasta superar en altura al gigantesco hombre de la frontera. Con fuerza, lo sujetaron y llevaron hasta donde estaban Slanter y Jair, que echaban un vistazo al pasillo. Desde ambos extremos del pasillo, se oían gritos de alarma que respondían a los de los gnomos que habían huido.

—¿Por dónde huimos? —preguntó Garet Jax a Slanter, con impaciencia.

Sin responder, el gnomo dobló a la derecha, en dirección opuesta a la que habían tomado los cazadores, e indicó a los demás que lo siguieran. Fueron tras él en grupo, mientras Garet Jax obligaba al mwellret a moverse.

—¡Essstúpidosss hombrecillosss! —silbaba el mwellret con furia—. ¡Moriréisss aquí, en lasss prisssionesss!

El pasillo se dividió ante ellos. Por la izquierda, apareció un grupo de gnomos que cargó con las armas desenvainadas al verlos. Slanter se dio la vuelta y condujo al grupo hacia la derecha. Un cazador gnomo les salió al paso desde el umbral de una puerta, pero Foraker lo arrolló sin disminuir la velocidad y le golpeó la cabeza, cubierta con un casco, contra el muro de piedra con una fuerza descomunal. Los gritos de sus persecutores se oían por todas partes.

—¡Slanter! —le advirtió Jair.

Ya era demasiado tarde. El gnomo se encontró con un numeroso grupo de cazadores armados que irrumpió de repente por un pasillo contiguo. Slanter cayó bajo una maraña de brazos y piernas, y dejó soltar un grito. Garet Jax empujó a Stythys hacia Helt y corrió en su ayuda, y Foraker y Edain Elessedil lo siguieron de cerca. Las armas centellearon en la tenue luz grisácea, y el lugar se llenó de gritos de dolor y rabia. Los rescatadores se precipitaron contra los gnomos y los obligaron a alejarse del caído Slanter. Garet Jax esquivaba y atacaba a los gnomos con su fina espada como si fuese un gato, ágil y veloz. Los gnomos cedieron. Slanter se puso de pie con la ayuda de Edain Elessedil.

—¡Slanter! ¡Sácanos de aquí! —gritó Elb Foraker, que blandía su gran hacha de doble filo.

—¡Adelante! —dijo Slanter, que tosió y reemprendió el camino, tambaleándose.

Esquivando los gnomos que todavía intentaban cortarles el paso, se precipitaron pasillo abajo, con el renuente Stythys a rastras. Los cazadores gnomos se abalanzaban sobre ellos desde todos los rincones, pero el grupo los rechazaba con ferocidad. Slanter cayó de nuevo al tropezar con la empuñadura de una espada corta arrojada ante él. Foraker corrió en su ayuda, agitando el hacha hacia su atacante y tirando de Slanter con la otra mano para ayudarlo a ponerse de pie. Los gritos que se oían a sus espaldas fueron creciendo hasta convertirse en un tremendo rugido cuando un centenar de gnomos que iban a darles caza inundó el pasillo que había junto a la puerta del arsenal.

Consiguieron librarse del peligro durante un momento cuando saltaron un tramo de escaleras hasta el piso inferior y se dirigieron a un pasadizo situado más abajo. Una amplia cámara circular se abrió ante ellos, rodeada de ventanas y puertas cerradas y reforzadas para resistir el mal tiempo. Sin disminuir la marcha, Slanter se dirigió a una de las puertas, la abrió y salieron de nuevo a la lluvia. Llegaron a otro patio, circundado por muros y al que se accedía a través de varias puertas. La lluvia les golpeaba la cara con violencia, y los truenos retumbaban a través del Alto Bens. Slanter seguía dirigiendo el grupo, ahora a paso más lento. Cruzó el patio en dirección a las puertas, abrió una de ellas de un empujón y la atravesó. Una escalera exterior bajaba en semicírculo hasta una línea de almenas y puestos de vigilancia. Más allá, la oscura sombra del bosque se ceñía sobre los muros.

Slanter condujo al grupo escaleras abajo, en dirección a las almenas. Había cazadores gnomos en los alrededores de las puertas de vigilancia, que habían sido alertados de que algo había sucedido en el interior de la fortaleza. Slanter los ignoró. Con la cabeza inclinada y embozado en la capa, señaló con la mano hacia un pasadizo situado bajo las almenas. Cubierto por las sombras, reunió al grupo a su alrededor.

—Vamos a cruzar las puertas —dijo, mientras respiraba con dificultad—. Que nadie hable excepto yo. Seguid con las capuchas puestas y mantened las cabezas bajas. Pase lo que pase, no os detengáis. ¡Adelante, ahora!

Nadie puso ninguna objeción, ni siquiera Garet Jax. Con las capas ceñidas y las capuchas echadas, salieron de las sombras. Como siempre, Slanter abría la marcha. Bordearon los muros de las almenas por debajo de la torre vigía hasta llegar a un par de puertas abiertas, reforzadas con barras de hierro. Un grupo de cazadores gnomos hablaba animadamente ante ellas, con la cabeza inclinada para protegerse del mal tiempo, mientras compartían una botella de cerveza. Cuando el grupo se acercó, varios levantaron la cabeza, y Slanter los saludó con la mano y dijo algo en la lengua de los gnomos que Jair no logró entender. Uno de los cazadores se separó de sus compañeros y se aproximó a ellos.

—Seguid caminando —dijo Slanter, por encima del hombro.

Entonces, los cazadores gnomo escucharon algunos gritos dispersos y, sobresaltados, miraron hacia la fortaleza para descubrir lo que había ocurrido.

El grupo pasó por su lado. Instintivamente, Jair intentó encogerse dentro de su capa, tensándola tanto que tropezó; hubiese caído si no lo hubiera impedido Elb Foraker. Slanter se separó un poco de los demás cuando pasaron ante la guardia y tapó así la vista del gnomo que había intentado detenerlos. Entabló con él una airada conversación, y Jair pudo captar la palabra mwellret. Todos excepto Slanter estaban ya lejos de los cazadores. Atravesaron las almenas por debajo y las puertas abiertas. Nadie los detuvo. Mientras dejaban atrás Dun Fee Aran y se adentraban en la oscuridad de los árboles, Jair se detuvo un instante y miró hacia atrás con ansiedad. Slanter seguía discutiendo con el guardia, bajo el arco.

—¡Mantén la cabeza inclinada! —dijo Foraker, que le propinó un empujón.

Entró en el bosque empapado de lluvia y siguió a los demás de mala gana. Los muros y las torres de la fortaleza desaparecieron. Con Elb Foraker a la cabeza, avanzaron deprisa durante algunos minutos más, serpenteando entre matorrales y árboles. Después se detuvieron y agruparon bajo un enorme roble, cuyas hojas caídas se amontonaban en el suelo a su alrededor y formaban una alfombra de un color amarillo fangoso. Garet Jax hizo retroceder a Stythys hasta el tronco retorcido y lo retuvo contra él. Después esperaron en silencio.

Pasaron varios minutos; Slanter no aparecía. De cuclillas en el borde del pequeño claro que rodeaba el viejo roble, Jair miraba con impotencia a través de la cortina de lluvia. El resto del grupo hablaba en voz baja a sus espaldas. La lluvia caía sin cesar y golpeaba la tierra y los árboles del bosque con una ruidosa cadencia. Slanter seguía sin dar señales de vida. Jair tensó la boca, decidido. Si no aparecía antes de cinco minutos, regresaría a Dun Fee Aran para buscarlo. No podía abandonar al gnomo después de todo lo que había hecho por él.

Cinco minutos después, Slanter seguía sin aparecer. Jair se puso en pie, visiblemente nervioso, y dirigió una inquisitiva mirada al grupo de figuras encapuchadas semiocultas entre la oscuridad y la lluvia.

—Voy a regresar —les dijo.

Entonces, oyó un crujido de hojas y se dio la vuelta. Slanter se abría paso entre los árboles.

—Tuve que prolongar la conversación un poco más de lo que pensaba —se excusó el gnomo—. No tardarán en darse cuenta de lo sucedido y vendrán a por nosotros enseguida. —Entonces vio la mirada de alivio en el rostro de Jair y se detuvo—. ¿Pensabas ir a algún sitio, muchacho? —le preguntó, al adivinar lo que estaba pensando.

—Bueno, yo… no, supongo que ya no… —tartamudeó Jair.

—¿No? —inquirió Slanter, divertido—. Todavía estás decidido a buscar a tu hermana, ¿verdad? —Jair asintió con la cabeza—. Bueno, pues en tal caso, sí que has de ir a algún sitio. Irás hacia el norte con nosotros. En marcha.

Tras hacer una señal a los demás miembros del grupo, se volvió hacia los árboles.

—Vadearemos el río siete kilómetros corriente arriba para librarnos de cualquier persecución que llegue tan lejos. En aquel lugar el río es bastante profundo, pero supongo que no nos mojaremos mucho más de lo que ya estamos.

Jair esbozó una leve sonrisa y empezó a caminar detrás del gnomo. Los picos del Alto Bens, grises y envueltos en la bruma, asomaban por encima y a través de los árboles. Más allá, aún demasiado lejos para poder captarlas con la vista, las montañas del Cuerno del Cuervo esperaban al grupo de viajeros.

Aún debemos recorrer un largo camino antes de llegar a Marca Gris, pensó el joven vallense mientras inspiraba el frío aire del otoño y el olor de la lluvia. Sin embargo, por primera vez desde los terribles sucesos que habían vivido en Capaal, estaba seguro de que llegarían allí.

34

Brin apenas habló durante el viaje de regreso desde el lago del Oráculo del Lago a la Chimenea de Piedra. Necesitaba evaluar y descifrar el significado de todo lo que el fantasma le había dicho, pues sabía que su confusión aumentaría a medida que pasara el tiempo. Cuando sus compañeros de viaje le preguntaron qué le había dicho el espectro, solo les reveló que la Espada de Leah estaba en posesión de los gnomos araña y que para entrar en el Maelmord sin ser vistos debían hacerlo por los túneles de Marca Gris. Después, les pidió que no le hicieran más preguntas hasta que no hubieran llegado al valle y se dedicó a reflexionar sobre lo que el oráculo le había dicho.

La extraña imagen de Jair en aquella oscura habitación, con la figura encapuchada que avanzaba tan amenazante hacia él, le ocupó la mente casi por completo cuando se disponía a ordenar el rompecabezas que el fantasma le había entregado. El Oráculo del Lago, movido por el despecho y la rabia, había conjurado esa imagen que a Brin le costaba creer que fuese real. La figura encapuchada no parecía pertenecer ni a un gnomo ni a un mordífero, y esos eran los enemigos que acosaban a los Ohmsford. Se sentía furiosa por haberse quedado a contemplar la imagen y por haber dejado que el Oráculo del Lago se burlase de ella. Si hubiese tenido un ápice de sentido común, se habría vuelto de espaldas al instante y hubiese impedido que se riese de ella. Jair estaba seguro en Valle Sombrío con sus padres y sus amigos. La imagen del Oráculo del Lago no era más que una repugnante mentira.

Sin embargo, no estaba completamente segura de que así fuera.

Como no podía hacer nada al respecto, apartó de su mente aquella imagen y se concentró en los otros misterios que el fantasma le había revelado. Le había contado muchas cosas. El pasado y el presente estaban unidos de alguna manera por la magia negra, según le había insinuado. El poder que el Señor de los Brujos había ejercido en los tiempos de Shea Ohmsford era el mismo poder que ahora ejercían los mordíferos.

Pero había algo más en la revelación del Oráculo del Lago. Había mencionado que existía algún tipo de relación entre las Guerras de las Razas y la reciente guerra que su padre y los elfos de las Tierras del Oeste habían librado contra los demonios del mundo fantástico. Además, le había insinuado con malicia que, a pesar de que la magia de la Espada de Shannara había destruido al Señor de los Brujos, este en realidad no había desaparecido. «¿Quién es ahora el portavoz de la magia y dirige a los mordíferos?», le había preguntado el Oráculo del Lago. Lo más grave era la insistencia machacona con la que le había dicho que Allanon, quien a lo largo de todos sus años de servicio a las Cuatro Tierras y a sus gentes siempre previó todo lo que iba a suceder, había sido engañado aquella vez. El druida pensaba que conocía la verdad y había estado ciego. ¿Qué había dicho el Oráculo del Lago? Que Allanon solo vio el regreso del Señor de los Brujos, solo vio lo que ya había pasado.

«¿Ves?», le había preguntado el fantasma. «¿Tienes los ojos abiertos?».

La frustración brotó en su interior, pero logró controlarla rápidamente. La frustración solo conseguiría cegarla aún más, cuando lo que necesitaba era una visión lo más clara posible si de verdad quería empezar a comprender las palabras pronunciadas por el Oráculo del Lago. Supongamos, razonó, que Allanon había estado engañado. Era una premisa difícil de aceptar, pero debía hacerlo para poder descifrar aquel rompecabezas. ¿Cómo habían conseguido engañarlo? Era evidente que el druida se había equivocado al pensar que los espectros no anticiparían su llegada a la Tierra del Este a través de las montañas de Wolfsktaag ni lo perseguirían al salir de Valle Sombrío. ¿Eran esos errores parte de una mentira más grande?

¿Tienes los ojos abiertos? ¿Ves?

Aquellas palabras resonaban de nuevo en su mente; encerraban una advertencia que Brin no lograba comprender. ¿Había engañado ella a Allanon? Movió la cabeza para dejar a un lado la confusión. «Piensa con detenimiento», se dijo a sí misma. Debía aceptar que Allanon había sido engañado de alguna manera para no advertir la magnitud del peligro que los esperaba en el Maelmord. Quizás el poder de los mordíferos era mayor de lo que él había supuesto. Tal vez alguna parte del Señor de los Brujos había sobrevivido a su destrucción. Quizás el druida había subestimado el poder de sus enemigos y sobrestimado el suyo propio.

Entonces pensó en lo que el Oráculo del Lago le había dicho sobre ella. Hija de la oscuridad, la había llamado, condenada a morir en el

Maelmord, portadora de las semillas de su propia destrucción. Con toda seguridad, sería la magia de la Canción de los Deseos la que la destruiría; una defensa inadecuada y errática contra la magia negra de los caminantes. Los mordíferos eran víctimas de su propia magia. Al igual que ella, según le había dicho el fantasma. Y cuando respondió enfurecida que ella era diferente, que no utilizaba la magia negra, el Oráculo del Lago había estallado en una carcajada y afirmado que nadie utilizaba la magia, sino que era la magia la que los utilizaba a todos.

Ahí tienes la clave que necesitas, había añadido.

Otro acertijo. Era cierto que la magia la utilizaba, al menos de la misma manera de la que ella utilizaba la magia. Recordó la cólera que había sentido contra los hombres de la cordillera de Spanning en el puesto de ventas, y también la demostración que Allanon le había hecho de lo que la magia era capaz de hacer con aquellos árboles tan estrechamente entrelazados. Salvadora y destructora. El fantasma de Bremen le había advertido que sería ambas cosas. Y ahora el Oráculo del Lago había vuelto a repetírselo.

Cogline, que caminaba a su lado, dijo algo entre dientes y después se alejó danzando mientras Kimber Boh le pedía que se comportase. Sus pensamientos se dispersaron un momento, y observó al viejo adentrarse en la maraña del bosque, entre risas y saltos, como si se hubiera vuelto loco. Inspiró profundamente el frío aire de la tarde. Las sombras del próximo anochecer empezaban a deslizarse sobre la tierra. Sintió una gran tristeza por la ausencia de Allanon. Aquel era un sentimiento extraño porque su oscura presencia le había incomodado un poco cuando viajaba con ellos. Sin embargo, existía una misteriosa afinidad entre los dos, una sensación de entendimiento, de que en cierto modo eran similares...

¿Acaso se debía a la magia que compartían? ¿A la Canción de los Deseos y el poder del druida?

Sus ojos se llenaron de lágrimas al recordar su figura, ensangrentada y desgarrada, tendida sobre la cañada inundada por la luz del sol. ¡Qué terrible le había parecido que levantase la mano para tocarle la frente con su sangre, mientras esperaba su muerte...! Lo recordaba destrozado y solitario, impregnado no tanto por el poder de los druidas como su culpa. Al igual que su padre, se había comprometido a exonerar a los druidas de la responsabilidad que tenían por haber liberado la magia negra en el mundo de los hombres.

Y ahora, Allanon le había transmitido a ella esa responsabilidad.

La tarde se disolvió en el crepúsculo, y el grupo salió de los bosques del Anar y entró en el valle de la Chimenea de Piedra. Brin dejó a un lado las palabras pronunciadas por el Oráculo del Lago y empezó a pensar en lo que iba a decirles a sus compañeros y en lo que haría con la poca información que había conseguido obtener. Su papel en aquel asunto estaba predeterminado, pero no el de los otros miembros del grupo; ni siquiera el de Rone. Si le explicaba todo lo que le había dicho el fantasma, quizá podría persuadirlo de que debía continuar el viaje ella sola. Si estaba escrito que debía caminar a su muerte, quizá podría impedir que él caminase hacia la suya.

Una hora más tarde, Brin, el anciano, la muchacha y Rone Leah estaban reunidos delante de la chimenea de la pequeña cabaña, sentados cómodamente en sillas tapizadas y en bancos. Las llamas danzaban, cálidas, frente a ellos mientras la fría y silenciosa noche se adueñaba del lugar. Murmullo dormía apaciblemente sobre una alfombra, con su gigantesco cuerpo completamente estirado delante del fuego. Invisible durante la mayor parte del día durante su viaje de ida y vuelta a visitar al Oráculo del Lago, el gato del páramo había reaparecido cuando regresaron y había ocupado de inmediato su lugar de descanso favorito.

—El Oráculo del Lago se me apareció con mi propia cara —empezó diciendo Brin, con voz serena, mientras los demás escuchaban—. Tenía mi cara y me provocaba diciéndome cómo soy, según él.

—Siempre gasta esas bromas —dijo Kimber, comprensiva—. No debes preocuparte por ello.

—¡Todo lo que dice son mentiras y engaños! Es un ser siniestro y retorcido —intervino Cogline, inclinando la esquelética figura hacia delante—. Encerrado en su charca desde antes de que desapareciera el mundo antiguo, hablando con adivinanzas que ningún hombre ni ninguna mujer pueden descifrar.

—Abuelo —le reprendió Kimber Boh con cariño.

—¿Qué te ha dicho el Oráculo del Lago? —preguntó Rone.

—Lo que ya os he contado —respondió Brin—. Que la Espada de Leah está en manos de los gnomos araña, porque ellos la sacaron de las aguas del torrente de Chard, y que el camino oculto hacia el Maelmord pasa por los túneles de Marca Gris.

—¿Seguro que todo eso no es un engaño? —insistió el joven montañés.

—No, esto no lo es —respondió con tono tajante la joven del valle, negando con la cabeza. Al mismo tiempo recordaba cómo había utilizado la Canción de los Deseos para obligar al oráculo a darle la información que le pedía.

—¡Bien, apuesto a que todo lo demás eran mentiras! —contestó el anciano.

—El Oráculo del Lago dijo que moriría en el Maelmord; que no podría hacer nada para impedirlo —respondió Brin, mirando a Cogline.

—Una mentira más, como afirma el anciano —intervino Rone, rompiendo el tenso silencio que se había producido tras las últimas palabras de Brin.

—Dijo que tú también morirías en aquel lugar, Rone Leah. Que los dos llevamos las semillas de la muerte en la magia que utilizamos: la de la Espada de Leah y la de la Canción de los Deseos.

—¿Y tú te has creído esa patraña? —preguntó el joven de las tierras altas, que negaba con la cabeza—. Pues yo no. Yo puedo cuidar de los dos, de ti y de mí.

—Pero ¿qué pasa si las palabras del Oráculo del Lago no son falsas? —preguntó Brin, esbozando una triste sonrisa—. ¿Qué pasa si ha dicho la verdad? Rone, ¿debo permitir que tu muerte caiga sobre mi conciencia? ¿Insistes en que los dos muramos juntos?

—Sí, debo hacerlo —respondió Rone, con el rostro enrojecido ante tan implícita censura—. Allanon me encomendó tu protección. ¿Qué clase de protector sería si te abandonara ahora y te dejase continuar sola? Brin, si está escrito que debemos morir, no recaerá sobre tu conciencia. En todo caso, recaerá sobre la mía.

Brin, con los ojos inundados de lágrimas una vez más, tragó saliva para sobreponerse a los sentimientos que amenazaban con dominarla.

—¡Muchacha, muchacha, no llores ahora, no llores! —exclamó Cogline, que se puso de pie y se dirigió hacia donde la joven del valle estaba sentada. Para sorpresa de Brin, estiró la mano y limpió sus lágrimas con cariño—. Todo son juegos del Oráculo del Lago, todo mentiras o medias verdades. El fantasma profetiza la muerte de todo el mundo, como si estuviera dotado de una clarividencia especial. Vamos, vamos. ¿Qué puede saber un ser inmaterial sobre la muerte?

A continuación dio unos golpecitos en el hombro a la joven y después, inexplicablemente, dirigió una dura mirada a Rone como si el joven fuera el culpable de todo y dijo algo entre dientes sobre unos malditos intrusos.

—Abuelo, tenemos que ayudarlos —dijo Kimber.

—¿Ayudarlos? ¿Y qué hemos estado haciendo hasta ahora, muchacha? ¿Recoger leña? —inquirió Cogline, con voz crispada.

—No abuelo, no he querido decir que no lo estemos haciendo, pero...

—¡Pero nada! —interrumpió el anciano mientras movía sus esqueléticos brazos con impaciencia—. ¡Por supuesto que vamos a ayudarles!

La muchacha del valle y el joven de las tierras altas no podían salir de su asombro. Cogline cloqueó en tono agudo, después dio una patada a Murmullo, que dormía plácidamente, y levantó la bigotuda cara del gigantesco gato con brusquedad.

—¡Este inútil animal y yo os ayudaremos todo lo que podamos! ¡Nadie debería llorar así! ¡No está bien tener unos invitados vagando por aquí sin nadie que les enseñe el camino!

—Abuelo... —le interrumpió la muchacha, pero el anciano no se lo permitió.

—Hace mucho tiempo que no hacemos una visita a esos gnomos araña, ¿verdad? No es una mala idea recordarles que todavía estamos aquí; así evitaremos que puedan caer en la tentación de pensar que nos hemos ido. Estarán en la Cresta de Toffer; no, no en esta época del año. Habrán bajado al páramo, ya que pronto cambiará la estación. Esa es su tierra; allí es donde llevarían una espada como esa si la sacaran del río. Murmullo seguirá su rastro. Luego giraremos hacia el este, bordearemos el páramo y nos dirigiremos hacia las montañas del Cuerno del Cuervo. Un día o dos como mucho. Pero tú no, Kimber. —El anciano se dio la vuelta para mirar a su nieta—. No puedo dejar que viajes por aquel país. Los caminantes negros y el resto de criaturas son demasiado peligrosos. Te quedarás aquí y cuidarás de la casa.

La joven lo miró resignada.

—Todavía cree que soy una niña, cuando en realidad soy yo quien debería preocuparme por él.

—¡Ja! ¡No tienes por qué preocuparte por mí! —respondió rápidamente Cogline.

—Por supuesto que debo preocuparme por ti —contestó Kimber, con una indulgente sonrisa en la cara—. Te quiero. Brin, tienes que comprender algo —prosiguió la muchacha, dirigiéndose a la joven del valle—. El abuelo ya no sale del valle sin mí. Necesita ver a través de mis ojos y recordar con mi memoria de vez en cuando. Abuelo, no te enfades por lo que estoy diciendo, pero sabes que a veces te falla la memoria. Además, Murmullo no hará siempre lo que le digas. Desaparecerá en el momento menos oportuno, si es que pretendes ir solo.

—Vale, sí, este estúpido gato lo hace cuando le viene en gana, de acuerdo —respondió Cogline, con el ceño fruncido y dirigiendo una furiosa mirada a Murmullo que, medio dormido, se limitó a parpadear a modo de respuesta—. He perdido el tiempo intentando enseñarle a comportarse de otra forma. Muy bien, supongo que tendremos que ir todos, entonces. Pero tú mantente alejada del peligro, muchacha. Déjame eso a mí.

Brin y Rone se miraron durante un instante, y Kimber se dio la vuelta hacia ellos.

—Entonces ya está todo dicho —concluyó la joven—. Podemos emprender el viaje al amanecer.

La muchacha del valle y el joven de las tierras altas se volvieron a mirar, esta vez incrédulos. ¿Qué estaba sucediendo? Como si fuese la cosa más natural del mundo, acababan de decidir que una muchacha un poco mayor que Brin, un anciano medio loco y un gato que desaparecía cuando le apetecía iban a ayudarlos a recuperar la Espada de Leah de las manos de unas criaturas llamadas gnomos araña, y después les mostrarían el camino y los acompañarían hasta llegar a las montañas del Cuerno del Cuervo y a Marca Gris. Por todas partes habría gnomos, caminantes negros y otros seres peligrosos, unos seres cuyo poder había acabado con el druida Allanon, y el anciano y la muchacha actuaban como si nada de eso tuviera la más mínima importancia.

—Kimber, no —dijo Brin, tras una breve pausa, sin saber qué más decir—. Tú no puedes acompañarnos.

—Tiene razón —corroboró Rone—. Ni siquiera puedes imaginar los peligros a los que nos tendremos que enfrentar.

—Puedo imaginármelos mucho mejor de lo que crees —respondió Kimber Boh. La muchacha miró primero a Brin y después a Rone—. Ya te lo he dicho antes: esta tierra es nuestro hogar, el mío y el de mi abuelo, y conocemos muy bien sus peligros.

—¡Tú no conoces a los caminantes negros! —exclamó Rone, indignado—. ¿Qué podéis hacer vosotros dos contra los caminantes?

—No lo sé —respondió Kimber, sin ceder—. Lo mismo que vosotros, supongo. Evitarlos.

—¿Y qué pasará si no podéis evitarlos? —preguntó Rone—. ¿Qué ocurrirá entonces?

Cogline cogió una bolsa de cuero que colgaba de su cinturón y la colocó delante.

—¡Darles a probar mi magia, forastero! ¡Darles a probar un fuego del que no saben nada en absoluto!

—¡Esto es una locura! —dijo con aspereza el joven montañés con un gesto dubitativo mientras buscaba con la mirada a Brin para que lo ayudase.

—No desprecies tan a la ligera la magia de mi abuelo —le aconsejó Kimber, con un gesto de aprobación al anciano—. Ha vivido en estos bosques toda su vida y se ha enfrentado con éxito a innumerables y grandes peligros. Puede hacer cosas que nunca esperaríais de él. Os será de gran ayuda, al igual que Murmullo y yo.

—Creo que esto es muy mala idea, Kimber —insistió Brin, negando con la cabeza.

La muchacha asintió con la cabeza para hacer saber que entendía lo que la joven vallense decía.

—Pronto cambiarás de opinión, Brin —repuso—. En cualquier caso, no tienes alternativa. Nos necesitas a los tres: a Murmullo para rastrear, al abuelo para que te guíe, y a mí para que los dos puedan ayudarte.

Brin iba a oponerse una vez más, pero se detuvo. ¿En qué estaba pensando? Habían ido hasta la Chimenea de Piedra porque necesitaban a alguien que los condujese a través de la Ribera Tenebrosa. Solo había un hombre capaz de hacerlo, y ese hombre era Cogline. Sin él, vagarían por la boscosa región del Anar durante semanas... unas semanas de las que no disponían. ¡Ahora que lo habían encontrado y que además les ofrecía la ayuda que necesitaban con tanta urgencia, ella no hacía otra cosa que intentar rechazarla!

La joven del valle tenía dudas. Quizá tuviese una buena razón para hacerlo. Le parecía que Kimber era una muchacha con más coraje que fuerza. Sin embargo, sabía que Cogline probablemente no iría a ninguna parte sin ella. ¿Tenía derecho entonces a anteponer su preocupación por Kimber a los dictados de la confianza que Allanon había depositado en ella?

Brin pensaba que no.

—Creo que no hay nada más que decir al respecto —dijo Kimber con voz serena.

Brin dirigió una mirada a Rone por última vez, y el joven de las tierras altas le respondió con un gesto de resignación. Entonces, se giró y esbozó una sonrisa desalentada.

—No, supongo que no —contestó la joven del valle. Tenía la esperanza de haber tomado la decisión correcta, a pesar de que su cabeza
le decía lo contrario.

35

Al amanecer, salieron de la Chimenea de Piedra y viajaron en dirección noreste, a través del bosque, hacia la oscura elevación de la Cresta de Toffer. Viajaban igual de lento que de camino al norte para visitar al Oráculo del Lago. La naturaleza salvaje que se extendía desde el valle hasta las montañas del Cuerno del Cuervo y el río Rabb formaba un laberinto traicionero de desfiladeros y pendientes escarpados que ponían en peligro la integridad física de quienes lo transitaban. Con los morrales cargados a la espalda y las armas sujetas a la cintura, Brin, Rone, Kimber Boh y Cogline avanzaban con precaución y cautela en aquel cálido día otoñal impregnado de olores, sonidos y colores agradables. Murmullo caminaba al mismo ritmo entre los árboles que los rodeaban, haciéndose visible solo a veces. Los miembros del grupo se sentían mucho más descansados y atentos de lo que cabía esperar si se tenía en cuenta que la conversación de la noche anterior había finalizado a altas horas de la noche. Eran conscientes de que llegarían a echar en falta las horas de sueño; sin embargo, en ese momento, la tensión y los nervios por continuar con la búsqueda los ayudaban a dejar de lado con facilidad cualquier síntoma de cansancio.

No obstante, había algo que a Brin le resultaba difícil de superar: los remordimientos que tenía por haber involucrado a Kimber y Cogline en aquella misión. Habían tomado una decisión, se habían comprometido a llevarla a cabo y habían emprendido el viaje, pero, a pesar de todo, no podía dejar de preocuparse. Suponía que la duda y el miedo ocasionados por el conocimiento de los peligros que los acechaban y las acechadoras profecías del Oráculo del Lago la habrían acompañado de todas maneras. Pero aquellos temores e inquietudes solo los compartirían Rone y ella; el joven estaba tan decidido a acompañarla que Brin había aceptado al fin que nunca la abandonaría. Sin embargo, el anciano y la muchacha no tendrían que haberse involucrado. A pesar de la confianza que tenían en ellos mismos, la joven del valle seguía pensando que ninguno de los dos era lo bastante fuerte para sobrevivir al poder de la magia negra. ¿Acaso podía pensar lo contrario? Poco importaba que hubiesen vivido muchos años en el interior de los bosques del Anar, porque los peligros a los que iban a enfrentarse no eran de su mundo ni de su tiempo. ¿Qué magia o sabiduría podían utilizar para oponerse a los mordíferos cuando se topasen con ellos?

A Brin le asustaba pensar que los mordíferos pudieran atacar con su magia a la muchacha y el anciano. Le asustaba más que cualquier cosa que pudiese sucederle a ella. Si morían, ¿cómo podría vivir sabiendo que había permitido que los acompañaran en aquel viaje?

Sin embargo, Kimber parecía muy estar muy segura de sí misma y de su abuelo. No sentía ningún temor ni albergaba ninguna duda. Tenía una gran confianza en sí misma, una férrea determinación y un extraño sentimiento que la obligaba a prestar su ayuda a los dos jóvenes.

—Somos amigos, Brin, y los amigos tienen que ayudarse cuando lo necesitan —había dicho la muchacha en las últimas horas de la noche anterior, cuando las voces se habían tornado en susurros adormilados—. Es cierto que la amistad es un sentimiento, pero no es menos cierto que se manifiesta con actos externos. Cuando uno tiene una amistad con una persona, queda ligado a ella. Ese sentimiento es el que atrajo a Murmullo hacia mí y por el cual me dio su lealtad. Yo lo quería de la misma forma que él me quería a mí, y ambos nos dimos cuenta de eso. Es un sentimiento compartido. Contigo me ha pasado algo parecido. Tenemos que ser amigas, y no solo tú y yo, sino todos nosotros; y si vamos a ser amigas, debemos compartir lo bueno y lo malo. Tus necesidades se convierten en las mías.

—Ese es un sentimiento muy bello, Kimber —le había respondido—. Pero ¿y si mis necesidades son excesivas, como ocurre en este caso? ¿Y si mis necesidades son demasiado peligrosas para compartirlas?

—Esa es una razón más para compartirlas —respondió Kimber, que esbozó una melancólica sonrisa—. Si no queremos que la amistad pierda su significado, debemos ayudarnos los unos a los otros.

No quedaba mucho más que decir después de escuchar aquellas palabras. Brin habría podido argumentar que Kimber apenas la conocía, que no estaba obligada a nada, que la búsqueda que se le había encomendado solo era su obligación, y que la muchacha y su abuelo estaban libres de cualquier responsabilidad. Pero tales argumentos no habrían tenido ningún valor para Kimber, que consideraba la amistad que los unía la convertía en una igual y cuyo sentido del deber era tal que no le permitía hacer concesiones.

Prosiguieron el viaje mientras avanzaba el día. Recorrieron una zona boscosa y salvaje, una densa vegetación compuesta por altísimos robles negros, olmos y nogales retorcidos. Las gruesas ramas dobladas se extendían hacia los lados como los brazos de un gigante. El cielo brillaba como un cristal azul entre el esquelético entramado de ramas sin hojas, y la luz del sol descendía y salpicaba las sombras del bosque con cálidas manchas de luz. A pesar de todo, la luz del sol era un apresurado visitante diurno en aquella naturaleza. Solo las sombras pertenecían a aquel lugar, densas, impenetrables, llenas de una sutil insinuación de peligros ocultos, de seres nunca vistos ni oídos, de una vida fantasmal que solo despertaba cuando la luz desaparecía por completo y el bosque quedaba envuelto en la oscuridad. Esa vida subyacía, a la espera, oculta en el oscuro corazón del bosque. Era una fuerza astuta y llena de odio que se sentía agraviada porque el grupo había invadido su mundo privado y que podía hacerlo desaparecer de la misma manera que el viento apaga la pequeña llama de una vela. Brin notaba su presencia. Le susurraba en la mente, se arrastraba como un gusano y penetraba en el muro débil de la confianza que le proporcionaba la presencia de quienes la acompañaban en aquel viaje, y le advertía que tuviese mucho cuidado cuando cayese la noche.

El sol inició su descenso en el horizonte y el crepúsculo empezó a caer sobre la tierra. La oscura silueta de la Cresta de Toffer apareció ante sus ojos como una sombra tosca e irregular, y Cogline los llevó a través de un paso serpenteante que se introducía en su pared. Caminaban en silencio, afectados por el cansancio. Los sonidos que hacían los insectos llenaban la oscuridad, y muy por encima de sus cabezas, perdidos en la maraña de los grandes árboles, los pájaros nocturnos lanzaban al aire sus estridentes llamadas. Las paredes de la Cresta de Toffer y la densa selva se estrechaban a su alrededor y los encerraban en el oscuro paso. El aire, cálido durante todo el día, se tornó caliente y desagradable y adquirió un desagradable olor a rancio. La vida que se ocultaba, expectante, en las sombras del bosque despertó y se incorporó para mirar a su alrededor.

De repente, los árboles se abrieron ante ellos, descendiendo bruscamente por la Cresta de Toffer hasta llegar a una gran extensión de tierra baja y uniforme, sumida en la niebla e iluminada por las estrellas y una extraña y pálida luna convexa de color naranja que colgaba del borde del horizonte oriental y le otorgaba un aspecto fantasmagórico. Lúgubre y funesta, la tierra llana era poco más que una masa negra que parecía adentrarse en las profundidades de la tierra como un cañón sin fin allí donde la Cresta de Toffer se perdía entre la neblina.

—El Páramo Viejo —dijo Kimber en un susurro apenas audible.

En silencio y expectante, Brin dirigió la mirada hacia el llano. Sentía cómo el páramo le devolvía la mirada.

Hasta la medianoche el tiempo transcurrió con cierta normalidad, pero a partir de ese momento se lentificó hasta tal punto que daba la impresión de que se había detenido. Una breve y tenue brisa sopló en el rostro de Brin, manchado de polvo, y se desvaneció inmediatamente. Alarmada, la joven miró hacia arriba, pero no vio nada. Volvió a sentir aquel calor áspero y opresivo. Era como si estuviese metida en un horno y su fuego invisible arrebatara a sus doloridos pulmones el aire que necesitaba para vivir. En la planicie, la noche otoñal no cumplía con la promesa de refrescarlos. Brin tenía las ropas completamente empapadas por el sudor, que le recorría el cuerpo en finos y molestos hilos y cubría su fatigada cara de un brillo plateado. Tenía los músculos acalambrados y contraídos por el cansancio. Se movía con frecuencia para aliviar la molestia, pero pronto se dio cuenta de que ya había probado todas las posturas posibles y que el dolor no había remitido. Enjambres de mosquitos zumbaban de manera irritante junto a ella, atraídos por la humedad de su cuerpo, y le picaban tanto en el rostro como en las manos a pesar de esforzarse inútilmente por mantenerlos alejados. A su alrededor, el aire olía a madera podrida y agua estancada.

Acurrucada bajo las sombras de unas rocas junto a Rone, Kimber y Cogline, la joven vallense miraba hacia abajo, a la base de la Cresta de Toffer, donde los gnomos araña habían levantado su campamento, al borde del Páramo Viejo. El campamento estaba formado por una mezcla de chozas y madrigueras provisionales y se extendía entre la base de la Cresta de Toffer y la oscuridad del páramo. Varias hogueras ardían en el centro, pero su escasa luz apenas penetraba en las tinieblas. Las sombras encorvadas de los habitantes del campamento cruzaban, caminando a cuatro patas, el tenue resplandor. Los gnomos araña, con sus extraños y grotescos cuerpos desnudos cubiertos de pelo gris, se desplazaban por la hierba larga y marchita a gatas. En aquel momento se reunían en grandes grupos en uno de los extremos del páramo, protegidos de la niebla por las hogueras, y entonaban cánticos monótonos en la noche.

—Invocan a los poderes oscuros —les había dicho Cogline a sus acompañantes unas horas antes, después de llevarlos a su escondite—. Un pueblo tribal, los gnomos, y la raza araña más que ninguna otra. Creen en espíritus y seres tenebrosos que vienen de otros mundos con el cambio de las estaciones. Los llaman para que les den fuerza, esperando además que esa fuerza no se vuelva contra ellos. ¡Ja! ¡Pandilla de supersticiosos!

»Sin embargo, esos seres oscuros a veces son reales —aclaró Cogline—. Había seres en el Páramo Viejo tan tenebrosos y terribles como los que habitaban en los bosques de las montañas de Wolfsktaag. Seres nacidos de otros mundos y magias perdidos. Se les conocía como hombres bestia. Vivían entre las brumas y eran criaturas de aspecto y forma aterradores que apresaban el cuerpo y la mente, y se adueñaban de seres mortales más débiles que ellos para absorber su energía. Los hombres bestia no eran seres imaginarios —prosiguió—. Los gnomos araña intentaban protegerse de ellos cuando llegasen porque los gnomos araña eran la comida preferida de los hombres bestia.

»Ahora, con el cambio del otoño al invierno, los gnomos han venido al páramo para suplicar protección contra la crecida de las brumas —continuó el anciano en un áspero susurro—. Los gnomos creen que si no lo hicieran, el invierno no llegaría ni las brumas permanecerían bajas. Un pueblo supersticioso. Cada otoño, un campamento lleno de tribus enteras que descienden de la Cresta de Toffer pasan aquí casi un mes, viviendo de esta manera. Invocan a los poderes oscuros día y noche para que el invierno los proteja y mantenga alejadas a las bestias —prosiguió Cogline. El anciano esbozó una sonrisa que escondía un secreto y parpadeó—. Además, funciona. Los hombres bestias se alimentan de ellos durante todo el mes, ¿sabéis? Comen lo suficiente para poder pasar el invierno. ¡No necesitan trepar por la cresta después de eso!

Cogline sabía dónde podían encontrar al pueblo araña. A la caída de la tarde, el pequeño grupo había viajado hacia el norte siguiendo la base de la Cresta de Toffer hasta que tuvieron a la vista el campamento gnomo. Después, cuando ya estuvieron a cubierto en su escondite de rocas, Kimber Boh explicó lo que sucedería a continuación.

—Rone, ellos deben tener tu espada. Pensarán que una espada como esa, rescatada de las aguas del torrente de Chard, es un talismán enviado por los poderes oscuros. La colocarán ante ellos, con la esperanza de que los proteja de los hombres bestia. Debemos descubrir dónde la han guardado y recuperarla.

—¿Cómo lo vamos a conseguir? —preguntó Rone con rapidez.

El joven montañés había hablado poco durante el viaje, pero el atractivo que tenía el poder de la espada lo había atrapado de nuevo.

—Murmullo seguirá su rastro —respondió la muchacha—. Si capta tu olor, llegará a la espada por muy bien guardada que la tengan. Cuando la encuentre, volverá enseguida y nos llevará hasta ella.

Hicieron que Murmullo olfateara al joven de las tierras altas y lo enviaron a su misión. En silencio, comenzó a desvanecerse entre las sombras y se volvió invisible casi al instante. Los cuatro viajeros procedentes de la Chimenea de Piedra esperaban su regreso acurrucados en la húmeda y fétida oscuridad del llano, atentos a todo lo que su vista y sus oídos pudieran captar. El gato del páramo llevaba fuera mucho tiempo.

Brin cerró los ojos doblegada por el cansancio que la inundaba e intentó taparse los oídos para no oír el vacío y monótono canto de los gnomos. Escucharon algunos gritos estridentes, rápidos y cargados de horror en la oscuridad cercana, pero enseguida se apagaban. Los cantos continuaban...

Una sombra monstruosa saltó de la oscuridad y se colocó delante de la joven del valle, que se puso en pie sobresaltada y emitió un pequeño grito.

—¡Chist, muchacha! —exclamó Cogline, que tiró de ella hacia abajo y le tapó la boca con su huesuda mano—. ¡Es nuestro gato!

La enorme cabeza de Murmullo se materializó y sus luminosos ojos azules parpadearon mientras se acercaba a Kimber. La muchacha se inclinó para abrazarlo, lo acarició con cariño y le susurró al oído. Habló durante un rato con el animal, y este la acarició con el hocico y restregó su cuerpo contra el de ella.

La joven se dio la vuelta, entusiasmada.

—¡Rone, ha encontrado la espada! —exclamó Kimber.

—¡Llévame donde esté, Kimber! —suplicó Rone, que se había acercado rápidamente a la muchacha—. ¡Si la encontramos tendremos un arma con la que enfrentarnos a los caminantes negros y a cualquier otro ser oscuro que siga sus órdenes!

Brin luchaba por dejar de lado el sentimiento de amargura que había brotado en su interior. Rone había olvidado que la espada no le había servido de nada cuando intentó defender a Allanon. Aquella necesidad de recuperar la espada lo consumía.

Cogline les indicó que se acercaran mientras Kimber hablaba con Murmullo. Después se pusieron en camino hacia el campamento de los gnomos. Se deslizaron con cautela desde su escondite, ocultos entre la sombras de la Cresta de Toffer. La luz de las hogueras lejanas apenas llegaba allí, y avanzaron con rapidez. Brin Ohmsford oía una voz en su cabeza que le advertía con susurros que debía darse la vuelta, que no le esperaba nada bueno al final de aquel camino. Demasiado tarde, murmuró a modo de respuesta. Demasiado tarde.

Ya estaban cerca del campamento. Gracias a la luz de las hogueras que iba en aumento, podían ver mejor a los gnomos araña, figuras en cuclillas que pululaban alrededor de las chozas y las madrigueras como los insectos por los que le llamaban así. Eran seres repugnantes, peludos y con ojos de hurón penetrantes, figuras arqueadas y retorcidas procedentes de alguna pesadilla que era mejor olvidar. Docenas de ellos se desplazaban de un lado a otro, emergían de la penumbra y desaparecían en ella, mientras hablaban en un lenguaje que no era humano. Entretanto, seguían reunidos ante el muro de neblina, entonando un cántico monótono y vacío.

El gato del páramo y los cuatro viajeros rodearon con cautela y en silencio el perímetro del campamento en dirección al extremo opuesto. La niebla se deshacía en volutas que se arrastraban, libres del muro suspendido estáticamente sobre el vacío del páramo. Era húmeda, pegajosa y su calor producía una sensación desagradable con el roce de la piel. Brin intentó deshacerse de ella con repugnancia.

Murmullo, que conducía al grupo, se paró de pronto y buscó con sus enormes ojos a su ama. Brin sudaba sin parar. Miró a su alrededor para intentar orientarse. La oscuridad estaba llena de sombras y movimiento e impregnada del calor de la noche otoñal y del zumbido del canto de los hombres araña que había ante el páramo.

—Tenemos que bajar al campamento —dijo Kimber en un susurro suave cargado de entusiasmo.

—¡Ahora saltarán! —exclamó Cogline con satisfacción—. ¡Apartaos de ellos cuando salten!

Tras recibir la orden de la muchacha, Murmullo se encaminó hacia el campamento gnomo. Deslizándose sin el menor ruido entre la niebla, el gato gigantesco se dirigió al grupo más próximo de chozas y madrigueras. Kimber, Cogline y Rone lo siguieron de cuclillas. Brin se quedó rezagada, observando la noche con la mirada.

A su izquierda, los gnomos se movían en los límites de la luz de las hogueras a gatas, entre un montón de rocas y la hierba alta. Había otro grupo más alejado, a la derecha, que daba tumbos en dirección al muro de neblina del que procedían los cánticos. El humo de las fogatas, ácido y virulento, llegó a los ojos de Brin, mezclado con jirones de niebla.

De repente no veía, y la ira y el miedo crecieron en su interior. Sus ojos se llenaron de lágrimas, y la joven del valle los secó con las manos...

Entonces, se oyó un alarido procedente de la oscuridad que ahogó el sonido de los cánticos y congeló la noche. Un gnomo araña saltó de entre la sombra delante de ellos. Intentaba escapar frenéticamente del enorme gato del páramo que había aparecido de repente en su camino. Murmullo también saltó y rugió, tiró al aturdido gnomo a un lado como si fuera un pedazo de leña, y dispersó a otros seis más que bloqueaban el camino. Kimber corrió a reunirse con el gato gigante. Cogline y Rone la siguieron, gritando como si se hubieran vuelto locos. Brin corrió detrás de ellos mientras se esforzaba por seguirles el ritmo.

Dirigidos por el gato del páramo, el pequeño grupo cargó contra las criaturas que había en el centro del campamento. Las sombras peludas y retorcidas de los gnomos araña huían a su alrededor, dando alaridos y saltos en busca de refugio. El grupo llegó a la fogata más próxima. Cogline aflojó el paso para sacar el contenido de una bolsa de cuero que llevaba atada a la cintura. Extrajo un puñado de polvo negro y lo arrojó a las llamas. De repente, una explosión estremeció la tierra mientras el fuego se elevaba hacia el cielo como un manantial, emitiendo chispas y quemando trozos de madera. Los cánticos ante el muro de niebla fueron apagándose a medida que los alaridos de los gnomos en el campamento se intensificaban. Los cuatro pasaron corriendo junto a otra hoguera, y Cogline volvió a arrojar polvo negro a las llamas. Por segunda vez la tierra explotó bajo sus pies. Un fulgor se apoderó de la noche mientras los gnomos araña intentaban huir por todas partes.

Encabezando el grupo en la distancia, Murmullo saltó a través de una hoguera como un espectro enorme y alcanzó la cima de una plataforma rudimentaria que se elevaba cerca del muro de niebla. La plataforma, incapaz de soportar el peso del animal, se astilló y se hundió causando un gran estrépito, y una colección de tinajas, objetos de madera tallada y brillantes armas se esparció por el suelo.

—¡La espada! —dijo Rone en un grito que se impuso a la algarabía de los gnomos.

Cargó contra las enjutas figuras que intentaban cerrarle el paso y los derribó hacia los lados. Unos segundos más tarde estaba junto a Murmullo, buscando entre los tesoros esparcidos por el suelo una delgada hoja negra como el ébano.

—¡Leah! ¡Leah! —gritó, mientras blandía la espada sobre su cabeza en gesto triunfal, obligando a retroceder a un pequeño grupo de gnomos que se habían acercado a él.

A su alrededor, Cogline arrojaba polvo negro a las hogueras de los gnomos y provocaba explosiones. Toda la hondonada estaba iluminada por un resplandor amarillento que se elevaba de la tierra, ennegrecida y chamuscada. La hierba ardía por todas partes. El humo y la neblina se espesaban y arremolinaban en el campamento, que empezaba a desaparecer en su interior. Brin corrió tras sus compañeros de viaje, cada vez más rezagada por haberse dejado llevar por la emoción de la batalla. El resto ya había abandonado la plataforma derrumbada y emprendido el camino de regreso al risco. Eran poco más que tenues figuras entre el humo y la neblina, apenas visibles.

—¡Rone, espera! —gritó Brin con desesperación.

Los gnomos araña corrían chillando como locos y la alcanzaron por ambos lados. Varios intentaron cogerla con sus miembros peludos, y con sus dedos retorcidos se agarraron a las ropas de la joven vallense y las rasgaron. Brin se defendió con ferocidad. Se libró de ellos y echó a correr para alcanzar al resto. Pero eran demasiados. La sujetaban por todas partes. Desesperada, decidió utilizar la canción; el extraño y aturdidor canto hizo que las criaturas se alejaran de ella entre gritos de frustración.

Entonces, cayó de bruces entre la alta hierba, y le entró tierra en los ojos y la boca. En ese momento, algo pesado saltó sobre ella: una masa de pelo y nervios que la oprimió con fuerza. La joven del valle perdió el control de sí misma. El miedo y la repugnancia se apoderaron de ella y le impedían razonar. Se tambaleó apoyada sobre manos y rodillas, pero aquella cosa seguía agarrada a su espalda. Cantó intentando utilizar toda la furia que tenía en su interior. La canción explosionó en su garganta hacia el exterior, y la criatura que estaba sobre su espalda salió despedida, destrozada por la fuerza de la magia.

Se dio media vuelta y vio lo que había hecho. Un gnomo araña yacía sin vida sobre unas rocas que había tras ella. Curiosamente, ahora, muerto, parecía una criatura frágil y pequeña. Lo contempló durante un breve instante y sintió una extraña y aterradora sensación de alegría.

Después se deshizo de aquel sentimiento. En silencio y horrorizada, corrió a ciegas entre el humo, sin saber a dónde se dirigía.

—¡Rone! —gritó.

Corrió hacia el muro de niebla que se levantaba ante ella y desapareció.

36

Era como si el mundo hubiese desaparecido. Solo había niebla. La luna, las estrellas y el cielo se habían desvanecido. Los árboles del bosque, los picos de las montañas, los riscos, los valles, las rocas y los torrentes se habían volatilizado. La tierra que pisaba carecía de forma y de color; incluso la hierba formaba parte de la movediza neblina gris. Estaba sola en el vasto y desolado vacío en el que se había adentrado.

El cansancio la obligó a detenerse. Cruzó los brazos con fuerza sobre el pecho; su respiración era áspera e irregular. Se quedó quieta en medio de la niebla durante un largo rato, vagamente consciente de que había tomado una dirección equivocada al emprender la huida de la hondonada y de que corría hacia el Páramo Viejo. Sus pensamientos se dispersaban como hojas en el viento y, aunque ponía toda su fuerza de voluntad para retenerlos y ordenarlos, los perdía casi al momento. Solo conservaba una imagen clara en su mente: el gnomo araña, retorcido, destrozado, sin vida.

Cerró los ojos para protegerse de la luz y apretó los puños, llena de rabia. Había hecho lo que se había prometido a sí misma que nunca haría. Había arrancado la vida a un ser humano con la Canción de los Deseos, movida por el frenesí de miedo y cólera. Allanon le había advertido que eso podía llegar a suceder. Aún podía escuchar con claridad sus palabras: «La canción es poder... un poder enorme que no se parece a ningún otro.. La magia puede dar vida, pero también quitarla».

«Pero yo nunca la utilizaría...»

«La magia nos utiliza a todos, hija de la oscuridad; ¡incluso a ti!»

Era la advertencia que le había hecho el Oráculo del Lago, no la de Allanon, la que ahora se mofaba de ella. Intentó alejar aquel pensamiento de su mente.

Se puso en pie. En el fondo era consciente de que algún día se vería obligada a utilizar la magia de la canción tal como Allanon le había advertido. Había aceptado esa posibilidad el mismo momento en que el druida le mostró el alcance de su poder con los árboles entrelazados de los bosques de las montañas de Runne. La muerte del gnomo araña no era una revelación inesperada e impactante. Lo que más la horrorizaba de todo aquello era el hecho de que alguna parte de su ser había disfrutado con lo ocurrido, que alguna parte de su ser había sentido un gran placer al matar.

Tensó la garganta. Recordó el furtivo y súbito sentimiento de alegría que la había invadido al ver la figura sin vida del gnomo y darse cuenta de que había sido la canción la que lo había destruido. En aquel instante, se había recreado en el poder de la magia...

¿En qué tipo de monstruo había accedido a convertirse?

Sus ojos se abrieron de repente. No había accedido a nada. El Oráculo del Lago tenía razón: «Tú no usas la magia... la magia te usa a ti». La magia utilizaba a todo el mundo a su antojo. Brin no podía controlar la magia por completo. Lo descubrió cuando se enfrentó a los hombres que vivían al oeste de la cordillera de Spanning, en el puesto de ventas, y había tomado la decisión de que nunca volvería a perder el control de la magia hasta aquel extremo. Pero cuando los gnomos araña se abalanzaron sobre ella, el control que había pensado ejercer se desvaneció al instante bajo la fuerza de sus emociones, la confusión y la urgencia de la situación. Utilizó la magia dejándose llevar por sus instintos, sin conceder la menor oportunidad a su razón para que pudiera intervenir. Fue una reacción simple; se había limitado a esgrimir el poder de la canción de la misma forma que Rone Leah hubiera esgrimido su espada, un arma poderosa y destructiva.

Y le había gustado.

Se le llenaron los ojos de lágrimas. Podía argüir en su defensa que la alegría solo había durado un breve instante, enturbiada por un fuerte sentimiento de culpabilidad, y que el horror que la siguió impediría que volviese a poder sentirla. Pero no podía eludir la verdad. La magia había mostrado su verdadera naturaleza: era peligrosa y podía afectar a su conducta de una forma imprevisible. Eso la convertía en una seria amenaza no solo para ella misma, sino también para quienes la rodeaban, por lo que debía permanecer en guardia siempre.

Sabía que no podía renunciar a realizar el viaje al Maelmord. Allanon le había encomendado una misión, y era consciente de que, a pesar de todo lo que había sucedido y de todo lo que pudiera discutirse al respecto, debía cumplir con su propósito. No albergaba la más mínima duda incluso en aquel momento. Pero aunque tuviese aquella obligación, podía elegir su propio código de conducta. Allanon quería que utilizase la canción con un solo objetivo: conseguir entrar en el foso. Por lo tanto, debía encontrar la manera de reservar la magia hasta el momento en que tuviera que invocarla para ese fin. Solo en ese momento se arriesgaría a volver a utilizarla. Tras tomar esa decisión, se frotó los ojos para enjugarse las lágrimas. Cumpliría su promesa: la magia no volvería a utilizarla.

Se irguió, dispuesta a encontrar el camino para reunirse con sus amigos. Dio un traspié al avanzar a tientas en la penumbra, sin una dirección concreta. Jirones de niebla se desplazaban a su alrededor, y se sorprendió al descubrir imágenes en sus tortuosos movimientos. Se apiñaron a su alrededor, procedentes de la niebla de su mente y también de la exterior. Las imágenes empezaban a tomar las formas de recuerdos de su infancia resucitados. Su madre y su padre pasaron ante ella. El recuerdo era más cálido y le daba más seguridad que en la realidad; eran dulces figuras que la protegían con cariño. Jair también estaba allí. Las sombras se deslizaban por la extraña y tenue oscuridad. Fantasmas del pasado. Allanon podría ser uno de ellos, procedente del mundo de los muertos. Lo buscó con la mirada, esperaba que...

Y, para su sorpresa, se topó con él de repente. Surgió de entre la niebla como el fantasma que ahora era, se detuvo a unos diez metros de distancia, rodeado de neblina gris que giraba como en el Cuerno del Hades, devolviéndole a la vida.

—¿Allanon? —susurró la joven del valle.

No obstante, Brin tenía dudas. Tenía la figura de Allanon, pero era niebla... solo niebla.

La sombra retrocedió en la penumbra y desapareció, como si nunca hubiese existido. Se desvaneció...

Había algo extraño en aquel lugar. No era Allanon; allí había algo más.

Miró a su alrededor en busca del ser cuya presencia sentía de alguna manera, la criatura que la observaba. Las imágenes danzaban de nuevo ante sus ojos, surgidas de entre los jirones de niebla, reflejos de su memoria. La niebla les daba vida. Era una magia que la extasiaba y la atraía. Se quedó paralizada ante su despertar y se preguntó si estaría volviéndose loca. Visiones como las que estaba teniendo eran sin duda clara señal de demencia, a pesar de sentirse lúcida y segura. La neblina intentaba seducirla, la provocaba con sus elucubraciones, jugaba con sus recuerdos como si le pertenecieran. Era la neblina, o el ser extraño que en ella se escondía.

¡Un hombre bestia! Las palabras surgieron de algún lugar de su conciencia. Cogline había hablado de los seres de la niebla mientras estaban escondidos en las rocas del risco que dominaba el campamento de los gnomos araña. Dispersos por todo el Páramo Viejo, apresaban a seres más débiles que ellos y les tendían trampas para absorberles la vida.

Se incorporó, llena de dudas, y comenzó a avanzar muy despacio y con cautela. Algo se movió en la niebla al mismo tiempo que ella... una sombra, leve y difusa, un retazo de noche. Un hombre bestia. Apresuró el paso y dejó que sus pies la llevasen donde quisieran. Estaba perdida, pero no podía permanecer inmóvil y quedarse en el lugar en el que estaba. Debía seguir moviéndose. Pensó en sus compañeros de viaje. ¿La estarían buscando? ¿Serían capaces de encontrarla en medio de toda aquella neblina? Negó con la cabeza, dubitativa. Tal vez fuera posible, pero no podía confiar en ello. Debía encontrar la salida por sí misma. En algún lugar, el páramo tocaría a su fin y con él se disiparía el muro de niebla. Tenía que seguir caminando hasta salir del páramo y liberarse de aquella niebla adormecedora.

Pero ¿y si no lo conseguía?

Sus recuerdos volvieron a la vida en los jirones de niebla que se dispersaban a su alrededor y la provocaban y sacudían. Caminó más deprisa, ignorándolos, consciente de que en algún lugar que no podía ver la sombra seguía sus pasos. Un frío le recorrió todo el cuerpo al recordar que había alguien observándola.

Intentó imaginar cómo sería aquel ser. ¿Qué clase de criatura era el hombre bestia? Se había presentado ante ella con la forma de Allanon, ¿o acaso había sido un truco más de la niebla y su mente? Se dijo que no con la cabeza, en silencio y confusa.

Algo pequeño y húmedo se alejó saltando de sus pies y voló en la oscuridad. Se apartó de allí y bajó por una pendiente hasta una hondonada vasta y cenagosa. El lodo y la tierra pantanosa succionaban sus botas, y la hierba seca le golpeaba y se enredaba entre sus piernas. Aflojó un poco el paso al advertir que el suelo se movía de forma inquietante y retrocedió hacia el borde. En el fondo de la cuenca había arenas movedizas que la hubiesen arrastrado y engullido. Debía mantenerse apartada de ellas y buscar un terreno más duro y seco por el que seguir caminando. La niebla se arremolinaba por todas partes y le dificultaba encontrar un camino. Todavía estaba desorientada. Tenía la sensación de que había estado caminando en círculo.

Continuó su camino, pisando con fuerza. Las nieblas del Páramo Viejo giraban y se espesaban esparcidas en la oscuridad que había a su alrededor, y las sombras se movían en la húmeda neblina que desprendían. Hombres bestia. Ahora ya eran más de uno los que iban tras sus pasos. Brin los miraba y seguía sus movimientos mercuriales, que les daban la apariencia de peces nadando en el agua, bajo la luz del crepúsculo. Aceleró la marcha por tierra firme, alejada de las hierbas del pantano. Aún la perseguían, pero nunca conseguirían alcanzarla, se prometió a sí misma sin decir palabra alguna. Su destino era otro.

Empezó a correr. Oía los monótonos golpes del latido de su corazón y de la sangre que este bombeaba. La cólera, el miedo y la decisión se mezclaron y se convirtieron en un solo impulso que la hacía avanzar. Llegó a una suave pendiente y subió hasta el centro de una pequeña elevación cubierta de hierbas altas y maleza. Una vez arriba, miró a su alrededor con incredulidad.

Había sombras por todas partes.

En aquel momento apareció de entre la niebla una figura alta y delgada envuelta en una capa como las que vestían los habitantes de las tierras altas, con un espadón enorme cruzado en la espalda. Brin se estremeció, sorprendida. ¡Era Rone! La figura levantó los brazos y los extendió hacia ella, le pedía que se acercara. Decidida, alargó la mano para coger la del joven.

Pero entonces algo la detuvo.

Parpadeó. ¿Rone? ¡No!

Una cortina roja cayó sobre sus ojos, y la rabia se apoderó de ella cuando se dio cuenta de que aquello era un engaño. No era Rone Leah, sino el hombre bestia que seguía sus pasos.

Este dio un paso adelante. Las vestiduras y la espada desaparecieron y se convirtieron en jirones de niebla. No quedaba nada de la figura del joven montañés, tan solo una sombra, enorme y cambiante. Entonces, apareció un cuerpo monstruoso, de cuclillas sobre unas gruesas patas traseras provistas de garras, con unos grandes antebrazos doblados cubiertos de pelo enmarañado y erizado, y una cabeza arrugada y retorcida con la mandíbula abierta que revelaba unos dientes blancos.

Se irguió envuelto en las brumas del páramo, y Brin vio que la doblaba en estatura. Sin hacer ruido, inclinó la cabeza e intentó asestarle un mordisco. Era una masa de pelo, escamas, músculos, huesos afilados, dientes y ojos hendidos. Un ser nacido de las pesadillas más tenebrosas, unas pesadillas que Brin podría haber tenido sumida en la angustia de su propia desesperación.

¿Era real o era tan solo un producto de la niebla y de los delirios de su mente?

Poco importaba lo que fuese. Olvidó el juramento que había hecho solo unos pocos minutos antes y recurrió a la Canción de los Deseos. Decidida y enloquecida por lo que veía, entonó la canción. Su destino no era morir en el Páramo Viejo a manos de aquel monstruo. En esta ocasión utilizaría la magia contra un ser cuya destrucción carecía de importancia.

Empezó a cantar, pero las palabras se ahogaron en su garganta. Era su padre quien estaba ante ella.

El hombre bestia se deslizaba, acercándose a ella. Su figura ondeaba y se distorsionaba en la niebla. La criatura babeaba ante la perspectiva de poder saciar sus necesidades vitales arrebatándole la vida a la joven del valle. Brin retrocedió tambaleándose cuando tuvo ante sí el rostro moreno y gentil de su madre. Gritó con desesperación, y su angustioso grito solo pareció resonar en el silencio de su mente.

Alguien gritó su nombre en respuesta. ¡Brin! Estaba totalmente confundida. La voz parecía real, pero ¿quién...?

—¡Brin!

En ese momento, el monstruo se abalanzó sobre ella. Brin olió la maldad de la criatura. Sin embargo, la Canción de los Deseos seguía bloqueada en su garganta, aprisionada por la fija imagen que tenía en la mente del hombre bestia desgarrando la esbelta figura de su madre, destrozada y sin vida.

—¡Brin!

Entonces se escuchó un rugido aterrador que rompió en mil pedazos el silencio de la noche. Una silueta deslumbrante salió volando de entre la niebla, y un gato enfurecido de trescientos kilos cayó sobre la bestia. El gato del páramo sacó las garras y los dientes y desgarró la monstruosa aparición, y ambos comenzaron a rodar por encima de la alta hierba.

—¡Brin! ¿Dónde estás?

La joven vallense dio un paso atrás. Apenas oía las voces que la llamaban por su nombre debido a los sonidos de la batalla. Desesperada, volvió a gritar. Justo un instante después, Kimber apareció de entre la neblina como un dardo disparado, con el cabello ondeando al viento. Cogline iba tras ella, profiriendo unos gritos salvajes. El encorvado anciano se esforzaba por mantener el ritmo de la muchacha. Murmullo y el hombre bestia entraron de nuevo en su campo visual, dando embestidas y haciendo fintas. El gato del páramo era más fuerte y, cada vez que el ser de las brumas intentaba abalanzarse sobre él, se lo impedía. Pero ahora otras sombras, enormes y sin forma, se habían reunido en la oscuridad y los rodeaban. ¡Había demasiadas sombras!

—¡Leah! ¡Leah!

Entonces apareció Rone, moviéndose con agilidad entre la masa de sombras, con la espada esgrimida. Un brillo incandescente, verde y espectral, se arremolinaba alrededor de la hoja de ébano. El hombre bestia, arrinconado por Murmullo, se dio la vuelta inmediatamente al percibir el grave peligro que encerraba la magia de la espada. Tras escabullirse del gato del páramo, saltó sobre Rone, pero el príncipe Leah estaba preparado. Dibujó un arco con la espada y la clavó en el hombre bestia. Un fuego verde brilló en la oscuridad de la noche, y el ser de la niebla explotó en una lluvia de llamas.

Poco después, la luz se desvaneció, y la neblina nocturna volvió. Las sombras que se habían reunido en la oscuridad de su alrededor desaparecieron.

El joven de las tierras altas dejó caer la espada a su lado y se acercó a Brin.

—Lo siento, lo siento —le dijo a la joven del valle—. La magia…

—Negó con la cabeza, desalentado—. Cuando encontré la espada, cuando la toqué… no pude pensar en otra cosa. La recogí y me fui corriendo. Me olvidé de todo… incluso de ti. Fue la magia, Brin…

Rone Leah titubeó, y la joven asintió en silencio y lo abrazó con fuerza.

—Ya lo sé —respondió Brin.

—No te dejaré sola nunca más —prometió el joven de las tierras altas—. Nunca más.

—Eso también lo sé —respondió Brin con voz serena.

Sin embargo, la joven vallense no le dijo nada sobre la decisión que había tomado de abandonarlo.

37

Tres días después de abandonar la prisión de Dun Fee Aran, Jair y el pequeño grupo de Culhaven llegaron a las montañas del Cuerno del Cuervo. Por temor a ser descubiertos, no podían transitar por los caminos que seguían el curso del río de Plata en su ruta hacia el sur de las montañas, así que se vieron obligados a atravesar los densos bosques que había en lo alto, avanzando a un ritmo más lento a través de aquella naturaleza salvaje. El segundo día, las fuertes lluvias cesaron; a media mañana se convirtieron en llovizna y al empezar la tarde ya no eran más que una simple neblina. El aire se volvió más cálido una vez los cielos se despejaron, y las nubes se desviaron hacia el este. Al caer la noche, la luna y las estrellas se hicieron visibles entre las ramas de los árboles. Habían caminado despacio, incluso después de que la lluvia cesara, porque la tierra, saturada, no podía absorber todo el agua que se había acumulado en la superficie y estaba fangosa y resbaladiza. Intentaban restarle importancia a las pésimas condiciones climatológicas con que habían reemprendido el viaje, avanzaban con paso resuelto, y solo se detenían el tiempo imprescindible para comer y descansar.

Un brillante y cálido sol se dejó ver al tercer día. Sus amables rayos se filtraban a través de las sombras del bosque y devolvían retazos de color a la tierra empapada. La oscura mole de las montañas del Cuerno del Cuervo apareció ante sus ojos como una masa de rocas yermas que se elevaban sobre las copas de los árboles. Caminaron en aquella dirección durante toda la mañana y las primeras horas de la tarde, hasta alcanzar las laderas bajas y comenzar el ascenso.

—Tenemos un problema —dijo Slanter sin andarse por rodeos, tras ordenar hacer un alto en el camino—. Si queremos cruzar las montañas, tardaremos bastantes días en hacerlo, quizá varias semanas. Solo tenemos una alternativa: ascender por el río de Plata hasta su nacimiento en la Fuente Celeste. Si somos prudentes, podemos conseguirlo, pero tarde o temprano tendremos que pasar por debajo de Marca Gris, y entonces, los caminantes negros nos verán llegar seguro.

—Tiene que haber alguna forma de evitarlo —respondió Foraker, con el ceño fruncido.

—No la hay —dijo Slanter—. Créeme, lo sé.

—¿No podemos seguir el río hasta estar cerca de Marca Gris y entonces cruzar las montañas? —preguntó Helt, que había apoyado su gigantesco cuerpo sobre una roca—. ¿No podemos ir por otro camino?

—No desde donde nos encontramos ahora mismo —respondió el gnomo mientras negaba con la cabeza—. Marca Gris se asienta sobre un risco que domina todas las tierras de los alrededores: las montañas del Cuerno del Cuervo, el río de Plata, todo. La roca es yerma y está completamente desprovista de vegetación, por lo que no tendríamos ninguna manera de escondernos. —Miró a Stythys, sentado en un lado, con una expresión huraña en el rostro—. Esa es la razón por la que a los lagartos les gusta tanto. Ningún ser vivo puede acercarse sin ser visto.

—Entonces tendremos que viajar de noche —dijo Garet Jax.

—Te romperías el cuello si lo intentases —respondió Slanter, que hizo un gesto negativo con la cabeza—. Hay muchos precipicios, y los senderos son estrechos y están vigilados. Nunca lo conseguirías.

—Vale, ¿entonces qué sugieres? —preguntó Foraker, rompiendo el largo silencio que se había producido tras las últimas palabras del gnomo.

—Yo no sugiero nada —respondió Slanter, encogido de hombros—. Ya os he traído hasta aquí; el resto es cosa vuestra. Quizás el muchacho pueda ocultaros con su magia una vez más —prosiguió, con la mirada puesta en Jair y las cejas arqueadas—. ¿Qué te parece, joven del valle? ¿Puedes cantar durante media noche?

Jair se sonrojó.

—¡Tiene que haber alguna forma de burlar a los guardias, Slanter!

—Oh, para mí no sería ningún problema —respondió el gnomo antes de resoplar por la nariz—. Pero puede que para vosotros sí.

—Helt posee visión nocturna… —empezó a decir Elb Foraker, pensativo.

—¿Qué sugerirías tú, mwellret? —lo interrumpió Garet Jax—. Esta es tu casa. ¿Tú qué harías?

—Encontrad vuessstro propio camino, hombrecillosss —respondió Stythys, con los ojos entreabiertos—. Bussscad a otro para que osss ayude. ¡Dejadme en paz!

Garet Jax lo miró fijamente durante un instante y luego se acercó a él en silencio, con una expresión tan fría en sus ojos grises que Jair dio un paso atrás involuntariamente.

—Por lo que parece, me estás diciendo que ya no nos sirves para nada —dijo el maestro de armas, con el dedo apoyado en la capa del mwellret.

Dio la sensación de que el mwellret se encogió dentro de sus ropas. Sus ojos hendidos despidieron destellos cargados de odio. Pero no tenía poder sobre Garet Jax. El maestro de armas se quedó donde estaba, a la espera.

El lagarto emitió un silbido apagado y, lentamente, se lamió los labios con su lengua bífida.

—Osss ayudaré sssi me dejáisss libre —susurró el lagarto—. Oss llevaré por donde nadie osss verá.

Hubo un largo silencio mientras los miembros del grupo intercambiaban miradas suspicaces.

—No lo creáis —dijo Slanter.

—El essstúpido pequeño gnomo no puede ayudarosss ahora —dijo despectivamente Stythys—. Necesssitáisss mi ayuda, amiguitosss. Conozco caminosss por losss que nadie másss puede passsar.

—¿Qué caminos conoces? —preguntó Garet Jax, con voz suave.

—Prometed primero que me dejaréisss libre, hombrecillosss —respondió el mwellret mientras negaba con la cabeza.

—Si consigues que lleguemos a Marca Gris, serás libre —respondió el maestro de armas, sin que su rostro reflejara el más leve indicio de lo que estaba pensando.

Slanter arrugó el rostro en gesto de desaprobación y escupió en el suelo. De pie junto al resto, Jair esperó a que Stythys dijera algo más, pero el mwellret parecía estar pensando.

—Tienes nuestra promesa —intervino Foraker. Su voz desvelaba cierta impaciencia—. Ahora dinos qué camino debemos seguir.

—¡Llevaré a losss hombrecillosss por lasss Cuevasss de la Noche! —respondió Stythys, con una sonrisa maligna y desagradable que casi parecía una mueca.

—¡Escucha, malvado...! —exclamó Slanter, que se lanzó sobre el mwellret sin poder contener la furia. Helt lo agarró por la cintura y lo arrastró hacia atrás. El gnomo chillaba y forcejeaba como si se hubiese vuelto loco. La risa de Stythys era como un tenue siseo. Mientras tanto, los miembros del grupo rodearon a Slanter para mantenerlo alejado.

—¿Qué ocurre, gnomo? —preguntó Garet Jax mientras agarraba del brazo a Slanter—. ¿Qué sabes de esas cuevas?

Slanter se liberó de las manos del maestro de armas, pero Helt continuó sujetándolo.

—¡Las Cuevas de la Noche, Garet Jax! —exclamó—. ¡Son el cementerio de los gnomos de la montaña desde el día en que fueron sometidos al dominio de los lagartos! ¡Miles de gnomos fueron abandonados en las Cuevas de la Noche, encerrados y olvidados para siempre! ¡Ahora este... monstruo quiere hacer lo mismo con nosotros!

El maestro de armas se volvió con rapidez hacia Stythys e hizo aparecer como por arte de magia un largo cuchillo en su mano derecha.

—Mwellret, procura ser más cuidadoso con tu respuesta esta vez.

—Mentirasss del gnomo —respondió Stythys con indiferencia—. Lasss Cuevasss de la Noche ssson unosss passsadizosss que conducen a Marca Grisss. Osss llevarán por debajo de lasss montañasss, sin que losss caminantesss negrosss osss vean. Nadie osss verá.

—¿De verdad que hay una forma de entrar? —inquirió Foraker a Slanter.

El gnomo se quedó inmóvil de repente, rígido entre los brazos de Helt, y respondió:

—Eso no importa. Las Cuevas de la Noche no son lugar para los vivos. ¡Kilómetros de túneles atraviesan las montañas del Cuerno del Cuervo, negros como pozos, y están llenos de procks! ¿Habéis oído hablar de los procks? Son seres vivos, creados por una magia más antigua que estas tierras. Magia del mundo antiguo, según dicen. Son bocas vivientes de roca, por todas las cuevas. Allá donde vayas hay procks en el suelo de las cavernas. Si das un paso en falso, se abren y te atrapan, te engullen y te oprimen hasta... —El gnomo temblaba de furia—. Así era como los lagartos se deshacían de los gnomos de la montaña. ¡Los encerraban en las Cuevas de la Noche!

—Pero las Cuevas de la Noche son un pasadizo de entrada —objetó Garet Jax, convirtiendo la pregunta de Foraker en la afirmación de un hecho.

—¡Pero es un pasadizo que no nos servirá! —exclamó otra vez Slanter, indignado, sin poder contener la furia—. ¡No podremos encontrar el camino! ¡Una docena de pasos y seremos una presa fácil para los procks!

—¡A mí no me cogerán! —exclamó Stythys de nuevo—. ¡El sssecreto de lasss Cuevasss de la Noche esss mío! Losss hombrecillosss no pueden passsar, pero mi pueblo conoce el camino. ¡Losss procksss no pueden hacernosss daño!

Se produjo otro silencio.

—Las Cuevas de la Noche conducen a Marca Gris por debajo de las montañas del Cuerno del Cuervo —dijo Garet Jax de repente, después de retroceder para colocarse frente el mwellret—. ¿Estás seguro de que los caminantes negros no podrán vernos si vamos por ese camino? ¿Y podrás conducirnos por ahí?

—Sssí, amiguitosss —silbó con suavidad Stythys—. Osss llevaré por lasss cuevasss.

Garet Jax se volvió a sus compañeros de viaje. Durante unos instantes, ninguno de los integrantes del grupo dijo palabra alguna. Entonces, Helt asintió en silencio y dijo:

—Solo somos seis. Si queremos tener alguna posibilidad, hemos de llegar a la fortaleza sin ser vistos.

Foraker y Edain Elessedil asintieron, y Jair miró a Slanter.

—¡Estáis todos locos! —exclamó el gnomo con amargura—. ¡Locos, ciegos y estúpidos! ¡No se puede confiar en los lagartos!

—No tienes que continuar con nosotros si no lo deseas, Slanter —contestó Jair al cabo de un rato.

—¡Puedo cuidar de mí mismo, muchacho! —respondió el gnomo.

—Lo sé, es solo que creía que…

—¡Guárdate lo que pienses para ti mismo! —lo interrumpió tajantemente el gnomo—. En cuanto a lo de continuar o no, deberías ser tú quien se lo tendría que plantear. Pero estoy seguro de que no lo harás. Así que actuaremos todos como unos locos, juntos. —El gnomo dirigió una mirada sombría al mwellret—. ¡Pero este loco estará vigilando de cerca y, si algo va mal, estará allí para asegurarse de que el lagarto no vea el final!

—Entonces nos conducirás a través de las Cuevas de la Noche —le dijo Garet Jax a Stythys—. Pero no olvides lo que ha dicho el gnomo. Lo que nos pase a nosotros, también te pasará a ti. No intentes engañarnos ni tendernos trampas. Si lo intentas…

—No oss tenderé trampass, amiguitoss —respondió Stythys, con una rápida y falsa sonrisa en el rostro.

Esperaron a que cayera la noche para reanudar el viaje; entonces descendieron por las rocas situadas sobre el río de Plata y se dirigieron a las montañas al norte. La luz de una luna cóncava y de las estrellas iluminaba la oscura masa de las montañas del Cuerno del Cuervo que se levantaban imponentes a su alrededor. Los grandes picos desnudos se alzaban ante la línea del horizonte, de un color azul oscuro. El grupo siguió un camino que bordeaba la orilla del río entre los árboles y matorrales dispersos hasta que el bosque del sur se perdió de vista.

Caminaron durante toda la noche en cauteloso silencio. Helt y Slanter dirigían la marcha. Los oscuros picos que bordeaban la cuenca del río de Plata se iban acercando. Salvo el murmullo incesante del río, en los picos reinaba un extraño silencio, una quietud profunda y penetrante que envolvía la roca yerma como si la madre Naturaleza acunase a su hijo dormido. A medida que las horas pasaban, aquel silencio inquietaba cada vez más a Jair. Con la mirada puesta en los enormes muros de roca que los rodeaban, escudriñaba las sombras en busca de algo que no lograba ver, pero cuya mirada sentía. No se toparon con ningún ser vivo aquella noche, a excepción de los grandes pájaros que sobrevolaban sus cabezas en silencio en su deambular nocturno. Sin embargo, Jair tenía la sensación de que no estaban solos.

Era consciente de que parte de ese sentimiento se debía a la presencia de Stythys. Cuando se rezagaba, veía la negra figura del mwellret ante él y sentía que los ojos verdes de la criatura lo buscaban sin descanso, a la espera de que ocurriese algo. Al igual que Slanter, el joven vallense no confiaba en el mwellret. A pesar de haberles prometido ayudarlos, Jair estaba seguro de que en el fondo estaba decidido a arrebatarle la magia élfica. La criatura ansiaba poseer ese poder por encima de todo. Estaba tan seguro de ello que tenía miedo. Los días que había pasado encerrado en la prisión de Dun Fee Aran lo perseguían como un espectro de tal forma que nada podría hacerlos desaparecer para siempre. Stythys era el responsable de aquel espectro, y era posible que el mwellret volviera a dar vida a aquel recuerdo. Aunque ahora le parecía haberse librado del mwellret, Jair no podía deshacerse de la sensación de que la criatura seguía teniendo, de alguna insidiosa manera, control sobre él.

Sin embargo, a medida que se acercaba el alba y que el cansancio embotaba el agudo filo de sus dudas y temores, Jair empezó a pensar en Brin. Su mente reprodujo la imagen del rostro de su hermana tal como lo había contemplado las últimas dos veces en el cristal de la visión: desolado por alguna aflicción inexpresable y anonadado al descubrir su cara contorsionada en la figura de aquel fantasma. Tan solo pudo vislumbrar su rostro en ambas ocasiones, sin poder deducir lo que había pasado. Presentía que a su hermana le habían sucedido muchas cosas, algunas de ellas, aterradoras. Sintió un enorme vacío en su interior al pensar en ella, alejada durante tanto tiempo de Valle Sombrío y de él, dedicada a una búsqueda que, según las palabras vertidas por el rey del río de Plata, sería la causa de su perdición. Era extraño, pero le parecía que ya la había perdido; la distancia y el tiempo que los separaba se habían incrementado notablemente con los sucesos acaecidos desde la última vez que la había visto. Habían ocurrido tantas cosas, y él ya poco se parecía a lo que había sido y a quien había sido.

De repente, la sensación de vacío se convirtió en dolor. ¿Qué sucedería si el rey del río de Plata lo había sobrevalorado? ¿Qué pasaría si fallaba y perdía a Brin? ¿Qué pasaría si la encontraba demasiado tarde? Se mordió los labios para defenderse de tan oscuros pensamientos y se prometió a sí mismo que nada de eso ocurriría. Como hermanos que eran, estaban unidos por fuertes lazos. Lazos de sangre, de una vida compartida, de conocimiento, de comprensión y, por encima de todo, de amor.

Siguieron caminando entre las sombras de la incipiente mañana. Con las primeras luces del alba, Stythys los llevó hacia arriba, por las rocas. Se alejaron del río de Plata en la zona donde se agitaba, oscuro e indolente, en su cauce, y se dirigieron hacia los riscos. Los árboles y los matorrales desaparecieron y dejaron al descubierto la roca estéril que los rodeaba por todas partes. La luz del sol irrumpió por el este y cubrió las cumbres de las montañas; una luz dorada, brillante y cegadora, que destellaba sobre las grietas y fisuras de la roca como si fuera fuego. Ascendieron hacia ese fuego hasta que, de repente e inesperadamente, llegaron a la oscura sombra de un risco frente a la entrada de una gran caverna.

—¡Lasss Cuevasss de la Noche! —silbó Stythys con voz suave.

La boca de la caverna se abría ante ellos como unas enormes fauces. La roca escarpada que rodeaba la entrada del pasadizo tenía forma de dientes. El viento soplaba entre las cumbres de las montañas como si con su silbido quisiera advertirlos de que debían abstenerse de entrar en las Cuevas de la Noche. Había trozos de madera blanquecina dispersos alrededor de la entrada, descortezados por el tiempo y los años. Jair se acercó a examinarlos y se quedó petrificado; los trozos de madera eran huesos astillados y rotos.

Entonces, Garet Jax se colocó delante de Stythys y le preguntó:

—¿Cómo vamos a poder ver nada ahí dentro, mwellret? ¿Tienes antorchas?

—Lasss antorchasss no arden en lasss Cuevasss de la Noche, amiguitosss —respondió el mwellret con una risa grave y maligna—. ¡Necesssitáisss usssar la magia!

—¿Y tú posees esa magia? —le preguntó el maestro de armas, quien miró durante un breve instante la entrada de la caverna.

—La possseo, sssí —respondió, con los brazos cruzados dentro de sus vestiduras y el cuerpo algo hinchado—. ¡Tengo la Essstela de fuego! ¡Essstá en lasss cuevasss!

—¿Cuánto tiempo estaremos ahí dentro? —preguntó Foraker, con visible inquietud. A los enanos no les gustaban los sitios cerrados, y estaba preocupado por tener que adentrarse en las cavernas.

—El passso a travésss de lasss Cuevasss de la Noche esss rápido, amiguitosss —afirmó Stythys con excesiva vehemencia—. Lasss atravesssaremosss en tresss horasss. Marca Grisss nosss essspera.

Los miembros del grupo intercambiaron una mirada y entonces, dirigieron la vista a la entrada de las cuevas.

—¡Os lo digo, no debemos confiar en él! —advirtió Slanter a sus compañeros de viaje una vez más.

Garet Jax sacó un trozo de cuerda y ató un extremo alrededor de su cintura y el otro, alrededor de la cintura de Stythys. Tras comprobar que los nudos estaban bien apretados, desenvainó su largo cuchillo.

—Estaré más cerca de ti que tu propia sombra, mwellret. No lo olvides. Ahora llévanos dentro y muéstranos tu magia. —Stythys empezó a darse la vuelta, pero el maestro de armas se lo impidió dando un tirón a la cuerda—. No te internes demasiado hasta que no hayamos comprobado lo que eres capaz de hacer.

—Ssse lo mossstraré a losss amiguitosss —respondió el mwellret, con una mueca en la cara—. Venid.

Arrastró los pies hacia la monstruosa entrada negra de las Cuevas de la Noche, seguido, a un solo paso, de Garet Jax, al que estaba unido por la cuerda atada alrededor de la cintura. Slanter iba tras ellos. Después de dudar un instante, los otros también los siguieron. Las sombras aumentaban a medida que la luz del sol perdía fuerza, y entraron en las fauces de piedra, en la oscuridad que reinaba al otro lado. Al principio, la tenue luz del amanecer colaboró en su avance, silueteando las figuras de los muros, el suelo, las estalactitas y las rocas que se amontonaban, pero pronto, incluso esa tenue luz los abandonó, y fueron engullidos por una impenetrable oscuridad.

Apenas veían, tan solo oían el eco del roce de las botas sobre la roca, y sus pasos vacilaron hasta obligarlos a detenerse. Se quedaron de pie, apiñados, hasta que el eco se apagó, y entonces percibieron el sonido del gotear del agua procedente de las profundidades de la oscuridad que los precedía. Y, desde unas profundidades más lejanas, les llegó el chirriante ruido de una roca que arañaba otra roca.

—Ya veisss, amiguitosss —dijo Stythys en un silbido, de repente—. ¡Todo esss negro en lasss Cuevasss de la Noche!

Jair miró a su alrededor, inquieto, sin apenas ver. Junto a él, el delgado rostro élfico de Edain Elessedil no era más que una tenue sombra. Una extraña humedad impregnaba el aire, una humedad pegajosa que se movía a pesar de no haber viento y que parecía envolverlos, girando a su alrededor. Era desagradable y olía a podrido. El joven del valle arrugó la nariz y, de repente, se dio cuenta de que era el mismo olor que el de la celda de Stythys de Capaal. Un olor inconfundible.

—¡Ahora invocaré a la Essstela de fuego! —carraspeó el mwellret. El joven vallense se sobresaltó—. ¡Essscuchad! ¡Llamo ahora a la luz!

Emitió un grito agudo, una especie de silbido siniestro y hueco que sonó como un crujido de huesos, áspero y torturado. El silbido resonó en la oscuridad y se propagó por toda la caverna. Produjo un eco largo y lastimero, y después el mwellret volvió a gritar. Jair se estremeció. Cada vez le gustaban menos las Cuevas de la Noche.

Entonces, de forma brusca, hizo su aparición la Estela de fuego. Voló hacia ellos a través de la oscuridad como una acumulación de polvo brillante. Soltaba chispas de fuego iridiscente que formaban remolinos y flotaban en el viento inexistente. Dispersa en la oscuridad, se dirigió hacia ellos y se fundió en un momento ante la mano estirada del mwellret. El conjunto de partículas diminutas se convirtió en una bola de luz que emitía su resplandor amarillo e iluminaba las sombras de las Cuevas de la Noche. Los miembros del grupo miraron con asombro cómo la Estela de fuego se mantenía suspendida ante Stythys, mientras su extraño fulgor fluctuaba y danzaba delante de ellos.

—Magia de mi propiedad, amiguitosss —dijo Stythys con voz triunfal. Giró la cara de hocico prominente en busca de Jair y sus ojos verdes destellaron en el torbellino de luz—. ¿Vesss, amiguito, cómo obedece la Essstela de fuego?

—Muéstranos el camino, mwellret —le ordenó Garet Jax, que se interpuso rápidamente entre ellos—. El tiempo pasa.

—Passsa rápido, sssí, essso esss cierto —carraspeó Stythys suavemente.

Apresuraron el paso en la oscuridad. La Estela de fuego les iluminaba el camino. Las paredes de las Cuevas de la Noche se alzaban a su alrededor hasta perderse en una penumbra sombría en la que ni siquiera la Estela de fuego podía penetrar. El sonido de sus pasos regresaba a sus oídos en ecos extraños y tenebrosos. El hedor se intensificaba a medida que se adentraban en la caverna, impregnaba el aire que respiraban y los obligaba a tomar bocanadas más pequeñas para evitar las náuseas. El pasadizo se dividió ante ellos en docenas de túneles entrelazados que formaban un increíble laberinto. Sin embargo, Stythys no aflojó el paso y se adentró sin dudar por uno de ellos. El polvo de la Estela de fuego seguía danzando ante él.

El tiempo transcurría con lentitud, y los túneles y pasadizos parecían no tener fin; eran interminables perforaciones negras que traspasaban las rocas. El hedor se hizo aún más fuerte, y el sonido de roca rallada dejó de oírse en la lejanía, pero ahora, por desgracia, era más cercano. De repente, Stythys les ordenó detenerse ante una entrada que conducía a una caverna grande. La Estela de fuego danzaba junto a su mano levantada.

—¡Procksss! —exclamó.

Lanzó la Estela de fuego con un movimiento de muñeca, y esta voló hacia el interior de la cueva, iluminando su impenetrable oscuridad. Los miembros del grupo de Culhaven miraron horrorizados lo que la luz descubría a sus ojos. Allí, cubriendo todo el suelo de la caverna, había cientos de profundas fisuras dentadas que se abrían y cerraban como bocas que masticaban de forma horripilante. Las bocas emitían sonidos al exterior: gorgoteos precipitados, desgarramientos, profundos eructos de líquido y piedra machacada.

—¡Demonios! —exclamó Helt—. ¡Toda la cueva está viva!

—Tenemosss que atravesssarla —dijo Stythys con repulsión—. Losss hombrecillosss permaneced juntosss.

Se mantuvieron apiñados. Sus caras pálidas relucían de sudor bajo la luz de la Estela de fuego, con los ojos fijos en el suelo de la caverna que se extendía ante ellos. De nuevo, Stythys encabezó la marcha, con Garet Jax pegado a él; Slanter, Jair, Edain Elessedil y Helt los seguían en fila, y Foraker cerraba el grupo. Caminaron a paso lento, zigzagueando entre los procks. Pisaban aquellas zonas donde la Estela de fuego mostraba que no había bocas negras, con los oídos y las mentes invadidas por los sonidos que emitían aquellas terribles bocas. Los procks se abrían y cerraban a su alrededor como si esperaran alimentarse, como animales hambrientos que sentían la proximidad de la presa. A veces se cerraban por completo y se confundían con el verdadero suelo de la caverna, convertidos en finas líneas dibujadas en la piedra. Podían abrirse rápidamente y hacer desaparecer el suelo, seguro en apariencia, dispuestos a tragarse cualquier cosa que estuviera sobre ellos. No obstante, la Estela de fuego les advertía dónde había procks escondidos y los guiaba por zonas seguras.

Tras cruzar la primera caverna, atravesaron otra, y después una tercera, todas ellas llenas de procks. Salpicaban el suelo de las cuevas y los pasadizos, por lo que no podían caminar con seguridad. Se movían muy despacio y parecía que el tiempo no pasaba. El cansancio llegó a medida que la tensión aumentaba. Eran conscientes de que si daban un solo paso en falso, sería el último de su vida. Entretanto, los procks se abrían y cerraban a su alrededor y rechinaban con jubilosa anticipación.

—¡Este laberinto no tiene fin! —le dijo Edain Elessedil a Jair. Su voz reflejaba frustración.

El joven del valle asintió en silencio para manifestarle que sentía exactamente lo mismo. Foraker estaba detrás de ellos, cerca, con Helt al final. El rostro barbudo del enano estaba empapado de sudor, y su mirada destellaba.

Un prock escondido se abrió de repente, muy cerca de los pies de Jair, y dejó al descubierto su negra garganta. El joven vallense dio un salto y tropezó con Slanter. ¡El prock estaba a su lado y no lo había visto! Luchó contra la oleada de inseguridad y miedo que lo invadió, y apretó la mandíbula con férrea determinación. Ya no debía faltar mucho. Pronto saldrían de las Cuevas de la Noche.

Pero cuando estaban atravesando otra caverna, otro laberinto repleto de procks, Stythys hizo lo que Slanter había predicho. Sucedió tan deprisa que ni siquiera Garet Jax tuvo tiempo de intervenir. Estaban juntos, sorteando aquellas horribles fisuras, y justo un instante después, la mano del mwellret se movió hacia atrás y lanzó la Estela de fuego contra sus rostros. Se dirigió hacia ellos como un fogonazo brillante y se dispersó. Instintivamente, se dieron la vuelta con los ojos tapados, y en ese instante, Stythys actuó. Saltó sobre Garet Jax y Slanter y llegó hasta donde estaba Jair, agazapado. Lo agarró por la cintura con su fuerte brazo izquierdo mientras con la mano derecha sacaba de entre sus ropas un largo cuchillo, que apretó contra la garganta del joven del valle.

—¡Quedaosss atrásss, amiguitosss! —dijo el mwellret en un siseo. El lagarto miraba al grupo a la cara, y la Estela de fuego volvió a situarse frente a él.

Nadie se movió. Garet Jax se agazapó a menos de dos metros de distancia; se había convertido en una sombra negra preparada para saltar. El trozo de cuerda todavía lo mantenía unido a Stythys, que había puesto a Jair entre ellos. El cuchillo del lagarto brillaba en la penumbra.

—¡Estáisss locosss, amiguitosss! —dijo el monstruo en tono áspero—. ¡Pensssabaisss utilizarme en contra de mi voluntad! ¿Veisss ahora lo que osss essspera?

—¡Os advertí que no se podía confiar en él! —gritó Slanter con furia.

Empezó a avanzar hacia el lagarto, pero un silbido de advertencia lo detuvo. Tras él, Helt, Foraker y Edain Elessedil permanecían inmóviles formando un estrecho círculo. Los procks continuaban emitiendo sus incesantes chirridos a su alrededor.

—Deja libre al joven del valle, mwellret —dijo el maestro de armas en voz baja. Garet Jax se había incorporado y miraba al monstruo con tal frialdad que Stythys ciñó aún más el brazo alrededor de Jair.

El mwellret apretó con más fuerza la hoja del cuchillo sobre la garganta de Jair. El joven vallense tragó saliva e intentó apartarse de ella. Entonces miró a Garet Jax a los ojos. El maestro de armas era rápido, más rápido que nadie. Lo había demostrado cuando se enfrentó a los cazadores gnomos que habían hecho prisionero a Jair en los Robles Negros. Veía la misma mirada que entonces en su rostro enjuto y duro: una mirada serena e inescrutable que reflejaba la muerte que había prometido que tendría lugar.

Jair inspiró profundamente. Garet Jax estaba muy cerca, pero el cuchillo del mwellret estaba aún más cerca de su garganta.

—¡La magia nosss pertenece a nosssotrosss, no a losss hombrecillosss! —contestó Stythys con un áspero silbido apresurado y ansioso—. ¡Magia para enfrentarnosss a losss caminantesss negrosss! ¡Losss hombrecillosss no pueden usssarla, no pueden utilizarnosss! ¡Essstúpidosss! ¡Osss aplasssstaré como a un insssecto!

—¡Deja libre al joven del valle! —repitió Garet Jax.

La Estela de fuego danzaba y brillaba delante del mwellret como una nube giratoria de polvo resplandeciente.

Los hendidos ojos verdes del mwellret se llenaron de odio y Stythys rio suavemente.

—¡Te dejaré libre a ti en sssu lugar, demonio! —respondió—. ¡Tú, pequeño gnomo! ¡Corta esssta cuerda que me ata a él!

Slanter miró primero a Garet Jax, y de nuevo al monstruo. Desvió la mirada para encontrar la de Jair. El joven del valle vio en ellos lo que esperaban de él. Si deseaba salir con vida de aquella situación, tendría que hacer algo para ayudar.

Slanter se acercó muy despacio, paso a paso, y cogió el largo cuchillo que llevaba sujeto a su cinturón. Nadie más se movió. Jair intentó tranquilizarse mientras luchaba contra el miedo y la repulsión que lo dominaban. Slanter dio un paso más y estiró una mano para agarrar la cuerda que unía al mwellret y a Garet Jax. Jair permaneció inmóvil. Solo tendría una oportunidad. La mano de Slanter agarró la cuerda y el cuchillo se levantó sobre ella.

Entonces, Jair empezó a cantar. Primero, emitió un rápido y agudo grito que Slanter reconoció al instante. Docenas de arañas grises y peludas cayeron sobre Stythys y comenzaron a treparle por el brazo con el que sujetaba el cuchillo contra la garganta de Jair. El mwellret movió el brazo y lo golpeó con una fuerza salvaje contra sus ropas mientras gritaba, esforzándose inútilmente por desprenderse de los seres que se aferraban a él. De pronto, la Estela de fuego se extendió y formó un amplio círculo que absorbió toda la luz y sumió la caverna en las sombras.

Con la rapidez de un felino, Slanter atacó a Stythys y clavó su cuchillo en el brazo con el que agarraba a Jair por la cintura. El mwellret lo retiró rápidamente, y Jair se desplomó sobre la rugosa piedra, libre de nuevo. Entonces, el resto del grupo cargó contra él entre gritos. Stythys huyó por donde habían llegado, con Slanter tras él. Garet Jax los seguía dando saltos por la caverna. El maestro de armas cogió un largo cuchillo e intentó cortar la cuerda que lo ataba al mwellret, pero perdió el equilibrio cuando se rompió al tensarse. De repente, tropezó y cayó de rodillas.

—¡Slanter! —gritó Jair.

El gnomo alcanzó al mwellret mientras corrían por el laberinto de procks, y comenzaron a atacarse con furia. La Estela de fuego continuó alzándose a medida que disminuía el control que Stythys ejercía sobre ella, y la oscuridad comenzó a apoderarse de la caverna. En tan solo unos segundos, nadie vería nada.

—¡Gnomo! —le advirtió Foraker, que se separó del resto y se acercó a donde Slanter y el lagarto peleaban.

Pero Garet Jax fue más rápido. Saltó como una sombra desde la penumbra. Cortó la cuerda que rodeaba su cintura de un solo golpe con su largo cuchillo. Los procks rechinaban y deglutían en respuesta a los sonidos que procedían de la superficie; sus gargantas oscuras se movían descontroladamente. Stythys y Slanter luchaban justo entre ellas, retorciéndose y tropezando...

Entonces Garet Jax los alcanzó y se colocó de un salto justo en el hueco que había entre el mwellret y el gnomo. Con fuerza, rodeó la pierna de Slanter con la mano y liberó al gnomo de sus garras de un tirón. Las ropas se tensaron hasta desgarrarse, y Stythys emitió un aterrador silbido.

El mwellret se tambaleó hacia atrás y perdió el equilibrio. A sus pies, las negras fauces de un prock se abrieron. Pareció quedar suspendido en el aire durante un momento, como si se aferrara a él con sus garras, pero un instante después cayó y desapareció. El prock se cerró y de repente se oyó un alarido. Después, la fisura negra comenzó a rechinar y emitió un espantoso ruido que invadió toda la caverna y que hizo que todos se estremecieran.

Al acto, la Estela de fuego se disolvió por completo en la penumbra y se llevó con ella la preciosa luz; las Cuevas de la Noche quedaron sumidas de nuevo en una lóbrega oscuridad.

Pasaron varios minutos antes de que nadie se moviera. Se habían agazapado, a la espera de que sus ojos se adaptaran a la oscuridad, mientras escuchaban el sonido de los procks que los rodeaban. Cuando ya era evidente que no había ni un débil rayo de luz al que sus ojos pudieran adaptarse, Elb Foraker llamó a los otros y les pidió que respondieran. Uno por uno lo hicieron; voces sin rostro en la impenetrable oscuridad. Todos estaban allí.

Pero sabían que no podían permanecer allí mucho tiempo. La Estela de fuego había desaparecido, y con ella la luz que les era imprescindible para proseguir su camino. Sin ella no veían. Tendrían que moverse por el laberinto de procks con la única ayuda de su instinto.

—Es imposible —dijo Foraker de repente—. Es imposible saber dónde empiezan los pasadizos que tenemos delante y no podremos encontrar el camino. Aunque consigamos escapar de los procks, no conseguiremos salir de estas cuevas nunca.

La voz del enano traslucía un cierto temor que Jair nunca antes había advertido en él.

—Tiene que haber alguna forma de salir —susurró con voz serena para sí mismo y los demás.

—Helt, ¿puedes utilizar la visión nocturna para encontrar la salida? —preguntó esperanzado Edain Elessedil.

Pero el gigantesco hombre de la frontera no podía. Incluso para utilizar la visión nocturna necesitaba algo de luz, les dijo. En aquella oscuridad total, la visión nocturna no les serviría para nada.

Permanecieron inmóviles durante un rato, privados de esperanza alguna. Jair oyó a Slanter reprochar con su áspera voz a Garet Jax que hubiera confiado en el lagarto a pesar de sus advertencias. El joven del valle escuchaba en silencio y le parecía oír también la voz de Brin, que le decía que él también debería haberle hecho caso. Apartó de su mente el susurro de esa voz y pensó que si la magia de la Canción de los Deseos le pertenecía tanto a él como a su hermana, podría recuperar la Estela de fuego. Pero su canción era solo una ilusión, un engaño que se asemejaba a la realidad.

Entonces recordó el cristal de la visión.

Llamó al resto, nervioso, y comenzó a buscar el cristal de la visión entre sus ropas. Lo encontró escondido, a salvo, unido a su cadena de plata, y lo colocó entre las manos. El cristal les proporcionaría luz... ¡toda la luz que necesitaran! ¡Con el cristal y la visión nocturna de Helt conseguirían salir de las Cuevas de la Noche!

Sin apenas poder controlar los nervios, cantó al regalo que había recibido del rey del río de Plata e invocó la magia. Del cristal, brotó una luz brillante que iluminó toda la caverna con su resplandor. El rostro de Brin Ohmsford apareció en el interior del cristal, moreno, hermoso y cansado, y se alzó ante ellos en la penumbra de las Cuevas de la Noche como un fantasma procedente de otro mundo. Una tenue oscuridad rodeaba a la joven del valle; su rostro reflejaba una tristeza muy parecida a la que ellos sentían. El lugar real en que se hallaba, afrontando su futuro, no debía de ser menos hostil que en el que ellos se encontraban en ese momento.

Todos se fueron acercando con cautela y se agruparon alrededor de la luz del cristal. Se cogieron de las manos, como niños obligados a atravesar algún lugar oscuro, y empezaron a avanzar por el laberinto de procks. Jair abría la marcha, con la luz del cristal de la visión sustentada por su voz, dispersando las sombras. Helt lo seguía a escasa distancia mientras escudriñaba el suelo de la caverna en busca de los procks que se escondían. El resto del grupo los seguía.

Llegaron a otra caverna más pequeña, lo cual les facilitaba elegir el pasadizo adecuado. La canción de Jair sonaba más fuerte, clara y segura. Sabía que conseguirían salir de las Cuevas de la Noche... gracias a Brin. Deseó gritárselo a la imagen que flotaba delante de él. ¡Qué extraño era que pudiera salvarlos de aquella manera!

Ignoró los chirridos que emitían los procks, dejó que en su mente solo entrara la luz y la visión del rostro de su hermana, suspendido en el aire ante él, y se entregó por completo a la magia de la canción, mientras avanzaba a través de la oscuridad.

38

Brin y sus salvadores pasaron el resto de la noche en busca de un camino que los permitiera salir del Páramo Viejo, algo que nunca habrían conseguido de no haber contado con la ayuda de Murmullo. Aquel era el hogar del gigantesco gato, y ni la niebla ni las irregulares tierras pantanosas lo detenían. Su instinto no se dejaba confundir por el poder de aquel lugar, y los guio hacia el sur, donde se alzaba la imponente barrera que formaban las montañas del Cuerno del Cuervo.

—No te habríamos encontrado si no hubiésemos tenido con nosotros a Murmullo —dijo Kimber a la joven del valle cuando la volvieron a ver, de camino hacia el sur—. Fue Murmullo el que encontró tu rastro en la niebla. No se deja engañar por las apariencias, y nada en el páramo puede hacer que se pierda. De todas formas, tuvimos suerte de encontrarte en ese momento. No debes separarte de nosotros, no después de lo que ha pasado.

Brin aceptó la pequeña y bienintencionada reprimenda sin replicar. No tenía ningún sentido seguir discutiendo. Ya había tomado la firme decisión de abandonarlos antes de llegar al Maelmord. Solo necesitaba tener la oportunidad perfecta para hacerlo. Las razones que tenía para hacerlo eran simples. Allanon le había encomendado la tarea de atravesar el bosque que protegía el Ildatch y destruir el libro de la magia negra. Utilizaría la magia de la Canción de los Deseos para enfrentarse a la magia del Maelmord. En una ocasión se había preguntado si podría hacerlo. Ahora se preguntaba si las consecuencias de hacerlo no serían desastrosas. El poder de las magias desatadas sería espantoso; no sería una lucha entre magia blanca y magia negra, tal y como había imaginado, sino de magias igual de oscuras que traían horribles consecuencias. El Maelmord había sido creado para destruir, pero la Canción de los Deseos también tenía un enorme poder de destrucción. Sabía que aquel poder siempre formaría parte de ella, y no estaba segura de ser capaz de controlarlo. Podía comprometerse a hacerlo. Podía incluso jurar intentarlo, pero nunca tendría la seguridad de poder cumplir su promesa. Ya no, a menos que renunciase por completo a utilizar la Canción de los Deseos. Podía aceptar arriesgar su vida, como ya había hecho tiempo atrás, cuando se comprometió a emprender la búsqueda. Sin embargo, nunca pondría en peligro a quienes viajaban con ella.

Tenía que abandonarlos. Fuera el que fuese el destino que la esperaba en el Maelmord, sus compañeros no debían estar allí para compartirlo. Caminas hacia tu muerte, Brin de Shannara, le había advertido el Oráculo del Lago. Llevas las semillas de la magia negra en tu interior. Quizá fuera cierto. Quizás esas semillas estaban en la magia de la Canción de los Deseos. Sin embargo, estaba segura de una cosa: sus compañeros de viaje ya se habían arriesgado demasiado por ella, y no quería que lo hicieran de nuevo.

Estos pensamientos la ocuparon toda la noche, mientras caminaba abatida por el cansancio a través de la hondonada. Recordó también lo que había sentido cuando había utilizado la magia de la Canción de los Deseos. Las horas pasaron, y los hombres bestias no volvieron a hacer acto de presencia aquella noche. No obstante, otros demonios atormentaban a la joven del valle.

Al amanecer, ya habían dejado atrás el Páramo Viejo y habían llegado a las colinas bajas que bordeaban las montañas meridionales del Cuerno del Cuervo. Estaban cansados por la larga distancia que habían recorrido desde la Chimenea de Piedra y los sucesos vividos la noche anterior. Recelaban de viajar a la luz del día, ya que podían ser vistos con facilidad, así que se refugiaron en una arboleda de pinos que había en un prado situado entre dos crestas. De inmediato cayeron en un profundo sueño.

Por la tarde, reanudaron el viaje, ahora en dirección este, siguiendo las altas murallas que formaban las montañas. Entre los árboles de las boscosas laderas bajas ondeaban jirones de niebla, como telarañas que interceptaban el camino que los viajeros recorrían en silencio. Los picos de las montañas del Cuerno del Cuervo eran enormes rocas desnudas que se elevaban por encima del bosque y se incrustaban en el cielo. Era una noche tranquila y silenciosa; toda la tierra que los rodeaba parecía desprovista de vida. Las sombras se extendían sobre los riscos, los bosques y las densas nieblas del páramo. Nada se movía en la oscuridad.

A medianoche hicieron un breve alto en el camino para descansar, una pausa durante la que, inquietos, escucharon el profundo silencio que los rodeaba mientras se frotaban los doloridos músculos y apretaban los cordones de sus botas. Fue entonces cuando Cogline decidió hablar de su magia.

—Es magia también —les susurró con cautela a Brin y Rone, como si temiera que alguien lo estuviera escuchando—. Una magia distinta a la que utilizan los caminantes. Una magia que nació después de que los elfos y las criaturas fantásticas perdiesen su poder y antes de que se hicieran con él los caminantes —prosiguió el anciano, inclinado hacia delante, con una mirada acusatoria y severa—. Aunque yo no sé nada del mundo antiguo, ¿verdad, muchacha? —preguntó a Brin—. Bueno, poseo las enseñanzas del mundo antiguo, transmitidas por mis antepasados. No eran druidas, no. ¡Maestros, muchacha... maestros! ¡Suyo era el saber que existía cuando las Grandes Guerras causaron la gran destrucción de la humanidad!

—Abuelo —lo amonestó Kimber Boh con amabilidad—. Limítate a explicárselo.

—¡Gr...! —gruñó Cogline, irritado—. ¡Explícaselo, dice! ¿Qué crees que estoy haciendo, muchacha? —inquirió con el ceño fruncido—. ¡Poder de la tierra! ¡Esa es la magia que ejerzo! ¡No la magia de las palabras y los hechizos... no, no esa magia! Poder nacido de los elementos que componen la tierra que pisamos, forasteros. Ese es mi poder. Minerales, polvos y mezclas se pueden ver y tocar. En otra época esta magia se llamó química, desarrollada por unas habilidades diferentes de las que ahora tenemos en las Cuatro Tierras. La mayor parte del conocimiento se perdió con el mundo antiguo. Pero un poco, tan solo un poco, se salvó. Y es mío.

—¿Eso es lo que guarda en esas bolsas? —preguntó Rone—. ¿Fue lo que utilizó para hacer que las hogueras explotaran?

—¡Ja, ja, ja! —Cogline estalló en una carcajada—. Sí, hacen eso y mucho más, hombre de las Tierras Meridionales. También pueden convertir la tierra en fango, el aire en polvo asfixiante, la carne en piedra. Tengo pociones para todo eso y para otras muchas cosas. ¡Mezcla un poco de esto y un poco de aquello! —prosiguió entre carcajadas—. ¡Les mostraré a los caminantes negros un poder que nunca antes han visto!

—Los gnomos araña no pueden compararse con los mordíferos —respondió Rone, mientras negaba con la cabeza—. Pueden reducirte a cenizas solo con levantar un dedo. Mi espada, impregnada de la magia del druida, es lo único que nos protegerá ante esos seres oscuros.

—¡Bah! —dijo Cogline, en tono despectivo—. ¡Será mejor que acudas a mí para que os proteja a ti y a la muchacha!

Rone ya había empezado a replicarle cuando se lo pensó mejor y se calló, encogido de hombros.

—Si vamos a enfrentarnos a los mordíferos, ambos debemos ofrecerle a Brin toda la protección que podamos.

Miró a la joven vallense en busca de reafirmación, y ella respondió con una amable sonrisa. No le costaba nada hacerlo. Ya sabía que ninguno de los dos estaría presente cuando se presentara la ocasión.

Se quedó pensando durante un rato en lo que Cogline les había dicho. Le inquietaba que parte de las habilidades antiguas, por muy pequeña que fuera, hubiese conseguido sobrevivir al holocausto de las Grandes Guerras. Le disgustaba pensar en la posibilidad de que una fuerza tan poderosa pudiera regresar al mundo. Bastante malo era ya que la magia de las criaturas fantásticas hubiese renacido a causa de los equivocados esfuerzos de un puñado de druidas rebeldes en la época de los Consejos de Paranor. Pero enfrentarse a la perspectiva de que el conocimiento de la potencia y la energía fuera ejercido de nuevo era aún más preocupante. Casi todo el aprendizaje que condujo a esos conocimientos se había perdido con la destrucción del mundo antiguo. Lo poco que había sobrevivido, lo habían ocultado los druidas. Pero allí estaba aquel anciano, medio loco y tan salvaje como los bosques en los que vivía, que tenía una pequeña parte de ese conocimiento... una magia especial que, según él, era ahora suya.

Brin dudaba. Quizá fuera inevitable que cualquier saber, tanto el nacido de un propósito bueno como de otro malo, utilizado para dar vida o para arrebatarla, saliera a la luz en algún momento. Tal vez debiera ocurrir así con aquellas habilidades y la magia; las primeras, nacidas del mundo de los hombres, y la otra, del de las criaturas fantásticas. Quizás ambas debían salir a la superficie cada cierto tiempo y luego desaparecer para volver a salir, y así hasta el final de los tiempos.

Pero, ¿por qué había de regresar el conocimiento de la energía y la potencia precisamente justo ahora que el último de los druidas había desaparecido...?

De todas formas, Cogline era ya un anciano y sus conocimientos estaban muy limitados. Puede que los vestigios de aquella sabiduría pereciesen con él cuando muriese y se perdiesen de nuevo, al menos durante un tiempo.

Y lo mismo podría ocurrir con su magia.

Caminaron hacia el este durante toda la noche, a través de un bosque cada vez menos espeso a medida que avanzaban. Delante, el muro formado por las montañas del Cuerno del Cuervo empezaba a curvarse hacia ellos y giraba al norte hasta penetrar en la naturaleza virgen del Anar profundo. Se erguía en la noche como una altísima y oscura hilera de sombras. El Páramo Viejo quedó tras ellos, y solo la estrecha línea verde de las colinas bajas los separaba de las montañas. La tierra pareció quedar sumida en un silencio aún más profundo. Brin sabía que, en el recodo de las montañas que giraba hacia el norte, se hallaban ocultos Marca Gris y el Maelmord.

«Debo encontrar una forma de librarme de ellos allí», pensó. «A partir de ahí, continuaré el camino sola».

Las primeras luces del alba empezaron a brillar sobre la cadena montañosa. El cielo se iluminó lentamente. Su azul oscuro se convirtió primero en gris, después en plata, a continuación en rosa y, por último, en dorado. Las sombras huyeron con la noche, y la amplia extensión de la tierra surgió de entre las sombras. Los árboles se hicieron visibles paulatinamente; primero las hojas, después las ramas curvadas y, por último, los rugosos troncos. Tras ellos, tomaron forma las rocas, la maleza y la tierra yerma que iban desde las colinas hasta la hondonada. La sombra de las montañas se resistió a marcharse durante cierto tiempo. Aún perdidas en la oscuridad, impedían el paso de la luz. Sin embargo, acabó por ceder y dio paso al amanecer. La luz del sol se derramó sobre los contornos de los picos y reveló la tenebrosa faz de las montañas del Cuerno del Cuervo.

Era un rostro desagradable y duro, desfigurado por el tiempo, los elementos y el veneno de la magia negra que habían sembrado en su interior. Allí donde las montañas se dirigían al norte y se adentraban en la naturaleza salvaje, la roca estaba blanquecina y desgastada, como si le hubiesen arrebatado la vida que poseía, de la misma forma que un hueco queda al descubierto al arrancársele la piel.

Se elevaba cientos de metros en el horizonte y formaba un muro de riscos y desfiladeros que cargaban con el peso de las eras pasadas y los horrores vividos. Nada se movía en aquel vacío gris y terrible.

El viento sopló y Brin levantó la cara un momento. Arrugó la nariz, repugnada por un olor procedente de algún lugar que había ante ellos.

—Los albañales de Marca Gris —anunció Cogline. El anciano escupió y movió los ojos muy rápido—. Ya estamos cerca.

Kimber se adelantó para reunirse con Murmullo, que olfateaba el aire de la montaña. Se inclinó junto al gigantesco gato, le dijo tan solo una palabra al oído, y el animal le acarició el rostro con el hocico con ternura.

—Apresurémonos, antes de que haya más luz —urgió la muchacha, que miraba al resto—. Murmullo nos indicará el camino.

Aceleraron el paso entre la luz que avanzaba y las sombras que retrocedían detrás del gato del páramo, bordeando las colinas bajas hasta donde las montañas del Cuerno del Cuervo giraban hacia el norte. Los árboles y los matorrales desaparecieron por completo, la hierba era escasa y estaba marchita, y la tierra se convirtió en grava y en escalones rocosos. El olor, rancio y fétido, era más desagradable a medida que avanzaban y ocultaba la frescura del nacimiento del nuevo día. Brin se dio cuenta de que le costaba respirar. Y si ya le ocurría, ¿qué sucedería cuando estuviesen dentro de las cloacas?

Entonces, las colinas descendieron hacia un valle profundo cubierto por la sombra de las montañas. En el centro de aquel lóbrego y silencioso valle había un oscuro lago de aguas quietas, alimentado por un arroyo que se deslizaba entre las rocas desde un agujero ancho y negruzco.

—Allí —señaló Kimber con la mano, cuando Murmullo se detuvo—. Allí están los albañales.

Los ojos de Brin recorrieron el dentado horizonte que formaban los picos, que se elevaba centenares de metros en el cielo dorado del amanecer. Allí, todavía ocultos a la vista, estaban Marca Gris, el Maelmord y el Ildatch.

Tragó saliva para poder soportar el hedor que le llegaba. También allí aguardaba su destino, esperándola. Esbozó una triste y melancólica sonrisa. Debía dirigirse hacia él.

En la entrada de las cloacas, Cogline les desveló algo más sobre su magia. De un paquete sellado que guardaba en una de las bolsas atadas a su cintura, sacó un ungüento que, cuando se lo ponía dentro de la nariz, disminuía el hedor de los horribles residuos de los albañales. Un pequeño truco, afirmó. Aunque no eliminaba el mal olor por completo, conseguía que lo tolerasen. Hizo varias antorchas pequeñas con trozos de madera, metió sus extremos en otra bolsa, y salieron recubiertos de una sustancia plateada que irradiaba una luz parecida a la de las lámparas de aceite en la oscuridad de la caverna, sin necesidad de prenderles fuego.

—Solo es un poco más de mi magia, forasteros —dijo el anciano, riéndose entre dientes mientras ellos miraban asombrados las antorchas sin llamas—. Química, ¿os acordáis? Algo que los mordíferos nunca han visto. Y tengo otras sorpresas. Ya lo veréis.

Rone frunció el ceño, incrédulo y resignado. Brin no dijo nada, pero pensó que prefería que no llegara el momento en que tuviesen que ver aquellas sorpresas.

Con las antorchas en la mano, el pequeño grupo abandonó la luz del alba y se adentró en la oscuridad de las cloacas. Los pasadizos eran anchos y profundos. El veneno líquido evacuado desde Marca Gris y el Maelmord descendía por un canal que dividía el suelo del túnel. A ambos lados del río de aguas residuales había caminos de piedra lo bastante anchos para que pudieran desplazarse por ellos. Murmullo dirigía al grupo con sus luminosos ojos, parpadeando somnoliento ante la luz de las antorchas y moviéndose sin hacer ruido gracias a las almohadillas de sus patas. Cogline lo seguía junto a Kimber, y Brin y Rone cerraban la marcha.

Caminaron durante mucho rato. Brin perdió la noción del tiempo. Le dedicaba toda su atención al camino que recorría en la penumbra y a pensar en cómo podría conseguir deshacerse del resto para ir sola al Maelmord. El albañal se retorcía en su ascenso entre la roca de la montaña como una serpiente enroscada. El olor que impregnaba el pasadizo era casi insoportable, incluso con la ayuda del ungüento que Cogline les había proporcionado. De vez en cuando, un aire frío soplaba sobre ellos y hacía desaparecer el hediondo olor de las aguas residuales. Eran los vientos de las cumbres hacia las que se dirigían. Sin embargo, aquellas ráfagas de aire eran breves y escasas, por lo que el mal olor regresaba con rapidez.

Pasaron toda la mañana en los albañales, en su ascenso por aquella interminable espiral. En una ocasión llegaron hasta una enorme reja de hierro que cortaba el pasadizo e impedía la entrada de cualquier cosa que fuera más grande que una rata. Rone se disponía a coger su espada cuando Cogline lo detuvo al instante con una palabra. Entre alegres carcajadas, sacó una bolsa que contenía un polvo extraño y negruzco mezclado con algo que parecía hollín. Dio unos toquecitos sobre la reja con un poco de polvo en la zona en la que se metían en la roca y la tocó con la antorcha. El polvo desprendió una luz blanca y brillante, y cuando se extinguió, las barras estaban completamente desgastadas. Le dio un fuerte empujón, y la reja cayó al suelo de la caverna. El grupo siguió su camino.

Nadie hablaba mientras ascendían por las cloacas. Al contrario; escuchaban con atención a la espera de captar el ruido de los mordíferos y las criaturas a su servicio que los esperaban en algún lugar sobre aquellas montañas. No oyeron a sus enemigos, pero sí otros sonidos cuyos ecos se extendían por los pasadizos vacíos, sonidos procedentes de la lejanía y que en aquel momento no podían identificar. Oían golpes fuertes y retumbantes, sonidos parecidos al de un cuerpo pesado al caer, arañazos y chirridos, un aullido grave, como si un viento fuerte atravesara los túneles desde los picos de las montañas; y un silbido, como si de las fisuras de la tierra se escapase vapor. Esos ruidos lejanos llenaban el silencio de los albañales y, en cierta forma, lo intensificaban. Brin se dio cuenta de que intentaba identificar aquellos sonidos, pero no lo consiguió; con la salvedad, quizá, del silbido, que aumentaba y bajaba su intensidad con una extraña regularidad. Le recordaba al Oráculo del Lago y la inquieta manera en la que salió de entre las aguas y la neblina.

«Tengo que separarme de ellos», pensó una vez más. «Y debo hacerlo lo antes posible».

Atravesaron muchos túneles mientras continuaban con su ascenso. El aire de los albañales se había ido calentado tanto con el paso de las horas que el sudor les recorría el cuerpo debajo de las capas y las túnicas. Una extraña neblina se había empezado a filtrar por los pasadizos; era pegajosa, estaba sucia y apestaba al olor de las aguas residuales. Intentaban apartarla con las manos, pero la neblina los seguía, deslizándose cerca de ellos, y no se marchaba. Se hacía más densa a medida que subían, y su campo de visión pronto se redujo a apenas dos metros.

De repente, la niebla y la penumbra desaparecieron, y llegaron a una roca que dominaba un abismo inmenso. Aquella profundidad descendía hacia el centro de la montaña hasta desaparecer en la impenetrable oscuridad. Los tres jóvenes y el anciano se miraron, inquietos. A su derecha, el pasadizo se curvaba hacia arriba en el interior de la roca y seguía el canal que evacuaba las aguas residuales de la ciudadela de los mordíferos. A su izquierda, el pasadizo bajaba la corta distancia que los separaba de un esbelto puente de piedra, de apenas un metro de ancho, que se arqueaba sobre el abismo y llevaba a un oscuro túnel que se abría al otro lado del precipicio.

—¿Qué camino tomamos? —preguntó Rone en voz tan baja que parecía que hablara consigo mismo.

El de la izquierda, pensó Brin sin dudarlo. A la izquierda, por el puente. No sabía por qué, pero su instinto le decía que aquel era el camino que tenía que tomar.

—Los albañales están en esa dirección —dijo Cogline, con la mirada puesta en la joven del valle—. Eso es lo que te dijo el Oráculo del Lago, ¿verdad, muchacha?

Brin fue incapaz de pronunciar una sola palabra.

—¿Brin? —la llamó Kimber con suavidad.

—Sí —respondió finalmente la joven vallense—. Sí, tenemos que ir por ahí.

Giraron a la derecha sobre la roca y ascendieron por el canal de aguas residuales hasta adentrarse de nuevo en la oscuridad. Brin no podía dejar de pensar «este no es el camino. ¿Por qué he dicho que teníamos que venir por aquí?». Tomó una bocanada de aire y se obligó a pensar más despacio. Lo que buscaban estaba al final del otro camino, al otro lado del puente de piedra. Allí estaba el Maelmord; lo sentía. ¿Por qué había dicho...?

Entonces se dio cuenta. La respuesta le llegó antes de poder acabar la pregunta. Claro, los abandonaría en aquel camino. Aquella era la oportunidad que había estado buscando desde que habían salido del Páramo Viejo. Así era como debía ser. La Canción de los Deseos la ayudaría a conseguirlo... un pequeño engaño, una pequeña mentira. Dio un fuerte suspiro mientras lo pensaba. Debía abandonarlos, aunque aquello supusiese traicionar la confianza que sus compañeros habían depositado en ella.

Comenzó a tararear suavemente la Canción de los Deseos y con ella levantó un muro, piedra a piedra, que la hizo invisible y, al mismo tiempo, creó una imagen de sí misma que introdujo en la mente de sus compañeros. Entonces, se separó de su propio fantasma y se pegó a la pared de piedra del pasadizo mientras observaba cómo los dos jóvenes y el anciano se alejaban.

Sabía que aquella ilusión solo duraría unos minutos. Retrocedió a toda prisa por el túnel y las curvas de la roca. Respiraba con fuerza. Llegó a la roca que había ante el abismo, se apresuró hacia el lugar donde se estrechaba y fue hacia el puente de piedra. Las negras fauces del abismo se abrían ante ella. Paso a paso, se fue acercando al puente para atravesarlo. Un silencio sobrecogedor dominaba la penumbra, y la niebla revoloteaba a su alrededor. Sin embargo, había algo que le decía que no estaba sola. Su mente se protegió ante el miedo y la duda que la invadió, y los relegó a las frías profundidades de su interior. No podía permitir que nada le afectara.

Al fin atravesó el puente. Se detuvo ante la entrada del nuevo túnel durante un instante y permitió que sus sentimientos la invadiesen. Durante un breve momento pensó en Rone, Kimber y Cogline, y después desaparecieron. La entristecía pensar que había utilizado la Canción de los Deseos contra sus amigos. Y aunque sabía que había sido necesario, le dolía haberlo hecho.

Se dio la vuelta con brusquedad hacia el puente de piedra, dejó que la canción se convirtiese en un breve grito fuerte y siguió cantando. El eco furioso de aquella melodía atravesó las tinieblas e hizo que el puente saltase en mil pedazos y se precipitase por el abismo.

Ya no había forma de volver.

Brin se adentró en el túnel y desapareció.

El grito llegó hasta el túnel por el que el resto del grupo continuaba su ascenso.

—¡Infiernos! ¿Qué ha sido eso? —preguntó Rone.

El eco se apagó y hubo un silencio.

—Brin. Era Brin —susurró Kimber en respuesta.

Rone miró a su alrededor. No, Brin estaba junto a él...

De pronto, la imagen que la joven del valle había creado en sus mentes se desvaneció por completo. Cogline profirió una maldición y dio una patada en el suelo.

—¿Pero qué ha hecho...? —inquirió confuso el joven montañés, incapaz de terminar la pregunta.

—Lo que pretendía hacer desde el principio —respondió Kimber, que estaba ahora al lado del joven y lo miraba con firmeza—. Nos ha abandonado para continuar el camino ella sola. Ya había dicho que no quería que ninguno de nosotros la acompañase, y se ha asegurado de que no lo hiciésemos.

—¡Por todos los demonios! —exclamó Rone, completamente consternado—. ¿Es que no se da cuenta de lo peligroso que...?

—Es plenamente consciente de todo —lo interrumpió la muchacha. Entonces, Kimber se colocó tras él para dar media vuelta y volver al principio del túnel—. Debería haberme dado cuenta antes de sus intenciones. Tenemos que darnos prisa si queremos alcanzarla. ¡Murmullo, rastréala!

El gigantesco gato del páramo saltó hacia delante sin aparente esfuerzo y se adentró en las sombras del túnel. Kimber, el anciano y

Rone corrían detrás de él, tropezando de vez en cuando en la niebla y la penumbra. Rone Leah estaba furioso y asustado al mismo tiempo. ¿Por qué habían hecho eso Brin? No lo entendía.

Enseguida llegaron a la roca que dominaba el precipicio y vieron que el puente de piedra había quedado destruido en el centro y había caído al abismo.

—¡Veis, ha utilizado la magia! —exclamó Cogline.

Sin pronunciar una sola palabra, Rone corrió hacia el puente y se detuvo sobre sus restos dentados. A unos siete metros de distancia, el otro extremo sobresalía de la pared del precipicio. Podría salvar esa distancia de un salto, pensó. Era un salto largo, pero podía lograrlo. Debía intentarlo por lo menos...

—No, Rone Leah. —Kimber adivinó lo que el joven pensaba y lo agarró de brazo con una fuerza sorprendente para alejarlo del precipicio—. No seas estúpido. No puedes saltar una distancia así..

—No puedo abandonarla de nuevo —insistió el joven de las tierras altas con obstinación—. Otra vez no.

—Yo también me preocupo por ella —respondió la muchacha después de asentir con la cabeza—. ¡Murmullo! —El gato del páramo se acercó y frotó su rostro contra el de su ama. Kimber habló con el gato en voz baja, lo acarició por detrás de las orejas y se apartó de él—. ¡Rastrea, Murmullo! —ordenó.

El gato del páramo dio la vuelta y se dirigió hacia el puente. Tomó velocidad y saltó en el aire. Atravesó el abismo con facilidad y desapareció en el oscuro túnel que había al otro lado.

Kimber Boh estaba preocupada, su joven rostro lo reflejaba. No quería separarse del gato, pero Brin era su amiga, y quizá lo necesitase más que ella.

—¡Protégela! —gritó al felino.

Luego miró a Rone.

—Ahora tenemos que encontrar un camino para encontrar a Brin Ohmsford.

39

A última hora de la mañana del mismo día, Jair y sus compañeros de viaje salieron de las Cuevas de la Noche y llegaron a una gran roca que dominaba un profundo cañón entre los picos de las montañas del Cuerno del Cuervo. Los picos estaban tan próximos que tan solo dejaban ver una estrecha franja de cielo azul muy por encima de donde se encontraban, perdidos entre las sombras. La roca recorría varios centenares de metros a lo largo de la pared de la montaña, hasta desaparecer en un precipicio.

El joven vallense alzó la vista y recorrió con la mirada la altura de las montañas que se alzaban en el cielo del mediodía. Estaba exhausto, agotado física y emocionalmente. Todavía llevaba en la mano el cristal de la visión, arrastrando la cadena de plata por la roca. Habían estado dentro de las Cuevas de la Noche desde el amanecer. Durante una buena parte de ese tiempo tuvo que utilizar la Canción de los Deseos para proyectar la luz del cristal y ver el camino. Utilizó todas sus fuerzas y su concentración para conseguirlo. Todavía oía en su cabeza el chirrido que hacían los procks al machacar la piedra. Aquel ruido ahora no era más que un vestigio de lo que habían dejado atrás en la oscuridad de las cuevas. Todavía oía el último alarido de Stythys.

—No debemos quedarnos tan a la vista —dijo Garet Jax en voz baja, y señaló a la izquierda.

—No estoy seguro de que este sea el camino, maestro de armas —dijo el gnomo con una mirada dubitativa, después de acercarse al grupo.

—¿Acaso ves algún otro camino? —le preguntó Garet Jax.

Los miembros del grupo bordearon la plataforma rocosa en silencio hasta llegar al precipicio. Ante ellos se abría un estrecho desfiladero que serpenteaba en la roca y desaparecía entre las sombras. Lo atravesaron en fila, con la mirada puesta de forma precavida en las rugosas paredes. Una ráfaga de aire helado les llegó desde lo alto. Jair se estremeció al notarlo. Estaba aturdido por los horrores que habían vivido en las cuevas, y se sintió incluso agradecido al experimentar esa desagradable sensación. Intuía que estaban cerca de las murallas de Marca Gris. Casi habían llegado a Marca Gris, el Maelmord y la Fuente Celeste: la búsqueda estaba tocando a su fin, el largo viaje casi había terminado. Tenía unas fuertes ganas de reír y llorar al mismo tiempo, pero el cansancio y el dolor que afligían su cuerpo le impidieron hacer ambas cosas.

El desfiladero continuaba internándose en la roca. Su mente vagaba. ¿Dónde estaba Brin? El cristal les había mostrado su rostro, pero no el lugar en el que estaba. La neblina gris y la penumbra la rodeaban en un paraje triste y desolado. Quizás era un túnel como los que habían recorrido ellos. ¿Estaba ella también en aquellas montañas?

—Debes llegar a la Fuente Celeste antes de que Brin llegue al Maelmord —le había dicho el rey del río de Plata—. Debes llegar allí antes para ayudarla.

Tropezó y estuvo a punto de caer al suelo. Se enderezó con celeridad y guardó el cristal de la visión en la parte delantera de su túnica.

—Ve con cuidado —le susurró Edain Elessedil, que marchaba a su lado.

Jair asintió y siguió caminando.

Su mente le llevó a pensar en los acontecimientos que los esperaban. Todo un ejército de gnomos protegía las almenas y las torres de vigilancia de Marca Gris. Los mordíferos caminaban por sus salas, y otros seres aún más perversos podían estar esperándolos allí, vigilando para prevenir la llegada de intrusos como ellos. Su grupo solo estaba integrado por seis miembros. ¿Qué esperanzas podían albergar ante un número tan grande y tal poder? Por lo visto, pocas; y, sin embargo, se sentía animado. Quizá se debía a la confianza que había depositado en él el rey del río de Plata al elegirlo para que llevara a cabo la búsqueda; una prueba de que el anciano confiaba en que tuviesen éxito. Tal vez era su propia determinación, una fuerza de voluntad que le impediría fracasar.

No estaba seguro. Quizá. Pero el estado de ánimo de los cinco hombres que habían decidido acompañarlo y le habían prestado su colaboración y apoyo también influía en él. Garet Jax, Slanter, Foraker, Edain Elessedil y Helt. Hombres llegados de las Cuatro Tierras para tomar parte en aquella terrible lucha final, una enigmática combinación de fuerza y valor. Dos rastreadores, un cazador, un maestro de armas y un príncipe elfo habían seguido diferentes caminos para llegar todos juntos a este día, y puede que ninguno llegase al final. Pero aquí estaban, tan comprometidos con Jair y la responsabilidad que había caído sobre sus espaldas que habían abandonado la prudencia y la lógica que podría haberlos forzado a considerar con más detenimiento el evidente peligro al que exponían sus vidas. También Slanter. El gnomo había tomado aquella decisión en Capaal, al desaprovechar la oportunidad de escapar hacia el norte, a las tierras fronterizas, en busca de su antigua vida. Todos estaban comprometidos con la búsqueda de Jair, y ese compromiso había creado unos vínculos casi inquebrantables. Jair apenas sabía nada de sus compañeros, pero de una cosa sí estaba seguro, y eso era suficiente: pasara lo que pasase durante aquel día, los cinco estarían a su lado.

Puede que esa fuera la razón por la que no estaba asustado.

El desfiladero volvió a ensancharse, y la luz del sol brillaba desde un nuevo horizonte, más amplio. Garet Jax aminoró la marcha; después, se puso de cuclillas y continuó. Entonces, señaló hacia abajo con su delgado brazo. Pegados a las rocas, se deslizaron hasta llegar a su lado.

—Mirad —les dijo en voz baja, con el brazo levantado.

Allí estaba Marca Gris. Jair lo supo rápidamente, antes de que nadie dijera nada. La fortaleza se alzaba sobre la cumbre de la pared de un risco curvado que había delante de ellos. Descansaba sobre una amplia roca que sobresalía y contrastaba con el cielo azul del mediodía. Era enorme y tenía una apariencia tenebrosa. Las almenas, las torres y los parapetos se elevaban más de cincuenta metros por encima de los bloques de piedra que formaban las murallas, como lanzas y hachas romas que penetraran en el cielo azul despejado. Ninguna bandera ondeaba al viento a lo alto de los mástiles de las torres; ningún color adornaba los bastidores. Toda la fortaleza tenía un aspecto deslustrado y tétrico incluso bajo la brillante luz del sol. La piedra estaba sucia y tenía un color ceniciento. Las ventanas no eran más que pequeñas aberturas enrejadas con contraventanas de madera. Un único sendero estrecho serpenteaba a lo alto de la ladera de la montaña; era poco más que un reborde tallado en la roca que terminaba ante un par de altas puertas de hierro, cerradas a cal y canto.

Observaron con detenimiento la fortaleza, en silencio. Parecía que no había nadie dentro. Nada se movía.

Entonces Jair divisó el Croagh. Solo veía las partes que se levantaban por detrás de Marca Gris: un tosco arco de piedra que parecía integrado en las torres y los parapetos del complejo. Giraba sobre sí mismo como una escalera colgante, se elevaba hacia el cielo y acababa en la alta cima de un pico solitario, que destacaba del resto.

Jair agarró a Slanter por el brazo y señaló hacia el pico y la delgada hilera de rocas que confluían en él.

—Sí, muchacho. El Croagh y Fuente Celeste —corroboró el gnomo—. Lo que el rey del río de Plata quería que encontraras.

—¿Y el Maelmord? —preguntó Jair inmediatamente.

—Está al otro lado de la fortaleza, abajo, en el interior de un anillo de riscos —respondió Slanter, mientras afirmaba con la cabeza—. Allí es donde el Croagh inicia su ascenso alrededor de Marca Gris, y luego continúa.

Los seis compañeros de viaje volvieron a quedarse en silencio, con los ojos fijos en la fortaleza.

—No parece que haya nadie —dijo Helt al cabo de un rato.

—Eso es exactamente lo que pretenden hacer creer quienes están dentro de la fortaleza —dijo Slanter—. Además, a los caminantes negros les gusta la oscuridad. Descansan durante casi todo el día y hacen vida por la noche. Incluso los gnomos que están a su servicio adoptan su forma de vivir y no se exhiben cuando hay luz. Pero no te equivoques. Tanto los caminantes negros como los gnomos están ahí dentro, hombre de la frontera. Y también hay algunos otros seres en su interior.

—Esperarían que lleguemos por ahí —dijo Garet Jax, más para sí que para sus compañeros, después de estudiar el sendero que conducía a la entrada de la fortaleza—. Por aquel sendero o por el risco —prosiguió. Miró a su izquierda, donde la roca sobre la que se encontraban se curvaba hacia abajo entre grandes piedras y desaparecía hasta adentrarse en las montañas por un estrecho túnel—. Pero quizá no nos esperarían por este camino.

—El túnel está conectado a una serie de pasadizos que suben hasta las bodegas de la fortaleza. Iremos por ahí —dijo Slanter, que tocó el brazo de Garet Jax.

—¿Están vigilados?

Slanter se encogió de hombros.

—Creo que sería mejor que encontrásemos una forma de escalar el Croagh desde aquí fuera —dijo Foraker—. Ya he visto suficientes cavernas y túneles.

—No se puede —respondió el gnomo, negando con la cabeza—. La única manera de llegar al Croagh es a través de Marca Gris. Hay que pasar entre los caminantes negros y los seres que los sirven.

—¿Tú qué opinas, Garet? —le preguntó Foraker.

Garet Jax seguía analizando la fortaleza y los precipicios que se abrían a su alrededor con un rostro inexpresivo.

—¿Conoces el camino lo suficiente para poder conducirnos por él sin exponernos, gnomo? —le preguntó a Slanter.

—Pides demasiado —le respondió el gnomo, con una sombría mirada—. Lo conozco, pero no demasiado bien. He pasado por él una o dos veces, cuando me trajeron aquí por primera vez, antes de que empezara todo esto...

Se calló de repente, y Jair supo que estaba recordando el momento en que decidió volver a su tierra para estar con sus gentes, y los mordíferos lo enviaron a seguir el rastro a Allanon. Estaba recordándolo, arrepintiéndose quizás de haber dejado que las cosas se hubieran torcido de aquella manera.

—Es suficiente —dijo Garet Jax en un tono suave.

El maestro de armas se puso en marcha y los condujo hacia abajo, caminando entre las piedras hasta el lugar donde la roca se adentraba en el túnel que conducía al interior de la montaña. Allí, fuera de la vista de Marca Gris, ocultos bajo una enorme masa de rocas, les indicó que se acercaran.

—¿Los caminantes negros descansan siempre durante el día? —preguntó a Slanter. Hacía calor y una fina capa de sudor le cubría las cejas.

—Si lo que me preguntas es si es mejor ir ahora que cuando oscurezca, la respuesta es sí.

—En caso de que nos quede tiempo suficiente para hacerlo —interrumpió Foraker—. Ya es más de mediodía y las montañas se oscurecen pronto. Quizá sería más aconsejable esperar hasta mañana, porque así dispondríamos de un día completo. Doce horas más o menos no supondrán tanta diferencia.

Se produjo un breve silencio. Jair miró al cielo, escudriñando el borde dentado de las cumbres. ¿Otras doce horas? De repente, un inquietante pensamiento lo invadió a modo de advertencia. ¿Hasta dónde había llegado Brin? Las palabras del rey del río de Plata resonaron una vez más en su interior. Debía llegar a la Fuente Celeste antes de que Brin llegase al Maelmord.

Se giró rápidamente hacia Garet Jax.

—No estoy seguro de que podamos contar con doce horas —dijo Jair—. Necesito saber dónde está Brin. Tengo que volver a utilizar el cristal de la visión, y creo que es mejor que lo haga ahora.

—Aquí no —respondió el maestro de armas, tras dudar durante un instante—. Entra en la cueva.

Atravesaron la oscura abertura y buscaron a tientas el camino de vuelta a la penumbra. Allí, apiñados, esperaron con paciencia mientras Jair buscaba dentro de su túnica el cristal de la visión. Lo encontró enseguida y lo sacó, con la cadena de plata colgando. Tras depositarlo en el cuenco de sus manos, se humedeció los labios y luchó para apartar el cansancio.

—Canta, Jair —le dijo Edain Elessedil.

Cantó en un suave susurro con una voz fatigada por el gran esfuerzo al que la había sometido durante la travesía por las Cuevas de la Noche. El cristal empezó a brillar y la luz se extendió a su alrededor...

Brin se tomó un pequeño descanso en la penumbra del túnel, y en ese momento tuvo la repentina y desagradable sensación de que alguien la observaba, de unos ojos que la seguían. Era la misma sensación que había tenido al entrar y salir de los Dientes del Dragón: la impresión de que alguien la observaba desde la lejanía.

Vaciló durante un instante. Dejó de pensar y, entonces, un destello de clarividencia le iluminó la mente. ¡Jair! ¡Era Jair! Respiró profundamente para tranquilizarse. Aquello no tenía ninguna explicación lógica, sin embargo era cierto. Pero ¿cómo? ¿Cómo había podido su hermano...?

En el túnel, algo se movió detrás de ella.

Había recorrido bastante camino a paso lento y cauteloso, ahuyentando la oscuridad con la antorcha sin llamas de Cogline. No había visto ni oído a ninguna criatura durante todo ese tiempo. No había percibido ninguna señal de vida hasta llegar donde estaba, y empezaba a preguntarse si no se había equivocado al tomar aquel camino.

Pero ahora había algo cerca; no delante de ella, como esperaba, sino detrás. Se dio media vuelta con cautela y se olvidó de la sensación de que estaba siendo observada. Movió la antorcha ante ella y se estremeció por completo. Unos grandes ojos azules luminosos parpadeaban delante de ella en la penumbra. Después, una enorme cara con bigotes se aproximó a la luz.

—¡Murmullo!

Pronunció el nombre del gato del páramo en un suspiro, aliviada. Cuando llegó a su lado, Brin se arrodilló y Murmullo le acarició el hombro con su ancha cabeza a modo de saludo.

—Murmullo, ¿qué haces aquí? —preguntó cuando el gato se sentó sobre las patas traseras, mirándola con solemnidad.

Por supuesto, no era difícil adivinar la respuesta a esa pregunta. Al descubrir que los había abandonado, Kimber, Cogline y Rone debían de haber retrocedido hasta el puente de piedra y al no poder seguirla a partir de ese punto, habían enviado a Murmullo tras ella. Mejor dicho, Kimber había enviado a Murmullo, porque el gato tan solo obedecía a la muchacha. Brin estiró el brazo y le acarició las orejas. Sin duda, enviar a Murmullo solo tras su rastro había supuesto un gran esfuerzo para Kimber. Ambos estaban muy unidos y la muchacha confiaba ciegamente en él. Su forma de ser la había obligado a ceder a su amiga Brin Ohmsford la fuerza del gato del páramo. Con los ojos humedecidos, Brin abrazó a Murmullo.

—Gracias, Kimber —murmuró—. Pero no puedo llevarte conmigo, ¿lo comprendes? —prosiguió tras ponerse de pie y abrazar al gato durante un momento. Brin negó con la cabeza—. No puedo llevar a nadie conmigo. Es demasiado peligroso, incluso para ti. Me he prometido a mí misma que nadie se expondría a lo que me espera, y eso también te incluye a ti. Tienes que volver.

El gato del páramo parpadeó, con la mirada puesta en Brin, sin moverse.

—¡Venga, vete! Tienes que volver con Kimber. Vete, Murmullo!

Pero Murmullo ni se inmutó. Se quedó sentado, esperando.

—¡Vaya! —exclamó Brin, incrédula—, eres tan obstinado como tu ama.

No tenía otra alternativa que utilizar la Canción de los Deseos. Empezó a cantarle al gato en voz baja y lo envolvió con sus palabras y su música, obligándolo a regresar. Cantó durante varios minutos con una suavidad inofensiva. Cuando acabó, Murmullo se puso en pie, dio media vuelta por el túnel y desapareció en la oscuridad. Brin lo siguió con la mirada hasta perderlo de vista. Luego, se giró y reemprendió la marcha.

Al cabo de un rato, la oscuridad comenzó a disolverse y la penumbra se iluminó. El pasadizo, estrecho y de escasa altura, se ensanchó a lo largo y hacia los lados, impidiendo que el resplandor de la antorcha llegara a los muros y el techo. Pero ahora había una luz que hacía innecesaria la suya y que llenaba el pasadizo de un polvoriento brillo gris. Era el sol. El túnel se abría de nuevo al mundo exterior.

Apresuró el paso y dejó caer la antorcha sin llamas de Cogline. El pasadizo giraba hacia arriba y se convertía en una escalera tallada en la roca que ascendía hasta una enorme caverna que daba al exterior. Se olvidó de su cansancio y subió los escalones con rapidez. Sentía que el viaje estaba llegando a su fin. La luz del sol se derramaba sobre la caverna en rayos plateados llenos de partículas de polvo que danzaban y giraban como si tuvieran vida propia.

Entonces subió el último escalón, salió del túnel a un amplio reborde y se detuvo. Ante ella, un segundo puente de piedra se extendía sobre otro abismo, abrupto e imponente, que doblaba el tamaño del primero. Descendía cientos de metros en la roca de la montaña. Era un foso tan profundo que ni siquiera los rayos de sol que se filtraban por las grietas del techo de la caverna podían atravesar su impenetrable oscuridad. Brin miró hacia abajo. Arrugó la nariz al respirar las pestilentes emanaciones que ascendían del precipicio y sintió náuseas a pesar de que se había aplicado el ungüento de Cogline. Lo que yacía en el fondo era mucho peor que lo que recorría las cloacas de Marca Gris.

Miró lo que había al otro lado del puente de piedra. La caverna se adentraba en la montaña unos cien metros y, a continuación, se convertía en un túnel corto y de gran altura. Más que un túnel, parecía un pórtico arqueado tallado a mano, moldeado y alisado, con extraños símbolos grabados en la roca. Los rayos de sol descendían por el lado opuesto, y un cielo de un tenue y neblinoso color verde se ensanchaba en el horizonte.

Lo observó con detenimiento. No, aquello no era el cielo. Era la bruma de un valle.

Era el Maelmord.

Su instinto se lo dijo, como si lo hubiese visto en un sueño. Sentía el tacto del valle en la piel y oía su susurro.

Apresuró el paso hacia el puente, un amplio camino arqueado de unos tres metros de anchura, con postes de madera clavados en la piedra y unidos por cadenas formando una barandilla. Avanzó con diligencia, atravesó la cúspide del arco y comenzó el descenso.

Ya casi había llegado al final cuando una negra criatura saltó de repente desde una profunda grieta abierta en el suelo de la caverna, a unos tres metros delante de ella.

Hablando entre dientes y visiblemente irritado, Cogline se detuvo. Rone y Kimber lo seguían de cerca. El túnel en el que se hallaban se dividía en otros dos pasadizos idénticos, y era imposible saber por cuál de ellos había seguido Brin. Nada les decía cuál era el camino que debían tomar.

—Bien, ¿por cuál de los dos vamos? —preguntó Cogline a Rone.

—¿Acaso no lo sabe? —le inquirió a su vez el joven de las tierras altas, que lo miraba fijamente.

—Ni idea. Elige tú —respondió el anciano, mientras negaba con la cabeza.

—Yo no puedo elegir —dijo Rone, tras un instante de vacilación. Apartó la mirada del anciano y al instante, volvió a fijarla en él—. Pero quizás dé lo mismo seguir uno u otro. Puede que los dos lleven al mismo lugar.

—¡Los túneles de las cloacas acaban en el mismo lugar, pero no van por el mismo lugar! ¡Eso lo sabe cualquier idiota! —exclamó el viejo, indignado.

—¡Abuelo! —le amonestó Kimber con severidad.

La muchacha pasó entre los dos jóvenes y se colocó a la cabeza. Entonces, examinó los túneles y escudriñó las oscuras aguas que fluían por los canales abiertos que se abrían ante ellos.

—Yo no puedo ayudaros —admitió al cabo de un rato, con un gesto de impotencia—. No tengo ni idea de adónde conducen. Parecen exactamente iguales. Tendrás que elegir tú —concluyó, mientras miraba a Rone.

El anciano y el joven montañés se miraron durante un momento, como dos estatuas inmóviles.

—De acuerdo, iremos por el de la izquierda —dijo por fin Rone, asintiendo con la cabeza, y comenzó a caminar—. Al menos, ese túnel parece conducir de vuelta al abismo.

Se adentró en el pasadizo sosteniendo con fuerza la antorcha sin llamas que llevaba, con el rostro sombrío. Cogline y Kimber intercambiaron una mirada y lo siguieron.

El ser negro salió de la grieta como una sombra surgida del mundo de los sueños tenebrosos y se agazapó ante el puente. Tenía apariencia humana, pero era tan lampiña y lisa como si la hubiesen esculpido en arcilla oscura. Aun encogida, la criatura era más alta que Brin. Entonces avanzó, apoyada sobre sus largos brazos. Sus miembros y su cuerpo tenían una extraña forma indeterminada, como si sus músculos no tuviesen ninguna consistencia, o como si careciese de ellos y no tuviese ni un ápice de carne. Alzó la vista, y unos ojos ciegos y mortecinos se fijaron en los de Brin. La criatura abrió la boca, mellada y negra como su piel, y dejó escapar un silbido átono y profundo.

La joven del valle se quedó petrificada. No podía evitar a aquella monstruosa criatura de ninguna manera. Sin duda, la habían puesto en aquel lugar para que vigilara el puente y no permitiera el paso a nadie. Tal vez los mordíferos la habían creado con la ayuda de la magia negra. Creado, o devuelto a la vida desde algún lugar o tiempo lejanos, tal como habían hecho con el jachyra.

El ser negro dio un paso adelante, lento y seguro, mientras miraba a la joven del valle con sus ojos mortecinos. Brin tuvo que esforzarse para no salir corriendo. No sabía lo peligrosa que era aquella criatura, pero presentía que era lo suficientemente peligrosa y que, si se giraba o retrocedía, se abalanzaría sobre ella.

La criatura abrió aún más sus negras fauces y llenó el silencio con su silbido. Brin se quedó helada. Ignoraba lo que iba a suceder a continuación. Y eso la obligaba a recurrir de nuevo a la Canción de los Deseos. Su garganta se tensó. No quería utilizar la magia élfica, pero tampoco estaba dispuesta a caer en las garras de aquel monstruo, aunque eso significara…

El ser negro dio un salto hacia delante de cuclillas y la atacó. La rapidez con que realizó el ataque la cogió por sorpresa. Era hipnótico. La canción se detuvo. La indecisión de la joven vallense hizo que la canción quedase suspendida como un nudo en el tiempo, mientras esperaba el impacto del golpe de la criatura.

Pero ese golpe nunca se produjo. Algo se abalanzó con la rapidez de un rayo por detrás de ella, atrapó a la horrible criatura a mitad del salto y lo tiró hacia atrás. Brin se tambaleó y cayó de rodillas. ¡Era Murmullo! El hechizo de la canción no había sido lo suficientemente fuerte para contrarrestar la orden de su ama. ¡Murmullo había conseguido librarse del poder de la magia y la había seguido!

Los dos antagonistas se convirtieron en una confusa maraña de garras y dientes. El felino cogió a la criatura negra por sorpresa, que solo había visto a la joven del valle. Luchaba con todas sus fuerzas para quitarse al gato del páramo de la espalda mientras emitía furiosos silbidos. El gato lo apretaba en un abrazo de la muerte. Se tambalearon una y otra vez a lo largo del puente, mientras el gato rasgaba el cuello del monstruo con sus garras, y ese se encogía y retorcía entre convulsiones.

Brin seguía inmovilizada por la indecisión en el centro del puente. Sabía que tenía que hacer algo. Aquella batalla no tenía que librarla

Murmullo, sino ella. Se estremeció y soltó un pequeño grito cuando los contendientes se acercaron peligrosamente a los postes e hicieron temblar las cadenas de hierro. ¡Tenía que intervenir! Pero ¿cómo? Su única arma era la Canción de los Deseos, y no quería utilizar la magia. ¡No podía!

Se sorprendió por la contundencia de su decisión. No podía utilizar la magia porque... porque... La rabia, el miedo y la confusión inundaron todo su ser y la mantuvieron paralizada. ¿Por qué? La pregunta estalló en su mente como un grito de angustia. ¿Qué le pasaba?

Entonces avanzó con paso decidido hasta el final del arco de piedra, lejos de los contendientes. Había tomado una decisión: huiría. La criatura negra solo la buscaba a ella. Si la veía correr, la seguiría. Y si era bastante rápida, llegaría al Maelmord antes de que...

Se detuvo. Delante de ella, en el suelo de la caverna, vio como algo surgía de entre las grietas de la roca.

¡Era otra criatura!

Se quedó completamente quieta. El pórtico que daba acceso a la luz diurna y al valle estaba demasiado lejos, y la segunda criatura negra, que se aproximaba a ella, se interponía en el camino. Había salido de la roca y se dirigía al puente a cuatro patas, con sus negras fauces abiertas. Brin retrocedió presa del pánico. Esta vez debía defenderse sin ayuda, pero se sintió dominada por el miedo y la inseguridad. Tenía que utilizar la Canción de los Deseos. ¡No tenía otra alternativa!

El ser negro estaba cada vez más cerca y emitió un agudo silbido. La joven del valle volvió a sentir un nudo en la garganta.

De nuevo, fue Murmullo quien la salvó. El gigantesco gato dejó a la primera criatura, se giró con gran rapidez y agilidad y saltó sobre la segunda, a la que apartó de la muchacha al caer. Tras ponerse en pie, Murmullo se dio la vuelta para enfrentarse a su nuevo enemigo, que dio un gran salto hacia él entre terribles alaridos. Pero el gigantesco gato del páramo se apartó con agilidad y rajó el vientre desprotegido de su atacante cuando este caía. A pesar de que le había desgarrado la carne, oscura, el monstruo no cesó el ataque, tan solo se apartó hacia un lado de un salto, con una mirada mortecina e inalterable.

La segunda criatura se acercó a la primera, y, entonces, las dos comenzaron a acercarse con cautela al gato del páramo. Murmullo retrocedió, delante de Brin. Se le había erizado el pelo y ahora tenía el doble de volumen. Agazapados sobre sus cuatro patas, los seres negros fintaban rápidamente y se movían de un lado a otro con una agilidad increíble para lo pesados que parecían. Buscaban el punto débil del gigantesco gato del páramo. Murmullo se mantenía firme en su sitio, sin retroceder ni un milímetro. Entonces, las dos criaturas se abalanzaron sobre él al mismo tiempo y le desgarraron con furia la piel y la carne con dientes y garras. Lanzaron a Murmullo hacia atrás, y este cayó contra las cadenas que bordeaban el puente. El poderoso animal casi perdió el conocimiento a causa del fuerte impacto. Sin embargo, reaccionó al instante y saltó sobre los seres negros con furia, emitiendo terroríficos alaridos.

Los combatientes intentaron acorralarlo de nuevo. Murmullo jadeaba con fuerza y tenía el brillante pelaje gris manchado de sangre. Entonces, el gato se colocó de nuevo en posición defensiva. Los atacantes lo habían obligado a permanecer contra la baranda del puente, lejos de Brin. Tenían concentrada toda su atención en el gran gato, sin prestar la más mínima atención a la muchacha. Brin advirtió cuáles eran sus intenciones. Se abalanzarían de nuevo sobre Murmullo, y en esta ocasión las cadenas no aguantarían la fuerza de su embestida. El gigantesco gato del páramo caería al precipicio y moriría.

Murmullo también parecía intuir lo que iba a suceder. Arremetió y fintó para intentar librarse de las criaturas que lo acorralaban y llegar al centro del puente. Sin embargo, los monstruos se movieron con gran rapidez para impedirlo y lo mantuvieron arrinconado contra la baranda.

Brin Ohmsford sintió una opresión en el pecho. Tenía miedo. Murmullo no ganaría la batalla. Aquellas criaturas eran demasiado poderosas como para que el gato las venciera. Les había producido heridas que deberían haberlas dejado fuera de combate, sin embargo no parecían afectadas por ellas. La carne les colgaba, toda desgarrada en jirones, pero no sangraban. Eran muy fuertes y rápidas, más que cualquier ser de este mundo. Sin duda alguna, eran producto de la magia negra, no de la naturaleza.

—Murmullo —susurró Brin con una voz quebrada y sin vida.

Tenía que salvarlo. Nadie más podía hacerlo. Tenía la Canción de los Deseos y la fuerza de su magia. Podía utilizarlo para destruir a las criaturas, para actuar sobre ellos con tanta eficacia como sobre...

Aquellos árboles entrelazados de las montañas de Runne...

Las mentes de los ladrones del oeste de la cordillera de Spanning...

El gnomo... que había quedado destrozado...

Las lágrimas le resbalaban por las mejillas. ¡No podía hacerlo! Algo se interponía entre su voluntad y su acción, la apartaba de su propósito y la inmovilizaba con indecisión. ¡Debía ayudarle, pero no podía!

—¡Murmullo! —gritó.

Los seres negros se irguieron y se dieron la vuelta. Entonces Murmullo arremetió contra ellos y los dejó inmovilizados. Después, giró rápidamente a la derecha, se replegó y saltó sobre ellos. Al no conseguir su objetivo, el gato del páramo corrió hacia el centro del puente, hasta Brin. Las criaturas negras lo persiguieron, emitiendo furiosos silbidos, y lo atacaron por ambos lados para derribarlo.

Entonces, a unos tres metros de la joven del valle, las criaturas consiguieron lo que se habían propuesto. Los tres se enzarzaron en un enredo de dientes y garras. Durante unos angustiosos segundos, Murmullo consiguió imponerse. Después, una de las criaturas consiguió situarse detrás de él, y el otro se liberó. Entonces, se apartó del gato y se dirigió hacia Brin. Ella se lanzó a un lado y cayó tendida al suelo. Murmullo dio un bufido. Haciendo uso de sus últimas fuerzas, se abalanzó sobre la criatura que se disponía a asaltar a la muchacha, mientras la otra se mantenía agarrada a su lomo como una monstruosa araña. La fuerza de su arremetida impulsó a los tres contra las cadenas de la baranda del puente. Los eslabones de hierro crujieron como madera seca, y los seres negros profirieron alegres silbidos cuando Murmullo comenzó a deslizarse por el puente, hacia el abismo.

Brin se puso de rodillas y dio un grito de rabia, decidida. Las trabas que le impedían utilizar la canción, la indecisión y la inseguridad quedaron hechas añicos, y su voluntad quedó libre. Empezó a cantar, con dureza y rapidez, y el sonido de su canto inundó las alturas y las profundidades de la roca de la caverna. Aquella canción era más tenebrosa que ninguna de las que había cantado antes; un sonido nuevo y terrible, cargado de una furia que nunca se hubiera creído capaz de sentir. Golpeó a las criaturas negras como un ariete de hierro y salieron despedidas hacia arriba a causa del impacto. Los ojos sin vida de los seres la miraban con odio. La canción les desgarró los miembros, y con la boca abierta, en silencio, salieron despedidos por los aires, lejos de Murmullo y de la seguridad del puente. Como hojas arrastradas por el tiempo, las criaturas cayeron por el abismo y desaparecieron.

Todo ocurrió en un breve instante. Brin se quedó en silencio. Su rostro moreno y fatigado estaba enrojecido y brillaba. De nuevo, sintió aquella súbita y extraña sensación de perversa alegría, sin embargo, en esta ocasión era más fuerte, mucho más fuerte. Era como un fuego que le quemaba por dentro. Apenas podía controlar la emoción. Había destruido a aquellas criaturas negras casi sin proponérselo.

¡Y lo había disfrutado!

Entonces se dio cuenta de que ella misma era la que había construido la barrera que le había impedido actuar antes, a pesar de tener la voluntad. Era una restricción que se había impuesto para protegerse contra lo que acababa de suceder. Ahora esa barrera había desaparecido, y no creía que volviera a aparecer. Sintió que estaba perdiendo el control sobre la magia. No sabía por qué, solo que así era. Cada vez que la utilizaba, parecía que se alejaba un poco más de sí misma. Había intentado resistirse a lo que le estaba haciendo, pero sus esfuerzos por renunciar a la magia siempre eran contrarrestados, como si algún malévolo destino hubiera decidido que debía utilizar la magia. En esta ocasión, había aceptado la magia de la canción por completo y sentía que ya no podría luchar contra ella. Sería lo que debía ser.

Con lentitud y extrema cautela, Murmullo se dirigió hacia Brin, que estaba arrodillada, y acercó su oscuro hocico a la cara de la muchacha. La joven del valle levantó los brazos y rodeó al gigantesco gato, mientras las lágrimas le caían por las mejillas.

La voz de Jair Ohmsford se convirtió en un áspero jadeo, y la luz del cristal de la visión se apagó con ella. El rostro de su hermana había desaparecido. Un profundo silencio llenó la penumbra en la que ahora se encontraban. Los seis hombres que estaban allí se quedaron pálidos y se tensaron.

—Eran mutens —murmuró Slanter al fin.

—¿Qué? —Edain Elessedil, sentado junto a él, pareció sobresaltarse.

—Esos seres negros. Se llaman mutens. Fueron creados por la magia negra. Guardan los túneles de Marca Gris... —El gnomo se calló de repente y dirigió una rápida mirada a Jair.

—Entonces Brin está aquí —dijo el joven del valle con una voz apenas audible.

Tenía la boca seca y sujetaba el cristal entre las manos.

—Sí, muchacho, está aquí —respondió Slanter, asintiendo con la cabeza—. Y está más cerca del foso que nosotros.

Garet Jax se levantó de pronto, como una sombra negra y delgada. Los otros lo imitaron.

—Parece que no disponemos de tiempo ni tenemos otra alternativa. Tenemos que ir ya —dijo Garet Jax. Incluso en la penumbra, los ojos le brillaban como dos bolas de fuego. Avanzó hacia ellos, con las palmas de las manos vueltas hacia arriba—. Dadme vuestras manos.

Uno por uno, las extendieron para unirlas a las de él.

—De esta forma, sellamos nuestra promesa —les dijo, con una voz dura y frágil a la vez—. El joven del valle conseguirá llegar a la Fuente Celeste tal como ha jurado que haría. Todos somos uno, pase lo que pase. Uno hasta el final. Juradlo.

Hubo un silencio profundo.

—Uno —repitió Helt con su voz amable y grave.

—Uno —repitieron los demás.

Después, separaron las manos.

—Llévanos allí —dijo Garet Jax, con la mirada puesta en Slanter.

40

Se dirigieron hacia las bodegas situadas debajo de Marca Gris por los pasadizos de la montaña, al igual que los mordíferos que intentaban evitar. Con la ayuda de las antorchas que encontraron almacenadas en un nicho al entrar en el túnel, avanzaron lentamente en el silencio de la penumbra y se adentraron en el corazón de la fortaleza. Slanter encabezaba el grupo. Portaba la antorcha cerca de la cara, tosca, amarilla e inclinada, y los ojos azabaches le brillaban por el miedo. Caminaba a paso rápido y decidido, y sus ojos lo traicionaban al reflejar un sentimiento que intentaba esconder para sí mismo. Pero Jair fue capaz de verlo y reconocerlo; no era más que un reflejo de sus propios sentimientos.

Él también estaba asustado. La esperanza que antes le había ayudado a decidirse había desaparecido, y ahora el miedo había ocupado su lugar, un miedo salvaje y apenas controlable que crecía en su interior y le erizaba el vello. Pensamientos extraños y fragmentados le recorrían la mente mientras caminaba por el túnel de roca con sus compañeros. Intentaba bloquear el hedor del aire y de su propio sudor. Recordó su hogar en Valle Sombrío, a su familia, desperdigada por todas partes, a sus amigos y las cosas agradables que había dejado atrás y que quizás había perdido para siempre, los seres sombríos que lo acosaban, a Brin y Allanon, y lo que habían ido a hacer a aquel lugar oscuro. Todos estos recuerdos se entremezclaban y se desplazaban juntos como colores disueltos en el agua. Ninguno de ellos tenía ningún sentido. El miedo los dispersaba, y Jair defendió su mente y su voluntad.

Los pasadizos avanzaron hacia arriba durante mucho tiempo, cruzándose y entrelazándose en un laberinto sin principio ni fin. Pero Slanter no se detuvo; siguió caminando a marchas forzadas hasta que vieron una gran puerta de hierro en la roca. Cuando llegaron ante ella, se detuvieron sin pronunciar una sola palabra, tan silenciosos como los túneles que los habían conducido hasta allí. Jair se agazapó junto a los otros mientras Slanter pegaba una oreja a la puerta y escuchaba con atención. En el silencio de su mente, oía su propio pulso.

Slanter se enderezó y asintió en silencio. Levantó con cuidado la falleba que mantenía cerrada la puerta, agarró el pomo de hierro y tiró de él. La puerta se abrió con un ronco crujido. Ante ellos, apareció una escalera ascendente que se difuminaba detrás de la luz que emitían sus antorchas. Empezaron a subir los peldaños, con Slanter aún a la cabeza. Peldaño a peldaño, con precaución y lentitud, subieron la escalera. La penumbra y el silencio se intensificaban a medida que ascendían. Por fin llegaron al final, a una estancia con el suelo empedrado. De pronto, escucharon el fuerte eco de las débiles pisadas de las botas de uno de ellos, que acabaron disolviéndose en el silencio. Jair tragó saliva para controlar sus propios sentimientos. Era como si ahí arriba no hubiese más que oscuridad.

Entonces se alejaron de la escalera y se adentraron en la penumbra. Permanecieron juntos, sin hablar, mientras miraban en todas las direcciones iluminando la oscuridad con sus antorchas. La luz no llegaba a descubrir las paredes ni el techo, pero tenían la clara sensación de que se encontraban en una cámara enorme. En los límites de la luz que emitían las antorchas distinguían la silueta de unos cajones y barriles. La madera estaba seca y carcomida, y sus bandas de hierro oxidadas. Había telarañas por todas partes, y el suelo estaba cubierto por una gruesa capa de polvo.

En aquella alfombra de polvo se veían las grandes huellas de las pisadas de un ser que, sin lugar a dudas, no era humano. Era evidente que no era humano porque ningún ser humano se hubiera aventurado a adentrarse en los niveles inferiores de Marca Gris, pensó Jair, y un fuerte escalofrío le recorrió todo el cuerpo.

Slanter les ordenó con señas que siguieran adelante. Los miembros del grupo avanzaron desde las escaleras y se internaron en la penumbra. El polvo se arremolinó bajo sus botas y se levantó en el aire en forma de ligeras nubes que se mezclaban con la luz de las antorchas en perezosos movimientos. Entonces, vieron montones de utensilios y provisiones desechadas. Siguieron avanzando; aún no habían llegado al extremo de la cámara.

Entonces, de repente, se toparon con media docena de escalones que conducían a otro nivel que se extendía hasta perderse en la oscuridad. Subieron los escalones en grupo, avanzaron unos veinte metros y entraron en un enorme corredor arqueado. A sus lados había unas puertas de hierro, aseguradas con barras y selladas. Siguieron avanzando y se encontraron con antorchas ennegrecidas, cadenas apiladas junto a los muros y una gran cantidad de insectos que huían de la luz en busca de la protección de la penumbra. Un olor intenso y desagradable, que emanaba en oleadas de la piedra de la bodega, dificultaba la respiración y entumecía los sentidos.

El pasillo acababa en una escalera de caracol. Slanter se detuvo un breve instante ante ella, y después se dispuso a subir. Los otros lo siguieron. La escalera giró dos veces sobre sí misma y dio paso a otro pasadizo. El grupo caminó durante más de diez metros, donde el pasillo se bifurcaba. Slanter los condujo por la derecha. El pasadizo terminó poco después en una puerta de hierro cerrada. El gnomo intentó abrirla manipulando la cerradura, pero no lo consiguió. El resto del grupo vio la preocupación que reflejaba su rostro. Era evidente que no esperaba encontrársela cerrada.

Garet Jax señaló el otro extremo del corredor, con una mirada inquisitiva. ¿Podrían volver atrás y seguir por el otro camino? Slanter respondió a su mirada con un gesto dubitativo.

Tras un momento de vacilación, Slanter se giró y empezó a desandar el camino. Sus cinco compañeros le siguieron hasta el lugar donde el camino se bifurcaba, y esta vez siguieron por la izquierda. Ese pasillo era más accidentado que el anterior, con cajas de escaleras, nichos escondidos entre las sombras y numerosas puertas, todas cerradas y aseguradas con barras. El gnomo se detuvo varias veces, indeciso, pero poco después reanudaba la marcha. Los minutos pasaban, y Jair estaba cada vez más inseguro.

El pasadizo acababa en un par de enormes puertas de hierro, tan altas que Slanter se vio obligado a ponerse de puntillas para alcanzar los cerrojos. Cedieron con una facilidad sorprendente, y la hoja de la derecha se abrió sin hacer ningún ruido. Los miembros del grupo observaron con precaución lo que había al otro lado. Era una cámara de grandes dimensiones, llena de numerosos objetos, almacenados en el más completo desorden. Pero allí la penumbra no era tan intensa porque en la parte superior de los muros, casi a la altura del techo, había unas aberturas estrechas y alargadas que permitían el paso de una luz grisácea.

Slanter señaló primero hacia esas aberturas y, después, al muro opuesto de la cámara, donde había otras puertas de hierro, también cerradas. Sus compañeros comprendieron perfectamente lo que pretendía hacer. Estaban dentro de las murallas exteriores de Marca Gris.

Con Slanter a la cabeza, entraron en una nueva sala en la que, a diferencia de la anterior, no había polvo en el suelo ni telarañas en las cajas y los barriles. El hedor a rancio flotaba todavía en el aire y los sofocaba. Aquel olor no procedía de la cámara cerrada, también del exterior. Jair arrugó la nariz, repugnado. Aquel olor acabaría con ellos antes que las criaturas negras los encontrasen. Era tan horrible como...

Oyeron un suave rasguño que procedía de uno de los lados de la sombra. Garet Jax se giró con una daga en cada una de las manos y gritó para advertir del peligro a sus compañeros.

Pero ya era demasiado tarde. Algo enorme, negro y con alas salió disparado de entre las sombras. Se elevó en la penumbra y desplegó su correoso cuerpo como un gigantesco murciélago. Los dientes y las garras de la criatura eran blancos y brillantes como el marfil. Entonces, la bestia profirió un grito terrible y se abalanzó sobre ellos a tal velocidad que les faltó tiempo para prepararse. Voló en su dirección con rapidez, pasó sobre los que estaban a la cabeza y se colocó delante de Helt. Chocó contra el hombre de la frontera y lo golpeó con sus alas. El grito inicial se convirtió en un silbido espantoso. Helt retrocedió, tambaleándose a causa del golpe. Después, consiguió coger a la criatura con las dos manos, la arrojó con violencia lejos de él, y cayó sobre un montón de cajas.

Garet Jax saltó hacia delante, lanzó las dagas al aire y las clavó en la criatura que estaba sobre las cajas de madera.

—¡Salgamos! —gritó Slanter, que había llegado ya al extremo de la cámara y abierto las puertas.

Sus cinco compañeros corrieron hacia la salida. Cuando todos llegaron al otro lado, Slanter cerró la puerta y la aseguró echando el cerrojo. Después, se apoyó contra ella, todo tembloroso.

—¿Qué era eso? —preguntó Foraker. Tenía el barbudo rostro cubierto de sudor y las cejas levantadas violentamente.

—No lo sé —respondió el gnomo, encogido de hombros—. Algo creado por la magia negra de los caminantes. Tal vez un centinela.

Helt tenía una rodilla en tierra y se tapaba la cara con las manos, manchadas de sangre.

—¡Helt! —murmuró Jair, acercándose—. Estás herido...

—No tiene importancia, solo son unos rasguños —respondió el hombre de la frontera. Levantó la cara lentamente; estaba llena de cortes, y tenía un ojo tan hinchado, que ya había empezado a cerrarse. Se secó suavemente las heridas con la manga de la túnica.

Pero se estremecía de dolor. Logró ponerse en pie haciendo un gran esfuerzo y apoyándose contra la pared. Estaba inquieto.

Slanter se había alejado de la puerta y miraba a su alrededor. Se encontraban en el medio de un estrecho pasillo: en uno de los extremos había una puerta doble cerrada, en el otro, una escalera por la que entraba la luz del sol.

—¡Por aquí! —les ordenó el gnomo, dirigiéndose deprisa hacia la escalera—. ¡Corred, antes de que otra criatura pueda encontrarnos!

Todos lo siguieron, excepto Helt, que todavía estaba apoyado en la pared del pasadizo.

—¡Helt! —lo llamó Jair, mirando hacia atrás y aflojando el paso.

—Corre, Jair —respondió el hombre de la frontera, mientras se enjugaba la sangre de la cara. Entonces, se apartó de la pared y comenzó a andar—. Sigue. No te separes de los demás.

Jair lo obedeció, consciente de que el hombre de la frontera caminaba tras él, aunque con dificultad. Algo malo le pasaba.

Llegaron al final del pasadizo y subieron la escalera casi corriendo. La calma fantasmagórica de la fortaleza quedó quebrada por el sonido de pisadas y voces que se mezclaban, confusos, en la lejanía. El alarido emitido por el monstruo alado era la alarma que había advertido a los habitantes de la fortaleza sobre la presencia de intrusos. La mente de Jair trabajaba a toda velocidad mientras subía la larga escalera, tras sus compañeros. No debía olvidar que podía protegerse con la Canción de los Deseos, que solo la podía utilizar eficazmente si conseguía mantener la cabeza...

Algo le rozó el rostro con un silbido, y el joven del valle tropezó y cayó al suelo. Una flecha se estrelló contra el muro de la escalera. Helt llegó enseguida a su lado y lo ayudó a levantarse. Los cazadores gnomos, unos desde el corredor de abajo y otros desde los parapetos de arriba, comenzaron a disparar flechas contra ellos. Habían conseguido traspasar las murallas de Marca Gris, pero sus enemigos lo sabían. Al llegar al final de la escalera, Jair siguió a sus compañeros por la derecha. Avanzaron delante de una línea de almenas que dominaban un amplio patio interior y un laberinto de torres y fortificaciones. Los gnomos aparecían por todas partes, con armas en la mano y profiriendo gritos salvajes. Varios de ellos de desplomaron sobre las almenas; Garet Jax los había derribado para abrirse paso. Los seis corrieron hasta la escalera de una torre donde Slanter les hizo detenerse.

—¡La puerta levadiza... por allí! —dijo el gnomo mientras señalaba hacia una enorme reja de hierro situada al otro lado del patio. La puerta se levantaba sobre un arco de entrada y conducía al interior a través de una gruesa muralla de bloques de piedra—. ¡Es el camino más rápido para llegar al Croagh! —Su rostro amarillento se contrajo mientras intentaba recobrar el aliento—. Los gnomos no tardarán en darse cuenta de lo que nos proponemos. Cuando eso ocurra, bajarán la puerta para atraparnos. ¡Pero si conseguimos llegar antes, podremos utilizar la puerta para cortarles el paso!

Garet Jax asintió.

—¿Dónde están la polea y el cabrestante? —preguntó el maestro de armas con extraña tranquilidad en medio de toda aquella confusión.

—Debajo de las puertas; por aquí —respondió Slanter, señalando el lugar—. ¡Tendremos que forzar la polea!

Se escuchaban gritos y aullidos procedentes de todas las direcciones. Los gnomos habían empezado a reunirse en el patio de abajo.

—Entonces no perdamos tiempo, hagamos algo antes de que sean demasiados para nosotros —dijo Garet Jax mientras se incorporaba.

Bajaron la escalera de la torre corriendo y después, cruzaron un recinto, oscuro y cerrado, hasta llegar a una puerta que lo comunicaba con el patio interior. Los cazadores gnomos que había allí se enfrentaron a ellos al advertir su presencia.

—¡Maldita sea! —exclamó Slanter, jadeando.

Todos salieron corriendo hacia la puerta levadiza.

Brin Ohmsford se puso de pie poco a poco, con la mano puesta sobre la enorme cabeza de Murmullo. La caverna había quedado de nuevo en silencio, vacía de todo signo de vida. Permaneció un momento más en el centro del puente de piedra y dirigió la mirada al otro lado del abismo, al pórtico que comunicaba con el exterior y por el que entraba la luz del sol. Acarició la cabeza del gigantesco gato del páramo con ternura. Era consciente de la profundidad de las heridas y los rasguños que aquellos seres negros le habían provocado durante la lucha y sintió el dolor que el gato sentía.

—Ya está —murmuró suavemente.

Luego empezó a caminar a paso ligero. Abandonó el puente sin mirar atrás y se dirigió al pórtico a través de la caverna. Murmullo la siguió, en silencio, con sus enormes ojos azules brillantes. Ahora,

Brin se movía con cautela y escudriñaba la roca agrietada en busca de cualquier señal que pudiera advertirle de la presencia de otros seres y horrores creados con magia negra, pero allí no había nada más. Solo estaban ella y el gigantesco gato.

Minutos después, llegó al pórtico de paredes altas y lisas esculpidas en la piedra y grabadas con las misteriosas inscripciones que ya había visto. No les prestó ninguna atención y se apresuró a atravesarlo para salir de aquella oscuridad. Tan solo tenía un objetivo.

La entrada quedó a sus espaldas, y salió al exterior. Era ya media tarde, y el sol se desplazaba hacia el oeste sobre la línea formada por los árboles. La niebla y las nubes que cubrían el cielo con su tenue velo amortiguaban su brillante luz. Se hallaba en un saliente desde el que se dominaba un valle profundo rodeado de picos altos y desprovistos de toda vegetación. Las montañas, las nubes y la niebla eran de una tonalidad extraña, casi onírica. Todo el valle estaba bañado por un tinte brillante y plomizo. Miró a su alrededor con atención, y entonces la vio. Al filo de una pared rocosa, se levantaba una fortaleza solitaria y lúgubre. Era Marca Gris. Desde una altura más elevada que la de las cumbres, en un lugar que quedaba fuera de su campo de visión, la escalera de piedra de Croagh descendía hasta el valle.

Por fin, fijó la mirada en el valle. Una cuenca profunda y sombría que se alejaba de la luz hasta perderse en una penumbra neblinosa. El Croagh descendía serpenteante hasta adentrarse en aquella oscuridad y perderse entre una masa de árboles, enredaderas, maleza y matorrales lo bastante tupida para impedir el paso de la luz. Aquel bosque era un paisaje virgen y retorcido que no parecía tener principio ni fin. Tan solo las paredes de los picos impedían que creciese de forma desenfrenada.

Brin se quedó mirándolo. El sonido silbante que había escuchado en los albañales procedía de aquel lugar. Sonaba como una respiración. Entornó los ojos para protegerlos del resplandor de aquella luz grisácea. ¿Acababa de ver...?

En el cuenco del valle, el bosque se movió.

—¡Estás vivo! —dijo con suavidad mientras intentaba sobreponerse a la sorpresa de lo que acababa de descubrir.

Dio unos pasos hacia el borde del saliente, justo donde se unía al Croagh. Había unos toscos escalones tallados en la piedra, y ella los siguió con la vista hasta que desaparecieron en una curva. Después volvió a fijar la mirada en el valle.

—Maelmord, he venido por ti —susurró.

Se volvió hacia Murmullo, se arrodilló junto a él y le acarició las orejas tiernamente.

—No debes continuar conmigo, Murmullo —le dijo, esbozando una triste y dulce sonrisa—. Aunque tu ama te haya enviado para protegerme, no debes continuar. Tienes que quedarte aquí y esperar a que yo vuelva. ¿Lo entiendes?

Los luminosos ojos del gato parpadearon. Murmullo se restregó contra ella.

—Espera a que vuelva, si quieres protegerme de alguna manera —le dijo—. Quizá no se cumplan las profecías del Oráculo del Lago y no muera. Quizá regrese. Mantén el camino despejado para mí, Murmullo. Protege a tu ama y a mis amigos. No les permitas que pasen de este lugar. Espérame, porque cuando haya hecho lo que debo hacer, intentaré volver. Te prometo que lo haré.

Entonces empezó a cantar, no para persuadir o engañar al gato, sino para explicarle todo lo que debía hacer. Le transmitió una serie de imágenes, le hizo sentir lo que quería de él y le hizo comprender la tarea que Brin tenía que llevar a cabo. Cuando terminó, se inclinó y lo abrazó con fuerza, enterrando el rostro entre su pelaje, sintiendo que el calor del animal penetraba en su cuerpo y le proporcionaba fuerza.

Se levantó y se apartó un poco. Poco a poco, Murmullo se sentó sobre sus patas traseras y después se estiró hasta tenderse por completo ante ella. Brin asintió en silencio y esbozó una dulce sonrisa. Estaba preparado para vigilar su descenso. Iba a obedecerla.

—Adiós, Murmullo —le dijo, y empezó a caminar hacia el Croagh.

El hedor que ascendía por el abismo que había dejado atrás emanó de nuevo de las profundidades del valle. La joven del valle lo ignoró y miró hacia el sol que brillaba en el horizonte, sobre los riscos. Recordó a Allanon y se preguntó si podría verla, si de alguna forma estaba con ella.

Respiró profundamente para tranquilizarse y comenzó el descenso.

41

Como si fueran una única persona, los seis de Culhaven se alejaron de la protección que les brindaba la puerta de la torre y corrieron hacia el patio. Se oyeron gritos de alarma y aparecieron gnomos por todas partes.

En medio de todo aquel torbellino, Jair contemplaba la batalla con indiferencia y curiosidad. El tiempo se fragmentó y perdió el sentido de la existencia. Rodeado por los cinco amigos que habían jurado protegerlo, flotaba en silencio, efímero, como un fantasma que nadie podía ver. La tierra, el cielo y el resto del mundo que había más allá de aquellos muros habían desaparecido, al igual que todos los sucesos acaecidos y los que aún estaban por acaecer. Tan solo existía el ahora y las caras y las figuras de aquellos que habían luchado y perecido en el patio en el que se encontraban.

Garet Jax dirigía el grupo. El maestro de armas se abalanzó sobre los gnomos que corrían para impedirle el paso, a los que daba muerte con agilidad y precisión. Parecía un bailarín vestido de negro, lleno de gracia, poder y fluidez en sus movimientos. Los cazadores gnomos, marcados y curtidos por innumerables batallas, corrían hacia él decididos y enloquecidos mientras blandían sus armas y arremetían contra sus intrusos con una fuerza letal. Sin embargo, daba la impresión de que intentaran coger mercurio con las manos. Nadie podía tocar al maestro de armas, y los que se acercaban lo suficiente para intentarlo, encontraban en él la sombra negra de la muerte que había llegado para reclamar sus vidas.

Los otros cuatro compañeros luchaban a su lado con la misma decisión, no obstante, los golpes que atestaban no eran igual de mortíferos. Foraker lo flanqueaba por un lado. Su rostro barbinegro reflejaba una terrible ferocidad al descargar su gran hacha de doble filo, y los atacantes se dispersaban profiriendo gritos llenos de frustración. Edain Elessedil lo flanqueaba por el otro. El elfo blandía una fina espada que chasqueaba como un látigo y un largo cuchillo con el que evitaba los contragolpes. Slanter los seguía de cerca con cuchillos largos en ambas manos y una oscura mirada de cazador. Helt defendía la retaguardia con un escudo enorme. Las heridas que tenía en la cara y la sangre, que no dejaba de brotar, le conferían un aspecto terrorífico. Le había arrebatado una gran lanza a uno de sus atacantes con la que atacaba y hacía retroceder a todo aquel que quisiese romper sus defensas.

Jair se sintió invadido por un extraño sentimiento de júbilo. Era como si nadie los pudiese detener.

Las armas volaban desde todas direcciones, y los gritos de los heridos y moribundos llenaban la tarde gris. Habían llegado al centro del patio, y la muralla del castillo se levantaba delante de ellos. En ese momento, lo alcanzó un golpe de imprevisto, y el joven del valle se tambaleó. Aturdido, bajó la vista y vio que la punta de un dardo sobresalía de su hombro como si fuera un colgador. El dolor se extendió desde la herida a todo el cuerpo, y se quedó rígido. Slanter lo vio, llegó a su lado en un segundo y lo rodeó con los brazos para mantenerlo en pie, arrastrándolo detrás del resto del grupo. Helt gritó con furia y utilizó la gran lanza para obligar a retroceder a los gnomos que intentaban adelantarse para capturarlos. Jair cerró con fuerza los ojos para sobreponerse al dolor. Era consciente de que estaba herido, pero le costaba trabajo aceptarlo mientras avanzaba a tropezones gracias a la ayuda de Slanter.

Alcanzaron la puerta levadiza. Los gnomos corrían de un lado a otro en el umbral, entre gritos de alarma. Las puertas del fortín se cerraron de golpe, y los cabrestantes de hierro empezaron a girar. Poco a poco, la puerta levadiza empezó a descender.

Garet Jax dio un gran salto con tanta rapidez que los otros apenas pudieron seguirlo. Llegó a la puerta en unos segundos y empujó a los gnomos que la guardaban. Pero los cabestrantes continuaban girando en el fortín, y las cadenas de hierro no dejaban de desenrollarse. La puerta aún no se había cerrado del todo.

—¡Garet! —gritó alarmado Foraker, casi enterrado debajo de un grupo de gnomos que se habían abalanzado sobre él.

Helt tomó la iniciativa. Cargó contra los cazadores gnomos deslizándose entre ellos, con la lanza bajada, y los apartó a los lados como si fueran hojas esparcidas por el viento de otoño. A pesar de que no dejaban de golpearle, siguió avanzando como si no los sintiese. Los arqueros gnomos dispararon hacia el gigantesco hombre de la frontera desde las murallas de atrás y lo alcanzaron en dos ocasiones. Con la segunda flecha que recibió, Helt cayó de rodillas. Sin embargo, se puso de pie y continuó.

Entonces llegó delante del fortín y comenzó a golpear las puertas cerradas con su gigantesco cuerpo. Las puertas cedieron con un crujido y cayeron al suelo, y el hombre de la frontera entró. Se abalanzó sobre un grupo de defensores, los apartó de la maquinaria como si fueran muñecos y agarró las manivelas del cabestrante con sus enormes manos para evitar que la puerta se cerrase. La puerta levadiza primero ralentizó su avance y luego se paró con un rechinar de cadenas y engranajes, con los dientes a apenas unos dos metros del suelo.

Garet Jax dispersó a los gnomos que aún había delante de ella, y Slanter y Jair la atravesaron hasta llegar a un patio en la sombra. Al menos hasta ese momento, el patio parecía estar vacío. Jair se desplomó sobre una rodilla y sintió que el dolor agudo de su herida se extendía a causa del movimiento.

—Lo siento, muchacho, pero tengo que hacerlo —dijo Slanter, que se colocó delante de él.

Una mano retorcida le sujetó el hombro, y la otra, el dardo. El gnomo dio un fuerte tirón y lo sacó. Jair gritó y casi perdió el conocimiento, pero Slanter lo mantuvo erguido. Bloqueó la herida con una tela que introdujo bajo la parte delantera de su túnica y que apretó contra la herida con el cinturón del joven del valle.

Debajo de la puerta levadiza, Garet Jax, Foraker y Edain Elessedil formaban una línea para defenderse de los gnomos que avanzaban hacia ellos. A una docena de pasos, todavía dentro del fortín, Helt soltó las manivelas y la puerta empezó a bajar.

Jair parpadeó con los ojos llenos de lágrimas por el dolor que le producía la herida. Algo iba mal. El hombre de la frontera no parecía tener intención de seguirlos. Estaba totalmente apoyado sobre la maquinaria, contemplando el descenso de la puerta.

—¿Helt? —preguntó Jair con voz débil.

Entonces comprendió lo que se proponía. Quería bajar la puerta y atascarla desde el otro lado. Si lo hacía, quedaría atrapado. Aquello le supondría la muerte.

—¡Helt, no! —gritó el joven del valle, que se puso en pie de repente.

Pero ya estaba hecho. La puerta llegó hasta abajo y golpeó el suelo con toda la fuerza de su peso liberado. Los defensores gnomos gritaron con rabia y se volvieron hacia el hombre que estaba en el fortín.

Helt se abrazó, se lanzó con toda su fuerza contra las manivelas y las arrancó. La maquinaria de la puerta quedó destrozada.

—¡Helt! —gritó Jair otra vez, intentando liberarse de Slanter.

El hombre de la frontera se dirigió tambaleándose hacia la puerta del fortín, blandiendo la larga lanza ante él. Los gnomos llegaban hacia donde se encontraba desde todas partes. Se inclinó y agitó la lanza para defenderse de la embestida. Helt consiguió mantenerlos a raya durante un momento, sin embargo, los gnomos lo acorralaron, y el hombre desapareció.

Jair se quedó paralizado detrás de la puerta.

—¡Vamos! —gritó Garet Jax al joven del valle tras acercarse a él. El maestro de armas le obligaba con dureza que se diese la vuelta y que se alejase de ahí—. ¡Rápido, Jair Ohmsford, tenemos que irnos ya!

El joven vallense se alejó de la puerta como un sonámbulo, preso del aturdimiento, con el maestro de armas a su lado.

—Se estaba muriendo —le dijo Garet Jax. Jair levantó la cabeza de una sacudida, y el maestro de armas clavó su mirada gris en él—. El ser alado del almacén lo había envenenado. Se le veía en los ojos, joven del valle.

—Pero nosotros... podríamos haber... —murmuró Jair, mientras asentía con la cabeza y recordaba la mirada del hombre de la frontera.

—Podríamos haber hecho muchas cosas si no estuviéramos donde estamos —lo interrumpió Garet Jax, con voz gélida y tranquila—. El veneno era letal. Sabía que estaba muriéndose. Eligió esta manera de acabar. ¡Corre!

¡El gigante Helt! Jair recordaba la amabilidad con que lo había tratado el hombre grande durante el largo viaje hacia el norte. Recordaba sus ojos dulces. Helt, del que tan pocas cosas sabía...

Siguió corriendo con la cabeza baja para ocultar las lágrimas.

En el borde del Croagh, justo en el centro de la parte que se unía al saliente de roca de los precipicios que rodeaban Marca Gris, Murmullo oyó cómo la ferocidad de la batalla que se estaba librando arriba iba en aumento. El felino estaba estirado totalmente, a la espera de que Brin regresara o a que su ama llegara. Tenía un oído más agudo que el de cualquier humano, y ya hacía tiempo que había captado aquellos sonidos. Pero no constituían una amenaza para él, por lo que se quedó allí, haciendo guardia quieto.

Entonces oyó un ruido diferente, que no procedía de la batalla que se estaba librando en Marca Gris, sino de algo que estaba cerca de él. Era el sonido de unas pisadas, leves y furtivas, que bajaban los escalones de piedra del Croagh. El gato del páramo levantó su enorme cabeza. Algo bajaba por las escaleras. Unas garras arañaban la roca. Murmullo agachó la cabeza y desapareció entre la roca.

Unos segundos después, apareció una sombra. Los ojos entrecerrados de Murmullo captaron el movimiento. Una criatura negra, igual que contra las que había luchado, bajaba por las escaleras del Croagh. Se deslizaba por la piedra y miraba con unos ojos mortecinos que parecían no ver. No advirtió la presencia del gato, que lo esperaba.

Cuando el monstruo estuvo a unos cuantos pasos, Murmullo dio un salto y se abalanzó sobre la criatura antes de que esta supiera que estaba allí, en silencio. La criatura salió despedida del Croagh y cayó como una piedra en el valle de abajo, agitando los brazos. Murmullo observó la caída apoyado en el borde de las altas escaleras en forma de espiral. Cuando chocó contra el suelo, todas las ramas y las hojas de los árboles del bosque comenzaron a agitarse con frenesí. Parecía como si una garganta se lo estuviese tragando. Al fin, todo volvió a la calma.

Murmullo se apartó del Croagh, con las orejas gachas por una mezcla de miedo y odio. Las hediondas emanaciones del bosque se elevaron hasta donde estaba el gato y le entraron por la nariz. El gato tosió y escupió en respuesta a aquel horrible olor, y retrocedió en el saliente.

En aquel momento, un nuevo sonido le hizo girarse y dar un bufido. Había otras dos siluetas oscuras por encima de él. Otras dos criaturas negras y, tras ellas, una figura vestida con una túnica, alta y con la cabeza cubierta con una capucha. Los grandes ojos azules de Murmullo parpadearon y se estrecharon. Era demasiado tarde para esconderse, ya lo habían descubierto.

Se giró en silencio y bajó el hocico, preparado para enfrentarse a ellos.

Jair Ohmsford y sus compañeros avanzaban a toda prisa a través de las sombras y la penumbra del interior de la fortaleza de Marca Gris. Corrían por vestíbulos con olor a moho y cloaca, pasadizos con puertas de hierro oxidado y piedra desmoronada, cámaras que repetían el eco de sus pisadas, y escaleras desgastadas y rotas. La fortaleza de Marca Gris era un lugar moribundo, enfermo por el paso del tiempo y el desuso, y corrupto por la decadencia. Nada de lo que habitase allí era compatible con la vida; los habitantes de aquella fortaleza tan solo encontraban placer en la muerte.

«Y ahora quieren matarme a mí», pensó Jair mientras corría. La herida le palpitaba y le dolía. «Quiere dominarme y convertirme en ella».

A la cabeza, la oscura silueta de Garet Jax seguía corriendo a toda velocidad como un fantasma que les dirigía el camino. El lugar por el que iban estaba en penumbra, sumido en un silencio vacío acechador. Habían dejado atrás a los gnomos, y los mordíferos aún no habían hecho acto de presencia. El joven vallense luchó contra el miedo que se había apoderado de él. ¿Dónde estaban los caminantes negros? ¿Por qué no habían aparecido aún? Estaban allí, dentro de la fortaleza, escondidos entre esos muros, aquellos seres que podían destruir la mente y el cuerpo de cualquier ser vivo. Estaban allí y no tardarían en aparecer.

Pero ¿dónde?

Jair tropezó y chocó con Slanter. El joven vallense habría caído al suelo si el gnomo no lo hubiera impedido al sujetarlo con sus fuertes brazos.

—¡Mira dónde pones los pies, muchacho! —le dijo el gnomo.

Jair rechinó los dientes al notar que el dolor del hombro se le extendía por todo el cuerpo.

—Me duele, Slanter. A cada paso que doy...

El gnomo giró la cara y lo miró.

—El dolor te recuerda que estás vivo, muchacho. ¡Ahora, preocúpate de correr!

Jair Ohmsford le hizo caso. Llegaron corriendo a una sala de forma ovalada y oyeron el sonido de unas pisadas que corrían y voces que gritaban. Los gnomos habían tomado otro camino y los estaban buscando.

—¡Maestro de armas! —gritó Slanter, inquieto, y Garet Jax se detuvo de repente.

Slanter señaló una hornacina en la que había una puertecita que daba a una estrecha escalera que ascendía hasta perderse en la oscuridad.

—Así podremos continuar el camino por encima de ellos —jadeó Slanter. El gnomo estaba cansado y se apoyó contra la piedra de un muro—. Pero esperad un momento a que atienda al muchacho.

Le quitó el tapón a su petaca de cerveza y llevó el gollete a los labios de Jair. El joven vallense dio grandes tragos con gusto. El líquido amargo le quemaba por dentro y parecía aliviar el dolor casi de inmediato. Jair se apoyó en el muro junto al gnomo y observó como Garet Jax subía por la escalera, para explorar la oscuridad que había más arriba. Tras ellos, Foraker y Edain Elessedil montaban guardia en el acceso a la escalera, agazapados de cuclillas entre las sombras.

—¿Te sientes mejor? —preguntó Slanter.

—Sí —respondió Jair.

—Como aquella vez en los Robles Negros, ¿verdad? Después de que Spilk te diese la paliza.

—Como aquella vez —sonrió Jair al recordarlo—. Una cerveza gnoma lo cura todo.

—¿Todo? —inquirió el gnomo, con una amarga sonrisa en la cara—. No, muchacho. No cura lo que los caminantes negros harán con nosotros cuando nos capturen. Eso no. Vienen a por nosotros, ya lo sabes, como aquella vez en los Robles Negros. Criaturas negras y silenciosas que se mueven por las sombras. ¡Los huelo!

—Es solo el hedor de este lugar, Slanter.

El gnomo inclinó su tosca cara como si no hubiera oído nada.

—Helt... muerto de esa manera. Nunca hubiera pensado que perderíamos tan pronto al hombre gigante. Los hombres de la frontera son una raza fuerte, aunque más fuertes son los rastreadores. No me lo hubiera creído ni aunque me lo hubiesen contado.

—Lo sé —respondió Jair, después de tragar algo de saliva—. Pero a nosotros no nos va a suceder lo mismo, Slanter. Hemos dejado a los gnomos atrás. Evitaremos que nos pase algo, como hemos hecho hasta ahora.

—No, muchacho, en esta ocasión no conseguiremos evitarlo —dijo Slanter mientras negaba con la cabeza—. Esta vez no. Todos moriremos antes de que todo esto acabe.

El gnomo tiró del joven vallense con brusquedad, hizo una rápida señal a Foraker y Edain Elessedil, y empezó a subir las escaleras. El enano y el elfo los siguieron. Alcanzaron a Garet Jax unos cuantos escalones más arriba. Peldaño a peldaño, continuaron subiendo, con un pequeño rayo de luz procedente de un lugar más alto como única guía. Los muros del interior de Marca Gris parecían los de una tumba en la que intentaban encerrarlos. Jair se entretuvo un instante con aquel pensamiento, consciente de su propia mortalidad. Podría morir de una manera tan simple como Helt había muerto aquel día. Ya no estaba tan seguro como antes de que viviría para ver el final de la aventura. Después, se deshizo de aquel pensamiento. Si él no vivía, nadie ayudaría a Brin. Aquello supondría el final para los dos, porque no habría esperanza para ella si él desaparecía. Así que tenía que vivir, tenía que encontrar la manera de conseguir mantenerse con vida.

La escalera terminaba delante de una pequeña puerta de madera con una ventanilla protegida con barras. La luz del día que los había guiado en la oscuridad penetraba a través de ella. Slanter apretó su amarillo rostro contra las barras y echó un vistazo para ver qué había al otro lado. Los gritos de sus perseguidores se oían cada vez más cerca.

—Tenemos que correr de nuevo —dijo Slanter, con la cabeza girada hacia atrás—. Avanzaremos por el gran salón. ¡No os separéis!

Abrió la puerta de madera y salieron corriendo hacia la luz del día. Estaban en un largo pasillo, de techo alto y artesonado, con estrechas ventanas arqueadas a lo largo. Slanter los llevó hacia la izquierda. Pasaron al lado de una serie de hornacinas y portones tapados por la sombra, armaduras oxidadas sobre pedestales, armas que colgaban en las paredes. Los gritos crecieron en intensidad, como si avanzasen en su dirección. De repente, se sintieron rodeados por aquellos alaridos. Detrás, a unos pocos metros, una puerta se abrió y los cazadores gnomos salieron en tropel dando gritos nerviosos, dispuestos a darles caza.

—¡Rápido! —gritó Slanter.

Una lluvia de flechas silbantes pasó volando cerca de ellas cuando corrían hacia el umbral de un par de puertas de madera tallada, arqueadas y altas. Slanter y Garet Jax se abalanzaron a toda velocidad sobre ellas, con el resto del grupo pisándole los talones, y las bisagras se rompieron y las puertas se abrieron. Las cruzaron precipitadamente y bajaron por unas largas escaleras, tropezándose unos con otros. Habían llegado al gran salón que Slanter había buscado, una cámara iluminada por la luz del día que entraba por unas ventanas altas y enrejadas. Las vigas, carcomidas por el tiempo, sostenían entrecruzadas un cavernoso techo abovedado a lo alto de numerosas mesas y bancos esparcidos por el suelo en completo desorden. Los cinco de Culhaven reanudaron la rápida marcha, esquivando los obstáculos frenéticamente. Tras ellos, sus persecutores irrumpieron en la sala.

Jair seguía a Slanter. Sabía que Garet Jax estaba cerca de él, a la izquierda, y que Foraker y Edain Elessedil los seguían. Le ardían los pulmones, y volvió a sentir los dolorosos latidos producidos por la herida del hombro. Las flechas y los dardos silbaban sobre sus cabezas y acababan clavados en la madera de los bancos y las mesas. Había cazadores gnomos por todas partes.

—¡La escalera! —gritó Slanter, muy nervioso.

Ante ellos, una escalera larga y curvada ascendía hacia un balcón. Intentaron llegar a ella corriendo, pero algunos gnomos se adelantaron, se desplegaron en abanico sobre los primeros peldaños y les cerraron el paso. Garet Jax se dirigió a ellos. Saltó por encima y a lo largo del banco de una mesa de caballetes, y se colocó en el medio del grupo. Sin saber cómo, consiguió caer de pie como si fuera un gato negro que atacaba a los preocupados gnomos. Esquivó sus pesadas lanzas y espadones con la ayuda de los cuchillos largos que llevaba en cada mano. Acabó con ellos uno a uno. Cuando el resto del grupo lo alcanzó, casi todos los gnomos estaban por el suelo, muertos, y el resto había huido.

—¿Dónde está el Croagh, gnomo? —preguntó Garet Jax. El maestro de armas se giró; tenía la enjuta cara llena de sangre.

—¡Al otro lado del pasillo, por el balcón! —respondió Slanter sin apenas aflojar el paso—. ¡Rápido, vamos!

Subieron por las escaleras de forma apresurada. Detrás, otro grupo de gnomos se reunió al pie de estas y comenzaron a seguirlos. A mitad de la subida, los gnomos los alcanzaron. El maestro de armas, el enano y el elfo se dieron la vuelta para luchar. Slanter tiró de Jair unos cuantos escalones más para protegerlo. Los gnomos arremetían contra ellos con sus grandes espadas y mazas, que causaban un terrible estruendo metálico. Garet Jax retrocedió, separado de los otros por la presión de los atacantes. Entonces Elb Foraker cayó al suelo, con la cabeza abierta hasta el hueso por el corte producido por una espada. Intentó levantarse. La sangre le caía por todo el rostro, y Edain Elessedil se apresuró a ir en su ayuda. Durante un instante, el joven elfo mantuvo a raya a sus atacantes con el filo de su espada, pero una lanza le hirió el brazo con el que la sostenía. Cuando bajó la guardia, un gnomo le golpeó la pierna con su maza. El elfo se derrumbó, entre alaridos de dolor, y los gnomos se abalanzaron sobre él.

Durante un momento pareció que aquel era el fin. Pero entonces, apareció de nuevo Garet Jax, vestido de negro. Se tiró sobre los atacantes y los obligó a retroceder. Los cazadores gnomos cayeron uno tras otro; la muerte los atrapó antes de que pudieran salir de su asombro, antes de que supieran qué los había matado.

Foraker se tambaleó hasta donde Edain Elessedil se retorcía de dolor, y extendió sus envejecidas manos para examinar la pierna herida.

—Está rota —dijo mientras intercambiaba una mirada cómplice con Garet Jax.

Le vendó la pierna con jirones de su capa corta, y utilizó flechas rotas para entablillarla. Slanter y Jair bajaron deprisa los escalones que los separaban de ellos, y el gnomo dio de beber al príncipe elfo un poco de la cerveza amarga que siempre llevaba consigo. Edain Elessedil estaba pálido y tenso por el dolor. Entonces, el joven del valle se dio cuenta de que tenía la pierna inmovilizada.

—Ayudadme a levantarlo —dijo Foraker.

Con la ayuda de Slanter, lo llevaron hasta el final de la escalera. Una vez arriba, lo apoyaron contra la balaustrada y se arrodillaron ante él.

—Dejadme aquí —pidió el elfo, haciendo una mueca de dolor mientras desplazaba su peso—. Tenéis que hacerlo. Llevad a Jair al Croagh. No os demoréis más.

Jair miró con angustia al resto de sus compañeros: estaban tensos y decididos.

—¡No! —montó en cólera Jair.

—Jair —dijo Edain Elessedil. El príncipe elfo apretó con fuerza el brazo del joven vallense—. Es lo que acordamos, Jair. Lo que prometimos. No importa lo que nos pase a nosotros; tienes que llegar a la Fuente Celeste. Yo ya no puedo ayudarte. Debéis dejarme aquí y continuar.

—Tiene razón, Ohmsford. No puede seguir —intervino Elb Foraker con extraña tranquilidad. El enano puso las manos sobre los hombros del joven del valle y luego se levantó, con la mirada fija en Slanter y Garet Jax—. Creo que yo también he llegado lo más lejos que he podido. Este corte me ha dejado demasiado aturdido para emprender grandes escaladas. Continuad vosotros tres. Creo que también me quedaré aquí.

—Elb, no, tú no puedes hacer eso... —objetó el hombre herido.

—Es decisión mía, Edain Elessedil —le interrumpió el enano—. Al igual que lo fue para ti venir en mi ayuda. Entre nosotros existe un vínculo, entre tú y yo... un vínculo que compartimos elfos y enanos, creado hace tanto tiempo que nadie puede recordar cuándo. Siempre nos tenemos ahí. Ahora es mi turno de hacer honor a ese vínculo. Esta vez no vamos a discutir, Garet —concluyó el enano, mirando al maestro de armas.

Entonces aparecieron varios cazadores gnomos en el extremo opuesto del salón. Frenaron el paso y avanzaron con cautela mientras llamaban al resto de gnomos que los seguía.

—Rápido, ahora —dijo Foraker—. Coged a Jair Ohmsford y marchaos.

Garet Jax vaciló durante un breve instante, pero enseguida asintió y alargó la mano para estrechar la del enano.

—Suerte, Foraker.

—Igualmente —respondió el enano.

El maestro de armas miró al enano a los ojos durante un momento. Después, sin pronunciar una palabra más, colocó un arco de fresno, flechas y la fina espada élfica junto a Edain Elessedil, y agarró con ambas manos su hacha de doble filo.

—¡Marchaos ya! —dijo sin volverse, decidido y virulento.

Jair no se movió de donde estaba, en actitud desafiante. Miró al maestro de armas y a Slanter a los ojos.

—Vamos, muchacho —dijo el gnomo con voz tranquila.

Slanter rodeó el brazo sano del joven del valle con sus manos rudas y lo empujó hacia el balcón. Garet Jax iba detrás, con la mirada gélida y fija. Jair quiso gritar para mostrar su desacuerdo, decir que no podían abandonarlos a su suerte, pero era consciente de que no serviría para nada. Ya habían tomado una decisión. Miró por encima del hombro al borde de las escalera, donde estaban Foraker y el príncipe elfo. Ninguno de los dos se dio cuenta; estaban pendientes de los cazadores gnomos que se les acercaban.

Entonces, Slanter les hizo atravesar una puerta que comunicaba con otra sala, y la cruzaron a toda prisa. Oían de nuevo los gritos de sus persecutores, dispersos y lejanos por donde habían venido. Jair corría en silencio junto a Slanter mientras se esforzaba por no mirar atrás.

El camino que recorrían terminaba en un pórtico arqueado. Cuando lo atravesaron, alcanzaron la luz diurna gris y nebulosa; habían dejado atrás los muros de la fortaleza. Un amplio patio que acababa en una baranda se extendía ante ellos. En la lejanía, los riscos y la fortaleza descendían hacia un valle, y más allá, una hilera dentada de piedra en forma de espiral ascendía hasta más allá de la baranda del patio.

Habían llegado al Croagh, con la Fuente Celeste en la cima.

Los tres del grupo de Culhaven corrieron hacia donde el patio y la escalera se unían, y comenzaron el ascenso.

42

Brin bajó cientos de peldaños de la escalera del Croagh en su descenso al Maelmord. La estrecha banda de piedra se retorcía en espiral desde las torres de Marca Gris hasta adentrarse en la neblina y la humedad de la sofocante jungla en una pendiente angosta y vertiginosa. La joven del valle avanzaba a paso torpe, con la mente nublada por el miedo y el cansancio, y atormentada por las dudas. Se apoyaba levemente con una mano sobre la baranda de piedra para tener cierta estabilidad. En el oeste, un sol velado por las nubes continuaba su ruta detrás de las montañas.

Durante el descenso, Brin no levantó la mirada del foso que había debajo. Cuando comenzó a bajar las escaleras, el Maelmord no era más que una masa envuelta en la niebla, pero a cada paso que daba, se veía con más claridad. Poco a poco, la vida que albergaba en su interior fue tomando forma y destacando frente al fondo del valle. Los árboles eran enormes y viejos, y estaban inclinados y retorcidos. Entre ellos se alzaban grandes tallos de maleza y cizaña, que habían crecido de forma desproporcionada, y enredaderas que trepaban y se enroscaban en todo lo que había a su alrededor como serpientes sin cabeza ni cola. Aquella jungla no era de un color verde primaveral y brillante, sino que tenía un tono grisáceo apagado que le confería el aspecto mortecino de una helada invernal.

No obstante, hacía un calor terrible que le hizo pensar en un tórrido verano en el que la tierra se agrieta, la hierba se seca y el agua poco profunda se evapora y deja paso al polvo. El espantoso hedor de las cloacas venía de allí. Desde la jungla, se propagaba por todo el terreno y el follaje en nauseabundas oleadas, flotaba en el aire en calma de aquella tarde y bullía como una fétida sopa en el cuenco que formaba la piedra de la montaña. Al principio era casi insoportable, a pesar de tener todavía una gruesa capa del ungüento de Cogline en las fosas nasales. Pero, al cabo de un rato, afortunadamente se le tapó la nariz, y el olor se hizo menos perceptible. Y lo mismo ocurrió con el calor cuando su temperatura corporal se adaptó a él. Tanto el calor como el fétido olor dejaron de torturarla. Sin embargo, no fue capaz de bloquear la desoladora y marchita visión del foso.

También oía aquel silbido, y el ruido que hacía el follaje al moverse hacia arriba y hacia abajo, como si fuese un cuerpo que respira. Daba la impresión de que el valle era un ente vivo, un ser solitario, y que las diversas partes que lo conformaban podían actuar, pensar y sentir. Y aunque no tenía ojos, la joven vallense notaba cómo la observaba con una mirada expectante.

Brin seguía descendiendo. Dar media vuelta no era una opción. El viaje hasta allí había sido largo y arduo, lleno de sacrificios. Había costado muchas vidas y cambiado para siempre la forma de ser de quienes habían sobrevivido. Ya no era la muchacha que había sido. La magia la había convertido en una persona diferente y terrible. Se estremeció al reconocer aquella realidad. La magia la había cambiado. Negó con la cabeza. Quizás no había cambiado; tal vez solo la comprendía mejor. Puede que entender mejor el aterrador alcance del poder de la Canción de los Deseos tan solo le hubiese descubierto lo que siempre había estado allí, y que, en el fondo no hubiese cambiado y siguiese siendo la misma de siempre. Quizás ahora lo entendía todo.

Distrajo un poco su atención del Maelmord con estos pensamientos. Solo le quedaba una última curva final de la escalera de piedra del Croagh para llegar. Bajó más despacio, con los ojos puestos en la jungla. Observó el sinuoso laberinto de troncos, ramas y enredaderas cubierto por jirones de niebla, y las subidas y bajadas de la silbante inspiración de la vida que crecía allí. En el asolador seno del foso, ninguna otra vida daba señales de su existencia.

Y sin embargo, el Ildatch se escondía en algún lugar perdido de esa maraña de vegetación.

¿Cómo lo encontraría?

Se detuvo, aún en el Croagh, a poca distancia del último escalón. El Maelmord se extendía a su alrededor. Lo recorrió con la mirada mientras luchaba contra la repulsión y el miedo que crecían en su interior e intentaba calmarse con todas sus fuerzas. Sabía que había llegado el momento de utilizar la canción, como le había dicho el druida. Los árboles, la maleza y las enredaderas de aquella selva se parecían a los árboles entrelazados de los bosques próximos al lago del Arco Iris. Podía utilizar la canción para separarlos, para abrirse camino.

Pero ¿adónde debía conducir ese camino?

Dudó un momento. Algo en su interior le aconsejó prudencia y le dijo que ahora debía utilizar el poder de la canción de un modo diferente... que solo la fuerza no sería suficiente. El Maelmord era demasiado grande, demasiado poderoso para ser dominado de esa forma. Debía emplear la inteligencia y la astucia. Era una creación de la misma magia que ella ejercía, procedente del mundo de las criaturas fantásticas, de los tiempos en que la magia era el único poder...

Dejó a un lado aquel pensamiento y levantó la vista al cielo. El sol le calentó el rostro de una manera muy diferente a como lo había hecho el calor del foso. Aquel era un calor vivo y luminoso. La atrajo con tal fuerza que, durante un instante, sintió una inexplicable y frenética necesidad de salir corriendo de aquel lugar.

Apartó la mirada con rapidez y se forzó a fijar la vista de nuevo en las profundidades de la jungla, envueltas en la niebla, aún insegura. No podía adentrarse a ciegas en las fauces de aquel ser. Primero debía descubrir dónde ir y en qué lugar se hallaba escondido el Ildatch. Tensó el rostro. Debía entender a aquel ser. Debía mirar lo que había en su interior...

El recuerdo de las palabras del Oráculo del Lago se burló de ella, un malicioso susurro que procedía del lugar más recóndito de su memoria: «Mira dentro de ti, Brin de Shannara. ¿Ves?».

Entonces, de repente, lo vio todo. Se lo habían dicho en el Valle de Esquisto, pero no lo había comprendido. Salvadora y destructora, la había llamado el fantasma de Bremen, surgido del Cuerno del Hades para convocar a Allanon. Salvadora y destructora.

Se apoyó en la baranda de piedra cuando al fin lo entendió. No debía buscar las respuestas en el interior del Maelmord.

¡Debía buscarlas dentro de ella misma!

Brin se incorporó. Su oscuro rostro reflejaba la certeza de lo que sabía. ¡Qué fácil iba a ser entrar en el Maelmord y encontrar lo que buscaba! No necesitaba abrir un camino en el interior de aquel ser que guardaba el Ildatch. Ni siquiera necesitaba buscarlo. No supondría ningún esfuerzo, las magias no se enfrentarían...

¡Sino que se unirían!

Bajó los últimos escalones del Croagh. El techo de la jungla que la cubría se cerró de repente y ocultó la luz del sol. Brin quedó envuelta en las sombras, el calor y aquella pestilencia insoportable. Pero ya no estaba preocupada por estar allí. Sabía lo que tenía que hacer, y eso era lo único que importaba.

Empezó a cantar suavemente. Siguió cantando y su voz comenzó a sonar grave, fuerte e impaciente. La música inundó la enorme maraña de ramas, enredaderas y maleza. La canción acarició y calmó a la jungla con destreza, y luego la abrazó y la cubrió con su cálido manto tranquilizador. Déjame entrar, Maelmord, decía. Déjame entrar en ti, soy como tú. No hay ninguna diferencia entre nosotros dos. Somos iguales, nuestra magia ha conectado. ¡Somos iguales!

El susurro de las palabras que estaba cantando debería haberla horrorizado, sin embargo, le resultaban inusitadamente agradables. Antes, la Canción de los Deseos no era más que un juguete maravilloso con el que podía divertirse, un juguete con el que jugar con el color, las formas y el sonido, pero ahora comprendía por fin su vasto alcance. Podía utilizarla para cualquier cosa. Incluso allí, donde la maldad era más fuerte, podía servirse de ella. El Maelmord fue creado para impedir la entrada de todo lo que no armonizara con él. Ni siquiera la fuerza inherente en la magia de la canción podía sobreponerse al principal propósito de su existencia. Pero la magia era suficientemente versátil para convertir la fuerza en astucia y hacer que Brin Ohmsford se pareciese a aquello que se opondría a ella. Estaría en armonía con la vida de aquel foso durante todo el tiempo que necesitara hasta encontrar lo que buscaba.

Su júbilo iba en aumento a medida que su canto al Maelmord se prolongaba y sentía su respuesta. El sentimiento que la unía a la música era tan intenso que lloraba de felicidad. La selva se abría ante ella en respuesta: las ramas se inclinaban y las enredaderas y la maleza se enroscaban como serpientes. La canción que cantaba hablaba de la muerte y el horror que daban vida al valle. Brin jugaba con él, inmersa en su propia creación, una creación que la hacía parecer lo que ella deseaba aparentar.

Se replegó en las profundidades de su ser, envuelta por su propio canto. Se olvidó de Allanon y del viaje, y de Rone, Kimber, Cogline y Murmullo. Apenas recordaba la tarea que le habían encomendado realizar en aquel lugar… encontrar y destruir el Ildatch. La liberación de la magia produjo de nuevo en ella aquella extraña y aterradora sensación de júbilo. Notaba cómo su control sobre la canción se desvanecía, al igual que había sucedido cuando utilizó la Canción de los Deseos contra el gnomo araña en la cresta de Toffer y contra los seres negros en las cloacas. Sentía que los hilos que la ataban se desenmarañaban. Pero tenía que arriesgarse. Era necesario.

La respiración del Maelmord se aceleró notablemente, y su silbido sonó con más fuerza. Quería a Brin, la necesitaba. Para el Maelmord,

Brin era una pieza vital: el corazón del cuerpo que yacía enterrado allí, ausente durante mucho tiempo y ahora, por fin, retornado. «Ven a mí», silbaba. «¡Ven a mí!».

Brin dejó el Croagh y se adentró en la jungla, con un rostro vivaz, ansioso y apremiante.

—¡Por todos los demonios! ¡Estos albañales tienen que acabar en algún sitio! —dijo Rone al salir del túnel y entrar en la caverna que había a continuación.

A causa de la fatiga, le parecía que llevaban toda la vida dando vueltas por las cloacas de Marca Gris.

—¿Y por qué habrían de tener fin? —respondió Cogline, con su desagradable tono habitual.

Pero el joven de las montañas casi ni lo oyó porque tenía toda la atención puesta en la caverna a la que habían llegado. Era enorme. El techo estaba agrietado y permitía que rayos de sol brillantes se filtraran por las fisuras, y en el centro del suelo se abría un inmenso abismo. En silencio, Rone se apresuró a bordearlo, sin apartar la vista del puente de piedra que lo cruzaba. Al otro lado, la caverna se extendía hasta un pórtico de piedra pulida alto, arqueado y adornado con extraños signos que daba acceso a la luz diurna y el verdor de un valle cubierto por la neblina.

«El Maelmord», pensó inmediatamente.

«Y seguro que Brin está ahí».

Llegó al puente y lo cruzó, seguido del anciano y la muchacha. Se dirigía ya hacia el pórtico cuando un grito agudo de Kimber lo obligó a detenerse.

—¡Joven montañés, ven, mira!

Rone se dio media vuelta y caminó hacia Kimber rápidamente. La muchacha lo esperaba en el centro del puente. Cuando llegó, ella señaló hacia un lado, sin hablar. Un gran trozo de la cadena de hierro que formaba la baranda estaba suelto y roto, y a sus pies, sobre la piedra, había manchas de sangre seca.

La muchacha se arrodilló y las tocó con los dedos.

—No llevan aquí mucho tiempo —dijo en voz baja—. No más de una hora.

Rone la miró en silencio, afectado, y los dos jóvenes pensaron lo mismo. El joven de las tierras altas levantó la mano enseguida, como si quisiese alejarse de aquella idea.

—No, no puede ser de ella…

Entonces, un grito estridente y aterrador desgarró el aire. Era el grito furioso y temeroso de un animal, que rompió en mil pedazos la tranquilidad de la tarde y de sus propias meditaciones. Procedía del otro lado del pórtico.

—¡Murmullo! —exclamó Kimber.

—¡Brin! —dijo Rone mientras se giraba.

El joven salió corriendo del puente, y atravesó la caverna y el pasadizo conectado al pórtico mientras con las manos intentaba coger el gran espadón que colgaba de su espalda. Era rápido, pero Kimber lo era más. Lo adelantó como un animal asustado, se precipitó desde las sombras de la caverna hacia el pórtico y salió a la luz que había al otro lado. Detrás, Cogline les pedía a gritos que no corrieran tanto, con la voz agudizada por la desesperación. Sin embargo, las piernas torcidas del anciano se movían demasiado lento como para poder alcanzarlos.

Atravesaron el pórtico y salieron al exterior, con Kimber a la cabeza, a unos diez metros de Rone. Encontraron a Murmullo, enzarzado en una lucha contra dos oscuros seres sin rostro sobre un estrecho saliente de la roca. Todo sucedía tan rápido que solo veían unas manchas borrosas y oscuras moviéndose. Más allá, a lo alto de una escalera de piedra que descendía desde los riscos hasta el saliente y después continuaba valle abajo, y que Rone reconoció al instante como el Croagh, había un mordífero observando la escena.

Cuando los dos jóvenes se aproximaron, el caminante negro se giró.

—¡Kimber, cuidado! —le advirtió Rone.

Pero la muchacha ya corría para ayudar a Murmullo, blandiendo un largo cuchillo en ambas manos. El mordífero señaló con las manos en su dirección, y sus manos emitieron un fuego rojo. El fuego pasó junto a Kimber sin llegar a tocarla por alguna extraña razón y chocó contra la roca, de la que saltaron fragmentos por los aires. Rone se lanzó hacia delante con un grito mientras sostenía la hoja de ébano de la Espada de Leah ante él. El espectro se volvió hacia él y lanzó fuego de nuevo. Esa vez, la llamarada impactó contra la hoja de la espada y todo el aire de su alrededor se iluminó a causa de las llamas. La fuerza del golpe lo levantó del suelo y lo hizo caer de espaldas.

En ese momento, Cogline apareció en el pórtico de la caverna, viejo, encorvado y furioso, desafiando a gritos al espectro. A pesar de no ser más que un pequeño trozo de carne, huesos y ropa, se dirigió a la figura vestida de negro. El caminante se volvió y apuntó hacia él. Entonces, el anciano estiró un esquelético brazo y de su mano, un objeto oscuro voló en dirección al fuego carmesí que había lanzado el mordífero. Una tremenda explosión hizo que toda la ladera de la montaña temblase. Las llamas y el humo se elevaron rápidamente al cielo, y grandes trozos de roca volaron por todas partes.

Durante un breve instante, todo quedó cubierto por el humo y el polvo. Rone aprovechó el momento de confusión para ponerse en pie.

—¡Ahí tienes un poco de mi magia, escoria! —gritó Cogline, completamente eufórico—. ¡Veamos qué haces contra ella!

El anciano pasó como una flecha junto a Rone, sin que el joven de las tierras altas pudiera hacer nada para detenerlo. Danzaba con alegría como un loco, mientras el humo ocultaba su esquelética figura. De repente, Murmulló gruñó desde algún lugar situado delante de ellos, y Kimber emitió un grito agudo. Rone soltó una maldición y avanzó a toda velocidad. ¡Aquel anciano estaba loco!

Una llama roja surgió de la niebla justo delante de él. Cogline salió volando hacia un lado como si fuera un muñeco arrojado por un niño furioso. El joven de las tierras altas apretó los dientes y corrió hacia el lugar de procedencia del fuego. Casi en ese instante, Rone se encontró con el mordífero, que llevaba la túnica negra desgarrada y doblada. La Espada de Leah frenó y apagó una llamarada de fuego rojo. El espectro desapareció. Algo se movió tras él, y Rone se dio la vuelta. Murmullo surgió de entre la nube de humo. Uno de los seres negros se había aferrado a su espalda; la segunda criatura colgaba de la boca del gato. Rone actuó con rapidez. Hirió a la criatura que colgaba del lomo del gigantesco gato con la espada y logró apartarla de él.

—¡Kimber! —gritó.

Una nueva llamarada implosionó cerca de Rone, pero el joven montañés rechazó una vez más el fuego con su espada. Una figura encapuchada apareció durante un instante entre el humo y se abalanzó hacia ella. Esta vez el mordífero no fue lo suficientemente rápido. De espaldas contra la escalera de piedra del Croagh, intentó escabullirse por la izquierda mientras de sus manos brotaba fuego, pero Rone lo alcanzó. El joven levantó la Espada de Leah y la clavó en el caminante negro, que explotó y se convirtió en un montón de cenizas.

Todo quedó en silencio, solo roto por la ronca tos de Murmullo, que se acercaba a Rone a través de la neblina como un fantasma. Poco a poco, el humo se fue desvaneciendo, y el saliente y el Croagh volvieron a aparecer. El primero estaba cubierto de fragmentos de roca, y un tramo del Croagh, justo donde se unía al saliente y donde el mordífero se encontraba cuando Cogline había decidido desafiarlo, había desaparecido.

Rone echó una mirada rápida a su alrededor. El mordífero y aquellas criaturas negras habían desaparecido. No estaba seguro de lo que había ocurrido; no sabía si los había destruido o si solo los había ahuyentado, pero allí no había nada.

—Rone.

Se dio media vuelta al oír la voz de Kimber. La muchacha estaba al final del saliente. Parecía pequeña, estaba hecha un desastre y cojeaba un poco al andar. Rone estaba enfadado y tranquilo al mismo tiempo.

—Kimber, ¿me puedes explicar por qué narices...?

—Porque Murmullo hubiese hecho lo mismo por mí. ¿Dónde está el abuelo?

Rone se mordió los labios para no continuar diciéndole lo que le tendría que haber dicho, y los dos jóvenes comenzaron a buscar juntos al anciano por el saliente de la roca. Finalmente dieron con él, medio enterrado en un montón de piedras junto al precipicio, tan ennegrecido como la ceniza que habían dejado las llamaradas de los mordíferos. Corrieron hacia él y lo sacaron de allí. Tenía quemaduras en la cara y los brazos, el cabello chamuscado y estaba cubierto de hollín. Kimber meció con dulzura la cabeza del anciano. Tenía los ojos cerrados y no parecía respirar.

—Abuelo —susurró la muchacha, con una mano apoyada sobre la mejilla del anciano.

—¿Quién es ese? —gritó Cogline de repente. El joven montañés y la muchacha se sobresaltaron. Entonces, el anciano comenzó a agitar los brazos y las piernas—. ¡Fuera de mi casa, intrusos! ¡Salid de mi casa!

»Muchacha —continuó con voz débil, después de parpadear y abrir los ojos de nuevo—. ¿Qué ha ocurrido con los seres negros?

—Han desaparecido, abuelo —respondió Kimber, aliviada—. ¿Estás bien?

—¿Bien? —inquirió el anciano que, aunque parecía aturdido, asintió sin dudarlo ni un instante, con la voz fortalecida por la indignación—. ¡Claro que estoy bien! ¡Solo me he excedido un poco, eso es todo! ¡Ayúdame a levantarme!

Rone respiró profundamente. Tú y la joven tenéis suerte de haber salido con vida, pensó.

Con la ayuda de Kimber, el joven de las tierras altas puso a Cogline de nuevo en pie, y le dejaron que él mismo comprobara el estado de su cuerpo. El anciano parecía sacado de un pozo de ceniza, pero no herido. La muchacha lo abrazó con cariño y empezó a limpiarlo.

—Debes tener más cuidado, abuelo —le dijo—. Ya no eres tan rápido como antes. Los caminantes negros te cogerán si intentas atacarlos otra vez igual que has hecho ahora.

Rone hizo un gesto de incredulidad. ¿Quién debía regañar a quién, la muchacha al anciano o este a la muchacha? En qué estaban pensando Brin y él cuando...

Hizo un gran esfuerzo para contenerse. Brin. Se había olvidado de Brin. Miró hacia el Croagh. Si había llegado hasta allí, estaba seguro de que habría bajado al Maelmord. Y ahí es donde debía ir él también.

Se separó de Kimber y del anciano, y se dirigió apresuradamente al lugar donde el saliente se unía con los peldaños del Croagh. Todavía agarraba con fuerza la Espada de Leah. ¿Cuánto tiempo había perdido allí? Tenía que alcanzar a Brin antes de que se aproximara demasiado a lo que la esperaba en el valle...

Se detuvo de repente. Murmullo estaba delante de él, bloqueando la escalera. El gigantesco gato del páramo lo miró fijamente durante un breve instante, y después se sentó sobre las patas traseras y parpadeó.

—¡Déjame pasar! —gritó el joven de las tierras altas.

El gigantesco gato no se movió. Rone vaciló y después siguió adelante, visiblemente nervioso. Murmullo agachó el hocico ligeramente y dejó escapar un grave bufido.

El joven de las tierras altas se detuvo en el acto y dirigió una furiosa mirada a Kimber.

—Kimber, haz que tu gato se retire de mi camino.

La muchacha llamó al gato del páramo en un susurro, pero Murmullo se quedó donde estaba. Extrañada, avanzó hasta llegar a su altura y se inclinó sobre él. Le habló en voz baja y tranquila mientras le acariciaba las orejas y el cuello. El gran gato frotó el hocico contra ella y ronroneó suavemente, pero no se movió ni un ápice. Al fin, la muchacha se apartó.

—Brin está bien —le dijo a Rone, esbozando una breve sonrisa—. Ha bajado al foso.

—Entonces, tengo que ir tras ella —respondió Rone, aliviado, mientras asentía con la cabeza.

—Debes quedarte aquí —respondió la muchacha, haciendo un gesto negativo.

—¿Quedarme aquí? —inquirió asombrado Rone—. ¡No puedo hacer eso! ¡Brin está sola ahí abajo!

—No puedes —insistió la muchacha, que negaba con la cabeza—. Ella no quiere que lo hagas. Ha utilizado la canción para evitarlo. Ha convertido a Murmullo en su guardián. Nadie puede pasar, ni siquiera yo.

—¡Pero es tu gato! ¡Haz que se aparte! ¡Dile que tiene que apartarse! La magia no es tan fuerte, ¿verdad?

—Es algo más que magia, Rone —respondió la muchacha, que miraba con tranquilidad al joven montañés—. Sus propios instintos le dicen a Murmullo que Brin tiene razón sobre esto. No es la magia lo que lo retiene, sino su sentido común. Sabe que cualquier peligro que pueda esconderse en el valle es demasiado grande. No te permitirá pasar.

El joven de las tierras altas mantuvo la mirada fija en la muchacha, incrédulo y colérico. Desvió la vista hacia el gato y después volvió a mirar a Brin.

¿Qué debía hacer ahora?

Una gran euforia inundó a Brin como un torrente que fluía por su cuerpo como si fuera su propia sangre. Sintió que la transportaba al interior de sí misma al igual que una pequeña hoja transportada por las aguas de un gran río. La vista, el sonido y el olor se entremezclaron y todas ellas se convirtieron en deslumbrantes fantasías desenfrenadas, algunas bellas y llenas de luz, y otras oscuras y horribles, en el flujo y reflujo del ojo de su mente. Nada era como había sido, sino que todo era nuevo, exótico y sorprendentemente vivo. Era un viaje de autodescubrimiento que trascendía el pensar y el sentir.

Cantaba, y la música de la canción era la comida y la bebida que la alimentaban, que la sustentaban y le daban vida.

Ahora se encontraba en las entrañas del Maelmord, lejos de la escalera del Croagh y del mundo que había dejado atrás. Estaba en un mundo completamente diferente. Brin se esforzaba por fusionarse con él, y el Maelmord la atraía hacia él. La pestilencia, el calor y la descomposición de las cosas vivas la rodearon y la convirtieron en hija suya. Las ramas y las moteadas enredaderas retorcidas y los grandes tallos de maleza y cizaña la rozaban a su paso y se alimentaban de la sonoridad de la música, que para ellas era un elixir que les devolvía la vida. Desde la distancia, Brin sintió cómo la acariciaban y respondió con una sonrisa.

Era como si hubiese dejado de existir. Alguna pequeña parte de sí misma sabía que las cosas que se enroscaban a su alrededor y la acariciaban con dulzura deberían asustarla. Pero se había entregado a la música de la canción, y ya no era la que una vez había sido. La magia negra había ocultado todos los sentimientos y razonamientos que le habían pertenecido, que la habían convertido en la persona que hasta entonces había sido, y se había transformado en algo similar a la jungla a la que se encaminaba. Era un espíritu parecido, procedente de algún lugar lejano, tan lleno de maldad como aquello que la aguardaba. Se había vuelto tan tenebrosa como el Maelmord y la vida que allí se había engendrado. El Maelmord y ella eran uno. Ahora Brin formaba parte de él.

Una pequeña parte de sí misma comprendía que Brin Ohmsford había dejado de existir, destruida por la magia de la canción. Comprendía que había aceptado convertirse en un ser distinto... en un ser tan repulsivo que, de otra manera, no habría sido capaz de soportar, y que no regresaría a su antiguo ser hasta que encontrara el camino al corazón de la maldad que la rodeaba. La euforia y el regocijo causados por el poder aterrador de la canción amenazaban con arrancarla de su propio ser, con despojarla de su cordura y reducirla para siempre a lo que estaba fingiendo ser. Todas aquellas extrañas y asombrosas fantasías no eran más que trampas de una locura que acabaría destruyéndola. Todo lo que quedaba de la persona que una vez había sido era una pequeña partícula de su identidad que aún conservaba con cuidado en su interior. El resto de su persona se había convertido en la hija del Maelmord.

La muralla que formaba la jungla desapareció y, de nuevo, volvía a rodearla; nada cambiaba. Las sombras se cernían sobre ella, tan suaves como el terciopelo negro y silenciosas como la muerte. El cielo permanecía oculto, y solo la tenue luz que precede a la noche penetraba en la penumbra. Mientras caminaba por aquel laberinto de oscuridad y sofocante calor, el silbido de la respiración del Maelmord no había dejado de elevarse de la tierra, y las ramas, los troncos, los tallos y las enredaderas se balanceaban y agitaban con su impulso. El silencio, profundo y expectante, solo era interrumpido por aquel silbido. No había ninguna señal de otras vidas; ninguna señal de los caminantes ni de los seres negros que les servían, ni del Ildatch que les había dado la vida.

Continuó caminando, movida por aquella chispa de memoria que albergaba en lo profundo de su ser. Encuentra el Ildatch, le susurraba con una voz hueca y débil. Encuentra el libro de la magia negra. El tiempo se fragmentó y se desvaneció hasta no significar nada. ¿Había pasado una hora? ¿O más? Tenía la extraña sensación de que llevaba allí muchísimo tiempo, como si hubiese estado en aquel lugar toda una eternidad.

A lo lejos, algo saltó de las rocas y cayó en el foso. Brin estuvo a punto de no percatarse de que algo se había adentrado en la vasta maraña de la jungla, sin embargo, sintió su caída y oyó un alarido cuando el Maelmord lo encerró, lo oprimió, lo aplastó y lo consumió hasta que aquella cosa dejó de existir. La joven vallense saboreó su muerte, probó el sabor de su sangre mientras la jungla lo devoraba. Al terminar, deseaba más.

Entonces alguien le susurró una advertencia al oído. Desde un pasado que apenas recordaba, surgió Allanon. Alto y encorvado, con el cabello negro ya gris y el enjuto rostro arrugado por la edad, la alcanzó salvando un abismo que ella no podía cruzar, y sus palabras eran como gotas de lluvia que chocaban contra una ventana cerrada ante ella. «Ten cuidado. Recela del poder de la canción. Nunca he visto una fuerza como esa. Utilízala con precaución». Oyó las palabras y vio como salpicaban el cristal, y entonces, se dio cuenta de que se estaba riendo por la forma en la que caían. La silueta del druida retrocedió y desapareció. Está muerto, recordó con sorpresa. Se ha ido de las Cuatro Tierras para siempre.

Ella lo llamó para que volviera, como si su presencia pudiera recordarle algo que había olvidado. El druida volvió a aparecer de entre las nieblas y cruzó de un solo paso el abismo que los separaba. Allanon apoyó sus fuertes manos sobre los hombros de Brin. Sus ojos reflejaban sabiduría y determinación, y Brin sintió que en realidad el druida nunca se había llegado a marchar y que siempre había estado a su lado. Esto no es un juego, le dijo. ¡No lo es! ¡Ten cuidado! Y ella asintió y susurró: «Soy salvadora y destructora. Pero ¿quién soy en realidad? ¡Dímelo ya! Dímelo…».

Una sacudida de su conciencia hizo desaparecer a Allanon, como si fuera un fantasma, y de repente estaba otra vez en el Maelmord. Entonces oyó un murmullo inquieto en el foso, un silbido de insatisfacción. La jungla había notado un cambio momentáneo en Brin y se había perturbado. Ella volvió a convertirse en el ser que había creado. La canción se elevó, se esparció por la jungla y la arrulló y calmó una vez más. La inquietud y la insatisfacción se desvanecieron.

Brin continuó avanzando hacia la nada y se dejó engullir por el Maelmord. Las sombras se intensificaban a medida que la luz se desvanecía. La respiración del pozo pareció hacerse más fuerte. La afinidad que existía entre ambos aumentó gracias a la canción, y Brin se quedó sin aliento, expectante. Ya estaba cerca, cerca de lo que buscaba. Aquella sensación le atravesó la conciencia como un repentino aflujo de sangre, y Brin cantó con renovada intensidad. La magia de la canción se elevó sobre la penumbra, y todo el Maelmord se estremeció.

En ese momento, la muralla formada por la vegetación de la jungla desapareció, y llegó a un claro enorme y sombrío, rodeado de árboles, maleza y enredaderas. Una vieja torre en ruinas se levantaba en el centro, difusa en el crepúsculo. Los muros de piedra superaban la altura de los árboles del bosque y estaban coronados por varias torretas en forma de espiral y almenas tan erosionadas y descoloridas como los huesos de un esqueleto. En las proximidades de la torre no crecía ninguna planta. La vegetación se apartaba como si entrar en contacto con ella supusiera la muerte.

Brin se detuvo y fijó la mirada en la torre. La fuerza de la música de la canción disminuyó hasta convertirse en un atento murmullo.

«¡Está aquí! El corazón del mal está aquí. ¡El Ildatch!».

Entonces, se ciñó las capas de magia que le cubrían en cuerpo y se dirigió hacia él.

43

En la oscura entrada de la torre había unas puertas de madera, deterioradas y agrietadas por el paso del tiempo, que colgaban de unas bisagras rotas y oxidadas por el desuso. Brin se envolvió con la música de la canción y las cruzó. Una vez en el interior, la penumbra era densa, sin embargo, había luz suficiente para ver lo que tenía a su alrededor, unos rayos mortecinos y nebulosos que se filtraban por las grietas y hendiduras de los muros desmoronados de la torre. El polvo cubría el suelo de piedra como si fuera una alfombra de sedimentos finos que se elevaban en forma de nube con las pisadas de las botas de Brin. Hacía frío. Algo bloqueaba el paso del calor y el hedor de la jungla.

Brin redujo la marcha. Un pasadizo se adentraba sinuosamente en las sombras. Miró hacia atrás al sentir que algo en su interior tiraba de ella a modo de advertencia, y se giró para observar con detenimiento la selva que rodeaba la torre.

Después, prosiguió. El poder de la magia la agitó como una oleada de calor repentino, y Brin tuvo la sensación de estar flotando. Caminó por las curvas del pasadizo sin apenas darse cuenta del polvo que levantaba con los pies y que ascendía igual que el vapor. Por un momento, se preguntó por qué en aquel lugar no había más marcas de pisadas aparte de las suyas cuando estaba segura de que los mordíferos habían caminado por aquel pasadizo, pero enseguida se olvidó del asunto.

Llegó ante una escalera y comenzó el ascenso, lento e interminable, para llegar al centro de la torre. Oyó unos susurros que la llamaban, unas voces que no tenían origen ni identidad, nacidas del aire que respiraba. A su alrededor, los susurros clamaban su nombre. Las sombras y la tenue luz se entremezclaban hasta llegar a confundirse. Parecía que se infiltraba en la piedra de la torre, deslizándose como un fantasma a través de sus cámaras, expandiéndose para convertirse en parte de ella, como antes se había convertido en parte del Maelmord. Notó cómo lo conseguía, poco a poco, y cómo la torre le daba la bienvenida a su cuerpo. Era la magia de la canción la que lo había conseguido invocando al mal que allí se escondía y penetrando en su cuerpo como si en realidad formase parte de él...

Entonces llegó al final de la escalera, al umbral de una sala redonda y cavernosa con el techo en forma de cúpula, gris, sombría y desierta. Casi como si actuara movida por su propia voluntad, la Canción de los Deseos se convirtió en un susurro y acalló las voces que se oían a su alrededor.

Entró en la habitación, apenas consciente de que estaba moviendo el cuerpo, que parecía no pertenecerle. La sombra de Brin reptaba en el suelo, y su vista se adaptó a luz. La cámara no estaba vacía como había creído al principio. Allí, casi oculto en la penumbra, había un estrado, y sobre él, un altar. Dio un paso. Había algo sobre el altar, algo muy grande, cuadrado y sumido en una oscuridad que parecía emanar de su interior. Dio un paso más. Se sentía terriblemente excitada.

¡Era el Ildatch!

Lo supo inmediatamente, antes de estar segura de lo que veía. Aquel era el Ildatch, el corazón del mal. El poder de la canción le inundó y recorrió todo el cuerpo con una fulgurosa intensidad.

Cruzó la habitación, mientras sus pensamientos se enroscaban como serpientes furiosas en su interior. La música de la canción se convirtió en un silbido venenoso. La habitación parecía alejarse de ella, y las paredes se sumergieron en las sombras hasta que lo único que quedó en el mundo fue el libro. Subió los escalones del estrado y se dirigió hacia el altar sobre el que estaba, cerrado. Era un libro viejo y desgastado. Los cierres de cobre eran de un color negro verdoso, y las cubiertas de cuero estaban agrietadas y manchadas. Era un libro enorme que parecía haber vivido todas las edades de la humanidad.

Se detuvo ante él durante un momento, mirándolo con curiosidad mientras saboreaba la profunda satisfacción que sentía por tenerlo tan cerca al fin.

Después, extendió los brazos y agarró el libro.

—Hija de la oscuridad.

Oyó una voz que le susurraba en la mente y se quedó inmóvil, con los dedos sobre los deslustrados cierres.

—Hija de la oscuridad.

La Canción de los Deseos perdió intensidad hasta que el susurro se ahogó. Contrajo la garganta e impidió el paso de la música antes de darse cuenta de lo que había hecho. Permaneció en silencio ante del altar, con el libro en las manos. Los ecos de la voz persistían irregulares en su mente y se extendían como bucles a su alrededor que la ataban para que no se pudiese mover.

—Te he estado esperando, hija de la oscuridad. Te he estado esperando desde que comenzaste a existir, desde que tan solo eras un bebé en el vientre de tu madre, hija de la magia élfica. Tú y yo hemos estado unidos siempre, por lazos más fuertes que los lazos de sangre, más fuertes que la carne. Muchas veces nuestros espíritus han estado en contacto, y aunque nunca te conocí ni supe qué camino seguías, siempre tuve la certeza de que vendrías a mí.

La voz carecía de matices y tono, y no era de hombre ni de mujer, sino ambas cosas a la vez; estaba despojada de toda emoción y todo sentimiento, no tenía vida. Brin la escuchaba, mientras el frío le llegaba hasta los huesos. Muy en su interior, aquella parte de identidad que aún conservaba oculta se replegó llena de terror.

—*Hija de la oscuridad...*

Escudriñó las sombras de la cámara. ¿Dónde estaba el ser que la llamaba? ¿Qué era lo que la retenía con tanta fuerza? Volvió a fijar la mirada en el viejo libro, aún entre sus manos. Tenía los dedos pálidos por la fuerza con la que agarraba el libro, y los cierres de cuero desprendían calor.

—*Soy yo, hija de la oscuridad. Tengo vida, al igual que tú. Siempre ha sido así. Siempre han existido quienes podían darme vida. Siempre han existido quienes me han dado la suya...*

Brin abrió la boca, pero no logró emitir ningún sonido. El ardor que sentía en las manos se le extendió por los brazos y comenzó a ascender.

—*Conóceme. Soy el Ildatch, el libro de la magia negra, nacido en la era de la magia. Soy más viejo que los elfos... tanto como el rey del río de Plata, tanto como la Palabra. Aquellos que me crearon, aquellos que me dieron forma, abandonaron hace tiempo la tierra con la llegada de los mundos de las criaturas fantásticas y del hombre. Una vez fui parte de la Palabra, oculta a la vista y solo pronunciada en la oscuridad. No era más que un conjunto de secretos. Entonces, esas palabras tomaron forma, escrita y estudiada por aquellos que deseaban conocer mi poder. Siempre han existido los que desean conocer mi poder. Durante el paso de los tiempos, siempre he estado aquí para ellos y les he contado mis secretos a quienes querían conocerlos. He creado criaturas mágicas y otorgado poder. Pero nunca ha habido nadie como tú...*

Las palabras resonaban en su mente como susurros llenos de expectativas y promesas, y la joven del valle las sentía girar como las hojas empujadas por el viento. El ardor había invadido su cuerpo y le producía la misma sensación que la ráfaga de aire caliente de un horno cuando se abre la puerta.

—*Ha habido muchos antes que tú. De los druidas nacieron el Señor de los Brujos y los Portadores de la Calavera. Encontraron en mí los secretos que buscaban y se convirtieron en lo que querían. Pero yo era el poder. De los hombres expulsados de las razas nacieron los mordíferos. Pero yo seguía siendo el poder. Siempre soy el poder. En cada ocasión, existe una visión suprema de lo que debe ocurrir con el mundo y sus criaturas. En cada ocasión, las mentes de quienes utilizan el poder que encierran mis páginas le dan forma a esa visión. En cada ocasión, la visión resulta ser inadecuada y aquel que le ha dado forma falla. Hija de la oscuridad, mira ahora una muestra de lo que puedo ofrecer...*

Como si actuaran por sí solas, las manos de Brin abrieron con cuidado el libro del Ildatch, y el libro comenzó a pasar las hojas de pergamino. El texto murmuraba con una voz suave y sigilosa palabras escritas en símbolos de una lengua extraña más antigua que el hombre. La joven vallense abrió su mente ante ellas y enseguida comprendió el texto. Entonces el libro le reveló los oscuros y terribles secretos del poder.

Pero las revelaciones se desvanecieron tan rápido como le habían llegado y pronto se convirtieron en recuerdos desagradables. Las páginas del libro se cerraron y los cierres se ajustaron. Le temblaban las manos, que todavía sujetaban con fuerza el libro.

—*Eso solo ha sido una ínfima muestra de lo que soy. Poder, hija de la oscuridad. Un poder que supera en creces el del druida Brona y sus seguidores. Un poder que podría neutralizar al de los mordíferos que ahora acuden a mí. Siente cómo ese torrente de poder corre por tus venas. Siente su tacto...*

El ardor se hizo más intenso y la joven del valle sintió que se expandía y crecía con su impulso.

—*Durante mil años, me han utilizado para dictar tu destino y el de los tuyos. Durante mil años, los enemigos de tu familia han invocado mi poder y han intentado destruir lo que tú posees. Yo soy lo que te ha traído a este lugar y a este momento. Yo soy tu creador, quien ha dado forma a tu vida. Hay una razón tras todos los acontecimientos, hija de la oscuridad, y también tras esto. ¿Sabes cuál es? Mira en tu interior. ¡Mira!*

De pronto, alguien le susurró a modo de advertencia, y Brin recordó vagamente una figura alta, vestida de negro, con el cabello gris y unos ojos penetrantes que le hablaba de lo que podría engañarla y corromperla. Luchó para aclarar la visión de aquel recuerdo, pero no consiguió revivir ningún nombre, y la visión quedó oscurecida por el ardor que le recorría todo el cuerpo y el eco persistente de las palabras del Ildatch.

—*¿No te ves a ti misma? ¿No ves lo que eres? Mira en tu interior.*

La voz seguía siendo fría, carente de matices y de emoción. Sin embargo, era tan insistente que hizo que sus pensamientos se desvanecieran. Se le nubló la vista y le pareció ver desde fuera al ser en que se había convertido por medio de la magia de la canción.

—*Somos uno, hija de la oscuridad, tal como deseabas. Nunca has necesitado la magia élfica, porque eres lo que eres y lo que siempre has sido. Esa es la razón de que estemos unidos. Hay lazos nacidos de las magias que nos convierten en lo que somos, porque no somos más que las magias que albergamos; tú dentro de tu cuerpo de carne y hueso, y yo dentro del mío de pergamino y tinta. Somos vidas unidas, y lo que ha ocurrido en el pasado nos ha traído a este momento y este lugar. Esto es lo que he estado esperando durante todos estos años...*

«¡Mentiras!». La palabra relampagueó en la mente de Brin y desapareció. Sus pensamientos giraban sin orden alguno, y su razón se dispersó. Todavía tenía el Ildatch entre las manos, como si este guardase su vida en su interior, y se dio cuenta de que las palabras pronunciadas por la voz incorpórea del libro eran extrañamente persuasivas. Sin duda, unos lazos los acercaban; existía una unión. Ella era como el Ildatch, una parte de él, similar a él.

Pronunció a gritos el nombre del druida en su mente, intentando encontrar el recuerdo que ahora había perdido. El ardor se convirtió en una rápida corriente que lo arrastró, y la voz empezó a hablar de nuevo.

—*Te he estado esperando durante todos estos años, hija de la oscuridad. Desde un tiempo inexistente has venido a mí, y ahora te pertenezco. Piensa en lo que debes hacer conmigo y susúrramelo...*

Las palabras llegaron en tropel a su mente, como una mancha negra en la neblina roja de su visión. Intentó gritar, el sonido se ahogó en su garganta.

—*Susúrrame lo que debes hacer conmigo...*

¡No! ¡No!

—*Susúrrame lo que debes hacer conmigo...*

Los ojos se le llenaron de lágrimas que comenzaron a caerle lentamente por las mejillas.

—Debo utilizarte —respondió.

Furioso, Rone se apartó del Croagh, se dio media vuelta y volvió a acercarse al puente. Agarraba con tal fuerza la espada de ébano que tenía los nudillos casi blancos.

—¡Ya basta de tonterías! ¡Aparta a ese gato de mi camino, Kimber! —ordenó mientras se acercaba a la muchacha. Se detuvo justo cuando Murmullo giró su enorme cabeza para encararse a él.

Sin embargo, la joven se negó una vez más.

—No puedo, Rone. Es su razón la que le dice lo que tiene que hacer ahora mismo.

—¡Me da igual que sea su razón! —explotó Rone—. ¡No es más que un animal y no puede tomar una decisión como esta! ¡Voy a pasar tanto si le gusta como si no! ¡No voy a dejar sola a Brin en ese foso!

Levantó la espada y empezó a caminar hacia Murmullo, pero en ese instante un profundo temblor que venía de la oscura jungla del Maelmord recorrió toda la montaña con tanta fuerza que el joven de las tierras altas y la muchacha se tambalearon. Cuando lograron recuperar el equilibrio, corrieron asustados hacia el borde del precipicio.

—¿Qué ha sucedido ahí abajo? —susurró Rone, preocupado—. ¿Qué ha pasado, Kimber?

—Supongo que habrán sido los mordíferos —respondió Cogline, que estaba detrás de ellos—. Puede que hayan invocado a la magia negra para utilizarla contra la muchacha.

—¡Abuelo! —exclamó Kimber, visiblemente enfadada en esa ocasión.

Rone se dio media vuelta, lleno de rabia.

—Anciano, si le ha sucedido algo a Brin porque ese gato me ha impedido bajar...

El joven de las tierras altas se detuvo de repente. Una fila de sombras encorvadas y encapuchadas apareció en la escalera del Croagh bajo la escasa luz de las últimas horas de la tarde. Bajaban de las plomizas murallas de Marca Gris, de uno en uno, y se dirigían al saliente en el que se encontraban Rone y sus compañeros.

—¡Mordíferos! —dijo el joven montañés en un suspiro.

Murmullo, que ya estaba alerta, se había agazapado para defenderse. El silbido de una súbita inspiración de Cogline flotó con fuerza en el silencio.

Rone miraba hacia arriba sin pronunciar una sola palabra, mientras la fila de figuras negras se alargaba y avanzaba. Eran demasiados.

—Quédate detrás de mí, Kimber —le dijo suavemente a la muchacha.

Luego, levantó la espada.

Debo utilizarte... utilizarte... utilizarte.

Las palabras resonaban una y otra vez en la mente de Brin, como una letanía persuasiva que amenazaba con ahogar todo raciocinio. No obstante, aún conservaba un poco de su sentido común que gritaba por debajo de aquel cántico.

¡Es la magia negra, joven del valle! ¡Es el mal que has venido a destruir a este lugar!

Pero el contacto del libro con la piel de sus manos y el ardor con que le llenaba el cuerpo la mantenían atada para que nada más pudiera influir en ella. Volvió a escuchar la voz, que la envolvía estrechamente.

—*¿Qué soy yo sino un conjunto de lecciones de sabiduría reunidas a lo largo de las edades para ser usadas por los mortales? No soy ni bueno ni malo. Soy conocimiento, escrito y cosido, para cualquiera que busque saber. Tomo lo que se me da de las vidas de aquellos que emplean mis hechizos y no soy más que su reflejo. Piensa, hija de la oscuridad, ¿quién me ha utilizado? ¿A qué propósitos servían? Tú no eres como ellos...*

Brin se apoyó contra el altar, sin soltar el libro.

¡No escuches! ¡No escuches!

—*Durante mil años e incluso más, tus enemigos me tenían en su poder. Ahora tú ocupas su lugar y tienes la posibilidad de utilizarme como nadie lo ha hecho. Tú posees mi poder. Tú posees los secretos que tantos han utilizado erróneamente. Piensa en lo que puedes hacer con ese poder, hija de la oscuridad. Todo lo que existe en esta vida y también en la muerte puede cambiar de forma con lo que soy. La Canción de los Deseos y la palabra escrita, la unión de dos magias. Sería algo prodigioso. Sabrías lo prodigioso que podría llegar a ser con tan solo intentarlo...*

Pero no tenía que intentarlo. Lo había sentido ya en la magia de la canción. ¡Poder! Había sido dominada por él, y se había recreado en su dulzura. Cuando la envolvía, Brin se elevaba muy por encima del mundo y de todas las criaturas que lo habitaban, y en su mano tenía el poder para reunirlas o separarlas según le placiera. Así que, ¿qué más podría hacer o sentir si tuviese la magia de aquel libro en su poder?

—*Todo lo que existe sería tuyo. Todo. Sé lo que serías y haz del mundo el lugar que debería ser. Podrías hacer tantas cosas, y entonces, todo sería como debería ser; no como desearon aquellos que vinieron antes de ti. Tú tienes la fuerza que a ellos les faltaba. Has nacido de la magia élfica. Úsame, hija de la oscuridad. Descubre los límites de tu propia magia y de la mía. Únete a mí. Por esto he estado esperando y tú has venido a mí. Es lo que se ha esperado de nosotros desde siempre. Desde siempre.*

Brin negó con la cabeza. He venido a destruir esto, he venido a poner fin... En su interior, todo parecía derrumbarse y hacerse añicos como un vidrio al caer sobre una piedra. Un calor cegador le quemaba por dentro y sentía que flotaba fuera de su propio cuerpo.

—*Te ofrezco sabiduría. El conocimiento que poseo sobrepasa cualquier cosa con las que las criaturas mortales puedan soñar. Puede convertirte en todo que desees. Todo en la vida puede ser cambiado en lo que debería ser, en lo que tú creas que debería ser. Destrúyeme, y todo lo que poseo se perderá para siempre sin motivo alguno. Destrúyeme, y nada de lo que podría suceder tendrá lugar. Conserva lo que es bueno, hija de la oscuridad, y hazlo tuyo.*

Allanon, Allanon.

Pero la voz interrumpió su grito insonoro.

—*Mira, hija de la oscuridad. Lo que realmente destruirías se encuentra ahora detrás de ti. Date la vuelta y observa. Date la vuelta y observa...*

Brin se giró. Varios caminantes negros encapuchados se deslizaron de entre las sombras que parecían fantasmas, altos, oscuros y ominosos. Entraron en fila a la sala redonda, confusos al ver que Brin tenía en las manos el libro de magia negra. La voz del Ildatch murmuró de nuevo.

—*La canción, hija de la oscuridad. Utiliza la magia. Destrúyelos. Destrúyelos.*

Actuó casi sin pensar. Se llevó el Ildatch al pecho para protegerlo e invocó el poder de su magia, que llegó enseguida y la anegó por dentro como si fuese agua. Gritó, y la canción rompió el tétrico silencio de la torre. Atravesó la penumbra de la sala, casi parecía algo tangible.

Envolvió a los caminantes en una explosión de sonido y estos simplemente dejaron de existir. Ni siquiera quedaron las cenizas de lo que habían sido.

Brin se apoyó de nuevo contra el altar, y la magia de la canción se mezcló con la magia del libro en su interior.

—*Siéntelo, hija de la oscuridad. Siente el poder que es tuyo. Te llama, y yo formo parte de él. Piensa en lo rápido que vencerás a tus enemigos cuando invoques el poder de la canción. ¿Y aún te preguntas lo que debe ser? Deja de pensar que algo diferente puede ser. Deja de pensar que tú y yo no somos uno. Tómame y utilízame. Destruye a los mordíferos y a los seres negros que querrían destruirte. Hazme tuyo. Dame vida...*

Aquella parte de su ser que mantenía encerrada en lo más profundo de su interior todavía intentaba oponerse a la voz, pero su cuerpo ya no le pertenecía. Ahora era de la magia, y ella estaba atrapada dentro de su caparazón. Emergió de sí misma como un nuevo ser y abandonó aquella diminuta parte de su identidad que aún era capaz de ver la verdad. Se expandió hasta que la sala le pareció pequeña. ¡Había tan poco espacio allí! ¡Debía conseguir el que había fuera!

Entonces, dio un largo y angustioso gemido y extendió los brazos para sostener el libro del Ildatch en lo alto.

—*Úsame. Úsame...*

El poder del libro había comenzado a llenar su interior.

44

Los escalones del Croagh se sucedían con gran rapidez bajo los pies de Jair mientras corría escaleras arriba detrás de Garet Jax y Slanter, deseando que cada peldaño fuese el último. Los músculos se le engarrotaban, le daban calambres, y el dolor de la herida le penetraba como una lanza y debilitaba sus ya menguadas fuerzas. Jadeaba y le dolían los pulmones, y su rostro bronceado por el sol estaba sudoroso. Pero sin saber cómo, conseguía mantener el ritmo. No le quedaba alternativa.

Al mismo tiempo, miraba hacia delante con la atención puesta en la escalera y en su baranda, siguiendo el camino de la tosca piedra. Era consciente de los riscos y las murallas que se levantaban abajo, lejanos en ese momento y cada vez más, y de Marca Gris y las montañas del Cuerno del Cuervo. También era consciente del valle que lo rodeaba, cubierto por la niebla y tenuemente iluminado por la media luz de un crepúsculo que se acercaba velozmente. Las imágenes se deslizaban con rapidez por los límites laterales de su visión para, a continuación, caer en el olvido ya que en aquel momento carecían de importancia. Nada la tenía, excepto la subida y lo que les esperaba al final.

La Fuente Celeste.

Y Brin. La encontraría en las aguas de la fuente. Sabría lo que le había ocurrido y qué hacer para ayudarla. El rey del río de Plata le había prometido que encontraría la manera de conseguir que regresara a su antiguo ser.

De repente, se tropezó con un trozo de piedra que se desmoronaba, cayó hacia delante y se hirió las manos al intentar amortiguar la caída. Entonces, se reincorporó rápidamente y continuó el ascenso sin detenerse a mirar lo que se había hecho.

Delante, sus dos compañeros, Garet Jax y Slanter, los últimos del grupo de Culhaven, corrían sin dar muestras de cansancio. El joven vallense se sintió inundado por la amargura y la cólera. La vista se le nubló en varias ocasiones mientras luchaba momentáneamente por recobrar el aliento. El agotamiento aumentaba sin cesar, pero el viaje estaba a punto de llegar a su final.

La espiral de piedra del Croagh se desvió de repente a la derecha, y la pared del pico al que ascendían, escarpada y oscura, se elevó junto a ellos hacia el cielo gris. La escalera ascendía hasta la boca oscura de una caverna que se adentraba en la montaña. Les quedaban por subir unos veinte escalones.

Garet Jax les ordenó que esperaran, subió sin hacer ruido los últimos peldaños que los separaban de la cima del Croagh y se acercó al saliente. Permaneció allí un momento, y su enorme figura, enjuta y sombría, quedó enmarcada por el cielo de la tarde. Parecía inhumano, algo irreal, pensó Jair de repente.

El maestro de armas se dio la vuelta, fijó en él sus ojos grises y les hizo una señal con la mano.

—Corre, muchacho —murmuró Slanter.

Subieron los últimos peldaños del Croagh hasta alcanzar a Garet Jax. La caverna crecía ante ellos; era una cámara monstruosa, hendida por docenas de grietas que dejaban pasar débiles rayos de luz neblinosos procedentes del exterior. El resto de la cueva estaba sumida en las sombras, y nada se movía en su oscuridad.

—Desde aquí no se ve nada —se quejó Slanter, que comenzó a avanzar hacia delante.

—Espera, gnomo —dijo Garet Jax, que tiró de él hacia atrás al instante—. Ahí dentro hay algo... algo que está al acecho...

Su voz se apagó. Quedaron envueltos por una profunda calma opresiva. Incluso el viento que agitaba las nieblas del valle pareció detenerse de repente. Jair contuvo la respiración. No cabía duda de que allí había algo que los estaba esperando. Sentía su presencia.

—Garet... —empezó a decir en voz baja.

—Shhhhh.

En aquel preciso momento, una sombra se separó de las rocas del interior de la caverna y Jair sintió que se le helaban los huesos. La sombra se deslizó por la penumbra. Era un ser que ninguno de ellos había visto antes. No era un gnomo ni un caminante negro, sino una criatura de fuerte complexión y forma casi humana, con abundante vello sobre el lomo y unas grandes garras ganchudas en los dedos de manos y pies. La criatura fijó sus crueles ojos amarillos en ellos, y en su monstruosa cara llena de cicatrices se abrió un enorme hocico que dejaba ver un montón de dientes torcidos.

El ser avanzó hacia la luz y se detuvo. No era negro como los caminantes. Era rojo.

—¿Qué es eso? —preguntó Jair, mientras intentaba dominar la repulsión que crecía en su interior.

El jachyra profirió un grito… un aullido que resonó en el silencio como una carcajada horrible.

—¡Joven del valle, es lo que vi en el sueño! —gritó Garet Jax, con una mirada extraña y salvaje en su duro rostro. El maestro de armas bajó muy despacio la hoja de la espada hasta que tocó la roca y después se volvió hacia Jair—. Es el fin del viaje —murmuró.

—Garet, ¿qué…? —empezó a preguntar Jair, confuso.

—¡El sueño! La visión que te conté aquella noche de lluvia, cuando nos hablaste por primera vez del rey del río de Plata. El sueño que me hizo decidirme a acompañarte al este, joven del valle. ¡Esto es lo que vi!

—Pero en el sueño viste algo que ardía… —balbució Jair.

—¡Fuego, sí… eso es lo que parecía! —le interrumpió Garet Jax. Dejó salir el aire de sus pulmones lentamente—. Hasta este momento había pensado que tal vez no estaba seguro de lo que había visto. Pero en el sueño, cuando me hallaba ante la hoguera y la voz que me decía lo que debía hacer se extinguió, el fuego gritó como si fuera un ser vivo. Y su grito fue casi una carcajada. ¡Como la que ha proferido esa criatura! —Sus ojos grises destellaban—. ¡Joven del valle, esta es la batalla que se me había prometido!

El jachyra se puso de cuclillas y comenzó a deslizarse hacia el exterior de la caverna. Garet Jax levantó la espada en el acto.

—¿Quieres luchar contra ese ser? —preguntó Slanter, que no daba crédito a sus palabras.

—Apartaos de mí —respondió Garet Jax, que ni siquiera se dignó a mirarlo.

—¡Nunca había oído algo tan disparatado como esto! —exclamó Slanter, visiblemente asustado—. No sabes nada de esa criatura. Si es venenosa como la que atacó al hombre de la frontera…

—Yo no soy el hombre de la frontera, gnomo —respondió Garet Jax, mientras miraba sin parpadear cómo el jachyra se acercaba—. Yo soy el maestro de armas. Y nunca he perdido una batalla.

Entonces, Garet Jax miró con frialdad durante un instante a sus compañeros y volvió a posar la mirada en el jachyra. Jair empezó a acercarse a él, pero Slanter lo agarró por el hombro y lo retuvo.

—No, no lo hagas —le dijo el gnomo—. ¡Si desea luchar, déjalo! ¡Nunca ha perdido una batalla, dice! Ha perdido la cabeza; eso es lo que ha perdido.

Garet Jax avanzaba con extrema cautela por el reborde hacia donde el jachyra se había detenido.

—Lleva al joven del valle a la caverna, y buscad la fuente, gnomo. Hazlo cuando se abalance sobre mí. Haz lo que has venido a hacer aquí. Recuerda la promesa.

Jair estaba furioso. Helt, Foraker, Edain Elessedil; los había perdido a todos por haber dejado que lo ayudasen a llegar a la Fuente Celeste. Y ahora, ¿también perdería a Garet Jax?

Pero ya era demasiado tarde. El jachyra profirió otro grito salvaje y se abalanzó rápidamente sobre el maestro de armas desde el saliente de roca. Saltó sobre él y le arañó con las garras, sin embargo, la figura negra se apartó como si no fuese más que la sombra que parecía. Hirió a su atacante con la hoja de su espada… una, dos veces… con tal rapidez que el ojo apenas podía seguirlo. El jachyra aulló de dolor y se alejó, corriendo en círculos para preparar otra embestida.

Garet Jax se dio la vuelta. Tenía una expresión feroz en el enjuto rostro, y sus ojos grises y brillantes reflejaban emoción.

—¡Vete, Jair Ohmsford! —gritó—. ¡Cuando vuelva a atacarme, vete!

El joven del valle estaba lleno de ira y frustración, y Slanter tiraba de él. ¡No quería irse!

—¡Muchacho, no voy a discutir más contigo! —gritó Slanter, furioso.

El jachyra atacó de nuevo, y Garet Jax se libró de la embestida de nuevo mientras esgrimía su fina espada. Sin embargo, esa vez fue una fracción de segundo demasiado lento. Las garras del jachyra le desgarraron la manga de la túnica y llegaron al brazo. Jair dio un grito y se zafó de Slanter, pero este le obligó a dar media vuelta y lo golpeó, justo en la barbilla. Durante un instante, quedó cegado por una luz y después, todo se sumió en las tinieblas.

Lo último que recordaba era haber caído.

Cuando se despertó, Slanter estaba arrodillado a su lado. Lo había incorporado hasta dejarlo sentado y en aquel momento lo sacudía con rudeza.

—¡Levántate, muchacho! ¡Ponte en pie!

Su tono de voz era duro e iracundo, y Jair se levantó lo más rápido que pudo. Estaban en el interior de la caverna. Slanter debía de haberlo llevado a cuestas hasta allí. La poca luz que iluminaba el lugar entraba por las grietas que había en el techo de roca de la caverna.

—¿Qué te has creído que hacías ahí fuera? —preguntó el gnomo, que tiró de él con fuerza.

—No podía dejar que... —respondió Jair, todavía un poco aturdido.

—Pensabas salvarlo con tus trucos, ¿verdad? —lo interrumpió Slanter—. No entiendes nada. Lo sabes, ¿no? ¡Pues así es! ¿A qué crees que hemos venido? ¿A jugar? —prosiguió, con el rostro lívido—. Muchas personas han muerto o sobrevivido antes, muchacho, y tú no puedes hacer nada para cambiar lo que ha de suceder. ¡No tienes ningún derecho a hacerlo! ¡Todos los demás, todos, han muerto porque así tenía que suceder! ¡Así lo querían! ¿Y por qué crees que era?

—Yo... —empezó a responder el joven del valle, mientras negaba con la cabeza.

—¡Por ti! Murieron porque creían en lo que has venido a hacer aquí. ¡Todos ellos! Si incluso yo lo habría hecho... —El gnomo se contuvo y respiró profundamente—. Nos habrías hecho un gran favor si hubieses corrido a rescatarlo y la criatura te hubiera matado, ¿verdad? ¡Hubiese tenido mucho sentido que hicieses eso!

»Ya he perdido suficiente tiempo enseñándote cosas que deberías saber —prosiguió el gnomo, que obligó a Jair a darse la vuelta y a entrar en la caverna—. ¡Un tiempo que no tenemos! Yo soy todo lo que te queda y no te seré de mucha ayuda si los caminantes negros nos encuentran ahora. ¡Los demás eran tus protectores de verdad, los que cuidaban de ti y de mí!

—¿Qué le ha sucedido a Garet, Slanter? —El joven del valle aflojó el paso y se dio media vuelta.

—Está librando la batalla que le fue prometida, como siempre ha deseado —respondió el gnomo, encogido de hombros. Después, empujó de nuevo a Jair y le hizo avanzar—. Encuentra la fuente sin demora, muchacho. Encuéntrala y haz lo que has venido a hacer. ¡Haz que toda esta locura no haya ocurrido en vano!

Jair corrió junto a Slanter, sin hacer más preguntas, con el rostro enrojecido por el remordimiento. Entendía que el gnomo estuviera enfadado. Tenía muchísima razón. Había actuado sin pensar, sin ninguna consideración a lo que los otros habían entregado por él. Sus intenciones habían sido buenas, pero se había equivocado por completo.

Las sombras se difuminaban ante ellos entre una nebulosa y grisácea luz solar que se filtraba por una grieta enorme abierta en la roca de la montaña. En el suelo de la caverna, sumida en la penumbra, un agua negra y pestilente brotaba de la piedra en un gran estanque, bombeada de forma incomprensible a través de miles de metros de roca desde las profundidades de la tierra. El agua convergía, se arremolinaba y fluía en chorro por una abertura situada en un extremo del estanque hacia un canal que atravesaba la pared de la montaña y se precipitaba por los cañones de abajo, donde iniciaba su largo viaje hacia el oeste hasta convertirse en el río de Plata.

El gnomo y el joven del valle aflojaron el paso como medida de precaución mientras escudriñaban los charcos profundos y los oscuros rincones de los muros de la caverna a través de la penumbra y las salpicaduras del agua. Nada se movía. Solo daba señales de vida la corriente de aguas oscuras, un terrible torrente de veneno que desprendía vapor y bullía desde las profundidades del manantial. El hedor del Maelmord los envolvía como un sudario.

Jair continuó caminando, con los ojos fijos en la gran charca en que se había convertido la Fuente Celeste. ¡Qué contradictorio le parecía ese nombre con la mirada puesta en aquellas fétidas aguas! Ya no debía llamarse río de Plata, pensó con melancolía, y se preguntó cómo la magia del anciano podría conseguir que volviera a convertirlo en lo que una vez había sido. Palpó la parte delantera de su túnica y agarró el pequeño bulto de la bolsa del polvo de plata que había llevado con él durante todo su largo viaje hacia el este. La cogió, desató los cordones y miró dentro. En su interior había un montoncillo de polvo que parecía arena.

¿Y si solo fuera arena...?

—¡No pierdas más tiempo! —lo apremió Slanter.

Jair se acercó al borde del estanque. Veía cómo el lodo se mezclaba con las oscuras aguas de la fuente y olía sus fétidas emanaciones. ¡Aquello no podía ser solo arena! Tragó saliva para sobreponerse al temor que se había apoderado de él, y recordó a Brin...

—¡Vacíalo de una vez! —gritó Slanter.

Jair levantó las manos y las sacudió para dejar caer el polvo de plata de la bolsa. Dispersó el contenido a lo ancho de la superficie del lago y los diminutos granos salieron de la oscuridad de su encierro y parecieron brillar y destellar en la luz de la caverna. Entonces, entraron en contacto con el agua y le otorgaron vida. Una cortina de fuego plateado brotó del oscuro estanque. Jair y Slanter retrocedieron, cegados por el resplandor, y se llevaron las manos a los ojos para protegerse la vista.

—¡La magia! —gritó Jair.

Las aguas de la Fuente Celeste comenzaron a hervir entre silbidos, estallaron hacia arriba y, después, cayeron en forma de lluvia sobre toda la superficie de la caverna. El gnomo y el joven del valle quedaron pegados a las paredes y empapados. Entonces se formó una corriente de aire limpio, nacida de la lluvia. Slanter y Jair contemplaban el fenómeno con admiración e incredulidad. Ante ellos, las aguas de la Fuente Celeste brotaban claras y frescas de la roca de la montaña. El hedor y las aguas negras venenosas habían desaparecido, y el río de Plata volvía a estar limpio.

Inmediatamente después, Jair cogió el cristal de la visión que llevaba colgado al cuello con la cadena de plata. Ahora ya no tenía ninguna duda. Volvió a acercarse al estanque y subió a un pequeño afloramiento de roca que lo dominaba. El joven vallense oyó de nuevo en su mente al rey del río de Plata, que le decía lo que debía hacer para salvar a Brin.

Apretó con fuerza el cristal y miró hacia las aguas del estanque. De repente, todo el dolor y el cansancio parecían desvanecerse.

Arrojó a las aguas el cristal y la cadena, y se produjo una luz cegadora, un resplandor más intenso que el nacido del polvo de plata, y toda la caverna pareció explotar y arder en llamas blancas. Jair cayó de rodillas, asustado. Entonces, oyó a Slanter dar un ronco grito detrás de él y pensó que algo había salido mal, pero justo después la luz se disolvió de la superficie del estanque, y las aguas quedaron tan lisas y claras como el cristal.

¡La respuesta... dame la respuesta!

Una imagen empezó a proyectarse lentamente sobre la superficie espejada. Al principio era casi transparente, pero poco a poco fue tomando forma. Apareció la habitación de una torre, cavernosa y llena de una luz mortecina y ceniciento. La opresión que allí había era casi palpable. Jair se encogió ante aquella imagen mientras esta se expandía y comenzaba a atraerlo.

En ese preciso instante, vio el rostro de su hermana...

Brin Ohmsford notó unos ojos que la miraban, que veían todo lo que era y lo que podría llegar a ser, y que la contemplaban de cerca. Aunque estaba envuelta en capas de magia mientras el poder del Ildatch se fortalecía en ella, volvió a notar la presencia de aquellos ojos y entonces abrió los suyos de golpe.

—¡Aléjate de mí! —gritó—. ¡Yo soy la hija de la oscuridad!

Pero aquella diminuta parte de sí misma que la magia no había conseguido subvertir conocía los ojos que la miraban y buscaba su ayuda. Los pensamientos que la magia había contenido rompieron sus cadenas y huyeron como ovejas acosadas por los lobos mientras gritaban e intentaba refugiarse. Al ver cómo se escapaban, Brin se puso furiosa. Se lanzó tras aquellos pensamientos dispersos que huían y los aplastó, uno tras otro. Su infancia, su hogar, sus padres, sus amigos, las diferentes piezas de lo que había sido antes de encontrar lo que podía ser. Lo destruyó todo.

Su voz encontró alivio en un gemido de angustia, e incluso los antiguos muros de la oscura torre se estremecieron ante la fuerza de su lamento. ¿Qué había hecho? Ahora sentía un profundo dolor en su interior, producido por el daño que había causado. Durante un breve instante fue capaz de ver en su interior y oyó el eco de la profecía del Oráculo del Lago. ¡Sí que era su propia muerte lo que había ido a buscar al Maelmord y lo que había encontrado! Pero no era la muerte que ella había imaginado. ¡Era la muerte de su identidad al someterse a la magia! ¡Se estaba destruyendo a sí misma!

Sin embargo, a pesar del horror que le produjo aquel descubrimiento, no pudo soltar el Ildatch. Estaba atrapada por la sensación del poder de la magia, que crecía y se expandía como las aguas que se desbordan. Sostenía el libro ante ella mientras escuchaba la voz impasible que le susurraba ánimos y promesas. Olvidó todo el dolor. Su visión desapareció. Tan solo quedó la voz. Escuchaba sus palabras, sin poder evitarlo, y todo el mundo comenzó a abrirse ante ella...

En el estanque de la Fuente Celeste, Jair retrocedió tambaleándose ante la visión de su hermana. ¿Era ella de verdad? Estaba horrorizado, pero se obligó a mirar de nuevo lo que las aguas le mostraban. Sin duda era ella, aunque transformada en un ser apenas reconocible; era una perversión del ser humano que hasta entonces había sido. Se había perdido a sí misma, como el rey del río de Plata había profetizado.

¡Y Allanon! ¿Dónde estaba Allanon? ¿Dónde estaba Rone? ¿Habían fallado, como también había fallado él por llegar demasiado tarde a la Fuente Celeste?

Jair Ohmsford no pudo contener la angustia y las lágrimas se deslizaron por su rostro. Había sucedido lo que había predicho el anciano; exactamente lo mismo. Estaba terriblemente desesperado. Él era todo lo que quedaba. Allanon, Brin, Rone... todos habían desaparecido.

—Muchacho, ¿qué haces? —le preguntó Slanter—. Apártate de ahí y utiliza lo que el sentido...

Jair dejó de escuchar y de prestar atención al resto de las palabras del gnomo y fijó de nuevo la vista en las imágenes reflejadas en las aguas del estanque. Aquella era Brin, que había descendido al Maelmord atraída por el libro del Ildatch. La magia que la joven había ido a destruir la había trastornado.

Debía ir a buscarla. Aunque fuera demasiado tarde, debía intentar ayudarla.

Recordó la promesa que le había hecho el rey del río de Plata al despedirse: «Solo una vez la magia de tu canción será utilizada para crear realidad, y no ilusión».

Dejó a un lado la confusión, el horror, el miedo y la desesperación, y empezó a cantar. La música de su canción se elevó en la quietud de la caverna, inundó su silencio y ahogó los gritos de protesta de Slanter. El dolor y el cansancio desaparecieron cuando gritó lo que deseaba. La brillante luz blanca de las aguas del estanque volvió a destellar sobre la Fuente Celeste, y estas estallaron de nuevo con fuerza hacia arriba.

Slanter apartó la vista, cegado y ensordecido. Cuando volvió a mirar de nuevo hacia el estanque, Jair Ohmsford había desaparecido entre la luz.

45

Durante un breve instante, Jair tuvo la sensación de haber salido de su propio cuerpo. Estaba dentro de la luz y, sin embargo, notaba que había salido de ella. Atravesó la piedra y el espacio como un fantasma incorpóreo, y toda la tierra giró a su alrededor a gran velocidad. En su cabeza, las imágenes giraban sin parar: Slanter, cuyo tosco rostro amarillo reflejaba sorpresa e incredulidad, miraba al estanque desierto; Garet Jax continuaba enzarzado en su lucha a muerte contra el monstruo rojo; había determinación y ferocidad en su enjuto rostro, y estaba ensangrentado y desgarrado. Los cazadores gnomos corrían confusos y enloquecidos por las salas de Marca Gris en busca de los intrusos que habían conseguido huir. Helt había caído ante la puerta levadiza y tenía el cuerpo atravesado por numerosas espadas y lanzas. Elb Foraker y el príncipe elfo se encontraban rodeados...

—¡Basta!

Pronunció esa palabra con un grito, arrancándola como si estuviera enraizada en la música de su canción, y las imágenes desaparecieron. Descendió verticalmente y se apresuró por la resbaladiza superficie de la canción. ¡Tenía que llegar donde estaba Brin!

Debajo, la maraña del Maelmord se elevaba hacia él. Veía cómo la oscura masa subía y bajaba como si tuviese vida propia y también el silbido desagradable de su respiración. Las paredes de la montaña se deslizaban en sentido contrario al de su caída, y observó que la jungla estiraba los brazos para recogerlo. Entonces, se sintió invadido por el pánico. En ese momento llegó al Maelmord, que lo encerró en sus fauces. El hedor y la niebla lo envolvieron, y todo lo demás desapareció.

Jair volvió en sí mismo poco a poco. La oscuridad le tapaba la vista como un manto extendido, y la cabeza le daba vueltas. Parpadeó y la luz regresó. Ya no estaba cayendo a través del vórtice de la canción ni hundiéndose en la enmarañada oscuridad del Maelmord. Su viaje había concluido. Los muros de piedra de la torre lo rodeaban, viejos y ruinosos. Estaba en el lugar que le habían mostrado las aguas del estanque de la Fuente Celeste.

—¡Brin! —murmuró con voz ronca.

Una figura que estaba situada entre las sombras y la media luz grisácea se volvió. Sus manos agarraban con fuerza un libro enorme con bordes metálicos.

Brin era una distorsión de la mujer que una vez había sido. Sus facciones estaban desfiguradas y casi irreconocibles. La exquisitez de su belleza y la vivacidad de su cuerpo se habían endurecido, y ahora parecía una estatua de piedra. Era espantoso. Estaba pálida, esquelética y encorvada. ¿Qué le habían hecho?

—¡Brin! —la llamó de nuevo, pero la voz le falló.

Envuelta en el aterrador poder de la magia del Ildatch, que por todos los medios intentaba mezclarse con la suya propia, apenas era consciente de la solitaria silueta que estaba en el otro extremo de la sala, que la llamó con una voz suave y familiar. Luchó por liberarse de las capas de magia que la cubrían y llegar a los recovecos más profundos de su ser en los que se había replegado su razón. Entonces, sus recuerdos regresaron. ¡Jair! ¡Ah, por todos los infiernos, es Jair!

Pero la magia negra se fortaleció y volvió a cautivarla una vez más. El poder bulló en su interior e hizo que Brin dejase de reconocer a la persona que tenía delante y la volvió a transformar en la criatura en la que se había convertido. La joven vallense tenía muchas dudas y sospechas. Entonces, la hueca voz del Ildatch le murmuró a modo de advertencia.

—*Es maligno, hija de la oscuridad. Un engaño creado por los mordíferos. Aléjalo de ti. Destrúyelo.*

No, es Jair... no sé cómo, pero ha venido... Jair...

—*Robará nuestro poder. Nos matará.*

No, Jair... ha venido...

—*Destrúyelo, hija de la oscuridad. Destrúyelo.*

La joven del valle parecía incapaz de imponerse. Su resistencia se derrumbó y Brin emitió un gemido aterrador. Pero Jair, que había captado el repentino destello de odio de los ojos de su hermana, ya había actuado. El joven comenzó a cantar, y su propia magia le sirvió de escudo protector mientras se deslizaba fuera de sí mismo y dejaba solo su imagen. Sin embargo, a pesar de su rapidez, apenas dispuso del tiempo necesario para escapar. La explosión de sonido que brotó de la garganta de Brin desintegró al instante la imagen y el muro que había detrás, y su onda expansiva lo alcanzó y lo hizo caer sobre el suelo de piedra como si fuera un saco vacío. El polvo y los trozos pequeños de piedras remolinearon en la media luz, y la vieja torre se estremeció por la fuerza del ataque.

Jair consiguió ponerse de rodillas poco a poco, oculto tras la pantalla de polvo que había quedado suspendido en el aire. Durante un breve instante, no supo si había utilizado sabiamente la tercera magia. Había estado tan seguro cuando vio a Brin por primera vez en las aguas de la Fuente Celeste y supo que debía ir hasta donde ella utilizaba su canción. Ahora, ¿qué debía hacer? Como había dicho el rey del río de Plata, se había perdido a sí misma. Se había convertido en algo irreconocible, subvertida por la magia negra del Ildatch. Pero era más que eso, porque no solo había cambiado ella, sino también la magia de su canción. Se había convertido en un ser poseedor de un inmenso poder, un arma que utilizaría contra él al no saber quién era, al no reconocerlo en absoluto. ¿Cómo podía ayudarle cuando su propósito era destruirlo?

Solo disponía de un momento para resolver aquel dilema. Entonces, Jair se puso en pie. Allanon quizás habría tenido la fuerza para enfrentarse a tal poder. Rone habría actuado con la suficiente rapidez para eludirlo. El pequeño grupo de Culhaven habría contado con el número suficiente de personas para dominarlo. Pero todos habían desaparecido. Todos los que habrían podido ayudarlo ya no estaban a su lado. Debía encontrar la ayuda que necesitaba en su interior.

Atravesó con rapidez la pantalla de humo y polvo. Sabía que, para ayudar a Brin, primero debía encontrar la manera de separarla del Ildatch.

El aire se despejó y entonces vio la sombría figura de su hermana a unos diez metros. Jair empezó a cantar al instante. Un sonido agudo y vigoroso llenó el silencio con el que envió a su hermana un susurro suplicante. Brin, decía, el libro pesa demasiado, es demasiado pesado para ti. Suéltalo, Brin. ¡Déjalo caer!

Durante un segundo, Brin bajó las manos e inclinó la cabeza, dubitativa. Parecía que la ilusión iba a conseguir su propósito y que Brin soltaría el Ildatch. Entonces, el demacrado rostro de la joven vallense se llenó de rabia, y el grito de su canción fragmentó el sonido que flotaba en el aire y destrozó la súplica de Jair.

El joven del valle se tambaleó hacia atrás. Entonces, lo intentó de nuevo con una ilusión de fuego, un silbido que rodeó de llamas los cierres del viejo libro. Brin lanzó un grito que casi parecía animal, pero en ese momento abrazó el libro como si quisiera apagar el fuego con su propio cuerpo. Giró la cabeza y sus ojos se empezaron a mover en todas direcciones. Lo estaba buscando. Quería encontrarlo y utilizar la magia contra él para destruirlo.

La canción de Jair volvió a cambiar. En esa ocasión, creó una ilusión de humo que se elevó en forma de nubes por toda la cámara. Sin embargo, solo consiguió engañarla durante un breve instante. Retrocedió hasta la pared y la bordeó para intentar llegar hasta ella desde otra dirección. Cantó de nuevo en un susurro oscuro, profundo e impenetrable. Debía actuar más rápido que ella. Tenía que confundirla.

Jair corrió por las sombras de la torre como un fantasma y la sorprendió con todos los trucos que conocía: con frío y calor, con luz y oscuridad, con dolor y con ira. Brin lo atacó en dos ocasiones a ciegas utilizando su magia, un estallido de poder abrasador que lo derribó y lo debilitó. Parecía confundida y, en cierto modo, insegura, como si fuera incapaz de decidir si debía utilizar o no todo el poder que había reunido. Pero aun así, seguía agarrando el Ildatch contra el pecho con fuerza; le susurraba palabras inaudibles y lo sujetaba como si fuera su fuente de vida. Por mucho que Jair lo intentase, nada conseguiría hacer que Brin soltase el libro.

Aquello no era un juego, pensó sombríamente Jair al recordar la dura reprimenda de Slanter.

El cansancio comenzaba a hacer mella en él. Estaba debilitado y exhausto por la batalla que habían tenido que librar para conseguir llegar hasta la Fuente Celeste, por la herida y por haber utilizado durante tiempo la canción. Él no contaba con el poder de la magia negra para que le diese fuerza como Brin; solo contaba con su fuerza de voluntad, sin embargo, temía que esta no fuera suficiente. Se deslizaba hacia delante y atrás entre la penumbra y las sombras mientras buscaba la manera de atravesar las defensas de su hermana. Le costaba respirar y lo hacía de forma irregular. Las fuerzas lo estaban abandonando.

Desesperado, utilizó la canción de la misma forma que lo había hecho en Culhaven ante el Consejo de Ancianos de los enanos para crear la visión de Allanon. Se sirvió de la neblina que cubría la cámara para hacer aparecer al druida, oscuro e imponente, con un brazo extendido. «¡Suelta el libro del Ildatch, Brin Ohmsford!», dijo con voz profunda. «¡Déjalo caer!».

La joven vallense retrocedió hasta chocar con el altar. Brin lo reconoció y comenzó a mover los labios, susurrándole al Ildatch con frenesí, como si tratara de avisarlo. Entonces, fue como si ya no lo reconociese. Levantó el libro muy por encima de la cabeza, y su canto estalló en un aullido iracundo. La imagen de Allanon se hizo añicos.

Jair volvió a alejarse, cubierto por un susurro invisible. Empezaba a perder las esperanzas. ¿Acaso nada ayudaría a Brin? ¿Nada la haría regresar? ¿Qué debía hacer? Nervioso, intentó recordar las palabras que le había dicho el anciano: «Arroja después el cristal de la visión y te será mostrada la respuesta». Pero ¿qué respuesta había visto? Había intentado todo lo que se le había ocurrido. Había utilizado la canción para crear todas las ilusiones que sabía crear. ¿Qué más podía hacer?

Entonces, se detuvo.

¡Ilusión!

¡No ilusión, sino realidad!

Y de repente, tuvo la respuesta.

El fuego rojo explotó alrededor de Rone, desviado por la hoja de su espada mientras se enfrentaba al aterrador asalto de los mordíferos. Los caminantes se agazapaban en la escalera de piedra del Croagh y formaban una fila de figuras negras que serpenteaba hacia abajo desde los riscos y la fortaleza que había a lo alto, ocultos entre el humo y la neblina contra el fondo gris del cielo de una tarde agonizante. Media docena de brazos se alzaron, las llamas golpearon al joven de las tierras altas e hicieron que se tambaleara. Kimber se ocultaba tras él, mientras se protegía los ojos y el rostro del calor y la roca desprendida. Murmullo maullaba lleno de odio bajo la sombra de la escalera y se lanzaba contra las figuras que intentaban pasar.

—¡Cogline! —gritó desesperado Rone, rodeado por el fuego y el humo mientras buscaba al anciano.

Los mordíferos se acercaban al grupo lentamente. Eran muchos, y el poder de la magia negra era demasiado grande. El joven montañés no podía enfrentarse a todos ellos.

—¡Cogline! ¡Por todos los demonios!

Una figura cubierta con una capucha se abalanzó sobre él desde las sombras mientras arrojaba fuego con las manos. Rone giró la hoja frenéticamente, atrapó el arco de la llama y lo desvió. Pero tenía al caminante casi encima de él y el sonido de su voz era un silbido que se imponía al ruido de la explosión. Entonces, Murmullo saltó del lugar en el que se ocultaba, cayó sobre el ser negro y lo empujó ante él. El gigantesco gato del páramo y el mordífero se revolcaron entre las llamas y el humo y desaparecieron de la vista.

—¡Cogline! —volvió a gritar Rone por última vez.

De repente, el encorvado anciano salió arrastrando los pies de entre el humo, con su blanca cabellera al aire.

—¡Resiste, joven forastero! ¡Yo seré quien se encargue de mostrarles a esos seres negros cuál es el fuego que quema de verdad!

Gritando como si se hubiera vuelto loco, arrojó un puñado de cristales contra los mordíferos que brillaban como trozos de obsidiana. Al caer entre las figuras oscuras, los cristales atraparon a los atacantes entre llamaradas rojas. De repente, explotaron, y unas llamas blancas se elevaron hacia el cielo mientras emitían una luz cegadora. El estruendo hizo que la ladera de la montaña se estremeciera, y tramos enteros del Croagh volaron en pedazos, llevándose con ellos a las tétricas figuras de los mordíferos.

—¡Arded, seres negros! —gritó Cogline con alegría.

Pero a los caminantes negros no se los eliminaba con tanta facilidad. Regresaron como sombras oscuras entre el polvo y la humareda, con llamas rojas brotando de sus dedos. Cogline dio un grito cuando fue alcanzado por el fuego, y después desapareció. Las llamas rodearon a Rone y a la muchacha, y los caminantes negros se dirigieron hacia ellos con premura. El joven de las tierras altas lanzó el grito de guerra de sus antepasados y los atacó con la espada de hoja de ébano. Dos criaturas quedaron reducidas a ceniza al instante, pero los otros prosiguieron su avance. Unos dedos como garras agarraron la espada y lo empujaron hacia atrás.

Después, todos se abalanzaron sobre él.

Cansada por los efectos que el flujo de la magia había ejercido en su cuerpo y confundida por las emociones contradictorias que la atormentaban, Brin se quedó ante el altar que alojaba el Ildatch y apretó el libro con fuerza contra el pecho. Apenas había luz en la habitación de la torre, y el aire estaba lleno de polvo y partículas de roca. El ser todavía estaba allí, el ser que tanto la atormentaba, el ser que había tomado la forma de su hermano Jair. Aunque había intentado encontrarlo y destruirlo por todos los medios, no lo había conseguido. Las magias que habitaban en ella no se complementaban por alguna razón, como si no quisieran mezclarse. Eran una sola cosa, lo sabía; el libro y ella.

Estaban unidos. La voz todavía le decía que así era... le hablaba del poder que les pertenecía a ambos. Entonces, ¿por qué le resultaba tan difícil usar correctamente ese poder?

—*Opones resistencia, hija de la oscuridad. Te resistes. Ríndete ante el poder...*

En aquel momento, el aire explotó, la magia de aquel a quien perseguía estalló a través del polvo y la media luz, y docenas de imágenes de su hermano llenaron la cámara. Las imágenes la rodearon y atravesaron la neblina en dirección al altar mientras pronunciaban su nombre. Brin retrocedió, aturdida. ¡Jair! ¿De verdad estás aquí? ¿Jair...?

—*Son malignas, hija de la oscuridad. Destrúyelas. Destrúyelas.*

A pesar de que una pequeña parte de lo más profundo de su ser aún sabía que aquello estaba mal, obedeció a la voz del Ildatch y lanzó un ataque feroz con la ayuda de su magia. El sonido de la canción llenó la estancia cavernosa. Una por una, las imágenes se desintegraron ante sus ojos, y fue como si asesinara a Jair una y otra vez. Sin embargo, las imágenes seguían acercándose; las que aún quedaban acortaron la distancia que los separaba y se acercaron a ella, la tocaron...

Entonces, Brin dio un grito. Unos brazos de carne y hueso, cálidos y vivos, la rodearon; Jair estaba ante ella y la abrazaba. Era real, no imaginario; era un ser vivo, y el joven del valle le habló mediante la canción. La mente de Brin se llenó de imágenes, imágenes de quienes habían sido y de quienes eran, de su infancia y de otras épocas, de todo lo que les había ocurrido en su vida y de todo lo que les estaba ocurriendo. Allí estaba Valle Sombrío, las casas de la comunidad en la que habían crecido, las viviendas de listones junto a las de piedra y los colores de los tejados de paja, y la gente que se reunía al final del día para disfrutar de la cena y de los pequeños placeres que proporcionaban las reuniones de familias y amigos. La posada estaba llena de risas y conversaciones, iluminada por las velas y las lámparas de aceite. Vio su hogar, sus caminos y los setos cubiertos de sombra, los viejos árboles con las hojas teñidas de los colores del otoño, iluminados por los últimos rayos del sol vespertino. El rostro de su padre, fuerte, que sonreía para consolarla, mientras que su madre le acariciaba la mejilla con una mano morena. Rone Leah estaba allí, y sus amigos, y... Los soportes que le habían sido arrancados uno a uno y que habían sido destruidos despiadadamente volvieron a su lugar. Las imágenes la inundaron, claras, dulces y purificadoras, llenas de amor y seguridad. Entre lágrimas, Brin se desplomó en los brazos de su hermano.

—¡*Destrúyelo*! ¡*Destrúyelo*! *Tú eres la hija de la oscuridad* —le gritó con voz airada el Ildatch.

Pero no lo destruyó. Perdida en la marea de imágenes que penetraban en ella y sumergida en un manantial de recuerdos que creía perdidos para siempre, sintió que volvía a recuperar a la persona que había sido. Aquella parte de ella que había estado escondida salió de nuevo. Los lazos de las magias que la habían atado comenzaron a aflojarse hasta deshacerse y dejarla libre.

—¡*No*! ¡*No debes soltarme*! *Debes abrazarme*. *Tú eres la hija de la oscuridad* —insistió de repente el Ildatch con frenesí.

¡Ah, pero no lo era! Ahora lo sentía, a través de la trama de mentiras que le habían obligado a aceptar. ¡Ella no era la hija de la oscuridad!

La cara de Jair apareció delante de ella como si emergiese de una profunda niebla. Sus facciones, que le eran familiares, se diluyeron y luego se hicieron más definidas. De repente, Jair estaba hablándole con ternura.

—Te quiero mucho, Brin. Te quiero mucho —le dijo.

—Jair —respondió la joven vallense en un susurro.

—Cumple la misión que te encomendaron, Brin… lo que Allanon dijo que debías hacer. Hazlo rápido.

Por última vez, Brin alzó el Ildatch sobre su cabeza. Ella no era la hija de la oscuridad ni la esclava que el libro quería que fuera. Le había dicho que sería la dueña de su poder, pero mentía. Ningún ser vivo podía llegar a dominar la magia negra, tan solo ser su esclavo. La unión de la carne y la sangre con la magia no podía producirse, por muy buenas intenciones que se tuviesen. Al final, cualquiera que se sirviese de la magia acabaría destruido. Ahora lo veía con toda claridad. Brin sintió que, de repente, el libro tenía pánico. Estaba vivo y podía sentir. ¡Pues que sintiese! La habría derrotado, la habría despojado de la vida como ya había despojado de la vida a muchos otros y la habría convertido en algo oscuro y retorcido como los caminantes negros, los Portadores de la Calavera o el mismo Señor de los Brujos. La habría enviado a las Cuatro Tierras junto a todos los que vivían en ellas, para atraer de nuevo a la oscuridad…

Arrojó el libro lo más lejos que pudo. Al caer, golpeó el suelo de piedra de la torre con una fuerza sorprendente. Los cierres se rompieron y se separaron, y las páginas se soltaron y cayeron dispersas por todas partes.

Entonces, Brin Ohmsford cantó con dureza y rapidez, atrapó los restos del libro con su poder y redujo el Ildatch a un polvo impotente.

En el borde del Croagh, en los riscos que se levantaban debajo de Marca Gris, Rone sintió que las garras de los mordíferos lo soltaban como si los aguijonease un fuego que no podían dominar. Las figuras cubiertas con capuchas retrocedieron y se retorcieron y contorsionaron frente a la luz grisácea del cielo que se diluía lentamente. Sus voces sonaron como una sola en el súbito silencio y se convirtieron en un angustioso y terrorífico alarido. Los espectros se convulsionaban como marionetas a lo largo de toda la parte del Croagh que descendía hasta el saliente en el que Rone había luchado por detenerlos.

—¡Rone! —gritó Kimber, que apartó al joven de las tierras altas del lugar donde el líder de las criaturas negras se tambaleaba a ciegas.

Entonces, de los dedos de los mordíferos salieron llamas que explotaron en sus caras, cubiertas con las capuchas. Luego, uno tras otro, fueron desintegrándose, deshaciéndose como muñecos de barro, y se desmoronaron y dirigieron a la piedra del saliente. En unos segundos, los mordíferos habían dejado de existir.

—Rone, ¿qué ha sucedido? —preguntó la muchacha con voz ronca, sin dar crédito a sus ojos.

Las manos del joven de las tierras altas todavía agarraban la empuñadura de la Espada de Leah cuando se levantó del suelo. El humo, el polvo y las cenizas flotaban en el aire de la ladera de la montaña en perezosos remolinos. Murmullo apareció maltrecho de entre aquella cortina, como un fantasma.

—Brin —dijo Rone en voz baja en respuesta a la pregunta de Kimber, con un gesto de incredulidad—. Ha sido Brin.

Y entonces sintió el primer temblor de tierra que ascendió por la ladera de la montaña desde el Maelmord.

Agotada, Brin Ohmsford miraba con consternación la piedra ennegrecida del suelo de la torre donde los restos del Ildatch habían quedado reducidos a polvo.

—Aquí está la hija de la oscuridad —dijo con amargura mientras las lágrimas le resbalaban por la cara.

Un profundo temblor sacudió la torre y se extendió desde la tierra hasta los viejos muros. La piedra y la madera empezaron a crujir y a resquebrajarse, hasta desmoronarse a causa de las vibraciones. Brin levantó la cabeza con brusquedad y parpadeó para protegerse de la lluvia de polvo y partículas de roca que le caía sobre el rostro.

—Jair... —lo llamó.

Pero su hermano se alejaba de ella. Su cuerpo, que tan sólido le había parecido, se disolvía en la neblina. Era una aparición más. El joven del valle la miraba con incredulidad; daba la impresión de que intentara decirle algo. La sombra de Jair permaneció unos segundos más en la penumbra de la torre y, después, desapareció.

Brin estaba consternada y no podía apartar la vista de su hermano. Empezaron a caer a su alrededor grandes trozos de piedra de la torre y comprendió que no podía permanecer allí ni un segundo más. La magia negra del Ildatch había llegado a su fin, y todo lo que había creado estaba muriendo.

—¡Pero yo voy a vivir! —exclamó, con férrea determinación.

Entonces, se ciñó la capa y salió corriendo de aquella cámara vacía.

46

La luz plateada brillaba sobre las aguas del estanque de la Fuente Celeste, y Slanter, asustado, retrocedió con paso inseguro. Entonces se produjo una fulgurosa explosión, que emitió un brillo tan intenso y cegador como el del sol naciente que sale en la noche que desaparece para dar paso al amanecer. Entonces, destelló a través de las oscuras sombras de la caverna, se fragmentó en partículas de fuego blanco y desapareció.

Slanter miró de nuevo al estanque de piedra con una mueca. De pie, sobre el saliente, estaba Jair Ohmsford, maltrecho y visiblemente cansado.

—¡Muchacho! —exclamó el gnomo, con una mezcla de preocupación y alivio en la voz mientras corría hacia el joven del valle.

Jair se desplomó hacia delante, agotado, y Slanter lo agarró por la cintura para evitar que se diera de bruces contra el suelo.

—No he podido sacarla de allí, Slanter —le dijo el joven del valle en un susurro—. Lo he intentado, pero mi magia no tenía la suficiente fuerza. No he tenido más remedio que dejarla.

—Ya está, ya está. Tómate un momento para recobrar el aliento —dijo Slanter—. Siéntate aquí, junto al estanque.

Lo ayudó a sentarse y a apoyar la espalda contra el muro de piedra, y después se arrodilló a su lado.

—Bajé al Maelmord, Slanter, o al menos una parte de mí lo hizo —prosiguió el joven del valle, con la mirada levantada—. Utilicé la tercera magia, la que me dio el rey del río de Plata para que ayudara a Brin. Me introdujo en la luz y luego me sacó de mí mismo, como si existiese otro yo. Bajé al foso, donde el cristal de la visión me había mostrado a Brin. Allí estaba, en una torre, sujetando el Ildatch entre sus manos. Pero había cambiado, Slanter. Se había convertido en algo… terrible…

—Tranquilízate, muchacho. Relájate —insistió el gnomo, sin apartar su mirada de la del joven del valle—. ¿Encontraste una forma de ayudarla?

Jair asintió y tragó saliva.

—Estaba cambiada, pero yo sabía que si conseguía alcanzarla, si conseguía tocarla, y si ella, a su vez, podía tocarme, todo se arreglaría —respondió—. Utilicé la Canción de los Deseos para mostrarle quién era ella, lo que significaba para mí... ¡Para decirle que la quiero! —prosiguió el joven del valle, esforzándose por contener las lágrimas—. Y ella destruyó el Ildatch. ¡Lo redujo a polvo! Pero cuando lo hizo, la torre empezó a temblar, y algo le sucedió a la magia. No he podido quedarme con ella. No he podido traerla conmigo. Lo he intentado, pero ocurrió todo tan deprisa. ¡Ni siquiera tuve tiempo de explicarle lo que estaba pasando! Ella... ha desaparecido, y yo he vuelto aquí de nuevo...

Jair bajó la cabeza y la colocó entre las rodillas mientras sollozaba. Slanter lo cogió por los hombros con sus rudas y envejecidas manos y lo estrechó.

—Has hecho por ella todo lo que has podido, muchacho. Has hecho todo lo que estaba en tu mano. No puedes sentirte culpable por no haber sido capaz de hacer más. ¡Demonios, no sé cómo sigues aún con vida! —exclamó el gnomo, incrédulo—. ¡Creía que te habías perdido en la magia! ¡No esperaba volver a verte! Tienes más valor que yo, muchacho. ¡Muchísimo más! —concluyó Slanter, y lo abrazó impulsivamente.

Entonces se apartó, avergonzado de su comportamiento, diciendo entre dientes que nadie sabía lo que hacía en medio de toda aquella confusión. Iba a decir algo más, pero entonces empezaron los temblores, una serie de retumbos profundos y fuertes que sacudieron la montaña hasta llegar al centro.

—¿Qué pasa ahora? —preguntó el gnomo, mirando por encima de su hombro hacia las sombras que ocultaban el pasadizo que les había conducido hasta allí.

—Es el Maelmord —respondió Jair sin la menor vacilación. El joven del valle se puso en pie apresuradamente. Cuando intentó enderezarse, notó que la herida del hombro le latía y le dolía, y se apoyó en el gnomo—. Slanter, debemos volver a buscar a Brin. Está sola ahí abajo. Tenemos que ayudarla.

—Claro, muchacho —respondió el gnomo con una feroz y rápida sonrisa—. Tú y yo. La sacaremos de allí. ¡Bajaremos a ese foso negro y la encontraremos! Ahora, coloca el brazo alrededor de mis hombros y agárrate bien.

Slanter inició el camino de regreso a través de la caverna con Jair colgando de él y luego se dirigió hacia la escalera por donde habían llegado. La noche había quedado sumida en el crepúsculo, y el sol ya se había ocultado tras las montañas. Pequeños rayos de su luz menguante se colaban por las grietas abiertas en la roca y se mezclaban con las sombras del ocaso mientras los dos compañeros avanzaban con resolución y dificultad. Los temblores continuaban, lentos y regulares, un siniestro recordatorio de que les quedaba poco tiempo para abandonar aquel lugar. Partículas de roca y polvo se arremolinaban a su alrededor y formaban una especie de niebla suspendida en el aire en calma de la tarde. A lo lejos, se oía un grave retumbo igual que el del trueno de una tormenta que se aproxima.

Salieron de la caverna, atravesaron sus oscuras fauces y se encontraron en el saliente que bajaba hacia el Croagh. En el este, la luna y varias estrellas brillaban ya en el cielo aterciopelado. Las sombras se extendían por la superficie del saliente, cercando las últimas manchas de luz como si fuese tinta derramada sobre una hoja en blanco.

Entre las sombras y la penumbra, Garet Jax yacía tendido en el suelo.

Aturdidos, Jair y Slanter continuaron hacia delante. El maestro de armas yacía de espaldas sobre un grupo de rocas; llevaba las vestiduras negras desgarradas y cubiertas de sangre, pero sujetaba su fina espada en una de sus manos. Tenía los ojos cerrados, como si estuviera durmiendo. Slanter, dubitativo, se arrodilló junto a él.

—¿Está muerto? —susurró Jair, sin apenas pronunciar las palabras.

El gnomo se inclinó aún más sobre el cuerpo sin vida del maestro de armas y entonces se apartó de nuevo.

—Sí, muchacho —respondió Slanter—. Al fin ha encontrado algo que podía matarlo, algo que era tan hábil como él. Ha tenido que buscar mucho y durante mucho tiempo para encontrarlo, ¿verdad? —concluyó, con un tono de incredulidad en la voz.

Jair no respondió. Estaba pensando en las veces que el maestro de armas le había salvado la vida y lo había rescatado cuando nadie más habría podido hacerlo. Garet Jax, su protector, había dejado de existir.

Tenía ganas de llorar, pero ya no le quedaban más lágrimas.

Entonces, el gnomo se puso en pie y se quedó mirando el cuerpo sin vida que yacía sobre la roca.

—Siempre me preguntaba cuál sería el ser que conseguiría arrebatarle la vida —dijo Slanter—. Tenía que ser algo creado por la magia negra. No podía ser nada de este mundo. Nada más podría haber acabado con él. —Entonces, el gnomo se dio media vuelta y miró a su alrededor, inquieto—. Me pregunto qué habrá sido del ser rojo.

Nuevos temblores sacudieron la montaña y el retumbo se elevó desde el valle. Jair apenas lo oyó.

—Él lo ha destruido, Slanter. Garet Jax lo ha destruido. Y cuando el Ildatch ha quedado reducido a cenizas, la magia negra se lo ha llevado.

—Sí, supongo que puede haber sido así.

—Así ha sucedido. Esta era la batalla que había estado buscando durante toda su vida. Lo significaba todo para él. No la habría podido perder.

—No lo sabes con seguridad, muchacho —respondió el gnomo, con la mirada puesta en él—. No sabes si era el oponente adecuado para ese ser.

—Sí, sí lo sé, Slanter —respondió Jair, mientras miraba al gnomo y asentía—. Lo sé. Era un rival de envergadura para cualquier contrincante. Era el mejor.

Entonces hubo un largo silencio.

—Sí, supongo que sí —accedió por fin el gnomo mientras asentía.

Entonces, la montaña volvió a temblar, reverberando desde las profundidades de la roca. Slanter agarró del brazo al joven del valle y con suavidad lo obligó a que se diera la vuelta.

—No podemos quedarnos aquí, muchacho. Tenemos que encontrar a tu hermana.

—Adiós, Garet Jax —dijo en voz baja Jair, dirigiendo una última mirada al cuerpo sin vida del maestro de armas.

Juntos, el gnomo y el joven del valle se dirigieron deprisa hacia la escalera del Croagh y empezaron a descender.

Brin corría entre la maraña envuelta en la sombría bruma del Maelmord, libre de la torre del Ildatch al fin. Los fuertes temblores hacían vibrar la tierra del valle y se extendían hasta los picos de las montañas circundantes. La magia negra había abandonado la tierra y, sin ella, el Maelmord no podía sobrevivir. El movimiento ascendente y descendente producido por la respiración y el silbido que indicaba su vida antinatural habían cesado.

«¿Dónde estoy?», se preguntaba Brin con desesperación mientras intentaba ver a través de las sombras. ¿Qué habrá sido del Croagh?

Sabía que estaba perdida. Lo estaba desde el momento en que había huido de la torre. Las sombras de la noche cubrían el valle, y se estaba adentrando en un cementerio carente de señales en el que no había ningún camino indicado. Entre la maleza de ramas y enredaderas a lo alto de su cabeza, veía el borde de las montañas que rodeaban el valle, sin embargo, el Croagh estaba envuelto en la más completa oscuridad. El Maelmord se había convertido en un laberinto sin salida, y ella se había quedado atrapada en él.

Estaba exhausta. Había agotado sus fuerzas por haber utilizado durante tanto tiempo la canción y por el largo viaje que había hecho para llegar al foso. Se había perdido, y la magia ya no le ayudaba a ver nada. Los temblores continuaban sacudiendo el valle; eran una advertencia de la destrucción del Maelmord y de todo lo que encerraba en su interior. Solo su espíritu seguía teniendo fuerzas, y era su espíritu lo que la hacía seguir buscando una salida.

El suelo se hundía bajo sus pies y cedía a una rapidez aterradora. Tropezó con una roca y estuvo a punto de caer. El Maelmord estaba destruyéndose. Se derrumbaba bajo sus pies, y Brin ya sabía que ella perecería junto a él.

Aminoró la marcha hasta detenerse, jadeando y sin aliento. No tenía ningún sentido seguir esforzándose. Corría a ciegas de un lado a otro sin ninguna dirección ni finalidad concretas. Ni siquiera la increíble magia de la canción podría salvarla aunque decidiera utilizarla. ¿Por qué la había abandonado Jair? ¿Por qué se había ido? Se sentía traicionada, desesperada y llena de ira irracional. Sin embargo, la joven del valle luchó por sobreponerse a lo que sentía, pues sabía que no tenía ningún sentido y era injusto. Jair no la habría abandonado de haber tenido alternativa. Aquello que lo había conducido hasta ella, se lo había llevado de nuevo.

O, tal vez, lo que ella había creído que era Jair no lo era y todo lo que había visto y sentido ni siquiera había sido real. Quizá todo había sido una visión producida por la locura...

—¡Jair! —gritó.

El eco de su voz se quebró al chocar con el estruendo de la tierra y desapareció. El suelo no dejaba de hundirse.

Decidida y obstinada, Brin se dio la vuelta y siguió adelante. Ya no corría, porque el cansancio se lo impedía. Las facciones de su rostro moreno se habían endurecido y reflejaban determinación, y Brin se deshizo de todos los pensamientos que la ocupaban, salvo de la necesidad de poner un pie delante del otro. No iba a ceder. Iba a continuar. Y cuando le fuera imposible caminar erguida, lo haría a gatas. Pero seguiría adelante.

Entonces, de repente, una sombra enorme, ágil y fantasmagórica saltó de entre la oscura maraña. Se acercó a Brin, que gritó aterrorizada. Una enorme cara con bigotes se frotó contra ella, y unos azules ojos luminosos parpadearon para saludarla. ¡Era Murmullo! Se arrojó sobre el gato del páramo incrédula y agradecida y, sin dejar de llorar, lo rodeó con los brazos por el cuello. ¡Murmullo había ido a buscarla!

El gigantesco gato del páramo dio media vuelta y empezó a alejarse mientras tiraba de Brin. La joven vallense se agarró con una mano al pelaje del cuello del gato y se dejó arrastrar. Se escabulleron por el laberinto de aquella jungla moribunda. Los retumbos iban en aumento, y los temblores sacudían la tierra sin cesar. Las ramas podridas empezaron a romperse y a caer a su alrededor. Un vapor rancio y fétido salió disparado de las grietas que se abrían en la tierra sólida. Las rocas y esquirlas que se desprendían de los riscos que rodeaban el valle caían en la oscuridad.

Sin saber cómo, llegaron al Croagh, que se materializó de repente entre la penumbra y que se elevaba desde la superficie del valle hasta perderse en las sombras de la noche. El gigantesco gato se dirigió hacia las escaleras, seguido de Brin. La joven del valle gateaba a tientas, mientras el estruendo se intensificaba. Unos fortísimos temblores sacudieron el Croagh, y Brin cayó de rodillas. A sus pies, la roca empezó a agrietarse y a separarse. Tramos enteros de la escalera se desprendían y caían al foso. «¡Todavía no!», gritó sin pronunciar las palabras. ¡No hasta que sea libre! El profundo rugido de Murmullo se impuso al estruendo, y Brin se esforzó por seguir al gigantesco gato. Debajo, los árboles se quebraban como madera seca. La última débil luz del crepúsculo se extinguió cuando el sol se deslizó bajo el horizonte, y toda la tierra quedó sumida en las sombras.

Entonces, llegaron al saliente de roca. Brin vio unas sombras que se acercaban a ella y las llamó. Una de ellas extendió los brazos, la ayudó a abandonar la escalera que se desmoronaba y la alejó del precipicio. Kimber la abrazaba y la besaba. Estaba resplandeciente y feliz, y tenía los ojos llenos de lágrimas. Cogline hablaba entre dientes y gruñía mientras se enjugaba las mejillas con un trozo de tela sucia. Y Rone estaba allí; su cara, enjuta y morena, tenía un aspecto macilento y estaba llena de contusiones, sin embargo, sus ojos grises reflejaban el intenso amor que sentía por ella. El joven de las altas tierras pronunció su nombre en voz baja, la abrazó y la estrechó contra él. Y en ese momento, por fin, la joven del valle se sintió segura.

Unos segundos más tarde, aparecieron Jair y Slanter, que bajaban por el Croagh desde la Fuente Celeste, desesperados por encontrar a Brin. Se miraron con asombro y aliviados. Después, Brin y Jair se abrazaron de nuevo.

—Has sido tú quien ha venido a mí en el Maelmord —susurró mientras acariciaba la cabeza de su hermano y sonreía entre lágrimas—. Tú me has salvado, Jair.

Jair la abrazó de nuevo para disimular lo avergonzado que estaba. Rone se acercó y abrazó a los dos.

—Por todos los demonios, tigre. ¡Se suponía que tú ya estabas de vuelta en Valle Sombrío! ¿Es que nunca haces nada de lo que te dicen?

Slanter se había quedado rezagado y contemplaba con fingida suspicacia a los tres jóvenes, que no dejaban de abrazarse y besarse con el anciano esquelético, la muchacha del bosque y el gigantesco gato del páramo estirado junto a ellos.

—Nunca me había encontrado con gente tan extraña —murmuró para sí mismo.

Justo en aquel momento, los retumbos de la superficie del valle se extendieron por la roca de la montaña como un trueno, y los temblores hicieron que lo que quedaba del Croagh se derrumbara, desplomándose en el foso y desapareciendo. El pequeño grupo que se encontraba en el saliente se apresuró hacia el borde y miró a través de la penumbra. El tenue brillo de la luna y las estrellas suavizaba la oscuridad. Las sombras se agitaron, y el foso del Maelmord comenzó a hundirse. Se deslizó hacia el interior de la tierra como tragado por arenas movedizas. La tierra, la roca y el bosque agonizante se desmoronaron y cayeron al vacío. Las sombras se alargaron y se unieron hasta que la luz de la luna ya no pudo iluminar ni un solo rastro de lo que una vez había existido allí.

En tan solo unos instantes, el Maelmord había desaparecido para siempre.

47

El otoño ya se había asentado en la tierra, y los colores de la estación brillaban y resplandecían en todas partes bajo la cálida luz del sol. Era un día claro y fresco en los bosques de la Tierra del Este, donde el torrente de Chard descendía de las montañas de Wolfsktaag. El cielo era de un color azul claro. Había helado aquella mañana y aún se veía la escarcha, que empezaba a derretirse sobre las hierbas más altas, la tierra endurecida y las rocas cubiertas de musgo que bordeaban la ribera del río, y que se mezclaba con las salpicaduras espumosas de las aguas.

Brin se detuvo en la orilla del río para ordenar sus pensamientos.

Hacía una semana que habían salido de las montañas del Cuerno del Cuervo. Tras la destrucción del Ildatch, de la magia negra y de todas las cosas que esta había creado, los cazadores gnomos que defendían Marca Gris habían regresado a las colinas y los bosques del Anar profundo, a las tribus que les habían obligado a abandonar. Solos en la derruida y desierta fortaleza, Brin, Jair y sus amigos buscaron los cuerpos sin vida del hombre de la frontera, Helt, el enano Elb Foraker y el príncipe elfo Edain Elessedil, y los enterraron. Tan solo dejaron a Garet Jax en el lugar en el que había fallecido, ya que después de que el Croagh se derrumbara, no había ninguna forma de acceder a la Fuente Celeste. Jair pensó solemnemente que quizás fuese preferible que el maestro de armas permaneciera en un lugar inalcanzable para los mortales. Quizás la vida tras la muerte no sería demasiado diferente de lo que lo había sido en la tierra para Garet Jax.

Esa noche habían acampado en los bosques que se extendían bajo Marca Gris, al sur de donde se ocultaba en las montañas del Cuerno del Cuervo. Allí, Brin les habló de la promesa que le había hecho a Allanon de encontrarse con él después de destruir el Ildatch y concluir su búsqueda. Ahora que todo se había cumplido, debía buscarlo por última vez. Aún quedaban preguntas por responder y cosas que debía saber.

Todos se mostraron dispuestos a acompañarla: su hermano Jair, Rone, Kimber, Cogline, Murmullo e incluso Slanter. Abandonaron las montañas del Cuerno del Cuervo, bordearon el sur de las montañas a lo largo de las llanuras estériles del Páramo Viejo y cruzaron la cresta de Toffer hacia los bosques de la Ribera Tenebrosa y el valle de la Chimenea de Piedra. Después siguieron el curso serpenteante del torrente de Chard hacia el oeste, hasta que llegaron al lugar donde Allanon había librado su última batalla. Tardaron una semana en completar el viaje y, llegada la tarde del séptimo día, acamparon al borde de la cañada.

Eran las primeras y frías horas de la mañana cuando Brin contemplaba de pie, sin moverse, la corriente del río. Detrás, reunidos en la cuenca de la pequeña cañada, sus compañeros de viaje esperaban sin dar muestras de impaciencia. No la habían acompañado hasta la orilla del río porque ella así se lo había pedido. Aquello era algo que debía hacer sola.

«¿Cómo puedo invocarlo?», se preguntaba. «¿He de utilizar la Canción de los Deseos? ¿He de usar la magia de la canción para que sepa que estoy aquí? ¿O sabrá que lo espero y vendrá sin que lo llame...?».

Como si respondieran a sus preguntas, las aguas del torrente de Chard se quedaron inmóviles y la superficie adquirió la apariencia lisa de un cristal. En el bosque, el silencio era cada vez más profundo, e incluso el lejano ruido de la cascada fue disminuyendo su intensidad hasta acallarse por completo. Las aguas empezaron a bullir con suavidad, a agitarse y a echar espuma como si hirvieran, y entonces un único grito, claro y dulce, se elevó en el aire de la mañana.

La figura alta y erguida de Allanon, vestido de negro, emergió del torrente de Chard. Atravesó las aguas del río, con la cabeza alta oculta bajo las sombras de la capucha. Su oscura mirada era dura y penetrante. No guardaba semejanza alguna con el fantasma de Bremen. Su cuerpo parecía más sólido que transparente, sin las nieblas que rodeaban a su padre ni el sudario que lo envolvía. «Parece que está vivo», pensó Brin.

El druida se aproximó un poco más y se detuvo, suspendido en el aire sobre las aguas del río.

—Allanon —susurró la joven del valle.

—Hace tiempo que espero tu llegada, Brin Ohmsford —respondió el fantasma del druida.

Brin aguzó la vista y percibió entonces el tenue brillo de las aguas del río a través de la oscuridad de sus ropas. En ese momento, la joven supo que Allanon realmente había muerto y que aquel solo era su fantasma.

—Todo ha terminado, Allanon —le dijo. Brin se dio cuenta de que le costaba hablar—. El Ildatch ha sido destruido.

—Ha sido destruido por el poder de la magia élfica, bajo la apariencia de la Canción de los Deseos —respondió el fantasma del druida, que inclinó ligeramente la cabeza, encapuchada—. Pero también por un poder aún mayor. Por el amor, Brin. Por el amor que te une a tu hermano. Te amaba demasiado para fallar, a pesar de que llegó tarde.

—Sí, también el amor lo ha destruido, Allanon.

—Salvadora y destructora —prosiguió el fantasma del druida, con los ojos entrecerrados—. El poder de tu magia te iba a convertir en ambas, y ya has podido comprobar la capacidad de corrupción que tiene tal poder. Su atractivo es terrible y muy difícil de contrarrestar. Te lo advertí, pero mi advertencia no fue suficiente. Te fallé, Brin Ohmsford.

—No, no me fallaste —respondió la joven del valle con presteza, mientras negaba con la cabeza—. Fui yo quien falló.

—No tengo mucho tiempo, así que escúchame con atención —respondió el fantasma del druida. Entonces, Allanon sacó una mano de entre las vestiduras y Brin observó que era traslúcida—. Yo no llegué a entender lo que significaba la magia negra en toda su amplitud. Me engañé a mí mismo, como te dijo el Oráculo del Lago. Sabía que la magia de la Canción de los Deseos podía ser lo que mi padre había advertido, tanto una bendición como una maldición, y que su poseedor podía convertirse en salvador o en destructor. Pero tú tenías inteligencia y corazón, y pensé que no correrías peligro mientras conservaras esas cualidades. Me equivoqué sobre el Ildatch al no darme cuenta de que el peligro de la magia negra podía extenderse más allá de quienes fueron creados para ejercerlo. Porque el verdadero peligro fue siempre el libro; el corruptor de los que utilizaron la magia desde los tiempos del Señor de los Brujos hasta el tiempo de los mordíferos. Todos fueron esclavos del Ildatch, pero el libro no era solo un conjunto inanimado de páginas encuadernadas que recogía la magia negra. Estaba vivo. Era un demonio que podía incitar a quienes buscaban el poder a utilizarlo valiéndose del atractivo que tenía la magia para ellos.

Allanon se inclinó un poco más y la luz del sol veteó los bordes de sus negras vestiduras como si estuviesen deshilachados.

—El Ildatch quería que fueses a él desde el principio. Pero en primer lugar deseaba probarte. Cada vez que utilizabas la magia de la

Canción de los Deseos, cedías un poco ante el atractivo de su poder. Te dabas cuenta de que había algo malo en el uso continuo de la magia, pero te obligaba a utilizarla una y otra vez. Y yo no estaba allí para decirte lo que sucedía. Cuando iniciaste la bajada al Maelmord, eras un ser bastante parecido a los que servían al libro y creías que te comportabas como debías. Eso era lo que el libro deseabá que creyeras. Quería poseerte. Incluso el poder de los mordíferos era insignificante comparado con el tuyo, porque ellos no habían nacido con magia como tú. En ti, el Ildatch encontró un arma más poderosa que cualquier otra que hubiese poseído antes, incluido el Señor de los Brujos.

—Entonces no mentía cuando dijo que me estaba esperando, que existían lazos que nos unían —comentó Brin, mientras dirigía al fantasma del druida una incrédula mirada.

—Una media verdad tergiversada —respondió el fantasma de Allanon—. Llegaste a estar tan cerca de lo que él pretendía, que pudo hacerte creer que todo eso era cierto. Pudo convencerte de que en realidad eras la hija de la oscuridad que temías ser.

—Pero la canción podría haberme convertido en ello...

—La canción podría haberte convertido... en cualquier cosa.

—¿Y puede hacerlo aún? —preguntó la joven de valle, tras permanecer un momento en actitud pensativa.

—Puede hacerlo aún. Siempre puede hacerlo.

Brin advirtió que la figura cubierta con la capucha se acercaba más a ella. Durante un breve instante, creyó que extendería el brazo y que la acercaría a él. Sin embargo, el fantasma alzó el delgado rostro y miró más allá de ella.

—En el Cuerno del Hades, la profecía dijo que moriría. Era seguro que abandonaría esta vida. Pero tras la destrucción del Ildatch, también la magia negra debe desaparecer. La rueda del tiempo cambia de dirección, y la era llega a su fin. Mi padre ha sido liberado al fin y ha conseguido el descanso que le fue negado durante tanto tiempo, puesto que ya no está atado a mí ni a la promesa que hizo a las razas de las Cuatro Tierras. Y ahora yo también me voy. Ningún druida me sustituirá. Pero la responsabilidad es ahora tuya.

—Allanon... —susurró la joven vallense, que negaba con la cabeza.

—Escúchame, Brin. La sangre que te puse en la frente y las palabras que pronuncié te obligan. Tú eres la portadora de la responsabilidad que fue mía y antes de mi padre. No tengas miedo de lo que eso significa. No sufrirás ningún daño a causa de ella. La última magia vive ahora en ti y en tu hermano, en la sangre de tu familia. En ella descansará, segura y protegida. No será necesaria en la era que ahora se inicia. La magia no tendrá ninguna utilidad en esa época. Hay otras enseñanzas que serán una guía mejor y más segura para las razas. Pero llegará un tiempo, aún muy lejano y posterior a la vida de varias generaciones de Ohmsford que aún no han nacido en que la magia será necesaria de nuevo. Como todas las cosas, la rueda del tiempo cambiará de dirección una vez más. Entonces, la promesa a la que tú ahora estás ligada deberá realizarse, y los hijos de la casa de Shannara serán llamados a cumplir con su deber. Conserva la confianza que he depositado en ti para el mundo que ha de llegar.

—No, Allanon, yo no quiero esto...

—Está hecho, Brin Ohmsford —la interrumpió el fantasma del druida, que levantó la mano con viveza—. Igual que mi padre me eligió a mí, yo te elijo a ti, tú, vástago de mi vida.

En silencio, la joven del valle lo miró con desesperación.

—No tengas miedo —insistió el fantasma del druida.

—Lo intentaré —respondió Brin, haciendo un gesto de asentimiento.

Entonces, el fantasma empezó a apartarse de ella y su oscura forma se desvaneció lentamente mientras dejaba pasar la luz del sol a través de ella.

—Aleja la magia de ti, Brin. No vuelvas a utilizarla, porque ya no es necesaria. Ve en paz. —El fantasma siguió retrocediendo por el torrente de Chard y las aguas se enturbiaron a su paso—. Acuérdate de mí.

Esas fueron las últimas palabras que le dijo antes de sumergirse en las aguas del río y desaparecer.

Las aguas del torrente de Chard siguieron su curso.

En la orilla, Brin contemplaba el agua con lágrimas en los ojos.

—Siempre te recordaré —murmuró.

Entonces, se dio media vuelta y se alejó de la orilla del río.

48

Así fue como la magia desapareció de las Cuatro Tierras y las historias de los druidas y Paranor se convirtieron en leyendas. Durante algún tiempo, muchos afirmaron que los druidas fueron seres de carne y hueso que vivían en la tierra como hombres mortales y como protectores de las razas. Durante menos tiempo, muchos aseguraron que la magia había existido en realidad y que se habían librado terribles batallas entre los poseedores de la magia blanca y los de la magia negra. Pero el número de creyentes fue disminuyendo con el paso de los años, hasta que acabaron extinguiéndose.

La misma mañana en que el fantasma de Allanon abandonó de forma definitiva el mundo de los hombres, el pequeño grupo se disolvió. Rodeados de los colores y los olores otoñales, se dieron un efusivo abrazo, se despidieron y partieron hacia sus respectivas tierras.

—Te echaré de menos, Brin Ohmsford —dijo Kimber en tono solemne—. Y el abuelo también, ¿no es cierto, abuelo?

Cogline arrastró los pies, inquieto, y asintió sin mirar a la joven del valle.

—Un poco, supongo —admitió de mala gana el anciano—. Aunque no echaré de menos todos los llantos y angustias. Eso no. Claro que hemos vivido buenas aventuras, muchacha. Te añoraré por eso. Los gnomos araña y los caminantes negros y todo lo demás. Casi como en los viejos tiempos...

—Yo os recordaré siempre a los dos —dijo Brin con una sonrisa—. Y a Murmullo. Os debo la vida tanto a él como a vosotros. Si no hubiese bajado al Maelmord para buscarme...

—Él sintió que debía hacerlo —dijo Kimber—. No habría desobedecido tu advertencia si no hubiera sentido esa necesidad. Creo que se ha creado un vínculo especial entre vosotros. Un vínculo mayor que el que tu canción ha creado.

—En cualquier caso, no quiero que volváis a visitarnos sin avisar —dijo Cogline de repente—. O hasta que no os invite. ¡No se va a la casa de la gente sin que te lo pidan!

—Abuelo —le amonestó Kimber en un suspiro.

—¿Vendrás a verme? —le preguntó Brin.

La muchacha sonrió y echó una mirada a su abuelo.

—Quizás, algún día —respondió Kimber—. Pero creo que me quedaré con el abuelo, y con Murmullo en la Chimenea de Piedra durante una temporada. He pasado demasiado tiempo lejos, fuera de casa, y la echo de menos.

—Yo también quiero volver a casa, Kimber —dijo Brin, que se acercó a la muchacha y la abrazó—. Pero volveremos a vernos.

—Siempre serás mi amiga, Brin —Kimber apoyó la cara sobre el hombro de la joven del valle, con lágrimas en los ojos.

—Y tú la mía —respondió Brin—. Adiós, Kimber. Gracias por todo.

Rone se unió a la despedida y después se adelantó unos pasos hasta quedarse frente a Murmullo. El gigantesco gato del páramo se sentó sobre las patas traseras y miró al joven de las tierras altas con curiosidad mientras sus enormes ojos azules parpadeaban.

—Estaba equivocado contigo, gato —confesó el joven de las tierras altas de mala gana. Continuó hablándole, dubitativo—. Es probable que lo que voy a decirte no signifique nada para ti, pero para mí sí. Me has salvado la vida. —Se quedó mirando al gato del páramo durante un momento, luego volvió la mirada hacia los otros, desconcertado—. Hice la promesa de que le diría eso si Brin salía sana y salva del valle, pero me siento como un idiota hablando así con un gato, por todos... por...

Entonces, Rone paró de hablar. Murmullo bostezó, somnoliento, y mostró todos los dientes.

A unos diez metros de él, Jair también se sentía un poco idiota frente a Slanter al no encontrar la forma de expresar la mezcla de emociones que lo embargaban en aquel momento.

—Mira, muchacho —le dijo el gnomo, con el ceño fruncido—. Más vale que no te esfuerces tanto. Con decir adiós es más que suficiente.

—No puedo —respondió Jair mientras negaba con la cabeza de forma obstinada—. No es suficiente. Tú y yo hemos estado juntos, de una manera u otra, desde el principio; desde el momento en que te engañé con las serpientes y te encerré en aquella leñera.

—¡Por favor no me lo recuerdes! —dijo el gnomo.

—Somos los únicos que quedamos, Slanter —intentó explicarle Jair, con los brazos cruzados sobre el pecho para protegerse—. Y hemos pasado por tantos peligros... tú y yo, y también los demás. Pero ellos han muerto, y nosotros somos los únicos que hemos sobrevivido. —Suspiró—. Han sucedido muchas cosas y no puedo acabarlo todo con un simple adiós.

—No es como si no nos fuéramos a ver nunca más, muchacho — respondió Slanter, después de dar un suspiro—. ¿Qué pasa? ¿Es que crees que yo también voy a acabar muerto? ¡Bueno, pues piénsalo mejor! Sé cuidar de mí mismo; tú lo dijiste en una ocasión, ¿lo recuerdas? No me pasará nada. ¡Y apostaría un mes de noches en el foso negro a que tampoco te ocurrirá nada a ti! ¡Eres demasiado escurridizo!

—Supongo que eso es casi un cumplido, viniendo de ti —respondió Jair, esbozando una sonrisa en contra de su voluntad. Antes de proseguir, el joven del valle respiró profundamente—. Vuelve conmigo, Slanter. Vuelve a Culhaven conmigo y cuéntales lo que pasó. Deberías explicarlo tú.

—No, muchacho. —Bajó su tosca cara y negó en silencio—. No voy a regresar allí. Los gnomos no serán bien recibidos en el Bajo Anar durante mucho tiempo a pesar de las razones que los lleven allí. No, iré a las tierras fronterizas y me quedaré en ellas, al menos por ahora.

Jair asintió sin decir nada y el silencio se prolongó.

—Adiós entonces, Slanter —respondió el joven del valle para romper aquella incómoda pausa—. Hasta la próxima.

Entonces, dio un paso hacia delante y abrazó al gnomo. Slanter vaciló, pero al final le dio unas palmaditas en el hombro con brusquedad.

—¿Ves, muchacho? No ha sido tan difícil, ¿verdad?

No obstante, tardaron un tiempo en deshacer el abrazo.

Una semana después de que tuviera lugar esa despedida, Brin, Jair y Rone llegaron a Valle Sombrío y tomaron el camino empedrado que conducía a la puerta principal del hogar de los Ohmsford. Eran las últimas horas de la tarde, el sol ya se había ocultado detrás de las colinas, y el bosque había quedado envuelto en las sombras y la penumbra. Un sonido indefinido de voces flotaba en el tranquilo aire otoñal, procedente de las casas de los alrededores, y las hojas susurraban sobre la alta hierba.

Las ventanas de la casa que había ante ellos estaban iluminadas en la penumbra del atardecer.

—Brin, ¿cómo vamos a explicar a tus padres lo ocurrido? —preguntó el joven de las tierras altas por enésima vez.

Habían dejado atrás los ciruelos, ahora casi desprovistos de hojas, cuando la puerta principal se abrió y Eretria la atravesó precipitadamente.

—¡Wil, están aquí! —gritó por encima del hombro y corrió a abrazar a sus hijos y a Rone. Un momento después, apareció Wil Ohmsford, que se inclinó para besar a Brin y a Jair, y dar a Rone un cálido apretón de manos.

—Pareces un poco cansada, Brin. ¿Es que tu hermano y tú no habéis pegado ojo en Leah? —preguntó su padre en voz baja.

Brin y Jair intercambiaron una rápida mirada. Rone esbozó una tímida sonrisa y escudriñó el suelo.

—¿Qué tal tu viaje al sur, padre? —preguntó Jair, cambiando de tema.

—Pudimos ayudar a muchas personas por suerte —respondió Wil Ohmsford mientras estudiaba a su hijo con atención—. El trabajo nos mantuvo ausentes mucho más tiempo del que inicialmente habíamos previsto. Llegamos anoche. Por eso no hemos ido a buscaros a Leah.

Brin y Jair volvieron a intercambiar otra mirada, y esa vez, su padre se dio cuenta.

—¿Quiere alguno de vosotros decirme ahora mismo quién era el anciano que enviasteis? —preguntó Wil.

—¿Qué anciano? —preguntó Brin, perpleja.

—El que nos llevó vuestro mensaje, Brin.

—¿Qué mensaje? —dijo Jair, con el ceño fruncido.

Eretria dio un paso hacia delante. En su mirada oscura había inquietud.

—Un anciano vino a nuestro encuentro en las aldeas fronterizas del sur de Kaypra —respondió su madre—. Era de Leah. Nos dijo que le habíais encargado que nos dijera que estabais en las tierras altas, que os quedaríais allí varias semanas y que no nos preocupásemos. A vuestro padre y a mí nos pareció muy extraño que el padre de Rone utilizara como mensajero a un hombre de una edad tan avanzada, pero...

—¡Brin! —murmuró Jair, con los ojos como platos.

—Había algo familiar en él —dijo Wil pensativo de repente—. Tuve la impresión de que lo conocía.

—Brin, yo no envié ningún... —empezó a decir Jair, pero se interrumpió. Todos lo estaban mirando—. Esperad... esperad aquí, solo un momento —balbució, entrecortando las palabras mientras corría por su lado—. ¡Enseguida vuelvo!

Entró en la casa como un cohete, atravesó la sala de estar en dirección al pasillo y entró en la cocina. Se dirigió a la chimenea de piedra, justo donde esta se unía a la estantería del rincón, y buscó en el tercer estante. Entonces, sacó la piedra que había suelta del hueco e introdujo la mano.

Agarró la bolsa de cuero, que ya le era familiar, que guardaba las piedras élficas.

Se quedó allí un momento, aturdido. Después, con las piedras élficas en la mano, volvió a atravesar la casa y se dirigió al camino de entrada, donde seguían los demás. Con una amplia sonrisa en el rostro, mostró la bolsa y su contenido a Brin y Rone, que estaban asombrados.

Se produjo un prolongado momento de silencio mientras los cinco se miraban entre sí. Después, Brin se colocó entre sus padres y los cogió del brazo.

—Madre, padre, creo que será mejor que entremos y nos sentemos un rato —les pidió, sonriente—. Jair y yo tenemos algo que deciros.

Otros títulos de la serie Shannara:

LAS CRÓNICAS DE SHANNARA

LA ESPADA DE SHANNARA

TERRY BROOKS

Oz
EDITORIAL

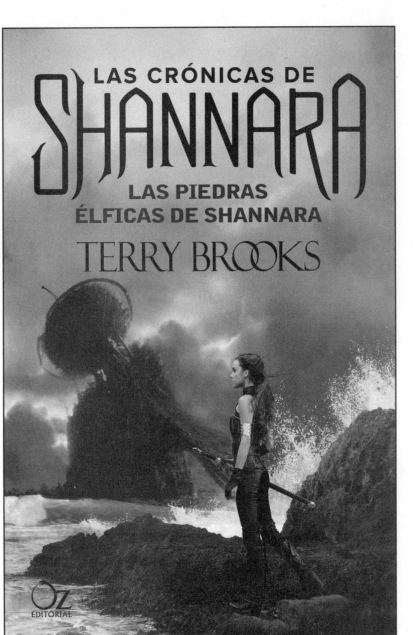

LAS CRÓNICAS DE
SHANNARA
LAS PIEDRAS
ÉLFICAS DE SHANNARA

TERRY BROOKS

OZ
EDITORIAL

Sigue a Oz Editorial
en www.ozeditorial.com
en nuestras redes sociales
y en nuestra newsletter.

Acerca tu teléfono móvil a los códigos
QR y empieza a disfrutar de información
anticipada sobre nuestras novedades y
contenidos y ofertas exclusivas.